गबन

गबन

मुंशी प्रेमचंद

First published in India in 2022 by
Rudra Publishers & Distributors

ISBN: 978-93-93458-06-3

Rudra Publishers & Distributors
S-1, 5/587, Sector-5, Vaishali,
Ghaziabad- 201002, Mobile: 8447279204
Email: rudrapubdis@gmail.com

Printed and Bound in
Delhi

₹ 999/-

अनुक्रम

एक 7

दो 10

तीसरा 13

चौथा 15

पाँचवाँ 43

छठवाँ 50

सातवाँ 54

बारह 62

आठवाँ 71

नौवाँ 77

दसवाँ 87

ग्याहरवाँ 106

बारहवाँ 115

तेरहवाँ 119

चौहदवाँ 134

पन्द्रहवाँ 143

सोलहवाँ 148

सत्राहवाँ 166

अठरहवाँ 174

उन्नीसवाँ 179

बीसवाँ 186

इक्कीसवाँ 193

बाईसवाँ 206

तेईसवाँ....216
चौबीसवाँ....222
पच्चीसवाँ....230
छब्बीसवा....235
सत्ताईसवाँ....240
आट्ठईसवाँ....248
उनतीसवाँ....254
तीसवाँ....268
इक्कतीसवाँ....275
बत्तीसवाँ....286
तैंतीसवाँ....289
चौंतीसवाँ....298
पैंतीसवाँ....303
छत्तीसवाँ....308
सैंतीसवाँ....315
अड़तीसवाँ....321
उन्तालीसवाँ....329
चालीसवाँ....334
इक्तालीसवाँ....338
बयालीसवाँ....341
तैंतालीसवाँ....347
चवालीसवाँ....365
पैंतालीसवाँ....368
छयालीसवाँ....370
सैंतालीसवाँ....380

एक

बरसात के दिन हैं, सावन का महीना। आकाश में सुनहरी घटाएँ छाई हुई हैं। रह – रहकर रिमझिम वर्षा होने लगती है। अभी तीसरा पहर है य पर ऐसा मालूम हों रहा है, शाम हो गयी। आमों के बाग में झूला पड़ा हुआ है। लड़कियाँ भी झूल रहीं हैं और उनकी माताएँ भी। दो–चार झूल रहीं हैं, दो चार झुला रही हैं। कोई कजली गाने लगती है, कोई बारहमासा। इस ऋतु में महिलाओं की बाल–स्मृतियाँ भी जाग उठती हैं। ये फुहारें मानो चिंताओं को हृदय से धो डालती हैं। मानो मुरझाए हुए मन को भी हरा कर देती हैं। सबके दिल उमंगों से भरे हुए हैं। घानी साडियों ने प्रकृति की हरियाली से नाता जोड़ा है।

इसी समय एक बिसाती आकर झूले के पास खडा हो गया। उसे देखते ही झूला बंद हो गया। छोटी–बडी सबों ने आकर उसे घेर लिया। बिसाती ने अपना संदूक खोला और चमकती–दमकती चीजें निकालकर दिखाने लगा। कच्चे मोतियों के गहने थे, कच्चे लैस और गोटे, रंगीन मोजे, खूबसूरत गुडियां और गुडियों के गहने, बच्चों के लट्टू और झुनझुने। किसी ने कोई चीज ली, किसी ने कोई चीज। एक बडी–बडी आंखों वाली बालिका ने वह चीज पसंद की,

जो उन चमकती हुई चीजों में सबसे सुंदर थी। वह गिरोजी रंग का एक चन्द्रहार था। मां से बोली–अम्मां, मैं यह हार लूंगी।

मां ने बिसाती से पूछा–बाबा, यह हार कितने का है–बिसाती ने हार को रूमाल से पोंछते हुए कहा–खरीद तो बीस आने की है, मालकिन जो चाहें दे दें।

माता ने कहा–यह तो बडा महंगा है। चार दिन में इसकी चमक–दमक जाती रहेगी।

बिसाती ने मार्मिक भाव से सिर हिलाकर कहा–बहूजी, चार दिन में तो बिटिया को असली चन्द्रहार मिल जाएगा!

माता के हृदय पर इन सहृदयता से भरे हुए शब्दों ने चोट की। हार ले लिया गया।

बालिका के आनंद की सीमा न थी। शायद हीरों के हार से भी उसे इतना आनंद न होता। उसे पहनकर वह सारे गांव में नाचती गिरी। उसके पास जो बाल–संपत्ति थी, उसमें सबसे मूल्यवान, सबसे प्रिय यही बिल्लौर का हार था। लडकी का नाम जालपा था, माता का मानकी।

महाशय दीनदयाल प्रयाग के छोटे–से गांव में रहते थे। वह किसान न थे पर खेती करते थे। वह जमींदार न थे पर जमींदारी करते थे। थानेदार न थे पर थानेदारी करते थे। वह थे जमींदार के मुख्तार। गांव पर उन्हीं की धाक थी। उनके पास चार चपरासी थे, एक घोडा, कई गाएं–भैंसें। वेतन कुल पांच रूपये पाते थे, जो उनके तंबाकू के खर्च को भी काफी न होता था। उनकी आय के और कौन से मार्ग थे, यह कौन जानता है। जालपा उन्हीं की लडकी थी। पहले उसके तीन भाई और थे, पर इस समय वह अकेली थी। उससे कोई पूछता–तेरे भाई क्या हुए, तो वह बडी सरलता से कहती–बडी दूर खेलने गए हैं। कहते हैं, मुख्तार साहब ने एक गरीब आदमी को इतना पिटवाया था कि वह मर गया था। उसके तीन वर्ष के अंदर

तीनों लड़के जाते रहे। तब से बेचारे बहुत संभलकर चलते थे। फूंक – फूंककर पांव रखते, दूध के जले थे, छाछ भी फूंक – फूंककर पीते थे। माता और पिता के जीवन में और क्या अवलंब? दीनदयाल जब कभी प्रयाग जाते, तो जालपा के लिए कोई न कोई आभूषण जरूर लाते। उनकी व्यावहारिक बुद्धि में यह विचार ही न आता था कि जालपा किसी और चीज से अधिक प्रसन्न हो सकती है। गुडियां और खिलौने वह व्यर्थ समझते थे, इसलिए जालपा आभूषणों से ही खेलती थी। यही उसके खिलौने थे। वह बिल्लौर का हार, जो उसने बिसाती से लिया था, अब उसका सबसे प्यारा खिलौना था। असली हार की अभिलाषा अभी उसके मन में उदय ही नहीं हुई थी। गांव में कोई उत्सव होता, या कोई त्योहार पडता, तो वह उसी हार को पहनती। कोई दूसरा गहना उसकी आंखों में जंचता ही न था। एक दिन दीनदयाल लौटे, तो मानकी के लिए एक चन्द्रहार लाए। मानकी को यह साके बहुत दिनों से थी। यह हार पाकर वह मुग्ध हो गई। जालपा को अब अपना हार अच्छा न लगता, पिता से बोली–बाबूजी, मुझे भी ऐसा ही हार ला दीजिए।

दीनदयाल ने मुस्कराकर कहा–ला दूंगा, बेटी!

कब ला दीजिएगा

बहुत जल्दी।

बाप के शब्दों से जालपा का मन न भरा।

उसने माता से जाकर कहा–अम्मांजी, मुझे भी अपना सा हार बनवा दो।

मां–वह तो बहुत रूपयों में बनेगा, बेटी!

जालपा–तुमने अपने लिए बनवाया है, मेरे लिए क्यों नहीं बनवातीं?

मां ने मुस्कराकर कहा–तेरे लिए तेरी ससुराल से आएगा।

यह हार छ सौ में बना था। इतने रूपये जमा कर लेना, दीनदयाल के लिए आसान न था। ऐसे कौन बडे ओहदेदार थे। बरसों में कहीं यह हार बनने की नौबत आई जीवन में फिर कभी इतने रूपये आयेंगे, इसमें उन्हें संदेह था। जालपा लजाकर भाग गई, पर यह शब्द उसके हृदय में अंकित हो गए। ससुराल उसके लिए अब उतनी भंयकर न थी। ससुराल से चन्द्रहार आएगा, वहां के लोग उसे माता–पिता से अधिक प्यार करेंगे, तभी तो जो चीज ये लोग नहीं बनवा सकते, वह वहां से आएगी।

लेकिन ससुराल से न आए तो उसके सामने तीन लड़कियों के विवाह चुके थे, किसी की ससुराल से चन्द्रहार न आया था। कहीं उसकी ससुराल

से भी न आया तो– उसने सोचा–तो क्या माताजी अपना हार मुझे दे देंगी? अवश्य दे देंगी।

इस तरह हंसते–खेलते सात वर्ष कट गए। और वह दिन भी आ गया, जब उसकी चिरसंचित अभिलाषा पूरी होगी।

दो

मुंशी दीनदयाल की जान – पहचान के आदमियों में एक महाशय दयानाथ थे, बडे ही सज्जन और सहृदय कचहरी में नौकर थे और पचास रूपये वेतन पाते थे। दीनदयाल अदालत के कीड़े थे। दयानाथ को उनसे सैकड़ों ही बार काम पड़ चुका था। चाहते, तो हजारों वसूल करते, पर कभी एक पैसे के भी रवादार नहीं हुए थे। दीनदयाल के साथ ही उनका यह सलूक न था? –यह उनका स्वभाव था। यह बात भी न थी कि वह बहुत ऊँचे आदर्श के आदमी हों, पर रिश्वत को हराम समझते थे। शायद इसलिए कि वह अपनी आंखों से इस तरह के दृश्य देख चुके थे। किसी को जेल जाते देखा था, किसी को संतान से हाथ धोते, किसी को दुर्व्यसनों के पंजे में फंसते। ऐसी उन्हें कोई मिसाल न मिलती थी, जिसने रिश्वत

लेकर चौन किया हो उनकी यह दृढ़ धारणा हो गई थी कि हराम की कमाई हराम ही में जाती है। यह बात वह कभी न भूलते इस जमाने में पचास रुपए की भुगुत ही क्या पांच आदमियों का पालन बडी मुश्किल से होता था। लड्के अच्छे कपड़ों को तरसते, स्त्री गहनों को तरसती, पर दयानाथ विचलित न होते थे। बडा लड़का दो ही महीने तक कालेज में रहने के बाद पढ़ना छोड़ बैठा। पिता ने साफ कह दिया–मैं तुम्हारी डिग्री के लिए सबको भूखा और नंगा नहीं रख सकता। पढ़ना चाहते हो, तो अपने पुरूषार्थ से पढ़ो। बहुतों ने किया है, तुम भी कर सकते हो। लेकिन रमानाथ में इतनी लगन न थी। इधर दो साल से वह बिलकुल बेकार था। शतरंज खेलता, सैर–सपाटे करता और मां और छोटे भाइयों पर रोब जमाता। दोस्तों की बदौलत शौक पूरा होता रहता था। किसी का चेस्टर मांग लिया और शाम को हवा खाने निकल गए। किसी का पंपः शू पहन लिया, किसी की घड़ी कलाई पर बांधा ली। कभी बनारसी फैशन में निकले, कभी लखनवी फैशन में! दस मित्रों ने एक–एक कपडा बनवा लिया, तो दस सूट बदलने का उपाय हो गया। सहकारिता का यह बिलकुल नया उपयोग था। इसी युवक को दीनदयाल ने जालपा के लिए पसंद किया। दयानाथ शादी नहीं करना चाहते थे। उनके पास न रूपये थे और न एक नए परिवार का भार उठाने की हिम्मत, पर जागेश्वरी ने त्रिया–हठ से काम लिया और इस शक्ति के सामने पुरूष को झुकना पड़ा। जागेश्वरी बरसों से पुत्रवधू के लिए तड़प रही थी। जो उसके सामने बहुएं बनकर आइ, वे आज पोते खिला रही हैं, फिर उस दुखिया को कैसे धैर्य होता। वह कुछ–कुछ निराश हो चली थी। ईश्वर से मनाती थी कि कहीं से बात आए। दीनदयाल ने संदेश भेजा, तो उसको आंखें–सी मिल गईं। अगर कहीं यह शिकार हाथ से निकल गया, तो फिर न जाने कितने दिनों और राह देखनी पड़े। कोई यहां क्यों आने लगा। न धन ही है, न जायदाद। लड्के पर कौन रीझता है। लोग तो धन देखते हैं, इसलिए उसने इस

अवसर पर सारी शक्ति लगा दी और उसकी विजय हुई। दयानाथ ने कहा, भाई, तुम जानो तुम्हारा काम जाने।

मुझमें समाई नहीं है। जो आदमी अपने पेट की फिक्र नहीं कर सकता, उसका विवाह करना मुझे तो अधर्म–सा मालूम होता है। फिर रूपये की भी तो फिक्र है। एक हजार तो टीमटाम के लिए चाहिए, जोड़े और गहनों के लिए अलग। (कानों पर हाथ रखकर) ना बाबा! यह बोझ मेरे मान का नहीं।

जागेश्वरी पर इन दलीलों का कोई असर न हुआ, बोली–वह भी तो कुछ देगा–मैं उससे मांगने तो जाऊंगा नहीं।

तुम्हारे मांगने की जरूरत ही न पड़ेगी। वह खुद ही देंगे। लडकी के ब्याह में पैसे का मुंह कोई नहीं देखता। हां, मकदूर चाहिए, सो दीनदयाल पोढ़े आदमी हैं। और फिर यही एक संतान हैय बचाकर रखेंगे, तो किसके लिए? दयानाथ को अब कोई बात न सूझी, केवल यही कहा–वह चाहे लाख दे दें, चाहे एक न दें, मैं न कहूंगा कि दो, न कहूंगा कि मत दो। कर्ज मैं लेना नहीं चाहता, और लूं, तो दूंगा किसके घर से?

जागेश्वरी ने इस बाधा को मानो हवा में उडाकर कहा–मुझे तो विश्वास है कि वह टीके में एक हजार से कम न देंगे। तुम्हारे टीमटाम के लिए इतना बहुत है। गहनों का प्रबंध किसी सर्राफ से कर लेना। टीके में एक हजार देंगे, तो क्या द्वार पर एक हजार भी न देंगे– वही रूपये सर्राफ को दे देना। दो–चार सौ बाकी रहे, वह धीरे–धीरे चुक जाएंगे। बच्चा के लिए कोई न कोई द्वार खुलेगा ही।

दयानाथ ने उपेक्षा–भाव से कहा–'खुल चुका, जिसे शतरंज और सैर–सपाटे से फुरसत न मिले, उसे सभी द्वार बंद मिलेंगे।

जागेश्वरी को अपने विवाह की बात याद आई। दयानाथ भी तो गुलछर्रे उडाते थे लेकिन उसके आते ही उन्हें चार पैसे कमाने की फिक्र कैसी सिर पर सवार हो गई थी। साल–भर भी न बीतने पाया

था कि नौकर हो गए। बोली–बहू आ जाएगी, तो उसकी आंखें भी खुलेंगी, देख लेना। अपनी बात याद करो। जब तक गले में जुआ नहीं पडा है, तभी तक यह कुलेलें हैं। जुआ पडा और सारा नशा हिरन हुआ। निकम्मों को राह पर लाने का इससे बढ़कर और कोई उपाय ही नहीं।

जब दयानाथ परास्त हो जाते थे, तो अखबार पढ़ने लगते थे। अपनी हार को छिपाने का उनके पास यही संकेत था।

तीसरा

मुंशी दीनदयाल उन आदमियों में से थे, जो सीधों के साथ सीधे होते हैं, पर टेढ़ों के साथ टेढ़े ही नहीं, शैतान हो जाते हैं। दयानाथ बडा–सा मुंह खोलते, हजारों की बातचीत करते, तो दीनदयाल उन्हें ऐसा चकमा देते कि वह उम्र–भर याद करते। दयानाथ की सज्जनता ने उन्हें वशीभूत कर लिया। उनका विचारएक हजार देने का था, पर एक हजार टीके ही में दे आए। मानकी ने कहा–जब टीके में एक हजार दिया, तो इतना ही घर पर भी देना पड़ेगा। आएगा कहां से– दीनदयाल चिढ़कर बोले–भगवान मालिक है। जब उन लोगों ने उदारता दिखाई और लड़का मुझे सौंप दिया, तो मैं भी दिखा देना चाहता हूं कि हम भीशरीफ हैं और शील का मूल्य पहचानते हैं। अगर उन्होंने हेकड़ी जताई होती, तो अभी उनकी खबर लेता।

दीनदयाल एक हजार तो दे आए, पर दयानाथ का बोझ हल्का करने के बदले और भारी कर दिया। वह कर्ज से कोसों भागते थे। इस शादी में उन्होंने मियां की जूती मियां की चांद वाली नीति निभाने की ठानी थी पर दीनदयाल की सहृदयता ने उनका संयम तोड़ दिया। वे सारे टीमटाम, नाच–तमाशे, जिनकीकल्पना का उन्होंने गला घोंट दिया था, वही रूप धारण करके उनके सामने आ गए। बंधा हुआ घोडाथान से खुल गया, उसे कौन रोक सकता है। धूमधाम से विवाह करने की ठन गई। पहले जोडे–गहने को उन्होंने

गौण समझ रखा था, अब वही सबसे मुख्य हो गया। ऐसा चढ़ावा हो कि मड़वे वाले देखकर भड़क उठें। सबकी आंखें खुल जाएं। कोई तीन हजार का सामान बनवा डाला। सर्राफ को एक हजार नगद मिल गए, एक हजार के लिए एक सप्ताह का वादा हुआ, तो उसने कोई आपत्ति न की। सोचा–दो हजार सीधे हुए जाते हैं, पांच–सात सौ रूपये रह जाएंगे, वह कहां जाते हैं। व्यापारी की लागत निकल आती है, तो नगद को तत्काल पाने के लिए आग्रह नहीं करता। फिर भी चन्द्रहार की कसर रह गई। जडाऊ चन्द्रहार एक हजार से नीचे अच्छा नहीं मिल सकता था। दयानाथका जी तो लहराया कि लगे हाथ उसे भी ले लो, किसी को नाक सिकोड़ने की जगह तो न रहेगी, पर जागेश्वरी इस पर राजी न हुई। बाजी पलट चुकी थी।दयानाथ ने गर्म होकर कहा–तुम्हें क्या, तुम तो घर में बैठी रहोगी। मौत तो मेरी होगी, जब उधार के लोग नाकभौं सिकोड़ने लगेंगे।

जागेश्वरी–दोगे कहां से, कुछ सोचा है?

दयानाथ–कम–से–कम एक हजार तो वहां मिल ही जाएंगे।

जागेश्वरी–खून मुंह लग गया क्या?

दयानाथ ने शरमाकर कहा–नहीं–नहीं, मगर आखिर वहां भी तो कुछ मिलेगा?

जागेश्वरी–वहां मिलेगा, तो वहां खर्च भी होगा। नाम जोड़े गहने से नहीं होता, दान–दक्षिणा से होता है। इस तरह चन्द्रहार का प्रस्ताव रद्द हो गया।

मगर दयानाथ दिखावे और नुमाइश को चाहे अनावश्यक समझें, रमानाथ उसे परमावश्यक समझता था। बरात ऐसे धूम से जानी चाहिए कि गांव–भर में शोर मच जाय। पहले दूल्हे के लिए पालकी का विचार था। रमानाथ ने मोटर पर जोर दिया। उसके मित्रों ने इसका अनुमोदन किया, प्रस्ताव स्वीकृत हो गया।दयानाथ एकांतप्रिय जीव थे, न किसी से मित्रता थी, न किसी से मेल–जोल। रमानाथ

मिलनसार युवक था, उसके मित्र ही इस समय हर एक काम में अग्रसरहो रहे थे। वे जो काम करते, दिल खोल कर। आतिशबाजियां बनवाई, तो अव्वल दर्जे की। नाच ठीक किया, तो अव्वल दर्जे काय बाजे–गाजे भी अव्वल दर्जे के, दोयम या सोयम का वहां जिक्र ही न था। दयानाथ उसकी उच्छृंखलता देखकर चिंतित तो हो जाते थे पर कुछ कह न सकते थे। क्या कहते!

चौथा

नाटक उस वक्त पास होता है, जब रसिक समाज उसे पंसद कर लेता है। बरात का नाटक उस वक्त पास होता है, जब राह चलते आदमी उसे पंसद कर लेते हैं। नाटक की परीक्षा चार–पांच घंटे तक होती रहती है, बरात की परीक्षा के लिए केवल इतने ही मिनटों का समय होता है। सारी सजावट, सारी दौड़धूप और तैयारी का निबटारा पांच मिनटों में हो जाता है।

अगर सबके मुंह से वाह–वाह निकल गया, तो तमाशा पास नहीं तो! रूपया, मेहनत, फिक्र, सब अकारथ। दयानाथ का तमाशा पास हो गया। शहर में वह तीसरे दर्जे में आता, गांव में अव्वल दर्जे में आया। कोई बाजों की धोंधों–पों–पों सुनकर मस्त हो रहा था, कोई मोटर को आंखें गाड़–गाड़कर देख रहा था। कुछ लोग फुलवारियों के तख्त देखकर लोट–लोट जाते थे। आतिशबाजी ही मनोरंजन का केंद्र थी। हवाइयां जब सकै से ऊपर जातीं और आकाश में लाल, हरे, नीले, पीले, कुमकुमे–से बिखर जाते, जब चर्खियां छूटतीं और उनमें नाचते हुए मोर निकल आते, तो लोग मंत्रमुग्ध–से हो जाते थे।

वाह, क्या कारीगरी है!जालपा के लिए इन चीजों में लेशमात्र भी आकर्षण न था।

हां, वह वर को एक आंख देखना चाहती थी, वह भी सबसे छिपाकरय पर उस भीड़–भाड़ में ऐसा अवसर कहां। द्वारचार के समय उसकी सखियां उसे छत पर खींच ले गई और उसने रमानाथ

को देखा। उसका सारा विराग, सारी उदासीनता, सारी मनोव्यथा मानो छू–मंतर हो गई थी। मुंह पर हर्ष की लालिमा छा गई। अनुराग स्फूर्ति का भंडार है।

द्वारचार के बाद बरात जनवासे चली गई। भोजन की तैयारियां होने लगीं। किसी ने पूरियां खाई, किसी ने उपलों पर खिचड़ी पकाई। देहात के तमाशा देखनेवालों के मनोरंजन के लिए नाच–गाना होने लगा। दस बजे सहसा फिर बाजे बजने लगे। मालूम हुआ कि चढ़ावा आ रहा है। बरात में हर एक रस्म डंके की चोट पर अदा होती है। दूल्हा कलेवा करने आ रहा है, बाजे बजने लगे। समधी मिलने आ रहा है, बाजे बजने लगे। चढ़ावा ज्योंही पहुंचा, घर में हलचल मच गई। स्त्री–पुरूष, बूढ़े–जवान, सब चढ़ावा देखने के लिए उत्सुक हो उठे। ज्योंही किश्तियां मंडप में पहुंचीं, लोग सब काम छोड़कर देखने दौड़े। आपस में धक्कम–धक्का होने लगा।

मानकी प्यास से बेहाल हो रही थी, कंठ सूखा जाता था, चढ़ावा आते ही प्यास भाग गई। दीनदयाल मारे भूख–प्यास के निर्जीव–से पड़े थे, यह समाचार सुनते ही सचेत होकर दौड़े। मानकी एक–एक चीज को निकाल–निकालकर देखने और दिखाने लगी। वहां सभी इस कला के विशेषज्ञ थे। मदोऊ ने गहने बनवाए थे, औरतों ने पहने थे, सभी आलोचना करने लगे।

चूहेदन्ती कितनी सुंदर है, कोई दस तोले की होगी वाह! साढे। ग्यारह तोले से रत्ती–भर भी कम निकल जाए, तो कुछ हार जाऊं! यह शेरदहां तो देखो, क्या हाथ की सफाई है! जी चाहता है कारीगर के हाथ चूम लें। यह भी बारह तोले से कम न होगा। वाह! कभी देखा भी है, सोलह तोले से कम निकल जाए, तो मुंह न दिखाऊं। हां, माल उतना चोखा नहीं है।

यह कंगन तो देखो, बिलकुल पक्की जडाई है, कितना बारीक काम है कि आंख नहीं ठहरती! कैसा दमक रहा है। सच्चे नगीने हैं। झूठे नगीनों में यह आब कहां। चीज तो यह गुलूबंद है, कितने

खूबसूरत फूल हैं! और उनके बीच के हीरे कैसे चमक रहे हैं! किसी बंगाली सुनार ने बनाया होगा। क्या बंगालियों ने कारीगरी का ठेका ले लिया है, हमारे देश में एक–से–एक कारीगर पड़े हुए हैं। बंगाली सुनार बेचारे उनकी क्या बराबरी करेंगे। इसी तरह एक–एक चीज की आलोचना होती रही। सहसा किसी ने कहा–चन्द्रहार नहीं है क्या!

मानकी ने रोनी सूरत बनाकर कहा–नहीं, चन्द्रहार नहीं आया।

एक महिला बोली–अरे, चन्द्रहार नहीं आया?

दीनदयाल ने गंभीर भाव से कहा–और सभी चीजें तो हैं, एक चन्द्रहार ही तो नहीं है।

उसी महिला ने मुंह बनाकर कहा–चन्द्रहार की बात ही और है!

मानकी ने चढ़ाव को सामने से हटाकर कहा–बेचारी के भाग में चन्द्रहार लिखा ही नहीं है।

इस गोलाकार जमघट के पीछे अंधेरे में आशा और आकांक्षा की मूर्ति – सी जालपा भी खड़ी थी। और सब गहनों के नाम कान में आते थे, चन्द्रहार का नाम न आता था। उसकी छाती धक–धक कर रही थी। चन्द्रहार नहीं है क्या? शायद सबके नीचे हो इस तरह वह मन को समझाती रही। जब मालूम हो गया चन्द्रहार नहीं है तो उसके कलेजे पर चोट–सी लग गई। मालूम हुआ, देह में रक्त की बूंद भी नहीं है। मानो उसे मूर्च्छा आ जायगी। वह उन्माद की सी दशा में अपने कमरे में आई और फूट–फूटकर रोने लगी। वह लालसा जो आज सात वर्ष हुए, उसके हृदय में अंकुरित हुई थी, जो इस समय पुष्प और पल्लव से लदी खड़ी थी, उस पर वज्रपात हो गया। वह हरा–भरा लहलहाता हुआ पौधा जल गया? –केवल उसकी राख रह गई। आज ही के दिन पर तो उसकी समस्त आशाएं अवलंबित थीं। दुर्दैव ने आज वह अवलंब भी छीन लिया। उस निराशा के आवेश में उसका ऐसा जी चाहने लगा कि अपना

मुंह नोच डाले। उसका वश चलता, तो वह चढ़ावे को उठाकर आग में गेंक देती। कमरे में एक आले पर शिव की मूर्ति रक्खी हुई थी। उसने उसे उठाकर ऐसा पटका कि उसकी आशाओं की भांति वह भी चूर–चूर हो गई। उसने निश्चय किया, मैं कोई आभूषण न पहनूंगी। आभूषण पहनने से होता ही क्या है। जो रूप–विहीन हों, वे अपने को गहने से सजाएं, मुझे तो ईश्वर ने यों ही सुंदरी बनाया है, मैं गहने न पहनकर भी बुरी न लगूंगी। सस्ती चीजें उठा लाए, जिसमें रूपये खर्च होते थे, उसका नाम ही न लिया। अगर गिनती ही गिनानी थी, तो इतने ही दामों में इसके दूने गहने आ जाते!

वह इसी क्रोध में भरी बैठी थी कि उसकी तीन सखियां आकर खड़ी हो गई। उन्होंने समझा था, जालपा को अभी चढ़ाव की कुछ खबर नहीं है। जालपा ने उन्हें देखते ही आंखें पोंछ डालीं और मुस्कराने लगी।

राधा मुस्कराकर बोली–जालपा–मालूम होता है, तूने बडी तपस्या की थी, ऐसा चढ़ाव मैंने आज तक नहीं देखा था। अब तो तेरी सब साध पूरी हो गई। जालपा ने अपनी लंबी–लंबी पलकें उठाकर उसकी ओर ऐसे दीन–नजर से देखा, मानो जीवन में अब उसके लिए कोई आशा नहीं है?

हां बहन, सब साध पूरी हो गई। इन शब्दों में कितनी अपार मर्मान्तक वेदना भरी हुई थी, इसका अनुमान तीनों युवतियों में कोई भी न कर सकी। तीनों कौतूहल से उसकी ओर ताकने लगीं, मानो उसका आशय उनकी समझ में न आया हो बासन्ती ने कहा–जी चाहता है, कारीगर के हाथ चूम लूं।

शहजादी बोली–चढ़ावा ऐसा ही होना चाहिए, कि देखने वाले भड़क उठें।

बासन्ती–तुम्हारी सास बडी चतुर जान पड़ती हैं, कोई चीज नहीं छोड़ी।

जालपा ने मुंह उधरकर कहा—ऐसा ही होगा।

राधा—और तो सब कुछ है, केवल चन्द्रहार नहीं है।

शहजादी—एक चन्द्रहार के न होने से क्या होता है बहन, उसकी जगह गुलूबंद तो है।

जालपा ने वक्रोक्ति के भाव से कहा—हां, देह में एक आंख के न होने से क्या होता है, और सब अंग होते ही हैं, आंखें हुई तो क्या, न हुई तो क्या!

बालकों के मुंह से गंभीर बातें सुनकर जैसे हमें हंसी आ जाती है, उसी तरह जालपा के मुंह से यह लालसा से भरी हुई बातें सुनकर राधा और बासन्ती अपनी हंसी न रोक सकीं। हां, शहजादी को हंसी न आई। यह आभूषण लालसा उसके लिए हंसने की बात नहीं, रोने की बात थी। कृत्रिम सहानुभूति दिखाती हुई बोली—सब न जाने कहां के जंगली हैं कि और सब चीजें तो लाए, चन्द्रहार न लाए, जो सब गहनों का राजा है। लाला अभी आते हैं तो पूछती हूं कि तुमने यह कहां की रीति निकाली है? —ऐसा अनर्थ भी कोई करता है।

राधा और बासन्ती दिल में कांप रही थीं कि जालपा कहीं ताड़ न जाय। उनका बस चलता तो शहजादी का मुंह बंद कर देतीं, बार—बार उसे चुप रहने का इशारा कर रही थीं, मगर जालपा को शहजादी का यह व्यंग्य, संवेदना से परिपूर्ण जान पड़ा।

सजल नेत्र होकर बोली—क्या करोगी पूछकर बहन, जो होना था सो हो गया!

शहजादी—तुम पूछने को कहती हो, मैं रूलाकर छोड़ूंगी। मेरे चढ़ाव पर कंगन नहीं आया था, उस वक्त मन ऐसा खक्रा हुआ कि सारे गहनों पर लात मार दूं। जब तक कंगन न बन गए, मैं नींद भर सोई नहीं।

राधा—तो क्या तुम जानती हो, जालपा का चन्द्रहार न बनेगा।

शहजादी–बनेगा तब बनेगा, इस अवसर पर तो नहीं बना। दस–पांच की चीज तो है नहीं, कि जब चाहा बनवा लिया, सैकड़ों का खर्च है, फिर कारीगर तो हमेशा अच्छे नहीं मिलते।

जालपा का भग्न हृदय शहजादी की इन बातों से मानो जी उठा, वह रूंधे कंठ से बोली–यही तो मैं भी सोचती हूं बहन, जब आज न मिला, तो फिर क्या मिलेगा!

राधा और बासन्ती मन–ही–मन शहजादी को कोस रही थीं, और थप्पड़ दिखा–दिखाकर धमका रही थीं, पर शहजादी को इस वक्त तमाशे का मजा आ रहा था। बोली–नहीं, यह बात नहीं है जल्लीय आग्रह करने से सब कुछ हो सकता है, सास–ससुर को बार–बार याद दिलाती रहना। बहनोईजी से दो–चार दिन रूठे रहने से भी बहुत कुछ काम निकल सकता है। बस यही समझ लो कि घरवाले चौन न लेने पाएं, यह बात हरदम उनके ध्यान में रहे। उन्हें मालूम हो जाय कि बिना चन्द्रहार बनवाए कुशल नहीं। तुम जरा भी ढीली पड़ीं और काम बिगडा।

राधा ने हंसी को रोकते हुए कहा–इनसे न बने तो तुम्हें बुला लें, क्यों – अब उठोगी कि सारी रात उपदेश ही करती रहोगी!

शहजादी–चलती हूं, ऐसी क्या भागड़ पड़ी है। हां, खूब याद आई, क्यों जल्ली, तेरी अम्मांजी के पास बडा अच्छा चन्द्रहार है। तुझे न देंगी।

जालपा ने एक लंबी सांस लेकर कहा–क्या कहूं बहन, मुझे तो आशा नहीं है।

शहजादी–एक बार कहकर देखो तो, अब उनके कौन पहनने–ओढ़ने के दिन बैठे हैं।

जालपा–मुझसे तो न कहा जायगा।

शहजादी–मैं कह दूंगी।

जालपा–नहीं–नहीं, तुम्हारे हाथ जोड़ती हूं। मैं जरा उनके मातृस्नेह की परीक्षा लेना चाहती हूं।

बासन्ती ने शहजादी का हाथ पकड़कर कहा–अब उठेगी भी कि यहां सारी रात उपदेश ही देती रहेगी।

शहजादी उठी, पर जालपा रास्ता रोककर खड़ी हो गई और बोली–नहीं, अभी बैठो बहन, तुम्हारे पैरों पड़ती हूं।

शहजादी–जब यह दोनों चुड़ैलें बैठने भी दें। मैं तो तुम्हें गुर सिखाती हूं और यह दोनों मुझ पर झल्लाती हैं। सुन नहीं रही हो, मैं भी विष की गांठ हूं।

बासन्ती–विष की गांठ तो तू है ही।

शहजादी–तुम भी तो ससुराल से सालभर बाद आई हो, कौन–कौन–सी नई चीजें बनवा लाई।

बासन्ती–और तुमने तीन साल में क्या बनवा लिया।

शहजादी–मेरी बात छोड़ो, मेरा खसम तो मेरी बात ही नहीं पूछता।

राधा–प्रेम के सामने गहनों का कोई मूल्य नहीं।

शहजादी–तो सूखा प्रेम तुम्हीं को गले।

इतने में मानकी ने आकर कहा–तुम तीनों यहां बैठी क्या कर रही हो, चलो वहां लोग खाना खाने आ रहे हैं।

तीनों युवतियां चली गई। जालपा माता के गले में चन्द्रहार की शोभा देखकर मन–ही–मन सोचने लगी? –गहनों से इनका जी अब तक नहीं भरा।

महाशय दयानाथ जितनी उमंगों से ब्याह करने गए थे, उतना ही हतोत्साह होकर लौटे। दीनदयाल ने खूब दिया, लेकिन वहां से जो कुछ मिला, वह सब नाच–तमाशे, नेगचार में खर्च हो गया। बार–बार अपनी भूल पर पछताते, क्यों दिखावे और तमाशे में इतने

रूपये खर्च किए। इसकी जरूरत ही क्या थी, ज्यादा–से– ज्यादा लोग यही तो कहते–महाशय बडे कृपण हैं। उतना सुन लेने में क्या हानि थी? मैंने गांव वालों को तमाशा दिखाने का ठेका तो नहीं लिया था। यह सब रमा का दुस्साहस है। उसी ने सारे खर्च बढ़ा–बढ़ाकर मेरा दिवाला निकाल दिया। और सब तकाजे तो दस–पांच दिन टल भी सकते थे, पर सर्राफ किसी तरह न मानता था। शादी के सातवें दिन उसे एक हजार रूपये देने का वादा था। सातवें दिन सर्राफ आया, मगर यहां रूपये कहां थे? दयानाथ में लल्लो–चप्पो की आदत न थी, मगर आज उन्होंने उसे चकमा देने की खूब कोशिश की। किस्त बांधकर सब रूपये छः महीने में अदा कर देने का वादा किया। फिर तीन महीने पर आए, मगर सर्राफ भी एक ही घुटा हुआ आदमी था, उसी वक्त टला, जब दयानाथ ने तीसरे दिन बाकी रकम की चीजें लौटा देने का वादा किया और यह भी उसकी सज्जनता ही थी। वह तीसरा दिन भी आ गया, और अब दयानाथ को अपनी लाज रखने का कोई उपाय न सूझता था। कोई चलता हुआ आदमी शायद इतना व्यग्र न होता, हीले–हवाले करके महाजन को महीनों टालता रहताय लेकिन दयानाथ इस मामले में अनाड़ी थे।

जागेश्वरी ने आकर कहा–भोजन कब से बना ठंडा हो रहा है। खाकर तब बैठो।

दयानाथ ने इस तरह गर्दन उठाई, मानो सिर पर सैकड़ों मन का बोझ लदा हुआ है। बोले–तुम लोग जाकर खा लो, मुझे भूख नहीं है।

जागेश्वरी–भूख क्यों नहीं है, रात भी तो कुछ नहीं खाया था! इस तरह दाना–पानी छोड़ देने से महाजन के रूपये थोड़े ही अदा हो जाएंगे।

दयानाथ–मैं सोचता हूं, उसे आज क्या जवाब दूंगा– मैं तो यह विवाह करके बुरा फंस गया। बहू कुछ गहने लौटा तो देगी।

जागेश्वरी–बहू का हाल तो सुन चुके, फिर भी उससे ऐसी आशा रखते हो उसकी टेक है कि जब तक चन्द्रहार न बन जायगा, कोई गहना ही न पहनूंगी। सारे गहने संदूक में बंद कर रखे हैं। बस, वही एक बिल्लौरी हार गले में डाले हुए है। बहुएं बहुत देखीं, पर ऐसी बहू न देखी थी। फिर कितना बुरा मालूम होता है कि कल की आई बहू, उससे गहने छीन लिए जाएं।

दयानाथ ने चिढ़कर कहा–तुम तो जले पर नमक छिड़कती हो बुरा मालूम होता है तो लाओ एक हजार निकालकर दे दो, महाजन को दे आऊं, देती हो? बुरा मुझे खुद मालूम होता है, लेकिन उपाय क्या है? गला कैसे छूटेगा?

जागेश्वरी–बेटे का ब्याह किया है कि ठट्ठा है? शादी–ब्याह में सभी कर्ज़ लेते हैं, तुमने कोई नई बात नहीं की। खाने–पहनने के लिए कौन कर्ज लेता है। धर्मात्मा बनने का कुछ फल मिलना चाहिए या नहीं– तुम्हारे ही दर्जे पर सत्यदेव हैं, पक्का मकान खडाकर दिया, जमींदारी खरीद ली, बेटी के ब्याह में कुछ नहीं तो पांच हजार तो खर्च किए ही होंगे।

दयानाथ–जभी दोनों लड़के भी तो चल दिए!

जागेश्वरी–मरना–जीना तो संसार की गति है, लेते हैं, वह भी मरते हैं, नहीं लेते, वह भी मरते हैं। अगर तुम चाहो तो छः महीने में सब रूपये चुका सकते हो'

दयानाथ ने त्योरी चढ़ाकर कहा–जो बात जिंदगी? भर नहीं की, वह अब आखिरी वक्त नहीं कर सकता बहू से साफ–साफ कह दो, उससे पर्दा रखने की जरूरत ही क्या है, और पर्दा रह ही कितने दिन सकता है। आज नहीं तो कल सारा हाल मालूम ही हो जाएगा। बस तीन–चार चीजें लौटा दे, तो काम बन जाय। तुम उससे एक बार कहो तो।

जागेश्वरी झुंझलाकर बोली–उससे तुम्हीं कहो, मुझसे तो न कहा जायगा।

सहसा रमानाथ टेनिस–रैकेट लिये बाहर से आया। सफेद टेनिस शर्ट था, सफेद पतलून, कैनवस का जूता, गोरे रंग और सुंदर मुखाकृति पर इस पहनावे ने रईसों की शान पैदा कर दी थी। रूमाल में बेले के गजरे लिये हुए था। उससे सुगंध उड़ रही थी। माता–पिता की आंखें बचाकर वह जीने पर जाना चाहता था, कि जागेश्वरी ने टोका–इन्हीं के तो सब कांटे बोए हुए हैं, इनसे क्यों नहीं सलाह लेते? (रमा से) तुमने नाच–तमाशे में बारह–तेरह सौ रूपये उडा दिए, बतलाओ सर्राफ को क्या जवाब दिया जाय– बडी मुश्किलों से कुछ गहने लौटाने पर राजी हुआ, मगर बहू से गहने मांगे कौन– यह सब तुम्हारी ही करतूत है।

रमानाथ ने इस आक्षेप को अपने ऊपर से हटाते हुए कहा–मैंने क्या खर्च किया– जो कुछ किया बाबूजी ने किया। हां, जो कुछ मुझसे कहा गया, वह मैंने किया।

रमानाथ के कथन में बहुत कुछ सत्य था। यदि दयानाथ की इच्छा न होती तो रमा क्या कर सकता था? जो कुछ हुआ उन्हीं की अनुमति से हुआ। रमानाथ पर इल्जाम रखने से तो कोई समस्या हल न हो सकती थी। बोले–मैं तुम्हें इल्जाम नहीं देता भाई। किया तो मैंने ही, मगर यह बला तो किसी तरह सिर से टालनी चाहिए। सर्राफ का तकाजा है। कल उसका आदमी आवेगा। उसे क्या जवाब दिया जाएगा? मेरी समझ में तो यही एक उपाय है कि उतने रूपये के गहने उसे लौटा दिए जायं। गहने लौटा देने में भी वह झंझट करेगा, लेकिन दस–बीस रूपये के लोभ में लौटाने पर राजी हो जायगा। तुम्हारी क्या सलाह है?

रमानाथ ने शरमाते हुए कहा–मैं इस विषय में क्या सलाह दे सकता हूं, मगर मैं इतना कह सकता हूं कि इस प्रस्ताव को वह खुशी से मंजूर न करेगी। अम्मां तो जानती हैं कि चढ़ावे में चन्द्रहार

न जाने से उसे कितना बुरा लगा था। प्रण कर लिया है, जब तक चन्द्रहार न बन जाएगा, कोई गहना न पहनूंगी।

जागेश्वरी ने अपने पक्ष का समर्थन होते देख, खुश होकर कहा–यही तो मैं इनसे कह रही हूं।

रमानाथ–रोना–धोना मच जायगा और इसके साथ घर का पर्दा भी खुल जायगा।

दयानाथ ने माथा सिकोड़कर कहा–उससे पर्दा रखने की जरूरत ही क्या! अपनी यथार्थ स्थिति को वह जितनी ही जल्दी समझ ले, उतना ही अच्छा।

रमानाथ ने जवानों के स्वभाव के अनुसार जालपा से खूब जीभ उडाई थी। खूब बढ़–बढ़कर बातें की थीं। जमींदारी है, उससे कई हजार का नफा है। बैंक में रूपये हैं, उनका सूद आता है। जालपा से अब अगर गहने की बात कही गई, तो रमानाथ को वह पूरा लबाडिया समझेगी। बोला–पर्दा तो एक दिन खुल ही जायगा, पर इतनी जल्दी खोल देने का नतीजा यही होगा कि वह हमें नीच समझने लगेगी। शायद अपने घरवालों को भी लिख भेजे। चारों तरफ बदनामी होगी।

दयानाथ–हमने तो दीनदयाल से यह कभी न कहा था कि हम लखपती हैं।

रमानाथ–तो आपने यही कब कहा था कि हम उधार गहने लाए हैं और दो–चार दिन में लौटा देंगे! आखिर यह सारा स्वांग अपनी धाक बैठाने के लिए ही किया था या कुछ और?

दयानाथ–तो फिर किसी दूसरे बहाने से मांगना पड़ेगा। बिना मांगे काम नहीं चल सकता कल या तो रूपये देने पड़ेंगे, या गहने लौटाने पड़ेंगे। और कोई राह नहीं।

रमानाथ ने कोई जवाब न दिया। जागेश्वरी बोली–और कौन–सा बहाना किया जायगा– अगर कहा जाय, किसी को मंगनी

देना है, तो शायद वह देगी नहीं। देगी भी तो दो–चार दिन में लौटाएंगे कैसे ?

दयानाथ को एक उपाय सूझा। बोले–अगर उन गहनों के बदले मुलम्मे के गहने दे दिए जाएं? मगर तुरंत ही उन्हें ज्ञात हो गया कि यह लचर बात है, खुद ही उसका विरोध करते हुए कहा–हां, बाद मुलम्मा उड़ जायगा तो फिर लज्जित होना पड़ेगा। अक्ल कुछ काम नहीं करती। मुझे तो यही सूझता है, यह सारी स्थिति उसे समझा दी जाय। जरा देर के लिए उसे दुख तो जरूर होगा, लेकिन आगे के वास्ते रास्ता साफ हो जाएगा।

संभव था, जैसा दयानाथ का विचार था, कि जालपा रो–धोकर शांत हो जायगी, पर रमा की इसमें किरकिरी होती थी। फिर वह मुंह न दिखा सकेगा। जब वह उससे कहेगी, तुम्हारी जमींदारी क्या हुई– बैंक के रूपये क्या हुए, तो उसे क्या जवाब देगा–विरक्त भाव से बोला–इसमें बेइज्जती के सिवा और कुछ न होगा। आप क्या सर्राफ को दो–चार–छः महीने नहीं टाल सकते? आप देना चाहें, तो इतने दिनों में हजार–बारह सौ रूपये बडी आसानी से दे सकते हैं।

दयानाथ ने पूछा–कैसे ?

रमानाथ–उसी तरह जैसे आपके और भाई करते हैं!

दयानाथ–वह मुझसे नहीं हो सकता।

तीनों कुछ देर तक मौन बैठे रहे। दयानाथ ने अपना फैसला सुना दिया। जागेश्वरी और रमा को यह फैसला मंजूर न था। इसलिए अब इस गुत्थी के सुलझाने का भार उन्हीं दोनों पर था। जागेश्वरी ने भी एक तरह से निश्चय कर लिया था। दयानाथ को झख मारकर अपना नियम तोड़ना पड़ेगा। यह कहां की नीति है कि हमारे ऊपर संकट पडा हुआ हो और हम अपने नियमों का राग अलापे जायं। रमानाथ बुरी तरह फंसा था। वह खूब जानता था कि पिताजी ने जो काम कभी नहीं किया, वह आज न करेंगे। उन्हें

जालपा से गहने मांगने में कोई संकोच न होगा और यही वह न चाहता था। वह पछता रहा था कि मैंने क्यों जालपा से डींगें मारीं। अब अपने मुंह की लाली रखने का सारा भार उसी पर था। जालपा की अनुपम छवि ने पहले ही दिन उस पर मोहिनी डाल दी थी। वह अपने सौभाग्य पर फूला न समाता था। क्या यह घर ऐसी अनन्य सुंदरी के योग्य था? जालपा के पिता पांच रूपये के नौकर थे, पर जालपा ने कभी अपने घर में झाड़ू न लगाई थी। कभी अपनी धोती न छांटी थी। अपना बिछावन न बिछाया था। यहां तक कि अपनी के धोती की खींच तक न सी थी। दयानाथ पचास रूपये पाते थे, पर यहां केवल चौका–बासन करने के लिए महरी थी। बाकी सारा काम अपने ही हाथों करना पड़ता था। जालपा शहर और देहात का फर्क क्या जाने! शहर में रहने का उसे कभी अवसर ही न पडाथा। वह कई बार पति और सास से साश्चर्य पूछ चुकी थी, क्या यहां कोई नौकर नहीं है? जालपा के घर दूध–दही–घी की कमी नहीं थी। यहां बच्चों को भी दूध मयस्सर न था। इन सारे अभावों की पूर्ति के लिए रमानाथ के पास मीठी–मीठी बडी–बडी बातों के सिवा और क्या था। घर का किराया पांच रूपया था, रमानाथ ने पंद्रह बतलाए थे। लड़कों की शिक्षा का खर्च मुश्किल से दस रूपये था, रमानाथ ने चालीस बतलाए थे। उस समय उसे इसकी जरा भी शंका न थी, कि एक दिन सारा भंडा फट जायगा। मिथ्या दूरदर्शी नहीं होता, लेकिन वह दिन इतनी जल्दी आयगा, यह कौन जानता था। अगर उसने ये डींगें न मारी होतीं, तो जागेश्वरी की तरह वह भी सारा भार दयानाथ पर छोड़कर निश्चिन्त हो जाता, लेकिन इस वक्त वह अपने ही बनाए हुए जाल में फंस गया था। कैसे निकले! उसने कितने ही उपाय सोचे, लेकिन कोई ऐसा न था, जो आगे चलकर उसे उलझनों में न डाल देता, दलदल में न फंसा देता। एकाएक उसे एक चाल सूझी। उसका दिल उछल पडा, पर इस बात को वह मुंह तक न ला सका, ओह!

कितनी नीचता है! कितना कपट! कितनी निर्दयता! अपनी प्रेयसी के साथ ऐसी धूर्तता! उसके मन ने उसे धिक्काराब अगर इस वक्त उसे कोई एक हजार रूपया दे देता, तो वह उसका उम्रभर के लिए गुलाम हो जाता।

दयानाथ ने पूछा–कोई बात सूझी? मुझे तो कुछ नहीं सूझता।

कोई उपाय सोचना ही पड़ेगा। आप ही सोचिए, मुझे तो कुछ नहीं सूझता।

क्यों नहीं उससे दो–तीन गहने मांग लेते? तुम चाहो तो ले सकते हो,

हमारे लिए मुश्किल है।

मुझे शर्म आती है।

तुम विचित्र आदमी हो, न खुद मांगोगे न मुझे मांगने दोगे, तो आखिर यह नाव कैसे चलेगी? मैं एक बार नहीं, हजार बार कह चुका कि मुझसे कोई आशा मत रक्खो। मैं अपने आखिरी दिन जेल में नहीं काट सकता इसमें शर्म की क्या बात है, मेरी समझ में नहीं आता। किसके जीवन में ऐसे कुअवसर नहीं आते? तुम्हीं अपनी मां से पूछो।

जागेश्वरी ने अनुमोदन किया–मुझसे तो नहीं देखा जाता था कि अपना आदमी चिंता में पडा रहे, मैं गहने पहने बैठी रहूं। नहीं तो आज मेरे पास भी गहने न होते? एक–एक करके सब निकल गए। विवाह में पांच हजार से कम का चढ़ावा नहीं गया था, मगर पांच ही साल में सब स्वाहा हो गया। तब से एक छल्ला बनवाना भी नसीब न हुआ।

दयानाथ जोर देकर बोले–शर्म करने का यह अवसर नहीं है। इन्हें मांगना पड़ेगा!

रमानाथ ने झेंपते हुए कहा–मैं मांग तो नहीं सकता, कहिए उठा लाऊं।

यह कहते—कहते लज्जा, क्षोभ और अपनी नीचता के ज्ञान से उसकी आंखें सजल हो गई।

दयानाथ ने भौंचक्ध होकर कहा—उठा लाओगे, उससे छिपाकर?

रमानाथ ने तीव्र कंठ से कहा—और आप क्या समझ रहे हैं?

दयानाथ ने माथे पर हाथ रख लिया, और एक क्षण के बाद आहत कंठ से बोले—नहीं, मैं ऐसा न करने दूंगा। मैंने छल कभी नहीं किया, और न कभी करूंगा। वह भी अपनी बहू के साथ! छिः—छिः, जो काम सीधे से चल सकता है, उसके लिए यह फरेब—कहीं उसकी निगाह पड़ गई, तो समझते हो, वह तुम्हें दिल में क्या समझेगी? मांग लेना इससे कहीं अच्छा है।

रमानाथ—आपको इससे क्या मतलब। मुझसे चीजें ले लीजिएगा, मगर जब आप जानते थे, यह नौबत आएगी, तो इतने जेवर ले जाने की जरूरत ही क्या थी ? व्यर्थ की विपत्ति मोल ली। इससे कई लाख गुना अच्छा था कि आसानी से जितना ले जा सकते, उतना ही ले जाते। उस भोजन से क्या लाभ कि पेट में पीडा होने लगे? मैं तो समझ रहा था कि आपने कोई मार्ग निकाल लिया होगा। मुझे क्या मालूम था कि आप मेरे सिर यह मुसीबतों की टोकरी पटक देंगे। वरना मैं उन चीजों को कभी न ले जाने देता।

दयानाथ कुछ लज्जित होकर बोले—इतने पर भी चन्द्रहार न होने से वहां हाय—तोबा मच गई।

रमानाथ—उस हाय—तोबा से हमारी क्या हानि हो सकती थी। जब इतना करने पर भी हाय—तोबा मच गई, तो मतलब भी तो न पूरा हुआ। उधर बदनामी हुई, इधर यह आफत सिर पर आई। मैं यह नहीं दिखाना चाहता कि हम इतने फटेहाल हैं। चोरी हो जाने पर तो सब्र करना ही पड़ेगा।

दयानाथ चुप हो गए। उस आवेश में रमा ने उन्हें खूब खरी—खरी सुनाई और वह चुपचाप सुनते रहे। आखिर जब न सुना

गया, तो उठकर पुस्तकालय चले गए। यह उनका नित्य का नियम था। जब तक दो–चार पत्र–पत्रिकाएं न पढ़लें, उन्हें खाना न हजम होता था। उसी सुरक्षित गढ़ी में पहुंचकर घर की चिंताओं और बाधाओं से उनकी जान बचती थी। रमा भी वहां से उठा, पर जालपा के पास न जाकर अपने कमरे में गया। उसका कोई कमरा अलग तो था नहीं, एक ही मर्दाना कमरा था, इसी में दयानाथ अपने दोस्तों से गप–शप करते, दोनों लङके पढ़ते और रमा मित्रों के साथ शतरंज खेलता। रमा कमरे में पहुंचा, तो दोनों लङके ताश खेल रहे थे। गोपी का तेरहवां साल था, विश्वम्भर का नवां। दोनों रमा से थरथर कांपते थे। रमा खुद खूब ताश और शतरंज खेलता, पर भाइयों को खेलते देखकर हाथ में खुजली होने लगती थी। खुद चाहे दिनभर सैर – सपाटे किया करे, मगर क्या मजाल कि भाई कहीं घूमने निकल जायं। दयानाथ खुद लड़कों को कभी न मारते थे। अवसर मिलता, तो उनके साथ खेलते थे। उन्हें कनकौवे उडाते देखकर उनकी बाल–प्रकृति सजग हो जाती थी। दो–चार पेंच लडादेते। बच्चों के साथ कभी–कभी गुल्ली–डंडा भी खेलते थे। इसलिए लङके जितना रमा से डरते, उतना ही पिता से प्रेम करते थे।

रमा को देखते ही लड़कों ने ताश को टाट के नीचे छिपा दिया और पढ़ने लगे। सिर झुकाए चपत की प्रतीक्षा कर रहे थे, पर रमानाथ ने चपत नहीं लगाई, मोढ़े पर बैठकर गोपीनाथ से बोला–तुमने भंग की दुकान देखी है न, नुक्कड़ पर?

गोपीनाथ प्रसन्न होकर बोला–हां, देखी क्यों नहीं। जाकर चार पैसे का माजून ले लो, दौड़े हुए आना। हां, हलवाई की दुकान से आधा सेर मिठाई भी लेते आना। यह रूपया लो।

कोई पंद्रह मिनट में रमा ये दोनों चीजें ले, जालपा के कमरे की ओर चला। रात के दस बज गए थे। जालपा खुली हुई छत पर लेटी हुई थी। जेठ की सुनहरी चांदनी में सामने फैले हुए नगर के कलश, गुंबद और वृक्ष स्वप्न–चित्रों से लगते थे। जालपा की

आंखें चंद्रमा की ओर लगी हुई थीं। उसे ऐसा मालूम हो रहा था, मैं चंद्रमा की ओर उड़ी जा रही हूं। उसे अपनी नाक में खुश्की, आंखों में जलन और सिर में चक्कर मालूम हो रहा था। कोई बात ध्यान में आते ही भूल जाती, और बहुत याद करने पर भी याद न आती थी। एक बार घर की याद आ गई, रोने लगी। एक ही क्षण में सहेलियों की याद आ गई, हंसने लगी। सहसा रमानाथ हाथ में एक पोटली लिये, मुस्कराता हुआ आया और चारपाई पर बैठ गया।

जालपा ने उठकर पूछा—पोटली में क्या है?

रमानाथ—बूझ जाओ तो जानूं।

जालपा—हंसी का गोलगप्पा है! (यह कहकर हंसने लगी।)

रमानाथ—मलतब?

जालपा—नींद की गठरी होगी!

रमानाथ—मलतब?

जालपा—तो प्रेम की पिटारी होगी!

रमानाथ— ठीक, आज मैं तुम्हें फूलों की देवी बनाऊंगा।

जालपा खिल उठी। रमा ने बडे अनुराग से उसे फूलों के गहने पहनाने शुरू किए, फूलों के शीतल कोमल स्पर्श से जालपा के कोमल शरीर में गुदगुदी—सी होने लगी। उन्हीं फूलों की भांति उसका एक—एक रोम प्रफुल्लित हो गया।

रमा ने मुस्कराकर कहा—कुछ उपहार?

जालपा ने कुछ उत्तर न दिया। इस वेश में पति की ओर ताकते हुए भी उसे संकोच हुआ। उसकी बडी इच्छा हुई कि जरा आईने में अपनी छवि देखे। सामने कमरे में लैंप जल रहा था, वह उठकर कमरे में गई और आईने के सामने खड़ी हो गई। नशे की तरंग में उसे ऐसा मालूम हुआ कि मैं सचमुच फूलों की देवी हूं। उसने पानदान उठा लिया और बाहर आकर पान बनाने लगी। रमा को

इस समय अपने कपट–व्यवहार पर बडी ग्लानि हो रही थी। जालपा ने कमरे से लौटकर प्रेमोल्लसित नजरों से उसकी ओर देखा, तो उसने मुंह उधर लिया। उस सरल विश्वास से भरी हुई आंखों के सामने वह ताक न सका। उसने सोचा–मैं कितना बडा कायर हूं। क्या मैं बाबूजी को साफ–साफ जवाब न दे सकता था? मैंने हामी ही क्यों भरी– क्या जालपा से घर की दशा साफ–साफ कह देना मेरा कर्तव्य न था – उसकी आंखें भर आई। जाकर मुंडेर के पास खडा हो गया। प्रणय के उस निर्मल प्रकाश में उसका मनोविकार किसी भंयकर जंतु की भांति घूरता हुआ जान पड़ता था। उसे अपने ऊपर इतनी घृणा हुई कि एक बार जी में आया, सारा कपट–व्यवहार खोल दूं, लेकिन संभल गया। कितना भयंकर परिणाम होगा। जालपा की नजरों से फिर जाने की कल्पना ही उसके लिए असह्य थी।

जालपा ने प्रेम–सरस नजरों से देखकर कहा – मेरे दादाजी तुम्हें देखकर गए और अम्मांजी से तुम्हारा बखान करने लगे, तो मैं सोचती थी कि तुम कैसे होगे। मेरे मन में तरह–तरह के चित्र आते थे।'

रमानाथ ने एक लंबी सांस खींची। कुछ जवाब न दिया।

जालपा ने फिर कहा – मेरी सखियां तुम्हें देखकर मुग्ध हो गई। शहजादी तो खिड़की के सामने से हटती ही न थी। तुमसे बातें करने की उसकी बडी इच्छा थी। जब तुम अंदर गए थे तो उसी ने तुम्हें पान के बीड़े दिए थे, याद है?'

रमा ने कोई जवाब न दिया।

जालपा–अजी, वही जो रंग–रूप में सबसे अच्छी थी, जिसके गाल पर एक तिल था, तुमने उसकी ओर बडे प्रेम से देखा था, बेचारी लाज के मारे गड़ गई थी। मुझसे कहने लगी, जीजा तो बडे रसिक जान पड़ते हैं। सखियों ने उसे खूब चिढ़ाया, बेचारी रूआंसी हो गई। याद है?'

रमा ने मानो नदी में डूबते हुए कहा–मुझे तो याद नहीं आता।'

जालपा–अच्छा, अबकी चलोगे तो दिखा दूंगी। आज तुम बाजार की तरफ गए थे कि नहीं?'

रमा ने सिर झुकाकर कहा–आज तो फुरसत नहीं मिली।'

जालपा–जाओ, मैं तुमसे न बोलूंगी! रोज हीले–हवाले करते हो अच्छा, कल ला दोगे न?'

रमानाथ का कलेजा मसोस उठा। यह चन्द्रहार के लिए इतनी विकल हो रही है। इसे क्या मालूम कि दुर्भाग्य इसका सर्वस्व लूटने का सामान कर रहाहै। जिस सरल बालिका पर उसे अपने प्राणों को न्योछावर करना चाहिए था, उसी का सर्वस्व अपहरण करने पर वह तुला हुआ है! वह इतना व्यग्र हुआ, कि जी में आया, कोठे से कूदकर प्राणों का अंत कर दे।

आधी रात बीत चुकी थी। चन्द्रमा चोर की भांति एक वृक्ष की आड़ से झांक रहा था। जालपा पति के गले में हाथ डाले हुए निद्रा में मग्न थी। रमा मन में विकट संकल्प करके धीरे से उठा, पर निद्रा की गोद में सोए हुए पुष्प प्रदीप ने उसे अस्थिर कर दिया। वह एक क्षण खडा मुग्ध नजरों से जालपा के निद्रा–विहसित मुख की ओर देखता रहा। कमरे में जाने का साहस न हुआ। फिर लेट गया।

जालपा ने चौंककर पूछा–कहां जाते हो, क्या सवेरा हो गया?

रमानाथ–अभी तो बडी रात है।

जालपा–तो तुम बैठे क्यों हो?

रमानाथ–कुछ नहीं, जरा पानी पीने उठा था।

जालपा ने प्रेमातुर होकर रमा के गले में बांहें डाल दीं और उसे सुलाकर कहा–तुम इस तरह मुझ पर टोना करोगे, तो मैं भाग जाऊंगी। न जाने किस तरहताकते हो, क्या करते हो, क्या मंत्र पढ़ते हो कि मेरा मन चंचल हो जाता है। बासन्ती सच कहती थी, पुरूषों की आंख में टोना होता है।

रमा ने फटे हुए स्वर में कहा–टोना नहीं कर रहा हूं, आंखों की प्यास बुझा रहा हूं।

दोनों फिर सोए, एक उल्लास में डूबी हुई, दूसरा चिंता में मग्न।

तीन घंटे और गुजर गए। द्वादशी के चांद ने अपना विश्व–दीपक बुझा दिया। प्रभात की शीतल–समीर प्रकृति को मद के प्याले पिलाती फिरती थी। आधी रात तक जागने वाला बाजार भी सो गया। केवल रमा अभी तक जाग रहा था। मन में भांति–भांति के तर्क–वितर्क उठने के कारण वह बार–बार उठता था और फ़िर लेट जाता था। आखिर जब चार बजने की आवाज कान में आई, तो घबराकर उठ बैठा और कमरे में जा पहुंचा। गहनों का संदूकचा आलमारी में रक्खा हुआ था, रमा ने उसे उठा लिया, और थरथर कांपता हुआ नीचे उतर गया। इस घबराहट में उसे इतना अवकाश न मिला कि वह कुछ गहने छांटकर निकाल लेता। दयानाथ नीचे बरामदे में सो रहे थे। रमा ने उन्हें धीरे–से जगाया, उन्होंने हकबकाकर पूछा –कौन

रमा ने होंठ पर उंगली रखकर कहा–मैं हूं। यह संदूकची लाया हूं। रख लीजिए।

दयानाथ सावधन होकर बैठ गए। अभी तक केवल उनकी आंखें जागी थीं, अब चेतना भी जाग्रत हो गई। रमा ने जिस वक्त उनसे गहने उठा लाने की बात कही थी, उन्होंने समझा था कि यह आवेश में ऐसा कह रहा है। उन्हें इसका विश्वास न आया था कि रमा जो कुछ कह रहा है, उसे भी पूरा कर दिखाएगा। इन कमीनी चालों से वह अलग ही रहना चाहते थे। ऐसे कुत्सित कार्य में पुत्र से साठ–गांठ करना उनकी अंतरात्मा को किसी तरह स्वीकार न था।

पूछा–इसे क्यों उठा लाए?

रमा ने धृष्टता से कहा–आप ही का तो हुक्म था।

दयानाथ–झूठ कहते हो!

रमानाथ–तो क्या फिर रख आऊं?

रमा के इस प्रश्न ने दयानाथ को घोर संकट में डाल दिया। झेंपते हुए बोले–अब क्या रख आओगे, कहीं देख ले, तो गजब ही हो जाए। वही काम करोगे, जिसमें जग–हंसाई हो खड़े क्या हो, संदूकची मेरे बडे संदूक में रख आओ और जाकर लेट रहो कहीं जाग पड़े तो बस! बरामदे के पीछे दयानाथ का कमरा था। उसमें एक देवदार का पुराना संदूक रखा था। रमा ने संदूकची उसके अंदर रख दी और बडी फुर्ती से ऊपर चला गया। छत पर पहुंचकर उसने आहट ली, जालपा पिछले पहर की सुखद निद्रा में मग्न थी।

रमा ज्योंही चारपाई पर बैठा, जालपा चौंक पड़ी और उससे चिमट गई।

रमा ने पूछा–क्या है, तुम चौंक क्यों पड़ीं?

जालपा ने इधर–उधर प्रसन्न नजरों से ताककर कहा–कुछ नहीं, एक स्वप्न देख रही थी। तुम बैठे क्यों हो, कितनी रात है अभी?

रमा ने लेटते हुए कहा–सवेरा हो रहा है, क्या स्वप्न देखती थीं?

जालपा–जैसे कोई चोर मेरे गहनों की संदूकची उठाए लिये जाता हो।

रमा का हृदय इतने जोर से धक–धक करने लगा, मानो उस पर हथौड़े पड़ रहे हैं। खून सर्द हो गया। परंतु संदेह हुआ, कहीं इसने मुझे देख तो नहीं लिया। वह जोर से चिल्ला पडा–चोर! चोर! नीचे बरामदे में दयानाथ भी चिल्ला उठे–चोर! चोर! जालपा घबडाकर उठी। दौड़ी हुई कमरे में गई, झटके से आलमारी खोली। संदूकची वहां न थी? मूर्छित होकर फिर पड़ी।

सवेरा होते ही दयानाथ गहने लेकर सर्राफ के पास पहुंचे और हिसाब होने लगा। सर्राफ के पंद्रह सौ रू. आते थे, मगर वह केवल पंद्रह सौ रू. के गहने लेकरसंतुष्ट न हुआ। बिके हुए गहनों को वह बक्रे पर ही ले सकता था। बिकी हुई चीज कौन वापस लेता है।

रोकड़ पर दिए होते, तो दूसरी बात थी। इन चीजों कातो सौदा हो चुका था। उसने कुछ ऐसी व्यापारिक सिद्धान्त की बातें कीं, दयानाथ को कुछ ऐसा शिकंजे में कसा कि बेचारे को हां–हां करने के सिवा और कुछ न सूझा। दफ्तर का बाबू चतुर दुकानदार से क्या पेश पाता – पंद्रह सौ रू. में पच्चीस सौ रू. के गहने भी चले गए, ऊपर से पचास रू. और बाकी रह गए। इस बात पर पिता–पुत्र में कई दिन खूब वाद–विवाद हुआ। दोनों एकदूसरे को दोषी ठहराते रहे। कई दिन आपस में बोलचाल बंद रही, मगर इस चोरी का हाल गुप्त रखा गया। पुलिस को खबर हो जाती, तो भंडा फट जाने का भय था। जालपा से यही कहा गया कि माल तो मिलेगा नहीं, व्यर्थ का झंझट भले ही होगा। जालपा ने भी सोचा, जब माल ही न मिलेगा, तो रपट व्यर्थ क्यों की जाय।

जालपा को गहनों से जितना प्रेम था, उतना कदाचित संसार की और किसी वस्तु से न था, और उसमें आश्चर्य की कौन–सी बात थी। जब वह तीन वर्ष की अबोध बालिका थी, उस वक्त उसके लिए सोने के चूड़े बनवाए गए थे। दादी जब उसे गोद में खिलाने लगती, तो गहनों की ही चर्चा करती–तेरा दूल्हा तेरे लिए बडे सुंदर गहने लाएगा। ठुमक–ठुमककर चलेगी। जालपा पूछती–चांदी के होंगे कि सोने के, दादीजी?

दादी कहती–सोने के होंगे बेटी, चांदी के क्यों लाएगा– चांदी के लाए तो तुम उठाकर उसके मुंह पर पटक देना।

मानकी छेड़कर कहती–चांदी के तो लाएगा ही। सोने के उसे कहां मिले जाते हैं!

जालपा रोने लगती, इस बूढ़ी दादी, मानकी, घर की महरियां, पड़ोसिनें और दीनदयाल–सब हंसते। उन लोगों के लिए यह विनोद का अशेष भंडार था।बालिका जब जरा और बडी हुई, तो गुडियों के ब्याह करने लगी। लडके की ओर से चढ़ावे जाते, दुलहिन को गहने पहनाती, डोली में बैठाकर विदा करती, कभी–कभी दुलहिन

गुडिया अपने गुये दूल्हे से गहनों के लिए मान करती, गुड्डा बेचारा कहीं–न–कहीं से गहने लाकर स्त्री को प्रसन्न करता था। उन्हीं दिनोंबिसाती ने उसे वह चन्द्रहार दिया, जो अब तक उसके पास सुरक्षित था। जरा और बडी हुई तो बडी–बूढि.यों में बैठकर गहनों की बातें सुनने लगी। महिलाओं के उस छोटे–से संसार में इसके सिवा और कोई चर्चा ही न थी। किसने कौन–कौन गहने बनवाए, कितने दाम लगे, ठोस हैं या पोले, जडाऊ हैं या सादे, किस लडकी के विवाह में कितने गहने आए? इन्हीं महत्वपूर्ण विषयों पर नित्य आलोचना–प्रत्यालोचना, टीका–टिप्पणी होती रहती थी। कोई दूसरा विषय इतनारोचक, इतना ग्राह्य हो ही नहीं सकता था। इस आभूषण–मंडित संसार में पली हुई जालपा का यह आभूषण–प्रेम स्वाभाविक ही था।

महीने–भर से ऊपर हो गया। उसकी दशा ज्यों–की–त्यों है। न कुछ खाती–पीती है, न किसी से हंसती–बोलती है। खाट पर पड़ी हुई शून्य नजरों से शून्याकाश की ओर ताकती रहती है। सारा घर समझाकर हार गया, पड़ोसिनें समझाकर हार गई, दीनदयाल आकर समझा गए, पर जालपा ने रोग–शय्या न छोड़ी। उसे अब घर में किसी पर विश्वास नहीं है, यहां तक कि रमा से भी उदासीन रहती है। वह समझती है, सारा घर मेरी उपेक्षा कर रहा है। सबके–सब मेरे प्राण के ग्राहक हो रहे हैं। जब इनके पास इतना धन है, तो फिर मेरे गहने क्यों नहीं बनवाते? जिससे हम सबसे अधिक स्नेह रखते हैं, उसी पर सबसे अधिक रोष भी करते हैं। जालपा को सबसे अधिक क्रोध रमानाथ पर था। अगर यह अपने माता–पिता से जोर देकर कहते, तो कोई इनकी बात न टाल सकता, पर यह कुछ कहें भी–इनके मुंह में तो दही जमा हुआ है। मुझसे प्रेम होता, तो यों निश्चिंत न बैठे रहते। जब तक सारी चीजें न बनवा लेते, रात को नींद न आती। मुंह देखे की मुहब्बत है, मां–बाप से कैसे कहें, जाएंगे तोअपनी ही ओर, मैं कौन हूं! वह रमा से केवल खिंची ही न रहती

थी, वह कभी कुछ पूछता तो दोचार जली–कटी सुना देती। बेचारा अपना–सा मुंह लेकर रह जाता! गरीब अपनी ही लगाई हुई आग में जला जाता था। अगर वह जानता कि उन डींगों का यह फल होगा, तो वह जबान पर मुहर लगा लेता। चिंता और ग्लानि उसके हृदय को कुचले डालती थी। कहां सुबह से शाम तक हंसी–कहकहे, सैर–सपाटे में कटते थे, कहां अब नौकरी की तलाश में ठोकरें खाता फिरता था। सारी मस्ती गायब हो गई। बार–बार अपने पिता पर क्रोध आता, यह चाहते तो दो–चार महीने में सब रूपये अदा हो जाते, मगर इन्हें क्या फिक्र! मैं चाहे मर जाऊं पर यह अपनी टेक न छोड़ेंगे। उसके प्रेम से भरे हुए, निष्कपट हृदय में आग–सी सुलगती रहती थी। जालपा का मुरझाया हुआ मुख देखकर उसके मुंह से ठंडी सांस निकल जाती थी। वह सुखद प्रेम–स्वप्न इतनी जल्द भंग हो गया, क्या वे दिन फिर कभी आएंगे– तीन हजार के गहने कैसे बनेंगे– अगर नौकर भी हुआ, तो ऐसा कौन–सा बडा ओहदा मिल जाएगा– तीन हजार तो शायद तीन जन्म में भी न जमा हों। वह कोई ऐसा उपाय सोच निकालना चाहता था, जिसमें वह जल्द–से–जल्द अतुल संपत्ति का स्वामी हो जाय। कहीं उसके नाम कोई लाटरी निकल आती! फिर तो वह जालपा को आभूषणों से मढ़ देता। सबसे पहले चन्द्रहार बनवाता। उसमें हीरे जड़े होते। अगर इस वक्त उसे जाली नोट बनाना आ जाता तो अवश्य बनाकर चला देता।एक दिन वह शाम तक नौकरी की तलाश में मारा–मारा फिरता रहा।

शतरंज की बदौलत उसका कितने ही अच्छे–अच्छे आदमियों से परिचय था, लेकिन वह संकोच और डर के कारण किसी से अपनी स्थिति प्रकट न कर सकता था। यह भी जानता था कि यह मान–सम्मान उसी वक्त तक है, जब तक किसी के समाने मदद के लिए हाथ नहीं फैलाता। यह आन टूटी, फिर कोई बात भी न पूछेगा। कोई ऐसा भलामानुस न दीखता था, जो कुछ बिना कहे ही जान जाए, और उसे कोई अच्छी–सी जगह दिला दे। आज उसका चित्त बहुत खिकै था। मित्रों पर ऐसा क्रोध आ रहा था कि एक–एक

को फटकारे और आएं तो द्वार से दुत्कार दे। अब किसी ने शतरंज खेलने को बुलाया, तो ऐसी फटकार सुनाऊंगा कि बचा याद करें, मगर वह जरा गौर करता तो उसे मालूम हो जाता कि इस विषय में मित्रों का उतना दोष न था, जितना खुद उसका। कोई ऐसा मित्र न था, जिससे उसने बढ़–बढ़कर बातें न की हों। यह उसकी आदत थी। घर की असली दशा को वह सदैव बदनामी की तरह छिपाता रहा। और यह उसी का फल था कि इतने मित्रों के होते हुए भी वह बेकार था। वह किसी से अपनी मनोव्यथा न कह सकता था और मनोव्यथा सांस की भांति अंदर घुटकर असह्य हो जाती है। घर में आकर मुंह लटकाए हुए बैठ गया।

जागेश्वरी ने पानी लाकर रख दिया और पूछा–आज तुम दिनभर कहां रहे? लो हाथ– मुंह धो डालो। रमा ने लोटा उठाया ही था कि जालपा ने आकर उग्र भाव से कहा–मुझे मेरे घर पहुंचा दो, इसी वक्त!

रमा ने लोटा रख दिया और उसकी ओर इस तरह ताकने लगा, मानो उसकी बात समझ में न आई हो।

जागेश्वरी बोली–भला इस तरह कहीं बहू–बेटियां विदा होती हैं, कैसी बात कहती हो, बहू?

जालपा–मैं उन बहू–बेटियों में नहीं हूं। मेरा जिस वक्त जी चाहेगा, जाऊंगी, जिस वक्त जी चाहेगा, आऊंगी। मुझे किसी का डर नहीं है। जब यहां कोई मेरी बात नहीं पूछता, तो मैं भी किसी को अपना नहीं समझती। सारे दिन अनाथों की तरह पड़ी रहती हूं। कोई झांकता तक नहीं। मैं चिडिया नहीं हूं, जिसका पिंजडादाना–पानी रखकर बंद कर दिया जाय। मैं भी आदमी हूं। अब इस घर में मैं क्षण–भर न रूकूंगी। अगर कोई मुझे भेजने न जायगा, तो अकेली चली जाउंगी। राह में कोई भेडिया नहीं बैठा है, जो मुझे उठा ले जाएगा और उठा भी ले जाए, तो क्या गम। यहां कौन–सा सुख भोग रही हूं।

रमा ने सावधन होकर कहा–आख़िर कुछ मालूम भी तो हो, क्या बात हुई?

जालपा–बात कुछ नहीं हुई, अपना जी है। यहां नहीं रहना चाहती।

रमानाथ–भला इस तरह जाओगी तो तुम्हारे घरवाले क्या कहेंगे, कुछ यह भी तो सोचो!

जालपा–यह सब कुछ सोच चुकी हूं, और ज्यादा नहीं सोचना चाहती। मैं जाकर अपने कपड़े बांधाती हूं और इसी गाड़ी से जाऊंगी।

यह कहकर जालपा ऊपर चली गई। रमा भी पीछे–पीछे यह सोचता हुआ चला, इसे कैसे शांत करूं। जालपा अपने कमरे में जाकर बिस्तर लपेटने लगी कि रमा ने उसका हाथ पकड़ लिया और बोला–तुम्हें मेरी कसम जो इस वक्त जाने का नाम लो!

जालपा ने त्योरी चढ़ाकर कहा–तुम्हारी कसम की हमें कुछ परवा नहीं है।

उसने अपना हाथ छुडालिया और फिर बिछावन लपेटने लगी। रमा खिसियाना–सा होकर एक किनारे खडाहो गया। जालपा ने बिस्तरबंद से बिस्तरे को बांधा और फिर अपने संदूक को साफ करने लगी। मगर अब उसमें वह पहले–सी तत्परता न थी, बार–बार संदूक बंद करती और खोलती।

वर्षा बंद हो चुकी थी, केवल छत पर रूका हुआ पानी टपक रहा था। आखिर वह उसी बिस्तर के बंडल पर बैठ गई और बोली–तुमने मुझे कसम क्यों दिलाई? रमा के हृदय में आशा की गुदगुदी हुई। बोला–इसके सिवा मेरे पास तुम्हें रोकने का और क्या उपाय था?

जालपा–क्या तुम चाहते हो कि मैं यहीं घुट–घुटकर मर जाऊं?

रमानाथ–तुम ऐसे मनहूस शब्द क्यों मुंह से निकालती हो? मैं तो चलने को तैयार हूं, न मानोगी तो पहुंचाना ही पड़ेगा। जाओ, मेरा ईश्वर मालिक है, मगर कम–से–कम बाबूजी और अम्मां से पूछ लो।

बुझती हुई आग में तेल पड़ गया। जालपा तड़पकर बोली–वह मेरे कौन होते हैं, जो उनसे पूछूँ?

रमानाथ–कोई नहीं होते?

जालपा–कोई नहीं! अगर कोई होते, तो मुझे यों न छोड़ देते। रूपये रखते हुए कोई अपने प्रियजनों का कष्ट नहीं देख सकता ये लोग क्या मेरे आंसू न पोंछ सकते थे? मैं दिन–के दिन यहां पड़ी रहती हूं, कोई झूठों भी पूछता है? मुहल्ले की स्त्रियां मिलने आती हैं, कैसे मिलूं? यह सूरत तो मुझसे नहीं दिखाई जाती। न कहीं आना न जाना, न किसी से बात न चीत, ऐसे कोई कितने दिन रह सकता है? मुझे इन लोगों से अब कोई आशा नहीं रही। आखिर दो लड़के और भी तो हैं, उनके लिए भी कुछ जोड़ेंगे कि तुम्हीं को दे दें!

रमा को बडी–बडी बातें करने का फिर अवसर मिला। वह खुश था कि इतने दिनों के बाद आज उसे प्रसन्न करने का मौका तो मिलाब बोला–प्रिये, तुम्हारा ख्याल बहुत ठीक है।

जरूर यही बात है। नहीं तो ढाई–तीन हजार उनके लिए क्या बडी बात थी? पचासों हजार बैंक में जमा हैं, दफ्तर तो केवल दिल बहलाने जाते हैं।

जालपा–मगर हैं मक्खीचूस पल्ले सिरे के!

रमानाथ–मक्खीचूस न होते, तो इतनी संपत्ति कहां से आती!

जालपा–मुझे तो किसी की परवा नहीं है जी, हमारे घर किस बात की कमी है! दाल–रोटी वहां भी मिल जायगी। दो–चार सखी–सहेलियां हैं, खेत– खलिहान हैं, बाग–बगीचे हैं, जी बहलता रहेगा।

रमानाथ–और मेरी क्या दशा होगी, जानती हो? घुल–घुलकर मर जाऊंगा। जब से चोरी हुई, मेरे दिल पर जैसी गुजरती है, वह दिल ही जानता है। अम्मां और बाबूजी से एक बार नहीं, लाखों बार कहा, जोर देकर कहा कि दो–चार चीजें तो बनवा ही दीजिए, पर किसी के कान पर जूं तक न रेंगी। न जाने क्यों मुझसे आंखें उधर कर लीं।

जालपा–जब तुम्हारी नौकरी कहीं लग जाय, तो मुझे बुला लेना।

रमानाथ–तलाश कर रहा हूं। बहुत जल्द मिलने वाली है। हजारों बड़े–बडे आदमियों से मुलाकात है, नौकरी मिलते क्या देर लगती है, हां, जरा अच्छी जगह चाहता हूं।

जालपा–मैं इन लोगों का रूख समझती हूं। मैं भी यहां अब दावे के साथ रहूंगी। क्यों, किसी से नौकरी के लिए कहते नहीं हो?

रमानाथ–शर्म आती है किसी से कहते हुए।

जालपा–इसमें शर्म की कौन–सी बात है – कहते शर्म आती हो, तो खत लिख दो।

रमा उछल पडा, कितना सरल उपाय था और अभी तक यह सीधी–सी बात उसे न सूझी थी। बोला–हां, यह तुमने बहुत अच्छी तरकीब बतलाई, कल जरूर लिखूंगा।

जालपा–मुझे पहुंचाकर आना तो लिखना। कल ही थोड़े लौट आओगे।

रमानाथ–तो क्या तुम सचमुच जाओगी? तब मुझे नौकरी मिल चुकी और मैं खत लिख चुका! इस वियोग के दु:ख में बैठकर रोऊंगा कि नौकरी ढूंढूगा। नहीं, इस वक्त जाने का विचार छोड़ो। नहीं, सच कहता हूं, मैं कहीं भाग जाऊंगा। मकान का हाल देख चुका। तुम्हारे

सिवा और कौन बैठा हुआ है, जिसके लिए यहां पडा–सडा करूं। हटो तो जरा मैं बिस्तर खोल दूं।

जालपा ने बिस्तर पर से जरा खिसककर कहा–मैं बहुत जल्द चली आऊंगी। तुम गए और मैं आई।

रमा ने बिस्तर खोलते हुए कहा–जी नहीं, माफ कीजिए, इस धोखे में नहीं आता। तुम्हें क्या, तुम तो सहेलियों के साथ विहार करोगी, मेरी खबर तक न लोगी, और यहां मेरी जान पर बन आवेगी। इस घर में फिर कैसे कदम रक्खा जायगा।

जालपा ने एहसान जताते हुए कहा–आपने मेरा बंधा–बंधाया बिस्तर खोल दिया, नहीं तो आज कितने आनंद से घर पहुंच जाती। शहजादी सच कहती थी, मर्द बडे टोनहे होते हैं। मैंने आज पक्का इरादा कर लिया था कि चाहे ब्रह्मा भी उतर आएं, पर मैं न मानूंगी। पर तुमने दो ही मिनट में मेरे सारे मनसूबे चौपट कर दिए। कल खत लिखना जरूर। बिना कुछ पैदा किए अब निर्वाह नहीं है।

रमानाथ–कल नहीं, मैं इसी वक्त जाकर दो–तीन चिट्ठियां लिखता हूं।

जालपा–पान तो खाते जाओ।

रमानाथ ने पान खाया और मर्दाने कमरे में आकर खत लिखने बैठे। मगर फिर कुछ सोचकर उठ खड़े हुए और एक तरफ को चल दिए। स्त्री का सप्रेम आग्रह पुरूष से क्या नहीं करा सकता।

पाँचवाँ

रमा के परिचितों में एक रमेश बाबू म्यूनिसिपल बोर्ड में हेड क्लर्क थे। उम्र तो चालीस के ऊपर थी, पर थे बडे रसिक। शतरंज खेलने बैठ जाते, तो सवेरा कर देते। दफ्तर भी भूल जाते। न आगे नाथ न पीछे पगहा। जवानी में स्त्री मर गई थी, दूसरा विवाह नहीं किया। उस एकांत जीवन में सिवा विनोद के और क्या अवलंब था।

चाहते तो हजारों के वारे–न्यारे करते, पर रिश्वत की कौड़ी भी हराम समझते थे। रमा से बडा स्नेह रखते थे। और कौन ऐसा निठल्ला था, जो रात–रात भर उनसे शतरंज खेलता। आज कई दिन से बेचारे बहुत व्याकुल हो रहे थे। शतरंज की एक बाजी भी न हुई। अखबार कहां तक पढ़ते। रमा इधर दो–एक बार आया अवश्य, पर बिसात पर न बैठा रमेश बाबू ने मुहरे बिछा दिए। उसको पकड़कर बैठाया, पर वह बैठा नहीं। वह क्यों शतरंज खेलने लगा। बहू आई है, उसका मुंह देखेगा, उससे प्रेमालाप करेगा कि इस बूढ़े के साथ शतरंज खेलेगा! कई बार जी में आया, उसे बुलवाएं, पर यह सोचकर कि वह क्यों आने लगा, रह गए। कहां जायं–सिनेमा ही देख आवें–किसी तरह समय तो कटे। सिनेमा से उन्हें बहुत प्रेम न था, पर इस वक्त उन्हें सिनेमा के सिवा और कुछ न सूझा।कपड़े पहने और जाना ही चाहते थे कि रमा ने कमरे में कदम रखा। रमेश उसे देखते ही गेंद की तरह लुढ़ककर द्वार पर जा पहुंचे और उसका हाथ पकड़कर बोले–आइए, आइए, बाबू रमानाथ साहब बहादुर! तुम तो इस बुड्ढे को बिलकुल भूल ही गए। हां भाई, अब क्यों आओगे? प्रेमिका की रसीली

बातों का आनंद यहां कहां? चोरी का कुछ पता चला?

रमानाथ–कुछ भी नहीं।

रमेश–बहुत अच्छा हुआ, थाने में रपट नहीं लिखाई, नहीं सौ–दो सौ के मत्थे और जाते। बहू को तो बडा दुःख हुआ होगा?

रमानाथ–कुछ पूछिए मत, तभी से दाना–पानी छोड़ रक्खा है? मैं तो तंग आ गया। जी में आता है, कहीं भाग जाऊं। बाबूजी सुनते नहीं।

रमेश–बाबूजी के पास क्या काई का खजाना रक्खा हुआ है? अभी चारपांच हजार खर्च किए हैं, फिर कहां से लाकर गहने बनवा दें? दस–बीस हजार रूपये होंगे, तो अभी तो बच्चे भी तो सामने हैं और नौकरी का भरोसा ही क्या पचास रू. होता ही क्या है?

रमानाथ–मैं तो मुसीबत में फंस गया। अब मालूम होता है, कहीं नौकरी करनी पड़ेगी। चौन से खाते और मौज उड़ाते थे, नहीं तो बैठे–बैठाए इस मायाजाल में फंसे। अब बतलाइए, है कहीं नौकरी–चाकरी का सहारा?

रमेश ने ताक पर से मुहरे और बिसात उतारते हुए कहा–आओ एक बाजी हो जाए, फिर इस मामले को सोचें, इसे जितना आसान समझ रहे हो, उतना आसान नहीं है। अच्छे–अच्छे धक्के खा रहे हैं।

रमानाथ–मेरा तो इस वक्त खेलने को जी नहीं चाहता। जब तक यह प्रश्न हल न हो जाय, मेरे होश ठिकाने नहीं होंगे।

रमेश बाबू ने शतरंज के मुहरे बिछाते हुए कहा–आओ बैठो। एक बार तो खेल लो, फिर सोचें, क्या हो सकता है।

रमानाथ–जरा भी जी नहीं चाहता, मैं जानता कि सिर मुडाते ही ओले पड़ेंगे, तो मैं विवाह के नजदीक ही न जाता!

रमेश–अजी, दो–चार चालें चलो तो आप–ही–आप जी लग जायगा। जरा अक्ल की गांठ तो खुले।

बाजी शुरू हुई। कई मामूली चालों के बाद रमेश बाबू ने रमा का रूख पीट लिया।

रमानाथ–ओह, क्या गलती हुई!

रमेश बाबू की आंखों में नशे की–सी लाली छाने लगी। शतरंज उनके लिए शराब से कम मादक न था। बोले–बोहनी तो अच्छी हुई! तुम्हारे लिए मैं एक जगह सोच रहा हूं। मगर वेतन बहुत कम है, केवल तीस रूपये। वह रंगी दाढ़ी वाले खां साहब नहीं हैं, उनसे काम नहीं होता। कई बार बचा चुका हूं। सोचता था, जब तक किसी तरह काम चले, बने रहें। बाल–बच्चे वाले आदमी हैं। वह तो कई बार कह चुके हैं, मुझे छुट्टी दीजिए।तुम्हारे लायक तो वह जगह नहीं है, चाहो तो कर लो। यह कहते–कहते रमा का फीला मार लिया। रमा ने फीले को फिर उठाने की चेष्टा करके कहा–आप मुझे बातों

में लगाकर मेरे मुहरे उडाते जाते हैं, इसकी सनद नहीं, लाओ मेरा फीला।

रमेश—देखो भाई, बेईमानी मत करो। मैंने तुम्हारा फीला जबरदस्ती तो नहीं उठाया। हां, तो तुम्हें वह जगह मंजूर है?

रमानाथ—वेतन तो तीस है।

रमेश—हां, वेतन तो कम है, मगर शायद आगे चलकर बढ़ जाय। मेरी तो राय है, कर लो।

रमानाथ—अच्छी बात है, आपकी सलाह है तो कर लूंगा।

रमेश—जगह आमदनी की है। मियां ने तो उसी जगह पर रहते हुए लड़कों को एम.ए., एल.एल. बी. करा लिया। दो कॉलेज में पढ़ते हैं। लड़कियों की शादियां अच्छे घरों में कीं। हां, जरा समझ—बूझकर काम करने की जरूरत है।

रमानाथ—आमदनी की मुझे परवा नहीं, रिश्वत कोई अच्छी चीज तो है नहीं।

रमेश—बहुत खराब, मगर बाल—बच्चों वाले आदमी क्या करें। तीस रूपयों में गुजर नहीं हो सकती। मैं अकेला आदमी हूं। मेरे लिए डेढ़ सौ काफी हैं। कुछ बचा भी लेता हूं, लेकिन जिस घर में बहुत से आदमी हों, लड़कों की पढ़ाई हो, लड़कियों की शादियां हों, वह आदमी क्या कर सकता है। जब तक छोटे—छोटे आदमियों का वेतन इतना न हो जाएगा कि वह भलमनसी के साथ निर्वाह कर सकें, तब तक रिश्वत बंद न होगी। यही रोटी—दाल, घी—दूध तो वह भी खाते हैं। फिर एक को तीस रूपये और दूसरे को तीन सौ रूपये क्यों देते हो? रमा का फर्जी पिट गया, रमेश बाबू ने बडे जोर से कहकहा मारा!

रमा ने रोष के साथ कहा—अगर आप चुपचाप खेलते हैं तो खेलिए, नहीं मैं जाता हूं।

मुझे बातों में लगाकर सारे मुहरे उडा लिए!

रमेश–अच्छा साहब, अब बोलूं तो जबान पकड़ लीजिए। यह लीजिए, शह! तो तुम कल अर्जी दे दो। उम्मीद तो है, तुम्हें यह जगह मिल जाएगी, मगर जिस दिन जगह मिले, मेरे साथ रात–भर खेलना होगा।

रमानाथ–आप तो दो ही मातों में रोने लगते हैं।

रमेश–अजी वह दिन गए, जब आप मुझे मात दिया करते थे। आजकल चन्द्रमा बलवान हैं। इधर मैंने एक मां सिश किया है। क्या मजाल कि कोई मात दे सके। फिर शह!

रमानाथ–जी तो चाहता है, दूसरी बाजी मात देकर जाऊं, मगर देर होगी।

रमेश–देर क्या होगी। अभी तो नौ बजे हैं। खेल लो, दिल का अरमान निकल जाय। यह शह और मात!

रमानाथ–अच्छा कल की रही। कल ललकार कर पांच मातें न दी हों तो कहिएगा।

रमेश–अजी जाओ भी, तुम मुझे क्या मात दोगे! हिम्मत हो, तो अभी सही!

रमानाथ–अच्छा आइए, आप भी क्या कहेंगे, मगर मैं पांच बाज़ियों से कम न खेलूंगा!

रमेश–पांच नहीं, तुम दस खेलो जी। रात तो अपनी है। तो चलो फिर खाना खा लें। तब निश्चिन्त होकर बैठें। तुम्हारे घर कहलाए देता हूं कि आज यहीं सोएंगे, इंतजार न करें।

दोनों ने भोजन किया और फिर शतरंज पर बैठे! पहली बाजी में ग्यारह बज गए। रमेश बाबू की जीत रही। दूसरी बाजी भी उन्हीं के हाथ रही। तीसरी बाजी खत्म हुई तो दो बज गए।

रमानाथ–अब तो मुझे नींद आ रही है।

रमेश–तो मुंह धो डालो, बरग रक्खी हुई है। मैं पांच बाज़ियां खेले बगैर सोने न दूंगा।

रमेश बाबू को यह विश्वास हो रहा था कि आज मेरा सितारा बुलंद है। नहीं तो रमा को लगातार तीन मात देना आसान न था। वह समझ गए थे, इस वक्त चाहे जितनी बाज़ियां खेलूं, जीत मेरी ही होगी मगर जब चौथी बाजी हार गए, तो यह विश्वास जाता रहा। उलटे यह भय हुआ कि कहीं लगातार हारता न जाऊं। बोले–अब तो सोना चाहिए।

रमानाथ–क्यों, पांच बाजियां पूरी न कर लीजिए?

रमेश–कल दफ्तर भी तो जाना है।

रमा ने अधिक आग्रह न किया। दोनों सोए।

रमा यों ही आठ बजे से पहले न उठता था, फिर आज तो तीन बजे सोया था। आज तो उसे दस बजे तक सोने का अधिकार था। रमेश नियमानुसार पांच बजे उठ बैठे, स्नान किया, संध्या की, घूमने गए और आठ बजे लौटे, मगर रमा तब तक सोता ही रहा। आखिर जब साढ़े नौ बज गए तो उन्होंने उसे जगाया।

रमा ने बिभड़कर कहा–नाहक जगा दिया, कैसी मजे की नींद आ रही थी।

रमेश–अजी वह अर्जी देना है कि नहीं तुमको?

रमानाथ–आप दे दीजिएगा।

रमेश–और जो कहीं साहब ने बुलाया, तो मैं ही चला जाऊंगा?

रमानाथ–ऊंह, जो चाहे कीजिएगा, मैं तो सोता हूं।

रमा फिर लेट गया और रमेश ने भोजन किया, कपड़े पहने और दफ्तर चलने को तैयार हुए। उसी वक्त रमानाथ हड़बडाकर उठा और आंखें मलता हुआ बोला–मैं भी चलूंगा।

रमेश–अरे मुंह–हाथ तो धो ले, भले आदमी!

रमानाथ–आप तो चले जा रहे हैं।

रमेश–नहीं, अभी पंद्रह–बीस मिनट तक रूक सकता हूं, तैयार हो जाओ।

रमानाथ—मैं तैयार हूं। वहां से लौटकर घर भोजन करूंगा।

रमेश—कहता तो हूं, अभी आधा घंटे तक रूका हुआ हूं।

रमा ने एक मिनट में मुंह धोया, पांच मिनट में भोजन किया और चटपट रमेश के साथ दफ्तर चला।

रास्ते में रमेश ने मुस्कराकर कहा—घर क्या बहाना करोगे, कुछ सोच रक्खा है?

रमानाथ—कह दूंगा, रमेश बाबू ने आने नहीं दिया।

रमेश—मुझे गालियां दिलाओगे और क्या फिर कभी न आने पाओगे।

रमानाथ—ऐसा स्त्री—भक्त नहीं हूं। हां, यह तो बताइए, मुझे अर्ज़ी लेकर तो साहब के पास न जाना पड़ेगा?

रमेश—और क्या तुम समझते हो, घर बैठे जगह मिल जायगी? महीनों दौड़ना पड़ेगा, महीनों! बीसियों सिफारिशें लानी पडेंगी। सुबह—शाम हाज़िरी देनी पड़ेगी। क्या नौकरी मिलना आसान है?

रमानाथ—तो मैं ऐसी नौकरी से बाज आया। मुझे तो अर्ज़ी लेकर जाते ही शर्म आती है। खुशामदें कौन करेगा—पहले मुझे क्लर्कों पर बडी हंसी आती थी, मगर वही बला मेरे सिर पड़ी। साहब डांट—वांट तो न बताएंगे?

रमेश—बुरी तरह डांटता है, लोग उसके सामने जाते हुए कांपते हैं।

रमानाथ—तो फिर मैं घर जाता हूं। यह सब मुझसे न बरदाश्त होगा।

रमेश—पहले सब ऐसे ही घबराते हैं, मगर सहते—सहते आदत पड़ जाती है। तुम्हारा दिल धड़क रहा होगा कि न जाने कैसी बीतेगी। जब मैं नौकर हुआ, तो तुम्हारी ही उम्र मेरी भी थी, और शादी हुए तीन ही महीने हुए थे। जिस दिन मेरी पेशी होने वाली थी,

ऐसा घबराया हुआ था मानो फांसी पाने जा रहा हूं, मगर तुम्हें डरने का कोई कारण नहीं है। मैं सब ठीक कर दूंगा।

रमानाथ–आपको तो बीस–बाईस साल नौकरी करते हो गए होंगे!

रमेश–पूरे पच्चीस हो गए, साहब! बीस बरस तो स्त्री का देहांत हुए हो गए। दस रूपये पर नौकर हुआ था!

रमानाथ–आपने दूसरी शादी क्यों नहीं की– तब तो आपकी उम्र पच्चीस से ज्यादा न रही होगी।

रमेश ने हंसकर कहा–बरफी खाने के बाद गुड़ खाने को किसका जी चाहता है? महल का सुख भोगने के बाद झोंपडा किसे अच्छा लगता है? प्रेम आत्मा को तृप्त कर देता है। तुम तो मुझे जानते हो, अब तो बूढ़ा हो गया हूं, लेकिन मैं तुमसे सच कहता हूं, इस विधुर–जीवन में मैंने किसी स्त्री की ओर आंख तक नहीं उठाई। कितनी ही सुंदरियां देखीं, कई बार लोगों ने विवाह के लिए घेरा भी, लेकिन कभी इच्छा ही न हुई। उस प्रेम की मधुर स्मृतियों में मेरे लिए प्रेम का सजीव आनंद भरा हुआ है। यों बातें करते हुए, दोनों आदमी दफ्तर पहुंच गए।

छठवाँ

रमा दफ्तर से घर पहुंचा, तो चार बज रहे थे। वह दफ्तर ही में था कि आसमान पर बादल घिर आए। पानी आया ही चाहता था, पर रमा को घर पहुंचने की इतनी बेचौनी हो रही थी कि उससे रूका न गया। हाते के बाहर भी न निकलने पाया था कि जोर की वर्षा होने लगी। आषाढ़ का पहला पानी था, एक ही क्षण में वह लथपथ हो गया। फिर भी वह कहीं रूका नहीं। नौकरी मिल जाने का शुभ समाचार सुनाने का आनंद इस दौंगड़े की क्या परवाह कर सकता था? वेतन तो केवल तीस ही रूपये थे, पर जगह आमदनी की थी। उसने मन–ही–मन हिसाब लगा लिया था कि कितना मासिक

बचत हो जाने से वह जालपा के लिए चन्द्रहार बनवा सकेगा। अगर पचास–साठ रूपये महीने भी बच जायं, तो पांच साल में जालपा गहनों से लद जाएगी। कौन–सा आभूषण कितने का होगा, इसका भी उसने अनुमान कर लिया था। घर पहुंचकर उसने कपड़े भी न उतारे, लथपथ जालपा के कमरे में पहुंच गया।

जालपा उसे देखते ही बोली–यह भीग कहां गए, रात कहां गायब थे?

रमानाथ–इसी नौकरी की फिक्र में पडा हुआ हूं। इस वक्त दफ्तर से चला आता हूं। म्युनिसिपैलिटी के दफ्तरमें मुझे एक जगह मिल गई।

जालपा ने उछलकर पूछा–सच! कितने की जगह है?

रमा को ठीक–ठीक बतलाने में संकोच हुआ। तीस की नौकरी बताना अपमान की बात थी। स्त्री के नजरों में तुच्छ बनना कौन चाहता है। बोला–अभी तो चालीस मिलेंगे, पर जल्द तरक्की होगी। जगह आमदनी की है।

जालपा ने उसके लिए किसी बडे पद की कल्पना कर रक्खी थी। बोली–चालीस में क्या होगा? भला साठ–सभार तो होते!

रमानाथ–मिल तो सकती थी सौ रूपये की भी, पर यहां रौब है, और आराम है। पचास–साठ रूपये ऊपर से मिल जाएंगे।

जालपा–तो तुम घूस लोगे, गरीबों का गला काटोगे?

रमा ने हंसकर कहा–नहीं प्रिये, वह जगह ऐसी नहीं कि गरीबों का गला काटना पड़े। बड़े–बडे महाजनों से रकमें मिलेंगी और वह खुशी से गले लगायेंगे।

मैं जिसे चाहूं दिनभर दफ्तर में खडा रक्खूं, महाजनों का एक–एक मिनट एक–एक अशरफी के बराबर है। जल्द–से–जल्द अपना काम कराने के लिए वे खुशामद भी करेंगे, पैसे भी देंगे।

जालपा संतुष्ट हो गई, बोली–हां, तब ठीक है। गरीबों का काम यों ही कर देना।

रमानाथ–वह तो करूंगा ही।

जालपा–अभी अम्मांजी से तो नहीं कहा? जाकर कह आओ। मुझे तो सबसे बडी खुशी यही है कि अब मालूम होगा कि यहां मेरा भी कोई अधिकार है।

रमानाथ–हां, जाता हूं, मगर उनसे तो मैं बीस ही बतलाऊंगा।

जालपा ने उल्लसित होकर कहा–हां जी, बल्कि पंद्रह ही कहना, ऊपर की आमदनी की तो चर्चा ही करना व्यर्थ है। भीतर का हिसाब वे ले सकते हैं। मैं सबसे पहले चन्द्रहार बनवाऊंगी।

इतने में डाकिए ने पुकारा। रमा ने दरवाजे पर जाकर देखा, तो उसके नाम एक पार्सल आया था। महाशय दीनदयाल ने भेजा था। लेकर खुश–खुश घर में आए और जालपा के हाथों में रखकर बोले–तुम्हारे घर से आया है, देखो इसमें क्या है?

रमा ने चटपट कैंची निकाली और पार्सल खोलाब उसमें देवदार की एक डिबिया निकली। उसमें एक चन्द्रहार रक्खा हुआ था। रमा ने उसे निकालकर देखा और हंसकर बोला–ईश्वर ने तुम्हारी सुन ली, चीज तो बहुत अच्छी मालूम होती है।

जालपा ने कुंठित स्वर में कहा–अम्मांजी को यह क्या सूझी, यह तो उन्हीं का हार है। मैं तो इसे न लूंगी। अभी डाक का वक्त हो तो लौटा दो।

रमा ने विस्मित होकर कहा–लौटाने की क्या जरूरत है, वह नाराज न होंगी?

जालपा ने नाक सिकोड़कर कहा–मेरी बला से, रानी रूठेंगी अपना सुहाग लेंगी। मैं उनकी दया के बिना भी जीती रह सकती हूं। आज इतने दिनों के बाद उन्हें मुझ पर दया आई है। उस वक्त दया न आई थी, जब मैं उनके घर से विदा हुई थी। उनके गहने

उन्हें मुबारक हों। मैं किसी का एहसान नहीं लेना चाहती। अभी उनके ओढ़ने–पहनने के दिन हैं। मैं क्यों बाधक बनूं। तुम कुशल से रहोगे, तो मुझे बहुत गहने मिल जाएंगे। मैं अम्मांजी को यह दिखाना चाहती हूं कि जालपा तुम्हारे गहनों की भूखी नहीं है।

रमा ने संतोष देते हुए कहा–मेरी समझ में तो तुम्हें हार रख लेना चाहिए। सोचो, उन्हें कितना दुःख होगा। विदाई के समय यदि न दिया तो, तो अच्छा ही किया। नहीं तो और गहनों के साथ यह भी चला जाता।

जालपा–मैं इसे लूंगी नहीं, यह निश्चय है।

रमानाथ–आखिर क्यों?

जालपा–मेरी इच्छा!

रमानाथ–इस इच्छा का कोई कारण भी तो होगा?

जालपा रूंधे हुए स्वर में बोली–कारण यही है कि अम्मांजी इसे खुशी से नहीं दे रही हैं, बहुत संभव है कि इसे भेजते समय वह रोई भी हों और इसमें तो कोई संदेह ही नहीं कि इसे वापस पाकर उन्हें सच्चा आनंद होगा। देने वाले का हृदय देखना चाहिए। प्रेम से यदि वह मुझे एक छल्ला भी दे दें, तो मैं दोनों हाथों से ले लूं। जब दिल पर जब्र करके दुनिया की लाज से या किसी के धिक्कारने से दिया, तो क्या दिया। दान भिखारिनियों को दिया जाता है। मैं किसी का दान न लूंगी, चाहे वह माता ही क्यों न हों।

माता के प्रति जालपा का यह द्वेष देखकर रमा और कुछ न कह सका। द्वेष तर्क और प्रमाण नहीं सुनता। रमा ने हार ले लिया और चारपाई से उठता हुआ बोला–जरा अम्मां और बाबू जी को तो दिखा दूं। कम–से–कम उनसे पूछ तो लेना ही चाहिए। जालपा ने हार उसके हाथ से छीन लिया और बोली–वे लोग मेरे कौन होते हैं, जो मैं उनसे पूछूं–केवल एक घर में रहने का नाता है। जब वह मुझे कुछ नहीं समझते, तो मैं भी उन्हें कुछ नहीं समझती।

यह कहते हुए उसने हार को उसी डिब्बे में रख दिया, और उस पर कपडा लपेटकर सीने लगी। रमा ने एक बार डरते–डरते फिर कहा–ऐसी जल्दी क्या है, दस–पांच दिन में लौटा देना। उन लोगों की भी खातिर हो जाएगी। इस पर जालपा ने कठोर नजरों से देखकर कहा–जब तक मैं इसे लौटान दूंगी, मेरे दिल को चौन न आएगा। मेरे हृदय में कांटा–सा खटकता रहेगा। अभी पार्सल तैयार हुआ जाता है, हाल ही लौटा दो। एक क्षण में पार्सल तैयार हो गया और रमा उसे लिये हुए चिंतित भाव से नीचे चला।

सातवाँ

महाशय दयानाथ को जब रमा के नौकर हो जाने का हाल मालूम हुआ, तो बहुत खुश हुए। विवाह होते ही वह इतनी जल्द चेतेगा इसकी उन्हें आशा न थी। बोले–'जगह तो अच्छी है। ईमानदारी से काम करोगे, तो किसी अच्छे पद पर पहुंच जाओगे। मेरा यही उपदेश है कि पराए पैसे को हराम समझना।'

रमा के जी में आया कि साफ कह दूं–'अपना उपदेश आप अपने ही लिए रखिए, यह मेरे अनुकूल नहीं है।श मगर इतना बेहया न था।

दयानाथ ने फिर कहा–'यह जगह तो तीस रूपये की थी, तुम्हें बीस ही रूपए मिले?'

रमानाथ–'नए आदमी को पूरा वेतन कैसे देते, शायद साल–छः महीने में बढ़ जाय। काम बहुत है।'

दयानाथ–'तुम जवान आदमी हो, काम से न घबडाना चाहिए।'

रमा ने दूसरे दिन नया सूट बनवाया और फैशन की कितनी ही चीजें खरीदीं। ससुराल से मिले हुए रूपये कुछ बच रहे थे। कुछ मित्रों से उधार ले लिए। वह साहबी ठाठ बनाकर सारे दफ्तरपर रोब जमाना चाहता था। कोई उससे वेतन तो पूछेगा नहीं, महाजन लोग उसका ठाठ–बाट देखकर सहम जाएंगे। वह जानता था, अच्छी

आमदनी तभी हो सकती है जब अच्छा ठाठ हो, सड़क के चौकीदार को एक पैसा काफी समझा जाता है, लेकिन उसकी जगह सार्जेंट हो, तो किसी की हिम्मत ही न पड़ेगी कि उसे एक पैसा दिखाए। फटेहाल भिखारी के लिए चुटकी बहुत समझी जाती है, लेकिन गेरूए रेशम धारण करने वाले बाबाजी को लजाते–लजाते भी एक रूपया देना ही पड़ता है। भेख और भीख में सनातन से मित्रता है।

तीसरे दिन रमा कोट–पैंट पहनकर और हैट लगाकर निकला, तो उसकी शान ही कुछ और हो गई। चपरासियों ने झुककर सलाम किए। रमेश बाबू से मिलकर जब वह अपने काम का चार्ज लेने आया, तो देखा एक बरामदे में फटी हुई मैली दरी पर एक मियां साहब संदूक पर रजिस्टर फैलाए बैठे हैं और व्यापारी लोग उन्हें चारों तरफ से घेरे खड़े हैं। सामने गाडियों, ठेलों और इक्कों का बाजार लगा हुआ है। सभी अपने–अपने काम की जल्दी मचा रहे हैं। कहीं लोगों में गाली–गलौज हो रही है, कहीं चपरासियों में हंसी–दिल्लगी। सारा काम बड़े ही अव्यवस्थित रूप से हो रहा है। उस फटी हुई दरी पर बैठना रमा को अपमानजनक जान पड़ा। वह सीधे रमेश बाबू से जाकर बोला–'क्या मुझे भी इसी मैली दरी पर बिठाना चाहते हैं? एक अच्छी–सी मेज और कई कुर्सियां भिजवाइए और चपरासियों को हुक्म दीजिए कि एक आदमी से ज्यादा मेरे सामने न आने पावे। रमेश बाबू ने मुस्कराकर मेज और कुर्सियां भिजवा दीं। रमा शान से कुर्सी पर बैठा बूढ़े मुंशीजी उसकी उच्छृंखलता पर दिल में हंस रहे थे। समझ गए, अभी नया जोश है, नई सनक है। चार्ज दे दिया। चार्ज में था ही क्या, केवल आज की आमदनी का हिसाब समझा देना था। किस जिंस पर किस हिसाब से चुंगी ली जाती है, इसकी छपी हुई तालिका मौजूद थी, रमा आधा घंटे में अपना काम समझ गया। बूढ़े मुंशीजी ने यद्यपि खुद ही यह जगह छोड़ी थी, पर इस वक्त जाते हुए उन्हें दुःख हो रहा था। इसी जगह वह तीस साल से बराबर बैठते चले आते थे। इसी जगह की बदलौत उन्होंने धन

और यश दोनों ही कमाया था। उसे छोड़ते हुए क्यों न दुःख होता। चार्ज देकर जब वह विदा होने लगे तो रमा उनके साथ जीने के नीचे तक गया। खां साहब उसकी इस नम्रता से प्रसन्न हो गए। मुस्कराकर बोले–'हर एक बिल्टी पर एक आना बंधा हुआ है, खुली हुई बात है। लोग शौक से देते हैं। आप अमीर आदमी हैं, मगर रस्म न बिगाडिएगा। एक बार कोई रस्म टूट जाती है, तो उसका बंधना मुश्किल हो जाता है। इस एक आने में आधा चपरासियों का हक है। जो बडे बाबू पहले थे, वह पचीस रूपये महीना लेते थे, मगर यह कुछ नहीं लेते।'

रमा ने अरूचि प्रकट करते हुए कहा–'गंदा काम है, मैं सगाई से काम करना चाहता हूं।'

बूढ़े मियां ने हंसकर कहा–'अभी गंदा मालूम होता है, लेकिन फिर इसी में मजा आएगा।'

खां साहब को विदा करके रमा अपनी कुर्सी पर आ बैठा और एक चपरासी से बोला–'इन लोगों से कहो, बरामदे के नीचे चले जाएं। एक–एक करके नंबरवार आवें, एक कागज पर सबके नाम नंबरवार लिख लिया करो।'

एक बनिया, जो दो घंटे से खडा था, खुश होकर बोला–'हां सरकार, यह बहुत अच्छा होगा।'

रमानाथ–'जो पहले आवे, उसका काम पहले होना चाहिए। बाकी लोग अपना नंबर आने तक बाहर रहें। यह नहीं कि सबसे पीछे वाले शोर मचाकर पहले आ जाएं और पहले वाले खड़े मुंह ताकते रहें।'

कई व्यापारियों ने कहा–'हां बाबूजी, यह इंतजाम हो जाए, तो बहुत अच्छा हो भभ्भड़ में बडी देर हो जाती है।'

इतना नियंत्रण रमा का रोब जमाने के लिए काफी था। वणिक–समाज में आज ही उसके रंग–ढंग की आलोचना और

प्रशंसा होने लगी। किसी बड़े कॉलेज के प्रोफसर को इतनी ख्याति उम्रभर में न मिलती। दो–चार दिन के अनुभव से ही रमा को सारे दांव–घात मालूम हो गए। ऐसी–ऐसी बातें सूझ गईं जो खां साहब को ख्वाब में भी न सूझी थीं। माल की तौल, गिनती और परख में इतनी धांधली थी जिसकी कोई हद नहीं। जब इस धांधली से व्यापारी लोग सैकड़ों की रकम डकार जाते हैं, तो रमा बिल्टी पर एक आना लेकर ही क्यों संतुष्ट हो जाय, जिसमें आधा आना चपरासियों का है। माल की तौल और परख में दृढ़ता से नियमों का पालन करके वह धन और कीर्ति, दोनों ही कमा सकता है। यह अवसर वह क्यों छोड़ने लगा – विशेषकर जब बडे बाबू उसके गहरे दोस्त थे। रमेश बाबू इस नए रंग ईट की कार्य–पटुता पर मुग्ध हो गए। उसकी पीठ ठोंककर बोले–'कायदे के अंदर रहो और जो चाहो करो। तुम पर आंच तक न आने पायेगी।'

रमा की आमदनी तेजी से बढ़ने लगी। आमदनी के साथ प्रभाव भी बढ़ा। सूखी कलम घिसने वाले दफ्तरके बाबुओं को जब सिगरेट, पान, चाय या जलपान की इच्छा होती, तो रमा के पास चले आते, उस बहती गंगा में सभी हाथ धो सकते थे। सारे दफ्तर में रमा की सराहना होने लगी। पैसे को तो वह ठीकरा समझता है! क्या दिल है कि वाह! और जैसा दिल है, वैसी ही जबान भी। मालूम होता है, नस–नस में शराफत भरी हुई है। बाबुओं का जब यह हाल था, तोचपरासियों और मुहर्रिरों का पूछना ही क्या? सब–के–सब रमा के बिना दामों गुलाम थे। उन गरीबों की आमदनी ही नहीं, प्रतिष्ठा भी खूब बढ़ गई थी। जहां गाड़ीवान तक फटकार दिया करते थे, वहां अब अच्छे–अच्छे की गर्दन पकड़कर नीचे ढकेल देते थे। रमानाथ की तूती बोलने लगी।

मगर जालपा की अभिलाषाएं अभी एक भी पूरी न हुई। नागपंचमी के दिन मुहल्ले की कई युवतियां जालपा के साथ कजली खेलने आइ, मगर जालपा अपने कमरे के बाहर नहीं निकली। भादों

में जन्माष्टमी का उत्सव आया। पड़ोस ही में एक सेठजी रहते थे, उनके यहां बडी धूमधाम से उत्सव मनाया जाता था। वहां से सास और बहू को बुलावा आया। जागेश्वरी गई, जालपा ने जाने से इंकार किया। इन तीन महीनों में उसने रमा से एक बार भी आभूषण की चर्चा न की, पर उसका यह एकांत–प्रेम, उसके आचरण से उत्तेजक था। इससे ज्यादा उत्तेजक वह पुराना सूची–पत्र था, जो एक दिन रमा कहीं से उठा लाया था। इसमें भांति– भांति के सुंदर आभूषणों के नमूने बने हुए थे। उनके मूल्य भी लिखे हुए थे। जालपा एकांत में इस सूची–पत्र को बडे ध्यान से देखा करती। रमा को देखते ही वह सूची–पत्र छिपा लेती थी। इस हार्दिक कामना को प्रकट करके वह अपनी हंसी न उड़वाना चाहती थी। रमा आधी रात के बाद लौटा, तो देखा, जालपा चारपाई पर पड़ी है। हंसकर बोला–बडा अच्छा गाना हो रहा था। तुम नहीं गईय बड़ी गलती की।'

जालपा ने मुंह उधर लिया, कोई उत्तर न दिया।

रमा ने फिर कहा–'यहां अकेले पड़े–पड़े तुम्हारा जी घबराता रहा होगा!'

जालपा ने तीव्र स्वर में कहा–'तुम कहते हो, मैंने गलती की, मैं समझती हूं, मैंने अच्छा किया। वहां किसके मुंह में कालिख लगती।'

जालपा ताना तो न देना चाहती थी, पर रमा की इन बातों ने उसे उत्तेजित कर दिया। रोष का एक कारण यह भी था कि उसे अकेली छोड़कर सारा घर उत्सव देखने चला गया। अगर उन लोगों के हृदय होता, तो क्या वहां जाने से इंकार न कर देते?

रमा ने लज्जित होकर कहा–'कालिख लगने की तो कोई बात न थी, सभी जानते हैं कि चोरी हो गई है, और इस जमाने में दो–चार हजार के गहने बनवा लेना, मुंह का कौर नहीं है।'

चोरी का शब्द जबान पर लाते हुए, रमा का हृदय धड़क उठा। जालपा पति की ओर तीव्र दृष्टि से देखकर रह गई। और कुछ

बोलने से बात बढ़ जाने का भय था, पर रमा को उसकी दृष्टि से ऐसा भासित हुआ, मानो उसे चोरी का रहस्य मालूम है और वह केवल संकोच के कारण उसे खोलकर नहीं कह रही है। उसे उस स्वप्न की बात भी याद आई, जो जालपा ने चोरी की रात को देखा था। वह दृष्टि बाण के समान उसके हृदय को छेदने लगीय उसने सोचा, शायद मुझे भम्र हुआ। इस दृष्टि में रोष के सिवा और कोई भाव नहीं है, मगर यह कुछ बोलती क्यों नहीं– चुप क्यों हो गई? उसका चुप हो जाना ही गजब था। अपने मन का संशय मिटाने और जालपा के मन की थाह लेने के लिए रमा ने मानो डुब्बी मारी–'यह कौन जानता था कि डोली से उतरते ही यह विपत्ति तुम्हारा स्वागत करेगी।'

जालपा आंखों में आंसू भरकर बोली–'तो मैं तुमसे गहनों के लिए रोती तो नहीं हूं। भाग्य में जो लिखा था, वह हुआ। आगे भी वही होगा, जो लिखा है। जो औरतें गहने नहीं पहनतीं, क्या उनके दिन नहीं कटते?'

इस वाक्य ने रमा का संशय तो मिटा दिया, पर इसमें जो तीव्र वेदना छिपी हुई थी, वह उससे छिपी न रही। इन तीन महीनों में बहुत प्रयत्न करने पर भी वह सौ रूपये से अधिक संग्रह न कर सका था। बाबू लोगों के आदर–सत्कार में उसे बहुत–कुछ फलना पड़ता थाय मगर बिना खिलाए–पिलाए काम भी तो न चल सकता था। सभी उसके दुश्मन हो जाते और उसे उखाड़ने की घातें सोचने लगते। मुफ्त का धन अकेले नहीं हजम होता, यह वह अच्छी तरह जानता था। वह स्वयं एक पैसा भी व्यर्थ खर्च न करता। चतुर व्यापारी की भांति वह जो कुछ खर्च करता था, वह केवल कमाने के लिए। आश्वासन देते हुए बोला–'ईश्वर ने चाहा तो दो–एक महीने में कोई चीज बन जाएगी।'

जालपा–'मैं उन स्त्रियों में नहीं हूं, जो गहनों पर जान देती हैं। हां, इस तरह किसी के घर आते–जाते शर्म आती ही है।'

रमा का चित्त ग्लानि से व्याकुल हो उठा। जालपा के एक–एक शब्द से निराशा टपक रही थी। इस अपार वेदना का कारण कौन था? क्या यह भी उसी का दोष न था कि इन तीन महीनों में उसने कभी गहनों की चर्चा नहीं की? जालपा यदि संकोच के कारण इसकी चर्चा न करती थी, तो रमा को उसके आंसू पोंछने के लिए, उसका मन रखने के लिए, क्या मौन के सिवा दूसरा उपाय न था? मुहल्ले में रोज ही एक–न–एक उत्सव होता रहता है, रोज ही पासपड़ोस की औरतें मिलने आती हैं, बुलावे भी रोज आते ही रहते हैं, बेचारी जालपा कब तक इस प्रकार आत्मा का दमन करती रहेगी, अंदर–ही–अंदर कुढती रहेगी। हंसने–बोलने को किसका जी नहीं चाहता, कौन कैदियों की तरह अकेला पडा रहना पसंद करता है? मेरे ही कारण तो इसे यह भीषण यातना सहनी पड़ रही है। उसने सोचा, क्या किसी सर्राफ से गहने उधार नहीं लिए जा सकते? कई बडे सर्राफों से उसका परिचय था, लेकिन उनसे वह यह बात कैसे कहता– कहीं वे इंकार कर दें तो– या संभव है, बहाना करके टाल दें। उसने निश्चय किया कि अभी उधार लेना ठीक न होगा। कहीं वादे पर रूपये न दे सका, तो व्यर्थ में थुक्का–फजीहत होगी। लज्जित होना पड़ेगा। अभी कुछ दिन और धैर्य से काम लेना चाहिए। सहसा उसके मन में आया, इस विषय में जालपा की राय लूं। देखूं वह क्या कहती है। अगर उसकी इच्छा हो तो किसी सर्राफ से वादे पर चीजें ले ली जायं, मैं इस अपमान और संकोच को सह लूंगा। जालपा को संतुष्ट करने के लिए कि उसके गहनों की उसे कितनी फिक्र है! बोला–'तुमसे एक सलाह करना चाहता हूं। पूछूं या न पूछूं।'

जालपा को नींद आ रही थी, आंखें बंद किए हुए बोली–'अब सोने दो भई, सवेरे उठना है।'

रमानाथ–'अगर तुम्हारी राय हो, तो किसी सर्राफ से वादे पर गहने बनवा लाऊं। इसमें कोई हर्ज तो है नहीं।'

जालपा की आंखें खुल गई। कितना कठोर प्रश्न था। किसी मेहमान से पूछना–'कहिए तो आपके लिए भोजन लाऊं, कितनी बडी अशिष्टता है। इसका तो यही आशय है कि हम मेहमान को खिलाना नहीं चाहते। रमा को चाहिए था कि चीजें लाकर जालपा के सामने रख देता। उसके बार–बार पूछने पर भी यही कहना चाहिए था कि दाम देकर लाया हूं। तब वह अलबत्ता खुश होती। इस विषय में उसकी सलाह लेना, घाव पर नमक छिड़कना था। रमा की ओर अविश्वास की आंखों से देखकर बोली–'मैं तो गहनों के लिए इतनी उत्सुक नहीं हूं।'

रमानाथ–'नहीं, यह बात नहीं, इसमें क्या हर्ज है कि किसी सर्राफ से चीजें ले लूं। धीरे–धीरे उसके रूपये चुका दूंगा।'

जालपा ने दृढ़ता से कहा–'नहीं, मेरे लिए कर्ज लेने की जरूरत नहीं। मैं वेश्या नहीं हूं कि तुम्हें नोच–खसोटकर अपना रास्ता लूं। मुझे तुम्हारे साथ जीना और मरना है। अगर मुझे सारी उम्र बे–गहनों के रहना पड़े, तो भी मैं कुछ लेने को न कहूंगी। औरतें गहनों की इतनी भूखी नहीं होतीं। घर के प्राणियों को संकट में डालकर गहने पहनने वाली दूसरी होंगी। लेकिन तुमने तो पहले कहा था कि जगह बडी आमदनी की है, मुझे तो कोई विशेष बचत दिखाई नहीं देती।'

रमानाथ–'बचत तो जरूर होती और अच्छी होती, लेकिन जब अहलकारों के मारे बचने भी पाए। सब शैतान सिर पर सवार रहते हैं। मुझे पहले न मालूम था कि यहां इतने प्रेतों की पूजा करनी होगी।'

जालपा–'तो अभी कौन–सी जल्दी है, बनते रहेंगे धीरे–धीरे।'

रमानाथ–'खैर, तुम्हारी सलाह है, तो एक–आधा महीने और चुप रहता हूं। मैं सबसे पहले कंगन बनवाऊंगा।'

जालपा ने गदगद होकर कहा–'तुम्हारे पास अभी इतने रूपये कहां होंगे?'

रमानाथ–'इसका उपाय तो मेरे पास है। तुम्हें कैसा कंगन पसंद है?'

जालपा अब अपने कृत्रिम संयम को न निभा सकी। आलमारी में से आभूषणों का सूची–पत्र निकालकर रमा को दिखाने लगी। इस समय वह इतनी तत्पर थी, मानो सोना लाकर रक्खा हुआ है, सुनार बैठा हुआ है, केवल डिजाइन ही पसंद करना बाकी है। उसने सूची के दो डिजाइन पसंद किए। दोनों वास्तव में बहुत ही सुंदर थे। पर रमा उनका मूल्य देखकर सन्नाटे में आ गया। एक–एक हजार का था, दूसरा आठ सौ का।

रमानाथ–'ऐसी चीजें तो शायद यहां बन भी न सकें, मगर कल मैं जरा सर्राफ की सैर करूंगा।'

जालपा ने पुस्तक बंद करते हुए करूण स्वर में कहा–'इतने रूपये न जाने तुम्हारे पास कब तक होंगे? उंह, बनेंगे–बनेंगे, नहीं कौन कोई गहनों के बिना मरा जाता है।'

रमा को आज इसी उधेड़बुन में बडी रात तक नींद न आई। ये जडाऊ कंगन इन गोरी–गोरी कलाइयों पर कितने खिलेंगे। यह मोह–स्वप्न देखते–देखते उसे न जाने कब नींद आ गई।

बारह

दूसरे दिन सवेरे ही रमा ने रमेश बाबू के घर का रास्ता लिया। उनके यहां भी जन्माष्टमी में झांकी होती थी। उन्हें स्वयं तो इससे कोई अनुराग न था, पर उनकी स्त्री उत्सव मनाती थी, उसी की यादगार में अब तक यह उत्सव मनाते जाते थे। रमा को देखकर बोले–'आओ जी, रात क्यों नहीं आए? मगर यहां गरीबों के घर क्यों आते। सेठजी की झांकी कैसे छोड़ देते। खूब बहार रही होगी!

रमानाथ–'आपकी–सी सजावट तो न थी, हां और सालों से अच्छी थी। कई कत्थक और वेश्याएं भी आई थीं। मैं तो चला आया थाय मगर सुना रातभर गाना होता रहा।'

रमेश–'सेठजी ने तो वचन दिया था कि वेश्याएं न आने पावेंगी, फिर यह क्या किया। इन मूर्खों के हाथों हिन्दू–धर्म का सर्वनाश हो जायगा। एक तो वेश्याओं का नाम यों भी बुरा, उस पर ठाकुरद्वारे में! छिः–छिः, न जाने इन गधों को कब अक्ल आवेगी।'

रमानाथ–'वेश्याएं न हों, तो झांकी देखने जाय ही कौन– सभी तो आपकी तरह योगी और तपस्वी नहीं हैं।'

रमेश–'मेरा वश चले, तो मैं कानून से यह दुराचार बंद कर दूं। खैर, फुरसत हो तो आओ एक–आधा बाजी हो जाय।'

रमानाथ–'और आया किसलिए हूंय मगर आज आपको मेरे साथ जरा सर्राफ तक चलना पड़ेगा। यों कई बडी–बडी कोठियों से मेरा परिचय हैय मगर आपके रहने से कुछ और ही बात होगी।'

रमेश–'चलने को चला चलूंगा, मगर इस विषय में मैं बिलकुल कोरा हूं।न कोई चीज बनवाई न खरीदी। तुम्हें क्या कुछ लेना है?'

रमानाथ–'लेना–देना क्या है, जरा भाव–ताव देखूंगा।'

रमेश–'मालूम होता है, घर में फटकार पड़ी है।'

रमानाथ–'जी, बिलकुल नहीं। वह तो जेवरों का नाम तक नहीं लेती। मैं कभी पूछता भी हूं, तो मना करती हैं, लेकिन अपना कर्तव्य भी तो कुछ है। जब से गहने चोरी चले गए, एक चीज भी नहीं बनी।'

रमेश–'मालूम होता है, कमाने का ढंग आ गया। क्यों न हो, कायस्थ के बच्चे हो कितने रूपये जोड़ लिए?'

रमानाथ–'रूपये किसके पास हैं, वादे पर लूंगा। '

रमेश–'इस खब्त में न पड़ो। जब तक रूपये हाथ में न हों, बाजार की तरफ जाओ ही मत। गहनों से तो बुड्ढे नई बीवियों का दिल खुश किया करते हैं, उन बेचारों के पास गहनों के सिवा होता ही क्या है। जवानों के लिए और बहुत से लटके हैं। यों मैं चाहूं,

तो दो–चार हजार का माल दिलवा सकता हूं, मगर भई, कर्ज़ की लत बुरी है।'

रमानाथ–'मैं दो–तीन महीनों में सब रूपये चुका दूंगा। अगर मुझे इसका विश्वास न होता, तो मैं जिक्र ही न करता।'

रमेश–'तो दो–तीन महीने और सब्र क्यों नहीं कर जाते? कर्ज़ से बडा पाप दूसरा नहीं। न इससे बडी विपत्ति दूसरी है। जहां एक बार धड़का खुला कि तुम आए दिन सर्राफ की दुकान पर खड़े नजर आओगे। बुरा न मानना। मैं जानता हूं, तुम्हारी आमदनी अच्छी है, पर भविष्य के भरोसे पर और चाहे जो काम करो, लेकिन कर्ज कभी मत लो। गहनों का मर्ज़ न जाने इस दरिद्र देश में कैसे फैल गया। जिन लोगों के भोजन का ठिकाना नहीं, वे भी गहनों के पीछे प्राण देतेहैं। हर साल अरबों रूपये केवल सोना–चांदी खरीदने में व्यय हो जाते हैं। संसार के और किसी देश में इन धातुओं की इतनी खपत नहीं। तो बात क्या है? उन्नत देशों में धन व्यापार में लगता है, जिससे लोगों की परवरिश होती है, और धन बढ़ता है। यहां धन! ऋंगार में खर्च होता है, उसमें उन्नति और उपकार की जो दो महान शक्तियां हैं, उन दोनों ही का अंत हो जाता है। बस यही समझ लो कि जिस देश के लोग जितने ही मूर्ख होंगे, वहां जेवरों का प्रचार भी उतना ही अधिक होगा। यहां तो खैर नाक–कान छिदाकर ही रह जाते हैं, मगर कई ऐसे देश भी हैं, जहां होंठ छेदकर लोग गहने पहनते हैं।

रमा ने कौतूहल से कहा– याद नहीं आता, पर शायद अफ्रीका हो, हमें यह सुनकर अचंभा होता है, लेकिन अन्य देश वालों के लिए नाक–कान का छिदना कुछ कम अचंभे की बात न होगी। बुरा मरज है, बहुत ही बुरा। वह धन, जो भोजन में खर्च होना चाहिए, बाल–बच्चों का पेट काटकर गहनों की भेंट कर दिया जाता है। बच्चों को दूध न मिले न सही। घी की गंध तक उनकी नाक में न पहुंचे, न सही। मेवों और फलों के दर्शन उन्हें न हों, कोई परवा नहीं, पर देवीजी गहने जरूर पहनेंगी और स्वामीजी गहने जरूर

बनवाएंगे। दस–दस, बीस–बीस रूपये पाने वाले क्लर्कों को देखता हूं, जो सड़ी हुई कोठरियों में पशुओं की भांति जीवन काटते हैं, जिन्हें सवेरे का जलपान तक मयस्सर नहीं होता, उन पर भी गहनों की सनक सवार रहती है। इस प्रथा से हमारा सर्वनाश होता जा रहा है। मैं तो कहता हूं, यह गुलामी पराधीनता से कहीं बढ़कर है। इसके कारण हमारा कितना आत्मिक, नैतिक, दैहिक, आर्थिक और धार्मिक पतन हो रहा है, इसका अनुमान ब्रह्मा भी नहीं कर सकते।

रमानाथ–'मैं तो समझता हूं, ऐसा कोई भी देश नहीं, जहां स्त्रियां गहने न पहनती हों। क्या योरोप में गहनों का रिवाज नहीं है?'

रमेश–'तो तुम्हारा देश योरोप तो नहीं है। वहां के लोग धानी हैं। वह धन लुटाएं, उन्हें शोभा देता है। हम दरिक्र हैं, हमारी कमाई का एक पैसा भी फजूल न खर्च होना चाहिए।'

रमेश बाबू इस वाद–विवाद में शतरंज भूल गए। छुट्टी का दिन था ही, दो–चार मिलने वाले और आ गए, रमानाथ चुपके से खिसक आया। इस बहस में एक बात ऐसी थी, जो उसके दिल में बैठ गई। उधार गहने लेने का विचार उसके मन से निकल गया। कहीं वह जल्दी रूपया न चुका सका, तो कितनी बडी बदनामी होगी। सराड्ड तक गया अवश्य, पर किसी दुकान में जाने का साहस न हुआ। उसने निश्चय किया, अभी तीन–चार महीने तक गहनों का नाम न लूंगा।

वह घर पहुंचा, तो नौ बज गए थे। दयानाथ ने उसे देखा तो पूछा–'आज सवेरे–सवेरे कहां चले गए थे?'

रमानाथ–'जरा बडे बाबू से मिलने गया था।'

दयानाथ–'घंटे–आधा घंटे के लिए पुस्तकालय क्यों नहीं चले जाया करते। गप–शप में दिन गंवा देते हो अभी तुम्हारी पढ़ने–लिखने की उम्र है। इम्तहान न सही, अपनी योग्यता तो बढ़ा सकते हो एक

सीधा–सा खत लिखना पड़ जाता है, तो बगलें झांकने लगते हो असली शिक्षा स्कूल छोड़ने के बाद शुरू होती है, और वही हमारे जीवन में काम भी आती है। मैंने तुम्हारे विषय में कुछ ऐसी बातें सुनी हैं, जिनसे मुझे बहुत खेद हुआ है और तुम्हें समझा देना मैं अपनाधर्म समझता हूं। मैं यह हरगिज नहीं चाहता कि मेरे घर में हराम की एक कौड़ी भी आए। मुझे नौकरी करते तीस साल हो गए। चाहता, तो अब तक हजारों रूपये जमा कर लेता, लेकिन मैं कसम खाता हूं कि कभी एक पैसा भी हराम का नहीं लिया। तुममें यह आदत कहां से आ गई, यह मेरी समझ में नहीं आता।'

रमा ने बनावटी क्रोध दिखाकर कहा–'किसने आपसे कहा है? जरा उसका नाम तो बताइए? मूंछें उखाड़ लूं उसकी!'

दयानाथ–'किसी ने भी कहा हो, इससे तुम्हें कोई मतलब नहीं। तुम उसकी मूंछें उखाड़ लोगे, इसलिए बताऊंगा नहीं, लेकिन बात सच है या झूठ, मैं इतना ही पूछना चाहता हूं।'

रमानाथ–'बिलकुल झूठ!'

दयानाथ–'बिलकुल झूठ?'

रमानाथ–'जी हां, बिलकुल झूठ?'

दयानाथ–'तुम दस्तूरी नहीं लेते?'

रमानाथ–'दस्तूरी रिश्वत नहीं है, सभी लेते हैं और खुल्लम–खुल्ला लेते हैं। लोग बिना मांगे आप–ही–आप देते हैं, मैं किसी से मांगने नहीं जाता। '

दयानाथ–'सभी खुल्लम–खुल्ला लेते हैं और लोग बिना मांगे देते हैं, इससे तो रिश्वत की बुराई कम नहीं हो जाती।'

रमानाथ–'दस्तूरी को बंद कर देना मेरे वश की बात नहीं। मैं खुद न लूं, लेकिन चपरासी और मुहर्रिर का हाथ तो नहीं पकड़

सकता आठ–आठ, नौनौ पाने वाले नौकर अगर न लें, तो उनका काम ही नहीं चल सकता मैं खुद न लूं, पर उन्हें नहीं रोक सकता।'

दयानाथ ने उदासीन भाव से कहा–'मैंने समझा दिया, मानने का अख्तियार तुम्हें है।'

यह कहते हुए दयानाथ दफ्तर चले गए। रमा के मन में आया, साफ कह दे, आपने निस्पृह बनकर क्या कर लिया, जो मुझे दोष दे रहे हैं। हमेशा पैसे–पैसे को मुहताज रहे। लड़कों को पढ़ा तक न सके। जूते–कपड़े तक न पहना सके। यह डींग मारना तब शोभा देता, जब कि नीयत भी साफ रहती और जीवन भी सुख से कटता।

रमा घर में गया तो माता ने पूछा–'आज कहां चले गए बेटा, तुम्हारे बाबूजी इसी पर बिगड़ रहे थे।'

रमानाथ–'इस पर तो नहीं बिगड़ रहे थे, हां, उपदेश दे रहे थे कि दस्तूरी मत लिया करो। इससे आत्मा दुर्बल होती है और बदनामी होती है।'

जागेश्वरी–'तुमने कहा नहीं, आपने बडी ईमानदारी की तो कौन–से झंडे गाड़ दिए! सारी जिंदगी पेट पालते रहे।'

रमानाथ–'कहना तो चाहता था, पर चिढ़जाते। जैसे आप कौड़ी–कौड़ी को मुहताज रहे, वैसे मुझे भी बनाना चाहते हैं। आपको लेने का शऊर तो है नहीं। जब देखा कि यहां दाल नहीं गलती , तो भगत बन गए। यहां ऐसे घोंघा–बसंत नहीं हैं। बनियों से रूपये ऐंठने के लिए अक्ल चाहिए, दिल्लगी नहीं है! जहां किसी ने भगतपन किया और मैं समझ गया, बुद्धू है। लेने की तमीज नहीं, क्या करे बेचारा। किसी तरह आंसू तो पोंछे।'

जागेश्वरी–'बस–बस यही बात है बेटा, जिसे लेना आवेगा, वह जरूर लेगा। इन्हें तो बस घर में कानून बघारना आता है और किसी के सामने बात तो मुंह से निकलती नहीं। रूपये निकाल लेना तो मुश्किल है।'

रमा दफ्तर जाते समय ऊपर कपड़े पहनने गया, तो जालपा ने उसे तीन लिफाफे डाक में छोड़ने के लिए दिए। इस वक्त उसने तीनों लिफाफे जेब में डाल लिए, लेकिन रास्ते में उन्हें खोलकर चिट्ठियां पढ़ने लगा। चिट्ठियां क्या थीं, विपत्ति और वेदना का करूण विलाप था, जो उसने अपनी तीनों सहेलियों को सुनाया था। तीनों का विषय एक ही था। केवल भावों का अंतर था, श्जिंदगी पहाड़ हो गई है, न रात को नींद आती है न दिन को आराम, पतिदेव को प्रसन्न करने के लिए, कभी–कभी हंस–बोल लेती हूं पर दिल हमेशा रोया करता है। न किसी के घर जाती हूं, न किसी को मुंह दिखाती हूं। ऐसा जान पड़ता है कि यह शोक मेरी जान ही लेकर छोड़ेगा। मुझसे वादे तो रोज किए जाते हैं, रूपये जमा हो रहे हैं, सुनार ठीक किया जा रहा है, डिजाइन तय किया जा रहा है, पर यह सब धोखा है और कुछ नहीं।'

रमा ने तीनों चिट्ठियां जेब में रख लीं। डाकखाना सामने से निकल गया, पर उसने उन्हें छोडा नहीं। यह अभी तक यही समझती है कि मैं इसे धोखा दे रहा हूं– क्या करूं, कैसे विश्वास दिलाऊं– अगर अपना वश होता तो इसी वक्त आभूषणों के टोकरे भर–भर जालपा के सामने रख देता, उसे किसी बड़े सर्राफ की दुकान पर ले जाकर कहता, तुम्हें जो–जो चीजें लेनी हों, ले लो। कितनी अपार वेदना है, जिसने विश्वास का भी अपहरण कर लिया है। उसको आज उस चोट का सच्चा अनुभव हुआ, जो उसने झूठी मर्यादा की रक्षा में उसे पहुंचाई थी। अगर वह जानता, उस अभिनय का यह फल होगा, तो कदाचित् अपनी डींगों का परदा खोल देता। क्या ऐसी दशा में भी, जब जालपा इस शोक–ताप से फुंकी जा रही थी, रमा को कर्ज़ लेने में संकोच करने की जगह थी? उसका हृदय कातर हो उठा। उसने पहली बार सच्चे हृदय से ईश्वर से याचना की, भगवन्, मुझे चाहे दंड देना, पर मेरी जालपा को मुझसे मत छीनना। इससे पहले मेरे प्राण हर लेना। उसके रोम–रोम से आत्मध्वनि–सी

निकलने लगी–ईश्वर, ईश्वर! मेरी दीन दशा पर दया करो। लेकिन इसके साथ ही उसे जालपा पर क्रोध भी आ रहा था। जालपा ने क्यों मुझसे यह बात नहीं कही। मुझसे क्यों परदा रखा और मुझसे परदा रखकर अपनी सहेलियों से यह दुखडा रोया?

बरामदे में माल तौला जा रहा था। मेज पर रूपये–पैसे रखे जा रहे थे और रमा चिंता में डूबा बैठा हुआ था। किससे सलाह ले, उसने विवाह ही क्यों किया– सारा दोष उसका अपना था। जब वह घर की दशा जानता था, तो क्यों उसने विवाह करने से इंकार नहीं कर दिया? आज उसका मन काम में नहीं लगता था। समय से पहले ही उठकर चला आया।

जालपा ने उसे देखते ही पूछा, 'मेरी चिट्ठियां छोड़ तो नहीं दीं?'

रमा ने बहाना किया, 'अरे इनकी तो याद ही नहीं रही। जेब में पड़ी रह गई।'

जालपा–'यह बहुत अच्छा हुआ। लाओ, मुझे दे दो, अब न भेजूंगी।'

रमानाथ–'क्यों, कल भेज दूंगा।'

जालपा–'नहीं, अब मुझे भेजना ही नहीं है, कुछ ऐसी बातें लिख गई थी, जो मुझे न लिखना चाहिए थीं। अगर तुमने छोड़ दी होती, तो मुझे दुःख होता। मैंने तुम्हारी निंदा की थी। यह कहकर वह मुस्कराई।

रमानाथ–'जो बुरा है, दगाबाज है, धूर्त है, उसकी निंदा होनी ही चाहिए।'

जालपा ने व्यग्र होकर पूछा–'तुमने चिट्ठियां पढ़लीं क्या?'

रमा ने निद्यसंकोच भाव से कहा, हां, यह कोई अक्षम्य अपराध है?'

जालपा कातर स्वर में बोली, तब तो तुम मुझसे बहुत नाराज होगे?'

आंसुओं के आवेग से जालपा की आवाज रूक गई। उसका सिर झुक गया और झुकी हुई आंखों से आंसुओं की बूंदें आंचल पर फिरने लगीं। एक क्षण में उसने स्वर को संभालकर कहा, श्मुझसे बडा भारी अपराध हुआ है। जो चाहे सजा दोय पर मुझसे अप्रसन्न मत हो ईश्वर जानते हैं, तुम्हारे जाने के बाद मुझे कितना दुःख हुआ। मेरी कलम से न जाने कैसे ऐसी बातें निकल गई।'

जालपा जानती थी कि रमा को आभूषणों की चिंता मुझसे कम नहीं है, लेकिन मित्रों से अपनी व्यथा कहते समय हम बहुधा अपना दुःख बढ़ाकर कहते हैं। जो बातें परदे की समझी जाती हैं, उनकी चर्चा करने से एक तरह का अपनापन जाहिर होता है। हमारे मित्र समझते हैं, हमसे जरा भी दुराव नहीं रखता और उन्हें हमसे सहानुभूति हो जाती है। अपनापन दिखाने की यह आदत औरतों में कुछ अधिक होती है।

रमा जालपा के आंसू पोंछते हुए बोला—'मैं तुमसे अप्रसन्न नहीं हूं, प्रिये! अप्रसन्न होने की तो कोई बात ही नहीं है। आशा का विलंब ही दुराशा है, क्या मैं इतना नहीं जानता। अगर तुमने मुझे मना न कर दिया होता, तो अब तक मैंने किसी—न—किसी तरह दो—एक चीजें अवश्य ही बनवा दी होतीं। मुझसे भूल यही हुई कि तुमसे सलाह ली। यह तो वैसा ही है जैसे मेहमान को पूछ—पूछकर भोजन दिया जाय। उस वक्त मुझे यह ध्यान न रहा कि संकोच में आदमी इच्छा होने पर भी 'नहीं—नहीं' करता है। ईश्वर ने चाहा तो तुम्हें बहुत दिनों तक इंतजार न करना पड़ेगा।'

जालपा ने सचिंत नजरों से देखकर कहा, तो क्या उधार लाओगे?'

रमानाथ—'हां, उधार लाने में कोई हर्ज नहीं है। जब सूद नहीं देना है, तो जैसे नगद वैसे उधार। ऋण से दुनिया का काम

चलता है। कौन ऋण नहीं लेता! हाथ में रूपया आ जाने से अलल्ले–तलल्ले खर्च हो जाते हैं। कर्ज सिर पर सवार रहेगा, तो उसकी चिंता हाथ रोके रहेगी।'

जालपा–'मैं तुम्हें चिंता में नहीं डालना चाहती। अब मैं भूलकर भी गहनों का नाम न लूंगी।'

रमानाथ–'नाम तो तुमने कभी नहीं लिया, लेकिन तुम्हारे नाम न लेने से मेरे कर्तव्य का अंत तो नहीं हो जाता। तुम कर्ज से व्यर्थ इतना डरती हो रूपये जमा होने के इंतजार में बैठा रहूंगा, तो शायद कभी न जमा होंगे। इसी तरह लेतेदेते साल में तीन–चार चीजें बन जाएंगी।'

जालपा–'मगर पहले कोई छोटी–सी चीज लाना।'

रमानाथ–'हां, ऐसा तो करूंगा ही।'

रमा बाजार चला, तो खूब अंधेरा हो गया था। दिन रहते जाता तो संभव था, मित्रों में से किसी की निगाह उस पर पड़ जाती। मुंशी दयानाथ ही देख लेते। वह इस मामले को गुप्त ही रखना चाहता था।

आठवाँ

सर्राफे में गंगू की दुकान मशहूर थी। गंगू था तो ब्राह्मण, पर बडा ही व्यापारकुशल! उसकी दुकान पर नित्य गाहकों का मेला लगा रहता था। उसकी कर्मनिष्ठा गाहकों में विश्वास पैदा करती थी। और दुकानों पर ठगे जाने का भय था। यहां किसी तरह का धोखा न था। गंगू ने रमा को देखते ही मुस्कराकर कहा, 'आइए बाबूजी, ऊपर आइए। बडी दया की। मुनीमजी, आपके वास्ते पान मंगवाओ। क्या हुक्म है बाबूजी, आप तो जैसे मुझसे नाराज हैं। कभी आते ही नहीं, गरीबों पर भी कभी–कभी दया किया कीजिए।'

गंगू की शिष्टता ने रमा की हिम्मत खोल दी। अगर उसने इतने आग्रह से न बुलाया होता तो शायद रमा को दुकान पर जाने

का साहस न होता। अपनी साख का उसे अभी तक अनुभव न हुआ था। दुकान पर जाकर बोला, 'यहां हम जैसे मजदूरों का कहां गुजर है, महाराज! गांठ में कुछ हो भी तो!

गंगू–'यह आप क्या कहते हैं सरकार, आपकी दुकान है, जो चीज चाहिए ले जाइए, दाम आगे–पीछे मिलते रहेंगे। हम लोग आदमी पहचानते हैं बाबू साहब, ऐसी बात नहीं है। धान्य भाग कि आप हमारी दुकान पर आए तो। दिखाऊं कोई जडाऊ चीज? कोई कंगन, कोई हार– अभी हाल ही में दिल्ली से माल आया है।'

रमानाथ–'कोई हलके दामों का हार दिखाइए।'

गंगू–'यही कोई सात–आठ सौ तक?'

रमानाथ–'अजी नहीं, हद चार सौ तक।'

गंगू–'मैं आपको दोनों दिखाए देता हूं। जो पसंद आवें, ले लीजिएगा। हमारे यहां किसी तरह का दफल–गसल नहीं बाबू साहब! इसकी आप जरा भी चिंता न करें। पांच बरस का लड़का हो या सौ बरस का बूढ़ा, सबके साथ एक बात रखते हैं। मालिक को भी एक दिन मुंह दिखाना है, बाबू!'

संदूक सामने आया, गंगू ने हार निकाल–निकालकर दिखाने शुरू किए। रमा की आंखें खुल गईं, जी लोट–पोट हो गया। क्या सगाई थी! नगीनों की कितनी सुंदर सजावट! कैसी आब–ताब! उनकी चमक दीपक को मात करती थी। रमा ने सोच रखा था सौ रूपये से ज्यादा उधार न लगाऊंगा, लेकिन चार सौ वाला हार आंखों में कुछ जंचता न था। और जेब में छः तीन सौ रूपये थे। सोचा, अगर यह हार ले गया और जालपा ने पसंद न किया, तो फायदा ही क्या? ऐसी चीज ले जाऊं कि वह देखते ही भड़क उठे। यह जडाऊ हार उसकी गर्दन में कितनी शोभा देगा। वह हार एक सहस्र मणि–रंजित नजरों से उसके मन को खींचने लगा। वह अभिभूत होकर उसकी ओर ताक रहा था, पर मुंह से कुछ कहने का साहस

न होता था। कहीं गंगू ने तीन सौ रूपये उधार लगाने से इंकार कर दिया, तो उसे कितना लज्जित होना पड़ेगा। गंगू ने उसके मन का संशय ताड़कर कहा, 'आपके लायक तो बाबूजी यही चीज है, अंधेरे घर में रख दीजिए, तो उजाला हो जाय।'

रमानाथ–'पसंद तो मुझे भी यही है, लेकिन मेरे पास कुल तीन सौ रूपये हैं, यह समझ लीजिए।

शर्म से रमा के मुंह पर लाली छा गई। वह धड़कते हुए हृदय से गंगू का मुंह देखने लगा।गंगू ने निष्कपट भाव से कहा, 'बाबू साहब, रूपये का तो ज़िक्र ही न कीजिए। कहिए दस हजार का माल साथ भेज दूं। दुकान आपकी है, भला कोई बात है? हुक्म हो, तो एक–आधा चीज और दिखाऊं? एक शीशफूल अभी बनकर आया है, बस यही मालूम होता है, गुलाब का फल खिला हुआ है। देखकर जी खुश हो जाएगा। मुनीमजी, जरा वह शीशफूल दिखाना तो। और दाम का भी कुछ ऐसा भारी नहीं, आपको ढाई सौ में दे दूंगा।'

रमा ने मुस्कराकर कहा, 'महाराज, बहुत बातें बनाकर कहीं उल्टे छुरे से न मूंड़ लेना, गहनों के मामले में बिलकुल अनाड़ी हूं।'

गंगू–'ऐसा न कहो बाबूजी, आप चीज ले जाइए, बाजार में दिखा लीजिए, अगर कोई। ढाई सौ से कौड़ी कम में दे दे, तो मैं मुफ्त दे दूंगा। शीशफूल आया, सचमुच गुलाब का फूल था, जिस पर हीरे की कलियां ओस की बूंदों के समान चमक रही थीं। रमा की टकटकी बंध गई, मानो कोई अलौकिक वस्तु सामने आ गई हो।

गंगू–'बाबूजी, ढाई सौ रूपये तो कारीगर की सगाई के इनाम हैं। यह एक चीज है।'

रमानाथ–'हां, है तो सुंदर, मगर भाई ऐसा न हो, कि कल ही से दाम का तकाजा करने लगो। मैं खुद ही जहां तक हो सकेगा, जल्दी दे दूंगा।'

गंगू ने दोनों चीजें दो सुंदर मखमली केसों में रखकर रमा को दे दीं। फिर मुनीमजी से नाम टंकवाया और पान खिलाकर विदा किया। रमा के मनोल्लास की इस समय सीमा न थी, किंतु यह विशुद्ध उल्लास न था, इसमें एक शंका का भी समावेश था। यह उस बालक का आनंद न था जिसने माता से पैसे मांगकर मिठाई ली होय बल्कि उस बालक का, जिसने पैसे चुराकर ली हो, उसे मिठाइयां मीठी तो लगती हैं, पर दिल कांपता रहता है कि कहीं घर चलने पर मार न पड़ने लगे। साढ़े छः सौ रूपये चुका देने की तो उसे विशेष चिंता न थी, घात लग जाय तो वह छः महीने में चुका देगा। भय यही था कि बाबूजी सुनेंगे तो जरूर नाराज होंगे, लेकिन ज्यों–ज्यों आगे बढ़ता था, जालपा को इन आभूषणों से सुशोभित देखने की उत्कंठा इस शंका पर विजय पाती थी। घर पहुंचने की जल्दी में उसने सड़क छोड़ दी, और एक गली में घुस गया। सघन अंधेरा छाया हुआ था। बादल तो उसी वक्त छाए हुए थे, जब वह घर से चला था। गली में घुसा ही था, कि पानी की बूंद सिर पर छर्रे की तरह पड़ी। जब तक छतरी खोले, वह लथपथ हो चुका था। उसे शंका हुई, इस अंधकारमें कोई आकर दोनों चीजें छीन न ले, पानी की झरझर में कोई आवाज भी न सुने। अंधेरी गलियों में खून तक हो जाते हैं। पछताने लगा, नाहक इधर से आया। दो–चार मिनट देर ही में पहुंचता, तो ऐसी कौन–सी आफत आ जाती। असामयिक वृष्टि ने उसकी आनंद–कल्पनाओं में बाधा डाल दी। किसी तरह गली का अंत हुआ और सड़क मिली। लालटेनें दिखाई दीं। प्रकाश कितनी विश्वास उत्पन्न करने वाली शक्ति है, आज इसका उसे यथार्थ अनुभव हुआ। वह घर पहुंचा तो दयानाथ बैठे हुक्का पी रहे थे। वह उस कमरे में न गया। उनकी आंख बचाकर अंदर जाना चाहता था कि उन्होंने टोका, 'इस वक्त कहां गए थे?'

रमा ने उन्हें कुछ जवाब न दिया। कहीं वह अखबार सुनाने लगे, तो घंटों की खबर लेंगे। सीधा अंदर जा पहुंचा। जालपा द्वार

पर खड़ी उसकी राह देख रही थी, तुरंत उसके हाथ से छतरी ले ली और बोली, 'तुम तो बिलकुल भीग गए। कहीं ठहर क्यों न गए।'

रमानाथ–'पानी का क्या ठिकाना, रात–भर बरसता रहे।'

यह कहता हुआ रमा ऊपर चला गया। उसने समझा था, जालपा भी पीछे–पीछे आती होगी, पर वह नीचे बैठी अपने देवरों से बातें कर रही थी, मानो उसे गहनों की याद ही नहीं है। जैसे वह बिलकुल भूल गई है कि रमा सर्राफे से आया है। रमा ने कपड़े बदले और मन में झुंझलाता हुआ नीचे चला आया। उसी समय दयानाथ भोजन करने आ गए। सब लोग भोजन करने बैठ गए। जालपा ने जब्त तो किया था, पर इस उत्कंठा की दशा में आज उससे कुछ खाया न गया। जब वह ऊपर पहुंची, तो रमा चारपाई पर लेटा हुआ था। उसे देखते ही कौतुक से बोला, 'आज सर्राफे का जाना तो व्यर्थ ही गया। हार कहीं तैयार ही न था। बनाने को कह आया हूं। जालपा की उत्साह से चमकती हुई मुख–छवि मलिन पड़ गई, बोली, 'वह तो पहले ही जानती थी। बनते–बनते पांच–छः महीने तो लग ही जाएंगे।'

रमानाथ–'नहीं जी, बहुत जल्द बना देगा, कसम खा रहा था।'

जालपा–'ऊह, जब चाहे दे! '

उत्कंठा की चरम सीमा ही निराशा है। जालपा मुंह उधरकर लेटने जा रही थी, कि रमा ने जोर से कहकहा मारा। जालपा चौंक पड़ी। समझ गई, रमा ने शरारत की थी। मुस्कराती हुई बोली, 'तुम भी बडे नटखट हो क्या लाए?

रमानाथ–' कैसा चकमा दिया?'

जालपा–'यह तो मरदों की आदत ही है, तुमने नई बात क्या की?'

जालपा दोनों आभूषणों को देखकर निहाल हो गई। हृदय में आनंद की लहरें–सी उठने लगीं। वह मनोभावों को छिपाना चाहती

थी कि रमा उसे ओछी न समझे, लेकिन एक–एक अंग खिल जाता था। मुस्कराती हुई आंखें, दमकते हुए कपोल और खिले हुए अधर उसका भरम गंवाए देते थे। उसने हार गले में पहना, शीशफल जूड़े में सजाया और हर्ष से उन्मत्त होकर बोली, 'तुम्हें आशीर्वाद देती हूं, ईश्वर तुम्हारी सारी मनोकामनाएं पूरी करे।श आज जालपा की वह अभिलाषा पूरी हुई, जो बचपन ही से उसकी कल्पनाओं का एक स्वप्न, उसकी आशाओं का क्रीडास्थल बनी हुई थी। आज उसकी वह साध पूरी हो गई। यदि मानकी यहां होती, तो वह सबसे पहले यह हार उसे दिखाती और कहती, 'तुम्हारा हार तुम्हें मुबारक हो!'

रमा पर घड़ों नशा चढ़ा हुआ था। आज उसे अपना जीवन सफल जान पड़ा। अपने जीवन में आज पहली बार उसे विजय का आनंद प्राप्त हुआ। जालपा ने पूछा, 'जाकर अम्मांजी को दिखा आऊं?

रमा ने नम्रता से कहा, 'अम्मां को क्या दिखाने जाओगी। ऐसी कौन–सी बडी चीजें हैं।

जालपा–'अब मैं तुमसे साल–भर तक और किसी चीज के लिए न कहूंगी। इसके रूपये देकर ही मेरे दिल का बोझ हल्का होगा।'

रमा गर्व से बोला, 'रूपये की क्या चिंता! हैं ही कितने! '

जालपा–'जरा अम्मांजी को दिखा आऊं, देखें क्या कहती हैं! '

रमानाथ–'मगर यह न कहना, उधार लाए हैं।'

जालपा इस तरह दौड़ी हुई नीचे गई, मानो उसे वहां कोई निधि मिल जायगी।

आधी रात बीत चुकी थी। रमा आनंद की नींद सो रहा था। जालपा ने छत पर आकर एक बार आकाश की ओर देखा। निर्मल चांदनी छिटकी हुई थी, वह कार्तिक की चांदनी जिसमें संगीत की शांति हैं, शांति का माधुर्य और माधुर्य का उन्मादब जालपा ने कमरे में आकर अपनी संदूकची खोली और उसमें से वह कांच का चन्द्रहार

निकाला जिसे एक दिन पहनकर उसने अपने को धन्य माना था। पर अब इस नए चन्द्रहार के सामने उसकी चमक उसी भांति मंद पड़ गई थी, जैसे इस निर्मल चन्द्रज्योति के सामने तारों का आलोक! उसने उस नकली हार को तोड़ डाला और उसके दानों को नीचे गली में गेंक दिया, उसी भांति जैसे पूजन समाप्त हो जाने के बाद कोई उपासक मिट्टी की मूर्तियों को जल में विसर्जित कर देता है।

नौवाँ

उस दिन से जालपा के पति–स्नेह में सेवा–भाव का उदय हुआ। वह स्नान करने जाता, तो उसे अपनी धोती चुनी हुई मिलती। आले पर तेल और साबुन भी रक्खा हुआ पाता। जब दफ्तर जाने लगता, तो जालपा उसके कपड़े लाकर सामने रख देती। पहले पान मांगने पर मिलते थे, अब जबरदस्ती खिलाए जाते थे। जालपा उसका रूख देखा करती। उसे कुछ कहने की जरूरत न थी। यहां तक कि जब वह भोजन करने बैठता, तो वह पंखा झला करती। पहले वह बडी अनिच्छा से भोजन बनाने जाती थी और उस पर भी बेगार–सी टालती थी। अब बडे प्रेम से रसोई में जाती। चीजें अब भी वही बनती थीं, पर उनका स्वाद बढ़गया था। रमा को इस मधुर स्नेह के सामने वह दो गहने बहुत ही तुच्छ जंचते थे।

उधर जिस दिन रमा ने गंगू की दुकान से गहने खरीदे, उसी दिन दूसरे सर्राफों को भी उसके आभूषण–प्रेम की सूचना मिल गई। रमा जब उधर से निकलता, तो दोनों तरफ से दुकानदार उठ–उठकर उसे सलाम करते, 'आइए बाबूजी, पान तो खाते जाइए। दो–एक चीजें हमारी दुकान से तो देखिए।'

रमा का आत्म–संयम उसकी साख को और भी बढ़ाता था। यहां तक कि एक दिन एक दलाल रमा के घर पर आ पहुंचा, और उसके नहीं–नहीं करने पर भी अपनी संदूकची खोल ही दी।

रमा ने उससे पीछा छुडाने के लिए कहा, 'भाई, इस वक्त मुझे कुछ नहीं लेना है। क्यों अपना और मेरा समय नष्ट करोगे। दलाल ने बडे विनीत भाव से कहा, 'बाबूजी, देख तो लीजिए। पसंद आए तो लीजिएगा, नहीं तो न लीजिएगा। देख लेने में तो कोई हर्ज नहीं है। आखिर रईसों के पास न जायं, तो किसके पास जायं। औरों ने आपसे गहरी रकमें मारीं, हमारे भाग्य में भी बदा होगा, तो आपसे चार पैसा पा जाएंगे। बहूजी और माईजी को दिखा लीजिए! मेरा मन तो कहता है कि आज आप ही के हाथों बोहनी होगी।'

रमानाथ–'औरतों के पसंद की न कहो, चीजें अच्छी होंगी ही। पसंद आते क्या देर लगती है, लेकिन भाई, इस वक्त हाथ खाली है।'

दलाल हंसकर बोला, 'बाबूजी, बस ऐसी बात कह देते हैं कि वाह! आपका हुक्म हो जाय तो हजार–पांच सौ आपके ऊपर निछावर कर दें। हम लोग आदमी का मिजाज देखते हैं, बाबूजी! भगवान् ने चाहा तो आज मैं सौदा करके ही उठूंगा।'

दलाल ने संदूकची से दो चीजें निकालीं, एक तो नए फैशन का जडाऊ कंगन था और दूसरा कानों का रिंग दोनों ही चीजें अपूर्व थीं। ऐसी चमक थी मानो दीपक जल रहा हो दस बजे थे, दयानाथ दफ्तर जा चुके थे, वह भी भोजन करने जा रहा था। समय बिलकुल न था, लेकिन इन दोनों चीजों को देखकर उसे किसी बात की सुध ही न रही। दोनों केस लिये हुए घर में आया। उसके हाथ में केस देखते ही दोनों स्त्रियां टूट पड़ीं और उन चीजों को निकाल–निकालकर देखने लगीं। उनकी चमक–दमक ने उन्हें ऐसा मोहित कर लिया कि गुण–दोष की विवेचना करने की उनमें शक्ति ही न रही।

जागेश्वरी–'आजकल की चीजों के सामने तो पुरानी चीजें कुछ जंचती ही नहीं।

जालपा–'मुझे तो उन पुरानी चीजों को देखकर कै आने लगती है। न जाने उन दिनों औरतें कैसे पहनती थीं।'

रमा ने मुस्कराकर कहा, 'तो दोनों चीजें पसंद हैं न?'

जालपा–'पसंद क्यों नहीं हैं, अम्मांजी, तुम ले लो।'

जागेश्वरी ने अपनी मनोव्यथा छिपाने के लिए सिर झुका लिया। जिसका सारा जीवन ग!हस्थी की चिंताओं में कट गया, वह आज क्या स्वप्न में भी इन गहनों के पहनने की आशा कर सकती थी! आह! उस दुखिया के जीवन की कोई साध ही न पूरी हुई। पति की आय ही कभी इतनी न हुई कि बाल–बच्चों के पालन–पोषण के उपरांत कुछ बचता। जब से घर की स्वामिनी हुई, तभी से मानो उसकी तपश्चर्या का आरंभ हुआ और सारी लालसाएं एक–एक करके धूल में मिल गईं। उसने उन आभूषणों की ओर से आंखें हटा लीं। उनमें इतना आकर्षण था कि उनकी ओर ताकते हुए वह डरती थी। कहीं उसकी विरक्ति का परदा न खुल जाय। बोली, 'मैं लेकर क्या करूंगी बेटी, मेरे पहनने–ओढ़ने के दिन तो निकल गए। कौन लाया है बेटा? क्या दाम हैं इनके?'

रमानाथ–'एक सर्राफ दिखाने लाया है, अभी दाम–आम नहीं पूछे, मगर ऊंचे दाम होंगे। लेना तो था ही नहीं, दाम पूछकर क्या करता?'

जालपा–'लेना ही नहीं था, तो यहां लाए क्यों?'

जालपा ने यह शब्द इतने आवेश में आकर कहे कि रमा खिसिया गया। उनमें इतनी उत्तेजना, इतना तिरस्कार भरा हुआ था कि इन गहनों को लौटा ले जाने की उसकी हिम्मत न पड़ी। बोला, तो ले लूं?'

जालपा–'अम्मां लेने ही नहीं कहतीं तो लेकर क्या करोगे–क्या मुफ्त में दे रहा है?'

रमानाथ–'समझ लो मुफ्त ही मिलते हैं।'

जालपा–'सुनती हो अम्मांजी, इनकी बातें। आप जाकर लौटा आइए। जब हाथ में रूपये होंगे, तो बहुत गहने मिलेंगे।'

जागेश्वरी ने मोहासक्त स्वर में कहा, 'रूपये अभी तो नहीं मांगता?'

जालपा–'उधार भी देगा, तो सूद तो लगा ही लेगा?'

रमानाथ–'तो लौटा दूं– एक बात चटपट तय कर डालो। लेना हो, ले लो, न लेना हो, तो लौटा दो। मोह और दुविधा में न पड़ो!'

जालपा को यह स्पष्ट बातचीत इस समय बहुत कठोर लगी। रमा के मुंह से उसे ऐसी आशा न थी। इंकार करना उसका काम था, रमा को लेने के लिए आग्रह करना चाहिए था। जागेश्वरी की ओर लालायित नजरों से देखकर बोली, 'लौटा दो। रात–दिन के तकाजे कौन सहेगा।'

वह केसों को बंद करने ही वाली थी कि जागेश्वरी ने कंगन उठाकर पहन लिया, मानो एक क्षण–भर पहनने से ही उसकी साध पूरी हो जायगी। फिर मन में इस ओछेपन पर लज्जित होकर वह उसे उतारना ही चाहती थी कि रमा ने कहा, 'अब तुमने पहन लिया है अम्मां, तो पहने रहो मैं तुम्हें भेंट करता हूं।'

जागेश्वरी की आंखें सजल हो गईं। जो लालसा आज तक न पूरी हो सकी, वह आज रमा की मातृ–भक्ति से पूरी हो रही थी, लेकिन क्या वह अपने प्रिय पुत्र पर ऋण का इतना भारी बोझ रख देगी? अभी वह बेचारा बालक है, उसकी सामर्थ्य ही क्या है? न जाने रूपये जल्द हाथ आएं या देर में। दाम भी तो नहीं मालूम। अगर ऊंचे दामों का हुआ, तो बेचारा देगा कहां से– उसे कितने तकाजे सहने पड़ेंगे और कितना लज्जित होना पड़ेगा। कातर स्वर में बोली, 'नहीं बेटा, मैंने यों ही पहन लिया था। ले जाओ, लौटा दो।'

माता का उदास मुख देखकर रमा का हृदय मातृ–प्रेम से हिल उठा। क्या ऋण के भय से वह अपनी त्यागमूर्ति माता की इतनी सेवा भी न कर सकेगा? माता के प्रति उसका कुछ कर्तव्य भी तो है? बोला, रूपये बहुत मिल जाएंगे अम्मां, तुम इसकी चिंता मत करो।

जागेश्वरी ने बहू की ओर देखा। मानो कह रही थी कि रमा मुझ पर कितना अत्याचार कर रहा है। जालपा उदासीन भाव से बैठी थी। कदाचित उसे भय हो रहा था कि माताजी यह कंगन ले न लें। मेरा कंगन पहन लेना बहू को अच्छा नहीं लगा, इसमें जागेश्वरी को संदेह नहीं रहा। उसने तुरंत कंगन उतार डाला, और जालपा की ओर बढ़ाकर बोली, 'मैं अपनी ओर से तुम्हें भेंट करती हूं, मुझे जो कुछ पहनना–ओढ़ना था, ओढ़–पहन चुकी। अब जरा तुम पहनो, देखूं, ' जालपा को इसमें जरा भी संदेह न था कि माताजी के पास रूपये की कमी नहीं। वह समझी, शायद आज वह पसीज गई हैं और कंगन के रूपए दे देंगी। एक क्षण पहले उसने समझा था कि रूपये रमा को देने पड़ेंगे, इसीलिए इच्छा रहने पर भी वह उसे लौटा देना चाहती थी। जब माताजी उसका दाम चुका रही थीं, तो वह क्यों इंकार करती, मगर ऊपरी मन से बोली, 'रूपये न हों, तो रहने दीजिए अम्मांजी, अभी कौन जल्दी है?'

रमा ने कुछ चिढ़कर कहा, श्तो तुम यह कंगन ले रही हो?'

जालपा–'अम्मांजी नहीं मानतीं, तो मैं क्या करूं?

रमानाथ–'और ये रिंग, इन्हें भी क्यों नहीं रख लेतीं?'

जालपा–'जाकर दाम तो पूछ आओ।

रमा ने अधीर होकर कहा, श्तुम इन चीजों को ले जाओ, तुम्हें दाम से क्या मतलब!'

रमा ने बाहर आकर दलाल से दाम पूछा तो सन्नाटे में आ गया। कंगन सात सौ के थे, और रिंग डेढ़ सौ के, उसका अनुमान था कि कंगन अधिकसे–अधिक तीन सौ के होंगे और रिंग चालीस–पचास रूपये के, पछताए कि पहले ही दाम क्यों न पूछ लिए, नहीं तो इन चीजों को घर में ले जाने की नौबत ही क्यों आती? उधारते हुए शर्म आती थी, मगर कुछ भी हो, उधारना तो पड़ेगा ही। इतना बडा बोझ वह सिर पर नहीं ले सकता दलाल से बोला, 'बडे दाम हैं भाई, मैंने

तो तीन–चार सौ के भीतर ही आंका था।' दलाल का नाम चरनदास था। बोला, दाम में एक कौड़ी फरक पड़ जाय सरकार, तो मुंह न दिखाऊं। धनीराम की कोठी का तो माल है, आप चलकर पूछ लें। दमड़ी रूपये की दलाली अलबत्ता मेरी है, आपकी मरजी हो दीजिए या न दीजिए।'

रमानाथ–'तो भाई इन दामों की चीजें तो इस वक्त हमें नहीं लेनी हैं।'

चरनदास–'ऐसी बात न कहिए, बाबूजी! आपके लिए इतने रूपये कौन बडी बात है। दो महीने भी माल चल जाय तो उसके दूने हाथ आ जायंगे। आपसे बढ़कर कौन शौकीन होगा। यह सब रईसों के ही पसंद की चीजें हैं। गंवार लोग इनकी कद्र क्या जानें।'

रमानाथ–'साढ़े आठ सौ बहुत होते हैं भई!'

चरनदास–'रूपयों का मुंह न देखिए बाबूजी, जब बहूजी पहनकर बैठेंगी, तो एक निगाह में सारे रूपये तर जायंगे।'

रमा को विश्वास था कि जालपा गहनों का यह मूल्य सुनकर आप ही बिचक जायगी। दलाल से और ज्यादा बातचीत न की। अंदर जाकर बडे जोर से हंसा और बोला, 'आपने इस कंगन का क्या दाम समझा था, मांजी?'

जागेश्वरी कोई जवाब देकर बेवकूफ न बनना चाहती थी, इन जडाऊ चीजों में नाप–तौल का तो कुछ हिसाब रहता नहीं जितने में तै हो जाय, वही ठीक है।

रमानाथ–'अच्छा, तुम बताओ जालपा, इस कंगन का कितना दाम आंकती हो?'

जालपा–'छः सौ से कम का नहीं।'

रमा का सारा खेल बिगड़ गया। दाम का भय दिखाकर रमा ने जालपा को डरा देना चाहा था, मगर छः और सात में बहुत थोडा

ही अंतर था। और संभव है चरनदास इतने ही पर राजी हो जाय। कुछ झेंपकर बोला, कच्चे नगीने नहीं हैं।'

जालपा–'कुछ भी हो, छः सौ से ज्यादा का नहीं।'

रमानाथ–'और रिंग का?'

जालपा–'अधिक से अधिक सौ रूपये! '

रमानाथ–'यहां भी चूकीं, डेढ़सौ मांगता है।'

जालपा–'जट्टू है कोई, हमें इन दामों लेना ही नहीं।

रमा की चाल उल्टी पड़ी, जालपा को इन चीजों के मूल्य के विषय में बहुत धोखा न हुआ था। आख़िर रमा की आर्थिक दशा तो उससे छिपी न थी, फिर वह सात सौ रूपये की चीजों के लिए मुंह खोले बैठी थी। रमा को क्या मालूम था कि जालपा कुछ और ही समझकर कंगन पर लहराई थी। अब तो गला छूटने का एक ही उपाय था और वह यह कि दलाल छः सौ पर राजी न हो बोला, 'वह साढ़े आठ से कौड़ी कम न लेगा।'

जालपा–'तो लौटा दो।'

रमानाथ–'मुझे तो लौटाते शर्म आती है। अम्मां, जरा आप ही दालान में चलकर कह दें, हमें सात सौ से ज्यादा नहीं देना है। देना होता तो दे दो, नहीं चले जाओ।'

जागेश्वरी–'हां रे, क्यों नहीं, उस दलाल से मैं बातें करने जाऊं! '

जालपा–'तुम्हीं क्यों नहीं कह देते, इसमें तो कोई शर्म की बात नहीं।'

रमानाथ–'मुझसे साफ जवाब न देते बनेगा। दुनिया–भर की खुशामद करेगा। चुनी चुना, आप बडे आदमी हैं, रईस हैं, राजा हैं। आपके लिए डेढ़सौ क्या चीज है। मैं उसकी बातों में आ जाऊंगा।'

जालपा–'अच्छा, चलो मैं ही कहे देती हूं।'

रमानाथ–'वाह, फिर तो सब काम ही बन गया।

रमा पीछे दुबक गया। जालपा दालान में आकर बोली, 'जरा यहां आना जी, ओ सर्राफ! लूटने आए हो, या माल बेचने आए हो!'

चरनदास बरामदे से उठकर द्वार पर आया और बोला, 'क्या हुक्म है, सरकार।

जालपा–'माल बेचने आते हो, या जटने आते हो? सात सौ रूपये कंगन के मांगते हो?'

चरनदास–'सात सौ तो उसकी कारीगरी के दाम हैं, हूजूर!'

जालपा–'अच्छा तो जो उस पर सात सौ निछावर कर दे, उसके पास ले जाओ। रिंग के डेढ़सौ कहते हो, लूट है क्या? मैं तो दोनों चीजों के सात सौ से अधिक न दूंगी।

चरनदास–'बहूजी, आप तो अंधेर करती हैं। कहां साढ़े आठ सौ और कहां सात सौ?'

जालपा–'तुम्हारी खुशी, अपनी चीज ले जाओ।'

चरनदास–'इतने बडे दरबार में आकर चीज लौटा ले जाऊं?' आप यों ही पहनें। दस–पांच रूपये की बात होती, तो आपकी जबान ने उधरता। आपसे झूठ नहीं कहता बहूजी, इन चीजों पर पैसा रूपया नगद है। उसी एक पैसे में दुकान का भाडा, बका–खाता, दस्तूरी, दलाली सब समझिए। एक बात ऐसी समझकर कहिए कि हमें भी चार पैसे मिल जाएं।सवेरे–सवेरे लौटना न पड़े।

जालपा–'कह दिए, वही सात सौ।'

चरनदास ने ऐसा मुंह बनाया, मानो वह किसी धर्म–संकट में पड़ गया है। फिर बोला–'सरकार, है तो घाटा ही, पर आपकी बात नहीं टालते बनती। रूपये कब मिलेंगे?'

जालपा–'जल्दी ही मिल जायंगे।'

जालपा अंदर जाकर बोली–'आख़िर दिया कि नहीं सात सौ में– डेढ़सौ साफ उडाए लिए जाता था। मुझे पछतावा हो रहा है कि कुछ और कम क्यों न कहा। वे लोग इस तरह गाहकों को लूटते हैं।'

रमा इतना भारी बोझ लेते घबरा रहा था, लेकिन परिस्थिति ने कुछ ऐसा रंग पकडा कि बोझ उस पर लद ही गया। जालपा तो खुशी की उमंग में दोनों चीजें लिये ऊपर चली गई, पर रमा सिर झुकाए चिंता में डूबा खडा था। जालपा ने उसकी दशा जानकर भी इन चीजों को क्यों ठुकरा नहीं दिया, क्यों जोर देकर नहीं कहा–'मैं न लूंगी, क्यों दुविधो में पड़ी रही। साढ़े पांच सौ भी चुकाना मुश्किल था, इतने और कहां से आएंगे।'

असल में गलती मेरी ही है। मुझे दलाल को दरवाजे से ही दुत्कार देना चाहिए था। लेकिन उसने मन को समझाया। यह अपने ही पापों का तो प्रायश्चित है। फिर आदमी इसीलिए तो कमाता है। रोटियों के लाले थोड़े ही थे? भोजन करके जब रमा ऊपर कपड़े पहनने गया, तो जालपा आईने के सामने खड़ी कानों में रिंग पहन रही थी। उसे देखते ही बोली–'आज किसी अच्छे का मुंह देखकर उठी थी। दो चीजें मुफ्त हाथ आ गई।'

रमा ने विस्मय से पूछा, 'मुफ्त क्यों? रूपये न देने पड़ेंगे?'

जालपा–'रूपये तो अम्मांजी देंगी?'

रमानाथ–'क्या कुछ कहती थीं?'

जालपा–'उन्होंने मुझे भेंट दिए हैं, तो रूपये कौन देगा?'

रमा ने उसके भोलेपन पर मुस्कराकर कहा, यही समझकर तुमने यह चीजें ले लीं? अम्मां को देना होता तो उसी वक्त दे देतीं जब गहने चोरी गए थे। क्या उनके पास रूपये न थे?'

जालपा असमंजस में पड़कर बोली, तो मुझे क्या मालूम था। अब भी तो लौटा सकते हो कह देना, जिसके लिए लिया था, उसे पसंद नहीं आया। यह कहकर उसने तुरंत कानों से रिंग निकाल

लिए। कंगन भी उतार डाले और दोनों चीजें केस में रखकर उसकी तरफ इस तरह बढ़ाई, जैसे कोई बिल्ली चूहे से खेल रही हो वह चूहे को अपनी पकड़ से बाहर नहीं होने देती। उसे छोड़कर भी नहीं छोड़ती। हाथों को फैलाने का साहस नहीं होता था। क्या उसके हृदय की भी यही दशा न थी? उसके मुख पर हवाइयां उड़ रही थीं। क्यों वह रमा की ओर न देखकर भूमि की ओर देख रही थी – क्यों सिर ऊपर न उठाती थी? किसी संकट से बच जाने में जो हार्दिक आनंद होता है, वह कहां था? उसकी दशा ठीक उस माता की–सी थी, जो अपने बालक को विदेश जाने की अनुमति दे रही हो वही विवशता, वही कातरता, वही ममता इस समय जालपा के मुख पर उदय हो रही थी। रमा उसके हाथ से केसों को ले सके, इतना कडा संयम उसमें न था। उसे तकाजे सहना, लज्जित होना, मुंह छिपाए फिरना, चिंता की आग में जलना, सब कुछ सहना मंजूर था। ऐसा काम करना नामंजूर था जिससे जालपा का दिल टूट जाए, वह अपने को अभागिन समझने लगे। उसका सारा ज्ञान, सारी चेष्टा, सारा विवेक इस आघात का विरोध करने लगा। प्रेम और परिस्थितियों के संघर्ष में प्रेम ने विजय पाई।

उसने मुस्कराकर कहा, 'रहने दो, अब ले लिया है, तो क्या लौटाएं। अम्मांजी भी हंसेंगी।

जालपा ने बनावटी कांपते हुए कंठ से कहा, अपनी चादर देखकर ही पांव फैलाना चाहिए। एक नई विपत्ति मोल लेने की क्या जरूरत है! रमा ने मानो जल में डूबते हुए कहा, ईश्वर मालिक है। और तुरंत नीचे चला गया। हम क्षणिक मोह और संकोच में पड़कर अपने जीवन के सुख और शांति का कैसे होम कर देते हैं! अगर जालपा मोह के इस झोंके में अपने को स्थिर रख सकती, अगर रमा संकोच के आगे सिर न झुका देता, दोनों के हृदय में प्रेम का सच्चा प्रकाश होता, तो वे पथ–भ्रष्ट होकर सर्वनाश की ओर न जाते। ग्यारह बज गए थे। दफ्तर के लिए देर हो रही थी, पर रमा इस

तरह जा रहा था, जैसे कोई अपने प्रिय बंधु की दाह–क्रिया करके लौट रहा हो।

दसवाँ

जालपा अब वह एकांतवासिनी रमणी न थी, जो दिन–भर मुंह लपेटे उदास पड़ी रहती थी। उसे अब घर में बैठना अच्छा नहीं लगता था। अब तक तो वह मजबूर थी, कहीं आ–जा न सकती थी। अब ईश्वर की दया से उसके पास भी गहने हो गए थे। फिर वह क्यों मन मारे घर में पड़ी रहती। वस्त्राभूषण कोई मिठाई तो नहीं जिसका स्वाद एकांत में लिया जा सके। आभूषणों को संदूकची में बंद करके रखने से क्या फायदा। मुहल्ले या बिरादरी में कहीं से बुलावा आता, तो वह सास के साथ अवश्य जाती। कुछ दिनों के बाद सास की जरूरत भी न रही। वह अकेली आने–जाने लगी। फिर कार्य–प्रयोजन की कैद भी नहीं रही। उसके रूप–लावण्य, वस्त्र–आभूषण और शील–विनय ने मुहल्ले की स्त्रियों में उसे जल्दी ही सम्मान के पद पर पहुंचा दिया। उसके बिना मंडली सूनी रहती थी। उसका कंठ–स्वर इतना कोमल था, भाषण इतना मधुर, छवि इतनी अनुपम कि वह मंडली की रानी मालूम होती थी। उसके आने से मुहल्ले के नारी–जीवन में जान–सी पड़ गई।

नित्य ही कहीं–न–कहीं जमाव हो जाता। घंटे–दो घंटे गा–बजाकर या गपशप करके रमणियां दिल बहला लिया करतीं।कभी किसी के घर, कभी किसी के घर, गागुन में पंद्रह दिन बराबर गाना होता रहा। जालपा ने जैसा रूप पाया था, वैसा ही उदार ह्रदय भी पाया था। पान–पत्तों का खर्च प्रायः उसी के मत्थे पड़ता। कभी–कभी गायनें बुलाई जातीं, उनकी सेवा–सत्कार का भार उसी पर था। कभी–कभी वह स्त्रियों के साथ गंगा–स्नान करने जाती, तांगे का किराया और गंगा–तट पर जलपान का खर्च भी उसके मत्थे जाता। इस तरह उसके दो–तीन रूपये रोज उड़ जाते थे। रमा आदर्श

पति था। जालपा अगर मांगती तो प्राण तक उसके चरणों पर रख देता। रूपये की हैसियत ही क्या थी? उसका मुंह जोहता रहता था। जालपा उससे इन जमघटों की रोज चर्चा करती। उसका स्त्री–समाज में कितना आदर–सम्मान है, यह देखकर वह फूला न समाता था।

एक दिन इस मंडली को सिनेमा देखने की धुन सवार हुई। वहां की बहार देखकर सब–की–सब मुग्ध हो गई। फिर तो आए दिन सिनेमा की सैर होने लगी। रमा को अब तक सिनेमा का शौक न था। शौक होता भी तो क्या करता। अब हाथ में पैसे आने लगे थे, उस पर जालपा का आग्रह, फिर भला वह क्यों न जाता–सिनेमा–गृह में ऐसी कितनी ही रमणियां मिलतीं, जो मुंह खोले निसंकोच हंसती–बोलती रहती थीं। उनकी आजादी गुप्तरूप से जालपा पर भी जादू डालती जाती थी। वह घर से बाहर निकलते ही मुंह खोल लेती, मगर संकोचवश परदेवाली स्त्रियों के ही स्थान पर बैठती। उसकी कितनी इच्छा होती कि रमा भी उसके साथ बैठता। आख़िर वह उन फैशनेबुल औरतों से किस बात में कम है? रूप–रंग में वह हेठी नहीं। सजधज में किसी से कम नहीं। बातचीत करने में कुशल। फिर वह क्यों परदेवालियों के साथ बैठे। रमा बहुत शिक्षित न होने पर भी देश और काल के प्रभाव से उदार था। पहले तो वह परदे का ऐसा अनन्य भक्त था, कि माता को कभी गंगा–स्नान कराने लिवा जाता, तो पंडों तक से न बोलने देता। कभी माता की हंसी मर्दाने में सुनाई देती, तो आकर बिगड़ता, तुमको जरा भी शर्म नहीं है अम्मां! बाहर लोग बैठे हुए हैं, और तुम हंस रही हो, मां लज्जित हो जाती थीं। किंतु अवस्था के साथ रमा का यह लिहाज गायब होता जाता था। उस पर जालपा की रूप–छटा उसके साहस को और भी उभोजित करती थी। जालपा रूपहीन, काली–कलूटी, फूहड़ होती तो वह जबरदस्ती उसको परदे में बैठाता। उसके साथ घूमने या बैठने में उसे शर्म आती। जालपा–जैसी अनन्य सुंदरी के साथ सैर करने में आनंद के साथ गौरव भी तो था। वहां के सभ्य समाज

की कोई महिला रूप, गठन और श्रृंगार में जालपा की बराबरी न कर सकती थी। देहात की लडकी होने पर भी शहर के रंग में वह इस तरह रंग गई थी, मानो जन्म से शहर ही में रहती आई है। थोड़ी–सी कमी अंग्रेजी शिक्षा की थी, उसे भी रमा पूरी किए देता था। मगर परदे का यह बंधन टूटे कैसे। भवन में रमा के कितने ही मित्र, कितनी ही जान – पहचान के लोग बैठे नजर आते थे। वे उसे जालपा के साथ बैठे देखकर कितना हंसेंगे। आख़िर एक दिन उसने समाज के सामने ताल ठोंककर खड़े हो जाने का निश्चय कर ही लिया। जालपा से बोला, 'आज हम–तुम सिनेमाघर में साथ बैठेंगे।'

जालपा के हृदय में गुदगुदी–सी होने लगी। हार्दिक आनंद की आभा चेहरे पर झलक उठी। बोली, 'सच! नहीं भाई, साथ वालियां जीने न देंगी।'

रमानाथ–'इस तरह डरने से तो फिर कभी कुछ न होगा। यह क्या स्वांग है कि स्त्रियां मुंह छिपाए चिक की आड़ में बैठी रहें।'

इस तरह यह मामला भी तय हो गया। पहले दिन दोनों झेंपते रहे, लेकिन दूसरे दिन से हिम्मत खुल गई। कई दिनों के बाद वह समय भी आया कि रमा और जालपा संध्या समय पार्क में साथ–साथ टहलते दिखाई दिए।

जालपा ने मुस्कराकर कहा, 'कहीं बाबूजी देख लें तो?'

रमानाथ–'तो क्या, कुछ नहीं।'

जालपा–'मैं तो मारे शर्म के गड़ जाऊं।'

रमानाथ–अभी तो मुझे भी शर्म आएगी, मगर बाबूजी खुद ही इधर न आएंगे।'

जालपा–'और जो कहीं अम्मांजी देख लें!'

रमानाथ–'अम्मां से कौन डरता है, दो दलीलों में ठीक कर दूंगा।'

दस ही पांच दिन में जालपा ने नए महिला–समाज में अपना रंग जमा लिया। उसने इस समाज में इस तरह प्रवेश किया, जैसे कोई कुशल वक्ता पहली बार परिषद के मंच पर आता है। विद्वान लोग उसकी उपेक्षा करने की इच्छा होने पर भी उसकी प्रतिभा के सामने सिर झुका देते हैं। जालपा भी श्आई, देखा और विजय कर लिया।'

उसके सौंदर्य में वह गरिमा, वह कठोरता, वह शान, वह तेजस्विता थी जो कुलीन महिलाओं के लक्षण हैं। पहले ही दिन एक महिला ने जालपा को चाय का निमांण दे दिया और जालपा इच्छा न रहने पर भी उसे अस्वीकार न कर सकी। जब दोनों प्राणी वहां से लौटे, तो रमा ने चिंतित स्वर में कहा, 'तो कल इसकी चाय–पार्टी में जाना पड़ेगा?'

जालपा–'क्या करती– इंकार करते भी तो न बनता था!'

रमानाथ–'तो सबेरे तुम्हारे लिए एक अच्छी–सी साड़ी ला दूं?'

जालपा–'क्या मेरे पास साड़ी नहीं है, जरा देर के लिए पचास–साठ रूपये खर्च करने से फायदा!'

रमानाथ–'तुम्हारे पास अच्छी साड़ी कहां है। इसकी साड़ी तुमने देखी? ऐसी ही तुम्हारे लिए भी लाऊंगा।'

जालपा ने विवशता के भाव से कहा, मुझे साफ कह देना चाहिए था कि फुरसत नहीं है।'

रमानाथ–'फिर इनकी दावत भी तो करनी पडेगी।'

जालपा–'यह तो बुरी विपत्ति गले पड़ी।'

रमानाथ–'विपत्ति कुछ नहीं है, सिर्फ यही खयाल है कि मेरा मकान इस काम के लायक नहीं। मेज, कुर्सियां, चाय के सेट रमेश के यहां से मांग लाऊंगा, लेकिन घर के लिए क्या करूं ! '

जालपा–'क्या यह जरूरी है कि हम लोग भी दावत करें?'

रमा ने ऐसी बात का कुछ उत्तर न दिया। उसे जालपा के लिए एक जूते की जोड़ी और सुंदर कलाई की घड़ी की फिक्र पैदा हो गई। उसके पास कौड़ी भी न थी। उसका खर्च रोज बढ़ता जाता था। अभी तक गहने वालों को एक पैसा भी देने की नौबत न आई थी। एक बार गंगू महाराज ने इशारे से तकाजा भी किया था, लेकिन यह भी तो नहीं हो सकता कि जालपा फटे हालों चाय–पार्टी में जाय। नहीं, जालपा पर वह इतना अन्याय नहीं कर सकता इस अवसर पर जालपा की रूप–शोभा का सिक्का बैठ जायगा। सभी तो आज चमाचम साडियां पहने हुए थीं। जडाऊ कंगन और मोतियों के हारों की भी तो कमी न थी, पर जालपा अपने सादे आवरण में उनसे कोसों आगे थी।

उसके सामने एक भी नहीं जंचती थी। यह मेरे पूर्व कर्मो का फल है कि मुझे ऐसी सुंदरी मिली। आख़िर यही तो खाने–पहनने और जीवन का आनंद उठाने के दिन हैं। जब जवानी ही में सुख न उठाया, तो बुढ़ापे में क्या कर लेंगे! बुढ़ापे में मान लिया धन हुआ ही तो क्या यौवन बीत जाने पर विवाह किस काम का– साड़ी और घड़ी लाने की उसे धुन सवार हो गई। रातभर तो उसने सब्र किया। दूसरे दिन दोनों चीजें लाकर ही दम लिया। जालपा ने झुंझलाकर कहा, 'मैंने तो तुमसे कहा था कि इन चीजों का काम नहीं है। डेढ़सौ से कम की न होंगी?

रमानाथ–'डेढ़सौ! इतना फजूल–खर्च मैं नहीं हूं।'

जालपा–'डेढ़सौ से कम की ये चीजें नहीं हैं।'

जालपा ने घड़ी कलाई में बांधा ली और साड़ी को खोलकर मंत्रमुग्ध नजरों से देखा।

रमानाथ–'तुम्हारी कलाई पर यह घड़ी कैसी खिल रही है! मेरे रूपये वसूल हो गए।

जालपा–'सच बताओ, कितने रूपये खर्च हुए?

रमानाथ–'सच बता दूं– एक सौ पैंतीस रूपये। पचहत्तर रूपये की साड़ी, दस के जूते और पचास की घड़ी।'

जालपा–'यह डेढ़सौ ही हुए। मैंने कुछ बढ़ाकर थोड़े कहा था, मगर यह सब रूपये अदा कैसे होंगे? उस चुडै।ल ने व्यर्थ ही मुझे निमांण दे दिया। अब मैं बाहर जाना ही छोड़ दूंगी।'

रमा भी इसी चिंता में मग्न था, पर उसने अपने भाव को प्रकट करके जालपा के हर्ष में बाधा न डाली। बोला, सब अदा हो जायगा। जालपा ने तिरस्कार के भाव से कहां, कहां से अदा हो जाएगा, जरा सुनूं। कौड़ी तो बचती नहीं, अदा कहां से हो जायगा? वह तो कहो बाबूजी घर का खर्च संभाले हुए हैं, नहीं तो मालूम होता। क्या तुम समझते हो कि मैं गहने और साडियों पर मरती हूं? इन चीजों को लौटा आओ। रमा ने प्रेमपूर्ण नजरों से कहा, 'इन चीजों को रख लो। फिर तुमसे बिना पूछे कुछ न लाऊंगा।'

संध्या समय जब जालपा ने नई साड़ी और नए जूते पहने, घड़ी कलाई पर बांधी और आईने में अपनी सूरत देखी, तो मारे गर्व और उल्लास के उसका मुखमंडल प्रज्वलित हो उठा। उसने उन चीजों के लौटाने के लिए सच्चे दिल से कहा हो, पर इस समय वह इतना त्याग करने को तैयार न थी। संध्या समय जालपा और रमा छावनी की ओर चले। महिला ने केवल बंगले का नंबर बतला दिया था। बंगला आसानी से मिल गया। गाटक पर साइनबोर्ड था, 'इन्दुभूषण, ऐडवोकेट, हाईकोर्ट' अब रमा को मालूम हुआ कि वह महिला पं. इन्दुभूषण की पत्नी थी। पंडितजी काशी के नामी वकील थे। रमा ने उन्हें कितनी ही बार देखा था, पर इतने बडे आदमी से परिचय का सौभाग्य उसे कैसे होता! छः महीने पहले वह कल्पना भी न कर सकता था, कि किसी दिन उसे उनके घर निमंत्रित होने का गौरव प्राप्त होगा, पर जालपा की बदौलत आज वह अनहोनी बात हो गई। वह काशी के बडे वकील का मेहमान था। रमा ने सोचा था कि बहुत से स्त्री–पुरूष निमंत्रित होंगे, पर यहां वकील साहब और उनकी

पत्नी रतन के सिवा और कोई न था। रतन इन दोनों को देखते ही बरामदे में निकल आई और उनसे हाथ मिलाकर अंदर ले गई और अपने पति से उनका परिचय कराया। पंडितजी ने आरामकुर्सी पर लेटे–ही–लेटे दोनों मेहमानों से हाथ मिलाया और मुस्कराकर कहा, 'क्षमा कीजिएगा बाबू साहब, मेरा स्वास्थ्य अच्छा नहीं है। आप यहां किसी आफिस में हैं?'

रमा ने झेंपते हुए कहा, 'जी हां, म्युनिसिपल आफिस में हूं। अभी हाल ही में आया हूं। कानून की तरफ जाने का इरादा था, पर नए वकीलों की यहां जो हालत हो रही है, उसे देखकर हिम्मत न पड़ी।'

रमा ने अपना महत्व बढ़ाने के लिए जरा–सा झूठ बोलना अनुचित न समझा। इसका असर बहुत अच्छा हुआ। अगर वह साफ कह देता, 'मैं पच्चीस रूपये का क्लर्क हूं, तो शायद वकील साहब उससे बातें करने में अपना अपमान समझते। बोले, 'आपने बहुत अच्छा किया जो इधर नहीं आए। वहां दो–चार साल के बाद अच्छी जगह पर पहुंच जाएंगे, यहां संभव है दस साल तक आपको कोई मुकदमा ही न मिलता।'

जालपा को अभी तक संदेह हो रहा था कि रतन वकील साहब की बेटी है या पत्नी वकील साहब की उम्र साठ से नीचे न थी। चिकनी चांद आसपास के सफेद बालों के बीच में वारनिश की हुई लकड़ी की भांति चमक रही थी। मूंछें साफ थीं, पर माथे की शिकन और गालों की झुर्रियां बतला रही थीं कि यात्री संसार–यात्रा से थक गया है। आरामकुर्सी पर लेटे हुए वह ऐसे मालूम होते थे, जैसे बरसों के मरीज हों! हां, रंग गोरा था, जो साठ साल की गर्मीसर्दी खाने पर भी उड़ न सका था। ऊंची नाक थी, ऊंचा माथा और बडी–बडी आंखें, जिनमें अभिमान भरा हुआ था! उनके मुख से ऐसा भासित होता था कि उन्हें किसी से बोलना या किसी बात का जवाब देना भी अच्छा नहीं लगता। इसके प्रतिकूल रतन सांवली, सुगठित

युवती थी, बडी मिलनसार, जिसे गर्व ने छुआ तक न था। सौंदर्य का उसके रूप में कोई लक्षण न था। नाक चिपटी थी, मुख गोल, आंखें छोटी, फिर भी वह रानी–सी लगती थी। जालपा उसके सामने ऐसी लगती थी, जैसे सूर्यमूखी के सामने जूही का फूल। चाय आई। मेवे, फल, मिठाई, बर्ग की कुल्फी, सब मेजों पर सजा दिए गए। रतन और जालपा एक मेज पर बैठीं। दूसरी मेज रमा और वकील साहब की थी। रमा मेज के सामने जा बैठा, मगर वकील साहब अभी आरामकुर्सी पर लेटे ही हुए थे।

रमा ने मुस्कराकर वकील साहब से कहा, 'आप भी तो आएं। '

वकील साहब ने लेटे–लेटे मुस्कराकर कहा, 'आप शुरू कीजिए, मैं भी आया जाता हूं।'

लोगों ने चाय पी, फल खाए, पर वकील साहब के सामने हंसते–बोलते रमा और जालपा दोनों ही झिझकते थे। जिंदादिल बूढ़ों के साथ तो सोहबत का आनंद उठाया जा सकता है, लेकिन ऐसे रूखे, निर्जीव मनुष्य जवान भी हों, तो दूसरों को मुर्दा बना देते हैं। वकील साहब ने बहुत आग्रह करने पर दो घूंट चाय पी। दूर से बैठे तमाशा देखते रहे। इसलिए जब रतन ने जालपा से कहा, चलो, हम लोग जरा बागीचे की सैर करें, इन दोनों महाशयों को समाज और नीति की विवेचना करने दें, तो मानो जालपा के गले का गंदा छूट गया। रमा ने पिंजड़े में बंद पक्षी की भांति उन दोनों को कमरे से निकलते देखा और एक लंबी सांस ली। वह जानता कि यहां यह विपत्ति उसके सिर पड़ जायगी, तो आने का नाम न लेता।

वकील साहब ने मुंह सिकोड़कर पहलू बदला और बोले, 'मालूम नहीं, पेट में क्या हो गया है, कि कोई चीज हजम ही नहीं होती। दूध भी नहीं हजम होता। चाय को लोग न जाने क्यों इतने शौक से पीते हैं, मुझे तो इसकी सूरत से भी डर लगता है। पीते ही बदन में ऐंठन–सी होने लगती है और आंखों से चिनगारियां–सी निकलने लगती हैं।'

रमा ने कहा, 'आपने हाजमे की कोई दवा नहीं की?'

वकील साहब ने अरूचि के भाव से कहा, 'दवाओं पर मुझे रत्ती–भर भी विश्वास नहीं। इन वैद्य और डाक्टरों से ज्यादा बेसमझ आदमी संसार में न मिलेंगे। किसी में निदान की शक्ति नहीं। दो वैद्यों, दो डाक्टरों के निदान कभी न मिलेंगे। लक्षण वही है, पर एक वैद्य रक्तदोष बतलाता है, दूसरा पित्तदोष, एक डाक्टर फेफड़े का सूजन बतलाता है, दूसरा आमाशय का विकार। बस, अनुमान से दवा की जाती है और निर्दयता से रोगियों की गर्दन पर छुरी इरी जाती है। इन डाक्टरों ने मुझे तो अब तक जहन्नुम पहुंचा दिया होताय पर मैं उनके पंजे से निकल भागा। योगाभ्यास की बडी प्रशंसा सुनता हूं पर कोई ऐसे महात्मा नहीं मिलते, जिनसे कुछ सीख सकूं। किताबों के आधार पर कोई क्रिया करने से लाभ के बदले हानि होने का डर रहता है। यहां तो आरोग्य–शास्त्र का खंडन हो रहा था, उधार दोनों महिलाओं में प्रगाढ़स्नेह की बातें हो रही थीं।

रतन ने मुस्कराकर कहा, 'मेरे पतिदेव को देखकर तुम्हें बडा आश्चर्य हुआ होगा।'

जालपा को आश्चर्य ही नहीं, भम्र भी हुआ था। बोली, 'वकील साहब का दूसरा विवाह होगा।

रतन, 'हां, अभी पांच ही बरस तो हुए हैं। इनकी पहली स्त्री को मरे पैंतीस वर्ष हो गए। उस समय इनकी अवस्था कुल पच्चीस साल की थी। लोगों ने समझाया, दूसरा विवाह कर लो, पर इनके एक लड़का हो चुका था, विवाह करने से इंकार कर दिया और तीस साल तक अकेले रहे, मगर आज पांच वर्ष हुए, जवान बेटे का देहांत हो गया, तब विवाह करना आवश्यक हो गया। मेरे मां–बाप न थे। मामाजी ने मेरा पालन किया था। कह नहीं सकती, इनसे कुछ ले लिया या इनकी सज्जनता पर मुग्ध हो गए। मैं तो समझती हूं, ईश्वर की यही इच्छा थी, लेकिन मैं जब से आई हूं, मोटी होती चली जाती हूं। डाक्टरों का कहना है कि तुम्हें संतान नहीं हो सकती।

बहन, मुझे तो संतान की लालसा नहीं है, लेकिन मेरे पति मेरी दशा देखकर बहुत दुखी रहते हैं। मैं ही इनके सब रोगों की जड़ हूं। आज ईश्वर मुझे एक संतान दे दे, तो इनके सारे रोग भाग जाएंगे। कितना चाहती हूं कि दुबली हो जाऊं, गरम पानी से टब–स्नान करती हूं, रोज पैदल घूमने जाती हूं, घी–दूध कम खाती हूं, भोजन आधा कर दिया है, जितना परिश्रम करते बनता है, करती हूं, फिर भी दिन–दिन मोटी ही होती जाती हूं। कुछ समझ में नहीं आता, क्या करूं।

जालपा–'वकील साहब तुमसे चिढ़ते होंगे?'

रतन, 'नहीं बहन, बिलकुल नहीं, भूलकर भी कभी मुझसे इसकी चर्चा नहीं की। उनके मुंह से कभी एक शब्द भी ऐसा नहीं निकला, जिससे उनकी मनोव्यथा प्रकट होती, पर मैं जानती हूं, यह चिंता उन्हें मारे डालती है। अपना कोई बस नहीं है। क्या करूं। मैं जितना चाहूं, खर्च करूं, जैसे चाहूं रहूं, कभी नहीं बोलते। जो कुछ पाते हैं, लाकर मेरे हाथ पर रख देते हैं। समझाती हूं, अब तुम्हें वकालत करने की क्या जरूरत है, आराम क्यों नहीं करते, पर इनसे घर पर बैठे रहा नहीं जाता। केवल दो चपातियों से नाता है। बहुत ज़िद की तो दो चार दाने अंगूर खा लिए। मुझे तो उन पर दया आती है, अपने से जहां तक हो सकता है, उनकी सेवा करती हूं। आख़िर वह मेरे ही लिए तो अपनी जान खपा रहे हैं।'

जालपा–'ऐसे पुरूष को देवता समझना चाहिए। यहां तो एक स्त्री मरी नहीं कि दूसरा ब्याह रच गया। तीस साल अकेले रहना सबका काम नहीं है।'

रतन–'हां बहन, हैं तो देवता ही। अब भी कभी उस स्त्री की चर्चा आ जाती है, तो रोने लगते हैं। तुम्हें उनकी तस्वीर दिखाऊंगी। देखने में जितने कठोर मालूम होते हैं, भीतर से इनका हृदय उतना ही नरम है। कितने ही अनाथों, विधवाओं और गरीबों के महीने बांधा रक्खे हैं। तुम्हारा वह कंगन तो बडा सुंदर है!'

जालपा–'हां, बडे अच्छे कारीगर का बनाया हुआ है।'

रतन–'मैं तो यहां किसी को जानती ही नहीं। वकील साहब को गहनों के लिए कष्ट देने की इच्छा नहीं होती। मामूली सुनारों से बनवाते डर लगता है, न जाने क्या मिला दें। मेरी सपत्नीजी के सब गहने रक्खे हुए हैं, लेकिन वह मुझे अच्छे नहीं लगते। तुम बाबू रमानाथ से मेरे लिए ऐसा ही एक जोडाकंगन बनवा दो।'

जालपा–'देखिए, पूछती हूं।'

रतन–श–'आज तुम्हारे आने से जी बहुत खुश हुआ। दिनभर अकेली पड़ी रहती हूं। जी घबडाया करता है। किसके पास जाऊं? श किसी से परिचय नहीं और न मेरा मन ही चाहता है कि उनसे मौी करूं। दो–एक महिलाओं को बुलाया, उनके घर गई, चाहा कि उनसे बहनापा जोड़ लूं, लेकिन उनके आचार–विचार देखकर उनसे दूर रहना ही अच्छा मालूम हुआ। दोनों ही मुझे उल्लू बनाकर जटना चाहती थीं। मुझसे रूपये उधार ले गई और आज तक दे रही हैं। ऋृंगार की चीजों पर मैंने उनका इतना प्रेम देखा, कि कहते लज्जा आती है। तुम घड़ी–आधा घड़ी के लिए रोज चली आया करो बहन।'

जालपा–'वाह इससे अच्छा और क्या होगा।'

रतन–'मैं मोटर भेज दिया करूंगी।'

जालपा–'क्या जरूरत है। तांगे तो मिलते ही हैं।'

रतन–'न–जाने क्यों तुम्हें छोड़ने को जी नहीं चाहता। तुम्हें पाकर रमानाथजी अपना भाग्य सराहते होंगे।'

जालपा ने मुस्कराकर कहा, 'भाग्य–वाग्य तो कहीं नहीं सराहते, घुड़कियां जमाया करते हैं।'

रतन–'सच! मुझे तो विश्वास नहीं आता। लो, वह भी तो आ गए। पूछना, ऐसा दूसरा कंगन बनवा देंगे।'

जालपा–'(रमा से) क्यों चरनदास से कहा जाए तो ऐसा कंगन कितने दिन में बना देगा! रतन ऐसा ही कंगन बनवाना चाहती हैं।'

रमा ने तत्परता से कहा–'हां, बना क्यों नहीं सकता इससे बहुत अच्छे बना सकता है।'

रतन–'इस जोड़े के क्या लिए थे?'

जालपा–'आठ सौ के थे।'

रतन–'कोई हरज नहीं, मगर बिलकुल ऐसा ही हो, इसी नमूने का।'

रमा–'हां–हां, बनवा दूंगा।'

रतन– श्मगर भाई, अभी मेरे पास रूपये नहीं हैं।

रूपये के मामले में पुरूष महिलाओं के सामने कुछ नहीं कह सकता क्या वह कह सकता है, इस वक्त मेरे पास रूपये नहीं हैं। वह मर जाएगा, पर यह उज्र न करेगा। वह कर्ज़ लेगा, दूसरों की खुशामद करेगा, पर स्त्री के सामने अपनी मजबूरी न दिखाएगा। रूपये की चर्चा को ही वह तुच्छ समझता है। जालपा पति की आर्थिक दशा अच्छी तरह जानती थी। पर यदि रमा ने इस समय कोई बहाना कर दिया होता, तो उसे बहुत बुरा मालूम होता। वह मन में डर रही थी कि कहीं यह महाशय यह न कह बैठें, सर्राफ से पूछकर कहूंगा। उसका दिल धड़क रहा था, जब रमा ने वीरता के साथ कहा, –'हां–हां, रूपये की कोई बात नहीं, जब चाहे दे दीजिएगा, तो वह खुश हो गई।

रतन–'तो कब तक आशा करूं?'

रमानाथ–'मैं आज ही सर्राफ से कह दूंगा, तब भी पंद्रह दिन तो लग ही जाएंगे।'

जालपा–'अब की रविवार को मेरे ही घर चाय पीजिएगा।'

रतन ने निमंत्रण सहर्ष स्वीकार किया और दोनों आदमी विदा हुए। घर पहुंचे, तो शाम हो गई थी। रमेश बाबू बैठे हुए थे। जालपा तो तांगे से उतरकर अंदर चली गई, रमा रमेश बाबू के पास जाकर बोला–'क्या आपको आए देर हुई?

रमेश–'नहीं, अभी तो चला आ रहा हूं। क्या वकील साहब के यहां गए थे?'

रमा–'जी हां, तीन रूपये की चपत पड़ गई।'

रमेश–'कोई हरज नहीं, यह रूपये वसूल हो जाएंगे। बडे आदमियों से राहरस्म हो जाय तो बुरा नहीं है, बड़े–बडे काम निकलते हैं। एक दिन उन लोगों को भी तो बुलाओ।'

रमा–'अबकी इतवार को चाय की दावत दे आया हूं।'

रमेश–'कहो तो मैं भी आ जाऊं। जानते हो न वकील साहब के एक भाई इंजीनियर हैं। मेरे एक साले बहुत दिनों से बेकार बैठे हैं। अगर वकील साहब उसकी सिफारिश कर दें, तो गरीब को जगह मिल जाय। तुम जरा मेरा इंट्रोडक्शन करा देना, बाकी और सब मैं कर लूंगा। पार्टी का इंतजाम ईश्वर ने चाहा, तो ऐसा होगा कि मेमसाहब खुश हो जाएंगी। चाय के सेट, शीशे के रंगीन गुलदानऔर फानूस मैं ला दूंगा। कुर्सियां, मेजें, फर्श सब मेरे ऊपर छोड़ दो। न कुली की जरूरत, न मजूर की। उन्हीं मूसलचंद को रगेदूंगा।'

रमानाथ–'तब तो बडा मजा रहेगा। मैं तो बडी चिंता में पडा हुआ था।'

रमेश–'चिंता की कोई बात नहीं, उसी लौंडे को जोत दूंगा। कहूंगा, जगह चाहते हो तो कारगुजारी दिखाओ। फिर देखना, कैसी दौड़–धूप करता है।'

रमानाथ–'अभी दो–तीन महीने हुए आप अपने साले को कहीं नौकर रखा चुके हैं न?'

रमेश–'अजी, अभी छः और बाकी हैं। पूरे सात जीव हैं। जरा बैठ जाओ, जरूरी चीजों की सूची बना ली जाए। आज ही से दौड़–धूप होगी, तब सब चीजें जुटा सकूंगा। और कितने मेहमान होंगे?'

रमानाथ–'मेम साहब होंगी, और शायद वकील साहब भी आएं।'

रमेश–'यह बहुत अच्छा किया। बहुत–से आदमी हो जाते, तो भभ्भड़ हो जाता। हमें तो मेम साहब से काम है। ठलुओं की खुशामद करने से क्या फायदा?'

दोनों आदमियों ने सूची तैयार की। रमेश बाबू ने दूसरे ही दिन से सामान जमा करना शुरू किया। उनकी पहुंच अच्छे–अच्छे घरों में थी। सजावट की अच्छी–अच्छी चीजें बटोर लाए, सारा घर जगमगा उठा। दयानाथ भी इन तैयारियों में शरीक थे। चीजों को करीने से सजाना उनका काम था। कौन गमला कहां रक्खा जाय, कौन तस्वीर कहां लटकाई जाय, कौन–सा गलीचा कहां बिछाया जाय, इन प्रश्नों पर तीनों मनुष्यों में घंटों वाद–विवाद होता था। दफ्तर जाने के पहले और दफ्तर से आने के बाद तीनों इन्हीं कामों में जुट जाते थे। एक दिन इस बात पर बहस छिड़ गई कि कमरे में आईना कहां रखा जाय। दयानाथ कहते थे, इस कमरे में आईने की जरूरत नहीं। आईना पीछे वाले कमरे में रखना चाहिए। रमेश इसका विरोध कर रहे थे। रमा दुविधों में चुपचाप खडाथा। न इनकी–सी कह सकता था, न उनकी–सी।

दयानाथ–'मैंने सैकड़ों अंगरेजों के ड्राइंग–ईम देखे हैं, कहीं आईना नहीं देखा। आईना ऋंगार के कमरे में रहना चाहिए। यहां आईना रखना बेतुकी–सी बात है।'

रमेश–'मुझे सैकड़ों अंगरेजों के कमरों को देखने का अवसर तो नहीं मिला है, लेकिन दो–चार जरूर देखे हैं और उनमें आईना लगा हुआ देखा। फिर क्या यह जरूरी बात है कि इन जरा–जरा–सी बातों में भी हम अंगरेजों की नकल करें– हम अंगरेज नहीं, हिन्दुस्तानी हैं। हिन्दुस्तानी रईसों के कमरे में बड़े–बड़े आदमकद आईने रक्खे जाते हैं। यह तो आपने हमारे बिगड़े हुए बाबुओं कीसी बात कही, जो पहनावे में, कमरे की सजावट में, बोली में, चाय और शराब में, चीनी की प्यालियों में, गरज दिखावे की सभी बातों में तो अंगरेजों

का मुंह चिढ़ाते हैं, लेकिन जिन बातों ने अंगरेजों को अंगरेज बना दिया है, और जिनकी बदौलत वे दुनिया पर राज करते हैं, उनकी हवा तक नहीं छू जाती। क्या आपको भी बुढ़ापे में, अंगरेज बनने का शौक चर्राया है?'

दयानाथ अंगरेजों की नकल को बहुत बुरा समझते थे। यह चाय–पार्टी भी उन्हें बुरी मालूम हो रही थी। अगर कुछ संतोष था, तो यही कि दो–चार बडे आदमियों से परिचय हो जायगा। उन्होंने अपनी जिंदगी में कभी कोट नहीं पहना था। चाय पीते थे, मगर चीनी के सेट की कैद न थी। कटोरा–कटोरी, गिलास, लोटा–तसला किसी से भी उन्हें आपत्ति न थी, लेकिन इस वक्त उन्हें अपना पक्ष निभाने की पड़ी थी। बोले, 'हिन्दुस्तानी रईसों के कमरे में मेजें–कुर्सियां नहीं होतीं, फर्श होता है। आपने कुर्सी–मेज लगाकर इसे अंगरेजी ढंग पर तो बना दिया, अब आईने के लिए हिन्दुस्तानियों की मिसाल दे रहे हैं। या तो हिन्दुस्तानी रखिए या अंगरेजीब यह क्या कि आधा तीतर आधा बटेरब कोटपतलून पर चौगोशिया टोपी तो नहीं अच्छी मालूम होती! रमेश बाबू ने समझा था कि दयानाथ की जबान बंद हो जायगी, लेकिन यह जवाब सुना तो चकराए। मैदान हाथ से जाता हुआ दिखाई दिया। बोले, 'तो आपने किसी अंगरेज के कमरे में आईना नहीं देखा–भला ऐसे दस–पांच अंगरेजों के नाम तो बताइए? एक आपका वही किरंटा हेड क्लर्क है, उसके सिवा और किसी अंगरेज के कमरे में तो शायद आपने कदम भी न रक्खा हो उसी किरंटे को आपने अंगरेजी रूचि का आदर्श समझ लिया है खूब! मानता हूं।'

दयानाथ–'यह तो आपकी जबान है, उसे किरंटा, चमरेशियन, पिलपिली जो चाहे कहें, लेकिन रंग को छोड़कर वह किसी बात में अंगरेजों से कम नहीं। और उसके पहले तो योरोपियन था।

रमेश इसका कोई जवाब सोच ही रहे थे कि एक मोटरकार द्वार पर आकर रूकी, और रतनबाई उतरकर बरामदे में आई। तीनों

आदमी चटपट बाहर निकल आए। रमा को इस वक्त रतन का आना बुरा मालूम हुआ। डर रहा था कि कहीं कमरे में भी न चली आए, नहीं तो सारी कलई खुल जाए। आगे बढ़कर हाथ मिलाता हुआ बोला, 'आइए, यह मेरे पिता हैं, और यह मेरे दोस्त रमेश बाबू हैं, लेकिन उन दोनों सज्जनों ने न हाथ बढ़ाया और न जगह से हिले। सकपकाए–से खड़े रहे। रतन ने भी उनसे हाथ मिलाने की जरूरत न समझी। दूर ही से उनको नमस्कार करके रमा से बोली, 'नहीं, बैठूंगी नहीं। इस वक्त फुरसत नहीं है। आपसे कुछ कहना था।श यह कहते हुए वह रमा के साथ मोटर तक आई और आहिस्ता से बोली, 'आपने सर्राफ से कह तो दिया होगा?'

रमा ने निःसंकोच होकर कहा, 'जी हां, बना रहा है।'

रतन–'उस दिन मैंने कहा था, अभी रूपये न दे सकूंगी, पर मैंने समझा शायद आपको कष्ट हो, इसलिए रूपये मंगवा लिए। आठ सौ चाहिए न?'

जालपा ने कंगन के दाम आठ सौ बताए थे। रमा चाहता तो इतने रूपये ले सकता था। पर रतन की सरलता और विश्वास ने उसके हाथ पकड़ लिए। ऐसी उदार, निष्कपट रमणी के साथ वह विश्वासघात न कर सका। वह व्यापारियों से दो–दो, चार–चार आने लेते जरा भी न झिझकता था। वह जानता था कि वे सब भी ग्राहकों को उल्टे छुरे से मूंड़ते हैं। ऐसों के साथ ऐसा व्यवहार करते हुए उसकी आत्मा को लेशमात्र भी संकोच न होता था, लेकिन इस देवी के साथ यह कपट व्यवहार करने के लिए किसी पुराने पापी की जरूरत थी। कुछ सकुचाता हुआ बोला, क्या जालपा ने कंगन के दाम आठ सौ बतलाए थे? उसे शायद याद न रही होगी। उसके कंगन छः सौ के हैं। आप चाहें तो आठ सौ का बनवा दूं! रतन–'नहीं, मुझे तो वही पसंद है। आप छः सौ का ही बनवाइए।'

उसने मोटर पर से अपनी थैली उठाकर सौ–सौ रूपये के छः नोट निकाले।

रमा ने कहा, 'ऐसी जल्दी क्या थी, चीज तैयार हो जाती, तब हिसाब हो जाता।'

रतन–'मेरे पास रूपये खर्च हो जाते। इसलिए मैंने सोचा, आपके सिर पर लाद आऊं। मेरी आदत है कि जो काम करती हूं, जल्द–से–जल्द कर डालती हूं। विलंब से मुझे उलझन होती है।'

यह कहकर वह मोटर पर बैठ गई, मोटर हवा हो गई। रमा संदूक में रूपये रखने के लिए अंदर चला गया, तो दोनों वृद्धश्जनों में बातें होने लगीं।

रमेश–'देखा?'

दयानाथ–'जी हां, आंखें खुली हुई थीं। अब मेरे घर में भी वही हवा आ रही है। ईश्वर ही बचावे।'

रमेश–'बात तो ऐसी ही है, पर आजकल ऐसी ही औरतों का काम है। जरूरत पड़े, तो कुछ मदद तो कर सकती हैं। बीमार पड़ जाओ तो डाक्टर को तो बुला ला सकती हैं। यहां तो चाहे हम मर जाएं, तब भी क्या मजाल कि स्त्री घर से बाहर पांव निकाले।'

दयानाथ–'हमसे तो भाई, यह अंगरेज़ियत नहीं देखी जाती। क्या करें। संतान की ममता है, नहीं तो यही जी चाहता है कि रमा से साफ कह दूं, भैया अपना घर अलग लेकर रहो आंख फटी, पीर गई। मुझे तो उन मर्दो पर क्रोध आता है, जो स्त्रियों को यों सिर चढ़ाते हैं। देख लेना, एक दिन यह औरत वकील साहब को दगा देगी।'

रमेश–'महाशय, इस बात में मैं तुमसे सहमत नहीं हूं। यह क्यों मान लेते हो कि जो औरत बाहर आती–जाती है, वह जरूर ही बिगड़ी हुई है? मगर रमा को मानती बहुत है। रूपये न जाने किसलिए दिए?'

दयानाथ–'मुझे तो इसमें कुछ गोलमाल मालूम होता है। रमा कहीं उससे कोई चाल न चल रहा हो?'

इसी समय रमा भीतर से निकला आ रहा था। अंतिम वाक्य उसके कान में पड़ गया। भौंहें चढ़ाकर बोला, 'जी हां, जरूर चाल चल रहा हूं। उसे धोखा देकर रूपये ऐंठ रहा हूं। यही तो मेरा पेशा है!'

दयानाथ ने झेंपते हुए कहा, तो इतना बिगड़ते क्यों हो, 'मैंने तो कोई ऐसी बात नहीं कही।'

रमानाथ–'पक्का जालिया बना दिया और क्या कहते? आपके दिल में ऐसा शुबहा क्यों आया–आपने मुझमें ऐसी कौन? सी बात देखी, जिससे आपको यह खयाल पैदा हुआ–मैं जरा साफ–सुथरे कपड़े पहनता हूं, जरा नई प्रथा के अनुसार चलता हूं, इसके सिवा आपने मुझमें कौन–सी बुराई देखी– मैं जो कुछ खर्च करता हूं, ईमान से कमाकर खर्च करता हूं। जिस दिन धोखे और फरेब की नौबत आएगी, जहर खाकर प्राण दे दूंगा। हां, यह बात है कि किसी को खर्च करने की तमीज होती है, किसी को नहीं होती। वह अपनी सुबुद्धि है, अगर इसे आप धोखेबाजी समझें, तो आपको अख्तियार है। जब आपकी तरफ से मेरे विषय में ऐसे संशय होने लगे, तो मेरे लिए यही अच्छा है कि मुंह में कालिख लगाकर कहीं निकल जाऊं। रमेश बाबू यहां मौजूद हैं। आप इनसे मेरे विषय में जो कुछ चाहें, पूछ सकते हैं। यह मेरे खातिर झूठ न बोलेंगे।'

सत्य के रंग में रंगी हुई इन बातों ने दयानाथ को आश्वस्त कर दिया। बोले, 'जिस दिन मुझे मालूम हो जायगा कि तुमने यह ढंग अख्तियार किया है, उसके पहले मैं मुंह में कालिख लगाकर निकल जाऊंगा। तुम्हारा बढ़ता हुआ खर्च देखकर मेरे मन में संदेह हुआ था, मैं इसे छिपाता नहीं हूं, लेकिन जब तुम कह रहे हो तुम्हारी नीयत साफ है, तो मैं संतुष्ट हूं। मैं केवल इतना ही चाहता हूं कि मेरा लड़का चाहे गरीब रहे, पर नीयत न बिगाड़े। मेरी ईश्वर से यही प्रार्थना है कि वह तुम्हें सत्पथ पर रक्खे।'

रमेश ने मुस्कराकर कहा, 'अच्छा, यह किस्सा तो हो चुका, अब यह बताओ, उसने तुम्हें रूपये किसलिए दिए! मैं गिन रहा था, छः नोट थे, शायद सौ–सौ के थे।'

रमानाथ–'ठग लाया हूं।'

रमेश–'मुझसे शरारत करोगे तो मार बैठूंगा। अगर जट ही लाए हो, तो भी मैं तुम्हारी पीठ ठोकूंगा, जीते रहो खूब जटो, लेकिन आबरू पर आंच न आने पाए। किसी को कानोंकान खबर न हो ईश्वर से तो मैं डरता नहीं। वह जो कुछ पूछेगा, उसका जवाब मैं दे लूंगा, मगर आदमी से डरता हूं। सच बताओ, किसलिए रूपये दिए – कुछ दलाली मिलने वाली हो तो मुझे भी शरीक कर लेना।'

रमानाथ–'जडाऊ कंगन बनवाने को कह गई हैं।'

रमेश–'तो चलो, मैं एक अच्छे सर्राफ से बनवा दूं। यह झंझट तुमने बुरा मोल ले लिया। औरत का स्वभाव जानते नहीं। किसी पर विश्वास तो इन्हें आता ही नहीं। तुम चाहे दो–चार रूपये अपने पास ही से खर्च कर दो, पर वह यही समझेंगी कि मुझे लूट लिया। नेकनामी तो शायद ही मिले, हां, बदनामी तैयार खड़ी है।'

रमानाथ–'आप मूर्ख स्त्रियों की बातें कर रहे हैं। शिक्षित स्त्रियां ऐसी नहीं होतीं।'

जरा देर बाद रमा अंदर जाकर जालपा से बोला, 'अभी तुम्हारी सहेली रतन आई थीं।'

जालपा–'सच! तब तो बडा गड़बड़ हुआ होगा। यहां कुछ तैयारी तो थी ही नहीं।'

रमानाथ–'कुशल यही हुई कि कमरे में नहीं आई। कंगन के रूपये देने आई थीं। तुमने उनसे शायद आठ सौ रूपये बताए थे। मैंने छः सौ ले लिए। '

जालपा ने झेंपते हुए कहा, मैंने तो दिल्लगी की थी। जालपा ने इस तरह अपनी सफाई तो दे दी, लेकिन बहुत देर तक उसके

मन में उथल–पुथल होती रही। रमा ने अगर आठ सौ रूपये ले लिए होते, तो शायद उथल–पुथल न होती। वह अपनी सफलता पर खुश होती, पर रमा के विवेक ने उसकी धर्म–बुद्धि को जगा दिया था। वह पछता रही थी कि मैं व्यर्थ झूठ बोली। यह मुझे अपने मन में कितनी नीच समझ रहे होंगे। रतन भी मुझे कितनी बेईमान समझ रही होगी।

ग्याहरवाँ

चाय–पार्टी में कोई विशेष बात नहीं हुई। रतन के साथ उसकी एक नाते की बहन और थी। वकील साहब न आए थे। दयानाथ ने उतनी देर के लिए घर से टल जाना ही उचित समझाब हां, रमेश बाबू बरामदे में बराबर खड़े रहे। रमा ने कई बार चाहा कि उन्हें भी पार्टी में शरीक कर लें, पर रमेश में इतना साहस न था। जालपा ने दोनों मेहमानों को अपनी सास से मिलाया। ये युवतियां उन्हें कुछ ओछी जान पड़ीं। उनका सारे घर में दौड़ना, धम–धम करके कोठे पर जाना, छत पर इधर–उधर उचकना, खिलखिलाकर हंसना, उन्हें हुड़दंगपन मालूम होता था। उनकी नीति में बहू–बेटियों को भारी और लज्जाशील होना चाहिए था। आश्चर्य यह था कि आज जालपा भी उन्हीं में मिल गई थी। रतन ने आज कंगन की चर्चा तक न की।

अभी तक रमा को पार्टी की तैयारियों से इतनी फुर्सत नहीं मिली थी कि गंगू की दुकान तक जाता। उसने समझा था, गंगू को छः सौ रूपये दे दूंगा तो पिछले हिसाब में जमा हो जाएंगे। केवल ढाई सौ रूपये और रह जाएंगे। इस नये हिसाब में छः सौ और मिलाकर फिर आठ सौ रह जाएंगे। इस तरह उसे अपनी साख जमाने का सुअवसर मिल जायगा। दूसरे दिन रमा खुश होता हुआ गंगू की दुकान पर पहुंचा और रोब से बोला, 'क्या रंग–ढंग है महाराज, कोई नई चीज बनवाई है इधर?'

रमा के टालमटोल से गंगू इतना विरक्त हो रहा था कि आज कुछ रूपये मिलने की आशा भी उसे प्रसन्न न कर सकी। शिकायत के ढंग से बोला, 'बाबू साहब, चीजें कितनी बनीं और कितनी बिकीं,

आपने तो दुकान पर आना ही छोड़ दिया। इस तरह की दुकानदारी हम लोग नहीं करते। आठ महीने हुए, आपके यहां से एक पैसा भी नहीं मिला।

रमानाथ–'भाई, खाली हाथ दुकान पर आते शर्म आती है। हम उन लोगों में नहीं हैं, जिनसे तकाजा करना पड़े। आज यह छः सौ रूपये जमा कर लो, और एक अच्छा–सा कंगन तैयार कर दो।'

गंगू ने रूपये लेकर संदूक में रखे और बोला, श्बन जाएंगे। बाकी रूपये कब तक मिलेंगे?'

रमानाथ–'बहुत जल्द।'

गंगू–'हां बाबूजी, अब पिछला साफ कर दीजिए।'

गंगू ने बहुत जल्द कंगन बनवाने का वचन दिया, लेकिन एक बार सौदा करके उसे मालूम हो गया था कि यहां से जल्द रूपये वसूल होने वाले नहीं। नतीजा यह हुआ कि रमा रोज तकाजा करता और गंगू रोज हीले करके टालता। कभी कारीगर बीमार पड़ जाता, कभी अपनी स्त्री की दवा कराने ससुराल चला जाता, कभी उसके लड़के बीमार हो जाते। एक महीना गुजर गया और कंगन न बने। रतन के तकाजों के डर से रमा ने पार्क जाना छोड़ दिया, मगर उसने घर तो देख ही रक्खा था। इस एक महीने में कई बार तकाजा करने आई। आख़िर जब सावन का महीना आ गया तो उसने एक दिन रमा से कहा, 'वह सुअर नहीं बनाकर देता, तो तुम किसी और कारीगर को क्यों नहीं देते?'

रमानाथ–'उस पाजी ने ऐसा धोखा दिया कि कुछ न पूछो, बस रोज आजकल किया करता है। मैंने बडी भूल की जो उसे पेशगी रूपये दे दिये। अब उससे रूपये निकलना मुश्किल है।'

रतन–'आप मुझे उसकी दुकान दिखा दीजिए, मैं उसके बाप से वसूल कर लूंगी। तावान अलग। ऐसे बेईमान आदमी को पुलिस में देना चाहिए।'

जालपा ने कहा, 'हां और क्या सभी सुनार देर करते हैं, मगर ऐसा नहीं, रूपये डकार जायं और चीज के लिए महीनों दौडाएं।

रमा ने सिर खुजलाते हुए कहा, 'आप दस दिन और सब्र करें, मैं आज ही उससे रूपये लेकर किसी दूसरे सर्राफ को दे दूंगा।'

रतन–'आप मुझे उस बदमाश की दुकान क्यों नहीं दिखा देते। मैं हंटर से बात करूं।'

रमानाथ–'कहता तो हूं। दस दिन के अंदर आपको कंगन मिल जाएंगे।'

रतन–'आप खुद ही ढील डाले हुए हैं। आप उसकी लल्लो–चप्पो की बातों में आ जाते होंगे। एक बार कड़े पड़ जाते, तो मजाल थी कि यों हीलेहवाले करता! '

आख़िर रतन बडी मुश्किल से विदा हुई। उसी दिन शाम को गंगू ने साफ जवाब दे दिया, बिना आधे रूपये लिये कंगन न बन सकेंगे। पिछला हिसाब भी बेबाक हो जाना चाहिए।'

रमा को मानो गोली लग गई। बोला, 'महाराज, यह तो भलमनसी नहीं है। एक महिला की चीज है, उन्होंने पेशगी रूपये दिए थे। सोचो, मैं उन्हें क्या मुंह दिखाऊंगा। मुझसे अपने रूपयों के लिए पुरनोट लिखा लो, स्टांप लिखा लो और क्या करोगे?'

गंगू–'पुरनोट को शहद लगाकर चाटूंगा क्या? आठ–आठ महीने का उधार नहीं होता। महीना, दो महीना बहुत है। आप तो बडे आदमी हैं, आपके लिए पांच–छः सौ रूपये कौन बडी बात है। कंगन तैयार हैं।'

रमा ने दांत पीसकर कहा, 'अगर यही बात थी तो तुमने एक महीना पहले क्यों न कह दी? अब तक मैंने रूपये की कोई फिक्र की होती न!'

गंगू–'मैं क्या जानता था, आप इतना भी नहीं समझ रहे हैं।'

रमा निराश होकर घर लौट आया। अगर इस समय भी उसने जालपा से सारा वृत्तांत साफ–साफ कह दिया होता तो उसे चाहे कितना ही दुःख होता, पर वह कंगन उतारकर दे देती, लेकिन रमा में इतना साहस न था। वह अपनी आर्थिक कठिनाइयों की दशा कहकर उसके कोमल हृदय पर आघात न कर सकता था। इसमें संदेह नहीं कि रमा को सौ रूपये के करीब ऊपर से मिल जाते थे, और वह किफायत करना जानता तो इन आठ महीनों में दोनों सर्राफों के कमसे– कम आधे रूपये अवश्य दे देता, लेकिन ऊपर की आमदनी थी तो ऊपर का खर्च भी था। जो कुछ मिलता था, सैर – सपाटे में खर्च हो जाता और सर्राफों का देना किसी एकमुश्त रकम की आशा में रूका हुआ था। कौडियों से रूपये बनाना वणिकों का ही काम है। बाबू लोग तो रूपये की कौडियां ही बनाते हैं। कुछ रात जाने पर रमा ने एक बार फिर सर्राफे का चक्कर लगाया। बहुत चाहा, किसी सर्राफ को झांसा दूं, पर कहीं दाल न गली। बाजार में बेतार की खबरें चला करती हैं।

रमा को रातभर नींद न आई। यदि आज उसे एक हजार का रूक्का लिखकर कोई पांच सौ रूपये भी दे देता तो वह निहाल हो जाता, पर अपनी जान? पहचान वालों में उसे ऐसा कोई नजर न आता था। अपने मिलने वालों में उसने सभी से अपनी हवा बांधा रक्खी थी। खिलाने–पिलाने में खुले हाथों रूपया खर्च करता था। अब किस मुंह से अपनी विपत्ति कहे–वह पछता रहा था कि नाहक गंगू को रूपये दिए। गंगू नालिश करने तो जाता न था। इस समय यदि रमा को कोई भयंकर रोग हो जाता तो वह उसका स्वागत करता। कम–से–कम दस–पांच दिन की मुहलत तो मिल जाती, मगर बुलाने से तो मौत भी नहीं आती! वह तो उसी समय आती है, जब हम उसके लिए बिलकुल तैयार नहीं होते। ईश्वर कहीं से कोई तार ही भिजवा दे, कोई ऐसा मित्र भी नजर नहीं आता था, जो उसके नाम फर्जी तार भेज देता। वह इन्हीं चिंताओं में करवटें

बदल रहा था कि जालपा की आंख खुल गई। रमा ने तुरंत चादर से मुंह छिपा लिया, मानो बेखबर सो रहा है। जालपा ने धीरे से चादर हटाकर उसका मुंह देखा और उसे सोता पाकर ध्यान से उसका मुंह देखने लगी। जागरण और निद्रा का अंतर उससे छिपा न रहा। उसे धीरे से हिलाकर बोली, 'क्या अभी तक जाग रहे हो?'

रमानाथ–'क्या जाने, क्यों नींद नहीं आ रही है। पड़े–पड़े सोचता था, कुछ दिनों के लिए कहीं बाहर चला जाऊं। कुछ रूपये कमा लाऊं।'

जालपा–'मुझे भी लेते चलोगे न?'

रमानाथ–'तुम्हें परदेश में कहां लिये–लिये फिरूंगा?'

जालपा–'तो मैं यहां अकेली रह चुकी। एक मिनट तो रहूंगी नहीं। मगर जाओगे कहां?'

रमानाथ–'अभी कुछ निश्चय नहीं कर सका हूं।'

जालपा–'तो क्या सचमुच तुम मुझे छोड़कर चले जाओगे? मुझसे तो एक दिन भी न रहा जाय। मैं समझ गई, तुम मुझसे मुहब्बत नहीं करते। केवल मुंह देखे की प्रीति करते हो।'

रमानाथ–'तुम्हारे प्रेम–पाश ही ने मुझे यहां बांधा रक्खा है। नहीं तो अब तक कभी चला गया होता।'

जालपा–'बातें बना रहे हो अगर तुम्हें मुझसे सच्चा प्रेम होता, तो तुम कोई परदा न रखते। तुम्हारे मन में जरूर कोई ऐसी बात है, जो तुम मुझसे छिपा रहे हो कई दिनों से देख रही हूं, तुम चिंता में डूबे रहते हो, मुझसे क्यों नहीं कहते। जहां विश्वास नहीं है, वहां प्रेम कैसे रह सकता है?'

रमानाथ–'यह तुम्हारा भ्रम है, जालपा! मैंने तो तुमसे कभी परदा नहीं रखा।'

जालपा–'तो तुम मुझे सचमुच दिल से चाहते हो?'

रमानाथ–'यह क्या मुंह से कहूंगा जभी! '

जालपा–'अच्छा, अब मैं एक प्रश्न करती हूं। संभले रहना। तुम मुझसे क्यों प्रेम करते हो! तुम्हें मेरी कसम है, सच बताना।'

रमानाथ–'यह तो तुमने बेढब प्रश्न किया। अगर मैं तुमसे यही प्रश्न पूछूं तो तुम मुझे क्या जवाब दोगी?'

जालपा–'मैं तो जानती हूं।'

रमानाथ–'बताओ।'

जालपा–'तुम बतला दो, मैं भी बतला दूं।'

रमानाथ–'मैं तो जानता ही नहीं। केवल इतना ही जानता हूं कि तुम मेरे रोम–रोम में रम रही हो।'

जालपा–'सोचकर बतलाओ। मैं आदर्श–पत्नी नहीं हूं, इसे मैं खूब जानती हूं। पति–सेवा अब तक मैंने नाम को भी नहीं की। ईश्वर की दया से तुम्हारे लिए अब तक कष्ट सहने की जरूरत ही नहीं पड़ी। घर–गृहस्थी का कोई काम मुझे नहीं आता। जो कुछ सीखा, यहीं सीखाब फिर तुम्हें मुझसे क्यों प्रेम है? बातचीत में निपुण नहीं। रूप–रंग भी ऐसा आकर्षक नहीं। जानते हो, मैं तुमसे क्यों प्रश्न कर रही हूं?'

रमानाथ–'क्या जाने भाई, मेरी समझ में तो कुछ नहीं आ रहा है।'

जालपा–'मैं इसलिए पूछ रही हूं कि तुम्हारे प्रेम को स्थायी बना सकूं।'

रमानाथ–'मैं कुछ नहीं जानता जालपा, ईमान से कहता हूं। तुममें कोई कमी है, कोई दोष है, यह बात आज तक मेरे ध्यान में नहीं आई, लेकिन तुमने मुझमें कौन–सी बात देखी– न मेरे पास धन है, न रूप है। बताओ?'

जालपा–'बता दूं? मैं तुम्हारी सज्जनता पर मोहित हूं। अब तुमसे क्या छिपाऊं, जब मैं यहां आई तो यद्यपि तुम्हें अपना पति समझती थी, लेकिन कोई बात कहते या करते समय मुझे चिंता होती थी कि तुम उसे पसंद करोगे या नहीं। यदि तुम्हारे बदले मेरा विवाह किसी दूसरे पुरूष से हुआ होता तो उसके साथ भी मेरा यही व्यवहार होता। यह पत्नी और पुरूष का रिवाजी नाता है, पर अब मैं तुम्हें गोपियों के कृष्ण से भी न बदलूंगी। लेकिन तुम्हारे दिल में अब भी चोर है। तुम अब भी मुझसे किसी–किसी बात में परदा रखते हो!'

रमानाथ–'यह तुम्हारी केवल शंका है, जालपा! मैं दोस्तों से भी कोई दुराव नहीं करता। फिर तुम तो मेरी हृदयेश्वरी हो।'

जालपा–'मेरी तरफ देखकर बोलो, आंखें नीची करना मर्दो का काम नहीं है!'

रमा के जी में एक बार फिर आया कि अपनी कठिनाइयों की कथा कह सुनाऊं, लेकिन मिथ्या गौरव ने फिर उसकी जबान बंद कर दी। जालपा जब उससे पूछती, सर्राफों को रूपये देते जाते हो या नहीं, तो वह बराबर कहता, 'हां कुछ–न–कुछ हर महीने देता जाता हूं, पर आज रमा की दुर्बलता ने जालपा के मन में एक संदेह पैदा कर दिया था। वह उसी संदेह को मिटाना चाहती थी। जरा देर बाद उसने पूछा, 'सर्राफ के तो अभी सब रूपये अदा न हुए होंगे?'

रमानाथ–'अब थोड़े ही बाकी हैं।'

जालपा–'कितने बाकी होंगे, कुछ हिसाब–किताब लिखते हो?'

रमानाथ–'हां, लिखता क्यों नहीं। सात सौ से कुछ कम ही होंगे।'

जालपा–'तब तो पूरी गठरी है, तुमने कहीं रतन के रूपये तो नहीं दे दिए?'

रमा दिल में कांप रहा था, कहीं जालपा यह प्रश्न न कर बैठे। आख़िर उसने यह प्रश्न पूछ ही लिया। उस वक्त भी यदि रमा ने

साहस करके सच्ची बात स्वीकार कर ली होती तो शायद उसके संकटों का अंत हो जाता। जालपा एक मिनट तक अवश्य सन्नाटे में आ जाती। संभव है, क्रोध और निराशा के आवेश में दो–चार कटु शब्द मुंह से निकालती, लेकिन फिर शांत हो जाती। दोनों मिलकर कोई–न–कोई युक्ति सोच निकालते। जालपा यदि रतन से यह रहस्य कह सुनाती, तो रतन अवश्य मान जाती, पर हाय रे आत्मगौरव, रमा ने यह बात सुनकर ऐसा मुंह बना लिया मानो जालपा ने उस पर कोई निष्ठुर प्रहार किया हो बोला, 'रतन के रूपये क्यों देता। आज चाहूं, तो दो–चार हजार का माल ला सकता हूं। कारीगरों की आदत देर करने की होती ही है। सुनार की खटाई मशहूर है। बस और कोई बात नहीं। दस दिन में या तो चीज ही लाऊंगा या रूपये वापस कर दूंगा, मगर यह शंका तुम्हें क्यों हुई? पराई रकम भला मैं अपने खर्च में कैसे लाता।'

जालपा–'कुछ नहीं, मैंने यों ही पूछा था।'

जालपा को थोड़ी देर में नींद आ गई, पर रमा फिर उसी उधेड़बुन में पड़ा। कहां से रूपये लाए। अगर वह रमेश बाबू से साफ–साफ कह दे तो वह किसी महाजन से रूपये दिला देंगे, लेकिन नहीं, वह उनसे किसी तरह न कह सकेगा। उसमें इतना साहस न था। उसने प्रातःकाल नाश्ता करके दफ्तर की राह ली। शायद वहां कुछ प्रबंध हो जाए! कौन प्रबंध करेगा, इसका उसे ध्यान न था। जैसे रोगी वैद्य के पास जाकर संतुष्ट हो जाता है पर यह नहीं जानता, मैं अच्छा हूंगा या नहीं। यही दशा इस समय रमा की थी। दफ्तर में चपरासी के सिवा और कोई न था। रमा रजिस्टर खोलकर अंकों की जांच करने लगा। कई दिनों से मीजान नहीं दिया गया था, पर बडे बाबू के हस्ताक्षर मौजूद थे। अब मीजान दिया, तो ढाई हजार निकले। एकाएक उसे एक बात सूझी। क्यों न ढाई हजार की जगह मीजान दो हजार लिख दूं। रसीद बही की जांच कौन करता है। अगर चोरी पकड़ी भी गई तो कह दूंगा, मीजान लगाने में

गलती हो गई। मगर इस विचार को उसने मन में टिकने न दिया। इस भय से, कहीं चित्त चंचल न हो जाए, उसने पेंसिल के अंकों पर रोशनाई उधर दी, और रजिस्टर को दराज में बंद करके इधर–उधर घूमने लगा। इक्की–दुक्की गाडियां आने लगीं। गाड़ीवानों ने देखा, बाबू साहब आज यहीं हैं, तो सोचा जल्दी से चुंगी देकर छुक्री पर जायं। रमा ने इस कृपा के लिए दस्तूरी की दूनी रकम वसूल की, और गाड़ीवानों ने शौक से दी क्योंकि यही मंडी का समय था और बारह–एक बजे तक चुंगीघर से फुरसत पाने की दशा में चौबीस घंटे का हर्ज होता था, मंडी दस–ग्यारह बजे के बाद बंद हो जाती थी, दूसरे दिन का इंतजार करना पड़ता था। अगर भाव रूपये में आधा पाव भी फिर गया, तो सैकड़ों के मत्थे गई। दस–पांच रूपये का बल खा जाने में उन्हें क्या आपत्ति हो सकती थी। रमा को आज यह नई बात मालूम हुई। सोचा, आख़िर सुबह को मैं घर ही पर बैठा रहता हूं। अगर यहां आकर बैठ जाऊं तो रोज दसपांच रूपये हाथ आ जायं। फिर तो छः महीने में यह सारा झगडासाफ हो जाय। मान लो रोज यह चांदी न होगी, पंद्रह न सही, दस मिलेंगे, पांच मिलेंगे। अगर सुबह को रोज पांच रूपये मिल जायं और इतने ही दिनभर में और मिल जायं, तो पांच–छः महीने में मैं ऋण से मुक्त हो जाऊं। उसने दराज खोलकर फिर रजिस्टर निकाला। यह हिसाब लगा लेने के बाद अब रजिस्टर में हेर–उधर कर देना उसे इतना भंयकर न जान पड़ा। नया रंगरूट जो पहले बंदूक की आवाज से चौंक पड़ता है, आगे चलकर गोलियों की वर्षा में भी नहीं घबडाता। रमा दफ्तर बंद करके भोजन करने घर जाने ही वाला था कि एक बिसाती का ठेला आ पहुंचा। रमा ने कहा, लौटकर चुंगी लूंगा। बिसाती ने मिकैत करनी शुरू की। उसे कोई बडा जरूरी काम था। आख़िर दस रूपये पर मामला ठीक हुआ। रमा ने चुंगी ली, रूपये जेब में रक्खे और घर चला। पच्चीस रूपये केवल दो–ढाई घंटों में आ गए। अगर एक महीने भी यह औसत रहे तो पल्ला पार है। उसे इतनी खुशी हुई

कि वह भोजन करने घर न गया। बाजार से भी कुछ नहीं मंगवाया। रूपये भुनाते हुए उसे एक रूपया कम हो जाने का खयाल हुआ। वह शाम तक बैठा काम करता रहा। चार रूपये और वसूल हुए। चिराग जले वह घर चला, तो उसके मन पर से चिंता और निराशा का बहुत कुछ बोझ उतर चुका था। अगर दस दिन यही तेजी रही, तो रतन से मुंह चुराने की नौबत न आएगी।

बारहवाँ

नौ दिन गुजर गए। रमा रोज प्रातः दफ्तर जाता और चिराग जले लौटता। वह रोज यही आशा लेकर जाता कि आज कोई बडा शिकार फंस जाएगा। पर वह आशा न पूरी होती। इतना ही नहीं। पहले दिन की तरह फिर कभी भाग्य का सूर्य न चमका। फिर भी उसके लिए कुछ कम श्रेय की बात नहीं थी कि नौ दिनों में ही उसने सौ रूपये जमा कर लिए थे। उसने एक पैसे का पान भी न खाया था। जालपा ने कई बार कहा, चलो कहीं घूम आवें, तो उसे भी उसने बातों में ही टाला। बस, कल का दिन और था। कल आकर रतन कंगन मांगेगी तो उसे वह क्या जवाब देगा। दफ्तर से आकर वह इसी सोच में बैठा हुआ था। क्या वह एक महीना–भर के लिए और न मान जायगी। इतने दिन वह और न बोलती तो शायद वह उससे उऋण हो जाता।

उसे विश्वास था कि मैं उससे चिकनी–चुपड़ी बातें करके राजी कर लूंगा। अगर उसने ज़िद की तो मैं उससे कह दूंगा, सर्राफ रूपये नहीं लौटाता। सावन के दिन थे, अंधेरा हो चला था, रमा सोच रहा था, रमेश बाबू के पास चलकर दो–चार बाज़ियां खेल आऊं, मगर बादलों को देख–देख रूक जाता था।

इतने में रतन आ पहुंची। वह प्रसन्न न थी। उसकी मुद्रा कठोर हो रही थी। आज वह लड़ने के लिए घर से तैयार होकर आई है और मुरव्वत और मुलाहजे की कल्पना को भी कोसों दूर रखना चाहती है।

जालपा ने कहा, 'तुम खूब आई। आज मैं भी जरा तुम्हारे साथ घूम आऊंगी। इन्हें काम के बोझ से आजकल सिर उठाने की भी फुर्सत नहीं है।'

रतन ने निष्ठुरता से कहा, 'मुझे आज तो बहुत जल्द घर लौट जाना है। बाबूजी को कल की याद दिलाने आई हूं।'

रमा उसका लटका हुआ मुंह देखकर ही मन में सहम रहा था। किसी तरह उसे प्रसन्न करना चाहता था। बडी तत्परता से बोला, 'जी हां, खूब याद है, अभी सर्राफ की दुकान से चला आ रहा हूं। रोज सुबह–शाम घंटे–भर हाज़िरी देता हूं, मगर इन चीजों में समय बहुत लगता है। दाम तो कारीगरी के हैं। मालियत देखिए तो कुछ नहीं। दो आदमी लगे हुए हैं, पर शायद अभी एक हीने से कम में चीज तैयार न हो, पर होगी लाजवाबब जी खुश हो जायगा।'

पर रतन जरा भी न पिघली। तिनककर बोली, 'अच्छा! अभी महीना–भर और लगेगा। ऐसी कारीगरी है कि तीन महीने में पूरी न हुई! आप उससे कह दीजिएगा मेरे रूपये वापस कर दे। आशा के कंगन देवियां पहनती होंगी, मेरे लिए जरूरत नहीं!'

रमानाथ–'एक महीना न लगेगा, मैं जल्दी ही बनवा दूंगा। एक महीना तो मैंने अंदाजन कह दिया था। अब थोड़ी ही कसर रह गई है। कई दिन तो नगीने तलाश करने में लग गए।'

रतन–'मुझे कंगन पहनना ही नहीं है, भाई! आप मेरे रूपये लौटा दीजिए, बस, सुनार मैंने भी बहुत देखे हैं। आपकी दया से इस वक्त भी तीन जोड़े कंगन मेरे पास होंगे, पर ऐसी धांधली कहीं नहीं देखी।'

धांधली के शब्द पर रमा तिलमिला उठा, 'धांधली नहीं, मेरी हिमाकत कहिए। मुझे क्या जरूरत थी कि अपनी जान संकट में डालता। मैंने तो पेशगी रूपये इसलिए दे दिए कि सुनार खुश होकर

जल्दी से बना देगा। अब आप रूपये मांग रही हैं, सर्राफ रूपये नहीं लौटा सकता।'

रतन ने तीव्र नजरों से देखकर कहा, क्यों, रूपये क्यों न लौटाएगा?'

रमानाथ–'इसलिए कि जो चीज आपके लिए बनाई है, उसे वह कहां बेचता गिरेगा। संभव है, साल–छः महीने में बिक सके। सबकी पसंद एक–सी तो नहीं होती।'

रतन ने त्योरियां चढ़ाकर कहा, 'मैं कुछ नहीं जानती, उसने देर की है, उसका दंड भोगे। मुझे कल या तो कंगन ला दीजिए या रूपये। आपसे यदि सर्राफ से दोस्ती है, आप मुलाहिजे और मुरव्वत के सबब से कुछ न कह सकते हों, तो मुझे उसकी दुकान दिखा दीजिए।नहीं आपको शर्म आती हो तो उसका नाम बता दीजिए, मैं पता लगा लूंगी। वाह, अच्छी दिल्लगी! दुकान नीलाम करा दूंगी। जेल भिजवा दूंगी। इन बदमाशों से लडाई के बगैर काम नहीं चलता।' रमा अप्रतिभ होकर जमीन की ओर ताकने लगा। वह कितनी मनहूस घड़ी थी, जब उसने रतन से रूपये लिए! बैठे–बिठाए विपत्ति मोल ली।

जालपा ने कहा, 'सच तो है, इन्हें क्यों नहीं सर्राफ की दुकान पर ले जाते, चीज आंखों से देखकर इन्हें संतोष हो जायगा।'

रतन–'मैं अब चीज लेना ही नहीं चाहती।'

रमा ने कांपते हुए कहा, श्अच्छी बात है, आपको रूपये कल मिल जायंगे।'

रतन–'कल किस वक्त?'

रमानाथ–'दफ्तर से लौटते वक्त लेता आऊंगा।'

रतन–'पूरे रूपये लूंगी। ऐसा न हो कि सौ–दो सौ रूपये देकर टाल दे।'

रमानाथ–'कल आप अपने सब रूपये ले जाइएगा।'

यह कहता हुआ रमा मरदाने कमरे में आया, और रमेश बाबू के नाम एक रूक्का लिखकर गोपी से बोला, इसे रमेश बाबू के पास ले जाओ। जवाब लिखाते आना। फिर उसने एक दूसरा रूक्का लिखकर विश्वम्भरदास को दिया कि माणिकदास को दिखाकर जवाब लाए। विश्वम्भर ने कहा, 'पानी आ रहा है।'

रमानाथ–'तो क्या सारी दुनिया बह जाएगी! दौड़ते हुए जाओ।'

विश्वम्भर–'और वह जो घर पर न मिलें?'

रमानाथ–'मिलेंगे। वह इस वक्त कहीं नहीं जाते।'

आज जीवन में पहला अवसर था कि रमा ने दोस्तों से रूपये उधार मांगे। आग्रह और विनय के जितने शब्द उसे याद आये, उनका उपयोग किया। उसके लिए यह बिलकुल नया अनुभव था। जैसे पत्र आज उसने लिखे, वैसे ही पत्र उसके पास कितनी ही बार आ चुके थे। उन पत्रों को पढ़कर उसका हृदय कितना द्रवित हो जाता था, पर विवश होकर उसे बहाने करने पड़ते थे। क्या रमेश बाबू भी बहाना कर जायंगे–उनकी आमदनी ज्यादा है, खर्च कम, वह चाहें तो रूपये का इंतजाम कर सकते हैं। क्या मेरे साथ इतना सुलूक भी न करेंगे? अब तक दोनों लड़के लौटकर नहीं आए। वह द्वार पर टहलने लगा। रतन की मोटर अभी तक खड़ी थी। इतने में रतन बाहर आई और उसे टहलते देखकर भी कुछ बोली नहीं। मोटर पर बैठी और चल दी। दोनों कहां रह गए अब तक! कहीं खेलने लगे होंगे। शैतान तो हैं ही। जो कहीं रमेश रूपये दे दें, तो चांदी है। मैंने दो सौ नाहक मांगे, शायद इतने रूपये उनके पास न हों। ससुराल वालों की नोच–खसोट से कुछ रहने भी तो नहीं पाता। माणिक चाहे तो हजार–पांच सौ दे सकता है, लेकिन देखा चाहिए, आज परीक्षा हो जायगी। आज अगर इन लोगों ने रूपये न दिए, तो फिर बात भी न पूछूंगा। किसी का नौकर नहीं हूं कि जब वह शतरंज

खेलने को बुलायें तो दौडाचला जाऊं। रमा किसी की आहट पाता, तो उसका दिल जोर से धड़कने लगता था। आखिर विश्वम्भर लौटा, माणिक ने लिखा था, आजकल बहुत तंग हूं। मैं तो तुम्हीं से मांगने वाला था। रमा ने पुर्ज़ा फाड़कर फेंक दिया। मतलबी कहीं का! अगर सब–इंस्पेक्टर ने मांगा होता तो पुर्ज़ा देखते ही रूपये लेकर दौड़े जाते। खैर, देखा जायगा। चुंगी के लिए माल तो आयगा ही। इसकी कसर तब निकल जायगी। इतने में गोपी भी लौटा। रमेश ने लिखा था, मैंने अपने जीवन में दोचार नियम बना लिए हैं। और बडी कठोरता से उनका पालन करता हूं। उनमें से एक नियम यह भी है कि मित्रों से लेन–देन का व्यवहार न करूंगा। अभी तुम्हें अनुभव नहीं हुआ है, लेकिन कुछ दिनों में हो जाएगा कि जहां मित्रों से लेन–देन शुरू हुआ, वहां मनमुटाव होते देर नहीं लगती। तुम मेरे प्यारे दोस्त हो, मैं तुमसे दुश्मनी नहीं करना चाहता। इसलिए मुझे क्षमा करो। रमा ने इस पत्र को भी फाड़कर फेंक दिया और कुर्सी पर बैठकर दीपक की ओर टकटकी बांधकर देखने लगा। दीपक उसे दिखाई देता था, इसमें संदेह है। इतनी ही एकाग्रता से वह कदाचित आकाश की काली, अभेध मेघ–राशि की ओर ताकता! मन की एक दशा वह भी होती है, जब आंखें खुली होती हैं और कुछ नहीं सूझता, कान खुले रहते हैं और कुछ नहीं सुनाई देता।

तेरहवाँ

संध्या हो गई थी, म्युनिसिपैलिटी के अहाते में सन्नाटा छा गया था। कर्मचारी एक–एक करके जा रहे थे। मेहतर कमरों में झाडू लगा रहा था। चपरासियों ने भी जूते पहनना शुरू कर दिया था। खोंचेवाले दिनभर की बिक्री के पैसे गिन रहे थे। पर रमानाथ अपनी कुर्सी पर बैठा रजिस्टर लिख रहा था। आज भी वह प्रातःकाल आया था, पर आज भी कोई बडा शिकार न फंसा, वही दस रूपये मिलकर रह गए। अब अपनी आबरू बचाने का उसके पास और क्या उपाय था! रमा ने रतन को झांसा देने की ठान ली। वह खूब

जानता था कि रतन की यह अधीरता केवल इसलिए है कि शायद उसके रूपये मैंने खर्च कर दिए। अगर उसे मालूम हो जाए कि उसके रूपये तत्काल मिल सकते हैं, तो वह शांत हो जाएगी। रमा उसे रूपये से भरी हुई थैली दिखाकर उसका संदेह मिटा देना चाहता था। वह खजांची साहब के चले जाने की राह देख रहा था। उसने आज जान–बूझकर देर की थी। आज की आमदनी के आठ सौ रूपये उसके पास थे। इसे वह अपने घर ले जाना चाहता था। खजांची ठीक चार बजे उठा। उसे क्या गरज थी कि रमा से आज की आमदनी मांगता। रूपये गिनने से ही छुट्टी मिली। दिनभर वही लिखते–लिखते और रूपये गिनते–गिनते बेचारे की कमर दुख रही थी। रमा को जब मालूम हो गया कि खजांची साहब दूर निकल गए होंगे, तो उसने रजिस्टर बंद कर दिया और चपरासी से बोला, 'थैली उठाओ। चलकर जमा कर आएं।'

चपरासी ने कहा, 'खजांची बाबू तो चले गए!'

रमा ने आखें गाड़कर कहा, 'खजांची बाबू चले गए! तुमने मुझसे कहा क्यों नहीं– अभी कितनी दूर गए होंगे?'

चपरासी–'सड़क के नुक्कड़ तक पहुंचे होंगे।'

रमानाथ–'यह आमदनी कैसे जमा होगी?'

चपरासी–'हुकुम हो तो बुला लाऊं?'

रमानाथ–'अजी, जाओ भी, अब तक तो कहा नहीं, अब उन्हें आधे रास्ते से बुलाने जाओगे। हो तुम भी निरे बछिया के ताऊब आज ज्यादा छान गए थे क्या? खैर, रूपये इसी दराज में रखे रहेंगे। तुम्हारी ज़िम्मेदारी रहेगी।'

चपरासी–'नहीं बाबू साहब, मैं यहां रूपया नहीं रखने दूंगा। सब घड़ी बराबर नहीं जाती। कहीं रूपये उठ जायं, तो मैं बेगुनाह मारा जाऊं। सुभीते का ताला भी तो नहीं है यहां।'

रमानाथ–'तो फिर ये रूपये कहां रक्खूं?'

चपरासी–'हुजूर, अपने साथ लेते जाएं।'

रमा तो यह चाहता ही था। एक इक्का मंगवाया, उस पर रूपयों की थैली रक्खी और घर चला। सोचता जाता था कि अगर रतन भभकी में आ गई, तो क्या पूछना! कह दूंगा, दो–ही–चार दिन की कसर है। रूपये सामने देखकर उसे तसल्ली हो जाएगी।

जालपा ने थैली देखकर पूछा, क्या कंगन न मिला?'

रमानाथ–'अभी तैयार नहीं था, मैंने समझा रूपये लेता चलूं जिसमें उन्हें तस्कीन हो जाय।

जालपा–'क्या कहा सर्राफ ने?'

रमानाथ–'कहा क्या, आज–कल करता है। अभी रतन देवी आइ नहीं?'

जालपा–'आती ही होगी, उसे चौन कहां?'

जब चिराग जले तक रतन न आई, तो रमा ने समझा अब न आएगी। रूपये आल्मारी में रख दिए और घूमने चल दिया। अभी उसे गए दस मिनट भी न हुए होंगे कि रतन आ पहुंची और आते–ही–आते बोली, कंगन तो आ गए होंगे?'

जालपा–'हां आ गए हैं, पहन लो! बेचारे कई दफा सर्राफ के पास गए। अभागा देता ही नहीं, हीले–हवाले करता है।'

रतन–'कैसा सर्राफ है कि इतने दिन से हीले–हवाले कर रहा है। मैं जानती कि रूपये झमेले में पड़ जाएंगे, तो देती ही क्यों। न रूपये मिलते हैं, न कंगन मिलता है!'

रतन ने यह बात कुछ ऐसे अविश्वास के भाव से कही कि जालपा जल उठी। गर्व से बोली, आपके रूपये रखे हुए हैं, जब चाहिए ले जाइए। अपने बस की बात तो है नहीं। आखिर जब सर्राफ देगा, तभी तो लाएंगे?'

रतन–'कुछ वादा करता है, कब तक देगा?'

जालपा–'उसके वादों का क्या ठीक, सैकड़ों वादे तो कर चुका है।'

रतन–'तो इसके मानी यह हैं कि अब वह चीज न बनाएगा?'

जालपा–'जो चाहे समझ लो!'

रतन–'तो मेरे रूपये ही दे दो, बाज आई ऐसे कंगन से।'

जालपा झमककर उठी, आल्मारी से थैली निकाली और रतन के सामने पटककर बोली, 'ये आपके रूपये रखे हैं, ले जाइए।'

वास्तव में रतन की अधीरता का कारण वही था, जो रमा ने समझा था। उसे भ्रम हो रहा था कि इन लोगों ने मेरे रूपये खर्च कर डाले। इसीलिए वह बार–बार कंगन का तकाजा करती थी। रूपये देखकर उसका भ्रम शांत हो गया। कुछ लज्जित होकर बोली, 'अगर दो–चार दिन में देने का वादा करता हो तो रूपये रहने दो।'

जालपा–'मुझे तो आशा नहीं है कि इतनी जल्द दे दे। जब चीज तैयार हो जायगी तो रूपये मांग लिए जाएंगे।'

रतन–'क्या जाने उस वक्त मेरे पास रूपये रहें या न रहें। रूपये आते तो दिखाई देते हैं, जाते नहीं दिखाई देते। न जाने किस तरह उड़ जाते हैं। अपने ही पास रख लो तो क्या बुरा?'

जालपा–'तो यहां भी तो वही हाल है। फिर पराई रकम घर में रखना जोखिम की बात भी तो है। कोई गोलमाल हो जाए, तो व्यर्थ का दंड देना पड़े। मेरे ब्याह के चौथे ही दिन मेरे सारे गहने चोरी चले गए। हम लोग जागते ही रहे, पर न जाने कब आंख लग गई, और चोरों ने अपना काम कर लिया। दस हजार की चपत पड़ गई। कहीं वही दुर्घटना फिर हो जाय तो कहीं के न रहें।'

रतन–'अच्छी बात है, मैं रूपये लिये जाती हूंय मगर देखना निश्चिन्त न हो जाना। बाबूजी से कह देना सर्राफ का पिंड न छोड़ें।'

रतन चली गई। जालपा खुश थी कि सिर से बोझ टला। बहुधा हमारे जीवन पर उन्हीं के हाथों कठोरतम आघात होता है, जो हमारे सच्चे हितैषी होते हैं। रमा कोई नौ बजे घूमकर लौटा, जालपा रसोई बना रही थी। उसे देखते ही बोली, 'रतन आई थी, मैंने उसके सब रूपये दे दिए।'

रमा के पैरों के नीचे से मिट्टी खिसक गई। आंखें फैलकर माथे पर जा पहुंचीं। घबराकर बोला, 'क्या कहा, रतन को रूपये दे दिए? तुमसे किसने कहा था कि उसे रूपये दे देना?'

जालपा–'उसी के रूपये तो तुमने लाकर रक्खे थे। तुम खुद उसका इंतजार करते रहे। तुम्हारे जाते ही वह आई और कंगन मांगने लगी। मैंने झल्लाकर उसके रूपये फेंक दिए।

रमा ने सावधन होकर कहा, 'उसने रूपये मांगे तो न थे?'

जालपा–'मांगे क्यों नहीं। हां, जब मैंने दे दिए तो अलबत्ता कहने लगी, इसे क्यों लौटाती हो, अपने पास ही पडारहने दो। मैंने कह दिया, ऐसे शक्की मिजाज वालों का रूपया मैं नहीं रखती।'

रमानाथ–'ईश्वर के लिए तुम मुझसे बिना पूछे ऐसे काम मत किया करो।'

जालपा–'तो अभी क्या हुआ, उसके पास जाकर रूपये मांग लाओ, मगर अभी से रूपये घर में लाकर अपने जी का जंजाल क्यों मोल लोगे।'

रमा इतना निस्तेज हो गया कि जालपा पर बिगड़ने की भी शक्ति उसमें न रही। रूआंसा होकर नीचे चला गया और स्थिति पर विचार करने लगा। जालपा पर बिगड़ना अन्याय था। जब रमा ने साफ कह दिया कि ये रूपये रतन के हैं, और इसका संकेत तक न किया कि मुझसे पूछे बगैर रतन को रूपये मत देना, तो जालपा का कोई अपराध नहीं। उसने सोचा, इस समय झल्लाने और बिगड़ने से समस्या हल न होगी। शांत चित्त होकर विचार करने की आवश्यकता

थी। रतन से रूपये वापस लेना अनिवार्य था। जिस समय वह यहां आई है, अगर मैं खुद मौजूद होता तो कितनी खूबसूरती से सारी मुश्किल आसान हो जाती। मुझको क्या शामत सवार थी कि घूमने निकला! एक दिन न घूमने जाता, तो कौन मरा जाता था! कोई गुप्त शक्ति मेरा अनिष्ट करने पर उताई हो गई है। दस मिनट की अनुपस्थिति ने सारा खेल बिगाड़ दिया। वह कह रही थी कि रूपये रख लीजिए। जालपा ने जरा समझ से काम लिया होता तो यह नौबत काहे को आती। लेकिन फिर मैं बीती हुई बातें सोचने लगा। समस्या है, रतन से रूपये वापस कैसे लिए जाएं। क्यों न चलकर कहूं, रूपये लौटाने से आप नाराज हो गई हैं। असल में मैं आपके लिए रूपये न लाया था। सर्राफ से इसलिए मांग लाया था, जिसमें वह चीज बनाकर दे दे। संभव है, वह खुद ही लज्जित होकर क्षमा मांगे और रूपये दे दे। बस इस वक्त वहां जाना चाहिए।

यह निश्चय करके उसने घड़ी पर नजर डाली। साढ़े आठ बजे थे। अंधकार छाया हुआ था। ऐसे समय रतन घर से बाहर नहीं जा सकती। रमा ने साइकिल उठाई और रतन से मिलने चला।

रतन के बंगले पर आज बडी बहार थी। यहां नित्य ही कोई–न–कोई उत्सव, दावत, पार्टी होती रहती थी। रतन का एकांत नीरस जीवन इन विषयों की ओर उसी भांति लपकता था, जैसे प्यासा पानी की ओर लपकता है। इस वक्त वहां बच्चों का जमघट था। एक आम के वृक्ष में झूला पडा था, बिजली की बत्तियां जल रही थीं, बच्चे झूला झूल रहे थे और रतन खड़ी झुला रही थी। हू–हा मचा हुआ था। वकील साहब इस मौसम में भी ऊनी ओवरकोट पहने बरामदे में बैठे सिगार पी रहे थे। रमा की इच्छा हुई, कि झूले के पास जाकर रतन से बातें करे, पर वकील साहब को खड़े देखकर वह संकोच के मारे उधर न जा सका। वकील साहब ने उसे देखते ही हाथ बढ़ा दिया और बोले, 'आओ रमा बाबू, कहो, तुम्हारे म्युनिसिपल बोर्ड की क्या खबरें हैं?'

रमा ने कुर्सी पर बैठते हुए कहा, 'कोई नई बात तो नहीं हुई।'

वकील,–'आपके बोर्ड में लड़कियों की अनिवार्य शिक्षा का प्रस्ताव कब पास होगा? और कई बोडोऊ ने तो पास कर दिया। जब तक स्त्रियों की शिक्षा का काफी प्रचार न होगा, हमारा कभी उद्धार न होगा। आप तो योरप न गए होंगे? ओह! क्या आजादी है, क्या दौलत है, क्या जीवन है, क्या उत्साह है! बस मालूम होता है, यही स्वर्ग है। और स्त्रियां भी सचमुच देवियां हैं। इतनी

हंसमुख, इतनी स्वच्छंद, यह सब स्त्री–शिक्षा का प्रसाद है!'

रमा ने समाचार–पत्रों में इन देशों का जो थोडा–बहुत हाल पढ़ा था, उसके आधार पर बोला, वहां स्त्रियों का आचरण तो बहुत अच्छा नहीं है।'

वकील–'नान्सेसं ! अपने–अपने देश की प्रथा है। आप एक युवती को किसी युवक के साथ एकांत में विचरते देखकर दांतों तले उंगली दबाते हैं। आपका अंप्तःकरण इतना मलिन हो गया है कि स्त्री–पुरूष को एक जगह देखकर आप संदेह किए बिना रह ही नहीं सकते, पर जहां लङके और लड़कियां एक साथ शिक्षा पाते हैं, वहां यह जाति–भेद बहुत महत्त्व की वस्तु नहीं रह जाती, आपस में स्नेह और सहानुभूति की इतनी बातें पैदा हो जाती हैं कि कामुकता का अंश बहुत थोडा रह जाता है। यह समझ लीजिए कि जिस देश में स्त्रियों की जितनी अधिक स्वाधीनता है, वह देश उतना ही सभ्य है। स्त्रियों को कैद में, परदे में, या पुरूषों से कोसों दूर रखने का तात्पर्य यही निकलता है कि आपके यहां जनता इतनी आचार–भ्रष्ट है कि स्त्रियों का अपमान करने में जरा भी संकोच नहीं करती। युवकों के लिए राजनीति, धर्म, ललित–कला, साहित्य, दर्शन, इतिहास, विज्ञान और हजारों ही ऐसे विषय हैं, जिनके आधार पर वे युवतियों से गहरी दोस्ती पैदा कर सकते हैं। कामलिप्सा उन देशों के लिए आकर्षण का प्रधान विषय है, जहां लोगों की मनोवृत्तियां संकुचित रहती हैं। मैं सालभर योरप और अमरीका में रह चुका हूं। कितनी ही सुंदरियों

के साथ मेरी दोस्ती थी। उनके साथ खेला हूं, नाचा भी हूं, पर कभी मुंह से ऐसा शब्द न निकलता था, जिसे सुनकर किसी युवती को लज्जा से सिर झुकाना पड़े, और फिर अच्छे और बुरे कहां नहीं हैं?'

रमा को इस समय इन बातों में कोई आनंद न आया, वह तो इस समय दूसरी ही चिंता में मग्न था। वकील साहब ने फिर कहा, जब तक हम स्त्री–पुरूषों को अबाध रूप से अपना–अपना मानसिक विकास न करने देंगे, हम अवनति की ओर खिसकते चले जाएंगे। बंधनों से समाज का पैर न बांधिए, उसके गले में कैदी की जंजीर न डालिए। विधवा–विवाह का प्रचार कीजिए, खूब जोरों से कीजिए, लेकिन यह बात मेरी समझ में नहीं आती कि जब कोई अधेड़ आदमी किसी युवती से ब्याह कर लेता है तो क्यों अखबारों में इतना कुहराम मच जाता है। योरप में अस्सी बरस के बूढ़े युवतियों से ब्याह करते हैं, सत्तर वर्ष की वृद्धाएं युवकों से विवाह करती हैं, कोई कुछ नहीं कहता। किसी को कानोंकान खबर भी नहीं होती। हम बूढ़ों को मरने के पहले ही मार डालना चाहते हैं। हालांकि मनुष्य को कभी किसी सहगामिनी की जरूरत होती है तो वह बुढ़ापे में, जब उसे हरदम किसी अवलंब की इच्छा होती है, जब वह परमुखापेक्षी हो जाता है। रमा का ध्यान झूले की ओर था। किसी तरह रतन से दो–दो बातें करने का अवसर मिले। इस समय उसकी सबसे बडी यही कामना थी। उसका वहां जाना शिष्टाचार के विरूद्ध था। आख़िर उसने एक क्षण के बाद झूले की ओर देखकर कहा, 'ये इतने लड्के किधर से आ गए?'

वकील–'रतन बाई को बाल–समाज से बडा स्नेह है। न जाने कहां? कहां से इतने लड्के जमा हो जाते हैं। अगर आपको बच्चों से प्यार हो, तो जाइए! रमा तो यह चाहता ही था, चट झूले के पास जा पहुंचा। रतन उसे देखकर मुस्कराई और बोली, 'इन शैतानों ने मेरी नाक में दम कर रक्खा है। झूले से इन सबों का पेट ही नहीं भरता। आइए, जरा आप भी बेगार कीजिए, मैं तो थक गई। यह

कहकर वह पक्के चबूतरे पर बैठ गई। रमा झोंके देने लगा। बच्चों ने नया आदमी देखा, तो सब–के–सब अपनी बारी के लिए उतावले होने लगे। रतन के हाथों दो बारियां आ चुकी थीं? पर यह कैसे हो सकता था कि कुछ लड्के तो तीसरी बार झूलें, और बाकी बैठे मुंह ताकें! दो उतरते तो चार झूले पर बैठ जाते। रमा को बच्चों से नाममात्र को भी प्रेम न था पर इस वक्त फंस गया था, क्या करता! आख़िर आधा घंटे की बेगार के बाद उसका जी ऊब गया। घड़ी में साढ़े नौ बज रहे थे। मतलब की बात कैसे छेड़े। रतन तो झूले में इतनी मग्न थी, मानो उसे रूपयों की सुध ही नहीं है। सहसा रतन ने झूले के पास जाकर कहा, 'बाबूजी, मैं बैठती हूं, मुझे झुलाइए, मगर नीचे से नहीं, झूले पर खड़े होकर पेंग मारिए।'

रमा बचपन ही से झूले पर बैठते डरता था। एक बार मित्रों ने जबरदस्ती झूले पर बैठा दिया, तो उसे चक्कर आने लगा, पर इस अनुरोध ने उसे झूले पर आने के लिए मजबूर कर दिया। अपनी अयोग्यता कैसे प्रकट करे। रतन दो बच्चों को लेकर बैठ गई, और यह गीत गाने लगी,

कदम की डरिया झूला पड़ गयो री, राधा रानी झूलन आई।

रमा झूले पर खडा होकर पेंग मारने लगा, लेकिन उसके पांव कांप रहे थे, और दिल बैठा जाता था। जब झूला ऊपर से फिरता था, तो उसे ऐसा जान पड़ता था, मानो कोई तरल वस्तु उसके वक्ष में चुभती चली जा रही है, और रतन लड़कियों के साथ गा रही थी,

कदम की डरिया झूला पड़ गयो री, राधा रानी झूलन आई।

एक क्षण के बाद रतन ने कहा, 'जरा और बढ़ाइए साहब, आपसे तो झूला बढ़ता ही नहीं।'

रमा ने लज्जित होकर और जोर लगाया पर झूला न बढ़ा, रमा के सिर में चक्कर आने लगा।

रतन–'आपको पेंग मारना नहीं आता, कभी झूला नहीं झूले?'

रमा ने झिझकते हुए कहा, 'हां, इधर तो वर्षों से नहीं बैठा।'

रतन–'तो आप इन बच्चों को संभालकर बैठिए, मैं आपको झुलाऊंगी।'

अगर उस डाल से न छू ले तो कहिएगा! रमा के प्राण सूख गए। बोला, आजतो बहुत देर हो गई है, फिर कभी आऊंगा। '

रतन–'अजी अभी क्या देर हो गई है, दस भी नहीं बजे, घबडाइए नहीं, अभी बहुत रात पड़ी है। खूब झूलकर जाइएगा। कल जालपा को लाइएगा, हम दोनों झूलेंगे।'

रमा झूले पर से उतर आया तो उसका चेहरा सहमा हुआ था। मालूम होता था, अब गिरा, अब गिराझ वह लड़खडाता हुआ साइकिल की ओर चला और उस पर बैठकर तुरंत घर भागा। कुछ दूर तक उसे कुछ होश न रहा। पांव आप ही आप पैडल घुमाते जाते थे, आधी दूर जाने के बाद उसे होश आया। उसने साइकिल घुमा दी, कुछ दूर चला, फिर उतरकर सोचने लगा, आज संकोच में पड़कर कैसी बाजी हाथ से खोई, वहां से चुपचाप अपना–सा मुंह लिये लौट आया। क्यों उसके मुंह से आवाज नहीं निकली। रतन कुछ हौवा तो थी नहीं, जो उसे खा जाती। सहसा उसे याद आया, थैली में आठ सौ रूपये थे, जालपा ने झुंझलाकर थैली की थैली उसके हवाले कर दी। शायद, उसने भी गिना नहीं, नहीं जरूर कहती। कहीं ऐसा न हो, थैली किसी को दे दे, या और रूपयों में मिला दे, तो गजब ही हो जाए। कहीं का न रहूं। क्यों न इसी वक्त चलकर बेशी रूपये मांग लाऊं, लेकिन देर बहुत हो गई है, सबेरे फिर आना पड़ेगा। मगर यह दो सौ रूपये मिल भी गए, तब भी तो पांच सौ रूपयों की कमी रहेगी। उसका क्या प्रबंध होगा? ईश्वर ही बेडा पार लगाएं तो लग सकता है।

सबेरे कुछ प्रबंध न हुआ, तो क्या होगा! यह सोचकर वह कांप उठा। जीवन में ऐसे अवसर भी आते हैं, जब निराशा में भी हमें आशा

होती है। रमा ने सोचा, एक बार फिर गंगू के पास चलूं, शायद दुकान पर मिल जाय, उसके हाथ–पांव जोड़ूं। संभव है, कुछ दया आ जाय। वह सर्राफे जा पहुंचा मगर गंगू की दुकान बंद थी। वह लौटा ही था कि चरनदास आता हुआ दिखाई दिया।

रमा को देखते ही बोला, बाबूजी, आपने तो इधर का रास्ता ही छोड़ दिया। कहिए रूपये कब तक मिलेंगे?'

रमा ने विनम्र भाव से कहा, 'अब बहुत जल्द मिलेंगे भाई, देर नहीं है। देखो गंगू के रूपये चुकाए हैं, अब की तुम्हारी बारी है।'

चरनदास, 'वह सब किस्सा मालूम है, गंगू ने होशियारी से अपने रूपये न ले लिये होते, तो हमारी तरह टापा करते। साल–भर हो रहा है। रूपये सैकड़े का सूद भी रखिए तो चौरासी रूपये होते हैं। कल आकर हिसाब कर जाइए, सब नहीं तो आधा–तिहाई कुछ दे दीजिए। लेते–देते रहने से मालिक को ढाढ़स रहता है। कान में तेल डालकर बैठे रहने से तो उसे शंका होने लगती है कि इनकी नीयत खराब है। तो कल कब आइएगा?'

रमानाथ–'भई, कल मैं रूपये लेकर तो न आ सकूंगा, यों जब कहो तब चला आऊं। क्यों, इस वक्त अपने सेठजी से चार–पांच सौ रूपयों का बंदोबस्त न करा दोगे? 'तुम्हारी मुट्ठी भी गर्म कर दूंगा।'

चरनदास–'कहां की बात लिये फिरते हो बाबूजी, सेठजी एक कौड़ी तो देंगे नहीं। उन्होंने यही बहुत सलूक किया कि नालिश नहीं कर दी। आपके पीछे मुझे बातें सुननी पड़ती हैं। क्या बडे मुंशीजी से कहना पड़ेगा?'

रमा ने झल्लाकर कहा, 'तुम्हारा देनदार मैं हूं, बडे मुंशी नहीं हैं। मैं मर नहीं गया हूं, घर छोड़कर भागा नहीं जाता हूं। इतने अधीर क्यों हुए जाते हो?'

चरनदास–'साल–भर हुआ, एक कौड़ी नहीं मिली, अधीर न हों तो क्या हों। कल कम–से–कम दो सौ की गिकर कर रखिएगा।'

रमानाथ–'मैंने कह दिया, मेरे पास अभी रूपये नहीं हैं।'

चरनदास–'रोज गठरी काट–काटकर रखते हो, उस पर कहते हो, रूपये नहीं हैं। कल रूपये जुटा रखना। कल आदमी जाएगा जरूर।'

रमा ने उसका कोई जवाब न दिया, आगे बढ़ा। इधर आया था कि कुछ काम निकलेगा, उल्टे तकाजा सहना पड़ा। कहीं दुष्ट सचमुच बाबूजी के पास तकाजा न भेज दे। आग ही हो जायंगे। जालपा भी समझेगी, कैसा लबाडिया आदमी है। इस समय रमा की आंखों से आंसू तो न निकलते थे, पर उसका एक– एक रोआं रो रहा था। जालपा से अपनी असली हालत छिपाकर उसने कितनी भारी भूल की! वह समझदार औरत है, अगर उसे मालूम हो जाता कि मेरे घर में भूंजी भांग भी नहीं है, तो वह मुझे कभी उधार गहने न लेने देती। उसने तो कभी अपने मुंह से कुछ नहीं कहा। मैं ही अपनी शान जमाने के लिए मरा जा रहा था। इतना बडा बोझ सिर पर लेकर भी मैंने क्यों किफायत से काम नहीं लिया? मुझे एक–एक पैसा दांतों से पकड़ना चाहिए था। साल–भर में मेरी आमदनी सब मिलाकर एक हजार से कम न हुई होगी। अगर किफायत से चलता, तो इन दोनों महाजनों के आधे–आधे रूपये जरूर अदा हो जाते, मगर यहां तो सिर पर शामत सवार थी। इसकी क्या जरूरत थी कि जालपा मुहल्ले भर की औरतों को जमा करके रोज सैर करने जाती– सैकड़ों रूपये तो तांगे वाला ले गया होगा, मगर यहां तो उस पर रोब जमाने की पड़ी हुई थी। सारा बाजार जान जाय कि लाला निरे लफंगे हैं, पर अपनी स्त्री न जानने पाए! वाह री बुद्धि, दरवाजे के लिए परदों की क्या जरूरत थी! दो लैंप क्यों लाया, नई निवाड़ लेकर चारपाइयां क्यों बिनवाई, उसने रास्ते ही में उन खर्चों का हिसाब तैयार कर लिया, जिन्हें उसकी हैसियत के आदमी को टालना चाहिए था। आदमी जब तक स्वस्थ रहता है, उसे इसकी चिंता नहीं रहती कि वह क्या खाता है, कितना खाता है, कब खाता है,

लेकिन जब कोई विकार उत्पन्न हो जाता है, तो उसे याद आती है कि कल मैंने पकौडियां खाई थीं। विजय बहिर्मुखी होती है, पराजय अन्तर्मुखी। जालपा ने पूछा, 'कहां चले गए थे, बडी देर लगा दी।'

रमानाथ–'तुम्हारे कारण रतन के बंगले पर जाना पड़ा। तुमने सब रूपये उठाकर दे दिए, उसमें दो सौ रूपये मेरे भी थे।'

जालपा–'तो मुझे क्या मालूम था, तुमने कहा भी तो न था, मगर उनके पास से रूपये कहीं जा नहीं सकते, वह आप ही भेज देंगी।'

रमानाथ–'माना, पर सरकारी रकम तो कल दाख़िल करनी पड़ेगी।'

जालपा–'कल मुझसे दो सौ रूपये ले लेना, मेरे पास हैं।'

रमा को विश्वास न आया। बोला–'कहीं हों न तुम्हारे पास! इतने रूपये कहां से आए?'

जालपा–'तुम्हें इससे क्या मतलब, मैं तो दो सौ रूपये देने को कहती हूं।'

रमा का चेहरा खिल उठा। कुछ–कुछ आशा बंधी। दो–सौ रूपये यह देदे, दो सौ रूपये रतन से ले लूं, सौ रूपये मेरे पास हैं ही, तो कुल तीन सौ की कमी रह जाएगी, मगर यही तीन सौ रूपये कहां से आएंगे? ऐसा कोई नजर न आता था, जिससे इतने रूपये मिलने की आशा की जा सके। हां, अगर रतन सब रूपये दे दे तो बिगड़ी बात बन जाय। आशा का यही एक आधार रह गया था।

जब वह खाना खाकर लेटा, तो जालपा ने कहा, 'आज किस सोच में पड़े हो?'

रमानाथ–'सोच किस बात का– क्या मैं उदास हूं?'

जालपा–'हां, किसी चिंता में पड़े हुए हो, मगर मुझसे बताते नहीं हो!'

रमानाथ–'ऐसी कोई बात होती तो तुमसे छिपाता?'

जालपा–'वाह, तुम अपने दिल की बात मुझसे क्यों कहोगे? ऋषियों की आज्ञा नहीं है।'

रमानाथ–'मैं उन ऋषियों के भक्तों में नहीं हूं।'

जालपा–'वह तो तब मालूम होता, जब मैं तुम्हारे हृदय में पैठकर देखती।'

रमानाथ–'वहां तुम अपनी ही प्रतिमा देखतीं।'

रात को जालपा ने एक भयंकर स्वप्न देखा, वह चिल्ला पड़ी। रमा ने चौंककर पूछा, 'क्या है? जालपा, क्या स्वप्न देख रही हो?'

जालपा ने इधर–उधर घबडाई हुई आंखों से देखकर कहा, 'बडे संकट में जान पड़ी थी। न जाने कैसा सपना देख रही थी!'

रमानाथ–'क्या देखा?'

जालपा–'क्या बताऊं, कुछ कहा नहीं जाता। देखती थी कि तुम्हें कई सिपाही पकड़े लिये जा रहे हैं। कितना भंयकर रूप था उनका!'

रमा का खून सूख गया। दो–चार दिन पहले, इस स्वप्न को उसने हंसी में उडा दिया होता, इस समय वह अपने को सशंकित होने से न रोक सका, पर बाहर से हंसकर बोला, 'तुमने सिपाहियों से पूछा नहीं, इन्हें क्यों पकड़े लिये जाते हो?'

जालपा–'तुम्हें हंसी सूझ रही है, और मेरा हृदय कांप रहा है।'

थोड़ी देर के बाद रमा ने नींद में बकना शुरू किया, 'अम्मां, कहे देता हूं, फिर मेरा मुंह न देखोगी, मैं डूब मरूंगा।'

जालपा को अभी तक नींद न आई थी, भयभीत होकर उसने रमा को जोर से हिलाया और बोली, 'मुझे तो हंसते थे और खुद बकने लगे। सुनकर रोएं खड़े हो गए। स्वप्न देखते थे क्या?'

रमा ने लज्जित होकर कहा, – हां जी, न जाने क्या देख रहा था कुछ याद नहीं।'

जालपा ने पूछा, 'अम्मांजी को क्यों धमका रहे थे। सच बताओ, क्या देखते थे?'

रमा ने सिर खुजलाते हुए कहा, 'कुछ याद नहीं आता, यों ही बकने लगा हूंगा।'

जालपा–'अच्छा तो करवट सोना। चित सोने से आदमी बकने लगता है।'

रमा करवट पौढ़ गया, पर ऐसा जान पड़ता था, मानो चिंता और शंका दोनों आंखों में बैठी हुई निद्रा के आक्रमण से उनकी रक्षा कर रही हैं। जगते हुए दो बज गए। सहसा जालपा उठ बैठी, और सुराही से पानी उंड़ेलती हुई बोली, 'बडी प्यास लगी थी, क्या तुम अभी तक जाग ही रहे हो?'

रमा–'हां जी, नींद उचट गई है। मैं सोच रहा था, तुम्हारे पास दो सौ रूपये कहां से आ गए? मुझे इसका आश्चर्य है।'

जालपा–'ये रूपये मैं मायके से लाई थी, कुछ बिदाई में मिले थे, कुछ पहले से रक्खे थे।'

रमानाथ–'तब तो तुम रूपये जमा करने मे बडी कुशल हो यहां क्यों नहीं कुछ जमा किया?'

जालपा ने मुस्कराकर कहा, 'तुम्हें पाकर अब रूपये की परवाह नहीं रही।'

रमानाथ–'अपने भाग्य को कोसती होगी!'

जालपा–'भाग्य को क्यों कोसूं, भाग्य को वह औरतें रोएं, जिनका पति निखट्टू हो, शराबी हो, दुराचारी हो, रोगी हो, तानों से स्त्री को छेदता रहे, बात–बात पर बिगड़े। पुरूष मन का हो तो स्त्री उसके साथ उपवास करके भी प्रसन्न रहेगी।'

रमा ने विनोद भाव से कहा, 'तो मैं तुम्हारे मन का हूं! '

जालपा ने प्रेम–पूर्ण गर्व से कहा, 'मेरी जो आशा थी, उससे तुम कहीं बढ़कर निकले। मेरी तीन सहेलियां हैं। एक का भी पति ऐसा नहीं। एक एम.ए. है पर सदा रोगी। दूसरा विद्वान भी है और धनी भी, पर वेश्यागामी! तीसरा घरघुस्सू है और बिलकुल निखट्टू!'

रमा का हृदय गदगद हो उठा। ऐसी प्रेम की मूर्ति और दया की देवी के साथ उसने कितना बडा विश्वासघात किया। इतना दुराव रखने पर भी जब इसे मुझसे इतना प्रेम है, तो मैं अगर उससे निष्कपट होकर रहता, तो मेरा जीवन कितना आनंदमय होता!

चौहदवाँ

प्रातःकाल रमा ने रतन के पास अपना आदमी भेजा। खत में लिखा, मुझे बडा खेद है कि कल जालपा ने आपके साथ ऐसा व्यवहार किया, जो उसे न करना चाहिए था। मेरा विचार यह कदापि न था कि रूपये आपको लौटा दूं, मैंने सर्राफ को ताकीद करने के लिए उससे रूपये लिए थे। कंगन दो–चार रोज में अवश्य मिल जाएंगे। आप रूपये भेज दें। उसी थैली में दो सौ रूपये मेरे भी थे। वह भी भेजिएगा। अपने सम्मान की रक्षा करते हुए जितनी विनम्रता उससे हो सकती थी, उसमें कोई कसर नहीं रक्खी। जब तक आदमी लौटकर न आया, वह बडी व्यग्रता से उसकी राह देखता रहा। कभी सोचता, कहीं बहाना न कर दे, या घर पर मिले ही नहीं, या दो–चार दिन के बाद देने का वादा करे। सारा दारोमदार रतन के रूपये पर था। अगर रतन ने साफ जवाब दे दिया, तो फिर सर्वनाश! उसकी कल्पना से ही रमा के प्राण सूखे जा रहे थे। आख़िर नौ बजे आदमी लौटा। रतन ने दो सौ रूपये तो दिए थे। मगर खत का कोई जवाब न दिया था। रमा ने निराश आंखों से आकाश की ओर देखा। सोचने लगा, रतन ने खत का जवाब क्यों नहीं दिया– मामूली शिष्टाचार भी नहीं जानती? कितनी मक्कार औरत है! रात को ऐसा मालूम होता था कि साधुता और सज्जनता की प्रतिमा ही है, पर दिल में यह

गुबार भरा हुआ था! शेष रूपयों की चिंता में रमा को नहाने–खाने की भी सुध न रही। कहार अंदर गया, तो जालपा ने पूछा, 'तुम्हें कुछ काम–धंधो की भी खबर है कि मटरगश्ती ही करते रहोगे! दस बज रहे हैं, और अभी तक तरकारी–भाजी का कहीं पता नहीं?'

कहार ने त्योरियां बदलकर कहा, 'तो का चार हाथ–गोड़ कर लेई! कामें से तो गवा रहिनब बाबू मेम साहब के तीर रूपैया लेबे का भेजिन रहा।'

जालपा–'कौन मेम साहब?'

कहार–'श्जौन मोटर पर चढ़कर आवत हैं।'

जालपा–'तो लाए रूपये?'

कहार –'लाए काहे नाहींब पिरथी के छोर पर तो रहत हैं, दौरत–दौरत गोड़ पिराय लाग।'

जालपा–'अच्छा चटपट जाकर तरकारी लाओ।'

कहार तो उधर गया, रमा रूपये लिये हुए अंदर पहुंचा तो जालपा ने कहा, 'तुमने अपने रूपये रतन के पास से मंगवा लिए न? अब तो मुझसे न लोगे?'

रमा ने उदासीन भाव से कहा, 'मत दो!'

जालपा–'मैंने कह दिया था रूपया दे दूंगी। तुम्हें इतनी जल्द मांगने की क्यों सूझी? समझी होगी, इन्हें मेरा इतना विश्वास भी नहीं।'

रमा ने हताश होकर कहा, 'मैंने रूपये नहीं मांगे थे। केवल इतना लिख दिया था कि थैली में दो सौ रूपये ज्यादे हैं। उसने आप ही आप भेज दिए।'

जालपा ने हंसकर कहा, 'मेरे रूपये बडे भाग्यवान हैं, दिखाऊं? चुनचुनकर नए रूपये रक्खे हैं। सब इसी साल के हैं, चमाचम! देखो तो आंखें ठंडी हो जाएं।

इतने में किसी ने नीचे से आवाज दी, 'बाबूजी, सेठ ने रूपये के लिए भेजा है।'

दयानाथ स्नान करने अंदर आ रहे थे, सेठ के प्यादे को देखकर पूछा, 'कौन सेठ, कैसे रूपये? मेरे यहां किसी के रूपये नहीं आते!'

प्यादा–'छोटे बाबू ने कुछ माल लिया था। साल–भर हो गए, अभी तक एक पैसा नहीं दिया। सेठजी ने कहा है, बात बिगड़ने पर रूपये दिए तो क्या दिए। आज कुछ जरूर दिलवा दीजिए।'

दयानाथ ने रमा को पुकारा और बोले, 'देखो, किस सेठ का आदमी आया है। उसका कुछ हिसाब बाकी है, साफ क्यों नहीं कर देते? कितना बाकी है इसका?'

रमा कुछ जवाब न देने पाया था कि प्यादा बोल उठा, 'पूरे सात सौ हैं, बाबूजी!'

दयानाथ की आंखें फैलकर मस्तक तक पहुंच गई, 'सात सौ! क्यों जी, यह तो सात सौ कहता है?'

रमा ने टालने के इरादे से कहा, 'मुझे ठीक से मालूम नहीं।'

प्यादा–'मालूम क्यों नहीं। पुरजा तो मेरे पास है। तब से कुछ दिया ही नहीं, कम कहां से हो गए।'

रमा ने प्यादे को पुकारकर कहा, 'चलो तुम दुकान पर, मैं खुद आता हूं।'

प्यादा–'हम बिना कुछ लिए न जाएंगे, साहब! आप यों ही टाल दिया करते हैं, और बातें हमको सुननी पड़ती हैं।'

रमा सारी दुनिया के सामने जलील बन सकता था, किंतु पिता के सामने जलील बनना उसके लिए मौत से कम न था। जिस आदमी ने अपने जीवन में कभी हराम का एक पैसा न छुआ हो, जिसे किसी से उधार लेकर भोजन करने के बदले भूखों सो रहना मंजूर हो, उसका लड़का इतना बेशर्म और बेगैरत हो! रमा पिता की आत्मा

का यह घोर अपमान न कर सकता था। वह उन पर यह बात प्रकट न होने देना चाहता था कि उनका पुत्र उनके नाम को बट्टा लगा रहा है। कर्कश स्वर में प्यादे से बोला, 'तुम अभी यहीं खड़े हो? हट जाओ, नहीं तो धक्का देकर निकाल दिए जाओगे।'

प्यादा–'हमारे रूपये दिलवाइए, हम चले जायं। हमें क्या आपके द्वार पर मिठाई मिलती है! '

रमानाथ–'तुम न जाओगे! जाओ लाला से कह देना नालिश कर दें।'

दयानाथ ने डांटकर कहा, 'क्या बेशर्मी की बातें करते हो जी, जब फिरह में रूपये न थे, तो चीज लाए ही क्यों? और लाए, तो जैसे बने वैसे रूपये अदा करो। कह दिया, नालिश कर दो। नालिश कर देगा, तो कितनी आबरू रह जायगी? इसका भी कुछ खयाल है! सारे शहर में उंगलियां उठेंगी, मगर तुम्हें इसकी क्या परवा। तुमको यह सूझी क्या कि एकबारगी इतनी बडी गठरी सिर पर लाद ली। कोई शादी–ब्याह का अवसर होता, तो एक बात भी थी। और वह औरत कैसी है जो पति को ऐसी बेहूदगी करते देखती है और मना नहीं करती। आख़िर तुमने क्या सोचकर यह कर्ज लिया? तुम्हारी ऐसी कुछ बडी आमदनी तो नहीं है!'

रमा को पिता की यह डांट बहुत बुरी लग रही थी। उसके विचार में पिता को इस विषय में कुछ बोलने का अधिकार ही न था। निसंकोच होकर बोला, 'आप नाहक इतना बिगड़ रहे हैं, आपसे रूपये मांगने जाऊं तो कहिएगा। मैं अपने वेतन से थोडा–थोडा करके सब चुका दूंगा।'

अपने मन में उसने कहा, 'यह तो आप ही की करनी का फल है। आप ही के पाप का प्रायश्चित्ता कर रहा हूं।'

प्यादे ने पिता और पुत्र में वाद–विवाद होते देखा, तो चुपके से अपनी राह ली। मुंशीजी भुनभुनाते हुए स्नान करने चले गए। रमा

ऊपर गया, तो उसके मुंह पर लज्जा और ग्लानि की फटकार बरस रही थी। जिस अपमान से बचने के लिए वह डाल–डाल, पात–पात भागता–फिरता था, वह हो ही गया। इस अपमान के सामने सरकारी रूपयों की फिक्र भी गायब हो गई। कर्ज़ लेने वाले बला के हिम्मती होते हैं। साधारण बुद्धिका मनुष्य ऐसी परिस्थितियों में पड़कर घबरा उठता है, पर बैठकबाजों के माथे पर बल तक नहीं पड़ता। रमा अभी इस कला में दक्ष नहीं हुआ था। इस समय यदि यमदूत उसके प्राण हरने आता, तो वह आंखों से दौड़कर उसका स्वागत करता। कैसे क्या होगा, यह शब्द उसके एक–एक रोम से निकल रहा था। कैसे क्या होगा! इससे अधिक वह इस समस्या की और व्याख्या न कर सकता था। यही प्रश्न एक सर्वव्यापी पिशाच की भांति उसे घूरता दिखाई देता था। कैसे क्या होगा! यही शब्द अगणित बगूलों की भांति चारों ओर उठते नजर आते थे। वह इस पर विचार न कर सकता था। केवल उसकी ओर से आंखें बंद कर सकता था। उसका चित्त इतना खिन्न हुआ कि आंखें सजल हो गई।

जालपा ने पूछा, 'तुमने तो कहा था, इसके अब थोड़े ही रूपये बाकी हैं।'

रमा ने सिर झुकाकर कहा, 'यह दुष्ट झूठ बोल रहा था, मैंने कुछ रूपये दिए हैं।'

जालपा–'दिए होते, तो कोई रूपयों का तकषजा क्यों करता? जब तुम्हारी आमदनी इतनी कम थी तो गहने लिए ही क्यों? मैंने तो कभी ज़िद न की थी। और मान लो, मैं दो–चार बार कहती भी, तुम्हें समझ–बूझकर काम करना चाहिए था। अपने साथ मुझे भी चार बातें सुनवा दीं। आदमी सारी दुनिया से परदा रखता है, लेकिन अपनी स्त्री से परदा नहीं रखता। तुम मुझसे भी परदा रखते हो अगर मैं जानती, तुम्हारी आमदनी इतनी थोड़ी है, तो मुझे क्या ऐसा शौक चर्राया था कि मुहल्ले–भर की स्त्रियों को तांगे पर बैठा–बैठाकर सैर कराने ले जाती। अधिक–से–अधिक यही तो होता, कि कभी–कभी

चित्त दुखी हो जाता, पर यह तकाजे तो न सहने पड़ते। कहीं नालिश कर दे, तो सात सौ के एक हजार हो जाएं। मैं क्या जानती थी कि तुम मुझ से यह छल कर रहे हो कोई वेश्या तो थी नहीं कि तुम्हें नोच–खसोटकर अपना घर भरना मेरा काम होता। मैं तो भले–बुरे दोनों ही की साथिन हूं। भले में तुम चाहे मेरी बात मत पूछो, बुरे में तो मैं तुम्हारे गले पड़ूंगी ही।'

रमा के मुख से एक शब्द न निकला, दफ्तर का समय आ गया था। भोजन करने का अवकाश न था। रमा ने कपड़े पहने, और दफ्तर चला। जागेश्वरी ने कहा, 'क्या बिना भोजन किए चले जाओगे?'

रमा ने कोई जवाब न दिया, और घर से निकलना ही चाहता था कि जालपा झपटकर नीचे आई और उसे पुकारकर बोली, 'मेरे पास जो दो सौ रूपये हैं, उन्हें क्यों नहीं सर्राफ को दे देते?'

रमा ने चलते वक्त जान–बूझकर जालपा से रूपये न मांगे थे। वह जानता था, जालपा मांगते ही दे देगी, लेकिन इतनी बातें सुनने के बाद अब रूपये के लिए उसके सामने हाथ व्लाते उसे संकोच ही नहीं, भय होता था। कहीं वह फिर न उपदेश देने बैठ जाए, इसकी अपेक्षा आने वाली विपत्तियां कहीं हल्की थीं। मगर जालपा ने उसे पुकारा, तो कुछ आशा बंधीब ठिठक गया और बोला, 'अच्छी बात है, लाओ दे दो।'

वह बाहर के कमरे में बैठ गया। जालपा दौड़कर ऊपर से रूपये लाई और गिन–गिनकर उसकी थैली में डाल दिए। उसने समझा था, रमा रूपये पाकर फूला न समाएगा, पर उसकी आशा पूरी न हुई। अभी तीन सौ रूपये की फिक्र करनी थी। वह कहां से आएंगे? भूखा आदमी इच्छापूर्ण भोजन चाहता है, दो–चार फुलकों से उसकी तुष्टि नहीं होती। सड़क पर आकर रमा ने एक तांगा लिया और उससे जार्जटाउन चलने को कहा, शायद रतन से भेंट हो जाए। वह चाहे तो तीन सौ रूपये का बडी आसानी से प्रबंध कर

सकती है। रास्ते में वह सोचता जाता था, आज बिलकुल संकोच न करूंगा। जरा देर में जार्जटाउन आ गया। रतन का बंगला भी आया। वह बरामदे में बैठी थी। रमा ने उसे देखकर हाथ उठाया, उसने भी हाथ उठाया, पर वहां उसका सारा संयम टूट गया। वह बंगले में न जा सका। तांगा सामने से निकल गया। रतन बुलाती, तो वह चला जाता। वह बरामदे में न बैठी होती तब भी शायद वह अंदर जाता, पर उसे सामने बैठे देखकर वह संकोच में डूब गया। जब तांगा गवर्नमेंट हाउस के पास पहुंचा, तो रमा ने चौंककर कहा, 'चुंगी के दफ्तर चलो। तांगे वाले ने घोडा उधर मोड़ दिया।

ग्यारह बजते–बजते रमा दफ्तर पहुंचा। उसका चेहरा उतरा हुआ था। छाती धड़क रही थी। बडे बाबू ने जरूर पूछा होगा। जाते ही बुलाएंगे। दफ्तर में जरा भी रियायत नहीं करते। तांगे से उतरते ही उसने पहले अपने कमरे की तरफ निगाह डाली। देखा, कई आदमी खड़े उसकी राह देख रहे हैं। वह उधर न जाकर रमेश बाबू के कमरे की ओर गया।

रमेश बाबू ने पूछा, 'तुम अब तक कहां थे जी, खजांची साहब तुम्हें खोजते फिरते हैं? चपरासी मिला था?'

रमा ने अटकते हुए कहा, 'मैं घर पर न था। जरा वकील साहब की तरफ चला गया था। एक बडी मुसीबत में फंस गया हूं।'

रमेश–'कैसी मुसीबत, घर पर तो कुशल है।'

रमानाथ–'जी हां, घर पर तो कुशल है। कल शाम को यहां काम बहुत था, मैं उसमें ऐसा फंसा कि वक्त की कुछ खबर ही न रही। जब काम खत्म करके उठा, तो खजांची साहब चले गए थे। मेरे पास आमदनी के आठ सौ रूपये थे। सोचने लगा इसे कहां रक्खूं, मेरे कमरे में कोई संदूक है नहीं। यही निश्चय किया कि साथ लेता जाऊं। पांच सौ रूपये नकद थे, वह तो मैंने थैली में रक्खे तीन सौ रूपये के नोट जेब में रख लिए और घर चला। चौक में एक–दो

चीजें लेनी थीं। उधार से होता हुआ घर पहुंचा तो नोट गायब थे। रमेश बाबू ने आंखें गाड़कर कहा, 'तीन सौ के नोट गायब हो गए?'

रमानाथ–'जी हां, कोट के ऊपर की जेब में थे। किसी ने निकाल लिए?'

रमेश–'और तुमको मारकर थैली नहीं छीन ली?'

रमानाथ–'क्या बताऊं बाबूजी, तब से चित्त की जो दशा हो रही है, वह बयान नहीं कर सकता तब से अब तक इसी फिक्र में दौड़ रहा हूं। कोई बंदोबस्त न हो सका।'

रमेश–'अपने पिता से तो कहा ही न होगा?'

रमानाथ–'उनका स्वभाव तो आप जानते हैं। रूपये तो न देते, उल्टी डांट सुनाते।'

रमेश–'तो फिर क्या फिक्र करोगे?'

रमानाथ–'आज शाम तक कोई न कोई फिक्र करूंगा ही।'

रमेश ने कठोर भाव धारण करके कहा, 'तो फिर करो न! इतनी लापरवाही तुमसे हुई कैसे! यह मेरी समझ में नहीं आता। मेरी जेब से तो आज तक एक पैसा न गिरा, आंखें बंद करके रास्ता चलते हो या नशे में थे? मुझे तुम्हारी बात पर विश्वास नहीं आता। सच–सच बतला दो, कहीं अनाप–शनाप तो नहीं खर्च कर डाले? उस दिन तुमने मुझसे क्यों रूपये मांगे थे?'

रमा का चेहरा पीला पड़ गया। कहीं कलई तो न खुल जाएगी। बात बनाकर बोला, 'क्या सरकारी रूपया खर्च कर डालूंगा? उस दिन तो आपसे रूपये इसलिए मांगे थे कि बाबूजी को एक जरूरत आ पड़ी थी। घर में रूपये न थे। आपका खत मैंने उन्हें सुना दिया था। बहुत हंसे, दूसरा इंतजाम कर लिया। इन नोटों के गायब होने का तो मुझे खुद ही आश्चर्य है।'

रमेश–'तुम्हें अपने पिताजी से मांगते संकोच होता हो, तो मैं खत लिखकर मंगवा लूं।'

रमा ने कानों पर हाथ रखकर कहा, 'नहीं बाबूजी, ईश्वर के लिए ऐसा न कीजिएगा। ऐसी ही इच्छा हो, तो मुझे गोली मार दीजिए।'

रमेश ने एक क्षण तक कुछ सोचकर कहा, 'तुम्हें विश्वास है, शाम तक रूपये मिल जाएंगे?'

रमानाथ–'हां, आशा तो है।'

रमेश–'तो इस थैली के रूपये जमा कर दो, मगर देखो भाई, मैं साफ–साफ कहे देता हूं, अगर कल दस बजे रूपये न लाए तो मेरा दोष नहीं। कायदा तो यही कहता है कि मैं इसी वक्त तुम्हें पुलिस के हवाले करूं, मगर तुम अभी लड़के हो, इसलिए क्षमा करता हूं। वरना तुम्हें मालूम है, मैं सरकारी काम में किसी प्रकार की मुरौवत नहीं करता। अगर तुम्हारी जगह मेरा भाई या बेटा होता, तो मैं उसके साथ भी यही सलूक करता, बल्कि शायद इससे सख्त। तुम्हारे साथ तो फिर भी बडी नर्मी कर रहा हूं। मेरे पास रूपये होते तो तुम्हें दे देता, लेकिन मेरी हालत तुम जानते हो हां, किसी का कर्ज़ नहीं रखता। न किसी को कर्ज देता हूं, न किसी से लेता हूं। कल रूपये न आए तो बुरा होगा। मेरी दोस्ती भी तुम्हें पुलिस के पंजे से न बचा सकेगी। मेरी दोस्ती ने आज अपना हक अदा कर दिया वरना इस वक्त तुम्हारे हाथों में हथकडियां होतीं।'

हथकडियां! यह शब्द तीर की भांति रमा की छाती में लगा। वह सिर से पांव तक कांप उठा। उस विपत्ति की कल्पना करके उसकी आंखें डबडबा आईं। वह धीरे–धीरे सिर झुकाए, सजा पाए हुए कैष्दी की भांति जाकर अपनी कुर्सी पर बैठ गया, पर यह भयंकर शब्द बीच–बीच में उसके हृदय में गूंज जाता था। आकाश पर काली घटाएं छाई थीं। सूर्य का कहीं पता न था, क्या वह भी उस घटारूपी कारागार में बंद है, क्या उसके हाथों में भी हथकडियां हैं?

पन्द्रहवाँ

रमा शाम को दफ्तर से चलने लगा, तो रमेश बाबू दौड़े हुए आए और कल रूपये लाने की ताकीद की। रमा मन में झुंझला उठा। आप बडे ईमानदार की दुम बने हैं! ढोंगिया कहीं का! अगर अपनी जरूरत आ पड़े, तो दूसरों के तलवे सहलाते गिरेंगे, पर मेरा काम है, तो आप आदर्शवादी बन बैठे। यह सब दिखाने के दांत हैं, मरते समय इसके प्राण भी जल्दी नहीं निकलेंगे! कुछ दूर चलकर उसने सोचा, एक बार फिर रतन के पास चलूं। और ऐसा कोई न था जिससे रूपये मिलने की आशा होती। वह जब उसके बंगले पर पहुंचा, तो वह अपने बगीचे में गोल चबूतरे पर बैठी हुई थी। उसके पास ही एक गुजराती जौहरी बैठा संदूक से सुंदर आभूषण निकाल–निकालकर दिखा रहा था। रमा को देखकर वह बहुत खुश हुई। 'आइये बाबू साहब, देखिए सेठजी कैसी अच्छी–अच्छी चीजें लाए हैं। देखिए, हार कितना सुंदर है, इसके दाम बारह सौ रूपये बताते हैं।'

रमा ने हार को हाथ में लेकर देखा और कहा, हां, चीज तो अच्छी मालूम होती है!'

रतन–'दाम बहुत कहते हैं।'

जौहरी–'बाईजी, ऐसा हार अगर कोई दो हजार में ला दे, तो जो जुर्माना कहिए, दूं। बारह सौ मेरी लागत बैठ गई है।'

रमा ने मुस्कराकर कहा, 'ऐसा न कहिए सेठजी, जुर्माना देना पड़ जाएगा।'

जौहरी–'बाबू साहब, हार तो सौ रूपये में भी आ जाएगा और बिलकुल ऐसा ही। बल्कि चमक–दमक में इससे भी बढ़कर। मगर परखना चाहिए। मैंने खुद ही आपसे मोल–तोल की बात नहीं की। मोल–तोल अनाडियों से किया जाता है। आपसे क्या मोल–तोल, हम

लोग निरे रोजगारी नहीं हैं बाबू साहब, आदमी का मिजाज देखते हैं। श्रीमतीजी ने क्या अमीराना मिजाज दिखाया है कि वाह! '

रतन ने हार को लुब्ध नजरों से देखकर कहा, 'कुछ तो कम कीजिए, सेठजी! आपने तो जैसे कसम खा ली! '

जौहरी–'कमी का नाम न लीजिए, हुजूर! यह चीज आपकी भेंट है।'

रतन–'अच्छा, अब एक बात बतला दीजिए, कम–से–कम इसका क्या लेंगे?'

जौहरी ने कुछ क्षुब्ध होकर कहा, 'बारह सौ रूपये और बारह कौड़ियां होंगी, हुजूर, आप से कसम खाकर कहता हूं, इसी शहर में पंद्रह सौ का बेचूंगा, और आपसे कह जाऊंगा, किसने लिया।'

यह कहते हुए जौहरी ने हार को रखने का केस निकाला। रतन को विश्वास हो गया, यह कुछ कम न करेगा। बालकों की भांति अधीर होकर बोली, 'आप तो ऐसा समेटे लेते हैं कि हार को नजर लग जाएगी! '

जौहरी–'क्या करूं हुजूर! जब ऐसे दरबार में चीज की कदर नहीं होती, तो दुख होता ही है।'

रतन ने कमरे में जाकर रमा को बुलाया और बोली, 'आप समझते हैं यह कुछ और उतरेगा?'

रमानाथ–'मेरी समझ में तो चीज एक हजार से ज्यादा की नहीं है।'

रतन–'उंह, होगा। मेरे पास तो छः सौ रूपये हैं। आप चार सौ रूपये का प्रबंध कर दें, तो ले लूं। यह इसी गाड़ी से काशी जा रहा है। उधार न मानेगा। वकील साहब किसी जलसे में गए हैं, नौ–दस बजे के पहले न लौटेंगे। मैं आपको कल रूपये लौटा दूंगी।'

रमा ने बडे संकोच के साथ कहा, 'विश्वास मानिए, मैं बिलकुल खाली हाथ हूं। मैं तो आपसे रूपये मांगने आया था। मुझे बडी सख्त जरूरत है। वह रूपये मुझे दे दीजिए, मैं आपके लिए कोई अच्छा–सा हार यहीं से ला दूंगा। मुझे विश्वास है, ऐसा हार सात–आठ सौ में मिल जायगा।'

रतन–'चलिए, मैं आपकी बातों में नहीं आती। छः महीने में एक कंगन तो बनवा न सके, अब हार क्या लाएंगे! मैं यहां कई दुकानें देख चुकी हूं, ऐसी चीज शायद ही कहीं निकले। और निकले भी, तो इसके ड्योढ़े दाम देने पड़ेंगे।'

रमानाथ–'तो इसे कल क्यों न बुलाइए, इसे सौदा बेचने की गरज होगी, तो आप ठहरेगा।'

रतन–'अच्छा कहिए, देखिए क्या कहता है।'

दोनों कमरे के बाहर निकले, रमा ने जौहरी से कहा, 'तुम कल आठ बजे क्यों नहीं आते?'

जौहरी–'नहीं हुजूर, कल काशी में दो–चार बडे रईसों से मिलना है। आज के न जाने से बडी हानि हो जाएगी।'

रतन–'मेरे पास इस वक्त छः सौ रूपये हैं, आप हार दे जाइए, बाकी के रूपये काशी से लौटकर ले जाइएगा।'

जौहरी–'रूपये का तो कोई हर्ज़ न था, महीने–दो महीने में ले लेता, लेकिन हम परदेशी लोगों का क्या ठिकाना, आज यहां हैं, कल वहां हैं, कौन जाने यहां फिर कब आना हो! आप इस वक्त एक हजार दे दें, दो सौ फिर दे दीजिएगा।'

रमानाथ–'तो सौदा न होगा।'

जौहरी–'इसका अख्तियार आपको है, मगर इतना कहे देता हूं कि ऐसा माल फिर न पाइएगा।'

रमानाथ–'रूपये होंगे तो माल बहुत मिल जायगा।'

जौहरी–'कभी–कभी दाम रहने पर भी अच्छा माल नहीं मिलता।' यह कहकर जौहरी ने फिर हार को केस में रक्खा और इस तरह संदूक समेटने लगा, मानो वह एक क्षण भी न रूकेगा।

रतन का रोयां–रोयां कान बना हुआ था, मानो कोई कैदी अपनी किस्मत का फैसला सुनने को खडा हो उसके हृदय की सारी ममता, ममता का सारा अनुराग, अनुराग की सारी अधीरता, उत्कंठा और चेष्टा उसी हार पर केंद्रित हो रही थी, मानो उसके प्राण उसी हार के दानों में जा छिपे थे, मानो उसके जन्मजन्मांतरों की संचित अभिलाषा उसी हार पर मंडरा रही थी। जौहरी को संदूक बंद करते देखकर वह जलविहीन मछली की भांति तड़पने लगी। कभी वह संदूक खोलती, कभी वह दराज खोलती, पर रूपये कहीं न मिले। सहसा मोटर की आवाज सुनकर रतन ने फाटक की ओर देखा। वकील साहब चले आ रहे थे। वकील साहब ने मोटर बरामदे के सामने रोक दी और चबूतरे की तरफ चले। रतन ने चबूतरे के नीचे उतरकर कहा, 'आप तो नौ बजे आने को कह गए थे?'

वकील, 'वहां काम ही पूरा न हुआ, बैठकर क्या करता! कोई दिल से तो काम करना नहीं चाहता, सब मुफ्त में नाम कमाना चाहते हैं। यह क्या कोई जौहरी है?'

जौहरी ने उठकर सलाम किया।

वकील साहब रतन से बोले, 'क्यों, तुमने कोई चीज पसंद की?'

रतन–'हां, एक हार पसंद किया है, बारह सौ रूपये मांगते हैं।'

वकील, 'बस! और कोई चीज पसंद करो। तुम्हारे पास सिर की कोई अच्छी चीज नहीं है।'

रतन–'इस वक्त मैं यही एक हार लूंगी। आजकल सिर की चीजें कौन पहनता है।'

वकील–'लेकर रख लो, पास रहेगी तो कभी पहन भी लोगी। नहीं तो कभी दूसरों को पहने देख लिया, तो कहोगी, मेरे पास होता,

तो मैं भी पहनती।' वकील साहब को रतन से पति का–सा प्रेम नहीं, पिता का–सा स्नेह था। जैसे कोई स्नेही पिता मेले में लड़कों से पूछ–पूछकर खिलौने लेता है, वह भी रतन से पूछ–पूछकर खिलौने लेते थे। उसके कहने भर की देर थी। उनके पास उसे प्रसन्न करने के लिए धन के सिवा और चीज ही क्या थी। उन्हें अपने जीवन में एक आधार की जरूरत थी, सदेह आधार की, जिसके सहारे वह इस जीर्ण दशा में भी जीवन–संग्राम में खड़े रह सकें, जैसे किसी उपासक को प्रतिमा की जरूरत होती है। बिना प्रतिमा के वह किस पर फल चढ़ाए, किसे गंगा–जल से नहलाए, किसे स्वादिष्ट चीजों का भोग लगाए। इसी भांति वकील साहब को भी पत्नी की जरूरत थी। रतन उनके लिए सदेह कल्पना मात्र थी जिससे उनकी आत्मिक पिपासा शांत होती थी। कदाचित रतन के बिना उनका जीवन उतना ही सूना होता, जितना आंखों के बिना मुखब।

रतन ने केस में से हार निकालकर वकील साहब को दिखाया और बोली, 'इसके बारह सौ रूपये मांगते हैं।'

वकील साहब की निगाह में रूपये का मूल्य आनंददायिनी शक्ति थी। अगर हार रतन को पसंद है, तो उन्हें इसकी परवा न थी कि इसके क्या दाम देने पड़ेंगे। उन्होंने चेक निकालकर जौहरी की तरफ देखा और पूछा, 'सच–सच बोलो, कितना लिखूं!।'

जौहरी ने हार को उलट–पलटकर देखा और हिचकते हुए बोला, 'साढ़े ग्यारह सौ कर दीजिए।।श्वकील साहब ने चेक लिखकर उसको दिया, और वह सलाम करके चलता हुआ। रतन का मुख इस समय वसन्त की प्राकृतिक शोभा की भांति विहसित था। ऐसा गर्व, ऐसा उल्लास उसके मुख पर कभी न दिखाई दिया था। मानो उसे संसार की संपत्ति मिल गई है। हार को गले में लटकाए वह अंदर चली गई। वकील साहब के आचारविचार में नई और पुरानी प्रथाओं का विचित्र मेल था। भोजन वह अभी तक किसी ब्राह्मण के हाथ का भी न खाते थे। आज रतन उनके लिए अच्छी–अच्छी चीजें

बनाने गई, अपनी कृतज्ञता को वह कैसे जाहिर करे। रमा कुछ देर तक तो बैठा वकील साहब का योरप–गौरव–गान सुनता रहा, अंत को निराश होकर चल दिया।

सोलहवाँ

अगर इस समय किसी को संसार में सबसे दुखी, जीवन से निराश, चिंताग्नि में जलते हुए प्राणी की मूर्ति देखनी हो, तो उस युवक को देखे, जो साइकिल पर बैठा हुआ, अल्प्रेड पार्क के सामने चला जा रहा है। इस वक्त अगर कोई काला सांप नजर आए तो वह दोनों हाथ फैलाकर उसका स्वागत करेगा और उसके विष को सुधा की तरह पिएगा। उसकी रक्षा सुधा से नहीं, अब विष ही से हो सकती है। मौत ही अब उसकी चिंताओं का अंत कर सकती है, लेकिन क्या मौत उसे बदनामी से भी बचा सकती है? सबेरा होते ही, यह बात घर–घर फैल जायगी, सरकारी रूपया खा गया और जब पकडागया, तब आत्महत्या कर ली! द्दल में कलंक लगाकर, मरने के बाद भी अपनी हंसी कराके चिंताओं से मुक्त हुआ तो क्या, लेकिन दूसरा उपाय ही क्या है। अगर वह इस समय जाकर जालपा से सारी स्थिति कह सुनाए, तो वह उसके साथ अवश्य सहानुभूति दिखाएगी। जालपा को चाहे कितना ही दुख हो, पर अपने गहने निकालकर देने में एक क्षण का भी विलंब न करेगी। गहनों को गिरवी रखकर वह सरकारी रूपये अदा कर सकता है। उसे अपना परदा खोलना पड़ेगा। इसके सिवा और कोई उपाय नहीं है।

मन में यह निश्चय करके रमा घर की ओर चला, पर उसकी चाल में वह तेजी न थी जो मानसिक स्फूर्ति का लक्षण है। लेकिन घर पहुंचकर उसने सोचा, जब यही करना है, तो जल्दी क्या है, जब चाहूंगा मांग लूंगा। कुछ देर गप–शप करता रहा, फिर खाना खाकर लेटा।

सहसा उसके जी में आया, क्यों न चुपके से कोई चीज उठा ले जाऊं?' कुलमर्यादा की रक्षा करने के लिए एक बार उसने ऐसा ही

किया था। उसी उपाय से क्या वह प्राणों की रक्षा नहीं कर सकता–अपनी जबान से तो शायद वह कभी अपनी विपत्ति का हाल न कह सकेगा। इसी प्रकार आगा–पीछा में पड़े हुए सबेरा हो जायगा। और तब उसे कुछ कहने का अवसर ही न मिलेगा।

मगर उसे फिर शंका हुई, कहीं जालपा की आंख खुल जाय–फिर तो उसके लिए त्रिवेणी के सिवा और स्थान ही न रह जायगा। जो कुछ भी हो एक बार तो यह उद्योग करना ही पड़ेगा। उसने धीरे से जालपा का हाथ अपनी छाती पर से हटाया, और नीचे खडाहो गया। उसे ऐसा ख्याल हुआ कि जालपा हाथ हटाते ही चौंकी और फिर मालूम हुआ कि यह भ्रम–मात्र था। उसे अब जालपा के सलूके की जेब से चाभियों का गुच्छा निकालना था। देर करने का अवसर न था। नींद में भी निम्नचेतना अपना काम करती रहती है। बालक कितना ही गाफिल सोया हो, माता के चारपाई से उठते ही जाग पड़ता है, लेकिन जब चाभी निकालने के लिए झुका, तो उसे जान पडा जालपा मुस्करा रही है। उसने झट हाथ खींच लिया और लैंप के क्षीण प्रकाश में जालपा के मुख की ओर देखा, जो कोई सुखद स्वप्न देख रही थी। उसकी स्वप्न–सुख विलसित छवि देखकर उसका मन कातर हो उठा। हा! इस सरला के साथ मैं ऐसा विश्वासघात करूं? जिसके लिए मैं अपने प्राणों को भेंट कर सकता हूं, उसी के साथ यह कपट?

जालपा का निष्कपट स्नेह–पूर्ण हृदय मानो उसके मुखमंडल पर अंकित हो रहा था। आह जिस समय इसे ज्ञात होगा इसके गहने फिर चोरी हो गए, इसकी क्या दशा होगी? पछाड़ खायगी, सिर के बाल नोचेगी। वह किन आंखों से उसका यह क्लेश देखेगा? उसने सोचा, मैंने इसे आराम ही कौन–सा पहुंचाया है। किसी दूसरे से विवाह होता, तो अब तक वह रत्नों से लद जाती। दुर्भाग्यवश इस घर में आई, जहां कोई सुख नहीं, उल्टे और रोना पड़ा।

रमा फिर चारपाई पर लेट रहा। उसी वक्त जालपा की आंखें खुल गई। उसके मुख की ओर देखकर बोली, 'तुम कहां गए थे? मैं अच्छा सपना देख रही थी। बडा बाग है, और हम–तुम दोनों उसमें टहल रहे हैं। इतने में तुम न जाने कहां चले जाते हो, एक और साधु आकर मेरे सामने खडा हो जाता है। बिलकुल देवताओं का–सा उसका स्वरूप है। वह मुझसे कहता है, 'बेटी, मैं तुझे वर देने आया हूं। मांग, क्या मांगती है। मैं तुम्हें इधर–उधर खोज रही हूं कि तुमसे पूछूं क्या मांगूब और तुम कहीं दिखाई नहीं देते। मैं सारा बाग छान आई। पेडों पर झांककर देखा, तुम न–जाने कहां चले गए हो बस इतने में नींद खुल गई, वरदान न मांगने पाई।

रमा ने मुस्कराते हुए कहा, 'क्या वरदान मांगतीं?'

'मांगती जो जी में आता, तुम्हें क्या बता दूं?'

'नहीं, बताओ, शायद तुम बहुत–सा धन मांगतीं।'

'धन को तुम बहुत बडी चीज समझते होगे? मैं तो कुछ नहीं समझती।'

'हां, मैं तो समझता हूं। निर्धन रहकर जीना मरने से भी बदतर है। मैं अगर किसी देवता को पकड़ पाऊं तो बिना काफी रूपये लिये न मानूंब मैं सोने की दीवार नहीं खड़ी करना चाहता, न राकड्ढलर और कारनेगी बनने की मेरी इच्छा है। मैं केवल इतना धन चाहता हूं कि जरूरत की मामूली चीजों के लिए तरसना न पड़े। बस कोई देवता मुझे पांच लाख दे दे, तो मैं फिर उससे कुछ न मांगूंगा। हमारे ही गरीब मुल्क में ऐसे कितने ही रईस, सेठ, ताल्लुकेदार हैं, जो पांच

लाख एक साल में खर्च करते हैं, बल्कि कितनों ही का तो माहवार खर्च पांच लाख होगा। मैं तो इसमें सात जीवन काटने को तैयार हूं, मगर मुझे कोई इतना भी नहीं देता। तुम क्या मांगतीं–अच्छे–अच्छे गहने!'

जालपा ने त्योरियां चढ़ाकर कहा, 'क्यों चिढ़ाते हो मुझे! क्या मैं गहनों पर और स्त्रियों से ज्यादा जान देती हूं– मैंने तो तुमसे कभी आग्रह नहीं किया? तुम्हें जरूरत हो, आज इन्हें उठा ले जाओ, मैं खुशी से दे दूंगी।'

रमा ने मुस्कराकर कहा, 'तो फिर बतलातीं क्यों नहीं?'

जालपा–'मैं यही मांगती कि मेरा स्वामी सदा मुझसे प्रेम करता रहे। उनका मन कभी मुझसे न गिरे।'

रमा ने हंसकर कहा, 'क्या तुम्हें इसकी भी शंका है?'

'तुम देवता भी होते तो शंका होती, तुम तो आदमी हो मुझे तो ऐसी कोई स्त्री न मिली, जिसने अपने पति की निष्ठुरता का दुखडान रोया हो सालदो साल तो वह खूब प्रेम करते हैं, फिर न जाने क्यों उन्हें स्त्री से अरूचि–सी हो जाती है। मन चंचल होने लगता है। औरत के लिए इससे बडी विपत्ति नहीं। उस विपत्ति से बचने के सिवा मैं और क्या वरदान मांगती?' यह कहते हुए जालपा ने पति के गले में बांहें डाल दीं और प्रणय–संचित नजरों से देखती हुई बोली, 'सच बताना, तुम अब भी मुझे वैसे ही चाहते हो, जैसे पहले चाहते थे–देखो, सच कहना, बोलो!'

रमा ने जालपा के गले से चिमटकर कहा, 'उससे कहीं अधिक, लाख गुना!'

जालपा ने हंसकर कहा, 'झूठ! बिलकुल झूठ! सोलहों आना झूठ!'

रमानाथ–'यह तुम्हारी जबरदस्ती है। आख़िर ऐसा तुम्हें कैसे जान पडा?'

जालपा–'आंखों से देखती हूं और कैसे जान पड़ा। तुमने मेरे पास बैठने की कसम खा ली है। जब देखो तुम गुमसुम रहते हो मुझसे प्रेम होता, तो मुझ पर विश्वास भी होता। बिना विश्वास के प्रेम हो ही कैसे सकता है? जिससे तुम अपनी बुरी–से–बुरी बात न कह

सको, उससे तुम प्रेम नहीं कर सकते। हां, उसके साथ विहार कर सकते हो, विलास कर सकते हो उसी तरह जैसे कोई वेश्या के पास जाता है। वेश्या के पास लोग आनंद उठाने ही जाते हैं, कोई उससे मन की बात कहने नहीं जाता। तुम्हारी भी वही दशा है। बोलो है या नहीं? आंखें क्यों छिपाते हो? क्या मैं देखती नहीं, तुम बाहर से कुछ घबडाए हुए आते हो? बातें करते समय देखती हूं, तुम्हारा मन किसी और तरफ रहता है। भोजन में भी देखती हूं, तुम्हें कोई आनंद नहीं आता। दाल गाढ़ी है या पतली, शाक कम है या ज्यादा, चावल में कनी है या पक गए हैं, इस तरफ तुम्हारी निगाह नहीं जाती। बेगार की तरह भोजन करते हो और जल्दी से भागते हो मैं यह सब क्या नहीं देखती–मुझे देखना न चाहिए! मैं विलासिनी हूं, इसी रूप में तो तुम मुझे देखते हो मेरा काम है, विहार करना, विलास करना, आनंद करना। मुझे तुम्हारी चिंताओं से मतलब! मगर ईश्वर ने वैसा हृदय नहीं दिया। क्या करूं? मैं समझती हूं, जब मुझे जीवन ही व्यतीत करना है, जब मैं केवल तुम्हारे मनोरंजन की ही वस्तु हूं, तो क्यों अपनी जान विपत्ति में डालूं?'

जालपा ने रमा से कभी दिल खोलकर बात न की थी। वह इतनी विचारशील है, उसने अनुमान ही न किया था। वह उसे वास्तव में रमणी ही समझता था। अन्य पुरूषों की भांति वह भी पत्नी को इसी रूप में देखता था। वह उसके यौवन पर मुग्ध था। उसकी आत्मा का स्वरूप देखने की कभी चेष्टा ही न की। शायद वह समझता था, इसमें आत्मा है ही नहीं। अगर वह रूप–लावण्य की राशि न होती, तो कदाचित वह उससे बोलना भी पसंद न करता। उसका सारा आकर्षण, उसकी सारी आसक्ति केवल उसके रूप पर थी। वह समझता था, जालपा इसी में प्रसन्न है। अपनी चिंताओं के बोझ से वह उसे दबाना नहीं चाहता था, पर आज उसे ज्ञात हुआ, जालपा उतनी ही चिंतनशील है, जितना वह खुद था। इस वक्त उसे अपनी मनोव्यथा कह डालने का बहुत अच्छा अवसर मिला था, पर

हाय संकोच! इसने फिर उसकी जबान बंद कर दी। जो बातें वह इतने दिनों तक छिपाए रहा, वह अब कैसे कहे? क्या ऐसा करना जालपा के आरोपित आक्षेपों को स्वीकार करना न होगा? हां, उसकी आंखों से आज भ्रम का परदा उठ गया। उसे ज्ञात हुआ कि विलास पर प्रेम का निर्माण करने की चेष्टा करना उसका अज्ञान था।

रमा इन्हीं विचारों में पडा–पडा सो गया, उस समय आधी रात से ऊपर गुजर गई थी। सोया तो इसी सबब से था कि बहुत सबेरे उठ जाऊंगा, पर नींद खुली, तो कमरे में धूप की किरणें आ–आकर उसे जगा रही थीं। वह चटपट उठा और बिना मुंह–हाथ धोए, कपड़े पहनकर जाने को तैयार हो गया। वह रमेश बाबू के पास जाना चाहता था। अब उनसे यह कथा कहनी पड़ेगी। स्थिति का पूरा ज्ञान हो जाने पर वह कुछ–न–कुछ सहायता करने पर तैयार हो जाएंगे।

जालपा उस समय भोजन बनाने की तैयारी कर रही थी। रमा को इस भांति जाते देखकर प्रश्न–सूचक नजरों से देखा। रमा के चेहरे पर चिंता, भय, चंचलता और हिंसा मानो बैठी घूर रही थीं। एक क्षण के लिए वह बेसुध–सी हो गई। एक हाथ में छुरी और दूसरे में एक करेला लिये हुए वह द्वार की ओर ताकती रही। यह बात क्या है, उसे कुछ बताते क्यों नहीं–वह और कुछ न कर सके, हमदर्दी तो कर ही सकती है। उसके जी में आया, पुकार कर पूछूं, क्या बात है? उठकर द्वार तक आई भीॠ पर रमा सड़क पर दूर निकल गया था। उसने देखा, वह बडी तेजी से चला जा रहा है, जैसे सनक गया हो न दाहिनी ओर ताकता है, न बाई ओर, केवल सिर झुकाए, पथिकों से टकराता, पैरगाडियों की परवा न करता हुआ, भागा चला जा रहा था। आख़िर वह लौटकर फिर तरकारी काटने लगी, पर उसका मन उसी ओर लगा हुआ था। क्या बात है, क्यों मुझसे इतना छिपाते हैं?

रमा रमेश के घर पहुंचा तो आठ बज गए थे। बाबू साहब चौकी पर बैठे संध्या कर रहे थे। इन्हें देखकर इशारे से बैठने को कहा, कोई आधा घंटे में संध्या समाप्त हुई, बोले, 'क्या अभी मुंह–हाथ भी

नहीं धोया, यही लीचड़पन मुझे नापसंद है। तुम और कुछ करो या न करो, बदन की सगाई तो करते रहो क्या हुआ, रूपये का कुछ प्रबंध हुआ?'

रमानाथ–'इसी फिक्र में तो आपके पास आया हूं।'

रमेश–'तुम भी अजीब आदमी हो, अपने बाप से कहते हुए तुम्हें क्यों शर्म आती है? यही न होगा, तुम्हें ताने देंगे, लेकिन इस संकट से तो छूट जाओगे। उनसे सारी बातें साफ–साफ कह दो। ऐसी दुर्घटनाएं अक्सर हो जाया करती हैं। इसमें डरने की क्या बात है! नहीं कहो, मैं चलकर कह दूं।'

रमानाथ–'उनसे कहना होता, तो अब तक कभी कह चुका होता! क्या आप कुछ बंदोस्त नहीं कर सकते?'

रमेश–'कर क्यों नहीं सकता, पर करना नहीं चाहता। ऐसे आदमी के साथ मुझे कोई हमदर्दी नहीं हो सकती। तुम जो बात मुझसे कह सकते हो, क्या उनसे नहीं कह सकते–मेरी सलाह मानो। उनसे जाकर कह दो। अगर वह रूपये न दें तब मेरे पास आना।'

रमा को अब और कुछ कहने का साहस न हुआ। लोग इतनी घनिष्ठता होने पर भी इतने कठोर हो सकते हैं। वह यहां से उठा, पर उसे कुछ सुझाई न देता था। चौवैया में आकाश से फिरते हुए जल–बिंदुओं की जो दशा होती है, वही इस समय रमा की हुई। दस कदम तेजी से आगे चलता, तो फिर कुछ सोचकर रूक जाता और दस–पांच कदम पीछे लौट जाता। कभी इस गली में घुस जाता, कभी उस गली में! सहसा उसे एक बात सूझी, क्यों न जालपा को एक पत्र लिखकर अपनी सारी कठिनाइयां कह सुनाऊं। मुंह से तो वह कुछ न कह सकता था, पर कलम से लिखने में उसे कोई मुश्किल मालूम नहीं होती थी। पत्र लिखकर जालपा को दे दूंगा और बाहर के कमरे में आ बैठूंगा। इससे सरल और क्या हो सकता है? वह भागा हुआ घर आया, और तुरंत पत्र लिखा, 'प्रिये, क्या कहूं,

किस विपत्ति में फंसा हुआ हूं। अगर एक घंटे के अंदर तीन सौ रूपये का प्रबंध न हो गया, तो हाथों में हथकडियां पड़ जाएंगी। मैंने बहुत कोशिश की, किसी से उधार ले लूं, किंतु कहीं न मिल सके। अगर तुम अपने दो–एक जेवर दे दो, तो मैं गिरों रखकर काम चला लूं। ज्योंही रूपये हाथ आ जाएंगे, छुडादूंगा। अगर मजबूरी न आ पड़ती तो, तुम्हें कष्ट न देता। ईश्वर के लिए रूष्ट न होना। मैं बहुत जल्द छुडा दूंगा।'

अभी यह पत्र समाप्त न हुआ था कि रमेश बाबू मुस्कराते हुए आकर बैठ गए और बोले, 'कहा उनसे तुमने?

रमा ने सिर झुकाकर कहा, 'अभी तो मौका नहीं मिला।

रमेश–'तो क्या दो–चार दिन में मौका मिलेगा– मैं डरता हूं कि कहीं आज भी तुम यों ही खाली हाथ न चले जाओ, नहीं तो गजब ही हो जाय! '

रमानाथ–'जब उनसे मांगने का निश्चय कर लिया, तो अब क्या चिंता! '

रमेश–'आज मौका मिले, तो जरा रतन के पास चले जाना। उस दिन मैंने कितना जोर देकर कहा था, लेकिन मालूम होता है तुम भूल गए।'

रमानाथ–'भूल तो नहीं गया, लेकिन उनसे कहते शर्म आती है।'

रमेश–'अपने बाप से कहते भी शर्म आती है? अगर अपने लोगों में यह संकोच न होता, तो आज हमारी यह दशा क्यों होती?'

रमेश बाबू चले गए, तो रमा ने पत्र उठाकर जेब में डाला और उसे जालपा को देने का निश्चय करके घर में गया। जालपा आज किसी महिला के घर जाने को तैयार थी। थोड़ी देर हुई, बुलावा आ गया। उसने अपनी सबसे सुंदर साड़ी पहनी थी। हाथों में जडाऊ

कंगन शोभा दे रहे थे, गले में चन्द्रहार, आईना सामने रखे हुए कानों में झूमके पहन रही थी।

रमा को देखकर बोली, 'आज सबेरे कहां चले गए थे? हाथ–मुंह तक न धोया। दिन–भर तो बाहर रहते ही हो, शाम सबेरे तो घर पर रहा करो। तुम नहीं रहते, तो घर सूना–सूना लगता है। मैं अभी

सोच रही थी, मुझे मैके जाना पड़े, तो मैं जाऊं या न जाऊं? मेरा जी तो वहां बिलकुल न लगे।

रमानाथ–'तुम तो कहीं जाने को तैयार बैठी हो ।'

जालपा–'सेठानीजी ने बुला भेजा है, दोपहर तक चली आऊंगी।'

रमा की दशा इस समय उस शिकारी की–सी थी, जो हिरनी को अपने शावकों के साथ किलोल करते देखकर तनी हुई बंदूक कंधो पर रख लेता है, और वह वात्सल्य और प्रेम की क्रीडादेखने में तल्लीन हो जाता है। उसे अपनी ओर टकटकी लगाए देखकर जालपा ने मुस्कराकर कहा, 'देखो, मुझे नजर न लगा देना। मैं तुम्हारी आंखों से बहुत डरती हूं।'

रमा एक ही उडान में वास्तविक संसार से कल्पना और कवित्व के संसार में जा पहुंचा। ऐसे अवसर पर जब जालपा का रोम–रोम आनंद से नाच रहा है, क्या वह अपना पत्र देकर उसकी सुखद कल्पनाओं को दलित कर देगा? वह कौन ह्रदयहीन व्याधा है, जो चहकती हुई चिडिया की गर्दन पर छुरी चला देगा? वह कौन अरसिक आदमी है, जो किसी प्रभात–द्दसुम को तोड़कर पैरों से कुचल डालेगा– रमा इतना ह्रदयहीन, इतना अरसिक नहीं है। वह जालपा पर इतना बडा आघात नहीं कर सकता उसके सिर कैसी ही विपत्ति क्यों न पड़ जाए, उसकी कितनी ही बदनामी क्यों न हो, उसका जीवन ही क्यों न कुचल दिया जाए, पर वह इतना निष्ठुर नहीं हो सकता उसने अनुरक्त होकर कहा, नजर तो न लगाऊंगा, हां, ह्रदय से लगा लूंगा। इसी एक वाक्य में उसकी सारी चिंताएं, सारी

बाधाएं विसर्जित हो गई। स्नेह–संकोच की वेदी पर उसने अपने को भेंट कर दिया। इस अपमान के सामने जीवन के और सारे क्लेश तुच्छ थे। इस समय उसकी दशा उस बालक की–सी थी, जो गोड़े पर नश्तर की क्षणिक पीडा न सहकर उसके फटने, नासूर पड़ने, वर्षो खाट पर पड़े रहने और कदाचित प्राणांत हो जाने के भय को भी भूल जाता है।

जालपा नीचे जाने लगी, तो रमा ने कातर होकर उसे गले से लगा लिया और इस तरह भींच–भींचकर उसे आलिंगन करने लगा, मानो यह सौभाग्य उसे फिर न मिलेगा। कौन जानता है, यही उसका अंतिम आलिंगन हो उसके करपाश मानो रेशम के सहस्रों तारों से संगठित होकर जालपा से चिमट गए थे। मानो कोई मरणासन्न कृपण अपने कोष की कुजी मुट्ठी में बंद किए हो, और प्रतिक्षण मुट्ठी कठोर पड़ती जाती हो क्या मुट्ठी को बलपूर्वक खोल देने से ही उसके प्राण न निकल जाएंगे?

सहसा जालपा बोली, 'मुझे कुछ रूपये तो दे दो, शायद वहां कुछ जरूरत पड़े। '

रमा ने चौंककर कहा, 'रूपये! रूपये तो इस वक्त नहीं हैं।'

जालपा–'हैं हैं, मुझसे बहाना कर रहे हो बस मुझे दो रूपये दे दो, और ज्यादा नहीं चाहती।'

यह कहकर उसने रमा की जेब में हाथ डाल दिया, और कुछ पैसे के साथ वह पत्र भी निकाल लिया।

रमा ने हाथ बढ़ाकर पत्र को जालपा से छीनने की चेष्टा करते हुए कहा, 'कागज मुझे दे दो, सरकारी कागज है।'

जालपा–'किसका खत है। ता दो?'

जालपा ने तह किए हुए पुरजे को खोलकर कहा, यह सरकारी कागज है! झूठे कहीं के! तुम्हारा ही लिखा–

रमानाथ–'दे दो, क्यों परेशान करती हो!'

रमा ने फिर कागज छीन लेना चाहा, पर जालपा ने हाथ पीछे उधरकर कहा, मैं बिना पढ़े न दूंगी। कह दिया ज्यादा ज़िद करोगे, तो फाड़ डालूंगी। रमानाथ–'अच्छा फाड़ डालो।'

जालपा–'तब तो मैं जरूर पढ़ूंगी।'

उसने दो कदम पीछे हटकर फिर खत को खोला और पढ़ने लगी। रमा ने फिर उसके हाथ से कागज छीनने की कोशिश नहीं की। उसे जान पडा, आसमान फट पडाहै, मानो कोई भंयकर जंतु उसे निफलने के लिए बढ़ा चला आता है। वह धड़–धड़ करता हुआ ऊपर से उतरा और घर के बाहर निकल गया। कहां अपना मुंह छिपा ले– कहां छिप जाए कि कोई उसे देख न सके।

उसकी दशा वही थी, जो किसी नंगे आदमी की होती है। वह सिर से पांव तक कपड़े पहने हुए भी नंगा था। आह! सारा परदा खुल गया! उसकी सारी कपटलीला खुल गई! जिन बातों को छिपाने की उसने इतने दिनों चेष्टा की, जिनको गुप्त रखने के लिए उसने कौन? कौन? सी कठिनाइयां नहीं झेलीं, उन सबों ने आज मानो उसके मुंह पर कालिख पोत दी। वह अपनी दुर्गति अपनी आंखों से नहीं देख सकता जालपा की सिसकियां, पिता की झिड़कियां, पड़ोसियों की कनफुसकियां सुनने की अपेक्षा मर जाना कहीं आसान होगा। जब कोई संसार में न रहेगा, तो उसे इसकी क्या परवा होगी, कोई उसे क्या कह रहा है। हाय! केवल तीन सौ रूपयों के लिए उसका सर्वनाश हुआ जा रहा है, लेकिन ईश्वर की इच्छा है, तो वह क्या कर सकता है। प्रियजनों की नजरों से फिरकर जिए तो क्या जिए! जालपा उसे कितना नीच, कितना कपटी, कितना धूर्त, कितना गपोडिया समझ रही होगी। क्या वह अपना मुंह दिखा सकता है?

क्या संसार में कोई ऐसी जगह नहीं है, जहां वह नए जीवन का सूत्रपात कर सके, जहां वह संसार से अलग–थलग सबसे मुंह मोड़कर अपना जीवन काट सके। जहां वह इस तरह छिप जाय कि पुलिस उसका पता न पा सके। गंगा की गोद के सिवा ऐसी

जगह और कहां थी। अगर जीवित रहा, तो महीनेदो महीने में अवश्य ही पकड़ लिया जाएगा। उस समय उसकी क्या दशा होगी, वह हथकडियां और बेडियां पहने अदालत में खडा होगा। सिपाहियों का एक दल उसके ऊपर सवार होगा। सारे शहर के लोग उसका तमाशा देखने जाएंगे। जालपा भी जाएगी। रतन भी जाएगी। उसके पिता, संबंधी, मित्र, अपने–पराए, सभी भिन्न–भिन्न भावों से उसकी दुर्दशा का तमाशा देखेंगे। नहीं, वह अपनी मिट्टी यों न खराब करेगा, न करेगा। इससे कहीं अच्छा है, कि वह डूब मरे! मगर फिर खयाल आया कि जालपा किसकी होकर रहेगी! हाय, मैं अपने साथ उसे भी ले डूबा! बाबूजी और अम्मांजी तो रो–धोकर सब्र कर लेंगे, पर उसकी रक्षा कौन करेगा–क्या वह छिपकर नहीं रह सकता–क्या शहर से दूर किसी छोटे–से गांव में वह अज्ञातवास नहीं कर सकता– संभव है, कभी जालपा को उस पर दया आए, उसके अपराधों को क्षमा कर दे। संभव है, उसके पास धन भी हो जाए, पर यह असंभव है कि वह उसके सामने आंखें सीधी कर सके। न जाने इस समय उसकी क्या दशा होगी! शायद मेरे पत्र का आशय समझ गई हो शायद परिस्थिति का उसे कुछ ज्ञान हो गया हो शायद उसने अम्मां को मेरा पत्र दिखाया हो और दोनों घबराई हुई मुझे खोज रही हों। शायद पिताजी को बुलाने के लिए लड़कों को भेजा गया हो चारों तरफ मेरी तलाश हो रही होगी। कहीं कोई इधर भी न आता हो कदाचित मौत को देखकर भी वह इस समय इतना भयभीत न होता, जितना किसी परिचित को देखकर। आगे–पीछे चौकन्नी आंखों से ताकता हुआ, वह उस जलती हुई धूप में चला जा रहा था, कुछ खबर न थी, किधरब सहसा रेल की सीटी सुनकर वह चौंक पड़ा। अरे, मैं इतनी दूर निकल आया? रेलगाड़ी सामने खड़ी थी। उसे उस पर बैठ जाने की प्रबल इच्छा हुई, मानो उसमें बैठते ही वह सारी बाधाओं से मुक्त हो जाएगा, मगर जेब में रूपये न थे। उंगली में अंगूठी पड़ी हुई थी। उसने कुलियों के जमादार को बुलाकर कहा, 'कहीं यह अंगूठी बिकवा सकते हो–एक रूपया तुम्हें दूंगा।

मुझे गाड़ी में जाना है। रूपये लेकर घर से चला था, पर मालूम होता है, कहीं फिर गए। फिर लौटकर जाने में गाड़ी न मिलेगी और बडा भारी नुकसान हो जाएगा।'

जमादार ने उसे सिर से पांव तक देखा, अंगूठी ली और स्टेशन के अंदर चला गया। रमा टिकट–घर के सामने टहलने लगा। आंखें उसकी ओर लगी हुई थीं। दस मिनट गुजर गए और जमादार का कहीं पता नहीं। अंगूठी लेकर कहीं गायब तो नहीं हो जाएगा! स्टेशन के अंदर जाकर उसे खोजने लगा। एक कुली से पूछा, उसने पूछा, 'जमादार का नाम क्या है? श्रमा ने जबान दांतों से काट ली।

नाम तो पूछा ही नहीं। बतलाए क्या? इतने में गाड़ी ने सीटी दी, रमा अधीर हो उठा। समझ गया, जमादार ने चरका दिया। बिना टिकट लिये ही गाड़ी में आ बैठा मन में निश्चय कर लिया, साफ कह दूंगा मेरे पास टिकट नहीं है। अगर उतरना भी पडा, तो यहां से दस पांच कोस तो चला ही जाऊंगा। गाड़ी चल दी, उस वक्त रमा को अपनी दशा पर रोना आ गया। हाय, न जाने उसे कभी लौटना नसीब भी होगा या नहीं। फिर यह सुख के दिन कहां मिलेंगे। यह दिन तो गए, हमेशा के लिए गए। इसी तरह सारी दुनिया से मुंह छिपाए, वह एक दिन मर जायगा। कोई उसकी लाश पर आंसू बहाने वाला भी न होगा। घरवाले भी रो–धोकर चुप हो रहेंगे। केवल थोड़े–से संकोच के कारण उसकी यह दशा हुई। उसने शुरू ही से, जालपा से अपनी सच्ची हालत कह दी होती, तो आज उसे मुंह पर कालिख लगाकर क्यों भागना पड़ता। मगर कहता कैसे, वह अपने को अभागिनी न समझने लगती–कुछ न सही, कुछ दिन तो उसने जालपा को सुखी रक्खा। उसकी लालसाओं की हत्या तो न होने दी। रमा के संतोष के लिए अब इतना ही काफी था। अभी गाड़ी चले दस मिनट भी न बीते होंगे। गाड़ी का दरवाजा खुला, और टिकट बाबू अंदर आए। रमा के चेहरे पर हवाइयां उड़ने लगीं। एक क्षण में वह उसके पास आ जाएगा। इतने आदमियों के सामने उसे

कितना लज्जित होना पड़ेगा। उसका कलेजा धक–धक करने लगा। ज्यों–ज्यों टिकट बाबू उसके समीप आता था, उसकी नाड़ी की गति तीव्र होती जाती थी। आख़िर बला सिर पर आ ही गई। टिकट बाबू ने पूछा, 'आपका टिकट?'

रमा ने जरा सावधान होकर कहा, 'मेरा टिकट तो कुलियों के जमादार के पास ही रह गया। उसे टिकट लाने के लिए रूपये दिए थे। न जाने किधर निकल गया।'

टिकट बाबू को यकीन न आया, बोला, 'मैं यह कुछ नहीं जानता। आपको अगले स्टेशन पर उतरना होगा। आप कहां जा रहे हैं?'

रमानाथ–'सफर तो बडी दूर का है, कलकत्ता तक जाना है।'

टिकट बाबू–'आगे के स्टेशन पर टिकट ले लीजिएगा।'

रमानाथ–'यही तो मुश्किल है। मेरे पास पचास का नोट था। खिड़की पर बडी भीड़ थी। मैंने नोट उस जमादार को टिकट लाने के लिए दिया, पर वह ऐसा गायब हुआ कि लौटा ही नहीं। शायद आप उसे पहचानते हों। लंबा–लंबा चेचकरू आदमी है।'

टिकट बाबू–'इस विषय में आप लिखा–पढ़ी कर सकते है? मगर बिना टिकट के जा नहीं सकते।

रमा ने विनीत भाव से कहा, 'भाई साहब, आपसे क्या छिपाऊं। मेरे पास और रूपये नहीं हैं। आप जैसा मुनासिब समझें, करें।'

टिकट बाबू–'मुझे अफसोस है, बाबू साहब, कायदे से मजबूर हूं।'

कमरे के सारे मुसाफिर आपस में कानाफूसी करने लगे। तीसरा दर्जा था, अधिकांश मजदूर बैठे हुए थे, जो मजूरी की टोह में पूरब जा रहे थे। वे एक बाबू जाति के प्राणी को इस भांति अपमानित होते देखकर आनंद पा रहे थे। शायद टिकट बाबू ने रमा को धक्का देकर उतार दिया होता, तो और भी खुश होते। रमा को जीवन में

कभी इतनी झेंप न हुई थी। चुपचाप सिर झुकाए खडाथा। अभी तो जीवन की इस नई यात्रा का आरंभ हुआ है। न जाने आगे क्या? क्या विपत्तियां झेलनी पडेंगी। किस–किसके हाथों धोखा खाना पड़ेगा। उसके जी में आया, गाड़ी से यद पड़ूं, इस छीछालेदर से तो मर जाना ही अच्छा। उसकी आंखें भर आइ, उसने खिड़की से सिर बाहर निकाल लिया और रोने लगा। सहसा एक बूढ़े आदमी ने, जो उसके पास ही बैठा हुआ था, पूछा, 'कलकत्ता में कहां जाओगे, बाबूजी?'

रमा ने समझा, वह गंवार मुझे बना रहा है, झुंझलाकर बोला, 'तुमसे मतलब, मैं कहीं जाऊंगा!'

बूढ़े ने इस उपेक्षा पर कुछ भी ध्यान न दिया, बोला, 'मैं भी वहीं चलूंगा। हमारा–तुम्हारा साथ हो जायगा। फिर धीरे से बोला, किराए के रूपये मुझसे ले लो, वहां दे देना।'

अब रमा ने उसकी ओर ध्यान से देखा। कोई साठ–सत्तर साल का बूढ़ा घुला हुआ आदमी था। मांस तो क्या हडिडयां तक फूल गई थीं। मूंछ और सिर के बाल मुड़े हुए थे। एक छोटी–सी बद्दची के सिवा उसके पास कोई असबाब भी न था। रमा को अपनी ओर ताकते देखकर वह फिर बोला, 'आप हाबडे ही उतरेंगे या और कहीं जाएंगे?'

रमा ने एहसान के भार से दबकर कहा, 'बाबा, आगे मैं उतर पड़ूंगा। रूपये का कोई बंदोबस्त करके फिर आऊंगा।'

बूढ़ा–'तुम्हें कितने रूपये चाहिए, मैं भी तो वहीं चल रहा हूं। जब चाहे दे देना। क्या मेरे दस–पांच रूपये लेकर भाग जाओगे। कहां घर है?'

रमानाथ–'यहीं, प्रयाग ही में रहता हूं।'

बूढ़े ने भक्ति के भाव से कहा, मान्य है प्रयाग, धन्य है! मैं भी त्रिवेणी का स्नान करके आ रहा हूं, सचमुच देवताओं की पुरी है। तो कै रूपये निकालूं?'

रमा ने सकुचाते हुए कहा, 'मैं चलते ही चलते रूपया न दे सकूंगा, यह समझ लो।'

बूढ़े ने सरल भाव से कहा, 'अरे बाबूजी, मेरे दस–पांच रूपये लेकर तुम भाग थोड़े ही जाओगे। मैंने तो देखा, प्रयाग के पण्डे यात्रियों को बिना लिखाए–पढ़ाए रूपये दे देते हैं। दस रूपये में तुम्हारा काम चल जाएगा?'

रमा ने सिर झुकाकर कहा, 'हां, इतने बहुत हैं।'

टिकट बाबू को किराया देकर रमा सोचने लगा, यह बूढ़ा कितना सरल, कितना परोपकारी, कितना निष्कपट जीव है। जो लोग सभ्य कहलाते हैं, उनमें कितने आदमी ऐसे निकलेंगे, जो बिना जान – पहचान किसी यात्री को उबार लें। गाड़ी के और मुसाफिर भी बूढ़े को श्रश्द्धा की नजरों से देखने लगे। रमा को बूढ़े की बातों से मालूम हुआ कि वह जाति का खटिक है, कलकत्ता में उसकी शाक–भाजी की दुकान है। रहने वाला तो बिहार का है, पर चालीस साल से कलकत्ता ही में रोजगार कर रहा है। देवीदीन नाम है, बहुत दिनों से तीर्थयात्रा की इच्छा थी, बदरीनाथ की यात्रा करके लौटा जा रहा है।

रमा ने आश्चर्य से पूछा, 'तुम बदरीनाथ की यात्रा कर आए? वहां तो पहाड़ों की बडी–बडी चढ़ाइयां हैं।'

देवीदीन–'भगवान की दया होती है तो सब कुछ हो जाता है, बाबूजी! उनकी दया चाहिए।'

रमानाथ–'तुम्हारे बाल–बच्चे तो कलकत्ता ही में होंगे?'

देवीदीन ने रूखी हंसी हंसकर कहा, 'बाल–बच्चे तो सब भगवान के घर गए। चार बेटे थे। दो का ब्याह हो गया था। सब चल दिए। मैं बैठा हुआ हूं। मुझी से तो सब पैदा हुए थे। अपने बोए हुए बीज को किसान ही तो काटता है!श्यह कहकर वह फिर हंसा, जरा देर बाद बोला, 'बुढिया अभी जीती हैं। देखें, हम दोनों में

पहले कौन चलता है। वह कहती है, पहले मैं जाऊंगी, मैं कहता हूं, पहले मैं जाऊंगा। देखो किसकी टेक रहती है। बन पडा तो तुम्हें दिखाऊंगा। अब भी गहने पहनती है। सोने की बालियां और सोने की हसली पहने दुकान पर बैठी रहती है। जब कहा कि चल तीर्थ कर आवें तो बोली, 'तुम्हारे तीर्थ के लिए क्या दुकान मिट्टी में मिला दूं? यह है जिंदगी का हाल, आज मरे कि कल मरे, मगर दुकान न छोड़ेगी। न कोई आगे, न कोई पीछे, न कोई रोने वाला, न कोई हंसने वाला, मगर माया बनी हुई है।अब भी एक–न? एक गहना बनवाती ही रहती है। न जाने कब उसका पेट भरेगा। सब घरों का यही हाल है। जहां देखो, हाय गहने! हाय गहने! गहने के पीछे जान दे दें, घर के आदमियों को भूखा मारें, घर की चीजें बेचेंब और कहां तक कहूं, अपनी आबरू तक बेच दें। छोटे–बड़े, अमीर–गरीब सबको यही रोग लगा हुआ है। कलकत्ता में कहां काम करते हो, भैया?'

रमानाथ–'अभी तो जा रहा हूं। देखूं कोई नौकरी–चाकरी मिलती है या नहीं?'

देवीदीन–'तो फिर मेरे ही घर ठहरना। दो कोठरियां हैं, सामने दालान है, एक कोठरी ऊपर है। आज बेचूं तो दस हजार मिलें। एक कोठरी तुम्हें दे दूंगा। जब कहीं काम मिल जाय, तो अपना घर ले लेना। पचास साल हुए घर से भागकर हाबडे गया था, तब से सुख भी देखे, दुख भी देखे। अब मना रहा हूं, भगवान् ले चलो। हां, बुढिया को अमर कर दो। नहीं, तो उसकी दुकान कौन लेगा, घर कौन लेगा और गहने कौन लेगा!

यह कहकर देवीदीन फिर हंसा, वह इतना हंसोड़, इतना प्रसन्नचित्त था कि रमा को आश्चर्य हो रहा था। बेबात की बात पर हंसता था। जिस बात पर और लोग रोते हैं, उस पर उसे हंसी आती थी। किसी जवान को भी रमा ने यों हंसते न देखा था। इतनी ही देर में उसने अपनी सारी जीवन–कथा कह सुनाई, कितने ही लतीफे याद थे।

मालूम होता था, रमा से वर्षों की मुलाकात है। रमा को भी अपने विषय में एक मनगढ़ंत कथा कहनी पड़ी।

देवीदीन–'तो तुम भी घर से भाग आए हो? समझ गया। घर में झगडा हुआ होगा। बहू कहती होगी, मेरे पास गहने नहीं, मेरा नसीब जल गया। सास– बहू में पटती न होगी। उनका कलह सुन–सुन जी और खट्टा हो गया होगा। रमानाथ–'हां बाबा, बात यही है, तुम कैसे जान गए?

देवीदीन हंसकर बोला, श्यह बडा भारी काम है भैया! इसे तेली की खोपड़ी पर जगाया जाता है। अभी लङके–बाले तो नहीं हैं न?'

रमानाथ–'नहीं, अभी तो नहीं हैं।'

देवीदीन–'छोटे भाई भी होंगे?'

रमा चकित होकर बोला, 'हां दादा, ठीक कहते हो तुमने कैसे जाना?'

देवीदीन फिर ठटठा मारकर बोला, यह सब कर्मों का खेल है। ससुराल धनी होगी, क्यों?'

रमानाथ–'हां दादा, है तो।'

देवीदीन–'मगर हिम्मत न होगी।'

रमानाथ–'बहुत ठीक कहते हो, दादा। बडे कम–हिम्मत हैं। जब से विवाह हुआ अपनी लडकी तक को तो बुलाया नहीं।'

देवीदीन–'समझ गया भैया, यही दुनिया का दस्तूर है। बेटे के लिए कहो चोरी करें, भीख मांगें, बेटी के लिए घर में कुछ है ही नहीं।'

तीन दिन से रमा को नींद न आई थी। दिनभर रूपये के लिए मारा–मारा फिरता, रात–भर चिंता में पडारहता। इस वक्त बातें करते–करते उसे नींद आ गई। गरदन झुकाकर झपकी लेने लगा। देवीदीन ने तुरंत अपनी गठरी खोली, उसमें से एक दरी निकाली,

और तख्त पर बिछाकर बोला, 'तुम यहां आकर लेट रहो, भैया! मैं तुम्हारी जगह पर बैठ जाता हूं।'

रमा लेट रहा। देवीदीन बार–बार उसे स्नेह–भरी आंखों से देखता था, मानो उसका पुत्र कहीं परदेश से लौटा हो।

सत्रहवाँ

जब रमा कोठे से धम–धम नीचे उतर रहा था, उस वक्त जालपा को इसकी जरा भी शंका न हुई कि वह घर से भागा जा रहा है। पत्र तो उसने पढ़ ही लिया था। जी ऐसा झुंझला रहा था कि चलकर रमा को खूब खरी–खरी सुनाऊं। मुझसे यह छल–कपट! पर एक ही क्षण में उसके भाव बदल गए। कहीं ऐसा तो नहीं हुआ है, सरकारी रूपये खर्च कर डाले हों। यही बात है, रतन के रूपये सराफ को दिए होंगे। उस दिन रतन को देने के लिए शायद वे सरकारी रूपये उठा लाए थे। यह सोचकर उसे फिर क्रोध आया, यह मुझसे इतना परदा क्यों करते हैं? क्यों मुझसे बढ़–बढ़कर बातें करते थे? क्या मैं इतना भी नहीं जानती कि संसार में अमीर–गरीब दोनों ही होते हैं? क्या सभी स्त्रियां गहनों से लदी रहती हैं? गहने न पहनना क्या कोई पाप है? जब और जरूरी कामों से रूपये बचते हैं, तो गहने भी बन जाते हैं। पेट और तन काटकर, चोरी या बेईमानी करके तो गहने नहीं पहने जाते! क्या उन्होंने मुझे ऐसी गई–गुजरी समझ लिया! उसने सोचा, रमा अपने कमरे में होगा, चलकर पूछूं, कौन से गहने चाहते हैं। परिस्थिति की भयंकरता का अनुमान करके क्रोध की जगह उसके मन में भय का संचार हुआ। वह बडी तेजी से नीचे उतरीब उसे विश्वास था, वह नीचे बैठे हुए इंतजार कर रहे होंगे। कमरे में आई तो उनका पता न था। साइकिल रक्खी हुई थी, तुरंत दरवाजे से झांका। सड़क पर भी नहीं। कहां चले गए? लडके दोनों पढ़ने स्यल गए थे, किसको भेजे कि जाकर उन्हें बुला लाए। उसके हृदय में एक अज्ञात संशय अंदरित हुआ। फौरन ऊपर

गई, गले का हार और हाथ का कंगन उतारकर रूमाल में बांधा, फिर नीचे उतरी, सड़क पर आकर एक तांगा लिया, और कोचवान से बोली, चुंगी कचहरी चलो। वह पछता रही थी कि मैं इतनी देर बैठी क्यों रही। क्यों न गहने उतारकर तुरंत दे दिए। रास्ते में वह दोनों तरफ बडे ध्यान से देखती जाती थी। क्या इतनी जल्द इतनी दूर निकल आए? शायद देर हो जाने के कारण वह भी आज तांगे ही पर गए हैं, नहीं तो अब तक जरूर मिल गए होते। तांगे वाले से बोली, 'क्यों जी, अभी तुमने किसी बाबूजी को तांगे पर जाते देखा?'

तांगे वाले ने कहा, श्हां माईजी, एक बाबू अभी इधर ही से गए हैं।'

जालपा को कुछ ढाढ़स हुआ, रमा के पहुंचते–पहुंचते वह भी पहुंच जाएगी। कोचवान से बार–बार घोडातेज करने को कहती। जब वह दफ्तर पहुंची, तो ग्यारह बज गए थे। कचहरी में सैकड़ों आदमी इधर–उधर दौड़ रहे थे। किससे पूछे? न जाने वह कहां बैठते हैं। सहसा एक चपरासी दिखलाई दिया। जालपा ने उसे बुलाकर कहा, 'सुनो जी, जरा बाबू रमानाथ को तो बुला लाओ।

चपरासी बोला, उन्हीं को बुलाने तो जा रहा हूं। बडे बाबू ने भेजा है। आप क्या उनके घर ही से आई हैं?'

जालपा–'हां, मैं तो घर ही से आ रही हूं। अभी दस मिनट हुए वह घर से चले हैं।'

चपरासी–'यहां तो नहीं आए।'

जालपा बडे असमंजस में पड़ी। वह यहां भी नहीं आए, रास्ते में भी नहीं मिले, तो फिर गए कहां? उसका दिल बांसों उछलने लगा। आंखें भर–भर आने लगीं। वहां बडे बाबू के सिवा वह और किसी को न जानती थी। उनसे बोलने का अवसर कभी न पडा था, पर इस समय उसका संकोच गायब हो गया। भय के सामने मन

के और सभी भाव दब जाते हैं। चपरासी से बोली, जरा बडे बाबू से कह दो–नहीं चलो, मैं ही चलती हूं। बडे बाबू से कुछ बातें करनी हैं। जालपा का ठाठ–बाट और रंग–ढंग देखकर चपरासी रोब में आ गया, उल्टे पांव बडे बाबू के कमरे की ओर चला। जालपा उसके पीछे–पीछे हो ली। बडे बाबू खबर पाते ही तुरंत बाहर निकल आए।

जालपा ने कदम आगे बढ़ाकर कहा, 'क्षमा कीजिए, बाबू साहब, आपको कष्ट हुआ। वह पंद्रह–बीस मिनट हुए घर से चले, क्या अभी तक यहां नहीं आए?'

रमेश–'अच्छा आप मिसेज रमानाथ हैं। अभी तो यहां नहीं आए। मगर दफ्तर के वक्त सैर – सपाटे करने की तो उसकी आदत न थी।'

जालपा ने चपरासी की ओर ताकते हुए कहा, 'मैं आपसे कुछ अर्ज़ करना चाहती हूं।'

रमेश–'तो चलो अंदर बैठो, यहां कब तक खड़ी रहोगी। मुझे आश्चर्य है कि वह गए कहां! कहीं बैठे शतरंज खेल रहे होंगे।'

जालपा–'नहीं बाबूजी, मुझे ऐसा भय हो रहा है कि वह कहीं और न चले गए हों। अभी दस मिनट हुए, उन्होंने मेरे नाम एक पुरजा लिखा था। (जेब से टटोल कर) जी हां, देखिए वह पुरजा मौजूद है। आप उन पर कृपा रखते हैं, तो कोई परदा नहीं। उनके जिम्मे कुछ सरकारी रूपये तो नहीं निकलते!'

रमेश ने चकित होकर कहा, 'क्यों, उन्होंने तुमसे कुछ नहीं कहा?'

जालपा–'कुछ नहीं। इस विषय में कभी एक शब्द भी नहीं कहा!'

रमेश–'कुछ समझ में नहीं आता। आज उन्हें तीन सौ रूपये जमा करना है। परसों की आमदनी उन्होंने जमा नहीं की थी? नोट थे, जेब में डालकर चल दिए। बाजार में किसी ने नोट निकाल लिए।

(मुस्कराकर) किसी और देवी की पूजा तो नहीं करते?' जालपा का मुख लज्जा से नत हो गया।

बोली, 'अगर यह ऐब होता, तो आप भी उस इलजाम से न बचते। जेब से किसी ने निकाल लिए होंगे। मारे शर्म के मुझसे कहा न होगा। मुझसे जरा भी कहा होता, तो तुरंत रूपये निकालकर दे देती, इसमें बात ही क्या थी।'

रमेश बाबू ने अविश्वास के भाव से पूछा, 'क्या घर में रूपये हैं?'

जालपा ने निशंक होकर कहा, 'तीन सौ चाहिए न, मैं अभी लिये आती हूं।'

रमेश–'अगर वह घर पर आ गए हों, तो भेज देना।'

जालपा आकर तांगे पर बैठी और कोचवान से चौक चलने को कहा। उसने अपना हार बेच डालने का निश्चय कर लिया। यों उसकी कई सहेलियां थीं, जिनसे उसे रूपये मिल सकते थे। स्त्रियों में बडा स्नेह होता है। पुरूषों की भांति उनकी मित्रता केवल पान? पभो तक ही समाप्त नहीं हो जाती, मगर अवसर नहीं था। सर्राफे में पहुंचकर वह सोचने लगी, किस दुकान पर जाऊं। भय हो रहा था, कहीं ठगी न जाऊं। इस सिरे से उस सिरे तक चक्कर लगा आई, किसी दुकान पर जाने की हिम्मत न पड़ी। उधार वक्त भी निकला जाता था। आख़िर एक दुकान पर एक बूढ़े सर्राफ को देखकर उसका संकोच कुछ कम हुआ। सर्राफ बडा घाघ था, जालपा की झिझक और हिचक देखकर समझ गया, अच्छा शिकार फंसा। जालपा ने हार दिखाकर कहा, आप इसे ले सकते हैं?'

सर्राफ ने हार को इधर–उधर देखकर कहा, 'मुझे चार पैसे की गुंजाइश होगी, तो क्यों न ले लूंगा। माल चोखा नहीं है।'

जालपा–'तुम्हें लेना है, इसलिए माल चोखा नहीं है, बेचना होता, तो चोखा होता। कितने में लोगे?'

सर्राफ–'आप ही कह दीजिए।'

सर्राफ ने साढ़े तीन सौ दाम लगाए, और बढ़ते–बढ़ते चार सौ तक पहुंचा। जालपा को देर हो रही थी, रूपये लिये और चल खड़ी हुई। जिस हार को उसने इतने चाव से खरीदा था, जिसकी लालसा उसे बाल्यकाल ही में उत्पन्न हो गई थी, उसे आज आधे दामों बेचकर उसे जरा भी दुःख नहीं हुआ, बल्कि गर्वमय हर्ष का अनुभव हो रहा था। जिस वक्त रमा को मालूम होगा कि उसने रूपये दे दिए हैं, उन्हें कितना आनंद होगा। कहीं दफ्तर पहुंच गए हों तो बडा मजा हो यह सोचती हुई वह फिर दफ्तर पहुंची। रमेश बाबू उसे देखते हुए बोले, 'क्या हुआ, घर पर मिले?'

जालपा–'क्या अभी तक यहां नहीं आए? घर तो नहीं गए। यह कहते हुए उसने नोटों का पुलिंदा रमेश बाबू की तरफ बढ़ा दिया।

रमेश बाबू नोटों को गिनकर बोले, 'ठीक है, मगर वह अब तक कहां हैं। अगर न आना था, तो एक खत लिख देते। मैं तो बडे संकट में पडा हुआ था। तुम बडे वक्त से आ गई। इस वक्त तुम्हारी सूझ–बूझ देखकर जी खुश हो गया। यही सच्ची देवियों का धर्म है।'

जालपा फिर तांगे पर बैठकर घर चली तो उसे मालूम हो रहा था, मैं कुछ ऊंची हो गई हूं। शरीर में एक विचित्र स्फूर्ति दौड़ रही थी। उसे विश्वास था, वह आकर चिंतित बैठे होंगे। वह जाकर पहले उन्हें खूब आड़े हाथों लेगी, और खूब लज्जित करने के बाद यह हाल कहेगी, लेकिन जब घर में पहुंची तो रमानाथ का कहीं पता न था।

जागेश्वरी ने पूछा, 'कहां चली गई थीं इस धूप में?'

जालपा–'एक काम से चली गई थी। आज उन्होंने भोजन नहीं किया, न जाने कहां चले गए।'

जागेश्वरी–'दफ्तर गए होंगे।'

जालपा–'नहीं, दफ्तर नहीं गए। वहां से एक चपरासी पूछने आया था।'

यह कहती हुई वह ऊपर चली गई, बचे हुए रूपये संदूक में

रखे और पंखा झलने लगी। मारे गरमी के देह फुंकी जा रही थी, लेकिन कान द्वार की ओर लगे थे। अभी तक उसे इसकी जरा भी शंका न थी कि रमा ने विदेश की राह ली है।

चार बजे तक तो जालपा को विशेष चिंता न हुई लेकिन ज्यों–ज्यों दिन ढलने लगा, उसकी चिंता बढ़ने लगी। आख़िर वह सबसे ऊंची छत पर चढ़ गई, हालांकि उसके जीर्ण होने के कारण कोई ऊपर नहीं आता था, और वहां चारों तरफ नजर दौडाई, लेकिन रमा किसी तरफ से आता दिखाई न दिया। जब संध्या हो गई और रमा घर न आया, तो जालपा का जी घबराने लगा। कहां चले गए? वह दफ्तर से घर आए बिना कहीं बाहर न जाते थे। अगर किसी मित्र के घर होते, तो क्या अब तक न लौटते–मालूम नहीं, जेब में कुछ है भी या नहीं। बेचारे दिनभर से न मालूम कहां भटक रहे होंगे। वह फिर पछताने लगी कि उनका पत्र पढ़ते ही उसने क्यों न हार निकालकर दे दिया। क्यों दुविधा में पड़ गई। बेचारे शर्म के मारे घर न आते होंगे। कहां जाय? किससे पूछे?

चिराग जल गए, तो उससे न रहा गया। सोचा, शायद रतन से कुछ पता चले। उसके बंगले पर गई तो मालूम हुआ, आज तो वह इधर आए ही नहीं। जालपा ने उन सभी पार्कों और मैदानों को छान डाला, जहां रमा के साथ वह बहुधा घूमने आया करती थी, और नौ बजते–बजते निराश लौट आई। अब तक उसने अपने आंसुओं को रोका था, लेकिन घर में कदम रखते ही जब उसे मालूम हो गया कि अब तक वह नहीं आए, तो वह हताश होकर बैठ गई। उसकी यह शंका अब दृढ़ हो गई कि वह जरूर कहीं चले गए। फिर भी कुछ आशा थी कि शायद मेरे पीछे आए हों और फिर चले गए हों। जाकर जागेश्वरी से पूछा, 'वह घर आए थे, अम्मांजी?'

जागेश्वरी–'यार–दोस्तों में बैठे कहीं गपशप कर रहे होंगे। घर तो सराय है। दस बजे घर से निकले थे, अभी तक पता नहीं।'

जालपा–'दफ्तर से घर आकर तब वह कहीं जाते थे। आज तो आए नहीं। कहिए तो गोपी बाबू को भेज दूं। जाकर देखें, कहां रह गए।'

जागेश्वरी–'लड़के इस वक्त कहां देखने जाएंगे। उनका क्या ठीक है। थोड़ी देर और देख लो, फिर खाना उठाकर रख देना। कोई कहां तक इंतजार करे।'

जालपा ने इसका कुछ जवाब न दिया। दफ्तर की कोई बात उनसे न कही। जागेश्वरी सुनकर घबडा जाती, और उसी वक्त रोना–पीटना मच जाता। वह ऊपर जाकर लेट गई और अपने भाग्य पर रोने लगी। रह–रहकर चित्त ऐसा विकल होने लगा, मानो कलेजे में शूल उठ रहा हो बार–बार सोचती, अगर रातभर न आए तो कल क्या करना होगा? जब तक कुछ पता न चले कि वह किधर गए, तब तक कोई जाय तो कहां जाय! आज उसके मन ने पहली बार स्वीकार किया कि यह सब उसी की करनी का फल है। यह सच है कि उसने कभी आभूषणों के लिए आग्रह नहीं कियाऋ लेकिन उसने कभी स्पष्ट रूप से मना भी तो नहीं किया। अगर गहने चोरी जाने के बाद इतनी अधीर न हो गई होती, तो आज यह दिन क्यों आता। मन की इस दुर्बल अवस्था में जालपा अपने भार से अधिक भाग अपने ऊपर लेने लगी। वह जानती थी, रमा रिश्वत लेता है,

नोच–खसोटकर रूपये लाता है। फिर भी कभी उसने मना नहीं किया। उसने खुद क्यों अपनी कमली के बाहर पांव व्लाया– क्यों उसे रोज सैर – सपाटे की सूझती थी? उपहारों को ले–लेकर वह क्यों फली न समाती थी? इस जिम्मेदारी को भी इस वक्त जालपा अपने ही ऊपर ले रही थी। रमानाथ ने प्रेम के वश होकर उसे प्रसन्न करने के लिए ही तो सब कुछ करते थे। युवकों का यही स्वभाव है। फिर उसने उनकी रक्षा के लिए क्या किया– क्यों उसे यह समझ

न आई कि आमदनी से ज्यादा खर्च करने का दंड एक दिन भोगना पड़ेगा। अब उसे ऐसी कितनी ही बातें याद आ रही थीं, जिनसे उसे रमा के मन की विकलता का परिचय पा जाना चाहिए था, पर उसने कभी उन बातों की ओर ध्यान न दिया।

जालपा इन्हीं चिंताओं में डूबी हुई न जाने कब तक बैठी रही। जब चौकीदारों की सीटियों की आवाज उसके कानों में आई, तो वह नीचे जाकर जागेश्वरी से बोली, 'वह तो अब तक नहीं आए। आप चलकर भोजन कर लीजिए।'

जागेश्वरी बैठे–बैठे झपकियां ले रही थी। चौंककर बोली, 'कहां चले गए थे?'

जालपा–'वह तो अब तक नहीं आए।'

जागेश्वरी–'अब तक नहीं आए? आधी रात तो हो गई होगी। जाते वक्त तुमसे कुछ कहा भी नहीं?'

जालपा–'कुछ नहीं।'

जागेश्वरी–'तुमने तो कुछ नहीं कहा?'

जालपा–'मैं भला क्यों कहती।'

जागेश्वरी–'तो मैं लालाजी को जगाऊं?'

जालपा–'इस वक्त जगाकर क्या कीजिएगा? आप चलकर कुछ खा लीजिए न।'

जागेश्वरी–'मुझसे अब कुछ न खाया जायगा। ऐसा मनमौजी लड़का है कि कुछ कहा न सुना, न जाने कहां जाकर बैठ रहा। कम–से–कम कहला तो देता कि मैं इस वक्त न आऊंगा।'

जागेश्वरी फिर लेट रही, मगर जालपा उसी तरह बैठी रही। यहां तक कि सारी रात गुजर गई, पहाड़–सी रात जिसका एक–एक पल एक–एक वर्ष के समान कट रहा था।

अठरहवाँ

एक सप्ताह हो गया, रमा का कहीं पता नहीं। कोई कुछ कहता है, कोई कुछ। बेचारे रमेश बाबू दिन में कई–कई बार आकर पूछ जाते हैं। तरह–तरह के अनुमान हो रहे हैं। केवल इतना ही पता चलता है कि रमानाथ ग्यारह बजे रेलवे स्टेशन की ओर गए थे। मुंशी दयानाथ का खयाल है, यद्यपि वे इसे स्पष्ट रूप से प्रकट नहीं करते कि रमा ने आत्महत्या कर ली। ऐसी दशा में यही होता है। इसकी कई मिसालें उन्होंने खुद आंखों से देखी हैं। सास और ससुर दोनों ही जालपा पर सारा इलजाम थोप रहे हैं। साफ–साफ कह रहे हैं कि इसी के कारण उसके प्राण गए। इसने उसका नाकों दम कर दिया। पूछो, थोड़ी–सी तो आपकी आमदनी, फिर तुम्हें रोज सैर – सपाटे और दावत–तवाजे की क्यों सूझती थी। जालपा पर किसी को दया नहीं आती। कोई उसके आंसू नहीं पोंछता। केवल रमेश बाबू उसकी तत्परता और सदबुद्धि की प्रशंसा करते हैं, लेकिन मुंशी दयानाथ की आंखों में उस कृत्य का कुछ मूल्य नहीं। आग लगाकर पानी लेकर दौड़ने से कोई निर्दोष नहीं हो जाता! एक दिन दयानाथ वाचनालय से लौटे, तो मुंह लटका हुआ था। एक तो उनकी सूरत यों ही मुहर्रमी थी, उस पर मुंह लटका लेते थे तो कोई बच्चा भी कह सकता था कि इनका मिजाज बिगडा हुआ है।

जागेश्वरी ने पूछा, 'क्या है, किसी से कहीं बहस हो गई क्या?'

दयानाथ–'नहीं जी, इन तकषजों के मारे हैरान हो गया। जिधर जाओ, उधर लोग नोचने दौड़ते हैं, न जाने कितना कर्ज़ ले रक्खा है। आज तो मैंने साफ़ कह दिया, मैं कुछ नहीं जानता। मैं किसी का देनदार नहीं हूं। जाकर मेमसाहब से मांगो।

इसी वक्त जालपा आ पड़ी। ये शब्द उसके कानों में पड़ गए। इन सात दिनों में उसकी सूरत ऐसी बदल गई थी कि पहचानी न जाती थी। रोते–रोते आंखें सूज आई थीं। ससुर के ये कठोर शब्द

सुनकर तिलमिला उठी, बोली, 'जी हां । आप उन्हें सीधे मेरे पास भेज दीजिए, मैं उन्हें या तो समझा दूंगी, या उनके दाम चुका दूंगी।'

दयानाथ ने तीखे होकर कहा, 'क्या दे दोगी तुम, हजारों का हिसाब है, सात सौ तो एक ही सर्राफ के हैं। अभी कै पैसे दिए हैं तुमने?'

जालपा–'उसके गहने मौजूद हैं, केवल दो–चार बार पहने गए हैं। वह आए तो मेरे पास भेज दीजिए। मैं उसकी चीजें वापस कर दूंगी। बहुत होगा, दसपांच रूपये तावान के ले लेगा।'

यह कहती हुई वह ऊपर जा रही थी कि रतन आ गई और उसे गले से लगाती हुई बोली, 'क्या अब तक कुछ पता नहीं चला? जालपा को इन शब्दों में स्नेह और सहानुभूति का एक सागर उमड़ता हुआ जान पड़ा। यह गैर होकर इतनी चिंतित है, और यहां अपने ही सास और ससुर हाथ धोकर पीछे पड़े हुए हैं। इन अपनों से गैर ही अच्छे।आंखों में आंसू भरकर बोली, 'अभी तो कुछ पता नहीं चला बहन! '

रतन–'यह बात क्या हुई, कुछ तुमसे तो कहा–सुनी नहीं हुई?'

जालपा–'जरा भी नहीं, कसम खाती हूं। उन्होंने नोटों के खो जाने का मुझसे ज़िक्र ही नहीं किया। अगर इशारा भी कर देते, तो मैं रूपये दे देती। जब वह दोपहर तक नहीं आए और मैं खोजती हुई दफ्तर गई, तब मुझे मालूम हुआ, कुछ नोट खो गए हैं। उसी वक्त जाकर मैंने रूपये जमा कर दिए।'

रतन–'मैं तो समझती हूं, किसी से आंखें लड़ गई। दस–पांच दिन में आप पता लग जायगा। यह बात सच न निकले, तो जो कहो दूं।'

जालपा ने हकबकाकर पूछा, 'क्या तुमने कुछ सुना है?'

रतन–'नहीं, सुना तो नहीं! पर मेरा अनुमान है।'

जालपा–'नहीं रतन–' मैं इस पर जरा भी विश्वास नहीं करती। यह बुराई उनमें नहीं है, और चाहे जितनी बुराइयां हों। मुझे उन पर संदेह करने का कोई कारण नहीं है।'

रतन ने हंसकर कहा, श्इस कला में ये लोग निपुण होते हैं। तुम बेचारी क्या जानो!'

जालपा दृढ़ता से बोली, 'अगर वह इस कला में निपुण होते हैं, तो हम भी हृदय को परखने में कम निपुण नहीं होतीं। मैं इसे नहीं मान सकती। अगर वह मेरे स्वामी थे, तो मैं भी उनकी स्वामिनी थी।'

रतन–'अच्छा चलो, कहीं घूमने चलती हो? चलो, तुम्हें कहीं घुमा लावें।'

जालपा–'नहीं, इस वक्त तो मुझे फुरसत नहीं है। फिर घरवाले यों ही प्राण लेने पर तुले हुए हैं, तब तो जीता ही न छोड़ेंगे। किधर जाने का विचार है?'

रतन–'कहीं नहीं, जरा बाजार तक जाना था।'

जालपा–'क्या लेना है?'

रतन–'जौहरियों की दुकान पर एक–दो चीज देखूंगी। बस, मैं तुम्हारा जैसा

कंगन चाहती हूं। बाबूजी ने भी कई महीने के बाद रूपये लौटा दिए। अब

खुद तलाश करूंगी।'

जालपा–'मेरे कंगन में ऐसे कौन–से रूप लगे हैं। बाजार में उससे बहुत अच्छे मिल सकते हैं।'

रतन–'मैं तो उसी नमूने का चाहती हूं।'

जालपा–'उस नमूने का तो बना–बनाया मुश्किल से मिलेगा, और बनवाने में महीनों का झंझट। अगर सब्र न आता हो, तो मेरा ही कंगन ले लो, मैं फिर बनवा लूंगी।'

रतन ने उछलकर कहा, 'वाह, तुम अपना कंगन दे दो, तो क्या कहना है!मूसलों ढोल बजाऊं! छः सौ का था न?'

जालपा–'हां, था तो छः सौ का, मगर महीनों सर्राफ की दूकान की खाक छाननी पड़ी थी। जडाई तो खुद बैठकर करवाई थी। तुम्हारे खातिर दे दूंगी। जालपा ने कंगन निकालकर रतन के हाथों में पहना दिए। रतन के मुख पर एक विचित्र गौरव का आभास हुआ, मानो किसी कंगाल को पारस मिल गया हो यही आत्मिक आनंद की चरम सीमा है। कृतज्ञता से भरे हुए स्वर से बोली,

'तुम जितना कहो, उतना देने को तैयार हूं। तुम्हें दबाना नहीं चाहती। तुम्हारे लिए यही क्या कम है कि तुमने इसे मुझे दे दिया। मगर एक बात है। अभी मैं सब रूपये न दे सकूंगी, अगर दो सौ रूपये फिर दे दूं तो कुछ हरज है?'

जालपा ने साहसपूर्वक कहा, 'कोई हरज नहीं, जी चाहे कुछ भी मत दो।'

रतन–'नहीं, इस वक्त मेरे पास चार सौ रूपये हैं, मैं दिए जाती हूं। मेरे पास रहेंगे तो किसी दूसरी जगह खर्च हो जाएंगे। मेरे हाथ में तो रूपये टिकते ही नहीं, करूं क्या जब तक खर्च न हो जाएं, मुझे एक चिंता–सी लगी रहती है, जैसे सिर पर कोई बोझ सवार हो जालपा ने कंगन की डिबिया उसे देने के लिए निकाली तो उसका दिल मसोस उठा। उसकी कलाई पर यह कंगन देखकर रमा कितना खुश होता था।'

आज वह होता तो क्या यह चीज इस तरह जालपा के हाथ से निकल जाती! फिर कौन जाने कंगन पहनना उसे नसीब भी होगा या नहीं। उसने बहुत जब्त किया, पर आंसू निकल ही आए।

रतन उसके आंसू देखकर बोली, 'इस वक्त रहने दो बहन, फिर ले लूंगी, जल्दी ही क्या है।'

जालपा ने उसकी ओर बक्स को बढ़ाकर कहा, 'क्यों, क्या मेरे आंसू देखकर? तुम्हारी खातिर से दे रही हूं, नहीं यह मुझे प्राणों से भी प्रिय था। तुम्हारे पास इसे देखूंगी, तो मुझे तसकीन होती रहेगी। किसी दूसरे को मत देना, इतनी दया करना।'

रतन–'किसी दूसरे को क्यों देने लगी। इसे तुम्हारी निशानी समझूंगी। आज बहुत दिन के बाद मेरे मन की अभिलाषा पूरी हुई। केवल दुःख इतना ही है, कि बाबूजी अब नहीं हैं। मेरा मन कहता है कि वे जल्दी ही आएंगे। वे मारे शर्म के चले गए हैं, और कोई बात नहीं। वकील साहब को भी यह सुनकर बडा दुःख हुआ। लोग कहते हैं, वकीलों का हृदय कठोर होता है, मगर इनको तो मैं देखती हूं, जरा भी किसी की विपत्ति सुनी और तड़प उठे।'

जालपा ने मुस्कराकर कहा, 'बहन, एक बात पूछूं, बुरा तो न मानोगी? वकील साहब से तुम्हारा दिल तो न मिलता होगा।'

रतन का विनोद–रंजित, प्रसन्न मुख एक क्षण के लिए मलिन हो उठा। मानो किसी ने उसे उस चिर–स्नेह की याद दिला दी हो, जिसके नाम को वह बहुत पहले रो चुकी थी। बोली, 'मुझे तो कभी यह खयाल भी नहीं आया बहन कि मैं युवती हूं और वे बूढे। हैं। मेरे हृदय में जितना प्रेम, जितना अनुराग है, वह सब मैंने उनके ऊपर अर्पण कर दिया। अनुराग, यौवन या रूप या धन से नहीं उत्पन्न होता। अनुराग अनुराग से उत्पन्न होता है। मेरे ही कारण वे इस अवस्था में इतना परिश्रम कर रहे हैं, और दूसरा है ही कौन। क्या यह छोटी बात है? कल कहीं चलोगी? कहो तो शाम को आऊं?'

जालपा–'जाऊंगी तो मैं कहीं नहीं, मगर तुम आना जरूर। दो घड़ी दिल बहलेगा। कुछ अच्छा नहीं लगता। मन डाल–डाल दौड़ता–फिरता है। समझ में नहीं आता, मुझसे इतना संकोच क्यों किया– यह भी मेरा ही दोष है। मुझमें जरूर उन्होंने कोई ऐसी बात देखी होगी, जिसके कारण मुझसे परदा करना उन्हें जरूरी मालूम

हुआ। मुझे यही दुःख है कि मैं उनका सच्चा स्नेह न पा सकी। जिससे प्रेम होता है, उससे हम कोई भेद नहीं रखते।'

रतन उठकर चली, तो जालपा ने देखा, कंगन का बक्स मेज पर पडा हुआ है। बोली, 'इसे लेती जाओ बहन, यहां क्यों छोड़े जाती हो ।'

रतन–'ले जाऊंगी, अभी क्या जल्दी पड़ी है। अभी पूरे रूपये भी तो नहीं दिए!'

जालपा–'नहीं, नहीं, लेती जाओ। मैं न मानूंगी।'

मगर रतन सीढ़ी से नीचे उतर गई। जालपा हाथ में कंगन लिये खड़ी रही। थोड़ी देर बाद जालपा ने संदूक से पांच सौ रूपये निकाले और दयानाथ के पास जाकर बोली, यह रूपये लीजिए, नारायणदास के पास भिजवा दीजिए। बाकी रूपये भी मैं जल्द ही दे दूंगी। दयानाथ ने झेंपकर कहा, 'रूपये कहां मिल गए?' जालपा ने निसंकोच होकर कहा, 'रतन के हाथ कंगन बेच दिया।' दयानाथ उसका मुंह ताकने लगे।

उन्नीसवाँ

एक महीना गुजर गया। प्रयाग के सबसे अधिक छपने वाले दैनिक पत्र में एक नोटिस निकल रहा है, जिसमें रमानाथ के घर लौट आने की प्रेरणा दी गई है, और उसका पता लगा लेने वाले आदमी को पांच सौ रूपये इनाम देने का वचन दिया गया है, मगर अभी कहीं से कोई खबर नहीं आई। जालपा चिंता और दुःख से घुलती चली जाती है। उसकी दशा देखकर दयानाथ को भी उस पर दया आने लगी है। आख़िर एक दिन उन्होंने दीनदयाल को लिखा, 'आप आकर बहू को कुछ दिनों के लिए ले जाइए। दीनदयाल यह समाचार पाते ही घबडाए हुए आए, पर जालपा ने मैके जाने से इंकार कर दिया। दीनदयाल ने विस्मित होकर कहा, 'क्या यहां

पड़े–पड़े प्राण देने का विचार है?' जालपा ने गंभीर स्वर में कहा, 'अगर प्राणों को इसी भांति जाना होगा, तो कौन रोक सकता है। मैं अभी नहीं मरने की दादाजी, सच मानिए। अभागिनों के लिए वहां भी जगह नहीं है।' दीनदयाल, 'आख़िर चलने में हरज ही क्या है। शहजादी और बासन्ती दोनों आई हुई हैं। उनके साथ हंस–बोलकर जी बहलता रहेगा।

जालपा–'यहां लाला और अम्मांजी को अकेली छोड़कर जाने को मेरा जी नहीं चाहता। जब रोना ही लिखा है, तो रोऊंगी।'

दीनदयाल, 'यह बात क्या हुई, सुनते हैं कुछ कर्ज़ हो गया था, कोई कहता है, सरकारी रकम खा गए थे।'

जालपा–'जिसने आपसे यह कहा, उसने सरासर झूठ कहा।'

दीनदयाल–'तो फिर क्यों चले गए?'

जालपा–'यह मैं बिलकुल नहीं जानती। मुझे बार–बार खुद यही शंका होती है।'

दीनदयाल–'लाला दयानाथ से तो झगडानहीं हुआ?'

जालपा–'लालाजी के सामने तो वह सिर तक नहीं उठाते, पान तक नहीं खाते, भला झगडा क्या करेंगे। उन्हें घूमने का शौक था। सोचा होगा, यों तो कोई जाने न देगा, चलो भाग चलें।'

दीनदयाल–'शायद ऐसा ही हो कुछ लोगों को इधर–उधर भटकने की सनक होती है। तुम्हें यहां जो कुछ तकलीफ हो, मुझसे साफ–साफ कह दो। खरच के लिए कुछ भेज दिया करूं?'

जालपा ने गर्व से कहा, 'मुझे कोई तकलीफ नहीं है, दादाजी! आपकी दया से किसी चीज की कमी नहीं है।

दयानाथ और जागेश्वरी दोनों ने जालपा को समझाया, पर वह जाने पर राजी न हुई। तब दयानाथ झुंझलाकर बोले, 'यहां दिन–भर पड़े–पड़े रोने से तो अच्छा है।'

जालपा–'क्या वह कोई दूसरी दुनिया है, या मैं वहां जाकर कुछ और हो जाऊंगी। और फिर रोने से क्यों डरूं, जब हंसना था, तब हंसती थी, जब रोना है, तो रोऊंगी। वह काले कोसों चले गए हों, पर मुझे तो हरदम यहीं बैठे दिखाई देते हैं। यहां वे स्वयं नहीं हैं, पर घर की एक–एक चीज में बसे हुए हैं। यहां से जाकर तो मैं निराशा से पागल हो जाऊंगी।'

दीनदयाल समझ गए यह अभिमानिनी अपनी टेक न छोड़ेगी। उठकर बाहर चले गए। संध्या समय चलते वक्त उन्होंने पचास रूपये का एक नोट जालपा की तरफ बढ़ाकर कहा, 'इसे रख लो, शायद कोई जरूरत पड़े। जालपा ने सिर हिलाकर कहा, 'मुझे इसकी बिलकुल जरूरत नहीं है,

दादाजी, हां, इतना चाहती हूं कि आप मुझे आशीर्वाद दें। संभव है, आपके आशीर्वाद से मेरा कल्याण हो।'

दीनदयाल की आंखों में आंसू भर आए, नोट वहीं चारपाई पर रखकर बाहर चले आए।

क्वार का महीना लग चुका था। मेघ के जल–शून्य टुकड़े कभी–कभी आकाश में दौड़ते नजर आ जाते थे। जालपा छत पर लेटी हुई उन मेघ–खंडों की किलोलें देखा करती। चिंता–व्यथित प्राणियों के लिए इससे अधिक मनोरंजन की और वस्तु ही कौन है? बादल के टुकड़े भांति–भांति के रंग बदलते, भांति– भांति के रूप भरते, कभी आपस में प्रेम से मिल जाते, कभी ईठकर अलग–अलग हो जाते, कभी दौड़ने लगते, कभी ठिठक जाते। जालपा सोचती, रमानाथ भी कहीं बैठे यही मेघ–क्रीडा देखते होंगे। इस कल्पना में उसे विचित्र आनंद मिलता। किसी माली को अपने लगाए पौधों से, किसी बालक को अपने बनाए हुए घरौंदों से जितनी आत्मीयता होती है, कुछ वैसा ही अनुराग उसे उन आकाशगामी जीवों से होता था। विपत्ति में हमारा मन अंतर्मुखी हो जाता है। जालपा को अब यही शंका होती थी कि ईश्वर ने मेरे पापों का यह दंड दिया है। आख़िर

रमानाथ किसी का गला दबाकर ही तो रोज रूपये लाते थे। कोई खुशी से तो न दे देता।

यह रूपये देखकर वह कितनी खुश होती थी। इन्हीं रूपयों से तो नित्य शौक ॠंगार की चीजें आती रहती थीं। उन वस्तुओं को देखकर अब उसका जी जलता था। यही सारे दुख्खों की मूल हैं। इन्हीं के लिए तो उसके पति को विदेश जाना पड़ा। वे चीजें उसकी आंखों में अब कांटों की तरह गड़ती थीं, उसके हृदय में शूल की तरह चुभती थीं।

आख़िर एक दिन उसने इन चीजों को जमा किया, मखमली स्लीपर, रेशमी मोजे, तरह–तरह की बेलें, गीते, पिन, कंघियां, आईने, कोई कहां तक गिनाए। अच्छा–खासा एक ढेर हो गया। वह इस ढेर को गंगा में डुबा देगी, और अब से एक नये जीवन का सूपात करेगी। इन्हीं वस्तुओं के पीछे, आज उसकी यह गति हो रही है। आज वह इस मायाजाल को नष्ट कर डालेगी। उनमें कितनी ही चीजें तो ऐसी सुंदर थीं कि उन्हें ढुंकते मोह आता था, मगर ग्लानि की उस प्रचंड ज्वाला को पानी के ये छींटे क्या बुझाते। आधी रात तक वह इन चीजों को उठा–उठाकर अलग रखती रही, मानो किसी यात्रा की तैयारी कर रही हो हां, यह वास्तव में यात्रा ही थी, अंधेरे से उजाले की, मिथ्या से सत्य की। मन में सोच रही थी, अब यदि ईश्वर की दया हुई और वह फिर लौटकर घर आए, तो वह इस तरह रहेगी कि थोड़े–से–थोड़े में निर्वाह हो जाय। एक पैसा भी व्यर्थ न खर्च करेगी। अपनी मजदूरी के ऊपर एक कौड़ी भी घर में न आने देगी। आज से उसके नए जीवन का आरंभ होगा।

ज्योंही चार बजे, सड़क पर लोगों के आने–जाने की आहट मिलने लगी। जालपा ने बेग उठा लिया और गंगा–स्नान करने चली। बेग बहुत भारी था, हाथ में उसे लटकाकर दस कदम भी चलना कठिन हो गया। बार–बार हाथ बदलती थी। यह भय भी लगा हुआ था कि कोई देख न ले। बोझ लेकर चलने का उसे कभी

अवसर न पडाथा। इक्थ वाले पुकारते थे, पर वह इधर कान न देती थी। यहां तक कि हाथ बेकाम हो गए, तो उसने बेग को पीठ पर रख लिया और कदम बढ़ाकर चलने लगी। लंबा घूंघट निकाल लिया था कि कोई पहचान न सके।

वह घाट के समीप पहुंची, तो प्रकाश हो गया था। सहसा उसने रतन को अपनी मोटर पर आते देखा। उसने चाहा, सिर झुकाकर मुंह छिपा ले, पर रतन ने दूर ही से पहचान लिया, मोटर रोककर बोली, कहां जा रही हो बहन, 'यह पीठ पर बेग कैसा है?'

जालपा ने घूंघट हटा लिया और निद्यशंक होकर बोली, 'गंगा–स्नान करने जा रही हूं।'

रतन–'मैं तो स्नान करके लौट आई, लेकिन चलो, तुम्हारे साथ चलती हूं। तुम्हें घर पहुंचाकर लौट जाऊंगी। बेग रख दो।'

जालपा–'नहीं–नहीं, यह भारी नहीं है। तुम जाओ, तुम्हें देर होगी। मैं चली जाऊंगी।'

मगर रतन ने न माना, कार से उतरकर उसके हाथ से बेग ले ही लिया

और कार में रखती हुई बोली, 'क्या भरा है तुमने इसमें, बहुत भारी है। खोलकर देखूं?'

जालपा–'इसमें तुम्हारे देखने लायक कोई चीज नहीं है।'

बेग में ताला न लगा था। रतन ने खोलकर देखा, तो विस्मित होकर बोली, 'इन चीजों को कहां लिये जाती हो?'

जालपा ने कार पर बैठते हुए कहा, 'इन्हें गंगा में बहा दूंगी।'

रतन ने विस्मय में पड़कर कहा, 'गंगा में! कुछ पागल तो नहीं हो गई हो चलो, घर लौट चलो। बेग रखकर फिर आ जाना।'

जालपा ने दृढ़ता से कहा, नहीं रतन–' मैं इन चीजों को डुबाकर ही जाऊंगी।'

रतन–'आखिर क्यों?'

जालपा–'पहले कार को बढ़ाओ, फिर बताऊं।'

रतन–'नहीं, पहले बता दो।'

जालपा–'नहीं, यह न होगा। पहले कार को बढ़ाओ।'

रतन ने हारकर कार को बढ़ाया और बोली, 'अच्छा अब तो बताओगी?'

जालपा ने उलाहने के भाव से कहा, 'इतनी बात तो तुम्हें खुद ही समझ लेनी चाहिए थी। मुझसे क्या पूछती हो अब वे चीजें मेरे किस काम की हैं! इन्हें देख–देखकर मुझे दुख होता है। जब देखने वाला ही न रहा, तो इन्हें रखकर क्या करूं?'

रतन ने एक लंबी सांस खींची और जालपा का हाथ पकड़कर कांपते हुए स्वर में बोली, 'बाबूजी के साथ तुम यह बहुत बडा अन्याय कर रही हो, बहन, वे कितनी उमंग से इन्हें लाए होंगे। तुम्हारे अंगों पर इनकी शोभा देखकर कितना प्रसन्न हुए होंगे। एक–एक चीज उनके प्रेम की एक–एक स्मृति है। उन्हें गंगा में बहाकर तुम उस प्रेम का घोर अनादर कर रही हो।श जालपा विचार में डूब गई। मन में संकल्प–विकल्प होने लगा, किंतु एक ही क्षण में वह फिर संभल गई, बोली, 'यह बात नहीं है। हन! जब तक ये चीजें मेरी आंखों से दूर न हो जाएंगी, मेरा चित्त शांत न होगा। इसी विलासिता ने मेरी यह दुर्गति की है। यह मेरी विपत्ति की गठरी है, प्रेम की स्मृति नहीं। प्रेम तो मेरे हृदय पर अंकित है।'

रतन–'तुम्हारा हृदय बडा कठोर है। जालपा, मैं तो शायद ऐसा न कर सकती।'

जालपा–'लेकिन मैं तो इन्हें अपनी विपत्ति का मूल समझती हूं।'

एक क्षण चुप रहने के बाद वह फिर बोली, 'उन्होंने मेरे साथ बडा अन्याय किया है, बहन! जो पुरूष अपनी स्त्री से कोई परदा

रखता है, मैं समझती हूं, वह उससे प्रेम नहीं करता। मैं उनकी जगह पर होती, तो यों तिलांजलि देकर न भागती। अपने मन की सारी व्यथा कह सुनाती और जो कुछ करती, उनकी सलाह से करती। स्त्री और पुरूष में दुराव कैसा!'

रतन ने गंभीर मुस्कान के साथ कहा, 'ऐसे पुरूष तो बहुत कम होंगे, जो स्त्री से अपना दिल खोलते हों। जब तुम स्वयं दिल में चोर रखती हो, तो उनसे क्यों आशा रखती हो कि वे तुमसे कोई परदा न रक्खें। तुम ईमान से कह सकती हो कि तुमने उनसे परदा नहीं रक्खा?

जालपा ने सद्दचाते हुए कहा, 'मैंने अपने मन में चोर नहीं रखा।'

रतन ने जोर देकर कहा, 'झूठ बोलती हो, बिलकुल झूठ, अगर तुमने विश्वास किया होता, तो वे भी खुलते।'

जालपा इस आक्षेप को अपने सिर से न टाल सकी। उसे आज ज्ञात हुआ कि कपट का आरंभ पहले उसी की ओर से हुआ। गंगा का तट आ पहुंचा। कार रूक गई। जालपा उतरी और बेग को उठाने लगी, किंतु रतन ने उसका हाथ हटाकर कहा, 'नहीं, मैं इसे न ले जाने दूंगी। समझ लो कि डूब गए।'

जालपा–'ऐसा कैसे समझ लूं।'

रतन–'मुझ पर दया करो, बहन के नाते।'

जालपा–'बहन के नाते तुम्हारे पैर धो सकती हूं, मगर इन कांटों को हृदय में नहीं रख सकती।'

रतन ने भौंहें सिकोड़कर कहा, किसी तरह न मानोगी?'

जालपा ने स्थिर भाव से कहा, 'हां, किसी तरह नहीं।'

रतन ने विरक्त होकर मुंह उधर लिया। जालपा ने बेग उठा लिया और तेजी से घाट से उतरकर जल–तट तक पहुंच गई, फिर बेग को उठाकर पानी में फेंक दिया। अपनी निर्बलता पर यह विजय

पाकर उसका मुख प्रदीप्त हो गया। आज उसे जितना गर्व और आनंद हुआ, उतना इन चीजों को पाकर भी न हुआ था। उन असंख्य प्राणियों में जो इस समय स्नान? ध्यान कर रहे थे, कदाचित किसी को अपने अंप्तःकरण में प्रकाश का ऐसा अनुभव न हुआ होगा। मानो प्रभात की सुनहरी ज्योति उसके रोम–रोम में व्याप्त हो रही है। जब वह स्नान करके ऊपर आई, तो रतन ने पूछा, 'डुबा दिया?'

जालपा–'हां।'

रतन–'बडी निठुर हो'

जालपा–'यही निठुरता मन पर विजय पाती है। अगर कुछ दिन पहले निठुर हो जाती, तो आज यह दिन क्यों आता। कार चल पड़ी।

बीसवाँ

रमानाथ को कलकत्ता आए दो महीने के ऊपर हो गए हैं। वह अभी तक देवीदीन के घर पडाहुआ है। उसे हमेशा यही धुन सवार रहती है कि रूपये कहां से आवें, तरह–तरह के मंसूबे बांधाता है, भांति–भांति की कल्पनाएं करता है, पर घर से बाहर नहीं निकलता। हां, जब खूब अंधेरा हो जाता है, तो वह एक बार मुहल्ले के वाचनालय में जरूर जाता है। अपने नगर और प्रांत के समाचारों के लिए उसका मन सदैव उत्सुक रहता है। उसने वह नोटिस देखी, जो दयानाथ ने पत्रों में छपवाई थी, पर उस पर विश्वास न आया। कौन जाने, पुलिस ने उसे गिरफ्तार करने के लिए माया रची हो रूपये भला किसने चुकाए होंगे? असंभव... एक दिन उसी पत्र में रमानाथ को जालपा का एक खत छपा मिला, जालपा ने आग्रह और याचना से भरे हुए शब्दों में उसे घर लौट आने की प्रेरणा की थी। उसने लिखा था, तुम्हारे ज़िम्मे किसी का कुछ बाकी नहीं है, कोई तुमसे कुछ न कहेगा। रमा का मन चंचल हो उठा, लेकिन तुरंत ही उसे खयाल आया, यह भी पुलिस की शरारत होगी। जालपा ने यह पत्र लिखा, इसका क्या प्रमाण है? अगर यह भी मान लिया जाय कि

रूपये घरवालों ने अदा कर दिए होंगे, तो क्या इस दशा में भी वह घर जा सकता है। शहर भर में उसकी बदनामी हो ही गई होगी, पुलिस में इत्तला की ही जा चुकी होगी। उसने निश्चय किया कि मैं नहीं जाऊंगा। जब तक कम–से–कम पांच हजार रूपये हाथ में न हो जायंगे, घर जाने का नाम न लूंगा। और रूपये नहीं दिए गए, पुलिस मेरी खोज में है, तो कभी घर न जाऊंगा। कभी नहीं।

देवीदीन के घर में दो कोठरियां थीं और सामने एक बरामदा था। बरामदे में दुकान थी, एक कोठरी में खाना बनता था, दूसरी कोठरी में बरतन? भांड़े रक्खे हुए थे। ऊपर एक कोठरी थी और छोटी–सी खुली हुई छतब रमा इसी ऊपर के हिस्से में रहता था। देवीदीन के रहने, सोने, बैठने का कोई विशेष स्थान न था। रात को दुकान बढ़ाने के बाद वही बरामदा शयनगृह बन जाता था। दोनों वहीं पड़े रहते थे। देवीदीन का काम चिलम पीना और दिनभर गप्पें लडाना था।

दुकान का सारा काम बुढिया करती थी। मंडी जाकर माल लाना, स्टेशन से माल भेजना या लेना, यह सब भी वही कर लेती थी। देवीदीन ग्राहकों को पहचानता तक न था। थोड़ी–सी हिंदी जानता था। बैठा–बैठा रामायण, तोता–मैना, रामलीला या माता मरियम की कहानी पढ़ा करता। जब से रमा आ गया है, बुडढे को अंग्रेजी पढ़ने का शौक हो गया है। सबेरे ही प्राइमर लाकर बैठ जाता है, और नौ–दस बजे तक अक्षर पढ़ता रहता है। बीच–बीच में लतीफे भी होते जाते हैं, जिनका देवीदीन के पास अखंड भंडार है। मगर जग्गो को रमा का आसन जमाना अच्छा नहीं लगता। वह उसे अपना मुनीम तो बनाए हुए है, हिसाब–किताब उसी से लिखवाती है, पर इतने से काम के लिए वह एक आदमी रखना व्यर्थ समझती है। यह काम तो वह गाहकों से यों ही करा लेती थी। उसे रमा का रहना खलता था, पर रमा इतना विनम्र, इतना सेवा–तत्पर, इतना धर्मनिष्ठ है कि वह स्पष्ट रूप से कोई आपत्ति नहीं कर सकती।

हां, दूसरों पर रखकर श्लेष रूप से उसे सुनासुनाकर दिल का गुबार निकालती रहती है। रमा ने अपने को ब्राह्मण कह रक्खा है और उसी धर्म का पालन करता है। ब्राह्मण और धर्मनिष्ठ बनकर वह दोनों प्राणियों का श्रद्धापात्र बन सकता है। बुढिया के भाव और व्यवहार को वह खूब समझता है, पर करे क्या? बेहयाई करने पर मजबूर है। परिस्थिति ने उसके आत्मसम्मान का अपहरण कर डाला है। एक दिन रमानाथ वाचनालय में बैठा हुआ पत्र पढ़रहा था कि एकाएक उसे रतन दिखाई पड़ गई। उसके अंदाज से मालूम होता था कि वह किसी को खोज रही है। बीसों आदमी बैठे पुस्तकें और पत्र पढ़रहे थे। रमा की छाती धकधक करने लगी। वह रतन की आंखें बचाकर सिर झुकाए हुए कमरे से निकल गया और पीछे के अंधेरे बरामदे में, जहां पुराने टूटे–फटे संदूक और कुर्सियां पड़ी हुई थीं, छिपा खडा रहा। रतन से मिलने और घर के समाचार पूछने के लिए उसकी आत्मा तड़प रही थी पर मारे संकोच के सामने न आ सकता था। आह! कितनी बातें पूछने की थीं! पर उनमें मुख्य यही थी कि जालपा के विचार उसके विषय में क्या हैं। उसकी निष्ठुरता पर रोती तो नहीं है। उसकी उद्दंडता पर क्षुब्धा तो नहीं है? उसे धूर्त और बेईमान तो नहीं समझ रही है? दुबली तो नहीं हो गई है? और लोगों के क्या भाव हैं–क्या घर की तलाशी हुई? मुकदमा चला? ऐसी ही हजारों बातें जानने के लिए वह विकल हो रहा था, पर मुंह कैसे दिखाए! वह झांक–झांककर देखता रहा। जब रतन चली गई, मोटर चल दिया, तब उसकी जान में जान आई। उसी दिन से एक सप्ताह तक वह वाचनालय न गया। घर से निकला तक नहीं।

कभी–कभी पड़े–पड़े रमा का जी ऐसा घबडाता कि पुलिस में जाकर सारी कथा कह सुनाए। जो कुछ होना है, हो जाय। साल–दो साल की कैद इस आजीवन कारावास से तो अच्छी ही है। फिर वह नए सिरे से जीवन–संग्राम में प्रवेश करेगा, हाथ–पांव बचाकर काम करेगा, अपनी चादर के बाहर जौ–भर भी पांव न फैलाएगा, लेकिन

एक ही क्षण में हिम्मत टूट जाती। इस प्रकार दो महीने और बीत गए। पूस का महीना आया। रमा के पास जाड़ों का कोई कपडा न था। घर से तो वह कोई चीज लाया ही न था, यहां भी कोई चीज बनवा न सका था। अब तक तो उसने धोती ओढ़कर किसी तरह रातें काटीं, पर पूस के कडक। डाते जाड़े लिहाफ या कंबल के बगैर कैसे कटते।

बेचारा रात–भर गठरी बना पडा रहता। जब बहुत सर्दी लगती, तो बिछावन ओढ़ लेता। देवीदीन ने उसे एक पुरानी दरी बिछाने को दे दी थी। उसके घर में शायद यही सबसे अच्छा बिछावन था। इस श्रेणी के लोग चाहे दस हजार के गहने पहन लें, शादी–ब्याह में दस हजार खर्च कर दें, पर बिछावन गूदडाही रक्खेंगे। इस सड़ी हुई दरी से जाडाभला क्या जाता, पर कुछ न होने से अच्छा ही था।

रमा संकोचवश देवीदीन से कुछ कह न सकता था और देवीदीन भी शायद इतना बडा खर्च न उठाना चाहता था, या संभव है, इधर उसकी निगाह ही न जाती हो जब दिन ढलने लगता, तो रमा रात के कष्ट की कल्पना से भयभीत हो उठता था, मानो काली बला दौड़ती चली आती हो रात को बार–बार खिड़की खोलकर देखता कि सबेरा होने में कितनी कसर है। एक दिन शाम को वह वाचनालय जा रहा था कि उसने देखा, एक बडी कोठी के सामने हजारों कंगले जमा हैं। उसने सोचा, यह क्या बात है, क्यों इतने आदमी जमा हैं? भीड़ के अंदर घुसकर देखा, तो मालूम हुआ, सेठजी कंबलों का दान कर रहे हैं। कंबल बहुत घटिया थे, पतले और हल्धय पर जनता एक पर एक टूटी पड़ती थी। रमा के मन में आया, एक कंबल ले लूं। यहां मुझे कौन जानता है। अगर कोई जान भी जाय, तो क्या हरज– गरीब ब्राह्मण अगर दान का अधिकारी नहीं तो और कौन है। लेकिन एक ही क्षण में उसका आत्मसम्मान जाग उठा। वह कुछ देर वहां खडा ताकता रहा, फिर आगे बढ़ा। उसके माथे पर तिलक देखकर मुनीमजी ने समझ लिया, यह ब्राह्मण है।

इतने सारे कंगलों में ब्राह्मणों की संख्या बहुत कम थी। ब्राह्मणों को दान देने का पुण्य कुछ और ही है। मुनीम मन में प्रसन्न था कि एक ब्राह्मण देवता दिखाई तो दिए! इसलिए जब उसने रमा को जाते देखा, तो बोला, 'पंडितजी, कहां चले, कंबल तो लेते जाइए!श रमा मारे संकोच के गड़ गया। उसके मुंह से केवल इतना ही निकला, श्मुझे इच्छा नहीं है।'

यह कहकर वह फिर बढ़ा, मुनीमजी ने समझा, शायद कंबल घटिया देखकर देवताजी चले जा रहे हैं। ऐसे आत्म–सम्मान वाले देवता उसे अपने जीवन में शायद कभी मिले ही न थे। कोई दूसरा ब्राह्मण होता, दो–चार चिकनी–चुपड़ी बातें करता और अच्छे कंबल मांगता। यह देवता बिना कुछ कहे, निर्व्याज भाव से चले जा रहे हैं, तो अवश्य कोई त्यागी जीव हैं। उसने लपककर रमा का हाथ पकड़ लिया और बोला, श्आओ तो महाराज, आपके लिए चोखा कंबल रक्खा है। यह तो कंगलों के लिए है। रमा ने देखा कि बिना मांगे एक चीज मिल रही है, जबरदस्ती गले लगाई जा रही है, तो वह दो बार और नहीं–नहीं करके मुनीम के साथ अंदर चला गया। मुनीम ने उसे कोठी में ले जाकर तख्त पर बैठाया और एक अच्छा–सा दबीज कंबल भेंट किया। रमा की संतोष वृत्ति का उस पर इतना प्रभाव पडा कि उसने पांच रूपये दक्षिणा भी देना चाहा, किन्तु रमा ने उसे लेने से साफ इंकार कर दिया। जन्म–जन्मांतर की संचित मर्यादा कंबल लेकर ही आहत हो उठी थी। दक्षिणा के लिए हाथ फैलाना उसके लिए असंभव हो गया।

मुनीम ने चकित होकर कहा, 'आप यह भेंट न स्वीकार करेंगे, तो सेठजी को बडा दुःख होगा।'

रमा ने विरक्त होकर कहा, आपके आग्रह से मैंने कंबल ले लिया, पर दक्षिणा नहीं ले सकता मुझे धन की आवश्यकता नहीं। जिस सज्जन के घर टिका हुआ हूं, वह मुझे भोजन देते हैं। और मुझे लेकर क्या करना है?'

'सेठजी मानेंगे नहीं!'

'आप मेरी ओर से क्षमा मांग लीजिएगा। '

'आपके त्याग को धन्य है। ऐसे ही ब्राह्मणों से धर्म की मर्यादा बनी हुई है। कुछ देर बैठिए तो, सेठजी आते होंगे। आपके दर्शन पाकर बहुत प्रसन्न होंगे। ब्राह्मणों के परम भक्त हैं। और त्रिकाल संध्या–वंदन करते हैं महाराज, तीन बजे रात को गंगा–तट पर पहुंच जाते हैं और वहां से आकर पूजा पर बैठ जाते हैं। दस बजे भागवत का पारायण करते हैं। भोजन पाते हैं, तब कोठी में आते हैं। तीन–चार बजे फिर संध्या करने चले जाते हैं। आठ बजे थोड़ी देर के लिए फिर आते हैं। नौ बजे ठाकुरद्वारे में कीर्तन सुनते हैं और फिर संध्या करके भोजन पाते हैं। थोड़ी देर में आते ही होंगे। आप कुछ देर बैठें, तो बडा अच्छा हो आपका स्थान कहां है?'

रमा ने प्रयाग न बताकर काशी बतलाया। इस पर मुनीमजी का आग्रह और बढ़ा, पर रमा को यह शंका हो रही थी कि कहीं सेठजी ने कोई धार्मिक प्रसंग छेड़ दिया, तो सारी कलई खुल जायगी। किसी दूसरे दिन आने का वचन देकर उसने पिंड छुडाया।

नौ बजे वह वाचनालय से लौटा, तो डर रहा था कि कहीं देवीदीन ने कंबल देखकर पूछा, कहां से लाए, तो क्या जवाब दूंगा। कोई बहाना कर दूंगा। कह दूंगा, एक पहचान की दुकान से उधार लाया हूं। देवीदीन ने कंबल देखते ही पूछा, 'सेठ करोड़ीमल के यहां पहुंच गए क्या, महाराज?'

रमा ने पूछा, 'कौन सेठ करोड़ीमल?'

'अरे वही, जिसकी वह बडी लाल कोठी है।'

रमा कोई बहाना न कर सका। बोला, 'हां, मुनीमजी ने पिंड ही न छोडा! बडा धर्मात्मा जीव है।'

देवीदीन ने मुस्कराकर कहा, 'बडा धर्मात्मा! उसी के थामे तो यह धरती थमी है, नहीं तो अब तक मिट गई होती!'

रमानाथ–'काम तो धर्मात्माओं ही के करता है, मन का हाल ईश्वर जाने। जो सारे दिन पूजापाठ और दान–व्रत में लगा रहे, उसे धर्मात्मा नहीं तो और क्या कहा जाय।'

देवीदीन–'उसे पापी कहना चाहिए, महापापी, दया तो उसके पास से होकर भी नहीं निकली। उसकी जूट की मिल है। मजूरों के साथ जितनी निर्दयता इसकी मिल में होती है, और कहीं नहीं होती। आदमियों को हंटरों से पिटवाता है, हंटरों से। चर्बी–मिला घी बेचकर इसने लाखों कमा लिए। कोई नौकर एक मिनट की भी देर करे तो तुरंत तलब काट लेता है। अगर साल में दो–चार हजार दान न कर दे, तो पाप का धन पचे कैसे! धर्म–कर्म वाले ब्राह्मण तो उसके द्वार पर झांकते भी नहीं। तुम्हारे सिवा वहां कोई पंडित था? श्रमा ने सिर हिलाया।

'कोई जाता ही नहीं। हां, लोभी–लंपट पहुंच जाते हैं। जितने पुजारी देखे, सबको पत्थर ही पाया। पत्थर पूजते–पूजते इनके दिल भी पत्थर हो जाते हैं। इसके तीन तो बड़े–बडे धरमशाले हैं, मुदा है पाखंडी। आदमी चाहे और कुछ न करे, मन में दया बनाए रखे। यही सौ धरम का एक धरम है।'

दिन की रक्खी हुई रोटियां खाकर जब रमा कंबल ओढ़कर लेटा, तो उसे बडी ग्लानि होने लगी। रिश्वत में उसने हजारों रूपये मारे थे, पर कभी एक क्षण के लिए भी उसे ग्लानि न आई थी। रिश्वत बुद्धि से, कौशल से, पुरूषार्थ से मिलती है। दान पौरूषहीन, कर्महीन या पाखंडियों का आधार है। वह सोच रहा था, मैं अब इतना दीन हूं कि भोजन और वस्त्र के लिए मुझे दान लेना पड़ता है! वह देवीदीन के घर दो महीने से पडा हुआ था, पर देवीदीन उसे भिक्षुक नहीं मेहमान समझता था। उसके मन में कभी दान का भाव आया ही न था। रमा के मन में ऐसा उद्वेग उठा कि इसी दम थाने में जाकर अपना सारा वृत्तांत कह सुनाए। यही न होगा, दो–तीन साल की सजा हो जाएगी, फिर तो यों प्राण सूली पर न टंगे रहेंगे। कहीं

डूब ही क्यों न मईंब इस तरह जीने से फायदा ही क्या! न घर का हूं न घाट का। दूसरों का भार तो क्या उठाऊंगा, अपने ही लिए दूसरों का मुंह ताकता हूं। इस जीवन से किसका उपकार हो रहा है? धिक्कार है मेरे जीने को! रमा ने निश्चय किया, कल निद्यशंक होकर काम की टोह में निकलूंगा। जो कुछ होना है, हो!

इक्कीसवाँ

अभी रमा मुंह–हाथ धो रहा था कि देवीदीन प्राइमर लेकर आ पहुंचा और बोला, 'भैया, यह तुम्हारी अंगरेजी बडी विकट है। एस–आई–आर 'सर' होता है, तो पी–आई–टी 'पिट' क्यों हो जाता है? बी–यू–टी 'बट' है, लेकिन पी–यू–टी 'पुट' क्यों होता है? तुम्हें भी बडी कठिन लगती होगी।

रमा ने मुस्कराकर कहा, 'पहले तो कठिन लगती थी, पर अब तो आसान मालूम होती है।' देवीदीन–' शजिस दिन पराइमर खतम होगी, महाबीरजी को सवा सेर लडडू चढ़ाऊंगा। पराई–मर का मतलब है, पराई स्त्री मर जाय। मैं कहता हूं, हमारीमर, पराई के मरने से हमें क्या सुख! तुम्हारे बाल–बच्चे तो हैं न भैया?'

रमा ने इस भाव से कहा, 'मानो हैं, पर न होने के बराबर हैं, हां, हैं तो!'

'कोई चिट्ठी–चपाती आई थी?'

'ना!'

'और न तुमने लिखी–अरे! तीन महीने से कोई चिट्ठी ही नहीं भेजी? घबडाते न होंगे लोग?'

'जब तक यहां कोई ठिकाना न लग जाय, क्या पत्र लिखूं।'

'अरे भले आदमी, इतना तो लिख दो कि मैं यहां कुशल से हूं। घर से भाग आए थे, उन लोगों को कितनी चिंता हो रही होगी! मां–बाप तो हैं न?'

'हां, हैं तो।'

देवीदीन ने गिड़गिडाकर कहा, 'तो भैया, आज ही चिट्ठी डाल दो, मेरी बात मानो।'

रमा ने अब तक अपना हाल छिपाया था। उसके मन में कितनी ही बार इच्छा हुई कि देवीदीन से कह दूं, पर बात होंठों तक आकर रूक जाती थी। वह देवीदीन के मुंह से आलोचना सुनना चाहता था। वह जानना चाहता था कि यह क्या सलाह देता है। इस समय देवीदीन के सद्भाव ने उसे पराभूत कर दिया।

बोला, 'मैं घर से भाग आया हूं, दादा!'

देवीदीन ने मूंछों में मुस्कराकर कहा, 'यह तो मैं जानता हूं, क्या बाप से लडाई हो गई?'

'नहीं!'

'मां ने कुछ कहा होगा?'

यह भी नहीं!'

'तो फिर घरवाली से ठन गई होगी। वह कहती होगी, मैं अलग रहूंगी, तुम कहते होगे मैं अपने मां–बाप से अलग न रहूंगा। या गहने के लिए ज़िद करती होगी। नाक में दम कर दिया होगा। क्यों?'

रमा ने लज्जित होकर कहा, 'कुछ ऐसी बात थी, दादा! वह तो गहनों की बहुत इच्छुक न थी, लेकिन पा जाती थी, तो प्रसन्न हो जाती थी, और मैं प्रेम की तरंग में आगा–पीछा कुछ न सोचता था।'

देवीदीन के मुंह से मानो आप–ही–आप निकल आया, 'सरकारी रकम तो नहीं उडादी?'

रमा को रोमांच हो आया। छाती धक–से हो गई। वह सरकारी रकम की बात उससे छिपाना चाहता था। देवीदीन के इस प्रश्न ने मानो उस पर छापा मार दिया। वह कुशल सैनिक की भांति अपनी सेना को घाटियों से, जासूसों की आंख बचाकर, निकाल ले जाना

चाहता था, पर इस छापे ने उसकी सेना को अस्त–व्यस्त कर दिया। उसके चेहरे का रंग उड़ गया। वह एकाएक कुछ निश्चय न कर सका कि इसका क्या जवाब दूं।

देवीदीन ने उसके मन का भाव भांपकर कहा, 'प्रेम बडा बेढब होता है, भैया! बड़े–बडे चूक जाते हैं, तुम तो अभी लड्के हो गबन के हजारों मुकदमे हर साल होते हैं। तहकीकात की जाय, तो सबका कारण एक ही होगा, गहना। दस–बीस वारदात तो मैं आंखों देख चुका हूं। यह रोग ही ऐसा है। औरत मुंह से तो यही कहे जाती है कि यह क्यों लाए, वह क्यों लाए, रूपये कहां से आवेंगे, लेकिन उसका मन आनंद से नाचने लगता है। यहीं एक डाक–बाबू रहते थे। बेचारे ने छुरी से गला काट लिया। एक दूसरे मियां साहब को मैं जानता हूं, जिनको पांच साल की सजा हो गई, जेहल में मर गए। एक तीसरे पंडितजी को जानता हूं, जिन्होंने अफीम खाकर जान दे दी। बुरा रोग है। दूसरों को क्या कहूं, मैं ही तीन साल की सजा काट चुका हूं। जवानी की बात है, जब इस बुढिया पर जोबन था, ताकती थी तो मानो कलेजे पर तीर चला देती थी। मैं डाकिया था। मनीआर्डर तकसीम किया करता था। यह कानों के झुमकों के लिए जान खा रही थी। कहती थी, सोने ही के लूंगी। इसका बाप चौधरी था। मेवे की दुकान थी। मिजाज बढ़ा हुआ था। मुझ पर प्रेम का नसा छाया हुआ था। अपनी आमदनी की डींगें मारता रहता था। कभी फूल के हार लाता, कभी मिठाई, कभी अतर–फुलेलब सहर का हलका था। जमाना अच्छा था। दुकानदारों से जो चीज मांग लेता, मिल जाती थी। आख़िर मैंने एक मनीआर्डर पर झूठे दस्तखत बनाकर रूपये उडालिए। कुल तीस रूपये थे। झुमके लाकर इसे दिए। इतनी खुश हुई, इतनी खुश हुई, कि कुछ न पूछो, लेकिन एक ही महीने में चोरी पकड़ ली गई। तीन साल की सजा हो गई। सजा काटकर निकला तो यहां भाग आया। फिर कभी घर नहीं गया। यह मुंह कैसे दिखाता। हां, घर पत्र भेज दिया। बुढिया खबर पाते ही चली आई। यह सब कुछ हुआ, मगर गहनों से उसका पेट नहीं

भरा। जब देखो, कुछ–न–कुछ बनता ही रहता है। एक चीज आज बनवाई, कल उसी को तुड़वाकर कोई दूसरी चीज बनवाई, यही तार चला जाता है। एक सोनार मिल गया है, मजूरी में साफ–भाजी ले जाता है। मेरी तो सलाह है, घर पर एक खत लिख दो, लेकिन पुलिस तो तुम्हारी टोह में होगी। कहीं पता मिल गया, तो काम बिगड़ जायगा। मैं न किसी से एक खत लिखाकर भेज दूं?'

रमा ने आग्रहपूर्वक कहा, 'नहीं, दादा! दया करो। अनर्थ हो जायगा। पुलिस से ज्यादा तो मुझे घरवालों का भय है।'

देवीदीन–'घर वाले खबर पाते ही आ जाएंगे। यह चर्चा ही न उठेगी। उनकी कोई चिंता नहीं। डर पुलिस ही का है।'

रमानाथ–'मैं सजा से बिलकुल नहीं डरता। तुमसे कहा नहीं, एक दिन मुझे वाचनालय में जान – पहचान की एक स्त्री दिखाई दी। हमारे घर बहुत आती–जाती थी। मेरी स्त्री से बडी मित्रता थी। एक बडे वकील की पत्नी है। उसे देखते ही मेरी नानी मर गई। ऐसा सिटपिटा गया कि उसकी ओर ताकने की हिम्मतन पड़ी। चुपके से उठकर पीछे के बरामदे में जा छिपा।

अगर उस वक्त उससे दो–चार बातें कर लेता, तो घर का सारा समाचार मालूम हो जाता और मुझे यह विश्वास है कि वह इस मुलाकात की किसी से चर्चा भी न करती। मेरी पत्नी से भी न कहती, लेकिन मेरी हिम्मत ही न पड़ी। अब अगर मिलना भी चाहूं, तो नहीं मिल सकता उसका पता–ठिकाना कुछ भी तो नहीं मालूम । देवीदीन–'तो फिर उसी को क्यों नहीं एक चिट्ठी लिखते?'

रमानाथ–'चिटठी तो मुझसे न लिखी जाएगी।'

देवीदीन–'तो कब तक चिट्ठी न लिखोगे?'

रमानाथ–'देखा चाहिए।'

देवीदीन–'पुलिस तुम्हारी टोह में होगी।'

देवीदीन चिंता में डूब गया। रमा को भ्रम हुआ, शायद पुलिस का भय इसे चिंतित कर रहा है। बोला, 'हां, इसकी शंका मुझे हमेशा बनी रहती है। तुम देखते हो, मैं दिन को बहुत कम घर से निकलता हूं, लेकिन मैं तुम्हें अपने साथ नहीं घसीटना चाहता। मैं तो जाऊंगा ही, तुम्हें क्यों उलझन में डालूं। सोचता हूं, कहीं और चला जाऊं, किसी ऐसे गांव में जाकर रहूं, जहां पुलिस की गंध भी न हो देवीदीन ने गर्व से सिर उठाकर कहा, 'मेरे बारे में तुम कुछ चिंता न करो भैया, यहां पुलिस से डरने वाले नहीं हैं। किसी परदेशी को अपने घर ठहराना पाप नहीं है। हमें क्या मालूम किसके पीछे पुलिस है? यह पुलिस का काम है, पुलिस जाने। मैं पुलिस का मुखबिर नहीं, जासूस नहीं, गोइंदा नहीं। तुम अपने को बचाए रहो, देखो भगवान क्या करते हैं। हां, कहीं बुढिया से न कह देना, नहीं तो उसके पेट में पानी न पचेगा।'

दोनों एक क्षण चुपचाप बैठे रहे। दोनों इस प्रसंग को इस समय बंद कर देना चाहते थे। सहसा देवीदीन ने कहा, क्यों भैया, कहो तो मैं तुम्हारे घर चला जाऊं। किसी को कानों –कान खबर न होगी। मैं इधर–उधर से सारा ब्योरा पूछ आऊंगा। तुम्हारे पिता से मिलूंगा, तुम्हारी माता को समझाऊंगा, तुम्हारी घरवाली से बातचीत करूंगा। फिर जैसा उचित जान पड़े, वैसा करना।

रमा ने मन–ही–मन प्रसन्न होकर कहा, 'लेकिन कैसे पूछोगे दादा, लोग कहेंगे न कि तुमसे इन बातों से क्या मतलब?'

देवीदीन ने ठट्ठा मारकर कहा, 'भैया, इससे सहज तो कोई काम ही नहीं।'

एक जनेऊ गले में डाला और ब्राह्मन बन गए। फिर चाहे हाथ देखो, चाहे, कुंडली बांचो, चाहे सगुन विचारो, सब कुछ कर सकते हो बुढिया भिक्षा लेकर आवेगी। उसे देखते ही कहूंगा, माता तेरे को पुत्र के परदेस जाने का बडा कष्ट है, क्या तेरा कोई पुत्र विदेश गया है? इतना सुनते ही घर–भर के लोग आ जाएंगे। वह

भी आवेगी। उसका हाथ देखूंगा। इन बातों में मैं पक्का हूं भैया, तुम निश्चिन्त रहो कुछ कमा लाऊंगा, देख लेना। माघ–मेला भी होगा। स्नान करता आऊंगा।

रमा की आंखें मनोल्लास से चमक उठीं। उसका मन मधुर कल्पनाओं के संसार में जा पहुंचा। जालपा उसी वक्त रतन के पास दौड़ी जायगी। दोनों भांति–भांति के प्रश्न करेंगी, क्यों बाबा, वह कहां गए हैं? अच्छी तरह हैं न? कब तक घर आवेंगे–कभी बाल–बच्चों की सुधि आती है उनको–वहां किसी कामिनी के माया–जाल में तो नहीं फंस गए? दोनों शहर का नाम भी पूछेंगी।

कहीं दादा ने सरकारी रूपये चुका दिए हों, तो मजा आ जाय। तब एक ही चिंता रहेगी।

देवीदीन बोला, 'तो है न सलाह?' रमानाथ–'कहां जायंगे दादा, कष्ट होगा।'

'माघ का स्नान भी तो करूंगा। कष्ट के बिना कहीं पुन्न होता है! मैं तो कहता हूं, तुम भी चलो। मैं वहां सब रंग–ढंग देख लूंगा। अगर देखना कि मामला टिचन है, तो चौन से घर चले जाना। कोई खटका मालूम हो, तो मेरे साथ ही लौट आना।'

रमा ने हंसकर कहा, 'कहां की बात करते हो, दादा! मैं यों कभी न जाऊंगा। स्टेशन पर उतरते ही कहीं पुलिस का सिपाही पकड़ ले, तो बस!'

देवीदीन ने गंभीर होकर कहा, 'सिपाही क्या पकड़ लेगा, दिल्लगी है! मुझसे कहो, मैं प्रयागराज के थाने में ले जाकर खडाकर दूं। अगर कोई तिरछी आंखों से भी देख ले तो मूंछ मुडालूं!

ऐसी बात भला! सैकडों खूनियों को जानता हूं जो यहां कलकत्ता में रहते हैं। पुलिस के अफसरों के साथ दावतें खाते हैं, पुलिस उन्हें जानती है, फिर भी उनका कुछ नहीं कर सकती! रूपये में बडा बल है, भैया!'

रमा ने कुछ जवाब न दिया। उसके सामने यह नया प्रश्न आ खडा हुआ। जिन बातों को वह अनुभव न होने के कारण महाकष्ट–साकेय समझता था, उन्हें इस बूढ़े ने निर्मूल कर दिया, और बूढ़ा शेखीबाजों में नहीं है, वह मुंह से जो कहता है, उसे पूरा कर दिखाने की सामर्थ्य रखता है। उसने सोचा, तो क्या मैं सचमुच देवीदीन के साथ घर चला जाऊं?' यहां कुछ रूपये मिल जाते, तो नए सूट बनवा लेता, फिर शान से जाता। वह उस अवसर की कल्पना करने लगा, जब वह नया सूट पहने हुए घर पहुंचेगा। उसे देखते ही गोपी और विश्वम्भर दौड़ेंगे, भैया आए, भैया आए! दादा निकल आयंगे। अम्मां को पहले विश्वास न आयगा, मगर जब दादा जाकर कहेंगे, हां, आ तो गए, तब वह रोती हुई द्वार की ओर चलेंगी। उसी वक्त मैं पहुंचकर उनके पैरों पर फिर पडूंगा। जालपा वहां न आएगी। वह मान किए बैठी रहेगी। रमा ने मन–ही–मन वह वाक्य भी सोच लिए, जो वह जालपा को मनाने के लिए कहेगा। शायद रूपये की चर्चा ही न आए। इस विषय पर कुछ कहते हुए सभी को संकोच होगा। अपने प्रियजनों से जब कोई अपराध हो जाता है, तो हम उघाड़ कर उसे दुखी नहीं करते। चाहते हैं कि उस बात का उसे ध्यान ही न आए, उसके साथ ऐसा व्यवहार करते हैं कि उसे हमारी ओर से जरा भी भ्रम न हो, वह भूलकर भी यह न समझे कि मेरी अपकीर्ति हो रही है।

देवीदीन ने पूछा, 'क्या सोच रहे हो? चलोगे न?'

रमा ने दबी जबान से कहा, 'तुम्हारी इतनी दया है, तो चलूंगा, मगर पहले तुम्हें मेरे घर जाकर पूरा–पूरा समाचार लाना पड़ेगा। अगर मेरा मन न भरा, तो मैं लौट आऊंगा।'

देवीदीन ने दृढ़ता से कहा, 'मंजूर।'

रमा ने संकोच से आंखें नीची करके कहा, 'एक बात और है?'

देवीदीन–' श्क्या बात है? कहो।'

'मुझे कुछ कपड़े बनवाने पड़ेंगे।'

'बन जायेंगे।'

'मैं घर पहुंचकर तुम्हारे रूपये दिला दूंगा।'

'और मैं तुम्हारी गुरू–दक्षिणा भी वहीं दे दूंगा।'

'गुरू–दक्षिणा भी मुझी को देनी पड़ेगी। मैंने तुम्हें चार हरफ अंग्रेजी पढ़ा दिए, तुम्हारा इससे कोई उपकार न होगा। तुमने मुझे पाठ पढ़ाए हैं, उन्हें मैं उम्र–भर नहीं भूल सकता मुंह पर बडाई करना खुशामद है, लेकिन दादा, मातापिता के बाद जितना प्रेम मुझे तुमसे है, उतना और किसी से नहीं। तुमने ऐसे गाढ़े समय मेरी बांह पकड़ी, जब मैं बीच धार में बहा जा रहा था। ईश्वर ही जाने, अब तक मेरी क्या गति हुई होती, किस घाट लगा होता!' देवीदीन ने चुहल से कहा, 'और जो कहीं तुम्हारे दादा ने मुझे घर में न घुसने दिया तो?'

रमा ने हंसकर कहा, 'दादा तुम्हें अपना बडा भाई समझेंगे, तुम्हारी इतनी खातिर करेंगे कि तुम ऊब जाओगे। जालपा तुम्हारे चरण धो–धो पिएगी, तुम्हारी इतनी सेवा करेगी कि जवान हो जाओगे।'

देवीदीन ने हंसकर कहा, 'तब तो बुढिया डाह के मारे जल मरेगी। मानेगी नहीं, नहीं तो मेरा जी चाहता है कि हम दोनों यहां से अपना डेरा–डंडा लेकर चलते और वहीं अपनी सिरकी तानते। तुम लोगों के साथ ज़िदगी के बाकी दिन आराम से कट जाते, मगर इस चुड़ैल से कलकत्ता न छोडा जायगा। तो बात पक्की हो गई न?'

'हां, पक्की ही है।'

'दुकान खुले तो चलें, कपड़े लावेंब आज ही सिलने को दे दें।'

देवीदीन के चले जाने के बाद रमा बडी देर तक आनंद–कल्पनाओं में मग्न बैठा रहा। जिन भावनाओं को उसने कभी मन में आश्रय न दिया था, जिनकी गहराई और विस्तार और उद्वेग से वह इतना भयभीत था कि उनमें फिसलकर डूब जाने के भय से चंचल मन को

उधर भटकने भी न देता था, उसी अथाह और अछोर कल्पना–सागर में वह आज स्वच्छंद रूप से क्रीडाकरने लगा। उसे अब एक नौका मिल गई थी। वह त्रिवेणी की सैर, वह अल्फ्रेड पार्क की बहार, वह खुसरो बाग का आनंद, वह मित्रों के जलसे, सब याद आ–आकर हृदय को गुदगुदाने लगे। रमेश उसे देखते ही गले लिपट जाएंगे। मित्रगण पूछेंगे, कहां गए थे, यार– खूब सैर की? रतन उसकी खबर पाते ही दौड़ी आएगी और पूछेगी, तुम कहां ठहरे थे, बाबूजी? मैंने सारा कलकत्ता छान मारा। फिर जालपा की मान–प्रतिमा सामने आ खड़ी हुई। सहसा देवीदीन ने आकर कहा, 'भैया, दस बज गए, चलो बाजार होते आवें।'

रमा ने चौंककर पूछा, 'क्या दस बज गए?'

देवीदीन–'दस नहीं, ग्यारह का अमल होगा।'

रमा चलने को तैयार हुआ, लेकिन द्वार तक आकर रूक गया।

देवीदीन ने पूछा, श्क्यों खड़े कैसे हो गए?'

'तुम्हीं चले जाओ, मैं जाकर क्या करूंगा!'

'क्या डर रहे हो?'

'नहीं, डर नहीं रहा हूं, मगर क्या फायदा?'

'मैं अकेले जाकर क्या करूंगा! मुझे क्या मालूम, तुम्हें कौन कपडा पसंद है। चलकर अपनी पसंद से ले लो। वहीं दरजी को दे देंगे।'

'तुम जैसा कपडा चाहे ले लेना। मुझे सब पंसद है।'

'तुम्हें डर किस बात का है? पुलिस तुम्हारा कुछ नहीं करेगी। कोई तुम्हारी तरफ ताकेगा भी नहीं।'

'मैं डर नहीं रहा हूं दादा, जाने की इच्छा नहीं है।'

'डर नहीं रहे हो, तो क्या कर रहे हो कह रहा हूं कि कोई तुम्हें कुछ न कहेगा, इसका मेरा जिम्मा, मुदा तुम्हारी जान निकली जाती है!'

देवीदीन ने बहुत समझाया, आश्वासन दिया, पर रमा जाने पर राजी न हुआ। वह डरने से कितना ही इंकार करे, पर उसकी हिम्मत घर से बाहर निकलने की न पड़ती थी। वह सोचता था, अगर किसी सिपाही ने पकड़ लिया, तो देवीदीन क्या कर लेगा। माना सिपाही से इसका परिचय भी हो, तो यह आवश्यक नहीं कि वह सरकारी मामले में मौी का निर्वाह करे। यह मिकैत–खुशामद करके रह जाएगा, जाएगी मेरे सिरब कहीं पकडा जाऊं, तो प्रयाग के बदले जेल जाना पड़े। आखिर देवीदीन लाचार होकर अकेला ही गया। देवीदीन घंटे–भर में लौटा, तो देखा, रमा छत पर टहल रहा है। बोला, 'कुछ खबर है, कै बज गए? बारह का अमल है। आज रोटी न बनाओगे क्या? घर जाने की खुशी में खाना–पीना छोड़ दोगे?'

रमा ने झेंपकर कहा, 'बना लूंगा दादा, जल्दी क्या है।'

'यह देखो, नमूने लाया हूं, इनमें जौन–सा पसंद करो, ले लूं।'

यह कह कर देवीदीन ने ऊनी और रेशमी कपड़ों के सैकड़ों नमूने निकालकर रख दिए। पांच–छः रूपये गज से कम का कोई कपडान था। रमा ने नमूनों को उलट–पलटकर देखा और बोला, इतने महंगे कपड़े क्यों लाए, दादा? और सस्ते न थे?'

'सस्ते थे, मुदा विलायती थे।'

'तुम विलायती कपड़े नहीं पहनते?'

'इधर बीस साल से तो नहीं लिए, उधर की बात नहीं कहता। कुछ बेसी दाम लग जाता है, पर रूपया तो देस ही में रह जाता है।'

रमा ने लजाते हुए कहा, 'तुम नियम के बडे पक्के हो दादा!'

देवीदीन की मुद्रा सहसा तेजवान हो गई। उसकी बुझी हुई आंखें चमक उठीं। देह की नसें तन गई। अकड़कर बोला, जिस देस में रहते हैं, जिसका अन्न–जल खाते हैं, उसके लिए इतना भी न करें तो जीने को धिक्कार है। दो जवान बेटे इसी सुदेसी की भेंट कर चुका हूं, भैया! ऐसे–ऐसे पट्ठे थे, कि तुमसे क्या कहें।

दोनों बिदेसी कपड़ों की दुकान पर तैनात थे। क्या मजाल थी कोई गाहक दुकान पर आ जाय। हाथ जोड़कर, घिघियाकर, धमकाकर, लजवाकर सबको उधर लेते थे। बजाजे में सियार लोटने लगे। सबों ने जाकर कमिसनर से फरियाद की। सुनकर आग हो गया। बीस गौजी गोरे भेजे कि अभी जाकर बजार से पहरे उठा दो। गोरों ने दोनों भाइयों से कहा, यहां से चले जाव, मुदा वह अपनी जगह से जौ–भर न हिले। भीड़ लग गई।

गोरे उन पर घोड़े चढ़ा लाते थे, पर दोनों चट्टान की तरह डटे खड़े थे। आख़िर जब इस तरह कुछ बस न चला तो सबों ने डंडों से पीटना सुई किया। दोनों वीर डंडे खाते थे, पर जगह से न हिलते थे। जब बडा भाई फिर पडातो छोटा उसकी जगह पर आ खडा हुआ। अगर दोनों अपने डंडे संभाल लेते तो भैया उन बीसों को मार भगातेऋ लेकिन हाथ उठाना तो बडी बात है, सिर तक न उठाया। अन्त में छोटा भी वहीं फिर पड़ा। दोनों को लोगों ने उठाकर अस्पताल भेजा।

उसी रात को दोनों सिधार गए। तुम्हारे चरन छूकर कहता हूं भैया, उस बखत ऐसा जान पड़ता था कि मेरी छाती गज–भर की हो गई है, पांव जमीन पर न पड़ते थे, यही उमंग आती थी कि भगवान ने औरों को पहले न उठा लिया होता, तो इस समय उन्हें भी भेज देता। जब अर्थी चली है, तो एक लाख आदमी साथ थे। बेटों को गंगा में सौंपकर मैं सीधे बजाजे पहुंचा और उसी जगह खडा हुआ, जहां दोनों बीरों की लहास गिरी थी।

गाहक के नाम चिडिए का पूत तक न दिखाई दिया। आठ दिन वहां से हिला तक नहीं। बस भोर के समय आधा घंटे के लिए घर आता था और नहा–धोकर कुछ जलपान करके चला जाता था। नवें दिन दुकानदारों ने कसम खाई कि विलायती कपड़े अब न मंगावेंगे। तब पहरे उठा लिए गए। तब से बिदेसी दियासलाई तक घर में नहीं लाया।

रमा ने सच्चे दिल से कहा, 'दादा, तुम सच्चे वीर हो, और वे दोनों लडके भी सच्चे योद्धा थे। तुम्हारे दर्शनों से आंखें पवित्र होती हैं।'

देवीदीन ने इस भाव से देखा मानो इस बडाई को वह बिलकुल अतिशयोक्ति नहीं समझता। शहीदों की शान से बोला, इन बड़े–बडे आदमियों के किए कुछ न होगा। इन्हें बस रोना आता है, छोकरियों की भांति बिसूरने के सिवा इनसे और कुछ नहीं हो सकता बड़े–बडे देस–भगतों को बिना बिलायती सराब के चौन नहीं आता। उनके घर में जाकर देखो, तो एक भी देसी चीज न मिलेगी।

दिखाने को दस–बीस कुरते गाढ़े के बनवा लिए, घर का और सब सामान बिलायती है। सब–के–सब भोग–बिलास में अंधे हो रहे हैं, छोटे भी और बड़े भी। उस पर दावा यह है कि देस का उद्धार करेंगे। अरे तुम क्या देस का उद्धार करोगे। पहले अपना उद्धार तो कर लो। गरीबों को लूटकर बिलायत का घर भरना तुम्हारा काम है। इसीलिए तुम्हारा इस देस में जनम हुआ है। हां, रोए जाव, बिलायती सराबें उडाओ, बिलायती मोटरें दौडाओ, बिलायती मुरब्बे और अचार चक्खो, बिलायती बरतनों में खाओ, बिलायती दवाइयां पियो, पर देस के नाम को रोये जाव। मुदा इस रोने से कुछ न होगा। रोने से मां दूध पिलाती है, सेर अपना सिकार नहीं छोड़ता। रोओ उसके सामने, जिसमें दया और धरम हो तुम धमकाकर ही क्या कर लोगे– जिस धमकी में कुछ दम नहीं है, उस धमकी की परवाह कौन करता है। एक बार यहां एक बडा भारी जलसा हुआ। एक साहब बहादुर खड़े होकर खूब उछले–यदे, जब वह नीचे आए, तब मैंने उनसे पूछा, साहब, सच बताओ, जब तुम सुराज का नाम लेते हो, तो उसका कौनसा रूप तुम्हारी आंखों के सामने आता है? तुम भी बडी–बडी तलब लोगे, तुम भी अंगरेजों की तरह बंगलों में रहोगे, पहाड़ों की हवा खाओगे, अंगरेजी ठाठ बनाए घूमोगे, इस सुराज से देस का क्या कल्यान होगा। तुम्हारी और तुम्हारे भाईबंदों की ज़िदगी भले

आराम और ठाठ से गुजरे, पर देस का तो कोई भला न होगा। बस, बगलें झांकने लगे। तुम दिन में पांच बेर खाना चाहते हो, और वह भी बढिया माल, गरीब किसान को एक जून सूखा चबेना भी नहीं मिलता। उसी का रक्त चूसकर तो सरकार तुम्हें हुप्रे देती है। तुम्हारा ध्यान कभी उनकी ओर जाता है? अभी तुम्हारा राज नहीं है, तब तो तुम भोग–बिलास पर इतना मरते हो, जब तुम्हारा राज हो जायगा, तब तो तुम गरीबों को पीसकर पी जाओगे। रमा भद्र–समाज पर यह आक्षेप न सुन सका।

आख़िर वह भी तो भद्रसमाज का ही एक अंग था। बोला, 'यह बात तो नहीं है दादा, कि पढ़े–लिखे लोग किसानों का ध्यान नहीं करते। उनमें से कितने ही खुद किसान थे, या हैं। उन्हें अगर विश्वास हो जाय कि हमारे कष्ट उठाने से किसानों का कोई उपकार होगा और जो बचत होगी, वह किसानों के लिए खर्च की जायगी, तो वह खुशी से कम वेतन पर काम करेंगे, लेकिन जब वह देखते हैं कि बचत दूसरे हडप। जाते हैं, तो वह सोचते हैं, अगर दूसरों को ही खाना है, तो हम क्यों न खाएं।' देवीदीन–'तो सुराज मिलने पर दस–दस, पांच–पांच हजार के अफसर नहीं रहेंगे? वकीलों की लूट नहीं रहेगी? पुलिस की लूट बंद हो जाएगी?'

एक क्षण के लिए रमा सिटपिटा गया। इस विषय में उसने खुद कभी विचार न किया था, मगर तुरंत ही उसे जवाब सूझ गया। बोला, 'दादा, तब तो सभी काम बहुमत से होगा।

अगर बहुमत कहेगा कि कर्मचारियों के वेतन घटा दिए जाएं, तो घट जाएंगे। देहातों के संगठनों के लिए भी बहुमत जितने रूपये मांगेगा, मिल जाएंगे। कुंजी बहुमत के हाथ में रहेगी, और अभी दस–पांच बरस चाहे न हो लेकिन आगे चलकर बहुमत किसानों और मजूरों ही का हो जाएगा। देवीदीन ने मुस्कराकर कहा, 'भैया, तुम भी इन बातों को समझते हो यही मैंने भी सोचा था। भगवान करे, कुछ दिन और जिऊं। मेरा पहला सवाल यह होगा कि बिलायती चीजों

पर दुगुना महसूल लगाया जाय और मोटरों पर चौगुना। अच्छा अब भोजन बनाओ। सांझ को चलकर कपड़े दरजी को दे देंगे। मैं भी जब तक खा लूं।'

शाम को देवीदीन ने आकर कहा, 'चलो भैया, अब तो अंधेरा हो गया।'

रमा सिर पर हाथ धरे बैठा हुआ था। मुख पर उदासी छाई हुई थी। बोला, 'दादा, मैं घर न जाऊंगा।'

देवीदीन ने चकित होकर पूछा, 'क्यों क्या बात हुई?'

रमा की आंखें सजल हो गईं। बोला, 'कौन–सा मुंह लेकर जाऊं, दादा! मुझे तो डूब मरना चाहिए था।'

यह कहते–कहते वह खुलकर रो पड़ा। वह वेदना जो अब तक मूर्छित पड़ी थी, शीतल जल के यह छींटे पाकर सचेत हो गई और उसके क्रंदन ने रमा के सारे अस्तित्व को जैसे छेद डाला। इसी क्रंदन के भय से वह उसे छेड़ता न था, उसे सचेत करने की चेष्टा न करता था। संयत विस्मृति से उसे अचेत ही रखना चाहता था, मानो कोई दुखिनी माता अपने बालक को इसलिए जगाते

डरती हो कि वह तुरंत खाने को मांगने लगेगा।

बाईसवाँ

कई दिनों के बाद एक दिन कोई आठ बजे रमा पुस्तकालय से लौट रहा था कि मार्ग में उसे कई युवक शतरंज के किसी नक्शे की बातचीत करते मिले। यह नक्शा वहां के एक हिंदी दैनिक पत्र में छपा था और उसे हल करने वाले को पचास रूपये इनाम देने का वचन दिया गया था। नक्शा असाकेय–सा जान पड़ता था। कम–सेकम इन युवकों की बातचीत से ऐसा ही टपकता था। यह भी मालूम हुआ कि वहां के और भी कितने ही शतरंजबाजों ने उसे हल करने के लिए भरपूर जोर लगाया, पर कुछ पेश न गई। अब

रमा को याद आया कि पुस्तकालय में एक पत्र पर बहुत–से आदमी झुके हुए थे और उस नक्शे की नकल कर रहे थे। जो आता था, दो–चार मिनट तक वह पत्र देख लेता था। अब मालूम हुआ, यह बात थी। रमा का इनमें से किसी से भी परिचय न था, पर वह यह नक्शा देखने के लिए इतना उत्सुक हो रहा था कि उससे बिना पूछे न रहा गया। बोला, आप लोगों में किसी के पास वह नक्शा है?

युवकों ने एक कंबलपोश आदमी को नक्शे की बात पूछते सुना तो समझे कोई अताई होगा।

एक ने रूखाई से कहा, 'हां, है तो, मगर तुम देखकर क्या करोगे, यहां अच्छे–अच्छे गोते खा रहे हैं। एक महाशय, जो शतरंज में अपना सानी नहीं रखते, उसे हल करने के लिए सौ रूपये अपने पास से देने को तैयार हैं।'

दूसरा युवक बोला, 'दिखा क्यों नहीं देते जी, कौन जाने यही बेचारे हल कर लें, शायद इन्हीं की सूझ लड़ जाए।' इस प्रेरणा में सज्जनता नहीं व्यंग्य था, उसमें यह भाव छिपा था कि हमें दिखाने में कोई उज्र नहीं है, देखकर अपनी आंखों को त!प्त कर लो मगर तुम जैसे उल्लू उसे समझ ही नहीं सकते, हल क्या करेंगे। जान – पहचान की एक दुकान में जाकर उन्होंने रमा को नक्शा दिखाया।

रमा को तुरंत याद आ गया, यह नक्शा पहले भी कहीं देखा है। सोचने लगा, कहां देखा है?

एक युवक ने चुटकी ली, 'आपने तो हल कर लिया होगा!'

दूसरा, 'अभी नहीं किया तो एक क्षण में किए लेते हैं!'

तीसरा, 'जरा दो–एक चाल बताइए तो?'

रमा ने उत्तेजित होकर कहा, यह मैं नहीं कहता कि मैं उसे हल कर ही लूंगा, मगर ऐसा नक्शा मैंने एक बार हल किया है, और संभव है, इसे भी हल कर लूं। जरा कागज–पेंसिल दीजिए तो नकल कर लूं।'

युवकों का अविश्वास कुछ कम हुआ। रमा को कागज–पेंसिल मिल गया। एक क्षण में उसने नक्शा नकल कर लिया और युवकों को धन्यवाद देकर चला। एकाएक उसने फिरकर पूछा, 'जवाब किसके पास भेजना होगा?'

एक युवक ने कहा, 'प्रजा–मित्र' के संपादक के पास।'

रमा ने घर पहुंचकर उस नक्शे पर दिमाग लगाना शुरू किया, लेकिन मुहरों की चालें सोचने की जगह वह यही सोच रहा था कि यह नक्शा कहां देखा। शायद याद आते ही उसे नक्शे का हल भी सूझ जायगा। अन्य प्राणियों की तरह मस्तिष्क भी कार्य में तत्पर न होकर बहाने खोजता है। कोई आधार मिल जाने से वह मानो छुट्टी पा जाता है। रमा आधी रात तक नक्शा सामने खोले बैठा रहा। शतरंज की जो बडी–बडी मार्के की बाजियां खेली थीं, उन सबका नक्शा उसे याद था, पर यह नक्शा कहां देखा?

सहसा उसकी आंखों के सामने बिजली–सी कौधं गई। खोई हुई स्मृति मिल गई। अहा! राजा साहब ने यह नक्शा दिया था। हां, ठीक है। लगातार तीन दिन दिमाग लडाने के बाद इसे उसने हल किया था। नक्शे की नकल भी कर लाया था। फिर तो उसे एक–एक चाल याद आ गई। एक क्षण में नक्शा हल हो गया! उसने उल्लास के नशे में जमीन पर दो–तीन कुलांचें लगाई, मूछों पर ताव दिया, आईने में मुंह देखा और चारपाई पर लेट गया। इस तरह अगर महीने में एक नक्शा मिलता जाए, तो क्या पूछना!

देवीदीन अभी आग सुलगा रहा था कि रमा प्रसन्न मुख आकर बोला, 'दादा, जानते हो श्प्रजा–मित्रश अखबार का दफ्तर कहां है?'

देवीदीन–'श्जानता क्यों नहीं हूं। यहां कौन अखबार है, जिसका पता मुझे न मालूम हो श्प्रजा–मित्रश का संपादक एक रंगीला युवक है, जो हरदम मुंह में पान भरे रहता है। मिलने जाओ, तो आंखों से बातें करता है, मगर है हिम्मत का धनी, दो बेर जेहल हो आया है।'

रमा–'आज जरा वहां तक जाओगे?'

देवीदीन ने कातर भाव से कहा, 'मुझे भेजकर क्या करोगे? मैं न जा सकूंगा।'

'क्या बहुत दूर है?'

'नहीं, दूर नहीं है।'

'फिर क्या बात है?'

देवीदीन ने अपराधियों के भाव से कहा, 'बात कुछ नहीं है, बुढिया बिगड़ती है। उसे बचन दे चुका हूं कि सुदेसी–बिदेसी के झगड़े में न पड़ूंगा, न किसी अखबार के दफ्तर में जाऊंगा। उसका दिया खाता हूं, तो उसका हुकुम भी तो बजाना पड़ेगा।'

रमा ने मुस्कराकर कहा, 'दादा, तुम तो दिल्लगी करते हो मेरा एक बडा जरूरी काम है। उसने शतरंज का एक नक्शा छापा था, जिस पर पचास रूपया इनाम है। मैंने वह नक्शा हल कर दिया है। आज छप जाय, तो मुझे यह इनाम मिल जाय। अखबारों के दफ्तर में अक्सर खुगिया पुलिस के आदमी आतेजाते रहते हैं। यही भय है। नहीं, मैं खुद चला जाता, लेकिन तुम नहीं जा रहे हो तो लाचार मुझे ही जाना पड़ेगा। बडी मेहनत से यह नक्शा हल किया है। सारी रात जागता रहा हूं।'

देवीदीन ने चिंतित स्वर में कहा, 'तुम्हारा वहां जाना ठीक नहीं।'

रमा ने हैरान होकर पूछा, 'तो फिर? क्या डाक से भेज दूं?'

देवीदीन ने एक क्षण सोचकर कहा, 'नहीं, डाक से क्या भेजोगे। इधर–उधर हो जाय, तो तुम्हारी मेहनत अकारथ जाय। रजिस्ट्री कराओ, तो कहीं परसों पहुंचेगा। कल इतवार है। किसी और ने जवाब भेज दिया, तो इनाम वह मार ले जायगा। यह भी तो हो सकता है कि अखबार वाले धांधली कर बैठें और तुम्हारा जवाब अपने नाम से छापकर रूपया हजम कर लें।'

रमा ने दुबिधा में पड़कर कहा, 'मैं ही चला जाऊंगा।'

'तुम्हें मैं न जाने दूंगा। कहीं फंस जाओ तो बस!'

'फंसंना तो एक दिन है ही। कब तक छिपा रहूंगा?'

'तो मरने के पहले ही क्यों रोना–पीटना हो जब फंसोगे, तब देखी जाएगी। लाओ, मैं चला जाऊं। बुढिया से कोई बहाना कर दूंगा। अभी भेंट भी हो जाएगी। दफ्तर ही में रहते भी हैं। फिर घूमने–घामने चल देंगे, तो दस बजे से पहले न लौटेंगे।'

रमा ने डरते–डरते कहा, 'तो दस बजे बाद जाना, क्या हरज है।'

देवीदीन ने खड़े होकर कहा, 'तब तक कोई दूसरा काम आ गया, तो आज रह जाएगा। घंटे–भर में लौट आता हूं। अभी बुढिया देर में आएगी।श्यह कहते हुए देवीदीन ने अपना काला कंबल ओढ़ा, रमा से लिफाफा लिया और चल दिया।

जग्गो साग–भाजी और फल लेने मंडी गई हुई थी। आधा घंटे में सिर पर एक टोकरी रक्खे और एक बडा–सा टोकरा मजूर के सिर पर रखवाए आई। पसीने से तर थी। आते ही बोली, 'कहां गए? जरा बोझा तो उतारो, गरदन टूट गई।'

रमा ने आगे बढ़कर टोकरी उतरवा ली। इतनी भारी थी कि संभाले न संभलती थी।

जग्गो ने पूछा, 'वह कहां गए हैं?'

रमा ने बहाना किया, 'मुझे तो नहीं मालूम, अभी इसी तरफ चले गए हैं।'

बुढिया ने मजूर के सिर का टोकरा उतरवाया और जमीन पर बैठकर एक टूटी–सी पंखिया झलती हुई बोली, 'चरस की चाट लगी होगी और क्या, मैं मरमर कमाऊं और यह बैठे–बैठे मौज उडाएं और चरस पीएं।'

रमा जानता था, देवीदीन चरस पीता है, पर बुढिया को शांत करने के लिए बोला, 'क्या चरस पीते हैं? मैंने तो नहीं देखा!'

बुढिया ने पीठ की साड़ी हटाकर उसे पंखी की डंडी से खुजाते हुए कहा, 'इनसे कौन नसा छूटा है, चरस यह पीएं, गांजा यह पीएं, सराब इन्हें चाहिए, भांग इन्हें चाहिए, हां अभी तक अगीम नहीं खाई, या राम जाने खाते हों, मैं कौन हरदम देखती रहती हूं। मैं तो सोचती हूं कौन जाने आगे क्या हो, हाथ में चार पैसे होंगे, तो पराए भी अपने हो जाएंगे, पर इस भले आदमी को रत्ती–भर चिंता नहीं सताती। कभी तीरथ है, कभी कुछ, कभी कुछ, मेरा तोयनाक पर उंगली रखकरध्द नाक में दम आ गया। भगवान उठा ले जाते तो यह कुसंग तो छूट जाती। तब याद करेंगे लाला! तब जग्गो कहां मिलेगी, जो कमा–कमाकर गुलछर्रे उडाने को दिया करेगी। तब रक्त के आंसू न रोएं, तो कह देना कोई कहता था। (मजूर से) श्कै पैसे हुए तेरे?'

मजूर ने बीड़ी जलाते हुए कहा, 'बोझा देख लो दाई, गरदन टूट गई!'

जग्गो ने निर्दय भाव से कहा, 'हां–हां, गरदन टूट गई! बडी सुकुमार है न? यह ले, कल फिर चले आना।'

मजूर ने कहा, 'यह तो बहुत कम है। मेरा पेट न भरेगा।'

जग्गो ने दो पैसे और थोड़े से आलू देकर उसे विदा किया और दुकान सजाने लगी। सहसा उसे हिसाब की याद आ गई। रमा से बोली, 'भैया, जरा आज का खरचा तो टांक दो। बाजार में जैसे आग लग गई है। 'बुढिया छबडियों में चीजें लगा–लगाकर रखती जाती थी और हिसाब भी लिखाती जाती थी। आलू, टमाटर, कद्दू, केले, पालक, सेम, संतरे, गोभी, सब चीजों का तौल और दर उसे याद था। रमा से दोबारा पढ़वाकर उसने सुना तब उसे संतोष हुआ। इन सब कामों से छुट्टी पाकर उसने अपनी चिलम भरी और मोढ़े

पर बैठकर पीने लगी, लेकिन उसके अंदाज से मालूम होता था कि वह तंबाकू का रस लेने के लिए नहीं, दिल को जलाने के लिए पी रही है। एक क्षण के बाद बोली, 'दूसरी औरत होती तो घड़ी–भर इसके साथ निबाह न होता, घड़ी–भर, पहर रात से चक्की में जुत जाती हूं और दस बजे रात तक दुकान पर बैठी सती होती रहती हूं। खाते–पीते बारह बजते हैं तब जाकर चार पैसे दिखाई देते हैं, और जो कुछ कमाती हूं, यह नसे में बरबाद कर देता है। सात कोठरी में छिपा के रक्खूं, पर इसकी निगाह पहुंच जाती है। निकाल लेता है। कभी एकाध चीज–बस्त बनवा लेती हूं तो वह आंखों में गड़ने लगती है। तानों से छेदने लगता है।

भाग में लड़कों का सुख भोगना नहीं बदा था, तो क्या करूं! छाती फाड़ के मर जाऊं? मांगे से मौत भी तो नहीं मिलती। सुख भोगना लिखा होता, तो जवान बेटे चल देते, और इस पियक्कड़ के हाथों मेरी यह सांसत होती!

इसी ने सुदेसी के झगड़े में पड़कर मेरे लालों की जान ली। आओ, इस कोठरी में भैया, तुम्हें मुग्दर की जोड़ी दिखाऊं। दोनों इस जोड़ी से पांच–पांच सौ हाथ उधरते थे।'

अंधेरी कोठरी में जाकर रमा ने मुग्दर की जोड़ी देखी। उस पर वार्निश थी, साफ–सुथरी मानो अभी किसी ने उधरकर रख दिया हो बुढिया ने सगर्व नजरों से देखकर कहा, लोग कहते थे कि यह जोड़ी महा ब्राह्मन को दे दे, तुझे देख–देख कलक होगा। मैंने कहा, यह जोड़ी मेरे लालों की जुफल जोड़ी है। यही मेरे दोनों लाल हैं। बुढिया के प्रति आज रमा के हृदय में असीम श्रद्धा जाग्रत हुई। कितना पावन धैर्य है, कितनी विशाल वत्सलता, जिसने लकड़ी के इन दो टुकड़ों को जीवन प्रदान कर दिया है। रमा ने जग्गो को माया और लोभ में डूबी हुई, पैसे पर जान देने वाली, कोमल भावों से सर्वथा विहीन समझ रक्खा था। आज उसे विदित हुआ कि उसका हृदय कितना स्नेहमय, कितना कोमल, कितना मनस्वी है। बुढिया

ने उसके मुंह की ओर देखा, तो न जाने क्यों उसका मात!–हृदय उसे गले लगाने के लिए अधीर हो उठा। दोनों के हृदय प्रेम के सूत्र में बंध गए। एक ओर पुत्र–स्नेह था, दूसरी ओर मातृ–भक्ति। वह मालिन्य जो अब तक गुप्त भाव से दोनों को पृथक किए हुए था, आज एकाएक दूर हो गया। बुढिया ने कहा, 'मुंह–हाथ धो लिया है न बेटा, बडे मीठे संतरे लाई हूं, एक लेकर चखो तो।'

रमा ने संतरा खाते हुए कहा, 'आज से मैं तुम्हें अम्मां कहा करूंगा।'

बुढिया के शुष्क, ज्योतिहीन, ठंडे, कृपण नजरों से मोती के–से दो बिंदु निकल पड़े।

इतने में देवीदीन दबे पांव आकर खडा हो गया। बुढिया ने तड़पकर पूछा, यह इतने सबेरे किधर सवारी गई थी सरकार की?'

देवी ने सरलता से मुस्कराकर कहा, 'कहीं नहीं, जरा एक काम से चला गया था।'

'क्या काम था, जरा मैं भी तो सुनूं, या मेरे सुनने लायक नहीं है?'

'पेट में दरद था, जरा वैदजी के पास चूरन लेने गया था।'

'झूठे हो तुम, उड़ो उससे जो तुम्हें जानता न हो चरस की टोह में गए थे तुम।'

'नहीं, तेरे चरन छूकर कहता हूं। तू झूठ–मूठ मुझे बदनाम करती है।'

'तो फिर कहां गए थे तुम?'

'बता तो दिया। रात खाना दो कौर ज्यादा खा गया था, सो पेट फूल गया, और मीठा–मीठा–'

'झूठ है, बिलकुल झूठ! तुम चाहे झूठ बोलो, तुम्हारा मुंह साफ कहे देता है, यह बहाना है, चरस, गांजा, इसी टोह में गए थे तुम।

मैं एक न मानूंगी। तुम्हें इस बुढ़ापे में नसे की सूझती है, यहां मेरी मरन हुई जाती है। सबेरे के गए–गए नौ बजे लौटे हैं, जानो यहां कोई इनकी लौंडी है।'

देवीदीन ने एक झाड़ू लेकर दुकान में झाड़ू लगाना शुरू किया, पर बुढिया ने उसके हाथ से झाड़ू छीन लिया और पूछा, तुम अब तक थे कहां? जब तक यह न बताओगे, भीतर घुसने न दूंगी।

देवीदीन ने सिटपिटाकर कहा, 'क्या करोगी पूछकर, एक अखबार के दफ्तर में तो गया था। जो चाहे कर ले।'

बुढिया ने माथा ठोंककर कहा, 'तुमने फिर वही लत पकड़ी? तुमने कान न पकडाथा कि अब कभी अखबारों के नगीच न जाऊंगा। बोलो, यही मुंह था कि कोई और!'

'तू बात तो समझती नहीं, बस बिगड़ने लगती है।'

'खूब समझती हूं। अखबार वाले दंगा मचाते हैं और गरीबों को जेहल ले जाते हैं। आज बीस साल से देख रही हूं। वहां जो आता–जाता है, पकड़ लिया जाता है। तलासी तो आए दिन हुआ करती है। क्या बुढ़ापे में जेहल की रोटियां तोड़ोगे?'

देवीदीन ने एक लिफाफा रमानाथ को देकर कहा, 'यह रूपये हैं भैया, गिन लो। देख, यह रूपये वसूल करने गया था। जी न मानता हो, तो आधे ले ले!'

बुढिया ने आंखें गाड़कर कहा, 'अच्छा! तो तुम अपने साथ इस बेचारे को भी डुबाना चाहते हो तुम्हारे रूपये में आग लगा दूंगी। तुम रूपये मत लेना, भैया! जान से हाथ धोओगे। अब सेंतमेंत आदमी नहीं मिलते, तो सब लालच दिखाकर लोगों को फंसाते हैं। बाजार में पहरा दिलावेंगे, अदालत में गवाही करावेंगे! फेंक दो उसके रूपये, जितने रूपये चाहो, मुझसे ले जाओ।'

जब रमानाथ ने सारा वृत्तांत कहा, तो बुढिया का चित्त शांत हुआ। तनी हुई भवें ढीली पड़ गई, कठोर मुद्रा नर्म हो गई। मेघ–पट

को हटाकर नीला आकाश हंस पड़ा। विनोद करके बोली, 'इसमें से मेरे लिए क्या लाओगे, बेटा?'

रमा ने लिफाफा उसके सामने रखकर कहा, 'तुम्हारे तो सभी हैं, अम्मां! मैं रूपये लेकर क्या करूंगा?'

'घर क्यों नहीं भेज देते। इतने दिन आए हो गए, कुछ भेजा नहीं।'

'मेरा घर यही है, अम्मां! कोई दूसरा घर नहीं है।'

बुढिया का मातृत्व वंचित हृदय गद्गद हो उठा। इस मात्–भक्ति के लिए कितने दिनों से उसकी आत्मा तड़प रही थी। इस कृपण हृदय में जितना प्रेम संचित हो रहा था, वह सब माता के स्तन में एकत्र होने वाले दूध की भांति बाहर निकलने के लिए आतुर हो गया। उसने नोटों को गिनकर कहा, शपचास हैं, बेटा! पचास मुझसे और ले लो। चाय का पतीला रखा हुआ है। चाय की दुकान खोल दो। यहीं एक तरफ चारपांच मोढ़े और मेज रख लेना। दो–दो घंटे सांझ–सवेरे बैठ जाओगे तो गुजर भर को मिल जायगा। हमारे जितने गाहक आवेंगे, उनमें से कितने ही चाय भी पी लेंगे।'

देवीदीन बोला, 'तब चरस के पैसे मैं इस दुकान से लिया करूंगा!'

बुढिया ने विहंसित और पुलकित नजरों से देखकर कहा, 'कौड़ी–कौड़ी का हिसाब लूंगी। इस उधर में न रहना।'

रमा अपने कमरे में गया, तो उसका मन बहुत प्रसन्न था। आज उसे कुछ वही आनंद मिल रहा था, जो अपने घर भी कभी न मिला था। घर पर जो स्नेह मिलता था, वह उसे मिलना ही चाहिए था। यहां जो स्नेह मिला, वह मानो आकाश से टपका था। उसने स्नान किया, माथे पर तिलक लगाया और पूजा का स्वांग भरने बैठा कि बुढिया आकर बोली, बेटा, तुम्हें रसोई बनाने में बडी तकलीफ होती है। मैंने एक ब्राह्मनी ठीक कर दी है। बेचारी बडी गरीब है।

तुम्हारा भोजन बना दिया करेगी। उसके हाथ का तो तुम खा लोगे, नेम–करम से रहती है बेटा, ऐसी बात नहीं है। मुझसे रूपये–पैसे उधार ले जाती है। इसी से राजी हो गई है।'

उन वृद्ध आंखों से प्रगाढ़, अखंड मात!त्व झलक रहा था, कितना विशुद्ध, पवित्र! ऊंच–नीच और जाति–मर्यादा का विचार आप ही आप मिट गया। बोला, 'जब तुम मेरी माता हो गई तो फिर काहे का छूत–विचार! मैं तुम्हारे ही हाथ का खाऊंगा।'

बुढिया ने जीभ दांतों से दबाकर कहा, 'अरे नहीं बेटा! मैं तुम्हारा धरम न लूंगी, कहां तुम बराम्हन और कहां हम खटिक ऐसा कहीं हुआ है।'

'मैं तो तुम्हारी रसोई में खाऊंगा। जब मां–बाप खटिक हैं, तो बेटा भी खटिक है। जिसकी आत्मा बडी हो वही ब्राह्मण है।'

'और जो तुम्हारे घरवाले सुनें तो क्या कहें!'

'मुझे किसी के कहने–सुनने की चिंता नहीं है, अम्मां! आदमी पाप से नीच होता है, खाने–पीने से नीच नहीं होता। प्रेम से जो भोजन मिलता है, वह पवित्र होता है। उसे तो देवता भी खाते हैं।'

बुढिया के हृदय में भी जाति–गौरव का भाव उदय हुआ। बोली, 'बेटा, खटिक कोई नीच जात नहीं है। हम लोग बराम्हन के हाथ का भी नहीं खाते। कहार का पानी तक नहीं पीते। मांस–मछरी हाथ से नहीं छूते, कोई–कोई सराब पीते हैं, मुदा लुक–छिपकर। इसने किसी को नहीं छोडा, बेटा! बड़े–बडे तिलकधारी गटाफट पीते हैं। लेकिन मेरी रोटियां तुम्हें अच्छी नहीं लगेंगी?'

रमा ने मुस्कराकर कहा, 'प्रेम की रोटियों में अम!त रहता है, अम्मां! चाहे गेहूं की हों या बाजरे की।श्बुढिया यहां से चली तो मानो अंचल में आनंद की निधि भरे हो

तेईसवाँ

जब से रमा चला गया था, रतन को जालपा के विषय में बडी

चिंता हो गई थी। वह किसी बहाने से उसकी मदद करते रहना चाहती थी। इसके साथ ही यह भी चाहती थी कि जालपा किसी तरह ताड़ने न पाए। अगर कुछ रूपया खर्च करके भी रमा का पता चल सकता, तो वह सहर्ष खर्च कर देती। जालपा की वह रोती हुई आंख देखकर उसका हृदय मसोस उठता था। वह उसे प्रसन्नमुख देखना चाहती थी। अपने अंधेरे, रोने घर से ऊबकर वह जालपा के घर चली जाया करती थी। वहां घड़ी–भर हंस–बोल लेने से उसका चित्त प्रसन्न हो जाता था। अब वहां भी वही नहूसत छा गई। यहां आकर उसे अनुभव होता था कि मैं भी संसार में हूं, उस संसार में जहां जीवन है, लालसा है, प्रेम है, विनोद है। उसका अपना जीवन तो व्रत की वेदी पर अर्पित हो गया था। वह तन–मन से उस व्रत का पालन करती थी, पर शिवलिंग के ऊपर रखे हुए घट में क्या वह प्रवाह है, तरंग है, नाद है, जो सरिता में है? वह शिव के मस्तक को शीतल करता रहे, यही उसका काम है, लेकिन क्या उसमें सरिता के प्रवाह और तरंग और नाद का लोप नहीं हो गया है?

इसमें संदेह नहीं कि नगर के प्रतिष्ठित और संपन्न घरों से रतन का परिचय था, लेकिन जहां प्रतिष्ठा थी, वहां तकल्लुग था, दिखावा था, ईर्ष्या थी, निंदा थी। क्लब के संसर्ग से भी उसे अरूचि हो गई थी। वहां विनोद अवश्य था, क्रीडा अवश्य थी, , किंतु पुरूषों के आतुर नो भी थे, विकल हृदय भी, उन्मत्त शब्द भी। जालपा के घर अगर वह शान न थी, वह दौलत न थी, तो वह दिखावा भी न था, वहईर्ष्याभी न थी। रमा जवान था, रूपवान था, चाहे रसिक भी हो, पर रतन को अभी तक उसके विषय में संदेह करने का कोई अवसर न मिला था, और जालपा जैसी सुंदरी के रहते हुए उसकी संभावना भी न थी। जीवन के बाजार में और सभी दूकानदारों की कुटिलता और जड्डूपन से तंग आकर उसने इस छोटी–सी दूकान का आश्रय लिया था, किंतु यह दूकान भी टूट गई। अब वह जीवन की सामग्रियां कहां बेसाहेगी, सच्चा माल कहां पावेगी?

एक दिन वह ग्रामोफोन लाई और शाम तक बजाती रही। दूसरे दिन ताजे मेवों की एक कटोरी लाकर रख गई। जब आती तो कोई सौगात लिये आती। अब तक वह जागेश्वरी से बहुत कम मिलती थी, पर अब बहुधा उसके पास आ बैठती और इधर–उधर की बातें करती। कभी–कभी उसके सिर में तेल डालती और बाल गूंथती। गोपी और विश्वम्भर से भी अब स्नेह हो गया। कभी–कभी दोनों को मोटर पर घुमाने ले जाती। स्यल से आते ही दोनों उसके बंगले पर पहुंच जाते और कई लड़कों के साथ वहां खेलते। उनके रोने–चिल्लाने और झगड़ने में रतन को हार्दिक आनंद प्राप्त होता था। वकील साहब को भी अब रमा के घरवालों से कुछ आत्मीयता हो गई थी। बार–बार पूछते रहते थे, 'रमा बाबू का कोई खत आया–कुछ पता लगा–उन लोगों को कोई तकलीफ तो नहीं है?'

एक दिन रतन आई, तो चेहरा उतरा हुआ था। आंखें भारी हो रही थीं। जालपा ने पूछा, 'आज जी अच्छा नहीं है क्या?' रतन ने कुंठित स्वर में कहा, 'जी तो अच्छा है, पर रात–भर जागना पड़ा।

रात से उन्हें बडा कष्ट है। जाड़ों में उनको दमे का दौरा हो जाता है। बेचारे जाड़ों–भर एमलशन और सनाटोजन और न जाने कौन–कौन से रस खाते रहते हैं, पर यह रोग गला नहीं छोड़ता। कलकत्ता में एक नामी वैद्य हैं। अबकी उन्हीं से इलाज कराने का इरादा है। कल चली जाऊंगी। मुझे ले तो नहीं जाना चाहते, कहते हैं, वहां बहुत कष्ट होगा, लेकिन मेरा जी नहीं मानता। कोई बोलने वाला तो होना चाहिए। वहां दो बार हो आई हूं, और जब–जब गई हूं, बीमार हो गई हूं।

मुझे वहां जरा भी अच्छा नहीं लगता, लेकिन अपने आराम को देखूं या उनकी बीमारी को देखू। बहन कभी–कभी ऐसा जी ऊब जाता है कि थोड़ी–सी संखिया खाकर सो रहूं। विधाता से इतना भी नहीं देखा जाता। अगर कोई मेरा सर्वस्व लेकर भी इन्हें अच्छा कर दे, कि इस बीमारी की जड़ टूट जावे, तो मैं खुशी से दे दूंगी।'

जालपा ने सशंक होकर कहा, 'यहां किसी वैद्य को नहीं बुलाया?'

'यहां के वैद्यों को देख चुकी हूं, बहन! वैद्य –डारुक्टर सबको देख चुकी!'

'तो कब तक आओगी?'

'कुछ ठीक नहीं। उनकी बीमारी पर है। एक सप्ताह में आ जाऊं, महीने–दो महीने लग जायं, क्या ठीक है, मगर जब तक बीमारी की जड़ न टूट जायगी, न आऊंगी।'

विधि अंतरिक्ष में बैठी हंस रही थी। जालपा मन में मुस्कराई। जिस बीमारी की जड़ जवानी में न टूटी, बुढ़ापे में क्या टूटेगी, लेकिन इस सदिच्छा से सहानुभूति न रखना असंभव था। बोली, 'ईश्वर चाहेंगे, तो वह वहां से जल्द अच्छे होकर लौटेंगे, बहन!'

'तुम भी चलतीं तो बडा आनंद आता।'

जालपा ने करूण भाव से कहा, 'क्या चलूं बहन, जाने भी पाऊं। यहां दिन–भर यह आशा लगी रहती है कि कोई खबर मिलेगी। वहां मेरा जी और घबडाया करेगा।'

'मेरा दिल तो कहता है कि बाबूजी कलकत्ता में हैं।'

'तो जरा इधर–उधर खोजना। अगर कहीं पता मिले तो मुझे तुरंत खबर देना।'

'यह तुम्हारे कहने की बात नहीं है, जालपा।'

'यह मुझे मालूम है। खत तो बराबर भेजती रहोगी?'

'हां अवश्य, रोज नहीं तो अंतरे दिन जरूर लिखा करूंगी, मगर तुम भी जवाब देना।'

जालपा पान बनाने लगी। रतन उसके मुंह की ओर अपेक्षा के भाव से ताकती रही, मानो कुछ कहना चाहती है और संकोचवश नहीं

कह सकती। जालपा ने पान देते समय उसके मन का भाव ताड़कर कहा, 'क्या है। हन, क्या कह रही हो?

रतन–'कुछ नहीं, मेरे पास कुछ रूपये हैं, तुम रख लो। मेरे पास रहेंगे, तो खर्च हो जायंगे।

जालपा ने मुस्कराकर आपत्ति की, 'और जो मुझसे खर्च हो जायं?'

रतन ने पफुल्ल मन से कहा, 'तुम्हारे ही तो हैं बहन, किसी गैर के तो नहीं हैं।'

जालपा विचारों में डूबी हुई जमीन की तरफ ताकती रही। कुछ जवाब न दिया। रतन ने शिकवे के अंदाज से कहा, 'तुमने कुछ जवाब नहीं दिया बहन, मेरी समझ में नहीं आता, तुम मुझसे खिंची क्यों रहती हो मैं चाहती हूं, हममें और तुममें जरा भी अंतर न रहे लेकिन तुम मुझसे दूर भागती हो अगर मान लो मेरे सौ–पचास रूपये तुम्हीं से खर्च हो गए, तो क्या हुआ। बहनों में तो ऐसा कौड़ी–कौड़ी का हिसाब नहीं होता।'

जालपा ने गंभीर होकर कहा, 'कुछ कहूं, बुरा तो न मानोगी?'

'बुरा मानने की बात होगी तो जरूर बुरा मानूंगी।'

'मैं तुम्हारा दिल दुखाने के लिए नहीं कहती। संभव है, तुम्हें बुरी लगे। तुम अपने मन में सोचो, तुम्हारे इस बहनापे में दया का भाव मिला हुआ है या नहीं? तुम मेरी गरीबी पर तरस खाकर।'

रतन ने लपककर दोनों हाथों से उसका मुंह बंद कर दिया और बोली, 'बस अब रहने दो। तुम चाहे जो खयाल करो, मगर यह भाव कभी मेरे मन में न था और न हो सकता है। मैं तो जानती हूं, अगर मुझे भूख लगी हो, तो मैं निस्संकोच होकर तुमसे कह दूंगी, बहन, मुझे कुछ खाने को दो, भूखी हूं।'

जालपा ने उसी निर्ममता से कहा, 'इस समय तुम ऐसा कह सकती हो तुम जानती हो कि किसी दूसरे समय तुम पूरियों या

रोटियों के बदले मेवे खिला सकती हो, लेकिन ईश्वर न करे कोई ऐसा समय आए जब तुम्हारे घर में रोटी का टुकडान हो, तो शायद तुम इतनी निस्संकोच न हो सको।'

रतन ने दृढ़ता से कहा, 'मुझे उस दशा में भी तुमसे मांगने में संकोच न होगा। मैत्री परिस्थितियों का विचार नहीं करती। अगर यह विचार बना रहे, तो समझ लो मैत्री नहीं है। ऐसी बातें करके तुम मेरा द्वार बंद कर रही हो मैंने मन में समझा था, तुम्हारे साथ जीवन के दिन काट दूंगी, लेकिन तुम अभी से चेतावनी दिए देती हो अभागों को प्रेम की भिक्षा भी नहीं मिलती। यह कहते–कहते रतन की आंखें सजल हो गई। जालपा अपने को दुखिनी समझ रही थी और दुखी जनों को निर्मम सत्य कहने की स्वाधीनता होती है। लेकिन रतन की मनोव्यथा उसकी व्यथा से कहीं विदारक थी। जालपा के पति के लौट आने की अब भी आशा थी। वह जवान है, उसके आते ही जालपा को ये बुरे दिन भूल जाएंगे। उसकी आशाओं का सूर्य फिर उदय होगा। उसकी इच्छाएं फिर फले–फूलेंगी।

भविष्य अपनी सारी आशाओं और आकांक्षाओं के साथ उसके सामने था, विशाल, उज्ज्वल, रमणीकब रतन का भविष्य क्या था? कुछ नहीं, शून्य, अंधकार!

जालपा आंखें पोंछकर उठ खड़ी हुई। बोली, 'पत्रों के जवाब देती रहना। रूपये देती जाओ।'

रतन ने पर्स से नोटों का एक बंडल निकालकर उसके सामने रख दिया, पर उसके चेहरे पर प्रसन्नता न थी। जालपा ने सरल भाव से कहा, 'क्या बुरा मान गई।'

रतन ने रूठे हुए शब्दों में कहा, 'बुरा मानकर तुम्हारा क्या कर लूंगी।'

जालपा ने उसके गले में बांहें डाल दीं। अनुराग से उसका हृदय गदगद हो गया। रतन से उसे इतना प्रेम कभी न हुआ था।

वह उससे अब तक खिंचती थी, ईर्ष्या करती थी। आज उसे रतन का असली रूप दिखाई दिया। यह सचमुच अभागिनी है और मुझसे बढ़कर। एक क्षण बाद, रतन आंखों में आंसू और हंसी एक साथ भरे विदा हो गई।

चौबीसवाँ

कलकत्ता में वकील साहब ने ठरहने का पहले ही इंतजाम कर लिया था। कोई कष्ट न हुआ। रतन ने महराज और टीमल कहार को साथ ले लिया था। दोनों वकील साहब के पुराने नौकर थे और घर के–से आदमी हो गए थे। शहर के बाहर एक बंगला था। उसके तीन कमरे मिल गए। इससे ज्यादा जगह की वहां जरूरत भी न थी। हाते में तरह–तरह के फल–पौधों लगे हुए थे। स्थान बहुत सुंदर मालूम होता था। पास–पड़ोस में और कितने ही बंगले थे। शहर के लोग उधर हवाखोरी के लिए जाया करते थे और हरे होकर लौटते थे, पर रतन को वह जगह फाड़े खाती थी। बीमार के साथ वाले भी बीमार होते हैं। उदासों के लिए स्वर्ग भी उदास है। सगप्र ने वकील साहब को और भी शिथिल कर दिया था। दो–तीन दिन तो उनकी दशा उससे भी खराब रही, जैसी प्रयाग में थी, लेकिन दवा शुरू होने के दो–तीन दिन बाद वह कुछ संभलने लगे। रतन सुबह से आधी रात तक उनके पास ही कुर्सी डाले बैठी रहती। स्नान–भोजन की भी सुधि न रहती। वकील साहब चाहते थे कि यह यहां से हट जाय तो दिल खोलकर कराहें। उसे तस्कीन देने के लिए वह अपनी दशा को छिपाने की चेष्टा करते रहते थे। वह पूछती, आज कैसी तबीयत है? तो वह फीकी मुस्कराहट के साथ कहते, 'आज तो जी बहुत हल्का मालूम होता है।श बेचारे सारी रात करवटें बदलकर काटते थे, पर रतन पूछती, 'रात नींद आई थी? श तो कहते, 'हां, खूब सोया। 'रतन पथ्य सामने ले जाती, तो अरूचि होने पर भी खा लेते। रतन समझती, अब यह अच्छे हो रहे हैं। कविराज जी से भी वह यही समाचार कहती। वह भी अपने उपचार की सफलता पर प्रसन्न थे।

एक दिन वकील साहब ने रतन से कहा, 'मुझे डर है कि मुझे अच्छा होकर तुम्हारी दवा न करनी पड़े।'

रतन ने प्रसन्न होकर कहा, 'इससे बढ़कर क्या बात होगी। मैं तो ईश्वर से मनाती हूं कि तुम्हारी बीमारी मुझे दे दें। श्शाम को घूम आया करो। अगर बीमार पड़ने की इच्छा हो, तो मेरे अच्छे हो जाने पर पड़ना।'

'कहां जाऊं, मेरा तो कहीं जाने को जी ही नहीं चाहता। मुझे यहीं सबसे अच्छा लगता है।'

वकील साहब को एकाएक रमानाथ का खयाल आ गया। बोले, 'जरा शहर के पार्कों में घूम–घाम कर देखो, शायद रमानाथ का पता चल जाय। रतन को अपना वादा याद आ गया। रमा को पा जाने की आनंदमय आशा ने एक क्षण के लिए उसे चंचल कर दिया। कहीं वह पार्क में बैठे मिल जाएं, तो पूछूं कहिए बाबूजी, अब कहां भागकर जाइएगा? इस कल्पना से उसकी मुद्रा खिल उठी। बोली, 'जालपा से मैंने वादा तो किया था कि पता लगाऊंगी, पर यहां आकर भूल गई।'

वकील साहब ने साग्रह कहा, 'आज चली जाओ। आज क्या, शाम को रोज घंटे–भर के लिए निकल जाया करो।'

रतन ने चिंतित होकर कहा, 'लेकिन चिंता तो लगी रहेगी।'

वकील साहब ने मुस्कराकर कहा, 'मेरी? मैं तो अच्छा हो रहा हूं।'

रतन ने संदिग्ध भाव से कहा, 'अच्छा, चली जाऊंगी।'

रतन को कल से वकील साहब के आश्वासन पर कुछ संदेह होने लगा था। उनकी चेष्टा से अच्छे होने का कोई लक्षण उसे न दिखाई देता था। इनका चेहरा क्यों दिन–दिन पीला पड़ता जाता है! इनकी आंखें क्यों हरदम बंद रहती हैं! देह क्यों दिन–दिन घुलती जाती है! महराज और कहार से वह यह शंका न कह सकती थी।

कविराज से पूछते उसे संकोच होता था। अगर कहीं रमा मिल जाते, तो उनसे पूछती। वह इतने दिनों से यहां हैं, किसी दूसरे डाक्टर को दिखाती। इन कविराज जी से उसे कुछ–कुछ निराशा हो चली थी। जब रतन चली गई, तो वकील साहब ने टीमल से कहा, 'मुझे जरा उठाकर बिठा दो, टीमल, पड़े–पड़े कमर सीधी हो गई। एक प्याली चाय पिला दो। कई दिन हो गए, चाय की सूरत नहीं देखी। यह पथ्य मुझे मारे डालता है। दूध देखकर ज्वर चढ़ आता है, पर उनकी खातिर से पी लेता हूं! मुझे तो इन कविराज की दवा से कोई फायदा नहीं मालूम होता। तुम्हें क्या मालूम होता है?'

टीमल ने वकील साहब को तकिए के सहारे बैठाकर कहा, 'बाबूजी सो देख लेव, यह तो मैं पहले ही कहने वाला था। सो देख लेव, बहूजी के डर के मारे नहीं कहता था।'

वकील साहब ने कई मिनट चुप रहने के बाद कहा, 'मैं मौत से डरता नहीं, टीमल! बिलकुल नहीं। मुझे स्वर्ग और नरक पर बिलकुल विश्वास नहीं है। अगर संस्कारों के अनुसार आदमी को जन्म लेना पड़ता है, तो मुझे विश्वास है, मेरा जन्म किसी अच्छे घर में होगा। फिर भी मरने को जी नहीं चाहता। सोचता हूं, मर गया तो क्या होगा।'

टीमल ने कहा, 'बाबूजी सो देख लेव, आप ऐसी बातें न करें। भगवान चाहेंगे, तो आप अच्छे हो जाएंगे। किसी दूसरे डाक्टर को बुलाऊं–आप लोग तो अंगरेजी पढ़े हैं, सो देख लेव, कुछ मानते ही नहीं, मुझे तो कुछ और ही संदेह हो रहा है। कभी–कभी गंवारों की भी सुन लिया करो। सो देख लेव, आप मानो चाहे न मानो, मैं तो एक सयाने को लाऊंगा। बंगाल के ओझे–सयाने मसहूर हैं।'

वकील साहब ने मुंह उधर लिया। प्रेत–बाधा का वह हमेशा मजाक उड़ाया करते थे। कई ओझों को पीट चुके थे। उनका खयाल था कि यह प्रवंचना है, ढोंग है, लेकिन इस वक्त उनमें इतनी शक्ति

भी न थी कि टीमल के इस प्रस्ताव का विरोध करते। मुंह उधर लिया।

महराज ने चाय लाकर कहा, 'सरकार, चाय लाया हूं।'

वकील साहब ने चाय के प्याले को क्षुधित नजरों से देखकर कहा, 'ले जाओ, अब न पीऊंगा। उन्हें मालूम होगा, तो दुखी होंगी। क्यों महराज, जब से मैं आया हूं मेरा चेहरा कुछ हरा हुआ है?'

महराज ने टीमल की ओर देखा। वह हमेशा दूसरों की राय देखकर राय दिया करते थे। खुद सोचने की शक्ति उनमें न थी। अगर टीमल ने कहा है, आप अच्छे हो रहे हैं, तो वह भी इसका समर्थन करेंगे। टीमल ने इसके विरुद्ध कहा है, तो उन्हें भी इसके विरुद्ध ही कहना चाहिए। टीमल ने उनके असमंजस को भांपकर कहा, 'हरा क्यों नहीं हुआ है, हां, जितना होना चाहिए उतना नहीं हुआ।'

महराज बोले, 'हां, कुछ हरा जरूर हुआ है, मुदा बहुत कम।'

वकील साहब ने कुछ जवाब नहीं दिया। दो–चार वाक्य बोलने के बाद वह शिथिल हो जाते थे और दस–पांच मिनट शांत अचेत पड़े रहते थे। कदाचित उन्हें अपनी दशा का यथार्थ ज्ञान हो चुका था। उसके मुख पर, बुद्धि पर, मस्तिष्क पर मृत्यु की छाया पड़ने लगी थी। अगर कुछ आशा थी, तो इतनी ही कि शायद मन की दुर्बलता से उन्हें अपनी दशा इतनी हीन मालूम होती हो उनका दम अब पहले से ज्यादा फलने लगा था। कभी–कभी तो ऊपर की सांस ऊपर ही रह जाती थी। जान पड़ता था, बस अब प्राण निकला। भीषण प्राण–वेदना होने लगती थी। कौन जाने, कब यही अवरोध एक क्षण और बढ़कर जीवन का अंत कर दे।

सामने उद्यान में चांदनी द्दहरे की चादर ओढ़े, जमीन पर पड़ी सिसक रही थी। फल और पौधो मलिन मुख, सिर झुकाए, आशा और भय से विकल हो–होकर मानो उसके वक्ष पर हाथ रखते थे, उसकी

शीतल देह को स्पर्श करते थे और आंसू की दो बूंदें गिराकर फिर उसी भांति देखने लगते थे। सहसा वकील साहब ने आंखें खोलीं। आंखों के दोनों कोनों में आंसू की बूंदें मचल रही थीं।

क्षीण स्वर में बोले, 'टीमल! क्या सिद्धू आए थे?'

फिर इस प्रश्न पर आप ही लज्जित हो मुस्कराते हुए बोले, 'मुझे ऐसा मालूम हुआ, जैसे सिद्धू आए हों।'

फिर गहरी सांस लेकर चुप हो गए, और आंखें बंद कर लीं। सिद्धू उस बेटे का नाम था, जो जवान होकर मर गया था। इस समय वकील साहब को बराबर उसी की याद आ रही थी। कभी उसका बालपन सामने आ जाता, कभी उसका मरना आगे दिखाई देने लगता, कितने स्पष्ट, कितने सजीव चित्र थे। उनकी स्मृति कभी इतनी मूर्तिमान, इतनी चित्रमय न थी। कई मिनट के बाद उन्होंने फिर आंखें खोलीं और इधर–उधर खोई हुई आंखों से देखा। उन्हें अभी ऐसा जान पड़ता था कि मेरी माता आकर पूछ रही हैं, 'बेटा, तुम्हारा जी कैसा है?'

सहसा उन्होंने टीमल से कहा, 'यहां आओ। किसी वकील को बुला लाओ, जल्दी जाओ, नहीं वह घूमकर आती होंगी।' इतने में मोटर का हार्न सुनाई दिया और एक पल में रतन आ पहुंची। वकील को बुलाने की बात उड़ गई। वकील साहब ने प्रसन्न–मुख होकर पूछा, 'कहां–कहां गई? कुछ उसका पता मिला?'

रतन ने उनके माथे पर हाथ रखते हुए कहा, 'कई जगह देखा। कहीं न दिखाई दिए। इतने बडे शहर में सड़कों का पता तो जल्दी चलता नहीं, वह भला क्या मिलेंगे। दवा खाने का समय तो आ गया न?'

वकील साहब ने दबी जबान से कहा, 'लाओ, खा लूं।'

रतन ने दवा निकाली और उन्हें उठाकर पिलाई। इस समय वह न जानेक्यों कुछ भयभीत–सी हो रही थी। एक अस्पष्ट, अज्ञात

शंका उसके हृदय को दबाए हुए थी। एकाएक उसने कहा, 'उन लोगों में से किसी को तार दे दूं?'

वकील साहब ने प्रश्न की आंखों से देखा। फिर आप ही आप उसका आशय समझकर बोले, 'नहीं–नहीं, किसी को बुलाने की जरूरत नहीं। मैं अच्छा हो रहा हूं।'

फिर एक क्षण के बाद सावधान होने की चेष्टा करके बोले, 'मैं चाहता हूं कि अपनी वसीयत लिखवा दूं।'

जैसे एक शीतल, तीव्र बाण रतन के पैर से घुसकर सिर से निकल गया। मानो उसकी देह के सारे बंधन खुल गए, सारे अवयव बिखर गए, उसके मस्तिष्क के सारे परमाणु हवा में उड़ गए। मानो नीचे से धारती निकल गई, ऊपर से आकाश निकल गया और अब वह निराधार, निस्पंद, निर्जीव खड़ी है। अवरूद्ध, अश्रुकंपित कंठ से बोली–घर से किसी को बुलाऊं? यहां किससे सलाह ली जाए? कोई भी तो अपना नहीं है।

'अपनों' के लिए इस समय रतन अधीर हो रही थी। कोई भी तो अपना होता, जिस पर वह विश्वास कर सकती, जिससे सलाह ले सकती। घर के लोग आ जाते, तो दौड़–धूप करके किसी दूसरे डाक्टर को बुलाते। वह अकेली क्या? क्या करे–आख़िर भाई–बंद और किस दिन काम आवेंगे। संकट में ही अपने काम आते हैं। फिर यह क्यों कहते हैं कि किसी को मत बुलाओ!

वसीयत की बात फिर उसे याद आ गई! यह विचार क्यों इनके मन में आया? वैद्य जी ने कुछ कहा तो नहीं? क्या होने वाला है, भगवान! यह शब्द अपने सारे संसर्गो के साथ उसके हृदय को विदीर्ण करने लगा। चिल्ला–चिल्लाकर रोने के लिए उसका मन विकल हो उठा। अपनी माता याद आई। उसके अंचल में मुंह छिपाकर रोने की आकांक्षा उसके मन में उत्पन्न हुई। उस स्नेहमय अंचल में रोकर उसकी बाल–आत्मा को कितना संतोष होता था।

कितनी जल्द उसकी सारी मनोव्यथा शांत हो जाती थी। आह! यह आधार भी अब नहीं। महराज ने आकर कहा, 'सरकार, भोजन तैयार है। थाली परसूं?'

रतन ने उसकी ओर कठोर नजरों से देखा। वह बिना जवाब की अपेक्षा किए चुपके–से चला गया।

मगर एक ही क्षण में रतन को महराज पर दया आ गई। उसने कौन–सी बुराई की जो भोजन के लिए पूछने आया। भोजन भी ऐसी चीज है, जिसे कोई छोड़ सके! वह रसोई में जाकर महराज से बोली, 'तुम लोग खा लो, महराज! मुझे आज भूख नहीं लगी है।'

महराज ने आग्रह किया, 'दो ही फुलके खा लीजिए, सरकार!'

रतन ठिठक गई। महराज के आग्रह में इतनी सहृदयता, इतनी संवेदना भरी हुई थी कि रतन को एक प्रकार की सांत्वना का अनुभव हुआ। यहां कोई अपना नहीं है, यह सोचने में उसे अपनी भूल प्रतीत हुई। महराज ने अब तक रतन को कठोर स्वामिनी के रूप में देखा था। वही स्वामिनी आज उसके सामने खड़ी मानो सहानुभूति की भिक्षा मांग रही थी। उसकी सारी सदवृत्तियां उमड़ उठीं।

रतन को उसके दुर्बल मुख पर अनुराग का तेज नजर आया। उसने पूछा, 'क्यों महराज, बाबूजी को इस कविराज की दवा से कोई लाभ हो रहा है?' महराज ने डरते–डरते वही शब्द दुहरा दिए, जो आज वकील साहब से कहे थे, कुछ–कुछ तो हो रहा है, लेकिन जितना होना चाहिए उतना नहीं।

रतन ने अविश्वास के अंदाज से देखकर कहा, तुम भी मुझे धोखा देते हो, महराज!

महराज की आंखें डबडबा गई। बोले, 'भगवान सब अच्छा ही करेंगे बहूजी, घबडाने से क्या होगा। अपना तो कोई बस नहीं है।'

रतन ने पूछा, 'यहां कोई ज्योतिषी न मिलेगा? जरा उससे पूछते। कुछ पूजापाठ भी करा लेने से अच्छा होता है।'

महराज ने तुष्टि के भाव से कहा, 'यह तो मैं पहले ही कहने वाला था, बहूजी! लेकिन बाबूजी का मिजाज तो जानती हो इन बातों से वह कितना बिगड़ते हैं।'

रतन ने दृढ़ता से कहा, 'सबेरे किसी को जरूर बुला लाना।'

'सरकार चिढ़ेंगे!'

'मैं तो कहती हूं।'

यह कहती हुई वह कमरे में आई और रोशनी के सामने बैठकर जालपा को पत्र लिखने लगी,

'बहन, नहीं कह सकती, क्या होने वाला है। आज मुझे मालूम हुआ है कि मैं अब तक मीठे भ्रम में पड़ी हुई थी। बाबूजी अब तक मुझसे अपनी दशा छिपाते थे, मगर आज यह बात उनके काबू से बाहर हो गई। तुमसे क्या कहूं, आज वह वसीयत लिखने की चर्चा कर रहे थे। मैंने ही टाला। दिल घबडा रहा है ।हन, जी चाहता है, थोड़ी–सी संखिया खाकर सो रहूं। विधाता को संसार

दयालु, कृपालु, दीन–बंधु और जाने कौन–कौन–सी उपाधियां देता है। मैं कहती हूं, उससे निर्दयी, निर्मम, निष्ठुर कोई शत्रु भी नहीं हो सकता पूर्वजन्म का संस्कार केवल मन को समझाने की चीज है। जिस दंड का हेतु ही हमें न मालूम हो, उस दंड का मूल्य ही क्या! वह तो जबर्दस्त की लाठी है, जो आघात करने के लिए कोई कारण गढ़लेती है। इस अंधेरे, निर्जन, कांटों से भरे हुए जीवन–मार्ग में मुझे केवल एक टिमटिमाता हुआ दीपक मिला था। मैं उसे अंचल में छिपाए, विधि को धन्यवाद देती हुई, गाती चली जाती थी, पर वह दीपक भी मुझसे छीना जा रहा है। इस अंधकार में मैं कहां जाऊंगी, कौन मेरा रोना सुनेगा, कौन मेरी बांह पकड़ेगा। बहन, मुझे क्षमा करना। मुझे बाबूजी का पता लगाने का अवकाश नहीं मिला। आज कई पार्कों का चक्कर लगा आई, पर कहीं पता नहीं चला। कुछ अवसर मिला तो फिर जाऊंगी।

'माताजी को मेरा प्रणाम कहना। '

पत्र लिखकर रतन बरामदे में आई। शीतल समीर के झोंके आ रहे थे। प्रकृति मानो रोग–शय्या पर पड़ी सिसक रही थी। उसी वक्त वकील साहब की सांस वेग से चलने लगी।

पच्चीसवाँ

रात के तीन बज चुके थे। रतन आधी रात के बाद आरामकुर्सी पर लेटे ही लेटे झपकियां ले रही थी कि सहसा वकील साहब के गले का खर्राटा सुनकर चौकं पड़ी। उल्टी सांसें चल रही थीं। वह उनके सिरहाने चारपाई पर बैठ गई और उनका सिर उठाकर अपनी जांघ पर रख लिया। अभी न जाने कितनी रात बाकी है। मेज पर रखी हुई छोटी घड़ी की ओर देखा। अभी तीन बजे थे। सबेरा होने में चार घंटे की देर थी। कविराज कहीं नौ बजे आवेंगे! यह सोचकर वह हताश हो गई। अभागिनी रात क्या अपना काला मुंह लेकर विदा न होगी! मालूम होता है, एक युग हो गया! कई मिनट के बाद वकील साहब की सांस रूकी। सारी देह पसीने में तर थी। हाथ से रतन को हट जाने का इशारा किया और तकिए पर सिर रखकर फिर आंखें बंद कर लीं।

एकाएक उन्होंने क्षीण स्वर में कहा, रतन–'अब विदाई का समय आ गया। मेरे अपरा के'–उन्होंने दोनों हाथ जोड़ लिए और उसकी ओर दीन याचना की आंखों से देखा। कुछ कहना चाहते थे, पर मुंह से आवाज न निकली।

रतन ने चीखकर कहा, 'टीमल, महराज, क्या दोनों मर गए?'

महराज ने आकर कहा, 'मैं सोया थोड़े ही था बहूजी, क्या बाबूजी?'

रतन ने डांटकर कहा, शबको मत, जाकर कविराज को बुला लाओ, कहना अभी चलिए।'

महराज ने तुरंत अपना पुराना ओवरकोट पहना, सोटा उठाया और चल दिया। रतन उठकर स्टोव जलाने लगी कि शायद सेंक से कुछ फायदा हो उसकी सारी घबराहट, सारी दुर्बलता, सारा शोक मानो लुप्त हो गया। उसकी जगह एक प्रबल आत्मनिर्भरता का उदय हुआ। कठोर कर्तव्य ने उसके सारे अस्तित्व को सचेत कर दिया। स्टोव जलाकर उसने रूई के गाले से छाती को सेंकना शुरू किया। कोई पंद्रह मिनट तक ताबड़तोड़ सेंकने के बाद वकील साहब की सांस कुछ थमी।

आवाज काबू में हुई। रतन के दोनों हाथ अपने गालों पर रखकर बोले, 'तुम्हें बडी तकलीफ हो रही है मुन्नी! क्या जानता था, इतनी जल्द यह समय आ जाएगा। मैंने तुम्हारे साथ बडा अन्याय किया है, प्रिये! ओह कितना बडा अन्याय! मन की सारी लालसा मन में रह गई। मैंने तुम्हारे जीवन का सर्वनाश कर दिया, क्षमा करना।'

यही अंतिम शब्द थे जो उनके मुख से निकले। यही जीवन का अंतिम सूत्र था, यही मोह का अंतिम बंधन था।

रतन ने द्वार की ओर देखा। अभी तक महराज का पता न था। हां, टीमल खडा था, और सामने अथाह अंधकार जैसे अपने जीवन की अंतिम वेदना से मूर्छित पडा था।

रतन ने कहा, 'टीमल, जरा पानी गरम करोगे?'

टीमल ने वहीं खड़े–खड़े कहा, 'पानी गरम करके क्या करोगी बहूजी, गोदान करा दो। दो बूंद गंगाजल मुंह में डाल दो।'

रतन ने पति की छाती पर हाथ रक्खा। छाती गरम थी। उसने फिर द्वार की ओर ताका। महराज न दिखाई दिए। वह अब भी सोच रही थी, कविराजजी आ जाते तो शायद इनकी हालत संभल जाती। पछता रही थी कि इन्हें यहां क्यो लाई–कदाचित रास्ते की तकलीग और जलवायु ने बीमारी को असाध्य कर दिया। यह भी पछतावा हो रहा था कि मैं संध्या समय क्यों घूमने चली गई। शायद उतनी ही

देर में इन्हें ठंड लग गई। जीवन एक दीर्घ पश्चाताप के सिवा और क्या है! पछतावे की एक–दो बात थी! इस आठ साल के जीवन में मैंने पति को क्या आराम पहुंचाया–वह बारह बजे रात तक कानूनी पुस्तकें देखते रहते थे, मैं पड़ी सोती रहती थी। वह संध्या समय भी मुवक्किलों से मामले की बातें करते थे, मैं पार्क और सिनेमा की सैर करती थी, बाजारों में मटरगश्ती करती थी। मैंने इन्हें धनोपार्जन के एक यंत्र के सिवा और क्या समझा! यह कितना चाहते थे कि मैं इनके साथ बैठूं और बातें करूं, पर मैं भागती फिरती थी। मैंने कभी इनके हृदय के समीप जाने की चेष्टा नहीं की, कभी प्रेम की दृष्टि से नहीं देखा।

अपने घर में दीपक न जलाकर दूसरों के उजाले घर का आनंद उठाती गिरी, मनोरंजन के सिवा मुझे और कुछ सूझता ही न था। विलास और मनोरंजन, यही मेरे जीवन के दो लक्ष्य थे। अपने जले हुए दिल को इस तरह शांत करके मैं संतुष्ट थी। खीर और मलाई की थाली क्यों न मुझे मिली, इस क्षोभ में मैंने अपनी रोटियों को लात मार दी। आज रतन को उस प्रेम का पूर्ण परिचय मिला, जो इस विदा होने वाली आत्मा को उससे था, वह इस समय भी उसी की चिंता में मग्न थी। रतन के लिए जीवन में फिर भी कुछ आनंद था, कुछ रूचि थी, कुछ उत्साह था। इनके लिए जीवन में कौन–सा सुख था। न खाने–पीने का सुख, न मेले–तमाशे का शौक। जीवन क्या, एक दीर्घ तपस्या थी, जिसका मुख्य उद्देश्य कर्तव्य का पालन था? क्या रतन उनका जीवन सुखी न बना सकती थी?

क्या एक क्षण के लिए कठोर कर्तव्य की चिंताओं से उन्हें मुक्त न कर सकती थी? कौन कह सकता है कि विराम और विश्राम से यह बुझने वाला दीपक कुछ दिन और न प्रकाशमान रहता। लेकिन उसने कभी अपने पति के प्रति अपना कर्तव्य ही न समझा। उसकी अंतरात्मा सदैव विद्रोह करती रही, केवल इसलिए कि इनसे मेरा संबंध क्यों हुआ?

क्या उस विषय में सारा अपराध इन्हीं का था! कौन कह सकता है कि दरिद्र मातापिता ने मेरी और भी दुर्गति न की होती, जवान आदमी भी सब–के–सब क्या आदर्श ही होते हैं? उनमें भी तो व्यभिचारी, क्रोधी, शराबी सभी तरह के होते हैं। कौन कह सकता है, इस समय मैं किस दशा में होती। रतन का एक–एक रोआं इस समय उसका तिरस्कार कर रहा था। उसने पति के शीतल चरणों पर सिर झुका लिया और बिलख–बिलखकर रोने लगी। वह सारे कठोर भाव जो बराबर उसके मन में उठते रहते थे, वह सारे कटु वचन जो उसने जल–जलकर उन्हें कहे थे, इस समय सैकड़ों बिच्छुओं के समान उसे डंक मार रहे थे। हाय! मेरा यह व्यवहार उस प्राणी के साथ था, जो सागर की भांति गंभीर था। इस हृदय में कितनी कोमलता थी, कितनी उदारता! मैं एक बीडापान दे देती थी, तो कितना प्रसन्न हो जाते थे। जरा हंसकर बोल देती थी, तो कितने तृप्त हो जाते थे, पर मुझसे इतना भी न होता था। इन बातों को याद कर–करके उसका हृदय फटा जाता था। उन चरणों पर सिर रक्खे हुए उसे प्रबल आकांक्षा हो रही थी कि मेरे प्राण इसी क्षण निकल जायें। उन चरणों को मस्तक से स्पर्श करके उसके हृदय में कितना अनुराग उमडा आता था, मानो एक युग की संचित निधि को वह आज ही, इसी क्षण, लुटा देगी। मृत्युकी दिव्य ज्योति के सम्मुख उसके अंदर का सारा मालिन्य, सारी दुर्भावना, सारा विक्रोह मिट गया था। वकील साहब की आंखें खुली हुई थीं, पर मुख पर किसी भाव का चिन्ह न था। रतन की विह्लता भी अब उनकी बुझती हुई चेतना को प्रदीप्त न कर सकती थी। हर्ष और शोक के बंधन से वह मुक्त हो गए थे, कोई रोए तो गम नहीं, हंसे तो खुशी नहीं। टीमल ने आचमनी में गंगाजल लेकर उनके मुंह में डाल दिया। आज उन्होंने कुछ बाधा न दी। वह जो पाखंडों और रूढियों का शत्रु था, इस समय शांत हो गया था, इसलिए नहीं कि उसमें धार्मिक विश्वास का उदय हो गया था, बल्कि इसलिए कि उसमें अब कोई इच्छा न थी।

इतनी ही उदासीनता से वह विष का घूंट पी जाता। मानव–जीवन की सबसे महान घटना कितनी शांति के साथ घटित हो जाती है।

वह विश्व का एक महान अंग, वह महत्तवाकांक्षाओं का प्रचंड सागर, वह उद्योग का अनंत भंडार, वह प्रेम और द्वेष, सुख और दुःख का लीला–क्षेत्र, वह बुद्धि और बल की रंगभूमि न जाने कब और कहां लीन हो जाती है, किसी को खबर नहीं होती। एक हिचकी भी नहीं, एक उच्छ्वास भी नहीं, एक आह भी नहीं निकलती! सागर की हिलोरों का कहां अंत होता है, कौन बता सकता है। ध्वनि कहां वायु–मग्न हो जाती है, कौन जानता है। मानवीय जीवन उस हिलोर के सिवा, उस ध्वनि के सिवा और क्या है! उसका अवसान भी उतना ही शांत, उतना ही अदृश्य हो तो क्या आश्चर्य है। भूतों के भक्त पूछते हैं, क्या वस्तु निकल गई?

कोई विज्ञान का उपासक कहता है, एक क्षीण ज्योति निकल जाती है। कपोल–विज्ञान के पुजारी कहते हैं, आंखों से प्राण निकले, मुंह से निकले, ब्रह्मांड से निकले। कोई उनसे पूछे, हिलोर लय होते समय क्या चमक उठती है? ध्वनि लीन होते समय क्या मूर्तिमान हो जाती है? यह उस अनंत यात्रा का एक विश्राम मात्र है, जहां यात्रा का अंत नहीं, नया उत्थान होता है। कितना महान परिवर्तन! वह जो मच्छर के डंक को सहन न कर सकता था, अब उसे चाहे मिट्टी में दबा! दो, चाहे अग्नि–चिता पर रख दो, उसके माथे पर बल तक न पड़ेगा।

टीमल ने वकील साहब के मुख की ओर देखकर कहा, 'बहूजी, आइए खाट से उतार दें। मालिक चले गए!'

यह कहकर वह भूमि पर बैठ गया और दोनों आंखों पर हाथ रखकर फूट–फूटकर रोने लगा। आज तीस वर्ष का साथ छूट गया। जिसने कभी आधी बात नहीं कही, कभी तू करके नहीं पुकारा, वह मालिक अब उसे छोड़े चला जा रहा था।

रतन अभी तक कविराज की बाट जोह रही थी। टीमल के मुख से यह शब्द सुनकर उसे धक्का–सा लगा। उसने उठकर पति की छाती पर हाथ रक्खा।

साठ वर्ष तक अविश्राम गति से चलने के बाद वह अब विश्राम कर रही थी। फिर उसे माथे पर हाथ रखने की हिम्मत न पड़ी। उस देह को स्पर्श करते हुए, उस मरे हुए मुख की ओर ताकते हुए, उसे ऐसा विराग हो रहा था, जो ग्लानि से मिलता था। अभी जिन चरणों पर सिर रखकर वह रोई थी, उसे छूते हुए उसकी उंगलियां कटी–सी जाती थीं। जीवन–सा इतना कोमल है, उसने कभी न समझा था। मौत का खयाल कभी उसके मन में न आया था। उस मौत ने आंखों के सामने उसे लूट लिया! एक क्षण के बाद टीमल ने कहा, 'बहूजी, अब क्या देखती हो, खाट के नीचे उतार दो। जो होना था हो गया।'

उसने पैर पकडा, रतन ने सिर पकडा और दोनों ने शव को नीचे लिटा दिया और वहीं जमीन पर बैठकर रतन रोने लगी, इसलिए नहीं कि संसार में अब उसके लिए कोई अवलंब न था, बल्कि इसलिए कि वह उसके साथ अपने कर्तव्य को पूरा न कर सकी। उसी वक्त मोटर की आवाज आई और कविराजजी ने पदार्पण किया। कदाचित अब भी रतन के हृदय में कहीं आशा की कोई बुझती हुई चिनगारी पड़ी हुई थी! उसने तुरंत आंखें पोंछ डालीं, सिर का अंचल संभाल लिया, उलझे हुए केश समेट लिये और खड़ी होकर द्वार की ओर देखने लगी। प्रभात ने आकाश को अपनी सुनहली किरणों से रंजित कर दिया था। क्या इस आत्मा के नव–जीवन का यही प्रभात था।

छब्बीसवा

उसी दिन शव काशी लाया गया। यहीं उसकी दाह–क्रिया हुई। वकील साहब के एक भतीजे मालवे में रहते थे। उन्हें तार देकर

बुला लिया गया। दाह–क्रिया उन्होंने की। रतन को चिता के दृश्य की कल्पना ही से रोमांच होता था। वहां पहुंचकर शायद वह बेहोश हो जाती। जालपा आजकल प्रायद्य सारे दिन उसी के साथ रहती। शोकातुर रतन को न घर–बार की सुधि थी, न खाने–पीने की। नित्य ही कोई–न–कोई ऐसी बात याद आ जाती जिस पर वह घंटों रोती। पति के साथ उसका जो धर्म था, उसके एक अंश का भी उसने पालन किया होता, तो उसे बोध होता। अपनी कर्तव्यहीनता, अपनी निष्ठुरता, अपनी श्रृंगार–लोलुपता की चर्चा करके वह इतना रोती कि हिचकियां बंध जातीं। वकील साहब के सदगुणों की चर्चा करके ही वह अपनी आत्मा को शांति देती थी। जब तक जीवन के द्वार पर एक रक्षक बैठा हुआ था, उसे कुत्तों या बिल्ली या चोर–चकार की चिंता न थी, लेकिन अब द्वार पर कोई रक्षक न था, इसलिए वह सजग रहती थी, पति का गुणगान किया करती। जीवन का निर्वाह कैसे होगा, नौकरों–चाकरों में किन–किन को जवाब देना होगा, घर का कौन–कौनसा खर्च कम करना होगा, इन प्रश्नों के विषय में दोनों में कोई बात न होती। मानो यह चिंता मात आत्मा के प्रति अभक्ति होगी।

भोजन करना, साफ वस्त्र पहनना और मन को कुछ पढ़कर बहलाना भी उसे अनुचित जान पड़ता था। श्राद्ध के दिन उसने अपने सारे वस्त्र और आभूषण महापात्र को दान कर दिए। इन्हें लेकर अब वह क्या करेगी? इनका व्यवहार करके क्या वह अपने जीवन को कलंकित करेगी! इसके विरुद्ध पति की छोटी से छोटी वस्तु को भी स्मृति चिन्ह समझकर वह देखती – भालती रहती थी। उसका स्वभाव इतना कोमल हो गया था कि कितनी ही बडी हानि हो जाय, उसे क्रोध न आता था। टीमल के हाथ से चाय का सेट छूटकर फिर पडा, पर रतन के माथे पर बल तक न आया। पहले एक दवात टूट जाने पर इसी टीमल को उसने बुरी डांट बताई थी, निकाले देती थी, पर आज उससे कई गुने नुकसान पर उसने जबान तक न खोली। कठोर भाव उसके हृदय में आते हुए मानो डरते थे कि कहीं

आघात न पहुंचे या शायद पति–शोक और पति–गुणगान के सिवा और किसी भाव या विचार को मन में लाना वह पाप समझती थी।

वकील साहब के भतीजे का नाम था मणिभूषणब बडा ही मिलनसार, हंसमुख, कार्य–कुशलब इसी एक महीने में उसने अपने सैकड़ों मित्र बना लिए।

शहर में जिन–जिन वकीलों और रईसों से वकील साहब का परिचय था, उन सबसे उसने ऐसा मेल–जोल बढ़ाया, ऐसी बेतकल्लुफी पैदा की कि रतन को खबर नहीं और उसने बैंक का लेन–देन अपने नाम से शुरू कर दिया। इलाहाबाद बैंक में वकील साहब के बीस हजार रूपये जमा थे। उस पर तो उसने कब्जा कर ही लिया, मकानों के किराए भी वसूल करने लगा। गांवों की तहसील भी खुद ही शुरू कर दी, मानो रतन से कोई मतलब नहीं है। एक दिन टीमल ने आकर रतन से कहा, 'बहूजी, जाने वाला तो चला गया, अब घर–द्वार की भी कुछ खबर लीजिए। मैंने सुना, भैयाजी ने बैंक का सब रूपया अपने नाम करा लिया।'

रतन ने उसकी ओर ऐसे कठोर कुपित नजरों से देखा कि उसे फिर कुछ कहने की हिम्मत न पड़ी। उस दिन शाम को मणिभूषण ने टीमल को निकाल दिया, चोरी का इलजाम लगाकर निकाला जिससे रतन कुछ कह भी न सके। अब केवल महराज रह गए। उन्हें मणिभूषण ने भंग पिला–पिलाकर ऐसा मिलाया कि वह उन्हीं का दम भरने लगे। महरी से कहते, बाबूजी का बडा रईसाना मिजाज है। कोई सौदा लाओ, कभी नहीं पूछते, कितने का लाए। बड़ों के घर में बडे ही होते हैं। बहूजी बाल की खाल निकाला करती थीं, यह बेचारे कुछ नहीं बोलते। महरी का मुंह पहले ही सी दिया गया था। उसके अधेड़ यौवन ने नए मालिक की रसिकता को चंचल कर दिया था। वह एक न एक बहाने से बाहर की बैठक में ही मंडलाया करती। रतन को जरा भी खबर न थी, किस तरह उसके लिए व्यूह रचा जा रहा है।

एक दिन मणिभूषण ने रतन से कहा, 'काकीजी, अब तो मुझे यहां रहना व्यर्थ मालूम होता है। मैं सोचता हूं, अब आपको लेकर घर चला जाऊं। वहां आपकी बहू आपकी सेवा करेगी, बाल–बच्चों में आपका जी बहल जायगा और खर्च भी कम हो जाएगा। आप कहें तो यह बंगला बेच दिया जाय। अच्छे दाम मिल जायंगे।'

रतन इस तरह चौंकी, मानो उसकी मूर्छा भंग हो गई हो, मानो किसी ने उसे झंझोड़कर जगा दिया हो सकपकाई हुई आंखों से उसकी ओर देखकर बोली, 'क्या मुझसे कुछ कह रहे हो?'

मणिभूषण–'जी हां, कह रहा था कि अब हम लोगों का यहां रहना व्यर्थ है। आपको लेकर चला जाऊं, तो कैसा हो?'

रतन ने उदासीनता से कहा, 'हां, अच्छा तो होगा।'

मणिभूषण–'काकाजी ने कोई वसीयतनामा लिखा हो, तो लाइए देखूं, उनको इच्छाओं के आगे सिर झुकाना हमारा धर्म है।'

रतन ने उसी भांति आकाश पर बैठे हुए, जैसे संसार की बातों से अब उसे कोई सरोकार ही न रहा हो, जवाब दिया, 'वसीयत तो नहीं लिखी, और क्या जरूरत थी?'

मणिभूषण ने फिर पूछा, 'शायद कहीं लिखकर रख गए हों?'

रतन–'मुझे तो कुछ मालूम नहीं। कभी ज़िक्र नहीं किया।'

मणिभूषण ने मन में प्रसन्न होकर कहा, मेरी इच्छा है कि उनकी कोई यादगार बनवा दी जाय।

रतन ने उत्सुकता से कहा, 'हां–हां, मैं भी चाहती हूं।'

मणिभूषण–'गांव की आमदनी कोई तीन हजार साल की है, यह आपको मालूम है। इतना ही उनका वार्षिक दान होता था। मैंने उनके हिसाब की किताब देखी है। दो सौ–ढाई सौ से किसी महीने में कम नहीं है। मेरी सलाह है कि वह सब ज्यों–का–त्यों बना रहे।'

रतन ने प्रसन्न होकर कहा, हां, और क्या! '

मणिभूषण–'तो गांव की आमदनी तो धार्मार्थ पर अर्पण कर दी जाए। मकानों का किराया कोई दो सौ रूपये महीना है। इससे उनके नाम पर एक छोटीसी संस्कृत पाठशाला खोल दी जाए।

रतन–'बहुत अच्छा होगा।'

मणिभूषण–'और यह बंगला बेच दिया जाए। इस रूपये को बैंक में रख दिया जाय।'

रतन–'बहुत अच्छा होगा। मुझे रूपये–पैसे की अब क्या जरूरत है।'

मणिभूषण–'आपकी सेवा के लिए तो हम सब हाज़िर हैं। मोटर भी अलग कर दी जाय। अभी से यह फिक्र की जाएगी, तब जाकर कहीं दो–तीन महीने में फुरसत मिलेगी।'

रतन ने लापरवाही से कहा, 'अभी जल्दी क्या है। कुछ रूपये बैंक में तो हैं।'

मणिभूषण–'बैंक में कुछ रूपये थे, मगर महीने–भर से खर्च भी तो होरहे हैं। हजार–पांच सौ पड़े होंगे। यहां तो रूपये जैसे हवा में उड़ जाते हैं। मुझसे तो इस शहर में एक महीना भी न रहा जाय। मोटर को तो जल्द ही निकाल देना चाहिए।'

रतन ने इसके जवाब में भी यही कह दिया, 'अच्छा तो होगा।'

वह उस मानसिक दुर्बलता की दशा में थी, जब मनुष्य को छोटे–छोटे काम भी असूझ मालूम होने लगते हैं। मणिभूषण की कार्य–कुशलता ने एक प्रकार से उसे पराभूत कर दिया था। इस समय जो उसके साथ थोड़ी–सी भी सहानुभूति दिखा देता, उसी को वह अपना शुभचिंतक समझने लगती।

शोक और मनस्ताप ने उसके मन को इतना कोमल और नर्म बना दिया था कि उस पर किसी की भी छाप पड़ सकती थी। उसकी सारी मलिनता और भिकैता मानो भस्म हो गई थी, वह सभी को अपना समझती थी। उसे किसी पर संदेह न था, किसी से शंका

न थी। कदाचित उसके सामने कोई चोर भी उसकी संपत्ति का अपहरण करता तो वह शोर न मचाती।

सत्ताईसवाँ

षोडशी के बाद से जालपा ने रतन के घर आना–जाना कम कर दिया था। केवल एक बार घंटे–दो घंटे के लिए चली जाया करती थी। इधर कई दिनों से मुंशी दयानाथ को ज्वर आने लगा था। उन्हें ज्वर में छोड़कर कैसे जाती। मुंशीजी को जरा भी ज्वर आता, तो वह बक–झक करने लगते थे। कभी गाते, कभी रोते, कभी यमदूतों को अपने सामने नाचते देखते। उनका जी चाहता कि सारा घर मेरे पास बैठा रहे, संबंधियों को भी बुला लिया जाय, जिसमें वह सबसे अंतिम भेंट कर लें। क्योंकि इस बीमारी से बचने की उन्हें आशा न थी। यमराज स्वयं उनके सामने विमान लिये खड़े थे। जागेयेश्वरी और सब कुछ कर सकती थी, उनकी बक–झक न सुन सकती थी। ज्योंही वह रोने लगते, वह कमरे से निकल जाती। उसे भूत–बाधा का भ्रम होता था। मुंशीजी के कमरे में कई समाचार–पत्रों के गाइल थे। यही उन्हें एक व्यसन था। जालपा का जी वहां बैठे–बैठे घबडाने लगता, तो इन गाइलों को उलटपलटकर देखने लगती। एक दिन उसने एक पुराने पत्र में शतरंज का एक नक्शा देखा, जिसे हल कर देने के लिए किसी सज्जन ने पुरस्कार भी रक्खा था। उसे ख्याल आया कि जिस ताक पर रमानाथ की बिसात और मुहरे रक्खे हुए हैं उस पर एक किताब में कई नक्शे भी दिए हुए हैं। वह तुरंत दौड़ी हुई ऊपर गई और वह कापी उठा लाईब यह नक्शा उस कापी में मौजूद था, और नक्शा ही न था, उसका हल भी दिया हुआ था। जालपा के मन में सहसा यह विचार चमक पडा, इस नक्शे को किसी पत्र में छपा दूं तो कैसा हो!

शायद उनकी निगाह पड़ जाय। यह नक्शा इतना सरल तो नहीं है कि आसानी से हल हो जाय। इस नगर में जब कोई उनका

सानी नहीं है, तो ऐसे लोगों की संख्या बहुत नहीं हो सकती, जो यह नक्शा हल कर सकेंब कुछ भी हो, जब उन्होंने यह नक्शा हल किया है, तो इसे देखते ही फिर हल कर लेंगे। जो लोग पहली बार देखेंगे, उन्हें दो–एक दिन सोचने में लग जायंगे। मैं लिख दूंगी कि जो सबसे पहले हल कर ले, उसी को पुरस्कार दिया जाय। जुआ तो है ही। उन्हें रूपये न भी मिलें, तो भी इतना तो संभव है ही कि हल करने वालों में उनका नाम भी हो कुछ पता लग जायगा। कुछ भी न हो, तो रूपये ही तो जायंगे। दस रूपये का पुरस्कार रख दूं। पुरस्कार कम होगा, तो कोई बडा खिलाड़ी इधर ध्यान न देगा। यह बात भी रमा के हित की ही होगी। इसी उधेड़–बुन में वह आज रतन से न मिल सकी। रतन दिनभर तो उसकी राह देखती रही। जब वह शाम को भी न गई, तो उससे न रहा गया।

आज वह पति–शोक के बाद पहली बार घर से निकली। कहीं रौनक न थी, कहीं जीवन न था, मानो सारा नगर शोक मना रहा है। उसे तेज मोटर चलाने की धुन थी, पर आज वह तांगे से भी कम जा रही थी। एक वृद्धा को सडक के किनारे बैठे देखकर उसने मोटर रोक दिया और उसे चार आने दे दिए। कुछ आगे और बढ़ी, तो दो कांस्टेबल एक कैदी को लिये जा रहे थे। उसने मोटर रोककर एक कांस्टेबल को बुलाया और उसे एक रूपया देकर कहा, इस कैदी को मिठाई खिला देना। कांस्टेबल ने सलाम करके रूपया ले लिया। दिल में खुश हुआ, आज किसी भाग्यवान का मुंह देखकर उठा था।

जालपा ने उसे देखते ही कहा, 'क्षमा करना बहन, आज मैं न आ सकी। दादाजी को कई दिन से ज्वर आ रहा है।'

रतन ने तुरंत मुंशीजी के कमरे की ओर कदम उठाया और पूछा, 'यहीं हैं न? तुमने मुझसे न कहा।'

मुंशीजी का ज्वर इस समय कुछ उतरा हुआ था। रतन को देखते ही बोले, 'बडा दुःख हुआ देवीजी, मगर यह तो संसार है।

आज एक की बारी है, कल दूसरे की बारी है। यही चल–चलाव लगा हुआ है। अब मैं भी चला। नहीं बच सकता बडी प्यास है, जैसे छाती में कोई भटठी जल रही हो फुंका जाता हूं। कोई अपना नहीं होता। बाईजी, संसार के नाते सब स्वार्थ के नाते हैं। आदमी अकेला हाथ पसारे एक दिन चला जाता है। हाय–हाय! लड़का था वह भी हाथ से निकल गया! न जाने कहां गया। आज होता, तो एक पानी देने वाला तो होता। यह दो लौंडे हैं, इन्हें कोई फिक्र ही नहीं, मैं मर जाऊं या जी जाऊं। इन्हें तीन वक्त खाने को चाहिए, तीन दद्व पानी पीने को, बस और किसी काम के नहीं। यहां बैठते दोनों का दम घुटता है। क्या करूं। अबकी न बचूंगा।'

रतन ने तस्कीन दी, 'यह मलेरिया है, दो–चार दिन में आप अच्छे हो जायंगे। घबडाने की कोई बात नहीं।'

मुंशीजी ने दीन नजरों से देखकर कहा, 'बैठ जाइए बहूजी, आप कहती हैं, आपका आशीर्वाद है, तो शायद बच जाऊं, लेकिन मुझे तो आशा नहीं है। मैं भी ताल ठोके यमराज से लड़ने को तैयार बैठा हूं। अब उनके घर मेहमानी खाऊंगा। अब कहां जाते हैं बचकर बचा! ऐसा–ऐसा रगेदूं कि वह भी याद करें। लोग कहते हैं, वहां भी आत्माएं इसी तरह रहती हैं। इसी तरह वहां भी कचहरियां हैं, हाकिम हैं, राजा हैं, रंक हैं। व्याख्यान होते हैं, समाचार–पत्र छपते हैं। फिर क्या चिंता है। वहां भी अहलमद हो जाऊंगा। मजे से अखबार पढ़ा करूंगा।'

रतन को ऐसी हंसी छूटी कि वहां खड़ी न रह सकी। मुंशीजी विनोद के भाव से वे बातें नहीं कर रहे थे। उनके चेहरे पर गंभीर विचार की रेखा थी। आज डेढ़–दो महीने के बाद रतन हंसी, और इस असामयिक हंसी को छिपाने के लिए कमरे से निकल आई। उसके साथ ही जालपा भी बाहर आ गई। रतन ने अपराधी नजरों से उसकी ओर देखकर कहा, 'दादाजी ने मन में क्या समझा होगा। सोचते होंगे, मैं तो जान से मर रहा हूं और इसे हंसी सूझती है। अब

वहां न जाऊंगी, नहीं ऐसी ही कोई बात फिर कहेंगे, तो मैं बिना हंसे न रह सकूंगी। देखो तो आज कितनी बे–मौका हंसी आई है। वह अपने मन को इस उच्छृंखलता के लिए धिक्कारने लगी। जालपा ने उसके मन का भाव ताड़कर कहा, मुझे भी अक्सर इनकी बातों पर हंसी आ जाती है, बहन! इस वक्त तो इनका ज्वर कुछ हल्का है। जब जोर का ज्वर होता है तब तो यह और भी ऊल–जलूल बकने लगते हैं। उस वक्त हंसी रोकनी मुश्किल हो जाती है। आज सबेरे कहने लगे, मेरा पेट भक हो गया, मेरा पेट भक हो गया। इसकी रट लगा दी। इसका आशय क्या था, न मैं समझ सकी, न अम्मां समझ सकीं, पर वह बराबर यही रटे जाते थे, पेट भक हो गया! पेट भक हो गया! आओ कमरे में चलें।'

रतन–'मेरे साथ न चलोगी?'

जालपा–'आज तो न चल सयंगी, बहन।'

'कल आओगी?'

'कह नहीं सकती। दादा का जी कुछ हल्का रहा, तो आऊंगी।'

'नहीं भाई, जरूर आना। तुमसे एक सलाह करनी है।'

'क्या सलाह है?'

'मन्नी कहते हैं, यहां अब रहकर क्या करना है, घर चलो। बंगले को बेच देने को कहते हैं।'

जालपा ने एकाएक ठिठककर उसका हाथ पकड़ लिया और बोली, 'यह तो तुमने बुरी खबर सुनाई, बहन! मुझे इस दशा में तुम छोड़कर चली जाओगी? मैं न जाने दूंगी! मन्नी से कह दो, बंगला बेच दें, मगर जब तक उनका कुछ पता न चल जायगा। मैं तुम्हें न छोड़ूंगी। तुम कुल एक हफ्ते बाहर रहीं, मुझे एक–एक पल पहाड़ हो गया। मैं न जानती थी कि मुझे तुमसे इतना प्रेम हो गया है। अब तो शायद मैं मर ही जाऊं। नहीं बहन, तुम्हारे पैरों पड़ती हूं, अभी जाने का नाम न लेना।'

रतन की भी आंखें भर आई। बोली, 'मुझसे भी वहां न रहा जायगा, सच कहती हूं। मैं तो कह दूंगी, मुझे नहीं जाना है।' जालपा उसका हाथ पकड़े हुए ऊपर अपने कमरे में ले गई और उसके गले में हाथ डालकर बोली, 'कसम खाओ कि मुझे छोड़कर न जाओगी।'

रतन ने उसे अंकवार में लेकर कहा, 'लो, कसम खाती हूं, न जाऊंगी। चाहे इधर की दुनिया उधार हो जाय। मेरे लिए वहां क्या रक्खा है। बंगला भी क्यों बेचूं, दो–ढाई सौ मकानों का किराया है। हम दोनों के गुजर के लिए काफी है। मैं आज ही मन्नी से कह दूंगी, मैं न जाऊंगी।'

सहसा फर्श पर शतरंज के मुहरे और नक्शे देखकर उसने पूछा, यह शतरंज किसके साथ खेल रही थीं?

जालपा ने शतरंज के नक्शे पर अपने भाग्य का पांसा फेंकने की जो बात सोची थी, वह सब उससे कह सुनाई, मन में डर रही थी कि यह कहीं इस प्रस्ताव को व्यर्थ न समझे, पागलपन न खयाल करे, लेकिन रतन सुनते ही बाग–बाग हो गई। बोली, दस रूपये तो बहुत कम पुरस्कार है। पचास रूपये कर दो। रूपये मैं देती हूं।

जालपा ने शंका की, 'लेकिन इतने पुरस्कार के लोभ से कहीं अच्छे शतरंजबाजों ने मैदान में कदम रक्खा तो?'

रतन ने दृढ़ता से कहा, कोई हरज नहीं। बाबूजी की निगाह पड़ गई, तो वह इसे जरूर हल कर लेंगे और मुझे आशा है कि सबसे पहले उन्हीं का नाम आवेगा। कुछ न होगा, तो पता तो लग ही जायगा। अखबार के दफ्तर में तो उनका पता आ ही जायगा। तुमने बहुत अच्छा उपाय सोच निकाला है। मेरा मन कहता है, इसका अच्छा फल होगा, मैं अब मन की प्रेरणा की कायल हो गई हूं। जब मैं इन्हें लेकर कलकत्ता चली थी, उस वक्त मेरा मन कह रहा था, यहां

जाना अच्छा न होगा।'

जालपा–'तो तुम्हें आशा है?'

'पूरी! मैं कल सबेरे रूपये लेकर आऊंगी।'

'तो मैं आज खत लिख रक्खूंगी। किसके पास भेजूं? वहां का कोई प्रसिद्ध पत्र होना चाहिए।'

'वहां तो श्प्रजा–मित्र' की बडी चर्चा थी। पुस्तकालयों में अक्सर लोग उसी को पढ़ते नजर आते थे।'

'तो श्प्रजा–मित्रश ही को लिखूंगी, लेकिन रूपये हड़प कर जाय और नक्शा न छापे तो क्या हो?'

'होगा क्या, पचास रूपये ही तो ले जाएगा। दमड़ी की हंडिया खोकर कुत्तों की जात तो पहचान ली जायगी, लेकिन ऐसा हो नहीं सकता जो लोग देशहित के लिए जेल जाते हैं, तरह–तरह की धौंस सहते हैं, वे इतने नीच नहीं हो सकते। मेरे साथ आधा घंटे के लिए चलो तो तुम्हें इसी वक्त रूपये दे दूं।'

जालपा ने नीमराजी होकर कहा, 'इस वक्त कहां चलूं। कल ही आऊंगी।'

उसी वक्त मुंशीजी पुकार उठे, 'बहू! बहू!'

जालपा तो लपकी हुई उनके कमरे की ओर चली। रतन बाहर जा रही थी कि जागेश्वरी पंखा लिये अपने को झलती हुई दिखाई पड़ गई। रतन ने पूछा, 'तुम्हें गर्मी लग रही है अम्मांजी? मैं तो ठंड के मारे कांप रही हूं। अरे! तुम्हारे पांवों में यह क्या उजला–उजला लगा हुआ है? क्या आटा पीस रही थीं?'

जागेश्वरी ने लज्जित होकर कहा, 'हां, वैद्य जी ने इन्हें हाथ के आटे की रोटी खाने को कहा है।

बाजार में हाथ का आटा कहां मयस्सर–मुहल्ले में कोई पिसनहारी नहीं मिलती। मजूरिनें तक चक्की से आटा पिसवा लेती हैं। मैं तो एक आना सेर देने को राजी हूं, पर कोई मिलती ही नहीं।'

रतन ने अचंभे से कहा, 'तुमसे चक्की चल जाती है?'

जागेश्वरी ने झेंप से मुस्कराकर कहा, श्कौन बहुत था। पाव–भर तो दो दिन के लिए हो जाता है। खाते नहीं एक कौर भी, बहू पीसने जा रही थी, लेकिन फिर मुझे उनके पास बैठना पड़ता। मुझे रात–भर चक्की पीसना गौं है, उनके पास घड़ी–भर बैठना गौं नहीं।

रतन जाकर जांत के पास एक मिनट खड़ी रही, फिर मुस्कराकर माची पर बैठ गई और बोली, 'तुमसे तो अब जांत न चलता होगा, मांजी! लाओ थोडासा गेहूं मुझे दो, देखूं तो।'

जागेश्वरी ने कानों पर हाथ रखकर कहा, 'अरे नहीं बहू, तुम क्या पीसोगी! चलो यहां से।'

रतन ने प्रमाण दिया, 'मैंने बहुत दिनों तक पीसा है, मांजीब जब मैं अपने घर थी, तो रोज पीसती थी। मेरी अम्मां, लाओ थोडा–सा गेहूं।'

'हाथ दुखने लगेगा। छाले पड़ जाएंगे।'

'कुछ नहीं होगा मांजी, आप गेहूं तो लाइए।'

जागेश्वरी ने उसका हाथ पकड़कर उठाने की कोशिश करके कहा, 'गेहूं घर में नहीं हैं। अब इस वक्त बाजार से कौन लावे।'

'अच्छा चलिए, मैं भंडारे में देखूं। गेहूं होगा कैसे नहीं।'

रसोई की बगल वाली कोठरी में सब खाने–पीने का सामान रहता था। रतन अंदर चली गई और हांडियों में टटोल–टटोलकर देखने लगी।

एक हांडी में गेहूं निकल आए। बडी खुश हुई। बोली, देखो मांजी, निकले कि नहीं, तुम मुझसे बहाना कर रही थीं। उसने एक टोकरी में थोडा–सा गेहूं निकाल लिया और खुश–खुश चक्की पर जाकर पीसने लगी। जागेश्वरी ने जाकर जालपा से कहा, 'बहू, वह जांत पर बैठी गेहूं पीस रही हैं। उठाती हूं, उठतीं ही नहीं। कोई देख ले तो क्या कहे।

जालपा ने मुंशीजी के कमरे से निकलकर सास की घबराहट का आनंद उठाने के लिए कहा, 'यह तुमने क्या गजब किया, अम्मांजी! सचमुच, कोई देख ले तो नाक ही कट जाय! चलिए, जरा देखूं।'

जागेश्वरी ने विवशता से कहा, 'क्या करूं, मैं तो समझा के हार गई, मानतीं ही नहीं।'

जालपा ने जाकर देखा, तो रतन गेहूं पीसने में मग्न थी। विनोद के स्वाभाविक आनंद से उसका चेहरा खिला हुआ था। इतनी ही देर में उसके माथे पर पसीने की बूंदें आ गई थीं। उसके बलिष्ठ हाथों में जांत लट्टू के समान नाच रहा था।

जालपा ने हंसकर कहा, 'ओ री, आटा महीन हो, नहीं पैसे न मिलेंगे।'

रतन को सुनाई न दिया। बहरों की भांति अनिश्चित भाव से मुस्कराई।

जालपा ने और जोर से कहा, 'आटा खूब महीन पीसना, नहीं पैसे न पाएगी।श रतन ने भी हंसकर कहा, जितना महीन कहिए उतना महीन पीस दूं, बहूजी। पिसाई अच्छी मिलनी चाहिए।

जालपा–'मोले सेर।'

रतन–'मोले सेर सही।'

जालपा–'मुंह धो आओ। धोले सेर मिलेंगे।'

रतन–'मैं यह सब पीसकर उठूंगी। तुम यहां क्यों खड़ी हो?'

जालपा–'आ जाऊं, मैं भी खिंचा दूं।'

रतन–'जी चाहता है, कोई जांत का गीत गाऊं!'

जालपा–'अकेले कैसे गाओगी! (जागेश्वरी से) अम्मां आप जरा दादाजी के पास बैठ जायं, मैं अभी आती हूं।'

जालपा भी जांत पर जा बैठी और दोनों जांत का यह गीत गाने लगीं।

'मोहि जोगिन बनाके कहां गए रे जोगिया।'

दोनों के स्वर मधुर थे। जांत की घुमुर–घुमुर उनके स्वर के साथ साज का काम कर रही थी। जब दोनों एक कड़ी गाकर चुप हो जातीं, तो जांत का स्वर माना कंठ–ध्वनि से रंजित होकर और भी मनोहर हो जाता था। दोनों के हृदय इस समय जीवन के स्वाभाविक आनंद से पूर्ण थे? न शोक का भार था, न वियोग का दुःख। जैसे दो चिडियां प्रभात की अपूर्व शोभा से मग्न होकर चहक रही हों।

आट्ठईसवाँ

रमानाथ की चाय की दूकान खुल तो गई, पर केवल रात को खुलती थी। दिन–भर बंद रहती थी। रात को भी अधिकतर देवीदीन ही दुकान पर बैठता, पर बिक्री अच्छी हो जाती थी। पहले ही दिन तीन रूपये के पैसे आए, दूसरे दिन से चारपांच रूपये का औसत पड़ने लगा। चाय इतनी स्वादिष्ट होती थी कि जो एक बार यहां चाय पी लेता फिर दूसरी दूकान पर न जाता। रमा ने मनोरंजन की भी कुछ सामग्री जमा कर दी। कुछ रूपये जमा हो गए, तो उसने एक सुंदर मेज ली। चिराग जलने के बाद साफ–भाजी की बिक्री ज्यादा न होती थी। वह उन टोकरों को उठाकर अंदर रख देता और बरामदे में वह मेज लगा देता। उस पर ताश के सेट रख देता। दो दैनिक–पत्र भी मंगाने लगा। दुकान चल निकली। उन्हीं तीन–चार घंटों में छः–सात रूपये आ जाते थे और सब खर्च निकालकर तीनचार रूपये बच रहते थे।

इन चार महीनों की तपस्या ने रमा की भोग–लालसा को और भी प्रचंड कर दिया था। जब तक हाथ में रूपये न थे, वह मजबूर था। रूपये आते ही सैरसपाटे की धुन सवार हो गई। सिनेमा की याद भी आई। रोज के व्यवहार की मामूली चीजें, ज़िन्हें अब तक

वह टालता आया था, अब अबाधा रूप से आने लगीं। देवीदीन के लिए वह एक सुंदर रेशमी चादर लाया। जग्गो के सिर में पीडा होती रहती थी। एक दिन सुगंधित तेल की शीशियां लाकर उसे दे दीं। दोनों निहाल हो गए। अब बुढिया कभी अपने सिर पर बोझ लाती तो डांटता, 'काकी, अब तो मैं भी चार पैसे कमाने लगा हूं, अब तू क्यों जान देती है? अगर फिर कभी तेरे सिर पर टोकरी देखी तो कहे देता हूं, दूकान उठाकर फेंक दूंगा। फिर मुझे जो सजा चाहे दे देना। बुढिया बेटे की डांट सुनकर गदगद हो जाती। मंडी से बोझ लाती तो पहले चुपके से देखती, रमा दुकान पर नहीं है। अगर वह बैठा होता तो किसी द्वली को एक–दो पैसा देकर उसके सिर पर रख देती। वह न होता तो लपकी हुई आती और जल्दी से बोझ उतारकर शांत बैठ जाती, जिससे रमा भांप न सके।

एक दिन श्मनोरमा थियेटरश में राधेश्याम का कोई नया ड्रामा होने वाला था। इस ड्रामे की बडी धूम थी। एक दिन पहले से ही लोग अपनी जगहें रक्षित करा रहे थे। रमा को भी अपनी जगह रक्षित करा लेने की धुन सवार हुई। सोचा, कहीं रात को टिकट न मिला तो टापते रह जायंगे। तमाशे की बडी तारीफ है। उस वक्त एक के दो देने पर भी जगह न मिलेगी। इसी उत्सुकता ने पुलिस के भय को भी पीछे डाल दिया। ऐसी आफत नहीं आई है कि घर से निकलते ही पुलिस पकड़ लेगी। दिन को न सही, रात को तो निकलता ही हूं।

पुलिस चाहती तो क्या रात को न पकड़ लेती। फिर मेरा वह हुलिया भी नहीं रहा। पगड़ी चेहरा बदल देने के लिए काफी है। यों मन को समझाकर वह दस बजे घर से निकला। देवीदीन कहीं गया हुआ था। बुढिया ने पूछा, कहां जाते हो, बेटा–रमा ने कहा, 'कहीं नहीं काकी, अभी आता हूं।'

रमा सड़क पर आया, तो उसका साहस हिम की भांति पिघलने लगा। उसे पग–पग पर शंका होती थी, कोई कांस्टेबल न आ रहा

हो उसे विश्वास था कि पुलिस का एक–एक चौकीदार भी उसका हुलिया पहचानता है और उसके चेहरे पर निगाह पड़ते ही पहचान लेगा। इसलिए वह नीचे सिर झुकाए चल रहा था। सहसा उसे खयाल आया, गुप्त पुलिस वाले सादे कपड़े पहने इधर–उधर घूमा करते हैं। कौन जाने, जो आदमी मेरे बगल में आ रहा है, कोई जासूस ही हो मेरी ओर ध्यान से देख रहा है। यों सिर झुकाकर चलने से ही तो नहीं उसे संदेह हो रहा है। यहां और सभी सामने ताक रहे हैं। कोई यों सिर झुकाकर नहीं चल रहा है। मोटरों की इस रेल–पेल में सिर झुकाकर चलना मौत को नेवता देना है। पार्क में कोई इस तरह चहलकदमी करे, तो कर सकता है। यहां तो सामने देखना चाहिए। लेकिन बगलवाला आदमी अभी तक मेरी ही तरफ ताक रहा है। है शायद कोई खुफिया ही। उसका साथ छोड़ने के लिए वह एक तंबोली की दूकान पर पान खाने लगा। वह आदमी आगे निकल गया। रमा ने आराम की लंबी सांस ली।

अब उसने सिर उठा लिया और दिल मजबूत करके चलने लगा। इस वक्त ट्राम का भी कहीं पता न था, नहीं उसी पर बैठ लेता। थोड़ी ही दूर चला होगा कि तीन कांस्टेबल आते दिखाई दिए। रमा ने सड़क छोड़ दी और पटरी पर चलने लगा। ख्वामख्वाह सांप के बिल में उंगली डालना कौनसी बहादुरी है। दुर्भाग्य की बात, तीनों कांस्टेबलों ने भी सड़क छोड़कर वही पटरी ले ली। मोटरों के आने–जाने से बार–बार इधर–उधर दौड़ना पड़ता था। रमा का कलेजा धक–धक करने लगा। दूसरी पटरी पर जाना तो संदेह को और भी बढ़ा देगा। कोई ऐसी गली भी नहीं जिसमें घुस जाऊं। अब तो सब बहुत समीप आ गए। क्या बात है, सब मेरी ही तरफ देख रहे हैं। मैंने बडी हिमाकत की कि यह पग्गड़ बांध लिया और बंधी भी कितनी बेतुकी। एक टीले–सा ऊपर उठ गया है। यह पगड़ी आज मुझे पकडावेगी। बांधी थी कि इससे सूरत बदल जाएगी। यह उल्टे और तमाशा बन गई। हां, तीनों मेरी ही ओर ताक रहे हैं। आपस

में कुछ बातें भी कर रहे हैं। रमा को ऐसा जान पडा, पैरों में शक्ति नहीं है।ब शायद सब मन में मेरा हुलिया मिला रहे हैं। अब नहीं बच सकता घर वालों को मेरे पकड़े जाने की खबर मिलेगी, तो कितने लज्जित होंगे। जालपा तो रो–रोकर प्राण ही दे देगी। पांच साल से कम सजा न होगी। आज इस जीवन का अंत हो रहा है। इस कल्पना ने उसके ऊपर कुछ ऐसा आतंक जमाया कि उसके औसान जाते रहे। जब सिपाहियों का दल समीप आ गया, तो उसका चेहरा भय से कुछ ऐसा विकृत हो गया, उसकी आंखें कुछ ऐसी सशंक हो गई और अपने को उनकी आंखों से बचाने के लिए वह कुछ इस तरह दूसरे आदमियों की आड़ खोजने लगा कि मामूली आदमी को भी उस पर संदेह होना स्वाभाविक था, फिर पुलिस वालों की मंजी हुई आंखें क्यों चूकतीं। एक ने अपने साथी से कहा, 'यो मनई चोर न होय, तो तुमरी टांगन ते निकर जाईब कस चोरन की नाई ताकत है।श दूसरा बोला, 'कुछ संदेह तो हमऊ का हुय रहा है। फुरै कह पांडे, असली चोर है।'

तीसरा आदमी मुसलमान था, उसने रमानाथ को ललकारा, 'ओ जी ओ पगड़ी, जरा इधर आना, तुम्हारा क्या नाम है?'

रमानाथ ने सीनाजोरी के भाव से कहा, श्हमारा नाम पूछकर क्या करोगे? मैं क्या चोर हूं?'

'चोर नहीं, तुम साह हो, नाम क्यों नहीं बताते?'

रमा ने एक क्षण आगा–पीछा में पड़कर कहा, 'हीरालाल।'

'घर कहां है?'

'घर!'

'हां, घर ही पूछते हैं।'

'शाहजहांपुर।'

'कौन मुहल्ला–'

रमा शाहजहांपुर न गया था, न कोई कल्पित नाम ही उसे याद आया कि बता दे। दुस्साहस के साथ बोला, 'तुम तो मेरा हुलिया लिख रहे हो!'

कांस्टेबल ने भभकी दी, श्तुम्हारा हुलिया पहले से ही लिखा हुआ है! नाम झूठ बताया, सयनत झूठ बताई, मुहल्ला पूछा तो बगलें झांकने लगे। महीनों से तुम्हारी तलाश हो रही है, आज जाकर मिले हो चलो थाने पर।' यह कहते हुए उसने रमानाथ का हाथ पकड़ लिया। रमा ने हाथ छुडाने की चेष्टा करके कहा, 'वारंट लाओ तब हम चलेंगे। क्या मुझे कोई देहाती समझ लिया है?'

कांस्टेबल ने एक सिपाही से कहा, 'पकड़ लो जी इनका हाथ, वहीं थाने पर वारंट दिखाया जाएगा।'

शहरों में ऐसी घटनाएं मदारियों के तमाशों से भी ज्यादा मनोरंजक होती हैं। सैकड़ों आदमी जमा हो गए। देवीदीन इसी समय अफीम लेकर लौटा आ रहा था, यह जमाव देखकर वह भी आ गया। देखा कि तीन कांस्टेबल रमानाथ को घसीटे लिये जा रहे हैं। आगे बढ़कर बोला, 'हैं? हैं, जमादार! यह क्या करते हो? यह पंडितजी तो हमारे मिहमान हैं, कहां पकड़े लिये जाते हो?'

तीनों कांस्टेबल देवीदीन से परिचित थे। रूक गए। एक ने कहा, 'तुम्हारे मिहमान हैं यह, कब से?'

देवीदीन ने मन में हिसाब लगाकर कहा, 'चार महीने से कुछ बेशी हुए होंगे। मुझे प्रयाग में मिल गए थे। रहने वाले भी वहीं के हैं। मेरे साथ ही तो आए थे।'

मुसलमान सिपाही ने मन में प्रसन्न होकर कहा, 'इनका नाम क्या है?'

देवीदीन ने सिटपिटाकर कहा, 'नाम इन्होंने बताया न होगा?'

सिपाहियों का संदेह दृढ़ हो गया। पांडे ने आंखें निकालकर कहा, 'जान परत है तुमहू मिले हौ, नांव काहे नाहीं बतावत हो इनका?'

देवीदीन ने आधारहीन साहस के भाव से कहा,–'मुझसे रोब न जमाना पांडे, समझे! यहां धमकियों में नहीं आने के।'

मुसलमान सिपाही ने मानो मध्यस्थ बनकर कहा, 'बूढ़े बाबा, तुम तो ख्वामख्वाह बिगड़ रहे हो इनका नाम क्यों नहीं बतला देते?'

देवीदीन ने कातर नजरों से रमा की ओर देखकर कहा, 'हम लोग तो रमानाथ कहते हैं। असली नाम यही है या कुछ और, यह हम नहीं जानते।'

पांडे ने आंखें निकालकर हथेली को सामने करके कहा, 'बोलो पंडितजी, क्या नाम है तुम्हारा? रमानाथ या हीरालाल? या दोनों, एक घर का एक ससुराल का?'

तीसरे सिपाही ने दर्शकों को संबोधित करके कहा, 'नांव है रमानाथ, बतावत है हीरालाल? सबूत हुय गवा।' दर्शकों में कानाफसी होने लगी। शुबहे की बात तो है।

'साफ है, नाम और पता दोनों गलत बता दिया।'

एक मारवाड़ी सज्जन बोले, 'उचक्को सो है।'

एक मौलवी साहब ने कहा, 'कोई इश्तिहारी मुलज़िम है।'

जनता को अपने साथ देखकर सिपाहियों को और भी जोर हो गया। रमा को भी अब उनके साथ चुपचाप चले जाने ही में अपनी कुशल दिखाई दी। इस तरह सिर झुका लिया, मानो उसे इसकी बिलकुल परवा नहीं है कि उस पर लाठी पड़ती है या तलवार। इतना अपमानित वह कभी न हुआ था। जेल की कठोरतम यातना भी इतनी ग्लानि न उत्पन्न करती। थोड़ी देर में पुलिस स्टेशन दिखाई दिया। दर्शकों की भीड़ बहुत कम हो गई थी। रमा ने एक बार उनकी ओर लज्जित आशा के भाव से ताका, देवीदीन का पता न था। रमा के मुंह से एक लंबी सांस निकल गई। इस विपत्ति में क्या यह सहारा भी हाथ से निकल गया?

उनतीसवाँ

पुलिस स्टेशन के दफ्तर में इस समय बडी मेज के सामने चार आदमी बैठे हुए थे। एक दारोगा थे, गोरे से, शौकीन, जिनकी बडी–बडी आंखों में कोमलता की झलक थी। उनकी बगल में नायब दारोगा थे। यह सिक्ख थे, बहुत हंसमुख, सजीवता के पुतले, गेहुंआं रंग, सुडौल, सुगठित शरीरब सिर पर केश था, हाथों में कड़ेऋ पर सिगार से परहेज न करते थे। मेज की दूसरी तरफ इंस्पेक्टर और डिप्टी सुपरिंटेंडेंट बैठे हुए थे। इंस्पेक्टर अधेड़, सांवला, लंबा आदमी था, कौड़ी की–सी आंखें, फले हुए गाल और ठिगना कदब डिप्टी सुपरिटेंडेंट लंबा छरहरा जवान था, बहुत ही विचारशील और अल्पभाषीब इसकी लंबी नाक और ऊंचा मस्तक उसकी कुलीनता के साक्षी थे।

डिप्टी ने सिगार का एक कश लेकर कहा, 'बाहरी गवाहों से काम नहीं चल सकेगा। इनमें से किसी को एप्रूवर बनना होगा। और कोई अल्टरनेटिव नहीं है।'

इंस्पेक्टर ने दारोगा की ओर देखकर कहा, 'हम लोगों ने कोई बात उठा तो नहीं रक्खी, हलफ से कहता हूं। सभी तरह के लालच देकर हार गए। सबों ने ऐसी गुट कर रक्खी है कि कोई टूटता ही नहीं। हमने बाहर के गवाहों को भी आजमाया, पर सब कानों पर हाथ रखते हैं।'

डिप्टी, 'उस मारवाड़ी को फिर आजमाना होगा। उसके बाप को बुलाकर खूब धमकाइए। शायद इसका कुछ दबाव पड़े।'

इंस्पेक्टर–'हलफ से कहता हूं, आज सुबह से हम लोग यही कर रहे हैं। बेचारा बाप लङके के पैरों पर गिरा, पर लड़का किसी तरह राजी नहीं होता।'

कुछ देर तक चारों आदमी विचारों में मग्न बैठे रहे। अंत में डिप्टी ने निराशा के भाव से कहा, मुकदमा नहीं चल सकता मुफ्त

का बदनामी हुआ। इंस्पेक्टर, एक हर्ते की मुहलत और लीजिए, शायद कोई टूट जाय। यह निश्चय करके दोनों आदमी यहां से रवाना हुए। छोटे दारोगा भी उसके साथ ही चले गए। दारोगाजी ने हुक्का मंगवाया कि सहसा एक मुसलमान सिपाही ने आकर कहा, 'दारोगाजी, लाइए कुछ इनाम दिलवाइए। एक मुलजिम को शुबहे पर गिरफ्तार किया है। इलाहाबाद का रहने वाला है, नाम है रमानाथ, पहले नाम और सयनत दोनों गलत बतलाई थीं। देवीदीन खटिक जो नुक्कड़ पर रहता है, उसी के घर ठहरा हुआ है। जरा डांट बताइएगा तो सब कुछ उगल देगा।'

दारोगा–'वही है न जिसके दोनों लङके–ब'

सिपाही–'जी हां, वही है।'

इतने में रमानाथ भी दारोगा के सामने हाज़िर किया गया। दारोगा ने उसे सिर से पांव तक देखा, मानो मन में उसका हुलिया मिला रहे हों। तब कठोर दृष्टि से देखकर बोले, 'अच्छा, यह इलाहाबाद का रमानाथ है। खूब मिले भाई। छः महीने से परेशान कर रहे हो कैसा साफ हुलिया है कि अंधा भी पहचान ले। यहां कब से आए हो? 'कांस्टेबल ने रमा को परामर्श दिया, 'सब हाल सच–सच कह दो, तो तुम्हारे साथ कोई सख्ती न की जाएगी।'

रमा ने प्रसन्नचित्त बनने की चेष्टा करके कहा, 'अब तो आपके हाथ में हूं, रियायत कीजिए या सख्ती कीजिए। इलाहाबाद की म्युनिसिपैलिटी में नौकर था। हिमाकत कहिए या बदनसीबी, चुंगी के चार सौ रूपये मुझसे खर्च हो गए। मैं वक्त पर रूपये जमा न कर सका। शर्म के मारे घर के आदमियों से कुछ न कहा, नहीं तो इतने रूपये इंतजाम हो जाना कोई मुश्किल न था। जब कुछ बस न चला, तो वहां से भागकर यहां चला आया। इसमें एक हर्फ भी गलत नहीं है।'

दारोगा ने गंभीर भाव से कहा, 'मामला कुछ संगीन है, क्या कुछ शराब का चस्का पड़ गया था?'

'मुझसे कसम ले लीजिए, जो कभी शराब मुंह से लगाई हो।'

कांस्टेबल ने विनोद करके कहा, मुहब्बत के बाजार में लुट गए होंगे, हुजूर।'

रमा ने मुस्कराकर कहा, 'मुझसे फाकेमस्तों का वहां कहां गुजर?'

दारोगा–'तो क्या जुआ खेल डाला? या, बीवी के लिए जेवर बनवा डाले!'

रमा झेंपकर रह गया। अपराधी मुस्कराहट उसके मुख पर रो पड़ी।

दारोगा–'अच्छी बात है, तुम्हें भी यहां खासे मोटे जेवर मिल जायंगे!'

एकाएक बूढ़ा देवीदीन आकर खड़ा हो गया। दारोगा ने कठोर स्वर में कहा, 'क्या काम है यहां?'

देवीदीन–'हुजूर को सलाम करने चला आया। इन बेचारों पर दया की नजर रहे हुजूर, बेचारे बडे सीधे आदमी हैं।'

दारोगा–'बचा सरकारी मुलज़िम को घर में छिपाते हो, उस पर सिफारिश करने आए हो!'

देवीदीन–'मैं क्या सिफारिस करूंगा हुजूर, दो कौड़ी का आदमी।'

दारोगा–'जानता है, इन पर वारंट है, सरकारी रूपये गबन कर गए हैं।'

देवीदीन–'हुजूर, भूल–चूक आदमी से ही तो होती है। जवानी की उम्र है ही, खर्च हो गए होंगे।

यह कहते हुए देवीदीन ने पांच गिन्नियां कमर से निकालकर मेज पर रख दीं।

दारोगा ने तड़पकर कहा, 'यह क्या है?'

देवीदीन–'कुछ नहीं है, हुजूर को पान खाने को।'

दारोगा–'रिश्वत देना चाहता है! क्यों? कहो तो बचा, इसी इल्जाम में भेज दूं।'

देवीदीन–'भेज दीजिए सरकार। घरवाली लकड़ी–कफन की फिकर से छूट जाएगी। वहीं बैठा आपको दुआ दूंगा।'

दारोगा–'अबे इन्हें छुडाना है तो पचास गिन्नियां लाकर सामने रक्खो। जानते हो इनकी गिरफ्तारी पर पांच सौ रूपये का इनाम है!'

देवीदीन–'आप लोगों के लिए इतना इनाम हुजूर क्या है। यह गरीब परदेसी आदमी हैं, जब तक जिएंगे आपको याद करेंगे।'

दारोगा–'बक–बक मत कर, यहां धरम कमाने नहीं आया हूं।'

देवीदीन–'बहुत तंग हूं हुजूर। दुकानदारी तो नाम की है।'

कांस्टेबल–'बुढिया से मांग जाके।'

देवीदीन–'कमाने वाला तो मैं ही हूं हुजूर, लड़कों का हाल जानते ही हो तन–पेट काटकर कुछ रूपये जमा कर रखे थे, सो अभी सातों–धाम किए चला आता हूं। बहुत तंग हो गया हूं।

दारोगा–'तो अपनी गिन्नियां उठा ले। इसे बाहर निकाल दो जी।'

देवीदीन–'आपका हुकुम है, तो लीजिए जाता हूं। धक्का क्यों दिलवाइएगा।'

दारोगा–'कांस्टेबल सेध्द इन्हें हिरासत में रखो। मुंशी से कहो इनका बयान लिख लें।'

देवीदीन के होंठ आवेश से कांप रहे थे। उसके चेहरे पर इतनी व्यग्रता रमा ने कभी नहीं देखी, जैसे कोई चिडिया अपने घोंसले में कौवे को घुसते देखकर विह्वल हो गई हो वह एक मिनट तक थाने के द्वार पर खडारहा, फिर पीछे गिरा और एक सिपाही से

कुछ कहा, तब लपका हुआ सड़क पर चला गया, मगर एक ही पल में फिर लौटा और दारोगा से बोला, 'हुजूर, दो घंटे की मुहलत न दीजिएगा?'

रमा अभी वहीं खडाथा। उसकी यह ममता देखकर रो पड़ा। बोला, 'दादा, अब तुम हैरान न हो, मेरे भाग्य में जो कुछ लिखा है, वह होने दो। मेरे भी यहां होते, तो इससे ज्यादा और क्या करते! मैं मरते दम तक तुम्हारा उपकार–'देवीदीन ने आंखें पोंछते हुए कहा, 'कैसी बातें कर रहे हो, भैया! जब रूपये पर आई तो देवीदीन पीछे हटने वाला आदमी नहीं है। इतने रूपये तो एक–एक दिन जुए में हार–जीत गया हूं। अभी घर बेच दूं, तो दस हजार की मालियत है। क्या सिर पर लाद कर ले जाऊंगा। दारोगाजी, अभी भैया को हिरासत में न भेजो, मैं रूपये की गिकर करके थोड़ी देर में आता हूं।'

देवीदीन चला गया तो दारोगाजी ने सहृदयता से भरे स्वर में कहा, 'है तो खुर्राट, मगर बडा नेक। तुमने इसे कौनसी बूटी सुंघा दी?'

रमा ने कहा, 'गरीबों पर सभी को रहम आता है।'

दारोगा ने मुस्कराकर कहा, 'पुलिस को छोड़कर, इतना और कहिए। मुझे तो यकीन नहीं कि पचास गिन्नियां लावे।'

रमानाथ–'अगर लाए भी तो उससे इतना बडा तावान नहीं दिलाना चाहता। आप मुझे शौक से हिरासत में ले लें।'

दारोगा –'मुझे पांच सौ के बदले साढ़े छः सौ मिल रहे हैं, क्यों छोड़ूं। तुम्हारी गिरफ्तारी का इनाम मेरे किसी दूसरे भाई को मिल जाय, तो क्या बुराई है।

रमानाथ–'जब मुझे चक्की पीसनी है, तो जितनी जल्द पीस लूं उतना ही अच्छा। मैंने समझा था, मैं पुलिस की नजरों से बचकर रह सकता हूं। अब मालूम हुआ कि यह बेकली और आठों पहर पकड़ लिए जाने का खौफ जेल से कम जानलेवा नहीं।'

दारोगाजी को एकाएक जैसे कोई भूली हुई बात याद आ गई। मेज के दराज से एक मिसल निकाली, उसके पन्ने इधर–उधर उल्टे, तब नम्रता से बोले, अगर मैं कोई ऐसी तरकीब बतलाऊं कि देवीदीन के रूपये भी बच जाएं और तुम्हारे ऊपर भी आंच न आए तो कैसा?'

रमा ने अविश्वास के भाव से कहा, ऐसी तरकीब कोई है, मुझे तो आशा नहीं।'

दारोगा–'अभी साई के सौ खेल हैं। इसका इंतजाम मैं कर सकता हूं। आपको महज एक मुकदमे में शहादत देनी पड़ेगी?'

रमानाथ–'झूठी शहादत होगी।'

दारोगा–'नहीं, बिलकुल सच्ची। बस समझ लो कि आदमी बन जाओगे। म्युनिसिपैलिटी के पंजे से तो छूट जाओगे, शायद सरकार परवरिश भी करे। यों अगर चालान हो गया तो पांच साल से कम की सजा न होगी। मान लो, इस वक्त देवी तुम्हें बचा भी ले, तो बकरे की मां कब तक खैर मनाएगी। जिंदगी खराब हो जायगी। तुम अपना नफा–नुकसान खुद समझ लो। मैं जबरदस्ती नहीं करता।'

दारोगाजी ने डकैती का वृत्तांत कह सुनाया। रमा ऐसे कई मुकदमे समाचारपत्रों में पढ़ चुका था। संशय के भाव से बोला, 'तो मुझे मुखबिर बनना पड़ेगा और यह कहना पड़ेगा कि मैं भी इन डकैतियों में शरीक था। यह तो झूठी शहादत हुई।'

दारोगा–'मुआमला बिलकुल सच्चा है। आप बेगुनाहों को न फंसाएंगे। वही लोग जेल जाएंगे जिन्हें जाना चाहिए। फिर झूठ कहां रहा–डाकुओं के डर से यहां के लोग शहादत देने पर राजी नहीं होते। बस और कोई बात नहीं। यह मैं मानता हूं कि आपको कुछ झूठ बोलना पड़ेगा, लेकिन आपकी जिंदगी बनी जा रही है, इसके लिहाज से तो इतना झूठ कोई चीज नहीं। खूब सोच लीजिए। शाम तक जवाब दीजिएगा।'

रमा के मन में बात बैठ गई। अगर एक बार झूठ बोलकर वह अपने पिछले कर्मों का प्रायश्चित्त कर सके और भविष्य भी सुधार ले, तो पूछना ही क्या जेल से तो बच जायगा। इसमें बहुत आगा–पीछा की जरूरत ही न थी। हां, इसका निश्चय हो जाना चाहिए कि उस पर फिर म्युनिसिपैलिटी अभियोग न चलाएगी और उसे कोई जगह अच्छी मिल जायगी। वह जानता था, पुलिस की गरज है और वह मेरी कोई वाजिब शर्त अस्वीकार न करेगी। इस तरह बोला, मानो उसकी आत्मा धर्म और अधर्म के संकट में पड़ी हुई है, 'मुझे यही डर है कि कहीं मेरी गवाही से बेगुनाह लोग न फंस जाएं।'

दारोगा–'इसका मैं आपको इत्मीनान दिलाता हूं।'

रमानाथ–'लेकिन कल को म्युनिसिपैलिटी मेरी गर्दन नापे तो मैं किसे पुकारूंगा?'

दारोगा–'मजाल है, म्युनिसिपैलिटी चूं कर सके। गौजदारी के मुकदमे में मुददई तो सरकार ही होगी। जब सरकार आपको मुआफ कर देगी, तो मुकदमा कैसे चलाएगी। आपको तहरीरी मुआफीनामा दे दिया जायगा, साहब।'

रमानाथ–'और नौकरी?'

दारोगा–'वह सरकार आप इंतजाम करेगी। ऐसे आदमियों को सरकार खुद अपना दोस्त बनाए रखना चाहती है। अगर आपकी शहादत बढिया हुई और उस फ्री की जिरहों के जाल से आप निकल गए, तो फिर आप पारस हो जाएंगे!श दारोगा ने उसी वक्त मोटर मंगवाई और रमा को साथ लेकर डिप्टी साहब से मिलने चल दिए। इतनी बडी कारगुजारी दिखाने में विलंब क्यों करते? डिप्टी से एकांत में खूब जीट उडाई। इस आदमी का यों पता लगाया। इसकी सूरत देखते ही भांप गया कि मगरूर है, बस गिरफ्तार ही तो कर लिया! बात सोलहों आने सच निकली। निगाह कहीं चूक सकती है! हुजूर, मुजरिम की आंखें पहचानता हूं। इलाहाबाद की म्युनिसिपैलिटी के

रूपये गबन करके भागा है। इस मामले में शहादत देने को तैयार है। आदमी पढ़ा–लिखा, सूरत का शरीफ और जहीन है।'

डिप्टी ने संदिग्ध भाव से कहा, 'हां, आदमी तो होशियार मालूम होता है।'

'मगर मुआफीनामा लिये बगैर इसे हमारा एतबार न होगा। कहीं इसे यह शुबहा हुआ कि हम लोग इसके साथ कोई चाल चल रहे हैं, तो साफ निकल जाएगा।'

डिप्टी–'यह तो होगा ही। गवर्नमेंट से इसके बारे में बातचीत करना होगा। आप टेलीफोन मिलाकर इलाहाबाद पुलिस से पूछिए कि इस आदमी पर कैसा मुकदमा है। यह सब तो गवर्नमेंट को बताना होगा। दारोगाजी ने टेलीफोन डाइरेक्टरी देखी, नंबर मिलाया और बातचीत शुरू हुई।

डिप्टी–'क्या बोला?'

दारोगा–'कहता है, यहां इस नाम के किसी आदमी पर मुकदमा नहीं है।'

डिप्टी–'यह कैसा है भाई, कुछ समझ में नहीं आता। इसने नाम तो नहीं बदल दिया?'

दारोगा–'कहता है, म्युनिसिपैलिटी में किसी ने रूपये गबन नहीं किए। कोई मामला नहीं है।'

डिप्टी–'ये तो बडा ताज्जुब का बात है। आदमी बोलता है हम रूपया लेकर भागा, निसिपैलिटी बोलता है कोई रूपया गबन नहीं किया। यह आदमी पागल तो नहीं है?'

दारोगा –'मेरी समझ में कोई बात नहीं आती, अगर कह दें कि तुम्हारे ऊपर कोई इल्जाम नहीं है, तो फिर उसकी गर्द भी न मिलेगी।'

'अच्छा, म्युनिसिपैलिटी के दफ्तर से पूछिए।'

दारोगा ने फिर नंबर मिलाया। सवाल–जवाब होने लगा।

दारोगा–'आपके यहां रमानाथ कोई क्लर्क था?

जवाब, 'जी हां, था।

दारोगा–'वह कुछ रूपये गबन करके भागा है?

जवाब, 'नहीं। वह घर से भागा है, पर गबन नहीं किया। क्या वह आपके यहां है?'

दारोगा–'जी हां, हमने उसे गिरफ्तार किया है। वह खुद कहता है कि मैंने रूपये गबन किए। बात क्या है?'

जवाब, 'पुलिस तो लाल बुझक्कड़ है। जरा दिमाग लडाइए।'

दारोगा–'यहां तो अक्ल काम नहीं करती।'

जवाब, 'यहीं क्या, कहीं भी काम नहीं करती। सुनिए, रमानाथ ने मीजान लगाने में गलती की, डरकर भागा। बाद को मालूम हुआ कि तहबील में कोई कमी न थी। आई समझ में बात।'

डिप्टी–'अब क्या करना होगा खां साहबब चिडिया हाथ से निकल गया!'

दारोगा–'निकल कैसे जाएगी हुजूरब रमानाथ से यह बात कही ही क्यों जाए? बस उसे किसी ऐसे आदमी से मिलने न दिया जाय जो बाहर की खबरें पहुंचा सके। घरवालों को उसका पता अब लग जावेगा ही, कोई न कोई जरूर उसकी तलाश में आवेगा। किसी को न आने दें।

तहरीर में कोई बात न लाई जाए। जबानी इत्मीनान दिला दिया जाय। कह दिया जाय, कमिश्नर साहब को मुआफीनामा के लिए रिपोर्ट की गई है। इंस्पेक्टर साहब से भी राय ले ली जाय। इधर तो यह लोग सुपरिंटेंडेंट से परामर्श कर रहे थे, उधर एक घंटे में देवीदीन लौटकर थाने आया तो कांस्टेबल ने कहा, 'दारोगाजी तो साहब के पास गए।'

देवीदीन ने घबडाकर कहा, 'तो बाबूजी को हिरासत में डाल दिया?'

कांस्टेबल, 'नहीं, उन्हें भी साथ ले गये।'

देवीदीन ने सिर पीटकर कहा, 'पुलिस वालों की बात का कोई भरोसा नहीं। कह गया कि एक घंटे में रूपये लेकर आता हूं, मगर इतना भी सबर न हुआ। सरकार से पांच ही सौ तो मिलेंगे। मैं छः सौ देने को तैयार हूं। हां, सरकार में कारगुजारी हो जायगी और क्या वहीं से उन्हें परागराज भेज देंगे। मुझसे भेटं भी न होगी। बुढिया रो–रोकर मर जायगी। यह कहता हुआ देवीदीन वहीं जमीन पर बैठ गया।'

कांस्टेबल ने पूछा, 'तो यहां कब तक बैठे रहोगे?'

देवीदीन ने मानो कोड़े की काट से आहत होकर कहा, श्अब तो दारोगाजी से दो–दो बातें करके ही जाऊंगा। चाहे जेहल ही जाना पड़े, पर फटकारूंगा जरूर, बुरी तरह फटकारूंगा। आख़िर उनके भी तो बाल–बच्चे होंगे! क्या भगवान से जरा भी नहीं डरते! तुमने बाबूजी को जाती बार देखा था? बहुत रंजीदा थे?'

कांस्टेबल, 'रंजीदा तो नहीं थे, खासी तरह हंस रहे थे। दोनों जने मोटर में बैठकर गए हैं।'

देवीदीन ने अविश्वास के भाव से कहा, 'हंस क्या रहे होंगे बेचारे। मुंह से चाहे हंस लें, दिल तो रोता ही होगा।'

देवीदीन को यहां बैठे एक घंटा भी न हुआ था कि सहसा जग्गो आ खड़ी हुई। देवीदीन को द्वार पर बैठे देखकर बोली, 'तुम यहां क्या करने लगे? भैया कहां हैं?'

देवीदीन ने मर्माहत होकर कहा, 'भैया को ले गए सुपरीडंट के पास, न जाने भेंट होती है कि ऊपर ही ऊपर परागराज भेज दिए जाते हैं।'

जग्गो–'दारोगाजी भी बडे वह हैं। कहां तो कहा था कि इतना लेंगे, कहां लेकर चल दिए!'

देवीदीन–'इसीलिए तो बैठा हूं कि आवें तो दो–दो बातें कर लूं।'

जग्गो–'हां, फटकारना जरूर, जो अपनी बात का नहीं, वह अपने बाप का क्या होगा। मैं तो खरी कहूंगी। मेरा क्या कर लेंगे!'

देवीदीन–'दूकान पर कौन है?'

जग्गो–'बंद कर आई हूं। अभी बेचारे ने कुछ खाया भी नहीं। सबेरे से वैसे ही हैं। चूल्हे में जाय वह तमासाब उसी के टिकट लेने तो जाते थे। न घर से निकलते तो काहे को यह बला सिर पड़ती।

देवीदीन–'जो उधार ही से पराग भेज दिया तो?'

जग्गो–'तो चिट्ठी तो आवेगी ही। चलकर वहीं देख आवेंगे?'

देवीदीन–'(आंखों में आंसू भरकर) सजा हो जायगी?

जग्गो–'रूपया जमा कर देंगे तब काहे को होगी। सरकार अपने रूपये ही तो लेगी?

देवीदीन–'नहीं पगली, ऐसा नहीं होता। चोर माल लौटा दे तो वह छोड़ थोड़े ही दिया जाएगा।'

जग्गो ने परिस्थिति की कठोरता अनुभव करके कहा, 'दारोगाजी, 'वह अभी बात भी पूरी न करने पाई थी कि दारोगाजी की मोटर सामने आ पहुंची। इंस्पेक्टर साहब भी थे। रमा इन दोनों को देखते ही मोटर से उतरकर आया और प्रसन्न मुख से बोला, 'तुम यहां देर से बैठे हो क्या दादा? आओ, कमरे में चलो। अम्मां, तुम कब आइ?'

दारोगाजी ने विनोद करके कहा, 'कहो चौधारी, लाए रूपये?'

देवीदीन–'जब कह गया कि मैं थोड़ी देर में आता हूं, तो आपको मेरी राह देख लेनी चाहिए थी। चलिए, अपने रूपये लीजिए।'

दारोगा –'खोदकर निकाले होंगे?'

देवीदीन–'आपके अकबाल से हजार–पांच सौ अभी ऊपर ही निकल सकते हैं। जमीन खोदने की जरूरत नहीं पड़ी। चलो भैया, बुढिया कब से खड़ी है। मैं रूपये चुकाकर आता हूं। यह तो इसपिकटर साहब थे न? पहले इसी थाने में थे।'

दारोगा–'तो भाई, अपने रूपये ले जाकर उसी हांड़ी में रख दो। अफसरों की सलाह हुई कि इन्हें छोड़ना न चाहिए। मेरे बस की बात नहीं है।'

इंस्पेक्टर साहब तो पहले ही दफ्तर में चले गए थे। ये तीनों आदमी बातें करते उसके बगल वाले कमरे में गए। देवीदीन ने दारोगा की बात सुनी, तो भौंहें तिरछी हो गई। बोला, दारोगाजी, मरदों की एक बात होती है, मैं तो यही जानता हूं। मैं रूपये आपके हुक्म से लाया हूं। आपको अपना कौल पूरा करना पड़ेगा। कहके मुकर जाना नीचों का काम है।'

इतने कठोर शब्द सुनकर दारोगाजी को भन्ना जाना चाहिए था, पर उन्होंने जरा भी बुरा न माना। हंसते हुए बोले, भई अब चाहे, नीच कहो, चाहे दगाबाज कहो, पर हम इन्हें छोड़ नहीं सकते। ऐसे शिकार रोज नहीं मिलते। कौल के पीछे अपनी तरक्की नहीं छोड़ सकता दारोगा के हंसने पर देवीदीन और भी तेज हुआ, 'तो आपने कहा किस मुंह से था?'

दारोगा –'कहा तो इसी मुंह से था, लेकिन मुंह हमेशा एक–सा तो नहीं रहता। इसी मुंह से जिसे गाली देता हूं, उसकी इसी मुंह से तारीफ भी करता हूं।'

देवीदीन–'(तिनककर) यह मूंछें मुड़वा डालिए।'

दारोगा –'मुझे बडी खुशी से मंजूर है। नीयत तो मेरी पहले ही थी, पर शर्म के मारे न मुड़वाता था। अब तुमने दिल मजबूत कर दिया।'

देवीदीन–'हंसिए मत दारोगाजी, आप हंसते हैं और मेरा खून जला जाता है। मुझे चाहे जेहल ही क्यों न हो जाए, लेकिन मैं कप्तान साहब से जरूर कह दूंगा। हूं तो टके का आदमी पर आपके अकबाल से बडे अफसरों तक पहुंच है।'

दारोगा–'अरे, यार तो क्या सचमुच कप्तान साहब से मेरी शिकायत कर दोगे?'

देवीदीन ने समझा कि धमकी कारगर हुई। अकड़कर बोला, 'आप जब किसी की नहीं सुनते, बात कहकर मुकर जाते हैं, तो दूसरे भी अपने–सी करेंगे ही। मेम साहब तो रोज ही दुकान पर आती हैं।'

दारोगा–'कौन, देवी? अगर तुमने साहब या मेम साहब से मेरी कुछ शिकायत की, तो कसम खाकर कहता हूं, कि घर खुदवाकर फेंक दूंगा!'

देवीदीन–'जिस दिन मेरा घर खुदेगा, उस दिन यह पगड़ी और चपरास भी न रहेगी, हुजूर।'

दारोगा –'अच्छा तो मारो हाथ पर हाथ, हमारी तुम्हारी दो–दो चोटें हो जायं, यही सही।'

देवीदीन–'पछताओगे सरकार, कहे देता हूं पछताओगे।'

रमा अब जब्त न कर सका। अब तक वह देवीदीन के बिगड़ने का तमाशा देखने के लिए भीगी बिल्ली बना खडाथा। कहकहा मारकर बोला, 'दादा, दारोगाजी तुम्हें चिढ़ा रहे हैं। हम लोगों में ऐसी सलाह हो गई है कि मैं बिना कुछ लिए–दिए ही छूट जाऊंगा, ऊपर से नौकरी भी मिल जायगी। साहब ने पक्का वादा किया है। मुझे अब यहीं रहना होगा।'

देवीदीन ने रास्ता भटके हुए आदमी की भांति कहा, 'कैसी बात है भैया, क्या कहते हो! क्या पुलिस वालों के चकमे में आ गए? इसमें कोई न कोई चाल जरूर छिपी होगी।'

रमा ने इत्मीनान के साथ कहा, 'और बात नहीं, एक मुकदमे में शहादत देनी पड़ेगी।'

देवीदीन ने संशय से सिर हिलाकर कहा, 'झूठा मुकदमा होगा?'

रमानाथ–'नहीं दादा, बिलकुल सच्चा मामला है। मैंने पहले ही पूछ लिया है।'

देवीदीन की शंका शांत न हुई। बोला, 'मैं इस बारे में और कुछ नहीं कह सकता भैया, जरा सोच–समझकर काम करना। अगर मेरे रूपयों को डरते हो, तो यही समझ लो कि देवीदीन ने अगर रूपयों की परवा की होती, तो आज लखपति होता। इन्हीं हाथों से सौ–सौ रूपये रोज कमाए और सब–के–सब उडादिए हैं। किस मुकदमे में सहादत देनी है? कुछ मालूम हुआ?'

दारोगाजी ने रमा को जवाब देने का अवसर न देकर कहा, 'वही डकैतियों वाला मुआमला है जिसमें कई गरीब आदमियों की जान गई थी। इन डाकुओं ने सूबे–भर में हंगामा मचा रक्खा था। उनके डर के मारे कोई आदमी गवाही देने पर राजी नहीं होता।'

देवीदीन ने उपेक्षा के भाव से कहा, 'अच्छा तो यह मुखबिर बन गए? यह बात है। इसमें तो जो पुलिस सिखाएगी वही तुम्हें कहना पड़ेगा, भैया! मैं छोटी समझ का आदमी हूं, इन बातों का मर्म क्या जानूं, पर मुझसे मुखबिर बनने को कहा जाता, तो मैं न बनता, चाहे कोई लाख रूपया देता। बाहर के आदमी को क्या मालूम कौन अपराधी है, कौन बेकसूर है। दो–चार अपराधियों के साथ दो–चार बेकसूर भी जरूर ही होंगे।'

दारोगा –'हरगिज नहीं। जितने आदमी पकड़े गए हैं, सब पक्के डाकू हैं। '

देवीदीन–'यह तो आप कहते हैं न, हमें क्या मालूम।'

दारोगा –'हम लोग बेगुनाहों को फंसाएंगे ही क्यों? यह तो सोचो।'

देवीदीन–'यह सब भुगते बैठा हूं, दारोगाजी! इससे तो यही अच्छा है कि आप इनका चालान कर दें। साल–दो साल का जेहल ही तो होगा। एक अधरम के दंड से बचने के लिए बेगुनाहों का खून तो सिर पर न चढ़ेगा!'

रमा ने भीरूता से कहा, 'मैंने खूब सोच लिया है दादा, सब कागज देख लिए हैं, इसमें कोई बेगुनाह नहीं है।'

देवीदीन ने उदास होकर कहा, श्होगा भाई! जान भी तो प्यारी होती है!श्यह कहकर वह पीछे घूम पड़ा। अपने मनोभावों को इससे स्पष्ट रूप से वह प्रकट न कर सकता था। एकाएक उसे एक बात याद आ गई। मुड़कर बोला, 'तुम्हें कुछ रूपये देता जाऊं।'

रमा ने खिसियाकर कहा, 'क्या जरूरत है?'

दारोगा –'आज से इन्हें यहीं रहना पड़ेगा।'

देवीदीन ने कर्कश स्वर में कहा, श्हां हुजूर, इतना जानता हूं। इनकी दावत होगी, बंगला रहने को मिलेगा, नौकर मिलेंगे, मोटर मिलेगी। यह सब जानता हूं। कोई बाहर का आदमी इनसे मिलने न पावेगा, न यह अकेले आ–जा सकेंगे, यह सब देख चुका हूं।'

यह कहता हुआ देवीदीन तेजी से कदम उठाता हुआ चल दिया, मानो वहां उसका दम घुट रहा हो दारोगा ने उसे पुकारा, पर उसने फिरकर न देखा। उसके मुख पर पराभूत वेदना छाई हुई थी।

जग्गो ने पूछा, 'भैया नहीं आ रहे हैं?'

देवीदीन ने सड़क की ओर ताकते हुए कहा, 'भैया अब नहीं आवेंगे। जब अपने ही अपने न हुए तो बेगाने तो बेगाने हैं ही!' वह चला गया। बुढिया भी पीछे–पीछे भुनभुनाती चली।

तीसवाँ

रूदन में कितना उल्लास, कितनी शांति, कितना बल है। जो

कभी एकांत में बैठकर, किसी की स्मृति में, किसी के वियोग में, सिसक–सिसक और बिलखबिलख नहीं रोया, वह जीवन के ऐसे सुख से वंचित है, जिस पर सैकड़ों हंसियां न्योछावर हैं। उस मीठी वेदना का आनंद उन्हीं से पूछो, जिन्होंने यह सौभाग्य प्राप्त किया है। हंसी के बाद मन खिकै हो जाता है, आत्मा क्षुब्धा हो जाती है, मानो हम थक गए हों, पराभूत हो गए हों। रूदन के पश्चात एक नवीन स्फूर्ति,

एक नवीन जीवन, एक नवीन उत्साह का अनुभव होता है। जालपा के पास 'प्रजा–मित्र' कार्यालय का पत्र पहुंचा, तो उसे पढ़कर वह रो पड़ी। पत्र एक हाथ में लिये, दूसरे हाथ से चौखट पकड़े, वह खूब रोई।क्या सोचकर रोई, वह कौन कह सकता है। कदाचित अपने उपाय की इस आशातीत सफलता ने उसकी आत्मा को विह्वल कर दिया, आनंद की उस गहराई पर पहुंचा दिया जहां पानी है, या उस ऊंचाई पर जहां उष्णता हिम बन जाती है। आज छः महीने के बाद यह सुख–संवाद मिला। इतने दिनों वह छलमयी आशा और कठोर दुराशा का खिलौना बनी रही। आह! कितनी बार उसके मन में तरंग उठी कि इस जीवन का क्यों न अंत कर दूं! कहीं मैंने सचमुच प्राण त्याग दिए होते तो उनके दर्शन भी न पाती! पर उनका हिया कितना कठोर है। छः महीने से वहां बैठे हैं, एक पत्र भी न लिखा, खबर तक नहीं ली। आख़िर यही न समझ लिया होगा कि बहुत होगा रो–रोकर मर जायगी। उन्होंने मेरी परवाह ही कब की! दस–बीस रूपये तो आदमी यार–दोस्तों पर भी खर्च कर देता है। वह प्रेम नहीं है। प्रेम हृदय की वस्तु है, रूपये की नहीं। जब तक रमा का कुछ पता न था, जालपा सारा इलजाम अपने सिर रखती थी, पर आज उनका पता पाते ही उसका मन अकस्मात कठोर हो गया। तरह–तरह के शिकवे पैदा होने लगे। वहां क्या समझकर बैठे हैं? इसीलिए तो कि वह स्वाधीन हैं, आजाद हैं, किसी का दिया नहीं खाते।

इसी तरह मैं कहीं बिना कहे–सुने चली जाती, तो वह मेरे साथ किस तरह पेश आते? शायद तलवार लेकर गर्दन पर सवार हो जाते या जिंदगी–भर मुंह न देखते। वहीं खड़े–खड़े जालपा ने मन–ही–मन शिकायतों का दफ्तर खोल दिया।

सहसा रमेश बाबू ने द्वार पर पुकारा, 'गोपी, गोपी, जरा इधर आना।'

मुंशीजी ने अपने कमरे में पड़े–पड़े कराहकर कहा, 'कौन है भाई, कमरे में आ जाओ। अरे! आप हैं रमेश बाबू! बाबूजी, मैं तो मरकर जिया हूं। बस यही समझिए कि नई ज़िदंगी हुई। कोई आशा न थी। कोई आगे न कोई पीछे, दोनों लौंडे आवारा हैं, मैं मईं या जीऊं, उनसे मतलब नहीं। उनकी मां को मेरी सूरत देखते डर लगता है। बस बेचारी बहू ने मेरी जान बचाईब वह न होती तो अब तक चल बसा होता।'

रमेश बाबू ने कृत्रिम संवेदना दिखाते हुए कहा, 'आप इतने बीमार हो गए और मुझे खबर तक न हुई। मेरे यहां रहते आपको इतना कष्ट हुआ! बहू ने भी मुझे एक पुर्ज़ा न लिख दिया। छुट्टी लेनी पड़ी होगी?'

मुंशी–'छुट्टी के लिए दरख्वास्त तो भेज दी थी, मगर साहब मैंने डाक्टरी सर्टिफिकेट नहीं भेजी। सोलह रूपये किसके घर से लाता। एक दिन सिविल सर्जन के पास गया, मगर उन्होंने चिट्ठी लिखने से इनकार किया। आप तो जानते हैं वह बिना फीस लिये बात नहीं करते। मैं चला आया और दरख्वास्त भेज दी। मालूम नहीं मंजूर हुई या नहीं। यह तो डाक्टरों का हाल है। देख रहे हैं

कि आदमी मर रहा है, पर बिना भेंट लिये कदम न उठावेंगे! '

रमेश बाबू ने चिंतित होकर कहा, 'यह तो आपने बुरी खबर सुनाई, मगर आपकी छुट्टी नामंजूर हुई तो क्या होगा?'

मुंशीजी ने माथा ठोंकर कहा, श्होगा क्या, घर बैठ रहूंगा। साहब पूछेंगे तो साफ कह दूंगा, मैं सर्जन के पास गया था, उसने छुट्टी नहीं दी। आख़िर इन्हें क्यों सरकार ने नौकर रक्खा है। महज कुर्सी की शोभा बढ़ाने के लिए? मुझे डिसमिस हो जाना मंजूर है, पर सर्टिगिष्धट न दूंगा। लौंडे गायब हैं। आपके लिए पान तक लाने वाला कोई नहीं। क्या करूं?'

रमेश ने मुस्कराकर कहा, 'मेरे लिए आप तरददुद न करें। मैं आज पान खाने नहीं, भरपेट मिठाई खाने आया हूं। (जालपा को पुकारकर) बहूजी, तुम्हारे लिए खुशखबरी लाया हूं। मिठाई मंगवा लो।'

जालपा ने पान की तश्तरी उनके सामने रखकर कहा, 'पहले वह खबर सुनाइए। शायद आप जिस खबर को नई–नई समझ रहे हों, वह पुरानी हो गई हो।'

रमेश–'जी कहीं हो न! रमानाथ का पता चल गया। कलकत्ता में हैं।'

जालपा–'मुझे पहले ही मालूम हो चुका है।'

मुंशीजी झपटकर उठ बैठे। उनका ज्वर मानो भागकर उत्सुकता की आड़ में जा छिपा, रमेश का हाथ पकड़कर बोले, 'मालूम हो गया कलकत्ता में हैं? कोई खत आया था?'

रमेश–'खत नहीं था, एक पुलिस इंक्वायरी थी। मैंने कह दिया, उन पर किसी तरह का इलजाम नहीं है। तुम्हें कैसे मालूम हुआ, बहूजी?'

जालपा ने अपनी स्कीम बयान की। 'प्रजा–मित्र' कार्यालय का पत्र भी दिखाया। पत्र के साथ रूपयों की एक रसीद थी जिस पर रमा का हस्ताक्षर था।

रमेश–'दस्तखत तो रमा बाबू का है, बिलकुल साफ धोखा हो ही नहीं सकता मान गया बहूजी तुम्हें! वाह, क्या हिकमत निकाली

है! हम सबके कान काट लिए। किसी को न सूझी। अब जो सोचते हैं, तो मालूम होता है, कितनी आसान बात थी। किसी को जाना चाहिए जो बचा को पकड़कर घसीट लाए। यह बातचीत हो रही थी कि रतन आ पहुंची। जालपा उसे देखते ही वहां से निकलीं और उसके गले से लिपटकर बोली, 'बहन कलकत्ता से पत्र आ गया। वहीं हैं। 'रतन–'मेरे सिर की कसम?'

जालपा–'हां, सच कहती हूं। खत देखो न!'

रतन–'तो आज ही चली जाओ।'

जालपा–'यही तो मैं भी सोच रही हूं। तुम चलोगी?'

रतन–'चलने को तो मैं तैयार हूं, लेकिन अकेला घर किस पर छोड़ूं! बहन, मुझे मणिभूषण पर कुछ शुबहा होने लगा है। उसकी नीयत अच्छी नहीं मालूम होती। बैंक में बीस हजार रूपये से कम न थे। सब न जाने कहां उडादिए। कहता है, क्रिया–कर्म में खर्च हो गए। हिसाब मांगती हूं, तो आंखें दिखाता है। दफ्तर की कुंजी अपने पास रखे हुए है। मांगती हूं, तो टाल जाता है। मेरे साथ कोई कानूनी चाल चल रहा है। डरती हूं, मैं उधार जाऊं, इधर वह सब कुछ ले–देकर चलता बने। बंगले के गाहक आ रहे हैं। मैं भी सोचती हूं, गांव में जाकर शांति से पड़ी रहूं। बंगला बिक जायगा, तो नकद रूपये हाथ आ जाएंगे। मैं न रहूंगी, तो शायद ये रूपये मुझे देखने को भी न मिलें। गोपी को साथ लेकर आज ही चली जाओ। रूपये का इंतजाम मैं कर दूंगी।'

जालपा–'गोपीनाथ तो शायद न जा सकें, दादा की दवा–दारू के लिए भी तो कोई चाहिए।

रतन–'वह मैं कर दूंगी। मैं रोज सबेरे आ जाऊंगी और दवा देकर चली जाऊंगी। शाम को भी एक बार आ जाया करूंगी।'

जालपा ने मुस्कराकर कहा, 'और दिन? भर उनके पास बैठा कौन रहेगा।'

रतन–'मैं थोड़ी देर बैठी भी रहा करूंगी, मगर तुम आज ही जाओ। बेचारे वहां न जाने किस दशा में होंगे। तो यही तय रही न?'

रतन मुंशीजी के कमरे में गई, तो रमेश बाबू उठकर खड़े हो गए और बोले, 'आइए देवीजी, रमा बाबू का पता चल गया!'

रतन–'इसमें आधा श्रेय मेरा है।'

रमेश–'आपकी सलाह से तो हुआ ही होगा। अब उन्हें यहां लाने की फिक्र करनी है।'

रतन–'जालपा चली जाएं और पकड़ लाएं। गोपी को साथ लेती जावें, आपको इसमें कोई आपत्ति तो नहीं है, दादाजी?'

मुंशीजी को आपत्ति तो थी, उनका बस चलता तो इस अवसर पर दसपांच आदमियों को और जमा कर लेते, फिर घर के आदमियों के चले जाने पर क्यों आपत्ति न होती, मगर समस्या ऐसी आ पड़ी थी कि कुछ बोल न सके। गोपी कलकत्ता की सैर का ऐसा अच्छा अवसर पाकर क्यों न खुश होता। विशम्भर दिल में ऐंठकर रह गया। विधाता ने उसे छोटा न बनाया होता, तो आज उसकी यह हकतलफी न होती। गोपी ऐसे कहां के बडे होशियार हैं, जहां जाते हैं कोई–न–कोई चीज खो आते हैं। हां, मुझसे बडे हैं। इस दैवी विधान ने उसे मजबूर कर दिया।

रात को नौ बजे जालपा चलने को तैयार हुई। सास–ससुर के चरणों पर सिर झुकाकर आशीर्वाद लिया, विशम्भर रो रहा था, उसे गले लगा कर प्यार किया और मोटर पर बैठी। रतन स्टेशन तक पहुंचाने के लिए आई थी। मोटर चली तो जालपा ने कहा, 'बहन, कलकत्ता तो बहुत बडा शहर होगा। वहां कैसे पता चलेगा?'

रतन–'पहले 'प्रजा–मित्र' के कार्यालय में जाना। वहां से पता चल जाएगा। गोपी बाबू तो हैं ही।'

जालपा–'ठहरूंगी कहां?'

रतन–'कई धर्मशाले हैं। नहीं होटल में ठहर जाना। देखो रूपये की जरूरत पड़े, तो मुझे तार देना। कोई–न कोई इंतजाम करके भेजूंगी। बाबूजी आ जाएं, तो मेरा बडा उपकार हो यह मणिभूषण मुझे तबाह कर देगा।'

जालपा–'होटल वाले बदमाश तो न होंगे?'

रतन–'कोई जरा भी शरारत करे, तो ठोकर मारना। बस, कुछ पूछना मत, ठोकर जमाकर तब बात करना। (कमर से एक छुरी निकालकर) इसे अपने पास रख लो। कमर में छिपाए रखना। मैं जब कभी बाहर निकलती हूं, तो इसे अपने पास रख लेती हूं। इससे दिल बडा मजबूत रहता है। जो मर्द किसी स्त्री को छेड़ता है, उसे समझ लो कि पल्ले सिरे का कायर, नीच और लंपट है। तुम्हारी छुरी की चमक और तुम्हारे तेवर देखकर ही उसकी ईह गष्ना हो जायगी। सीधा दुम दबाकर भागेगा, लेकिन अगर ऐसा मौका आ ही पड़े जब तुम्हें छुरी से काम लेने के लिए मजबूर हो जाना पड़े, तो जरा भी मत झिझकना। छुरी लेकर पिल पड़ना। इसकी बिलकुल फिक्र मत करना कि क्या होगा, क्या न होगा। जो कुछ होना होगा, हो जायगा।'

जालपा ने छुरी ले ली, पर कुछ बोली नहीं। उसका दिल भारी हो रहा था। इतनी बातें सोचने और पूछने की थीं कि उनके विचार से ही उसका दिल बैठा जाता था।

स्टेशन आ गया। द्दलियों ने असबाब उतारा, गोपी टिकट लाया। जालपा पत्थर की मूर्ति की भांति प्लेटफार्म पर खड़ी रही, मानो चेतना शून्य हो गई हो किसी बडी परीक्षा के पहले हम मौन हो जाते हैं। हमारी सारी शक्तियां उस संग्राम की तैयारी में लग जाती हैं। रतन ने गोपी से कहा, 'होशियार रहना।'

गोपी इधर कई महीनों से कसरत करता था। चलता तो मुडढे और छाती को देखा करता। देखने वालों को तो वह ज्यों का त्यों मालूम होता है, पर अपनी नजर में वह कुछ और हो गया था।

शायद उसे आश्चर्य होता था कि उसे आते देखकर क्यों लोग रास्ते से नहीं हट जाते, क्यों उसके डील–डौल से भयभीत नहीं हो जाते। अकड़कर बोला, 'किसी ने जरा चीं–चपड़ की तो तोड़ दूंगा।'

रतन मुस्कराई, 'यह तो मुझे मालूम है। सो मत जाना।'

गोपी, 'पलक तक तो झपकेगी नहीं। मजाल है नींद आ जाय।'

गाड़ी आ गई। गोपी ने एक डिब्बे में घुसकर कब्जा जमाया। जालपा की आंखों में आंसू भरे हुए थे। बोली, बहन, 'आशीर्वाद दो कि उन्हें लेकर कुशल से लौट आऊं।'

इस समय उसका दुर्बल मन कोई आश्रय, कोई सहारा, कोई बल ढूंढ रहा था और आशीर्वाद और प्रार्थना के सिवा वह बल उसे कौन प्रदान करता। यही बल और शांति का वह अक्षय भंडार है जो किसी को निराश नहीं करता, जो सबकी बांह पकड़ता है, सबका बेडापार लगाता है। इंजन ने सीटी दी। दोनों सहेलियां गले मिलीं। जालपा गाड़ी में जा बैठी।

रतन ने कहा, 'जाते ही जाते खत भेजना।' जालपा ने सिर हिलाया।

'अगर मेरी जरूरत मालूम हो, तो तुरंत लिखना। मैं सब कुछ छोड़कर चली आऊंगी।'

जालपा ने सिर हिला दिया।

'रास्ते में रोना मत।' जालपा हंस पड़ी। गाड़ी चल दी।

इक्कतीसवाँ

देवीदीन ने चाय की दूकान उसी दिन से बंद कर दी थी और दिन–भर उस अदालत की खाक छानता फिरता था जिसमें डकैती का मुकदमा पेश था और रमानाथ की शहादत हो रही थी। तीन दिन रमा की शहादात बराबर होती रही और तीनों दिन देवीदीन ने न कुछ खाया और न सोया। आज भी उसने घर आते ही आते कुरता

उतार दिया और एक पंखिया लेकर झलने लगा। फागुन लग गया था और कुछ–कुछ गर्मी शुरू हो गई थी, पर इतनी गर्मी न थी कि पसीना बहे या पंखे की जरूरत हो अफसर लोग तो जाड़ों के कपड़े पहने हुए थे, लेकिन देवीदीन पसीने में तर था। उसका चेहरा, जिस पर निष्कपट बुढ़ापा हंसता रहता था, खिसियाया हुआ था, मानो बेगार से लौटा हो जग्गो ने लोटे में पानी लाकर रख दिया और बोली, चिलम रख दूं? देवीदीन की आज तीन दिन से यह खातिर हो रही थी। इसके पहले बुढिया कभी चिलम रखने को न पूछती थी। देवीदीन इसका मतलब समझता था। बुढिया को सदय नजरों से देखकर बोला, नहीं, रहने दो, चिलम न पिऊंगा।

'तो मुंह–हाथ तो धो लो। गर्द पड़ी हुई है।'

'धो लूंगा, जल्दी क्या है।'

बुढिया आज का हाल जानने को उत्सुक थी, पर डर रही थी कहीं देवीदीन झुंझला न पड़े। वह उसकी थकान मिटा देना चाहती थी, जिससे देवीदीन प्रसन्न होकर आप–ही–आप सारा वृत्तांत कह चले।

'तो कुछ जलपान तो कर लो। दोपहर को भी तो कुछ नहीं खाया था,

मिठाई लाऊं– लाओ, पंखी मुझे दे दो।'

देवीदीन ने पंखिया दे दी। बुढिया झलने लगी। दो–तीन मिनट तक आंखें बंद करके बैठे रहने के बाद देवीदीन ने कहा, 'आज भैया की गवाही खत्म हो गई!

बुढिया का हाथ रूक गया। बोली, 'तो कल से वह घर आ जाएंगे?'

देवीदीन–'अभी नहीं छुट्टी मिली जाती, यही बयान दीवानी में देना पड़ेगा। और अब वह यहां आने ही क्यों लगे! कोई अच्छी जगह मिल जायगी, घोड़े पर चढ़े–चढ़े घूमेंगे, मगर है। डा पक्का मतलबीब

पंद्रह बेगुनाहों को फंसा दिया। पांच–छः को तो फांसी हो जाएगी। औरों को दस–दस बारह–बारह साल की सजा मिली रक्खी है। इसी के बयान से मुकदमा सबूत हो गया। कोई कितनी ही जिरह करे, क्या मजाल जरा भी हिचकिचाए। अब एक भी न बचेगा। किसने कर्म किया, किसने नहीं किया इसका हाल दैव जाने, पर मारे सब जाएंगे। घर से भी तो सरकारी रूपया खाकर भागा था। हमें बडा धोखा हुआ। जग्गो ने मीठे तिरस्कार से देखकर कहा, 'अपनी नेकी–बदी अपने साथ है। मतलबी तो संसार है, कौन किसके लिए मरता है।'

देवीदीन ने तीव्र स्वर में कहा, 'अपने मतलब के लिए जो दूसरों का गला काटे उसको जहर दे देना भी पाप नहीं है।'

सहसा दो प्राणी आकर खड़े हो गए। एक गोरा, खूबसूरत लड़का था, जिसकी उम्र पंद्रह–सोलह साल से ज्यादा न थी। दूसरा अधेड़ था और सूरत से चपरासी मालूम होता था। देवीदीन ने पूछा, 'किसे खोजते हो?'

चपरासी ने कहा, 'तुम्हारा ही नाम देवीदीन है न? मैं 'प्रजा–मित्र' के दफ्तर से आया हूं। यह बाबू उन्हीं रमानाथ के भाई हैं जिन्हें सतरंज का इनाम मिला था। यह उन्हीं की खोज में दफ्तर गए थे। संपादकजी ने तुम्हारे पास भेज दिया। तो मैं जाऊं न?' यह कहता हुआ वह चला गया। देवीदीन ने गोपी को सिर से पांव तक देखा। आकृति रमा से मिलती थी। बोला, 'आओ बेटा, बैठो। कब आए घर से? 'गोपी ने एक खटिक की दूकान पर बैठना शान के ख़िलाफ समझा, खडा–खडा बोला, 'आज ही तो आया हूं। भाभी भी साथ हैं। धर्मशाले में ठहरा हुआ हूं।'

देवीदीन ने खड़े होकर कहा, 'तो जाकर बहू को यहां लाओ नब ऊपर तो रमा बाबू का कमरा है ही, आराम से रहो धरमसाले में क्यों पड़े रहोगे। नहीं चलो, मैं भी चलता हूं। यहां सब तरह का आराम है।'

उसने जग्गो को यह खबर सुनाई और ऊपर झाड़ू लगाने को कहकर गोपी के साथ धर्मशाले चल दिया। बुढिया ने तुरंत ऊपर जाकर झाड़ू। लगाया, लपककर हलवाई की दूकान से मिठाई और दही लाई, सुराही में पानी भरकर रख दिया। फिर अपना हाथ–मुंह धोया, एक रंगीन साड़ी निकाली, गहने पहने और बन–ठनकर बहू की राह देखने लगी।

इतने में फिटन भी आ पहुंची। बुढिया ने जाकर जालपा को उतारा। जालपा पहले तो साफ–भाजी की दूकान देखकर कुछ झिझकी, पर बुढिया का स्नेह–स्वागत देखकर उसकी झिझक दूर हो गई। उसके साथ ऊपर गई, तो हर एक चीज इसी तरह अपनी जगह पर पाई मानो अपना ही घर हो

जग्गो ने लोटे में पानी रखकर कहा, 'इसी घर में भैया रहते थे, बेटी! आज पंद्रह रोज से घर सूना पडाहुआ है। हाथ–मुंह धोकर दही–चीनी खा लो न, बेटी! भैया का हाल तो अभी तुम्हें न मालूम हुआ होगा।'

जालपा ने सिर हिलाकर कहा, 'कुछ ठीक–ठीक नहीं मालूम हुआ। वह जो पत्र छपता है, वहां मालूम हुआ था कि पुलिस ने गिरफ्तार कर लिया है।'

देवीदीन भी ऊपर आ गया था। बोला, 'गिरफ्तार तो किया था, पर अब तो वह एक मुकदमें में सरकारी गवाह हो गए हैं। परागराज में अब उन पर कोई मुकदमा न चलेगा और साइत नौकरी–चाकरी भी मिल जाए। जालपा ने गर्व से कहा, 'क्या इसी डर से वह सरकारी गवाह हो गए हैं?

वहां तो उन पर कोई मामला ही नहीं है। मुकदमा क्यों चलेगा?'

देवीदीन ने डरते–डरते कहा, 'कुछ रूपये–पैसे का मुआमला था न?'

जालपा ने मानो आहत होकर कहा, 'वह कोई बात न थी। ज्योंही हम लोगों को मालूम हुआ कि कुछ सरकारी रकम इनसे खर्च हो गई है, उसी वक्त पहुंचा दी। यह व्यर्थ घबडाकर चले आए और फिर ऐसी चुप्पी साधी कि अपनी खबर तक न दी।'

देवीदीन का चेहरा जगमगा उठा, मानो किसी व्यथा से आराम मिल गया हो बोला, 'तो यह हम लोगों को क्या मालूम! बार–बार समझाया कि घर पर खत–पत्तर भेज दो, लोग घबडाते होंगे, पर मारे शर्म के लिखते ही न थे। इसी धोखे में पड़े रहे कि परागराज में मुकदमा चल गया होगा। जानते तो सरकारी गवाह क्यों बनते?'

'सरकारी गवाह' का आशय जालपा से छिपा न था। समाज में उनकी जो निंदा और अपकीर्ति होती है, यह भी उससे छिपी न थी। सरकारी गवाह क्यों बनाए जाते हैं, किस तरह प्रलोभन दिया जाता है, किस भांति वह पुलिस के पुतले बनकर अपने ही मित्रों का गला घोंटते हैं, यह उसे मालूम था। मगर कोई आदमी अपने बुरे आचरण पर लज्जित होकर भी सत्य का उदघाटन करे, छल और कपट का आवरण हटा दे, तो वह सज्जन है, उसके साहस की जितनी प्रशंसा की जाए, कम है। मगर शर्त यही है कि वह अपनी गोष्ठी के साथ किए का फल भोगने को तैयार रहे। हंसता–खेलता फांसी पर चढ़जाए तो वह सच्चा वीर है, लेकिन अपने प्राणों की रक्षा के लिए स्वार्थ के नीच विचार से, दंड की कठोरता से भयभीत होकर अपने साथियों से दगा करे, आस्तीन का सांप बन जाए तो वह कायर है, पतित है, बेहया है। विश्वासघात डाकुओं और समाज के शत्रुओं में भी उतना ही हेय है जितना किसी अन्य क्षो मेंब ऐसे प्राणी को समाज कभी क्षमा नहीं करता, कभी नहीं, जालपा इसे खूब समझती थी। यहां तो समस्या और भी जटिल हो गई थी। रमा ने दंड के भय से अपने किए हुए पापों का परदा नहीं खोला था। उसमें कम–से–कम सच्चाई तो होती। निंदा होने पर भी आंशिक सच्चाई का एक गुण तो होता। यहां तो उन पापों का परदा खोला गया था, जिनकी हवा

तक उसे न लगी थी। जालपा को सहसा इसका विश्वास न आया। अवश्य कोई–न? कोई बात हुई होगी, जिसने रमा को सरकारी गवाह बनने पर मजबूर कर दिया होगा। सद्द्चाती हुई बोली, 'क्या यहां भी कोई–कोई बात हो गई थी?'

देवीदीन उसकी मनोव्यथा का अनुभव करता हुआ बोला, 'कोई बात नहीं। यहां वह मेरे साथ ही परागराज से आए। जब से आए यहां से कहीं गए नहीं। बाहर निकलते ही न थे। बस एक दिन निकले और उसी दिन पुलिस ने पकड़ लिया। एक सिपाही को आते देखकर डरे कि मुझी को पकड़ने आ रहा है, भाग खड़े हुए। उस सिपाही को खटका हुआ। उसने शुबहे में गिरफ्तार कर लिया। मैं भी इनके पीछे थाने में पहुंचा। दारोगा पहले तो रिसवत मांगते थे, मगर जब मैं घर से रूपये लेकर गया, तो वहां और ही गुल खिल चुका था। अफसरों में न जाने क्या बातचीत हुई। उन्हें सरकारी गवाह बना लिया। मुझसे तो भैया ने कहा कि इस मुआमले में बिलकुल झूठ न बोलना पड़ेगा। पुलिस का मुकदमा सच्चा है। सच्ची बात कह देने में क्या हरज है। मैं चुप हो रहा। क्या करता।'

जग्गो–'न जाने सबों ने कौनसी बूटी सुंघा दी। भैया तो ऐसे न थे। दिन भर अम्मां–अम्मां करते रहते थे। दूकान पर सभी तरह के लोग आते हैं, मर्द भी औरत भी, क्या मजाल कि किसी की ओर आंख उठाकर 'देखा हो।'

देवीदीन–'कोई बुराई न थी। मैंने तो ऐसा लड़का ही नहीं देखा। उसी धोखे में आ गए।'

जालपा ने एक मिनट सोचने के बाद कहा, 'क्या उनका बयान हो गया?'

'हां, तीन दिन बराबर होता रहा। आज खतम हो गया।'

जालपा ने उद्विग्न होकर कहा, 'तो अब कुछ नहीं हो सकता? मैं उनसे मिल सकती हूं?'

देवीदीन जालपा के इस प्रश्न पर मुस्करा पड़ा। बोला, 'हां, और क्या, जिसमें जाकर भंडागोड़ कर दो, सारा खेल बिगाड़ दो! पुलिस ऐसी गधी नहीं है। आजकल कोई भी उनसे नहीं मिलने पाता। कडा पहरा रहता है।'

इस प्रश्न पर इस समय और कोई बातचीत न हो सकती थी। इस गुत्थी को सुलझाना आसान न था। जालपा ने गोपी को बुलाया। वह छज्जे पर खडा सड़क का तमाशा देख रहा था। ऐसा शरमा रहा था, मानो ससुराल आया हो धीरे–धीरे आकर खडा हो गया। जालपा ने कहा, 'मुंह–हाथ धोकर कुछ खा तो लो। दही तो तुम्हें बहुत अच्छा लगता है।' गोपी लजा कर फिर बाहर चला गया।

देवीदीन ने मुस्कराकर कहा, 'हमारे सामने न खाएंगे। हम दोनों चले जाते हैं। तुम्हें जिस चीज की जरूरत हो, हमसे कह देना, बहूजी! तुम्हारा ही घर है।'

'भैया को तो हम अपना ही समझते थे। और हमारे कौन बैठा हुआ है।श्जग्गो ने गर्व से कहा, 'वह तो मेरे हाथ का बनाया खा लेते थे।'

जालपा ने मुस्कराकर कहा, 'अब तुम्हें भोजन न बनाना पड़ेगा, मांजी, मैं बना दिया करूंगी।'

जग्गो ने आपत्ति की, 'हमारी बिरादरी में दूसरों के हाथ का खाना मना है, बहू, अब चार दिन के लिए बिरादरी में नक्य क्या बनूं!'

जालपा–'हमारी बिरादरी में भी तो दूसरों का खाना मना है।'

जग्गो–'यहां तुम्हें कौन देखने आता है। फिर पढ़े–लिखे आदमी इन बातों का विचार भी तो नहीं करते। हमारी बिरादरी तो मूरख लोगों की है।'

जालपा–'यह तो अच्छा नहीं लगता कि तुम बनाओ और मैं खाऊं। जिसे बहू बनाया, उसके हाथ का खाना पड़ेगा। नहीं खाना था, तो बहू क्यों बनाया।'

देवीदीन ने जग्गो की ओर प्रशंसा–सूचक नजरों से देखकर कहा, 'बहू ने बात पते की कह दी। इसका जवाब सोचकर देना। अभी चलो। इन लोगों को जरा आराम करने दो।'

दोनों नीचे चले गए, तो गोपी ने आकर कहा, 'भैया इसी खटिक के यहां रहते थे क्या? खटिक ही तो मालूम होते हैं।'

जालपा ने फटकारकर कहा, 'खटिक हों या चमार हों, लेकिन हमसे और तुमसे सौगुने अच्छे हैं। एक परदेशी आदमी को छः महीने तक अपने घर में ठहराया, खिलाया, पिलाया। हममें है इतनी हिम्मत! यहां तो कोई मेहमान आ जाता है, तो वह भी भारी हो जाता है। अगर यह नीचे हैं, तो हम इनसे कहीं नीचे हैं।'

गोपी मुंह–हाथ धो चुका था। मिठाई खाता हुआ बोला, किसी को ठहरा लेने से कोई ऊंचा नहीं हो जाता। चमार कितना ही दानपुण्य करे, पर रहेगा तो चमार ही।'

जालपा–'मैं उस चमार को उस पंडित से अच्छा समझूंगी, जो हमेशा दूसरों का धन खाया करता है।'

जलपान करके गोपी नीचे चला गया। शहर घूमने की उसकी बडी इच्छा थी। जालपा की इच्छा कुछ खाने की न हुई। उसके सामने एक जटिल समस्या खड़ी थी, रमा को कैसे इस दलदल से निकाले। उस निंदा और उपहास की कल्पना ही से उसका अभिमान आहत हो उठता था। हमेशा के लिए वह सबकी आंखों से फिर जाएंगे, किसी को मुंह न दिखा सकेंगे। फिर, बेगुनाहों का खून किसकी गर्दन पर होगा। अभियुक्तों में न जाने कौन अपराधी है, कौन निरपराध है, कितने द्वेष के शिकार हैं, कितने लोभ के, सभी सजा पा जाएंगे। शायद दो–चार को फांसी भी हो जाय। किस पर यह हत्या पड़ेगी? उसने फिर सोचा, माना किसी पर हत्या न पड़ेगी। कौन जानता है, हत्या पड़ती है या नहीं, लेकिन अपने स्वार्थ के लिए, ओह! कितनी बडी नीचता है। यह कैसे इस बात पर राजी

हुए! अगर म्युनिसिपैलिटी के मुकदमा चलाने का भय भी था, तो दो–चार साल की कैद के सिवा और क्या होता, उससे बचने के लिए इतनी घोर नीचता पर उतर आए! अब अगर मालूम भी हो जाए कि म्युनिसिपैलिटी कुछ नहीं कर सकती, तो अब हो ही क्या सकता है। इनकी शहादत तो हो ही गई। सहसा एक बात किसी भारी कील की तरह उसके हृदय में चुभ गई।

क्यों न यह अपना बयान बदल दें। उन्हें मालूम हो जाए कि म्युनिसिपैलिटी उनका कुछ नहीं कर सकती, तो शायद वह खुद ही अपना बयान बदल दें। यह बात उन्हें कैसे बताई जाए? किसी तरह संभव है। वह अधीर होकर नीचे उतर आई और देवीदीन को इशारे से बुलाकर बोली, 'क्यों दादा, उनके पास कोई खत भी नहीं पहुंच सकता? पहरे वालों को दस–पांच रूपये देने से तो शायद खत पहुंच जाय।'

देवीदीन ने गर्दन हिलाकर कहा, 'मुसकिल है। पहरे पर बडे जंचे हुए आदमी रखे गए हैं। मैं दो बार गया था। सबों ने फाटक के सामने खडाभी न होने दिया।'

'उस बंगले के आसपास क्या है?'

'एक ओर तो दूसरा बंगला है। एक ओर एक कलमी आम का बाग है और सामने सड़क है।'

'हां, शाम को घूमने–घामने तो निकलते ही होंगे?'

'हां, बाहर द्दरसी डालकर बैठते हैं। पुलिस के दो–एक अफसर भी साथ रहते हैं।'

'अगर कोई उस बाग में छिपकर बैठे, तो कैसा हो! जब उन्हें अकेले देखे, खत फेंक दे। वह जरूर उठा लेंगे।'

देवीदीन ने चकित होकर कहा, 'हां, हो तो सकता है, लेकिन अकेले मिलें तब तो!'

जरा और अंधेरा हुआ, तो जालपा ने देवीदीन को साथ लिया और रमानाथ का बंगला देखने चली। एक पत्र लिखकर जेब में रख लिया था। बार–बार देवीदीन से पूछती, अब कितनी दूर है? अच्छा! अभी इतनी ही दूर और! वहां हाते में रोशनी तो होगी ही। उसके दिल में लहरें–सी उठने लगीं। रमा अकेले टहलते हुए मिल जाएं, तो क्या पूछना। ईमाल में बांधकर खत को उनके सामने फेंक दूं। उनकी सूरत बदल गई होगी। सहसा उसे शंका हो गई, कहीं वह पत्र पढ़कर भी अपना बयान न बदलें, तब क्या होगा? कौन जाने अब मेरी याद भी उन्हें है या नहीं। कहीं मुझे देखकर वह मुंह उधर लें तो– इस शंका से वह सहम उठी। देवीदीन से बोली, 'क्यों दादा, वह कभी घर की चर्चा करते थे?'

देवीदीन ने सिर हिलाकर कहा, श्कभी नहीं। मुझसे तो कभी नहीं की। उदास बहुत रहते थे। '

इन शब्दों ने जालपा की शंका को और भी सजीव कर दिया। शहर की घनी बस्ती से ये लोग दूर निकल आए थे। चारों ओर सन्नाटा था। दिनभर वेग से चलने के बाद इस समय पवन भी विश्राम कर रहा था। सड़क के किनारे के वृक्ष और मैदान चन्द्रमा के मंद प्रकाश में हतोत्साह, निर्जीव–से मालूम होते थे। जालपा को ऐसा आभास होने लगा कि उसके प्रयास का कोई फल नहीं है, उसकी यात्रा का कोई लक्ष्य नहीं है, इस अनंत मार्ग में उसकी दशा उस अनाथ की–सी है जो मुत्तीभर अकै के लिए द्वार–द्वार फिरता हो वह जानता है, अगले द्वार पर उसे अकै न मिलेगा, गालियां ही मिलेंगी, फिर भी वह हाथ फैलाता है, बढ़ती मनाता है। उसे आशा का अवलंब नहीं निराशा ही का अवलंब है।

एकाएक सड़क के दाहनी तरफ बिजली का प्रकाश दिखाई दिया। देवीदीन ने एक बंगले की ओर उंगली उठाकर कहा, 'यही उनका बंगला है।'

जालपा ने डरते–डरते उधर देखा, मगर बिलकुल सन्नाटा छाया हुआ था। कोई आदमी न था। फाटक पर ताला पडाहुआ था।

जालपा बोली, 'यहां तो कोई नहीं है।'

देवीदीन ने फाटक के अंदर झांककर कहा, 'हां, शायद यह बंगला छोड़ दिया।'

'कहीं घूमने गए होंगे?'

'घूमने जाते तो द्वार पर पहरा होता। यह बंगला छोड़ दिया।'

'तो लौट चलें।'

'नहीं, जरा पता लगाना चाहिए, गए कहां?'

बंगले की दाहनी तरफ आमों के बाग में प्रकाश दिखाई दिया। शायद खटिक बाग की रखवाली कर रहा था। देवीदीन ने बाग में आकर पुकारा, 'कौन है यहां? किसने यह बाग लिया है?'

एक आदमी आमों के झुरमुट से निकल आया। देवीदीन ने उसे पहचानकर कहा,

'अरे! तुम हो जंगली? तुमने यह बाग लिया है?'

जगंली ठिगना–सा गठीला आदमी था, बोला, श्हां दादा, ले लिया, पर कुछ है नहीं। डंड ही भरना पड़ेगा। तुम यहां कैसे आ गए?'

'कुछ नहीं, यों ही चला आया था। इस बंगले वाले आदमी क्या हुए?'

जंगली ने इधर–उधर देखकर कनबतियों में कहा, 'इसमें वही मुखबर टिका हुआ था। आज सब चले गए। सुनते हैं, पंद्रह–बीस दिन में आएंगे, जब फिर हाईकोर्ट में मुकदमा पेस होगा। पढ़े–लिखे आदमी भी ऐसे दगाबाज होते हैं, दादा! सरासर झूठी गवाही दी। न जाने इसके बाल–बच्चे हैं या नहीं, भगवान को भी नहीं डरा!'

जालपा वहीं खड़ी थी। देवीदीन ने जंगली को और जहर उगलने का अवसर न दिया। बोला,

'तो पंद्रह–बीस दिन में आएंगे, खूब मालूम है?

जंगली–'हां, वही पहरे वाले कह रहे थे।'

'कुछ मालूम हुआ, कहां गए हैं?'

'वही मौका देखने गए हैं जहां वारदात हुई थी।'

देवीदीन चिलम पीने लगा और जालपा सड़क पर आकर टहलने लगी। रमा की यह निंदा सुनकर उसका हृदय टुकड़े–टुकड़े हुआ जाता था। उसे रमा पर क्रोध न आया, ग्लानि न आई, उसे हाथों का सहारा देकर इस दलदल से निकालने के लिए उसका मन विकल हो उठा। रमा चाहे उसे दुत्कार ही क्यों न दे, उसे ठुकरा ही क्यों न दे, वह उसे अपयश के अंधेरे खडड में न फिरने

देगी। जब दोनों यहां से चले तो जालपा ने पूछा, 'इस आदमी से कह दिया न कि जब वह आ जायं तो हमें खबर दे दे?'

'हां, कह दिया।'

बत्तीसवाँ

एक महीना गुजर गया। गोपीनाथ पहले तो कई दिन कलकत्ता की सैर करता रहा, मगर चार–पांच दिन में ही यहां से उसका जी ऐसा उचाट हुआ कि घर की रट लगानी शुरू की। आखिर जालपा ने उसे लौटा देना ही अच्छा समझा, यहां तो वह छिप–छिप कर रोया करता था।

जालपा कई बार रमा के बंगले तक हो आई। वह जानती थी कि अभी रमा नहीं आए हैं। फिर भी वहां का एक चक्कर लगा आने में उसको एक विचित्र संतोष होता था। जालपा कुछ पढ़ते–पढ़ते या लेटे–लेटे थक जाती, तो एक क्षण के लिए खिड़की के सामने आ खड़ी होती थी। एक दिन शाम को वह खिड़की के सामने आई, तो

सड़क पर मोटरों की एक कतार नजर आई। कौतूहल हुआ, इतनी मोटरें कहां जा रही हैं! गौर से देखने लगी। छः मोटरें थीं। उनमें पुलिस के अफसर बैठे हुए थे। एक में सब सिपाही थे। आख़िर मोटर पर जब उसकी निगाह पड़ी तो, मानो उसके सारे शरीर में बिजली की लहर दौड़ गई। वह ऐसी तन्मय हुई कि खिड़की से जीने तक दौड़ी आई, मानो मोटर को रोक लेना चाहती हो, पर इसी एक पल में उसे मालूम हो गया कि मेरे नीचे उतरते–उतरते मोटरें निकल जाएंगी। वह फिर खिड़की के सामने आयी, रमा अब बिलकुल सामने आ गया था। उसकी आंखें खिड़की की ओर लगी हुई थीं। जालपा ने इशारे से कुछ कहना चाहा, पर संकोच ने रोक दिया। ऐसा मालूम हुआ कि रमा की मोटर कुछ धीमी हो गई है। देवीदीन की आवाज भी सुनाई दी, मगर मोटर रूकी नहीं। एक ही क्षण में वह आगे बढ़गई, पर रमा अब भी रह–रहकर खिड़की की ओर ताकता जाता था।

जालपा ने जीने पर आकर कहा, 'दादा!'

देवीदीन ने सामने आकर कहा, 'भैया आ गए! वह क्या मोटर जा रही है!'

यह कहता हुआ वह ऊपर आ गया। जालपा ने उत्सुकता को संकोच से दबाते हुए कहा, 'तुमसे कुछ कहा?'

देवीदीन–'और क्या कहते, खाली राम–राम की। मैंने कुसल पूछी। हाथ से दिलासा देते चले गए। तुमने देखा कि नहीं?'

जालपा ने सिर झुकाकर कहा, देखा क्यों नहीं? खिड़की पर जरा खड़ी थी।ट

'उन्होंने भी तुम्हें देखा होगा?'

'खिड़की की ओर ताकते तो थे। '

'बहुत चकराए होंगे कि यह कौन है!'

'कुछ मालूम हुआ मुकदमा कब पेश होगा?'

'कल ही तो।'

'कल ही! इतनी जल्द, तब तो जो कुछ करना है आज ही करना होगा। किसी तरह मेरा खत उन्हें मिल जाता, तो काम बन जाता।'

देवीदीन ने इस तरह ताका मानो कह रहा है, तुम इस काम को जितना आसान समझती हो उतना आसान नहीं है।

जालपा ने उसके मन का भाव ताड़कर कहा, 'क्या तुम्हें संदेह है कि वह अपना बयान बदलने पर राजी होंगे?'

देवीदीन को अब इसे स्वीकार करने के सिवा और कोई उपाय न सूझा, बोला, हां, बहूजी, मुझे इसका बहुत अंदेसा है। और सच पूछो तो है भी जोखिम, अगर वह बयान बदल भी दें, तो पुलिस के पंजे से नहीं छूट सकते। वह कोई दूसरा इलजाम लगा कर उन्हें पकड़ लेगी और फिर नया मुकदमा चलावेगी।'

जालपा ने ऐसी नजरों से देखा, मानो वह इस बात से जरा भी नहीं डरती। फिर बोली, 'दादा, मैं उन्हें पुलिस के पंजे से बचाने का ठेका नहीं लेती। मैं केवल यह चाहती हूं कि हो सके तो अपयश से उन्हें बचा लूं। उनके हाथों इतने घरों की बरबादी होते नहीं देख सकती। अगर वह सचमुच डकैतियों में शरीक होते, तब भी मैं यही चाहती कि वह अंत तक अपने साथियों के साथ रहें और जो सिर पर पड़े उसे खुशी से झेलें। मैं यह कभी न पसंद करती कि वह दूसरों को दगा देकर मुखबिर बन जायं, लेकिन यह मामला तो बिलकुल झूठ है। मैं यह किसी तरह नहीं बरदाश्त कर सकती कि वह अपने स्वार्थ के लिए झूठी गवाही दें। अगर उन्होंने खुद अपना बयान न बदला, तो मैं अदालत में जाकर सारा कच्चा चित्ता खोल दूंगी, चाहे नतीजा कुछ भी हो वह हमेशा के लिए मुझे त्याग दें, मेरी सूरत न देखें, यह मंजूर है, पर यह नहीं हो सकता कि वह इतना बडा कलंक माथे पर लगावें। मैंने अपने पत्र में सब लिख दिया है। देवीदीन ने

उसे आदर की दृष्टि से देखकर कहा, 'तुम सब कर लोगी बहू, अब मुझे विश्वास हो गया। जब तुमने कलेजा इतना मजबूत कर लिया है, तो तुम सब कुछ कर सकती हो।'

'तो यहां से नौ बजे चलें?'

'हां, मैं तैयार हूं।'

तैंतीसवाँ

वह रमानाथ–, जो पुलिस के भय से बाहर न निकलता था, जो देवीदीन के घर में चोरों की तरह पडा जिंदगी के दिन पूरे कर रहा था, आज दो महीनों से राजसी भोग–विलास में डूबा हुआ है। रहने को सुंदर सजा हुआ बंगला है, सेवा–टहल के लिए चौकीदारों का एक दल, सवारी के लिए मोटरब भोजन पकाने के लिए एक काश्मीरी बावरची है। बड़े–बडे अफसर उसका मुंह ताकष करते हैं। उसके मुंह से बात निकली नहीं कि पूरी हुई! इतने ही दिनों में उसके मिजाज में इतनी नफासत आ गई है, मानो वह खानदानी रईस हो विलास ने उसकी विवेक–बुद्धिको सम्मोहित–सा कर दिया है। उसे कभी इसका खयाल भी नहीं आता कि मैं क्या कर रहा हूं और मेरे हाथों कितने बेगुनाहों का खून हो रहा है। उसे एकांत–विचार का अवसर ही नहीं दिया जाता। रात को वह अधिकारियों के साथ सिनेमा या थिएटर देखने जाता है, शाम को मोटरों की सैर होती है। मनोरंजन के नित्य नए सामान होते रहते हैं। जिस दिन अभियुक्तों को मैजिस्ट्रेट ने सेशन सुपुर्द किया, सबसे ज्यादा खुशी उसी को हुई। उसे अपना सौभाग्य–सूर्य उदय होता हुआ मालूम होता था।

पुलिस को मालूम था कि सेशन जज के इजलास में यह बहार न होगी। संयोग से जज हिन्दुस्तानी थे और निष्पक्षता के लिए बदनाम, पुलिस हो या चोर, उनकी निगाह में बराबर था। वह किसी के साथ रिआयत न करते थे। इसलिए पुलिस ने रमा को एक बार उन स्थानों की सैर कराना जरूरी समझा, जहां वारदातें

हुई थीं। एक जमींदार की सजी–सजाई कोठी में डेरा पड़ा। दिन? भर लोग शिकार खेलते, रात को ग्रामोफोन सुनते, ताश खेलते और बजरों पर नदियों की सैर करते। ऐसा जान पड़ता था कि कोई राजकुमार शिकार खेलने निकला है। इस भोग–विलास में रमा को अगर कोई अभिलाषा थी, तो यह कि जालपा भी यहां होती। जब तक वह पराश्रित था, दरिद्र था, उसकी विलासेंद्रियां मानो मूर्च्छित हो रही थीं। इन शीतल झोंकों ने उन्हें फिर सचेत कर दिया। वह इस कल्पना में मग्न था कि यह मुकदमा खत्म होते ही उसे अच्छी जगह मिल जायगी। तब वह जाकर जालपा को मना लावेगा और आनंद से जीवनसुख भोगेगा।

हां, वह नए प्रकार का जीवन होगा, उसकी मर्यादा कुछ और होगी, सिद्धान्त कुछ और होंगे। उसमें कठोर संयम होगा और पक्का नियांण! अब उसके जीवन का कुछ उद्देश्य होगा, कुछ आदर्श होगा। केवल खाना, सोना और रूपये के लिए हाय–हाय करना ही जीवन का व्यापार न होगा। इसी मुकदमे के साथ इस मार्गहीन जीवन का अंत हो जायगा। दुर्बल इच्छा ने उसे यह दिन दिखाया था और अब एक नए और संस्कृत जीवन का स्वप्न दिखा रही थी। शराबियों की तरह ऐसे मनुष्य रोज ही संकल्प करते हैं, लेकिन उन संकल्पों का अंत क्या होता है? नए–नए प्रलोभन सामने आते रहते हैं और संकल्प की अवधि भी बढ़ती चली जाती है। नए प्रभात का उदय कभी नहीं होता।

एक महीना देहात की सैर के बाद रमा पुलिस के सहयोगियों के साथ अपने बंगले पर जा रहा था। रास्ता देवीदीन के घर के सामने से था, कुछ दूर ही से उसे अपना कमरा दिखाई दिया। अनायास ही उसकी निगाह ऊपर उठ गई। खिड़की के सामने कोई खडाथा। इस वक्त देवीदीन वहां क्या कर रहा है? उसने जरा ध्यान से देखा। यह तो कोई औरत है! मगर औरत कहां से आई– क्या देवीदीन ने वह कमरा किराए पर तो नहीं उठा दिया, ऐसा तो उसने

कभी नहीं किया। मोटर जरा और समीप आई तो उस औरत का चेहरा साफ नजर आने लगा। रमा चौंक पड़ा।

यह तो जालपा है! बेशक जालपा है! मगर नहीं, जालपा यहां कैसे आयगी? मेरा पता–ठिकाना उसे कहां मालूम! कहीं बुडढे ने उसे खत तो नहीं लिख दिया? जालपा ही है। नायब दारोगा मोटर चला रहा था। रमा ने बडी मित्रता के साथ कहा, सरदार साहब, एक मिनट के लिए रूक जाइए। मैं जरा देवीदीन से एक बात कर लूं। नायब ने मोटर जरा धीमी कर दी, लेकिन फिर कुछ सोचकर उसे आगे बढ़ा दिया।

रमा ने तेज होकर कहा, 'आप तो मुझे कैदी बनाए हुए हैं।'

नायब ने खिसियाकर कहा, 'आप तो जानते हैं, डिप्टी साहब कितनी जल्द जामे से बाहर हो जाते हैं।'

बंगले पर पहुंचकर रमा सोचने लगा, जालपा से कैसे मिलूं। वहां जालपा ही थी, इसमें अब उसे कोई शुबहा न था। आंखों को कैसे धोखा देता। हृदय में एक ज्वाला–सी उठी हुई थी, क्या करूं? कैसे जाऊं? 'उसे कपड़े उतारने की सुधि भी न रही। पंद्रह मिनट तक वह कमरे के द्वार पर खडारहा। कोई हिकमत न सूझी। लाचार पलंग पर लेटा रहा। जरा ही देर में वह फिर उठा और सामने सहन में निकल आया। सडक पर उसी वक्त बिजली रोशन हो गई। फाटक पर चौकीदार खडा था। रमा को उस पर इस समय इतना क्रोध आया, कि गोली मार दे।

अगर मुझे कोई अच्छी जगह मिल गई, तो एक–एक से समझूंगा। तुम्हें तो डिसमिस कराके छोडूंगा। कैसा शैतान की तरह सिर पर सवार है। मुंह तो देखो जराब मालूम होता है। करी की दुम है। वाह रे आपकी पगड़ी, कोई टोकरी ढोने वाला कुली है। अभी कुत्ता भूंक पड़े, तो आप दुम दबाकर भागेंगे, मगर यहां ऐसे डटे खड़े हैं मानो किसी किले के द्वार की रक्षा कर रहे हैं।

एक चौकीदार ने आकर कहा, 'इसपिक्टर साहब ने बुलाया है। कुछ नए तवे मंगवाए हैं।

रमा ने झल्लाकर कहा, 'मुझे इस वक्त फुरसत नहीं है।'

फिर सोचने लगा। जालपा यहां कैसे आई, अकेले ही आई है या और कोई साथ है? जालिम ने बुडढे से एक मिनट भी बात नहीं करने दिया। जालपा पूछेगी तो जरूर, कि क्यों भागे थे। साफ–साफ कह दूंगा, उस समय और कर ही क्या सकता था। पर इन थोड़े दिनों के कष्ट ने जीवन का प्रश्न तो हल कर दिया। अब आनंद से जिंदगी कटेगी। कोशिश करके उसी तरफ अपना तबादला करवा लूंगा। यह सोचते–सोचते रमा को खयाल आया कि जालपा भी यहां मेरे साथ रहे, तो क्या हरज है। बाहर वालों से मिलने की रोक–टोक है। जालपा के लिए क्या रूकावट हो सकती है। लेकिन इस वक्त इस प्रश्न को छेड़ना उचित नहीं। कल इसे तय करूंगा। देवीदीन भी विचित्र जीव है। पहले तो कई बार आया, पर आज उसने भी सन्नाटा खींच लिया। कम–से–कम इतना तो हो सकता था कि आकर पहरे वाले कांस्टेबल से जालपा के आने की खबर मुझे देता। फिर मैं देखता कि कौन जालपा को नहीं आने देता। पहले इस तरह की कैद जरूरी थी, पर अब तो मेरी परीक्षा पूरी हो चुकी। शायद सब लोग खुशी से राजी हो जाएंगे।

रसोइया थाली लाया। मांस एक ही तरह का था। रमा थाली देखते ही झल्ला गया। इन दिनों रूचिकर भोजन देखकर ही उसे भूख लगती थी। जब तक चार–पांच प्रकार का मांस न हो, चटनी–अचार न हो, उसकी तृप्ति न होती थी। बिगड़कर बोला, 'क्या खाऊं तुम्हारा सिर– थाली उठा ले जाओ।'

रसोइए ने डरते–डरते कहा, श्हुजूर, इतनी जल्द और चीजें कैसे बनाता! अभी कुल दो घंटे तो आए हुए हैं।'

'दो घंटे तुम्हारे लिए थोड़े होते हैं!'

'अब हुजूर से क्या कहूं!'

'मत बको।'

'हुजूर'

'मत बको – डैम!'

रसोइए ने फिर कुछ न कहा। बोतल लाया, बर्फ तोड़कर ग्लास में डाली और पीछे हटकर खडाहो गया। रमा को इतना क्रोध आ रहा था कि रसोइए को नोच खाए। उसका मिजाज इन दिनों बहुत तेज हो गया था। शराब का दौर शुरू हुआ, तो रमा का गुस्सा और भी तेज हो गया। लाल – लाल आंखों से देखकर बोला, 'चाहूं तो अभी तुम्हारा कान पकड़कर निकाल दूं। अभी, इसी दम! तुमने समझा क्या है!'

उसका क्रोध बढ़ता देखकर रसोइया चुपके–से सरक गया। रमा ने ग्लास लिया और दो–चार लुकमे खाकर बाहर सहन में टहलने लगा। यही धुन सवार थी, कैसे यहां से निकल जाऊं। एकाएक उसे ऐसा जान पडा कि तार के बाहर वृक्षों की आड़ में कोई है। हां, कोई खडा उसकी तरफ ताक रहा है। शायद इशारे से अपनी तरफ बुला रहा है। रमानाथ का दिल धड़कने लगा। कहीं षडयंत्रकारियों ने उसके प्राण लेने की तो नहीं ठानी है! यह शंका उसे सदैव बनी रहती थी। इसी खयाल से वह रात को बंगले के बाहर बहुत कम निकलता था। आत्म–रक्षा के भाव ने उसे अंदर चले जाने की प्रेरणा की। उसी वक्त एक मोटर सड़क पर निकली। उसके प्रकाश में रमा ने देखा, वह अंधेरी छाया स्त्री है। उसकी साड़ी साफ नजर आ रही है। फिर उसे ऐसा मालूम हुआ कि वह स्त्री उसकी ओर आ रही है। उसे फिर शंका हुई, कोई मर्द यह वेश बदलकर मेरे साथ छल तो नहीं कर रहा है। वह ज्यों–ज्यों पीछे हटता गया, वह छाया उसकी ओर बढ़ती गई, यहां तक कि तार के पास आकर उसने कोई चीज रमा की तरफ गेंकी। रमा चीख मारकर पीछे हट गया,

मगर वह केवल एक लिफाफा था। उसे कुछ तस्कीन हुई। उसने फिर जो सामने देखा, तो वह छाया अंधकारमें विलीन हो गई थी। रमा ने लपककर वह लिफाफा उठा लिया। भय भी था और कौतूहल भी। भय कम था, कौतूहल अधिक। लिफाफे को हाथ में लेकर देखने लगा। सिरनामा देखते ही उसके हृदय में फुरहरियां–सी उड़ने लगीं। लिखावट जालपा की थी। उसने फौरन लिफाफा खोला। जालपा ही की लिखावट थी। उसने एक ही सांस में पत्र पढ़ डाला और तब एक लंबी सांस ली। उसी सांस के साथ चिंता का वह भीषण भार जिसने आज छः महीने से उसकी आत्मा को दबाकर रक्खा था, वह सारी मनोव्यथा जो उसका जीवनरक्त चूस रही थी, वह सारी दुर्बलता, लज्जा, ग्लानि मानो उड़ गई, छू मंतर हो गई। इतनी स्फूर्ति, इतना गर्व, इतना आत्म–विश्वास उसे कभी न हुआ था। पहली सनक यह सवार हुई, अभी चलकर दारोगा से कह दूं, मुझे इस मुकदमे से कोई सरोकार नहीं है, लेकिन फिर खयाल आया, बयान तो अब हो ही चुका, जितना अपयश मिलना था, मिल ही चुका, अब उसके फल से क्यों हाथ धोऊं। मगर इन सबों ने मुझे कैसा चकमा दिया है! और अभी तक मुगालते में डाले हुए हैं। सब–के–सब मेरी दोस्ती का दम भरते हैं, मगर अभी तक असली बात मुझसे छिपाए हुए हैं। अब भी इन्हें मुझ पर विश्वास नहीं।

अभी इसी बात पर अपना बयान बदल दूं, तो आटे–दाल का भाव मालूम हो यही न होगा, मुझे कोई जगह न मिलेगी। बला से, इन लोगों के मनसूबे तो खाक में मिल जाएंगे। इस दगाबाजी की सजा तो मिल जायगी। और, यह कुछ न सही, इतनी बडी बदनामी से तो बच जाऊंगा। यह सब शरारत जरूर करेंगे, लेकिन झूठा इलजाम लगाने के सिवा और कर ही क्या सकते हैं। जब मेरा यहां रहना साबित ही नहीं तो मुझ पर दोष ही क्या लग सकता है। सबों के मुंह में कालिख लग जायगी। मुंह तो दिखाया न जाएगा, मुकदमा क्या चलाएंगे।

मगर नहीं, इन्होंने मुझसे चाल चली है, तो मैं भी इनसे वही चाल चलूंगा। कह दूंगा, अगर मुझे आज कोई अच्छी जगह मिल जाएगी, तो मैं शहादत दूंगा, वरना साफ कह दूंगा, इस मामले से मेरा कोई संबंध नहीं। नहीं तो पीछे से किसी छोटे–मोटे थाने में नायब दारोगा बनाकर भेज दें और वहां सडा करूं। लूंगा इंस्पेक्टरी और कल दस बजे मेरे पास नियुक्ति का परवाना आ जाना चाहिए।

वह चला कि इसी वक्त दारोगा से कह दूं, लेकिन फिर रूक गया। एक बार जालपा से मिलने के लिए उसके प्राण तड़प रहे थे। उसके प्रति इतना अनुराग, इतनी श्रद्धा उसे कभी न हुई थी, मानो वह कोई दैवी–शक्ति हो जिसे देवताओं ने उसकी रक्षा के लिए भेजा हो दस बज गए थे। रमानाथ ने बिजली गुल कर दी और बरामदे में आकर जोर से किवाड़ बंद कर दिए, जिसमें पहरे वाले सिपाही को मालूम हो, अंदर से किवाड़ बंद करके सो रहे हैं। वह अंधेरे बरामदे में एक मिनट खडा रहा। तब आहिस्ता से उतरा और कांटेदार गेंसिंग के पास आकर सोचने लगा, उस पार कैसे जाऊं? श शायद अभी जालपा बगीचे में हो देवीदीन जरूर उसके साथ होगा। केवल यही तार उसकी राह रोके हुए था। उसे गांद जाना असंभव था। उसने तारों के बीच से होकर निकल जाने का निश्चय किया। अपने सब कपड़े समेट लिए और कांटों को बचाता हुआ सिर और कंधो को तार के बीच में डाला, पर न जाने कैसे कपड़े फंस गए। उसने हाथ से कपड़ों को छुडाना चाहा, तो आस्तीन कांटों में फंस गई। धोती भी उलझी हुई थी। बेचारा बडे संकट में पड़ा। न इस पार जा सकता था, न उस पारब जरा भी असावधानी हुई और कांटे उसकी देह में चुभ जाएंगे।

मगर इस वक्त उसे कपड़ों की परवा न थी। उसने गर्दन और आगे बढ़ाई और कपड़ों में लंबा चीरा लगाता उस पार निकल गया। सारे कपड़े तार–तार हो गए। पीठ में भी कुछ खरोंचे लगेऋ पर इस समय कोई बंदूक का निशाना बांधकर भी उसके सामने खडा

हो जाता, तो भी वह पीछे न हटता। फटे हुए कुरते को उसने वहीं फेंक दिया, गले की चादर फट जाने पर भी काम दे सकती थी, उसे उसने ओढ़लिया, धोती समेट ली और बगीचे में घूमने लगा। सन्नाटा था। शायद रखवाला खटिक खाना खाने गया हुआ था। उसने दो–तीन बार धीरेधीरे जालपा का नाम लेकर पुकारा भी। किसी की आहट न मिली, पर निराशा होने पर भी मोह ने उसका गला न छोडा। उसने एक पेड़ के नीचे जाकर देखा। समझ गया, जालपा चली गई। वह उन्हीं पैरों देवीदीन के घर की ओर चला।

उसे जरा भी शोक न था। बला से किसी को मालूम हो जाय कि मैं बंगले से निकल आया हूं, पुलिस मेरा कर ही क्या सकती है। मैं कैदी नहीं हूं, गुलामी नहीं लिखाई है।

आधी रात हो गई थी। देवीदीन भी आधा घंटा पहले लौटा था और खाना खाने जा रहा था कि एक नंगे–धड़ंगे आदमी को देखकर चौंक पड़ा। रमा ने चादर सिर पर बांधा ली थी और देवीदीन को डराना चाहता था। देवीदीन ने सशंक होकर कहा, 'कौन है?'

सहसा पहचान गया और झपटकर उसका हाथ पकड़ता हुआ बोला, 'तुमने तो भैया खूब भेस बनाया है? कपड़े क्या हुए?'

रमानाथ–'तार से निकल रहा था। सब उसके कांटों में उलझकर फट गए।'

देवीदीन–'राम राम! देह में तो कांटे नहीं चुभे?'

रमानाथ–'कुछ नहीं, दो–एक खरोंचे लग गए। मैं बहुत बचाकर निकला।'

देवीदीन–'बहू की चिट्ठी मिल गई न?'

रमानाथ–'हां, उसी वक्त मिल गई थी। क्या वह भी तुम्हारे साथ थी?'

देवीदीन–'वह मेरे साथ नहीं थीं, मैं उनके साथ था। जब से तुम्हें मोटर पर आते देखा, तभी से जाने–जाने लगाए हुए थीं।'

रमानाथ–'तुमने कोई खत लिखा था?'

देवीदीन–'मैंने कोई खत–पत्तर नहीं लिखा भैया। जब वह आई तो मुझे आप ही अचंभा हुआ कि बिना जाने–बूझे कैसे आ गई। पीछे से उन्होंने बताया। वह सतरंज वाला नकसा उन्हीं ने पराग से भेजा था और इनाम भी वहीं से आया था।'

रमा की आंखें फैल गई। जालपा की चतुराई ने उसे विस्मय में डाल दिया। इसके साथ ही पराजय के भाव ने उसे कुछ खिकै कर दिया। यहां भी उसकी हार हुई! इस बुरी तरह!

बुढिया ऊपर गई हुई थी। देवीदीन ने जीने के पास जाकर कहा, 'अरे क्या करती है? बहू से कह दे। एक आदमी उनसे मिलने आया है।'

यह कहकर देवीदीन ने फिर रमा का हाथ पकड़ लिया और बोला, 'चलो, अब सरकार में तुम्हारी पेसी होगी। बहुत भागे थे। बिना वारंट के पकड़े गए। इतनी आसानी से पुलिस भी न पकड़ सकती!'

रमा का मनोल्लास क्रवित हो गया था। लज्जा से गडा जाता था। जालपा के प्रश्नों का उसके पास क्या जवाब था। जिस भय से वह भागा था, उसने अंत में उसका पीछा करके उसे परास्त ही कर दिया। वह जालपा के सामने सीधी आंखें भी तो न कर सकता था। उसने हाथ छुडा लिया और जीने के पास ठिठक गया। देवीदीन ने पूछा, 'क्यों रूक गए?'

रमा ने सिर खुजलाते हुए कहा, 'चलो, मैं आता हूं।'

बुढिया ने ऊपर ही से कहा, 'पूछो, कौन आदमी है, कहां से आया है?'

देवीदीन ने विनोद किया, 'कहता है, मैं जो कुछ कहूंगा, बहू से ही कहूंगा।'

'कोई चिट्ठी लाया है?'

'नहीं!'

सन्नाटा हो गया। देवीदीन ने एक क्षण के बाद पूछा, 'कह दूं, लौट जाय?'

जालपा जीने पर आकर बोली, 'कौन आदमी है, पूछती तो हूं!'

'कहता है, बडी दूर से आया हूं!'

'है कहां?'

'यह क्या खडा है!'

'अच्छा, बुला लो!'

रमा चादर ओढ़े, कुछ झिझकता, कुछ झेंपता, कुछ डरता, जीने पर चढ़ा। जालपा ने उसे देखते ही पहचान लिया। तुरंत दो कदम पीछे हट गई। देवीदीन वहां न होता तो वह दो कदम और आगे बढ़ी होती। उसकी आंखों में कभी इतना नशा न था, अंगों में कभी इतनी चपलता

न थी, कपोल कभी इतने न दमके थे, हृदय में कभी इतना मृदु कंपन न हुआ था। आज उसकी तपस्या सफल हुई!

चौंतीसवाँ

वियोगियों के मिलन की रात बटोहियों के पडाव की रात है, जो बातों में कट जाती है। रमा और जालपा, दोनों ही को अपनी छः महीने की कथा कहनी थी। रमा ने अपना गौरव बढ़ाने के लिए अपने कष्टों को खूब बढ़ा–चढ़ाकर बयान किया। जालपा ने अपनी कथा में कष्टों की चर्चा तक न आने दी। वह डरती थी इन्हें दुःख होगा, लेकिन रमा को उसे रूलाने में विशेष आनंद आ रहा था। वह क्यों भागा, किसलिए भागा, कैसे भागा, यह सारी गाथा उसने करूण शब्दों में कही और जालपा ने सिसक–सिसककर सुनीब वह अपनी बातों से उसे प्रभावित करना चाहता था। अब तक सभी बातों में उसे परास्त होना पडाथा। जो बात उसे असूझ मालूम हुई, उसे

जालपा ने चुटकियों में पूरा कर दिखाया। शतरंज वाली बात को वह खूब नमक–मिर्च लगाकर बयान कर सकता था, लेकिन वहां भी जालपा ही ने नीचा दिखाया। फिर उसकी कीर्ति–लालसा को इसके सिवा और क्या उपाय था कि अपने कष्टों की राई को पर्वत बनाकर दिखाए।

जालपा ने सिसककर कहा, 'तुमने यह सारी आफतें झेंली, पर हमें एक पत्र तक न लिखा। क्यों लिखते, हमसे नाता ही क्या था! मुंह देखे की प्रीति थी! आंख ओट पहाड़ ओट।'

रमा ने हसरत से कहा, 'यह बात नहीं थी जालपा, दिल पर जो कुछ गुजरती थी दिल ही जानता है, लेकिन लिखने का मुंह भी तो हो जब मुंह छिपाकर घर से भागा, तो अपनी विपत्ति–कथा क्या लिखने बैठता! मैंने तो सोच लिया था, जब तक खूब रूपये न कमा लूंगा, एक शब्द भी न लिखूंगा।'

जालपा ने आंसू–भरी आंखों में व्यंग्य भरकर कहा, 'ठीक ही था, रूपये आदमी से ज्यादा प्यारे होते ही हैं! हम तो रूपये के यार हैं, तुम चाहे चोरी करो, डाका मारो, जाली नोट बनाओ, झूठी गवाही दो या भीख मांगो, किसी उपाय से रूपये लाओ। तुमने हमारे स्वभाव को कितना ठीक समझा है, कि वाह! गोसाई जी भी तो कह गए हैं, स्वारथ लाइ करहिं सब प्रीति।'

रमा ने झेंपते हुए कहा, 'नहीं–नहीं प्रिये, यह बात न थी। मैं यही सोचता था कि इन फटे–हालों जाऊंगा कैसे। सच कहता हूं, मुझे सबसे ज्यादा डर तुम्हीं से लगता था। सोचता था, तुम मुझे कितना कपटी, झूठा, कायर समझ रही होगी। शायद मेरे मन में यह भाव था कि रूपये की थैली देखकर तुम्हारा हृदय कुछ तो नर्म होगा।'

जालपा ने व्यथित कंठ से कहा, 'मैं शायद उस थैली को हाथ से छूती भी नहीं। आज मालूम हो गया, तुम मुझे कितनी नीच, कितनी स्वार्थिनी, कितनी लोभिन समझते हो! इसमें तुम्हारा कोई

दोष नहीं, सरासर मेरा दोष है। अगर मैं भली होती, तो आज यह दिन ही क्यों आता। जो पुरूष तीस–चालीस रूपये का नौकर हो, उसकी स्त्री अगर दो–चार रूपये रोज खर्च करे, हजार–दो हजार के गहने पहनने की नीयत रक्खे, तो वह अपनी और उसकी तबाही का सामान कर रही है। अगर तुमने मुझे इतना धनलोलुप समझा, तो कोई अन्याय नहीं किया। मगर एक बार जिस आग में जल चुकी, उसमें फिर न यदूंगी। इन महीनों में मैंने उन पापों का कुछ प्रायश्चित्त किया है और शेष जीवन के अंत समय तक करूंगी। यह मैं नहीं कहती कि भोग–विलास से मेरा जी भर गया, या गहने–कपड़े से मैं ऊब गई, या सैर–तमाशे से मुझे घृणा हो गई। यह सब अभिलाषाएं ज्यों की त्यों हैं। अगर तुम अपने पुरूषार्थ से, अपने परिश्रम से, अपने सदुद्योग से उन्हें पूरा कर सको तो क्या कहनाऋ लेकिन नीयत खोटी करके, आत्मा को कलुषित करके एक लाख भी लाओ, तो मैं उसे ठुकरा दूंगी। जिस वक्त मुझे मालूम हुआ कि तुम पुलिस के गवाह बन गए हो, मुझे इतना दुःख हुआ कि मैं उसी वक्त दादा को साथ लेकर तुम्हारे बंगले तक गई, मगर उसी दिन तुम बाहर चले गए थे और आज लौटे हो मैं इतने आदमियों का खून अपनी गर्दन पर नहीं लेना चाहती। तुम अदालत में साफ–साफ कह दो कि मैंने पुलिस के चकमे में आकर गवाही दी थी, मेरा इस मुआमले से कोई संबंध नहीं है। रमा ने चिंतित होकर कहा, 'जब से तुम्हारा खत मिला, तभी से मैं इस प्रश्न पर विचार कर रहा हूं, लेकिन समझ में नहीं आता क्या करूं। एक बात कहकर मुकर जाने का साहस मुझमें नहीं है।'

'बयान तो बदलना ही पड़ेगा।'

'आख़िर कैसे?'

'मुश्किल क्या है। जब तुम्हें मालूम हो गया कि म्युनिसिपैलिटी तुम्हारे ऊपर कोई मुकदमा नहीं चला सकती, तो फिर किस बात का डर?'

'डर न हो, झेंप भी तो कोई चीज है। जिस मुंह से एक बात कही, उसी मुंह से मुकर जाऊं, यह तो मुझसे न होगा। फिर मुझे कोई अच्छी जगह मिल जाएगी। आराम से जिंदगी बसर होगी। मुझमें गली–गली ठोकर खाने का बूता नहीं है।'

जालपा ने कोई जवाब न दिया। वह सोच रही थी, आदमी में स्वार्थ की मात्रा कितनी अधिक होती है। रमा ने फिर धृष्टता से कहा, 'और कुछ मेरी ही गवाही पर तो सारा फैसला नहीं हुआ जाता। मैं बदल भी जाऊं, तो पुलिस कोई दूसरा आदमी खडाकर देगी। अपराधियों की जान तो किसी तरह नहीं बच सकती। हां, मैं मुफ्त में मारा जाऊंगा।'

जालपा ने त्योरी चढ़ाकर कहा, 'कैसी बेशर्मी की बातें करते हो जी! क्या तुम इतने गए–बीते हो कि अपनी रोटियों के लिए दूसरों का गला काटो। मैं इसे नहीं सह सकती। मुझे मजदूरी करना, भूखों मर जाना मंजूर है, बडी–से–बडी विपत्ति जो संसार में है, वह सिर पर ले सकती हूं, लेकिन किसी का बुरा करके स्वर्ग का राज भी नहीं ले सकती।'

रमा इस आदर्शवाद से चिढ़कर बोला, 'तो क्या तुम चाहती कि मैं यहां कुलीगीरी करूं?'

जालपा–'नहीं, मैं यह नहीं चाहती! लेकिन अगर कुलीगीरी भी करनी पड़े तो वह खून से तर रोटियां खाने से कहीं बढ़कर है।'

रमा ने शांत भाव से कहा, 'जालपा, तुम मुझे जितना नीच समझ रही हो, मैं उतना नीच नहीं हूं। बुरी बात सभी को बुरी लगती है। इसका दुःख मुझे भी है कि मेरे हाथों इतने आदमियों का खून हो रहा है, लेकिन परिस्थिति ने मुझे लाचार कर दिया है। मुझमें अब ठोकरें खाने की शक्ति नहीं है। न मैं पुलिस से रार मोल ले सकता हूं। दुनिया में सभी थोड़े ही आदर्श पर चलते हैं। मुझे क्यों उस ऊंचाई पर चढ़ाना चाहती हो, जहां पहुंचने की शक्ति मुझमें नहीं है।'

जालपा ने तीक्ष्ण स्वर में कहा, 'जिस आदमी में हत्या करने की शक्ति हो, उसमें हत्या न करने की शक्ति का न होना अचंभे की बात है। जिसमें दौड़ने की शक्ति हो, उसमें खड़े रहने की शक्ति न हो इसे कौन मानेगा। जब हम कोई काम करने की इच्छा करते हैं, तो शक्ति आप ही आप आ जाती है। तुम यह निश्चय कर लो कि तुम्हें बयान बदलना है, बस और बातें आप आ जायंगी।'

रमा सिर झुकाए हुए सुनता रहा।

जालपा ने और आवेश में आकर कहा, 'अगर तुम्हें यह पाप की खेती करनी है, तो मुझे आज ही यहां से विदा कर दो। मैं मुंह में कालिख लगाकर यहां से चली जाऊंगी और फिर तुम्हें दिक करने न आऊंगी। तुम आनंद से रहना। मैं अपना पेट मेहनत–मजूरी करके भर लूंगी। अभी प्रायश्चित्त पूरा नहीं हुआ है, इसीलिए यह दुर्बलता हमारे पीछे पड़ी हुई है। मैं देख रही हूं, यह हमारा सर्वनाश करके छोड़ेगी।'

रमा के दिल पर कुछ चोट लगी। सिर खुजलाकर बोला, 'चाहता तो मैं भी हूं कि किसी तरह इस मुसीबत से जान बचे।'

'तो बचाते क्यों नहीं। अगर तुम्हें कहते शर्म आती हो, तो मैं चलूं। यही अच्छा होगा। मैं भी चली चलूंगी और तुम्हारे सुपरंडंट साहब से सारा वृत्तांत साफ–साफ कह दूंगी।'

रमा का सारा पसोपेश गायब हो गया। अपनी इतनी दुर्गति वह न कराना चाहता था कि उसकी स्त्री जाकर उसकी वकालत करे। बोला, 'तुम्हारे चलने की जरूरत नहीं है जालपा, मैं उन लोगों को समझा दूंगा।'

जालपा ने जोर देकर कहा, 'साफ बताओ, अपना बयान बदलोगे या नहीं?'

रमा ने मानो कोने में दबकर कहा, कहता तो हूं, बदल दूंगा।'

'मेरे कहने से या अपने दिल से?'

'तुम्हारे कहने से नहीं, अपने दिल सेब मुझे खुद ही ऐसी बातों से घृणा है। सिर्फ जरा हिचक थी, वह तुमने निकाल दी।'

फिर और बातें होने लगीं। कैसे पता चला कि रमा ने रूपये उडा दिए हैं? रूपये अदा कैसे हो गए? और लोगों को गबन की खबर हुई या घर ही में दबकर रह गई? रतन पर क्या गुजरी– गोपी क्यों इतनी जल्द चला गया? दोनों कुछ पढ़ रहे हैं या उसी तरह आवारा फिरा करते हैं? आख़िर में अम्मां और दादा का ज़िक्र आया। फिर जीवन के मनसूबे बांधो जाने लगे। जालपा ने कहा, 'घर चलकर रतन से थोड़ी–सी जमीन ले लें और आनंद से खेती–बारी करें।'

रमा ने कहा, 'कहीं उससे अच्छा है कि यहां चाय की दुकान खोलें।' इस पर दोनों में मुबाहसा हुआ। आख़िर रमा को हार माननी पड़ी। यहां रहकर वह घर की देखभाल न कर सकता था, भाइयों को शिक्षा न दे सकता था और न मातापिता की सेवा–सत्कार कर सकता था। आख़िर घरवालों के प्रति भी तो उसका कुछ कर्तव्य है। रमा निरूत्तर हो गया।

पैंतीसवाँ

रमा मुंह–अंधेरे अपने बंगले जा पहुंचा। किसी को कानों–कान खबर न हुई। नाश्ता करके रमा ने खत साफ किया, कपड़े पहने और दारोगा के पास जा पहुंचा। त्योरियां चढ़ी हुई थीं। दारोगा ने पूछा, 'खैरियत तो है, नौकरों ने कोई शरारत तो नहीं की।'

रमा ने खड़े–खड़े कहा, 'नौकरों ने नहीं, आपने शरारत की है, आपके मातहतों, अफसरों और सब ने मिलकर मुझे उल्लू बनाया है।'

दारोगा ने कुछ घबडाकर पूछा, आख़िर बात क्या है, कहिए तो?'

रमानाथ–'बात यही है कि इस मुआमले में अब कोई शहादत न दूंगा। उससे मेरा ताल्लुक नहीं। आप ने मेरे साथ चाल चली और वारंट की धमकी देकर मुझे शहादत देने पर मजबूर किया। अब मुझे

मालूम हो गया कि मेरे ऊपर कोई इलजाम नहीं। आप लोगों का चकमा था। पुलिस की तरफ से शहादत नहीं देना चाहता, मैं आज जज साहब से साफ कह दूंगा। बेगुनाहों का खून अपनी गर्दन पर न लूंगा।'

दारोगा ने तेज होकर कहा, 'आपने खुद गबन तस्लीम किया था।'

रमानाथ–'मीजान की गलती थी। गबन न था। म्युनिसिपैलिटी ने मुझ पर कोई मुकदमा नहीं चलाया।'

'यह आपको मालूम कैसे हुआ?'

'इससे आपको कोई बहस नहीं। मैं शहादत न दूंगा। साफ–साफ कह दूंगा, पुलिस ने मुझे धोखा देकर शहादत दिलवाई है। जिन तारीखों का वह वाकया है, उन तारीखों में मैं इलाहाबाद में था। म्युनिसिपल आफिस में मेरी हाजिरी मौजूद है।'

दारोगा ने इस आपत्ति को हंसी में उडाने की चेष्टा करके कहा, 'अच्छा साहब, पुलिस ने धोखा ही दिया, लेकिन उसका खातिरख्वाह इनाम देने को भी तो हाज़िर है। कोई अच्छी जगह मिल जाएगी, मोटर पर बैठे हुए सैर करोगे। खुगिया पुलिस में कोई जगह मिल गई, तो चौन ही चौन है।

सरकार की नजरों में इज्जत और रूसूख कितना बढ़गया, यों मारे–मारे फिरते। शायद किसी दफ्तर में क्लर्की मिल जाती, वह भी बडी मुश्किल सेब यहां तो बैठे–बिठाए तरक्की का दरवाजा खुल गया। अच्छी तरह कारगुजारी होगी, तो एक दिन रायबहादुर मुंशी रमानाथ डिप्टी सुपरिंटेंडेंट हो जाओगे। तुम्हें हमारा एहसान मानना चाहिए और आप उल्टे खफा होते हैं।'

रमा पर इस प्रलोभन का कुछ असर न हुआ। बोला, 'मुझे क्लर्क बनना मंजूर है, इस तरह की तरक्की नहीं चाहता। यह आप ही को मुबारक रहे। इतने में डिप्टी साहब और इंस्पेक्टर भी आ पहुंचे। रमा

को देखकर इंस्पेक्टर साहब ने गरमाया, 'हमारे बाबू साहब तो पहले ही से तैयार बैठे हैं। बस इसी की कारगुजारी पर वारा–न्यारा है।'

रमा ने इस भाव से कहा, 'मानो मैं भी अपना नफा–नुकसान समझता हूं, जी। हां, आज वारा–न्यारा कर दूंगा। इतने दिनों तक आप लोगों के इशारे पर चला, अब अपनी आंखों से देखकर चलूंगा।'

इंस्पेक्टर ने दारोगा का मुंह देखा, दारोगा ने डिप्टी का मुंह देखा, डिप्टी ने इंस्पेक्टर का मुंह देखा। यह कहता क्या है? इंस्पेक्टर साहब विस्मित होकर बोले, 'क्या बात है? हलफ से कहता हूं, आप कुछ नाराज मालूम होते हैं!'

रमानाथ–'मैंने फैसला किया है कि आज अपना बयान बदल दूंगा। बेगुनाहों का खून नहीं कर सकता।'

इंस्पेक्टर ने दया–भाव से उसकी तरफ देखकर कहा, 'आप बेगुनाहों का खून नहीं कर रहे हैं, अपनी तकष्दीर की इमारत खड़ी कर रहे हैं। हलफ से कहता हूं, ऐसे मौके बहुत कम आदमियों को मिलते हैं।

आज क्या बात हुई कि आप इतने खफा हो गए? आपको कुछ मालूम है, दारोगा साहब, आदमियों ने तो कोई शोखी नहीं की–अगर किसी ने आपके मिजाज के ख़िलाफ कोई काम किया हो, तो उसे गोली मार दीजिए, हलफ से कहता हूं!

दारोगा –'मैं अभी जाकर पता लगाता हूं।'

रमानाथ–'आप तकलीफ न करें। मुझे किसी से शिकायत नहीं है। मैं थोड़े से फायदे के लिए अपने ईमान का खून नहीं कर सकता।'

एक मिनट सन्नाटा रहा। किसी को कोई बात न सूझी। दारोगा कोई दूसरा चकमा सोच रहे थे, इंस्पेक्टर कोई दूसरा प्रलोभन। डिप्टी एक दूसरी ही फिक्र में था। रूखेपन से बोला, 'रमा बाबू, यह अच्छा बात न होगा।'

रमा ने भी गर्म होकर कहा, 'आपके लिए न होगी। मेरे लिए तो सबसे अच्छी यही बात है।'

डिप्टी, 'नहीं, आपका वास्ते इससे बुरा दोसरा बात नहीं है। हम तुमको छोड़ेगा नहीं, हमारा मुकदमा चाहे बिगड़ जाय, लेकिन हम तुमको ऐसा लेसन दे देगा कि तुम उमिर भर न भूलेगा। आपको वही गवाही देना होगा जो आप दिया। अगर तुम कुछ गड़बड़ करेगा, कुछ भी गोलमाल किया तो हम तोमारे साथ दोसरा बर्ताव करेगा। एक रिपोर्ट में तुम यों (कलाइयों को ऊपर–नीचे रखकर) चला जायगा।'

यह कहते हुए उसने आंखें निकालकर रमा को देखा, मानो कच्चा ही खा जाएगा। रमा सहम उठा। इन आतंक से भरे शब्दों ने उसे विचलित कर दिया। यह सब कोई झूठा मुकदमा चलाकर उसे फंसा दें, तो उसकी कौन रक्षा करेगा। उसे यह आशा न थी कि डिप्टी साहब जो शील और विनय के पुतले बने हुए थे, एकबारगी यह रूद्र रूप धारणा कर लेंगे, मगर वह इतनी आसानी से दबने वाला न था। तेज होकर बोला, 'आप मुझसे जबरदस्ती शहादत दिलाएंगे?'

डिप्टी ने पैर पटकते हुए कहा, 'हां, जबरदस्ती दिलाएगा!'

रमानाथ–'यह अच्छी दिल्लगी है!'

डिप्टी–'तोम पुलिस को धोखा देना दिल्लगी समझता है। अभी दो गवाह देकर साबित कर सकता है कि तुम राजक्रोह की बात कर रहा था। बस चला जायगा सात साल के लिए। चक्की पीसते–पीसते हाथ में घड्डा पड़ जायगा। यह चिकना–चिकना गाल नहीं रहेगा।'

रमा जेल से डरता था। जेल–जीवन की कल्पना ही से उसके रोएं खड़े होते थे। जेल ही के भय से उसने यह गवाही देनी स्वीकार की थी। वही भय इस वक्त भी उसे कातर करने लगा। डिप्टी भाव–विज्ञान का ज्ञाता था। आसन का पता पा गया। बोला,

'वहां हलवा पूरी नहीं पायगा। धूल मिला हुआ आटा का रोटी, गोभी के सड़े हुए पत्तों का रसा, और अरहर के दाल का पानी खाने को पावेगा। काल–कोठरी का चार महीना भी हो गया, तो तुम बच नहीं सकता वहीं मर जायगा। बात–बात पर वार्डर गाली देगा, जूतों से पीटेगा, तुम समझता क्या है!'

रमा का चेहरा फीका पड़ने लगा। मालूम होता था, प्रतिक्षण उसका खून सूखता चला जाता है। अपनी दुर्बलता पर उसे इतनी ग्लानि हुई कि वह रो पड़ा। कांपती हुई आवाज से बोला, 'आप लोगों की यह इच्छा है, तो यही सही! भेज दीजिए जेल। मर ही जाऊंगा न, फिर तो आप लोगों से मेरा गला छूट जायगा। जब आप यहां तक मुझे तबाह करने पर आमादा हैं, तो मैं भी मरने को तैयार हूं। जो कुछ होना होगा, होगा।'

उसका मन दुर्बलता की उस दशा को पहुंच गया था, जब जरा–सी सहानुभूति, जरा–सी सहृदयता सैकड़ों धामकियों से कहीं कारगर हो जाती है। इंस्पेक्टर साहब ने मौका ताड़ लिया। उसका पक्ष लेकर डिप्टी से बोले, हलफ से कहता हूं, 'आप लोग आदमी को पहचानते तो हैं नहीं, लगते हैं रोब जमाने। इस तरह गवाही देना हर एक समझदार आदमी को बुरा मालूम होगा। यह द्भदरती बात है। जिसे जरा भी इज्जत का खयाल है, वह पुलिस के हाथों की कठपुतली बनना पसंद न करेगा। बाबू साहब की जगह मैं होता तो मैं भी ऐसा ही करता, लेकिन इसका मतलब यह नहीं है कि यह हमारे खिलाफ शहादत देंगे। आप लोग अपना काम कीजिए, बाबू साहब की तरफ से बेफिक्र रहिए, हलफ से कहता हूं।'

उसने रमा का हाथ पकड़ लिया और बोला, 'आप मेरे साथ चलिए, बाबूजी! आपको अच्छे–अच्छे रिकार्ड सुनाऊं।'

रमा ने रूठे हुए बालक की तरह हाथ छुडाकर कहा, 'मुझे दिक न कीजिए। इंस्पेक्टर साहबब अब तो मुझे जेलखाने में मरना है।'

इंस्पेक्टर ने उसके कंधो पर हाथ रखकर कहा, 'आप क्यों ऐसी बातें मुंह से निकालते हैं साहबब जेलखाने में मरें आपके दुश्मन।'

डिप्टी ने तसमा भी बाकी न छोड़ना चाहाब बडे कठोर स्वर में बोला, मानो रमा से कभी का परिचय नहीं है, 'साहब, यों हम बाबू साहब के साथ सब तरह का सलूक करने को तैयार हैं, लेकिन जब वह हमारा ख़िलाफ गवाही देगा, हमारा जड़ खोदेगा, तो हम भी कार्रवाई करेगा। जरूर से करेगा। कभी छोड़ नहीं सकता।'

इसी वक्त सरकारी एडवोकेट और बैरिस्टर मोटर से उतरे।

छत्तीसवाँ

रतन पत्रों में जालपा को तो ढाढ़स देती रहती थी पर अपने विषय में कुछ न लिखती थी। जो आप ही व्यथित हो रही हो, उसे अपनी व्यथाओं की कथा क्या सुनाती! वही रतन जिसने रूपयों की कभी कोई हैसियत न समझी, इस एक ही महीने में रोटियों को भी मुहताज हो गई थी। उसका वैवाहिक जीवन बहुत सुखी न हो, पर उसे किसी बात का अभाव न था। मरियल घोड़े पर सवार होकर भी यात्रा पूरी हो सकती है अगर सड़क अच्छी हो, नौकर–चाकर, रूपय–पैसे और भोजन आदि की सामग्री साथ हो घोडा भी तेज हो, तो पूछना ही क्या! रतन की दशा उसी सवार की–सी थी। उसी सवार की भांति वह मंदगति से अपनी जीवन–यात्रा कर रही थी। कभी–कभी वह घोड़े पर झुंझलाती होगी, दूसरे सवारों को उड़े जाते देखकर उसकी भी इच्छा होती होगी कि मैं भी इसी तरह उड़ती, लेकिन वह दुखी न थी, अपने नसीबों को रोती न थी। वह उस गाय की तरह थी, जो एक पतली–सी पगहिया के बंधन में पड़कर, अपनी नाद के भूसे–खली में मगन रहती है। सामने हरे–हरे मैदान हैं, उसमें सुगंधमय घासें लहरा रही हैं, पर वह पगहिया तुडाकर कभी उधार नहीं जाती। उसके लिए उस पगहिया और लोहे की जंजीर में कोई अंतर नहीं। यौवन को प्रेम की इतनी क्षुधा नहीं

होती, जितनी आत्म–प्रदर्शन की। प्रेम की क्षुधा पीछे आती है। रतन को आत्मप्रदर्शन के सभी उपाय मिले हुए थे। उसकी युवती आत्मा अपने ऋंगार और प्रदर्शन में मग्न थी। हंसी–विनोद, सैर–सपाटा, खाना–पीना, यही उसका जीवन था, जैसा प्रायद्य सभी मनुष्यों का होता है। इससे गहरे जल में जाने की न उसे इच्छा थी, न प्रयोजनब संपन्नता बहुत कुछ मानसिक व्यथाओं को शांत करती है। उसके पास अपने दुद्यखों को भुलाने के कितने ही ढंग हैं, सिनेमा है, थिएटर है, देश–भ्रमण है, ताश है, पालतू जानवर हैं, संगीत है, लेकिन विपन्नता को भुलाने का मनुष्य के पास कोई उपाय नहीं, इसके सिवा कि वह रोए, अपने भाग्य को कोसे या संसार से विरक्त होकर आत्म–हत्या कर ले। रतन की तकदीर ने पलटा खाया था। सुख का स्वप्न भंग हो गया था और विपन्नता का कंकाल अब उसे खडा घूर रहा था। और यह सब हुआ अपने ही हाथों!

पंडितजी उन प्राणियों में थे, जिन्हें मौत की फिक्र नहीं होती। उन्हें किसी तरह यह भ्रम हो गया था कि दुर्बल स्वास्थ्य के मनुष्य अगर पथ्य और विचार से रहें, तो बहुत दिनों तक जी सकते हैं। वह पथ्य और विचार की सीमा के बाहर कभी न जाते। फिर मौत को उनसे क्या दुश्मनी थी, जो ख्वामख्वाह उनके पीछे पड़ती। अपनी वसीयत लिख डालने का खयाल उन्हें उस वक्त आया, जब वह मरणासन्न हुए, लेकिन रतन वसीयत का नाम सुनते ही इतनी शोकातुर, इतनी भयभीत हुई कि पंडितजी ने उस वक्त टाल जाना ही उचित समझाब तब से फिर उन्हें इतना होश न आया कि वसीयत लिखवाते। पंडितजी के देहावसान के बाद रतन का मन इतना विरक्त हो गया कि उसे किसी बात की भी सुध–बुध न रही। यह वह अवसर था, जब उसे विशेष रूप से सावधन रहना चाहिए था। इस भांति सतर्क रहना चाहिए था, मानो दुश्मनों ने उसे घेर रक्खा हो, पर उसने सब कुछ मणिभूषण पर छोड़ दिया और उसी मणिभूषण ने धीरे–धीरे उसकी सारी संपत्ति अपहरण कर ली। ऐसे–ऐसे षडयंत्र

रचे कि सरला रतन को उसके कपट–व्यवहार का आभास तक न हुआ। फंदा जब खूब कस गया, तो उसने एक दिन आकर कहा, 'आज बंगला खाली करना होगा। मैंने इसे बेच दिया है।'

रतन ने जरा तेज होकर कहा, 'मैंने तो तुमसे कहा था कि मैं अभी बंगला न बेचूंगी।'

मणिभूषण ने विनय का आवरण उतार फेंका और त्योरी चढ़ाकर बोला, 'आपमें बातें भूल जाने की बुरी आदत है। इसी कमरे में मैंने आपसे यह ज़िक्र किया था और आपने हामी भरी थी। जब मैंने बेच दिया, तो आप यह स्वांग खडा करती हैं! बंगला आज खाली करना होगा और आपको मेरे साथ चलना होगा।'

'मैं अभी यहीं रहना चाहती हूं।'

'मैं आपको यहां न रहने दूंगा।'

'मैं तुम्हारी लौंडी नहीं हूं।'

'आपकी रक्षा का भार मेरे ऊपर है। अपने कुल की मर्यादा–रक्षा के लिए मैं आपको अपने साथ ले जाऊंगा।'

रतन ने होंठ चबाकर कहा, 'मैं अपनी मर्यादा की रक्षा आप कर सकती हूं। तुम्हारी मदद की जरूरत नहीं। मेरी मर्ज़ी के बगैर तुम यहां कोई चीज नहीं बेच सकते।'

मणिभूषण ने वज्र–सा मारा, 'आपका इस घर पर और चाचाजी की संपत्ति पर कोई अधिकार नहीं। वह मेरी संपत्ति है। आप मुझसे केवल गुजारे का सवाल कर सकती हैं।'

रतन ने विस्मित होकर कहा, 'तुम कुछ भंग तो नहीं खा गए हो?'

मणिभूषण ने कठोर स्वर में कहा, 'मैं इतनी भंग नहीं खाता कि बेसिरपैर की बातें करने लगूंब आप तो पढ़ी–लिखी हैं, एक बडे वकील की धर्मपत्नी थीं। कानून की बहुत–सी बातें जानती होंगी।

सम्मिलित परिवार में विधवा का अपने पुरूष की संपत्ति पर कोई अधिकार नहीं होता। चाचाजी और मेरे पिताजी में कभी अलगौझा नहीं हुआ। चाचाजी यहां थे, हम लोग इंदौर में थे, पर इससे यह नहीं सिद्ध होता कि हममें अलगौझा था। अगर चाचा अपनी संपत्ति आपको देना चाहते, तो कोई वसीयत अवश्य लिख जाते और यद्यपिवह वसीयत कानून के अनुसार कोई चीज न होती, पर हम उसका सम्मान करते। उनका कोई वसीयत न करना साबित कर रहा है कि वह कानून के साधरण व्यवहार में कोई बाधा न डालना चाहते थे। आज आपको बंगला खाली करना होगा। मोटर और अन्य वस्तुएं भी नीलाम कर दी जाएंगी। आपकी इच्छा हो, मेरे साथ चलें या रहें। यहां रहने के लिए आपको दस–ग्यारह रूपये का मकान काफी होगा। गुजारे के लिए पचास रूपये महीने का प्रबंध मैंने कर दिया है। लेना–देना चुका लेने के बाद इससे ज्यादा की गुंजाइश ही नहीं।'

रतन ने कोई जवाब न दिया। कुछ देर वह हतबुद्धि–सी बैठी रही, फिर मोटर मंगवाई और सारे दिन वकीलों के पास दौड़ती फिरी।

पंडितजी के कितने ही वकील मित्र थे। सभी ने उसका वृत्तांत सुनकर खेद प्रकट किया और वकील साहब के वसीयत न लिख जाने पर हैरत करते रहे। अब उसके लिए एक ही उपाय था। वह यह सिद्ध करने की चेष्टा करे कि वकील साहब और उनके भाई में अलहदगी हो गई थी। अगर यह सिद्ध हो गया और सिद्ध हो जाना बिलकुल आसान था, तो रतन उस संपत्ति की स्वामिनी हो जाएगी। अगर वह यह सिद्ध न कर सकी, तो उसके लिए कोई चारा न था। अभागिनी रतन लौट आई। उसने निश्चय किया, जो कुछ मेरा नहीं है, उसे लेने के लिए मैं झूठ का आश्रय न लूंगी। किसी तरह नहीं। मगर ऐसा कानून बनाया किसने? क्या स्त्री इतनी नीच, इतनी तुच्छ, इतनी नगण्य है? क्यों?

दिन–भर रतन चिंता में डूबी, मौन बैठी रही। इतने दिनों वह अपने को इस घर की स्वामिनी समझती रही। कितनी बडी भूल थी। पति के जीवन में जो लोग उसका मुंह ताकते थे, वे आज उसके भाग्य के विधाता हो गए! यह घोर अपमान रतन–जैसी मानिनी स्त्री के लिए असह्य था। माना, कमाई पंडितजी की थी, पर यह गांव तो उसी ने खरीदा था, इनमें से कई मकान तो उसके सामने ही बने, उसने यह एक क्षण के लिए भी न खयाल किया था कि एक दिन यह

जायदाद मेरी जीविका का आधार होगी। इतनी भविष्य–चिंता वह कर ही न सकती थी। उसे इस जायदाद के खरीदने में, उसके संवारने और सजाने में वही आनंद आता था, जो माता अपनी संतान को फलते–फलते देखकर पाती है। उसमें स्वार्थ का भाव न था, केवल अपनेपन का गर्व था, वही ममता थी, पर पति की आंखें बंद होते ही उसके पाले और गोद के खेलाए बालक भी उसकी गोद से छीन लिए गए। उसका उन पर कोई अधिकार नहीं! अगर वह जानती कि एक दिन यह कठिन समस्या उसके सामने आएगी, तो वह चाहे रूपये को लुटा देती या दान कर देती, पर संपत्ति की कील अपनी छाती पर न गाड़ती। पंडितजी की ऐसी कौन बहुत बडी आमदनी थी। क्या गर्मियों में वह शिमले न जा सकती थी? क्या दो–चार और नौकर न रक्खे जा सकते थे? अगर वह गहने ही बनवाती, तो एक–एक मकान के मूल्य का एक–एक गहना बनवा सकती थी, पर उसने इन बातों को कभी उचित सीमा से आगे न बढ़ने दिया। केवल यही स्वप्न देखने के लिए! यही स्वप्न! इसके सिवा और था ही क्या! जो कल उसका था उसकी ओर आज आंखें उठाकर वह देख भी नहीं सकती! कितना महंगा था वह स्वप्न! हां, वह अब अनाथिनी थी। कल तक दूसरों को भीख देती थी, आज उसे खुद भीख मांगनी पड़ेगी। और कोई आश्रय नहीं! पहले भी वह अनाथिनी थी, केवल भ्रम–वश अपने को स्वामिनी समझ रही थी। अब उस भ्रम का सहारा भी नहीं रहा!

सहसा विचारों ने पलटा खाया। मैं क्यों अपने को अनाथिनी समझ रही हूं? क्यों दूसरों के द्वार पर भीख मांगूं? संसार में लाखों ही स्त्रियां मेहनत–मजदूरी करके जीवन का निर्वाह करती हैं। क्या मैं कोई काम नहीं कर सकती? मैं कपडा क्या नहीं सी सकती? किसी चीज की छोटी–मोटी दूकान नहीं रख सकती? लङके भी पढ़ा सकती हूं। यही न होगा, लोग हंसेंगे, मगर मुझे उस हंसी की क्या परवा! वह मेरी हंसी नहीं है, अपने समाज की हंसी है।

शाम को द्वार पर कई ठेले वाले आ गए। मणिभूषण ने आकर कहा, 'चाचीजी, आप जो–जो चीजें कहें लदवाकर भिजवा दूं। मैंने एक मकान ठीक कर लिया है।'

रतन ने कहा, 'मुझे किसी चीज की जरूरत नहीं। न तुम मेरे लिए मकान लो। जिस चीज पर मेरा कोई अधिकार नहीं, वह मैं हाथ से भी नहीं छू सकती। मैं अपने घर से कुछ लेकर नहीं आई थी। उसी तरह लौट जाऊंगी।'

मणिभूषण ने लज्जित होकर कहा, 'आपका सब कुछ है, यह आप कैसे कहती हैं कि आपका कोई अधिकार नहीं। आप वह मकान देख लें। पंद्रह रूपया किराया है। मैं तो समझता हूं आपको कोई कष्ट न होगा। जो–जो चीजें आप कहें, मैं वहां पहुंचा दूं।'

रतन ने व्यंग्यमय आंखों से देखकर कहा, 'तुमने पंद्रह रूपये का मकान मेरे लिए व्यर्थ लिया! इतना बडा मकान लेकर मैं क्या करूंगी! मेरे लिए एक कोठरी काफी है, जो दो रूपये में मिल जायगी। सोने के लिए जमीन है ही। दया का बोझ सिर पर जितना कम हो, उतना ही अच्छा!

मणिभूषण ने बडे विनम्र भाव से कहा, 'आख़िर आप चाहती क्या हैं? उसे कहिए तो!'

रतन उत्तेजित होकर बोली, 'मैं कुछ नहीं चाहती। मैं इस घर का एक तिनका भी अपने साथ न ले जाऊंगी। जिस चीज पर मेरा

कोई अधिकार नहीं, वह मेरे लिए वैसी ही है जैसी किसी गैर आदमी की चीजब मैं दया की भिखारिणी न बनूंगी। तुम इन चीजों के अधिकारी हो, ले जाओ। मैं जरा भी बुरा नहीं मानती! दया की चीज न जबरदस्ती ली जा सकती है, न जबरदस्ती दी जा सकती है। संसार में हजारों विधवाएं हैं, जो मेहनत–मजूरी करके अपना निर्वाह कर रही हैं। मैं भी वैसे ही हूं। मैं भी उसी तरह मजूरी करूंगी और अगर न कर सकूंगी, तो किसी गडढे में डूब मईंगी। जो अपना पेट भी न पाल सके, उसे जीते रहने का, दूसरों का बोझ बनने का कोई हक नहीं है।श यह कहती हुई रतन घर से निकली और द्वार की ओर चली। मणिभूषण ने उसका रास्ता रोककर कहा, 'अगर आपकी इच्छा न हो, तो मैं बंगला अभी न बेचूं।'

रतन ने जलती हुई आंखों से उसकी ओर देखा। उसका चेहरा तमतमाया हुआ था। आंसुओं के उमड़ते हुए वेग को रोककर बोली, ' मैंने कह दिया, इस घर की किसी चीज से मेरा नाता नहीं है। मैं किराए की लौंडी थी। लौडी का घर से क्या संबंध है! न जाने किस पापी ने यह कानून बनाया था। अगर ईश्वर कहीं है और उसके यहां कोई न्याय होता है, तो एक दिन उसी के सामने उस पापी से पूछूंगी, क्या तेरे घर में मां–बहनें न थीं? तुझे उनका अपमान करते लज्जा न आई? अगर मेरी जबान में इतनी ताकत होती कि सारे देश में उसकी आवाज पहुंचती, तो मैं सब स्त्रियों से कहती, बहनो, किसी सम्मिलित परिवार में विवाह मत करना और अगर करना तो जब तक अपना घर अलग न बना लो, चौन की नींद मत सोना। यह मत समझो कि तुम्हारे पति के पीछे उस घर में तुम्हारा मान के साथ पालन होगा। अगर तुम्हारे पुरूष ने कोई लङका नहीं छोडा, तो तुम अकेली रहो चाहे परिवार में, एक ही बात है। तुम अपमान और मजूरी से नहीं बच सकतीं। अगर तुम्हारे पुरूष ने कुछ छोडा है तो अकेली रहकर तुम उसे भोग सकती हो, परिवार में रहकर तुम्हें उससे हाथ धोना पड़ेगा। परिवार तुम्हारे लिए फूलों की सेज

नहीं, कांटों की शय्या है, तुम्हारा पार लगाने वाली नौका नहीं, तुम्हें निगल जाने वाला जंतु।'

संध्या हो गई थी। गर्द से भरी हुई फागुन की वायु चलने वालों की आंखों में धूल झोंक रही थी। रतन चादर संभालती सड़क पर चली जा रही थी। रास्ते में कई परिचित स्त्रियों ने उसे टोका, कई ने अपनी मोटर रोक ली और उसे बैठने को कहा, पर रतन को उनकी सहृदयता इस समय बाण–सी लग रही थी। वह तेजी से कदम उठाती हुई जालपा के घर चली जा रही थी। आज उसका वास्तविक जीवन आरंभ हुआ था।

सैंतीसवाँ

ठीक दस बजे जालपा और देवीदीन कचहरी पहुंच गए। दर्शकों की काफी भीड़ थी। ऊपर की गैलरी दर्शकों से भरी हुई थी। कितने ही आदमी बरामदों में और सामने के मैदान में खड़े थे। जालपा ऊपर गैलरी में जा बैठीब देवीदीन बरामदे में खडा हो गया।

इजलास पर जज साहब के एक तरफ अहलमद था और दूसरी तरफ पुलिस के कई कर्मचारी खड़े थे। सामने कठघरे के बाहर दोनों तरफ के वकील खड़े मुकदमा पेश होने का इंतजार कर रहे थे। मुलजिमों की संख्या पंद्रह से कम न थी। सब कठघरे के बगल में जमीन पर बैठे हुए थे। सभी के हाथों में हथकडियां थीं, पैरों में बेडियां। कोई लेटा था, कोई बैठा था, कोई आपस में बातें कर रहा था। दो पंजे लडा रहे थे। दो में किसी विषय पर बहस हो रही थी। सभी प्रसन्नचित्त थे। घबराहट, निराशा या शोक का किसी के चेहरे पर चिन्ह भी न था।

ग्यारह बजते–बजते अभियोग की पेशी हुई। पहले जाब्ते की कुछ बातें हुई, फिर दो–एक पुलिस की शहादतें हुई। अंत में कोई तीन बजे रमानाथ गवाहों के कठघरे में लाया गया। दर्शकों में सनसनी–सी फैल गई। कोई तंबोली की दूकान से पान खाता हुआ

भागा, किसी ने समाचार–पत्र को मरोड़कर जेब में रक्खा और सब इजलास के कमरे में जमा हो गए। जालपा भी संभलकर बारजे में खड़ी हो गई। वह चाहती थी कि एक बार रमा की आंखें उठ जातीं और वह उसे देख लेती, लेकिन रमा सिर झुकाए खडाथा, मानो वह इधर–उधर देखते डर रहा हो उसके चेहरे का रंग उडाहुआ था। कुछ सहमा हुआ, कुछ घबराया हुआ इस तरह खडाथा, मानो उसे किसी ने बांधा रक्खा है और भागने की कोई राह नहीं है। जालपा का कलेजा धक–धक कर रहा था, मानो उसके भाग्य का निर्णय हो रहा हो।

रमा का बयान शुरू हुआ। पहला ही वाक्य सुनकर जालपा सिहर उठी, दूसरे वाक्य ने उसकी त्योरियों पर बल डाल दिए, तीसरे वाक्य ने उसके चेहरे का रंग फीका कर दिया और चौथा वाक्य सुनते ही वह एक लंबी सांस खींचकर पीछे रखी हुई कुरसी पर टिक गई, मगर फिर दिल न माना। जंगले पर झुककर फिर उधर कान लगा दिए। वही पुलिस की सिखाई हुई शहादत थी जिसका आशय वह देवीदीन के मुंह से सुन चुकी थी। अदालत में सन्नाटा छाया हुआ था। जालपा ने कई बार खांसा कि शायद अब भी रमा की आंखें ऊपर उठ जाएं, लेकिन रमा का सिर और भी झुक गया। मालूम नहीं, उसने जालपा के खांसने की आवाज पहचान ली या आत्म–ग्लानि का भाव उदय हो गया। उसका स्वर भी कुछ धीमा हो गया।

एक महिला ने जो जालपा के साथ ही बैठी थी, नाक सिकोड़कर कहा, 'जी चाहता है, इस दुष्ट को गोली मार दें। ऐसे–ऐसे स्वार्थी भी इस देश में पड़े हैं जो नौकरी या थोड़े–से धन के लोभ में निरपराधों के गले पर छुरी उधरने से भी नहीं हिचकते!' जालपा ने कोई जवाब न दिया।

एक दूसरी महिला ने जो आंखों पर ऐनक लगाए हुए थी, 'निराशा के भाव से कहा, 'इस अभागे देश का ईश्वर ही मालिक है। गवर्नरी तो लाला को कहीं नहीं मिल जाती! अधिक–से–अधिक

कहीं क्लर्क हो जाएंगे। उसी के लिए अपनी आत्मा की हत्या कर रहे हैं। मालूम होता है, कोई मरभुखा, नीच आदमी है, पल्ले सिरे का कमीना और छिछोरा।'

तीसरी महिला ने ऐनक वाली देवी से मुस्कराकर पूछा, 'आदमी फैशनेबुल है और पढ़ा–लिखा भी मालूम होता है। भला, तुम इसे पा जाओ तो क्या करो?'

ऐनकबाज देवी ने उद्दंडता से कहा, 'नाक काट लूं! बस नकटा बनाकर छोड़ दूं।'

'और जानती हो, मैं क्या करूं?'

'नहीं! शायद गोली मार दोगी!'

'ना! गोली न मारूं। सरे बाजार खडा करके पांच सौ जूते लगवाऊं। चांद गंजी होजाय!'

'उस पर तुम्हें जरा भी दया नहीं आयगी?'

टयह कुछ कम दया है? उसकी पूरी सजा तो यह है कि किसी ऊंची पहाड़ी से ढकेल दिया जाय! अगर यह महाशय अमेरीका में होते, तो ज़िन्दा जला दिये जाते!'

एक वृद्धा ने इन युवतियों का तिरस्कार करके कहा, 'क्यों व्यर्थ में मुंह खराब करती हो? वह घृणा के योग्य नहीं, दया के योग्य है। देखती नहीं हो, उसका चेहरा कैसा पीला हो गया है, जैसे कोई उसका गला दबाए हुए हो अपनी मां या बहन को देख ले, तो जरूर रो पड़े। आदमी दिल का बुरा नहीं है। पुलिस ने धमकाकर उसे सीधा किया है। मालूम होता है, एक–एक शब्द उसके हृदय को चीर–चीरकर निकल रहा हो।'

ऐनक वाली महिला ने व्यंग किया, 'जब अपने पांव कांटा चुभता है, तब आह निकलती है?'

जालपा अब वहां न ठहर सकी। एक–एक बात चिंगारी की तरह उसके दिल पर गगोले डाले देती थी। ऐसा जी चाहता था

कि इसी वक्त उठकर कह दे, 'यह महाशय बिलकुल झूठ बोल रहे हैं, सरासर झूठ, और इसी वक्त इसका सबूत दे दे। वह इस आवेश को पूरे बल से दबाए हुए थी। उसका मन अपनी कायरता पर उसे धिक्कार रहा था। क्यों वह इसी वक्त सारा वृत्तांत नहीं कह सुनाती। पुलिस उसकी दुश्मन हो जायगी, हो जाय। कुछ तो अदालत को खयाल होगा। कौन जाने, इन गरीबों की जान बच जाय! जनता को तो मालूम हो जायगा कि यह झूठी शहादत है। उसके मुंह से एक बार आवाज निकलते–निकलते रह गई। परिणाम के भय ने उसकी जबान पकड़ ली। आख़िर उसने वहां से उठकर चले आने ही में कुशल समझी।

देवीदीन उसे उतरते देखकर बरामदे में चला आया और दया से सने हुए स्वर में बोला, 'क्या घर चलती हो, बहूजी?'

जालपा ने आंसुओं के वेग को रोककर कहा, 'हां, यहां अब नहीं बैठा जाता।'

हाते के बाहर निकलकर देवीदीन ने जालपा को सांत्वना देने के इरादे से कहा, 'पुलिस ने जिसे एक बार बूटी सुंघा दी, उस पर किसी दूसरी चीज का असर नहीं हो सकता।'

जालपा ने घृणा–भाव से कहा, 'यह सब कायरों के लिए है।'

कुछ दूर दोनों चुपचाप चलते रहे। सहसा जालपा ने कहा, 'क्यों दादा, अब और तो कहीं अपील न होगी? कैदियों का यहीं फैसला हो जायगा।' देवीदीन इस प्रश्न का आशय समझ गया।

बोला, 'नहीं, हाईकोर्ट में अपील हो सकती है।'

फिर कुछ दूर तक दोनों चुपचाप चलते रहे। जालपा एक वृक्ष की छांह में खड़ी हो गई और बोली, 'दादा, मेरा जी चाहता है, आज जज साहब से मिलकर सारा हाल कह दूं। शुरू से जो कुछ हुआ, सब कह सुनाऊं। मैं सबूत दे दूंगी, तब तो मानेंगे?'

देवीदीन ने आंखें गाड़कर कहा, श्जज साहब से!'

जालपा ने उसकी आंखों से आंखें मिलाकर कहा, 'हां!'

देवीदीन ने दुविधा में पड़कर कहा, 'मैं इस बारे में कुछ नहीं कह सकता, बहूजी! हाकिम का वास्ताब न जाने चित पड़े या पट।'

जालपा बोली, 'क्या पुलिस वालों से यह नहीं कह सकता कि तुम्हारा गवाह बनाया हुआ है?'

'कह तो सकता है।'

'तो आज मैं उससे मिलूं। मिल तो लेता है?'

'चलो, दरियार्ति करेंगे, लेकिन मामला जोखिम है।'

'क्या जोखिम है, बताओ।'

'भैया पर कहीं झूठी गवाही का इलजाम लगाकर सजा कर दे तो?'

'तो कुछ नहीं। जो जैसा करे, वैसा भोगे।'

देवीदीन ने जालपा की इस निर्ममता पर चकित होकर कहा, 'एक दूसरा खटका है। सबसे बडा डर उसी का है।'

जालपा ने उद्यत भाव से पूछा, 'वह क्या?'

देवीदीन–'पुलिस वाले बडे कायर होते हैं। किसी का अपमान कर डालना तो इनकी दिल्लगी है। जज साहब पुलिस कमिसनर को बुलाकर यह सब हाल कहेंगे जरूर। कमिसनर सोचेंगे कि यह औरत सारा खेल बिगाड़ रही है।

इसी को गिरफ्तार कर लो। जज अंगरेज होता तो निडर होकर पुलिस की तंबीह करता। हमारे भाई तो ऐसे मुकदमों में चूं करते डरते हैं कि कहीं हमारे ही ऊपर न बगावत का इलजाम लग जाय। यही बात है। जज साहब पुलिस कमिसनर से जरूर कह सुनावेंगे। फिर यह तो न होगा कि मुकदमा उठा लिया जाय। यही होगा कि कलई न खुलने पावे। कौन जाने तुम्हीं को गिरफ्तार कर लें। कभी–कभी जब गवाह बदलने लगता है, या कलई खोलने पर

उताई हो जाता है, तो पुलिस वाले उसके घर वालों को दबाते हैं। इनकी माया अपरंपार है।

जालपा सहम उठी। अपनी गिरफ्तारी का उसे भय न था, लेकिन कहीं पुलिस वाले रमा पर अत्याचार न करें। इस भय ने उसे कातर कर दिया। उसे इस समय ऐसी थकान मालूम हुई मानो सैकड़ों कोस की मंज़िल मारकर आई हो उसका सारा सत्साहस बर्फ के समान पिघल गया।

कुछ दूर आगे चलने के बाद उसने देवीदीन से पूछा, 'अब तो उनसे मुलाकात न हो सकेगी?'

देवीदीन ने पूछा, 'भैया से?'

'हां'

'किसी तरह नहीं। पहरा और कडाकर दिया गया होगा। चाहे उस बंगले को ही छोड़ दिया हो और अब उनसे मुलाकात हो भी गई तो क्या फायदा! अब किसी तरह अपना बयान नहीं बदल सकते। दरोगहलगी में फंस जाएंगे।'

कुछ दूर और चलकर जालपा ने कहा, 'मैं सोचती हूं, घर चली जाऊं। यहां रहकर अब क्या करूंगी।'

देवीदीन ने करूणा भरी हुई आंखों से उसे देखकर कहा, 'नहीं बहू, अभी मैं न जाने दूंगा। तुम्हारे बिना अब हमारा यहां पल–भर भी जी न लगेगा। बुढिया तो रो–रोकर परान ही दे देगी। अभी यहां रहो, देखो क्या फैसला होता है। भैया को मैं इतना कच्चे दिल का आदमी नहीं समझता था।

तुम लोगों की बिरादरी में सभी सरकारी नौकरी पर जान देते हैं। मुझे तो कोई सौ रूपया भी तलब दे, तो नौकरी न करूं। अपने रोजगार की बात ही दूसरी है। इसमें आदमी कभी थकता ही नहीं। नौकरी में जहां पांच से छः घंटे हुए कि देह टूटने लगी, जम्हाइयां आने लगीं।'

रास्ते में और कोई बातचीत न हुई। जालपा का मन अपनी हार मानने के लिए किसी तरह राजी न होता था। वह परास्त होकर भी दर्शक की भांति यह अभिनय देखने से संतुष्ट न हो सकती थी। वह उस अभिनय में सम्मिलित होने और अपना पार्ट खेलने के लिए विवश हो रही थी। क्या एक बार फिर रमा से मुलाकात न होगी? उसके हृदय में उन जलते हुए शब्दों का एक सागर उमड़ रहा था, जो वह उससे कहना चाहती थी। उसे रमा पर जरा भी दया न आती थी, उससे रत्ती–भर सहानुभूति न होती थी। वह उससे कहना चाहती थी, 'तुम्हारा धन और वैभव तुम्हें मुबारक हो, जालपा उसे पैरों से ठुकराती है। तुम्हारे खून से रंगे हुए हाथों के स्पर्श से मेरी देह में छाले पड़ जाएंगे। जिसने धन और पद के लिए अपनी आत्मा बेच दी, उसे मैं मनुष्य नहीं समझती। तुम मनुष्य नहीं हो, तुम पशु भी नहीं, तुम कायर हो! कायर! 'जालपा का मुखमंडल तेजमय हो गया। गर्व से उसकी गर्दन तन गई। यह शायद समझते होंगे, जालपा जिस वक्त मुझे झब्बेदार पगड़ी बांध घोड़े पर सवार देखेगी, फली न समाएगी। जालपा इतनी नीच नहीं है। तुम घोड़े पर नहीं, आसमान में उड़ो, मेरी आंखों में हत्यारे हो, पूरे हत्यारे, जिसने अपनी जान बचाने के लिए इतने आदमियों की गर्दन पर छुरी चलाई! मैंने चलते–चलते समझाया था, उसका कुछ असर न हुआ! ओह, तुम इतने धन–लोलुप हो, इतने लोभी! कोई हरज नहीं। जालपा अपने पालन और रक्षा के लिए तुम्हारी मुहताज नहीं। 'इन्हीं संतप्त भावनाओं में डूबी हुई जालपा घर पहुंची।

अड़तीसवाँ

एक महीना गुजर गया। जालपा कई दिन तक बहुत विकल रही। कई बार उन्माद–सा हुआ कि अभी सारी कथा किसी पत्र में छपवा दूं, सारी कलई खोल दूं, सारे हवाई किले ढा दूं! पर यह सभी उद्वेग शांत हो गए। आत्मा की गहराइयों में छिपी हुई कोई शक्ति उसकी जबान बंद कर देती थी। रमा को उसने हृदय से निकाल

दिया था। उसके प्रति अब उसे क्रोध न था, द्वेष न था, दया भी न थी, केवल उदासीनता थी। उसके मर जाने की सूचना पाकर भी शायद वह न रोती। हां, इसे ईश्वरीय विधान की एक लीला, माया का एक निर्मम हास्य, एक क्रूर क्रीडा समझकर थोड़ी देर के लिए वह दुखी हो जाती। प्रणय का वह बंधन जो उसके गले में दो–ढाई साल पहले पडा था, टूट चुका था, पर उसका निशान बाकी था। रमा को इस बीच में उसने कई बार मोटर पर अपने घर के सामने से जाते देखा। उसकी आंखें किसी को खोजती हुई मालूम होती थीं। उन आंखों में कुछ लज्जा थी, कुछ क्षमा–याचना, पर जालपा ने कभी उसकी तरफ आंखें न उठाईं। वह शायद इस वक्त आकर उसके पैरों पर पड़ता, तो भी वह उसकी ओर न ताकती। रमा की इस घ!णित कायरता और महान स्वार्थपरता ने जालपा के हृदय को मानो चीर डाला था, फिर भी उस प्रणय–बंधन का निशान अभी बना हुआ था। रमा की वह प्रेम–विह्नल मूर्ति, जिसे देखकर एक दिन वह गदगद हो जाती थी, कभी–कभी उसके हृदय में छाए हुए अंधेरे में क्षीण, मलिन, निरानंद ज्योत्स्ना की भांति प्रवेश करती, और एक क्षण के लिए वह स्मृतियां विलाप कर उठतीं। फिर उसी अंधकारऔर नीरवता का परदा पड़ जाता। उसके लिए भविष्य की मृदु स्मृतियां न थीं, केवल कठोर, नीरस वर्तमान विकराल रूप से खडा घूर रहा था।

वह जालपा, जो अपने घर बात–बात पर मान किया करती थी, अब सेवा, त्याग और सहिष्णुता की मूर्ति थी। जग्गो मना करती रहती, पर वह मुंह–अंधेरे सारे घर में झाड़ू लगा आती, चौका–बरतन कर डालती, आटा गूंधकर रख देती, चूल्हा जला देती। तब बुढिया का काम केवल रोटियां सेंकना था। छूत–विचार को भी उसने ताक पर रख दिया था। बुढिया उसे ठेल–ठालकर रसोई में ले जाती और कुछ न कुछ खिला देती। दोनों में मां–बेटी का–सा प्रेम हो गया था।

मुकदमे की सब कार्रवाई समाप्त हो चुकी थी। दोनों पक्ष के वकीलों की बहस हो चुकी थी। केवल फैसला सुनाना बाकी था।

आज उसकी तारीख थी। आज बडे सबरे घर के काम–धंधों से फुर्सत पाकर जालपा दैनिक–पत्र वाले की आवाज पर कान लगाए बैठी थी, मानो आज उसी का भाग्य–निर्णय होने वाला है। इतने में देवीदीन ने पत्र लाकर उसके सामने रख दिया। जालपा पत्र

पर टूट पड़ी और फैसला पढ़ने लगी। फैसला क्या था, एक खयाली कहानी थी, जिसका प्रधान नायक रमा था। जज ने बार–बार उसकी प्रशंसा की थी। सारा अभियोग उसी के बयान पर अवलंबित था। देवीदीन ने पूछा, 'फैसला छपा है?'

जालपा ने पत्र पढ़ते हुए कहा, 'हां, है तो!'

'किसकी सजा हुई?'

'कोई नहीं छूटा, एक को फांसी की सजा मिली। पांच को दस–दस साल और आठ को पांच–पांच साल। उसी दिनेश को फांसी हुई।'

यह कहकर उसने समाचार–पत्र रख दिया और एक लंबी सांस लेकर बोली, 'इन बेचारों के बाल–बच्चों का न जाने क्या हाल होगा!'

देवीदीन ने तत्परता से कहा, 'तुमने जिस दिन मुझसे कहा था, उसी दिन से मैं इन बातों का पता लगा रहा हूं। आठ आदमियों का तो अभी तक ब्याह ही नहीं हुआ और उनके घर वाले मजे में हैं। किसी बात की तकलीफ नहीं है। पांच आदमियों का विवाह तो हो गया है, पर घर के खुश हैं। किसी के घर रोजगार होता है, कोई जमींदार है, किसी के बाप–चचा नौकर हैं। मैंने कई आदमियों से पूछा, यहां कुछ चंदा भी किया गया है। अगर उनके घर वाले लेना चाहें तो तो दिया जायगा। खाली दिनेस तबाह है। दो छोटे–छोटे बच्चे हैं, बुढिया, मां और औरत, यहां किसी स्यल में मास्टर था। एक मकान किराए पर लेकर रहता था। उसकी खराबी है।'

जालपा ने पूछा, 'उसके घर का पता लगा सकते हो?'

'हां, उसका पता कौन मुसकिल है?'

जालपा ने याचना–भाव से कहा, 'तो कब चलोगे? मैं भी तुम्हारे साथ चलूंगी। अभी तो वक्त है। चलो, जरा देखें।'

देवीदीन ने आपत्ति करके कहा, 'पहले मैं देख तो आऊं। इस तरह मेरे साथ कहां–कहां दौड़ती फिरोगी?'

जालपा ने मन को दबाकर लाचारी से सिर झुका लिया और कुछ न बोली। देवीदीन चला गया। जालपा फिर समाचार–पत्र देखने लगी, पर उसका ध्यान दिनेश की ओर लगा हुआ था। बेचारा फांसी पा जायगा। जिस वक्त उसने फांसी का हुक्म सुना होगा, उसकी क्या दशा हुई होगी। उसकी बूढ़ी मां और स्त्री यह खबर सुनकर छाती पीटने लगी होंगी। बेचारा स्कूल–मास्टर ही तो था, मुश्किल से रोटियां चलती होंगी। और क्या सहारा होगा? उनकी विपत्ति की कल्पना करके उसे रमा के प्रति उत्तेजना, पूर्ण घृणा हुई कि वह उदासीन न रह सकी। उसके मन में ऐसा उद्वेग उठा कि इस वक्त वह आ जायं तो ऐसा धिक्कारूं कि वह भी याद करें। तुम मनुष्य हो! कभी नहीं। तुम मनुष्य के रूप में राक्षस हो, राक्षस! तुम इतने नीच हो कि उसको प्रकट करने के लिए कोई शब्द नहीं है। तुम इतने नीच हो कि आज कमीने से कमीना आदमी भी तुम्हारे ऊपर थूक रहा है। तुम्हें किसी ने पहले ही क्यों न मार डाला। इन आदमियों की जान तो जाती ही, पर तुम्हारे मुंह में तो कालिख न लगती। तुम्हारा इतना पतन हुआ कैसे! जिसका पिता इतना सच्चा, इतना ईमानदार हो, वह इतना लोभी, इतना कायर!

शाम हो गई, पर देवीदीन न आया। जालपा बार–बार खिड़की पर खड़ी हो–होकर इधर–उधर देखती थी, पर देवीदीन का पता न था। धीरे–धीरे आठ बज गए और देवी न लौटा। सहसा एक मोटर द्वार पर आकर रूकी और रमा ने उतरकर जग्गो से पूछा, 'सब कुशल–मंगल है न दादी! दादा कहां गए हैं?'

जग्गो ने एक बार उसकी ओर देखा और मुंह उधर लिया। केवल इतना बोली, 'कहीं गए होंगे, मैं नहीं जानती।'

रमा ने सोने की चार चूडियां जेब से निकालकर जग्गो के पैरों पर रख दीं और बोला, 'यह तुम्हारे लिए लाया हूं दादी, पहनो, ढीली तो नहीं हैं?'

जग्गो ने चूडियां उठाकर जमीन पर पटक दीं और आंखें निकालकर बोली, 'जहां इतना पाप समा सकता है, वहां चार चूडियों की जगह नहीं है! भगवान की दया से बहुत चूडियां पहन चुकी और अब भी सेर–दो सेर सोना पडा होगा, लेकिन जो खाया, पहना, अपनी मिहनत की कमाई से, किसी का गला नहीं दबाया, पाप की गठरी सिर पर नहीं लादी, नीयत नहीं बिगाड़ी। उस कोख में आग लगे जिसने तुम जैसे कपूत को जन्म दिया। यह पाप की कमाई लेकर तुम बहू को देने आए होगे! समझते होगे, तुम्हारे रूपयों की थैली देखकर वह लट्टू हो जाएगी। इतने दिन उसके साथ रहकर भी तुम्हारी लोभी आंखें उसे न पहचान सकीं। तुम जैसे राक्षस उस देवी के जोग न थे। अगर अपनी कुसल चाहते हो, तो इन्हीं पैरों जहां से आए हो वहीं लौट जाओ, उसके सामने जाकर क्यों अपना पानी उतरवाओगे। तुम आज पुलिस के हाथों जख्मी होकर, मार खाकर आए होते, तुम्हें सजा हो गई होती, तुम जेहल में डाल दिए गए होते तो बहू तुम्हारी पूजा करती, तुम्हारे चरन धो–धोकर पीती। वह उन औरतों में है जो चाहे मजूरी करें, उपास करें, फटे–चीथड़े पहनें, पर किसी की बुराई नहीं देख सकतीं। अगर तुम मेरे लड़के होते, तो तुम्हें जहर दे देती। क्यों खड़े मुझे जला रहे हो चले क्यों नहीं जाते। मैंने तुमसे कुछ ले तो नहीं लिया है?

रमा सिर झुकाए चुपचाप सुनता रहा। तब आहत स्वर में बोला, 'दादी, मैंने बुराई की है और इसके लिए मरते दम तक लज्जित रहूंगा, लेकिन तुम मुझे जितना नीच समझ रही हो, उतना नीच नहीं हूं। अगर तुम्हें मालूम होता कि पुलिस ने मेरे साथ कैसी–कैसी सख्तियां कीं, मुझे कैसी–कैसी धमकियां दीं, तो तुम मुझे राक्षस न कहतीं।'

जालपा के कानों में इन आवाजों की भनक पड़ी। उसने जीने से झांककर देखा। रमानाथ खडा था। सिर पर बनारसी रेशमी साफा था, रेशम का बढिया कोट, आंखों पर सुनहली ऐनक। इस एक ही महीने में उसकी देह निखर आई थी। रंग भी अधिक गोरा हो गया था। ऐसी कांति उसके चेहरे पर कभी न दिखाई दी थी। उसके अंतिम शब्द जालपा के कानों में पड़ गए, बाज की तरह टूटकर धम–धम करती हुई नीचे आई और जहर में बुझे हुए नोबाणों का उस पर प्रहार करती हुई बोली, 'अगर तुम सख्तियों और धमकियों से इतना दब सकते हो, तो तुम कायर हो तुम्हें अपने को मनुष्य कहने का कोई अधिकार नहीं। क्या सख्तियां की थीं? जरा सुनूं! लोगों ने तो हंसते–हंसते सिर कटा लिए हैं, अपने बेटों को मरते देखा है, कोल्हू में पेले जाना मंजूर किया है, पर सच्चाई से जौभर भी नहीं हटे, तुम भी तो आदमी हो, तुम क्यों धमकी में आ गए? क्यों नहीं छाती खोलकर खड़े हो गए कि इसे गोली का निशाना बना लो, पर मैं झूठ न बोलूंगा। क्यों नहीं सिर झुका दिया–देह के भीतर इसीलिए आत्मा रक्खी गई है कि देह उसकी रक्षा करे। इसलिए नहीं कि उसका सर्वनाश कर दे। इस पाप का क्या पुरस्कार मिला? जरा मालूम तो हो!

रमा ने दबी हुई आवाज से कहा, 'अभी तो कुछ नहीं ।'

जालपा ने सर्पिणी की भांति फुंकारकर कहा, यह सुनकर मुझे बडी खुशी हुई! ईश्वर करे, तुम्हें मुंह में कालिख लगाकर भी कुछ न मिले! मेरी यह सच्चे दिल से प्रार्थना है, लेकिन नहीं, तुम जैसे मोम के पुतलों को पुलिस वाले कभी नाराज न करेंगे। तुम्हें कोई जगह मिलेगी और शायद अच्छी जगह मिले, मगर जिस जाल में तुम फंसे हो, उसमें से निकल नहीं सकते। झूठी गवाही, झूठे मुकदमे बनाना और पाप का व्यापार करना ही तुम्हारे भाग्य में लिख गया। जाओ शौक से जिंदगी के सुख लूटो। मैंने तुमसे पहले ही कह दिया था और आज फिर कहती हूं कि मेरा तुमसे कोई नाता नहीं है। मैंने

समझ लिया कि तुम मर गए। तुम भी समझ लो कि मैं मर गई। बस, जाओ। मैं औरत हूं। अगर कोई धमकाकर मुझसे पाप कराना चाहे, तो चाहे उसे न मार सयं, अपनी गर्दन पर छुरी चला दूंगी। क्या तुममें औरतों के बराबर भी हिम्मत नहीं है?

रमा ने भिक्षुकों की भांति गिड़गिडाकर कहा, 'तुम मेरा कोई उज्र न सुनोगी?'

जालपा ने अभिमान से कहा, 'नहीं!'

'तो मैं मुंह में कालिख लगाकर कहीं निकल जाऊं?'

'तुम्हारी खुशी!'

'तुम मुझे क्षमा न करोगी?'

'कभी नहीं, किसी तरह नहीं!'

रमा एक क्षण सिर झुकाए खडा रहा, तब धीरे–धीरे बरामदे के नीचे जाकर जग्गो से बोला, 'दादी, दादा आएं तो कह देना, मुझसे जरा देर मिल लें। जहां कहें, आ जाऊं?'

जग्गो ने कुछ पिघलकर कहा, 'कल यहीं चले आना।'

रमा ने मोटर पर बैठते हुए कहा, 'यहां अब न आऊंगा, दादी!'

मोटर चली गई तो जालपा ने कुत्सित भाव से कहा, 'मोटर दिखाने आए थे, जैसे खरीद ही तो लाए हों!'

जग्गो ने भर्त्सना की, 'तुम्हें इतना बेलगाम न होना चाहिए था, बहू! दिल पर चोट लगती है, तो आदमी को कुछ नहीं सूझता।'

जालपा ने निष्ठुरता से कहा, 'ऐसे हयादार नहीं हैं, दादी! इसी सुख के लिए तो आत्मा बेचीब उनसे यह सुख भला क्या छोडा जायगा। पूछा नहीं, दादा से मिलकर क्या करोगे? वह होते तो ऐसी फटकार सुनाते कि छठी का दूध याद आ जाता।'

जग्गो ने तिरस्कार के भाव से कहा, 'तुम्हारी जगह मैं होती तो मेरे मुंह से ऐसी बातें न निकलतीं। तुम्हारा हिया बडा कठोर है।

दूसरा मर्द होता तो इस तरह चुपका–चुपका सुनता– मैं तो थर–थर कांप रही थी कि कहीं तुम्हारे ऊपर हाथ न चला दे, मगर है बडा गमखोर।'

जालपा ने उसी निष्ठुरता से कहा, 'इसे गमखोरी नहीं कहते दादी, यह बेहयाई है।'

देवीदीन ने आकर कहा, 'क्या यहां भैया आए थे? मुझे मोटर पर रास्ते में दिखाई दिए थे।'

जग्गो ने कहा, 'हां, आए थे। कह गए हैं, दादा मुझसे जरा मिल लें।'

देवीदीन ने उदासीन होकर कहा, 'मिल लूंगा। यहां कोई बातचीत हुई?'

जग्गो ने पछताते हुए कहा, 'बातचीत क्या हुई, पहले मैंने पूजा की, मैं चुप हुई तो बहू ने अच्छी तरह फल–माला चढ़ाई।'

जालपा ने सिर नीचा करके कहा, 'आदमी जैसा करेगा, वैसा भोगेगा।'

जग्गो–'अपना ही समझकर तो मिलने आए थे।'

जालपा–'कोई बुलाने तो न गया था। कुछ दिनेश का पता चला, दादा!'

देवीदीन–'हां, सब पूछ आया। हाबडे में घर है। पता–ठिकाना सब मालूम हो गया।'

जालपा ने डरते–डरते कहा, 'इस वक्त चलोगे या कल किसी वक्त?'

देवीदीन–'तुम्हारी जैसी मरजीब जी जाहे इसी बखत चलो, मैं तैयार हूं।

जालपा–'थक गए होगे?'

देवीदीन–'इन कामों में थकान नहीं होती बेटी।'

आठ बज गए थे। सड़क पर मोटरों का तांता बंध हुआ था। सड़क की दोनों पटरियों पर हजारों स्त्री–पुरूष बने–ठने, हंसते–बोलते चले जाते थे। जालपा ने सोचा, दुनिया कैसी अपने राग–रंग में मस्त है। जिसे उसके लिए मरना हो मरे, वह अपनी टेव न छोड़ेगी। हर एक अपना छोटा–सा मिट्टी का घरौंदा बनाए बैठा है। देश बह जाए, उसे परवा नहीं। उसका घरौंदा बच रहे! उसके स्वार्थ में बाधा न पड़े। उसका भोला–भाला ह्रदय बाजार को बंद देखकर खुश होता। सभी आदमी शोक से सिर झुकाए, त्योरियां बदले उन्मभा–से नजर आते। सभी के चेहरे भीतर की जलन से लाल होते। वह न जानती थी कि इस जन–सागर में ऐसी छोटी–छोटी कंकडियों के गिरने से एक हल्कोरा भी नहीं उठता, आवाज तक नहीं आती।

उन्तालीसवाँ

रमा मोटर पर चला, तो उसे कुछ सूझता न था, कुछ समझ में न आता था, कहां जा रहा है। जाने हुए रास्ते उसके लिए अनजाने हो गए थे। उसे जालपा पर क्रोध न था, जरा भी नहीं। जग्गो पर भी उसे क्रोध न था। क्रोध था अपनी दुर्बलता पर, अपनी स्वार्थलोलुपता पर, अपनी कायरता पर। पुलिस के वातावरण में उसका औचित्य–ज्ञान भ्रष्ट हो गया था। वह कितना बडा अन्याय करने जा रहा है, उसका उसे केवल उस दिन खयाल आया था, जब जालपा ने समझाया था। फिर यह शंका मन में उठी ही नहीं। अफसरों ने बडी–बडी आशाएं बंधकर उसे बहला रक्खा। वह कहते, अजी बीबी की कुछ फिक्र न करो। जिस वक्त तुम एक जडाऊ हार लेकर पहुंचोगे और रूपयों की थैली नजर कर दोगे, बेगम साहब का सारा गुस्सा भाग जायगा। अपने सूबे में किसी अच्छी–सी जगह पर पहुंच जाओगे, आराम से जिंदगी कटेगी। कैसा गुस्सा! इसकी कितनी ही आंखों देखी मिसालें दी गई। रमा चक्कर में फंस गया। फिर उसे जालपा से मिलने का अवसर ही न मिला। पुलिस का रंग

जमता गया। आज वह जडाऊ हार जेब में रखे जालपा को अपनी विजय की खुशखबरी देने गया था। वह जानता था जालपा पहले कुछ नाक–भौं सिकोड़ेगी पर यह भी जानता था कि यह हार देखकर वह जरूर खुश हो जायगी। कल ही संयुक्त प्रांत के होम सेक्रेटरी के नाम कमिश्नर पुलिस का पत्र उसे मिल जाएगा। दो–चार दिन यहां खूब सैर करके घर की राह लेगा। देवीदीन और जग्गो को भी वह अपने साथ ले जाना चाहता था। उनका एहसान वह कैसे भूल सकता था। यही मनसूबे मन में बांधकर वह जालपा के पास गया था, जैसे कोई भक्त फल और नैवेद्य लेकर देवता की उपासना करने जाय, पर देवता ने वरदान देने के बदले उसके थाल को ठुकरा दिया, उसके नैवेद्य उसकी ओर ताकने का साहस न कर सकता था। उसने सोचा, इसी वक्त जज के पास चलूं और सारी कथा कह सुनाऊं।

पुलिस मेरी दुश्मन हो जाय, मुझे जेल में सडा डाले, कोई परवा नहीं। सारी कलई खोल दूंगा। क्या जज अपना फैसला नहीं बदल सकता–अभी तो सभी मुज़िलम हवालात में हैं। पुलिस वाले खूब दांत पीसेंगे, खूब नाचे–यदेंगे, शायद मुझे कच्चा ही खा जायं। खा जायं! इसी दुर्बलता ने तो मेरे मुंह में कालिख लगा दी।

जालपा की वह क्रोधोन्मभा मूर्ति उसकी आंखों के सामने फिर गई। ओह, कितने गुस्से में थी! मैं जानता कि वह इतना बिगड़ेगी, तो चाहे दुनिया इधर से उधर हो जाती, अपना बयान बदल देता। बडा चकमा दिया इन पुलिस वालों ने, अगर कहीं जज ने कुछ नहीं सुना और मुलिजमों को बरी न किया, तो जालपा मेरा मुंह न देखेगी। मैं उसके पास कौन मुंह लेकर जाऊंगा। फिर जिंदा रहकर ही क्या करूंगा। किसके लिए?

उसने मोटर रोकी और इधर–उधर देखने लगा। कुछ समझ में न आया, कहां आ गया। सहसा एक चौकीदार नजर आया। उसने उससे जज साहब के बंगले का पता पूछाब चौकीदार हंसकर बोला,

'हुजूर तो बहुत दूर निकल आए। यहां से तो छः–सात मील से कम न होगा, वह उधर चौरंगी की ओर रहते हैं।'

रमा चौरंगी का रास्ता पूछकर फिर चला। नौ बज गए थे। उसने सोचा, जज साहब से मुलाकात न हुई, तो सारा खेल बिगड़ जाएगा। बिना मिले हटूंगा ही नहीं। अगर उन्होंने सुन लिया तो ठीक ही है, नहीं कल हाईकोर्ट के जजों से कहूंगा। कोई तो सुनेगा। सारा वृत्तांत समाचार–पत्रों में छपवा दूंगा, तब तो सबकी आंखें खुलेंगी।

मोटर तीस मील की चाल से चल रही थी। दस मिनट ही में चौरंगी आ पहुंची। यहां अभी तक वही चहल–पहल थी, मगर रमा उसी जन्नाटे से मोटर लिये जाता था। सहसा एक पुलिसमैन ने लाल बत्ती दिखाई। वह रूक गया और बाहर सिर निकालकर देखा, तो वही दारोगाजी!

दारोगा ने पूछा, 'क्या अभी तक बंगले पर नहीं गए? इतनी तेज मोटर न चलाया कीजिए। कोई वारदात हो जायगी। कहिए, बेगम साहब से मुलाकात हुई? मैंने तो समझा था, वह भी आपके साथ होंगी। खुश तो खूब हुई होंगी!'

रमा को ऐसा क्रोध आया कि मूंछें उखाड़ लूं, पर बात बनाकर बोला, 'जी हां, बहुत खुश हुई।'

'मैंने कहा था न, औरतों की नाराजी की वही दवा है। आप कांपे जाते थे।'

'मेरी हिमाकत थी।'

'चलिए, मैं भी आपके साथ चलता हूं। एक बाजी ताश उड़े और जरा सरूर जमेब डिप्टी साहब और इंस्पेक्टर साहब आएंगे। जोहरा को बुलवा लेंगे।

दो घड़ी की बहार रहेगी। अब आप मिसेज रमानाथ को बंगले ही पर क्यों नहीं बुला लेते। वहां उस खटिक के घर पड़ी हुई हैं।' रमा ने कहा, 'अभी तो मुझे एक जरूरत से दूसरी तरफ जाना है।

आप मोटर ले जाएं। मैं पांव–पांव चला आऊंगा।' दारोगा ने मोटर के अंदर जाकर कहा, 'नहीं साहब, मुझे कोई जल्दी नहीं है। आप जहां चलना चाहें, चलिए। मैं जरा भी मुख़िल न हूंगा। रमा ने कुछ चिढ़कर कहा, लेकिन मैं अभी बंगले पर नहीं जा रहा हूं।'

दारोगा ने मुस्कराकर कहा, 'मैं समझ रहा हूं, लेकिन मैं जरा भी मुख़िल न हूंगा। वही बेगम साहब–'रमा ने बात काटकर कहा, 'जी नहीं, वहां मुझे नहीं जाना है।'

दारोगा–'तो क्या कोई दूसरा शिकार है? बंगले पर भी आज कुछ कम बहार न रहेगी। वहीं आपके दिल–बहलाव का कुछ सामान हाज़िर हो जायगा।'

रमा ने एकबारगी आंखें लाल करके कहा, 'क्या आप मुझे शोहदा समझते हैं? मैं इतना जलील नहीं हूं।'

दारोगा ने कुछ लज्जित होकर कहा, 'अच्छा साहब, गुनाह हुआ, माफ कीजिए। अब कभी ऐसी गुस्ताखी न होगी लेकिन अभी आप अपने को खतरे से बाहर न समझेंब मैं आपको किसी ऐसी जगह न जाने दूंगा, जहां मुझे पूरा इत्मीनान न होगा। आपको खबर नहीं, आपके कितने दुश्मन हैं। मैं आप ही के फायदे के खयाल से कह रहा हूं।'

रमा ने होंठ चबाकर कहा, 'बेहतर हो कि आप मेरे फायदे का इतना खयाल न करें। आप लोगों ने मुझे मलियामेट कर दिया और अब भी मेरा गला नहीं छोड़ते। मुझे अब अपने हाल पर मरने दीजिए। मैं इस गुलामी से तंग आ गया हूं। मैं मां के पीछे–पीछे चलने वाला बच्चा नहीं बनना चाहता। आप अपनी मोटर चाहते हैं, शौक से ले जाइए। मोटर की सवारी और बंगले में रहने के लिए पंद्रह आदमियों को कुर्बान करना पडा है। कोई जगह पा जाऊं, तो शायद पंद्रह सौ आदमियों को कुर्बान करना पड़े। मेरी छाती इतनी मजबूत नहीं है। आप अपनी मोटर ले जाइए।'

यह कहता हुआ वह मोटर से उतर पडा और जल्दी से आगे बढ़ गया।

दारोगा ने कई बार पुकारा, 'जरा सुनिए, बात तो सुनिए, 'लेकिन उसने पीछे फिरकर देखा तक नहीं। जरा और आगे चलकर वह एक मोड़ से घूम गया। इसी सडक। पर जज का बंगला था। सड़क पर कोई आदमी न मिला। रमा कभी इस पटरी पर और कभी उस पटरी पर जा–जाकर बंगलों के नंबर पढ़ता चला जाता था। सहसा एक नंबर देखकर वह रूक गया। एक मिनट तक खडा देखता रहा कि कोई निकले तो उससे पूछूं साहब हैं या नहीं। अंदर जाने की उसकी हिम्मत न पड़ती थी। खयाल आया, जज ने पूछा, तुमने क्यों झूठी गवाही दी, तो क्या जवाब दूंगा। यह कहना कि पुलिस ने मुझसे जबरदस्ती गवाही दिलवाई, प्रलोभन दिया, मारने की धमकी दी, लज्जास्पद बात है। अगर वह पूछे कि तुमने केवल दो–तीन साल की सजा से बचने के लिए इतना बडा कलंक सिर पर ले लिया, इतने आदमियों की जान लेने पर उतारू हो गए, उस वक्त तुम्हारी बुद्धि कहां गई थी, तो उसका मेरे पास क्या जवाब है? ख्वामख्वाह लज्जित होना पड़ेगा।

बेवकूफ बनाया जाऊंगा। वह लौट पड़ा। इस लज्जा का सामना करने की उसमें सामर्थ्य न थी। लज्जा ने सदैव वीरों को परास्त किया है। जो काल से भी नहीं डरते, वे भी लज्जा के सामने खड़े होने की हिम्मत नहीं करते। आग में झुंक जाना, तलवार के सामने खड़े हो जाना, इसकी अपेक्षा कहीं सहज है। लाज की रक्षा ही के लिए बड़े–बडे राज्य मिट गए हैं, रक्त की नदियां बह गई हैं, प्राणों की होली खेल डाली गई है। उसी लाज ने आज रमा के पग भी पीछे हटा दिए।

शायद जेल की सजा से वह इतना भयभीत न होता।

चालीसवाँ

रमा आधी रात गए सोया, तो नौ बजे दिन तक नींद न खुली ब वह स्वप्न देख रहा था, दिनेश को फांसी हो रही है। सहसा एक स्त्री तलवार लिये हुए फांसी की ओर दौड़ी और फांसी की रस्सी काट दी ब चारों ओर हलचल मच गई। वह औरत जालपा थी। जालपा को लोग घेरकर पकड़ना चाहते थे, पर वह पकड़ में न आती थी। कोई उसके सामने जाने का साहस न कर सकता था। तब उसने एक छलांग मारकर रमा के ऊपर तलवार चलाई। रमा घबडाकर उठ बैठा देखा तो दारोगा और इंस्पेक्टर कमरे में खड़े हैं, और डिप्टी साहब आरामकुर्सी पर लेटे हुए सिगार पी रहे हैं।

दारोगा ने कहा, 'आज तो आप खूब सोए बाबू साहब! कल कब लौटे थे?'

रमा ने एक कुर्सी पर बैठकर कहा, 'जरा देर बाद लौट आया था। इस मुकदमे की अपील तो हाईकोर्ट में होगी न?'

इंस्पेक्टर, 'अपील क्या होगी, जाब्ते की पाबंदी होगी। आपने मुकदमे को इतना मजबूत कर दिया है कि वह अब किसी के हिलाए हिल नहीं सकता हलफ से कहता हूं, आपने कमाल कर दिया। अब आप उधर से बेफिक्र हो जाइए। हां, अभी जब तक फैसला न हो जाय, यह मुनासिब होगा कि आपकी हिफाजत का खयाल रक्खा जाय। इसलिए फिर पहरे का इंतजाम कर दिया गया है। इधर हाईकोर्ट से फैसला हुआ, उधार आपको जगह मिली।'

डिप्टी साहब ने सिगार का धुआं फेंक कर कहा, यह डी. ओ. कमिश्नर साहब ने आपको दिया है, जिसमें आपको कोई तरह की शक न हो। देखिए, यू. पी. के होम सेद्रेटरी के नाम है। आप वहां यह डी. ओ. दिखाएंगे, वह आपको कोई बहुत अच्छी जगह दे देगा। इंस्पेक्टर, कमिश्नर साहब आपसे बहुत खुश हैं, हलफ से कहता हूं। डिप्टी–बहुत खुश हैं। वह यू. पी. को अलग डायरेक्ट भी

चिटठी लिखेगा। तुम्हारा भाग्य खुल गया।' यह कहते हुए उसने डी. ओ. रमा की तरफ बढ़ा दिया। रमा ने लिफाफा खोलकर देखा और एकाएक उसको फाड़कर पुर्जे–पुर्जे कर डाला ब तीनों आदमी विस्मय से उसका मुंह ताकने लगे ।

दारोगा ने कहा, 'रात बहुत पी गए थे क्या? आपके हक में अच्छा न होगा!'

इंस्पेक्टर, 'हलफ से कहता हूं, कमिश्नर साहब को मालूम हो जायगा, तो बहुत नाराज होंगे।'

डिप्टी, 'इसका कुछ मतलब हमारे समझ में नहीं आया ।इसका क्या मतलब है?'

रमानाथ–'इसका यह मतलब है कि मुझे इस डी. ओ. की जरूरत नहीं है और न मैं नौकरी चाहता हूं। मैं आज ही यहां से चला जाऊंगा।'

डिप्टी–'जब तक हाईकोर्ट का फैसला न हो जाय, तब तक आप कहीं नहीं जा सकता।'

रमानाथ–'क्यों?'

डिप्टी–'कमिश्नर साहब का यह हुक्म है।'

रमानाथ–'मैं किसी का गुश्लाम नहीं हूं।

इंस्पेक्टर–'बाबू रमानाथ, आप क्यों बना–बनाया खेल बिगाड़ रहे हैं? जो कुछ होना था, वह हो गया। दस–पांच दिन में हाईकोर्ट से फैसले की तसदीक हो जायगी आपकी बेहतरी इसी में है कि जो सिला मिल रहा है, उसे खुशी से लीजिए और आराम से जिंदगी के दिन बसर कीजिए। खुदा ने चाहा, तो एक दिन आप भी किसी ऊंचे ओहदे पर पहुंच जाएंगे। इससे क्या फायदा कि अफसरों को नाराज कीजिए और कैद की मुसीबतें झेलिए। हलफ से कहता हूं, अफसरों की जरा–सी निगाह बदल जाय, तो आपका कहीं पता न लगे।

हलफ से कहता हूं, एक इशारे में आपको दस साल की सजा हो जाय। आप हैं किस खयाल में? हम आपके साथ शरारत नहीं करना चाहते। हां, अगर आप हमें सख्ती करने पर मजबूर करेंगे, तो हमें सख्ती करनी पड़ेगी। जेल को आसान न समझिएगा। खुदा दोजख में ले जाए, पर जेल की सजा न दे। मार–धाड़, गाली–गुतरि वह तो वहां की मामूली सजा है। चक्की में जोत दिया तो मौत ही आ गई। हलफ से कहता हूं, दोजख से बदतर है जेल! '

दारोगा–'यह बेचारे अपनी बेगम साहब से माजूर हैं ब वह शायद इनके जान की गाहक हो रही हैं। उनसे इनकी कोर दबती है।'

इंस्पेक्टर, 'क्या हुआ, कल तो वह हार दिया था न? फिर भी राजी नहीं हुई?'

रमा ने कोट की जेब से हार निकालकर मेज पर रख दिया और बोला, वह हार यह रक्खा हुआ है।

इंस्पेक्टर–'अच्छा, इसे उन्होंने नहीं कबूल किया।'

डिप्टी–'कोई प्राउड लेडी है ।'

इंस्पेक्टर–'कुछ उनकी भी मिजाज–पुरसी करने की जरूरत होगी ।'

दारोगा–'यह तो बाबू साहब के रंग–ढंग और सलीके पर मुनहसर है। अगर आप ख्वामख्वाह हमें मजबूर न करेंगे, तो हम आपके पीछे न पडेंगे।'

डिप्टी–'उस खटिक से भी मुचलका ले लेना चाहिए।'

रमानाथ के सामने एक नई समस्या आ खड़ी हुई, पहली से कहीं जटिल, कहीं भीषण। संभव था, वह अपने को कर्तव्य की वेदी पर बलिदान कर देता, दो–चार साल की सजा के लिए अपने को तैयार कर लेता। शायद इस समय उसने अपने आत्म–समर्पण का निश्चय कर लिया था, पर अपने साथ जालपा को भी संकट में

डालने का साहस वह किसी तरह न कर सकता था। वह पुलिस के शिकंजे में कुछ इस तरह दब गया था कि अब उसे बेदाग निकल जाने का कोई मार्ग दिखाई न देता था ।उसने देखा कि इस लडाई में मैं पेश नहीं पा सकता पुलिस सर्वशक्तिमान है, वह मुझे जिस तरह चाहे दबा सकती है। उसके मिजाज की तेजी गायब हो गई। विवश होकर बोला, 'आख़िर आप लोग मुझसे क्या चाहते हैं?'

इंस्पेक्टर ने दारोगा की ओर देखकर आंखें मारीं, मानो कह रहे हों, 'आ गया पंजे में', और बोले, 'बस इतना ही कि आप हमारे मेहमान बने रहें, और मुकदमे के हाईकोर्ट में तय हो जाने के बाद यहां से रूखसत हो जाएं। क्योंकि उसके बाद हम आपकी हिफाजत के ज़िम्मेदार न होंगे। अगर आप कोई सर्टिफिकेट लेना चाहेंगे, तो वह दे दी जाएगी, लेकिन उसे लेने या न लेने का आपको पूरा अख्तियार है। अगर आप होशियार हैं, तो उसे लेकर फायदा उठाएंगे, नहीं इधरउधर के धक्के खाएंगे। आपके ऊपर गुनाह बेलज्जत की मसल सादिक आयगी। इसके सिवा हम आपसे और कुछ नहीं चाहते ब हलफ से कहता हूं, हर एक चीज जिसकी आपको ख्वाहिश हो, यहां हाज़िर कर दी जाएगी, लेकिन जब तक मुकदमा खत्म हो जाए, आप आजाद नहीं हो सकते।

रमानाथ ने दीनता के साथ पूछा, 'सैर करने तो जा सकूंगा, या वह भी नहीं?'

इंस्पेक्टर ने सूत्र रूप से कहा, 'जी नहीं!'

दारोगा ने उस सूत्र की व्याख्या की, 'आपको वह आजादी दी गई थी, पर आपने उसका बेजा इस्तेमाल किया ब जब तक इसका इत्मीनान न हो जाय कि आप उसका जायज इस्तेमाल कर सकते हैं या नहीं, आप उस हक से महरूम रहेंगे।'

दारोगा ने इंस्पेक्टर की तरफ देखकर मानो इस व्याख्या की दाद देनी चाही, जो उन्हें सहर्ष मिल गई। तीनों अफसर रूखसत

हो गए और रमा एक सिगार जलाकर इस विकट परिस्थिति पर विचार करने लगा।

इक्तालीसवाँ

एक महीना और निकल गया। मुकदमे के हाईकोर्ट में पेश होने की तिथि नियत हो गई है। रमा के स्वभाव में फिर वही पहले की–सी भीरूता और खुशामद आ गई है। अफसरों के इशारे पर नाचता है। शराब की मात्रा पहले से बढ़ गई है, विलासिता ने मानो पंजे में दबा लिया है। कभी–कभी उसके कमरे में एक वेश्या जोहरा भी आ जाती है, जिसका गाना वह बडे शौक से सुनता है ।

एक दिन उसने बडी हसरत के साथ जोहरा से कहा, 'मैं डरता हूं, कहीं तुमसे प्रेम न बढ़जाय। उसका नतीजा इसके सिवा और क्या होगा कि रो–रोकर ज़िदंगी काटूं, तुमसे वफा की उम्मीद और क्या हो सकती है!'

जोहरा दिल में खुश होकर अपनी बडी–बडी रतनारी आंखों से उसकी ओर ताकती हुई बोली, हां साहब, हम वफा क्या जानें, आख़िर वेश्या ही तो ठहरीं! बेवफा वेश्या भी कहीं वफादार हो सकती है?'

रमा ने आपत्ति करके पूछा, 'क्या इसमें कोई शक है?'

जोहरा –' श्नहीं, जरा भी नहीं ब आप लोग हमारे पास मुहब्बत से लबालब भरे दिल लेकर आते हैं, पर हम उसकी जरा भी कद्र नहीं करतीं ब यही बात है न?'

रमानाथ–'बेशक।'

जोहरा–'मुआफ कीजिएगा, आप मरदों की तरफदारी कर रहे हैं। हक यह है कि वहां आप लोग दिल–बहलाव के लिए जाते हैं, महज गम गलत करने के लिए, महज आनंद उठाने के लिए। जब आपको वफा की तलाश ही नहीं होती, तो वह मिले क्यों कर–

लेकिन इतना मैं जानती हूं कि हममें जितनी बेचारियां मरदों की बेवफाई से निराश होकर अपना आराम–चौन खो बैठती हैं, उनका पता अगर दुनिया को चले, तो आंखें खुल जायं। यह हमारी भूल है कि तमाशबीनों से वफा चाहते हैं, चील के घोंसले में मांस ढूंढ़ते हैं, पर प्यासा आदमी अंधे कुएं की तरफ दौडे।, तो मेरे खयाल में उसका कोई कसूर नहीं।'

उस दिन रात को चलते वक्त जोहरा ने दारोगा को खुशखबरी दी, 'आज तो हजरत खूब मजे में आए ब खुदा ने चाहा, तो दो–चार दिन के बाद बीवी का नाम भी न लें।'

दारोगा ने खुश होकर कहा, 'इसीलिए तो तुम्हें बुलाया था। मजा तो जब है कि बीवी यहां से चली जाए। फिर हमें कोई गम न रहेगा। मालूम होता है स्वराज्य वालों ने उस औरत को मिला लिया है। यह सब एक ही शैतान हैं।'

जोहरा की आमोदरफ्त बढ़ने लगी, यहां तक कि रमा खुद अपने चकमे में आ गया। उसने जोहरा से प्रेम जताकर अफसरों की नजर में अपनी साख जमानी चाही थी, पर जैसे बच्चे खेल में रो पड़ते हैं, वैसे ही उसका प्रेमाभिनय भी प्रेमोन्माद बन बैठा जोहरा उसे अब वफा और मुहब्बत की देवी मालूम होती थी। वह जालपा की–सी सुंदरी न सही, बातों में उससे कहीं चतुर, हाव–भाव में कहीं कुशल, सम्मोहन–कला में कहीं पटु थी। रमा के हृदय में नए–नए मनसूबे पैदा होने लगे। एक दिन उसने जोहरा से कहा, 'जोहरा –' जुदाई का समय आ रहा है । दो–चार दिन में मुझे यहां से चला जाना पडेगा। फिर तुम्हें क्यों मेरी याद आने लगी?'

जोहरा ने कहा, 'मैं तुम्हें न जाने दूंगी। यहीं कोई अच्छी–सी नौकरी कर लेना। फिर हम–तुम आराम से रहेंगे ।'

रमा ने अनुरक्त होकर कहा, 'दिल से कहती हो जोहरा? देखो, तुम्हें मेरे सिर की कसम, दगा मत देना।'

जोहरा–'अगर यह खौफ हो तो निकाह पढ़ा लो। निकाह के नाम से चिढ़ हो, तो ब्याह कर लो। पंडितों को बुलाओ। अब इसके सिवा मैं अपनी मुहब्बत का और क्या सबूत दूं।'

रमा निष्कपट प्रेम का यह परिचय पाकर विह्वल हो उठा। जोहरा के मुंह से निकलकर इन शब्दों की सम्मोहक–शक्ति कितनी बढ़गई थी। यह कामिनी, जिस पर बडे–बडे रईस फिदा हैं, मेरे लिए इतना बडा त्याग करने को तैयार है! जिस खान में औरों को बालू ही मिलता है, उसमें जिसे सोने के डले मिल जायं, क्या वह परम भाग्यशाली नहीं है? रमा के मन में कई दिनों तक संग्राम होता रहा। जालपा के साथ उसका जीवन कितना नीरस, कितना कठिन हो जायगा।

वह पग–पग पर अपना धर्म और सत्य लेकर खड़ी हो जाएगी और उसका जीवन एक दीर्घ तपस्या, एक स्थायी साधना बनकर रह जाएगा। सात्विक जीवन कभी उसका आदर्श नहीं रहा। साधारण मनुष्यों की भांति वह भी भोग–विलास करना चाहता था। जालपा की ओर से हटकर उसका विलासासक्त मन प्रबल वेग से जोहरा की ओर खिंचा।

उसको व्रत–धारिणी वेश्याओं के उदाहरण याद आने लगे। उसके साथ ही चंचल वृत्ति की गृहिणियों की मिसालें भी आ पहुचीं। उसने निश्चय किया, यह सब ढकोसला है। न कोई जन्म से निर्दोष है, न कोई दोषी। यह सब परिस्थिति पर निर्भर है।

जोहरा रोज आती और बंधन में एक गांठ और देकर जाती। ऐसी स्थिति में संयमी युवक का आसन भी डोल जाता। रमा तो विलासी था। अब तक वह केवल इसलिए इधर–उधर न भटक सका था कि ज्योंही, उसके पंख निकले, जालिये ने उसे अपने पिंजरे में बंद कर दिया। कुछ दिन पिंजरे से बाहर रहकर भी उसे उड़ने का साहस न हुआ। अब उसके सामने एक नवीन दृश्य था, वह छोटा–सा कुल्हियों वाला पिंजरा नहीं, बल्कि एक गुलाबों से लहराता

हुआ बाग, जहां की कैद में स्वाधीनता का आनंद था। वह इस बाग में क्यों न क्रीडा का आनंद उठाए!

बयालीसवाँ

रमा ज्यों–ज्यों जोहरा के प्रेम–पाश में फंसता जाता था, पुलिस के अधिकारी वर्ग उसकी ओर से निश्शंक होते जाते थे। उसके ऊपर जो कैद लगाई गई थी, धीरे–धीरे ढीली होने लगी। यहां तक कि एक दिन डिप्टी साहब शाम को सैर करने चले तो रमा को भी मोटर पर बिठा लिया। जब मोटर देवीदीन की दूकान के सामने से होकर निकली, तो रमा ने अपना सिर इस तरह भीतर खींच लिया कि किसी की नजर न पड़ जाय। उसके मन में बडी उत्सुकता हुई कि जालपा है या चली गई, लेकिन वह अपना सिर बाहर न निकाल सका। मन में वह अब भी यही समझता था कि मैंने जो रास्ता पकडाहै, वह कोई बहुत अच्छा रास्ता नहीं है, लेकिन यह जानते हुए भी वह उसे छोड़ना न चाहता था। देवीदीन को देखकर उसका मस्तक आप–ही–आप लज्जा से झुक जाता, वह किसी दलील से अपना पक्ष सिद्ध न कर सकता उसने सोचा, मेरे लिए सबसे उत्तम मार्ग यही है कि इनसे मिलना–जुलना छोड़ दूं। उस शहर में तीन प्राणियों को छोड़कर किसी चौथे आदमी से उसका परिचय न था, जिसकी आलोचना या तिरस्कार का उसे भय होता। मोटर इधर–उधर घूमती हुई हाबडा–ब्रिज की तरफ चली जा रही थी, कि सहसा रमा ने एक स्त्री को सिर पर गंगा–जल का कलसा रक्खे घाटों के ऊपर आते देखा।

उसके कपड़े बहुत मैले हो रहे थे और कृशांगी ऐसी थी कि कलसे के बोझ से उसकी गरदन दबी जाती थी। उसकी चाल कुछ–कुछ जालपा से मिलती हुई जान पड़ी। सोचा, जालपा यहां क्या करने आवेगी, मगर एक ही पल में कार और आगे बढ़गई और रमा को उस स्त्री का मुंह दिखाई दिया। उसकी छाती धक–से हो

गई। यह जालपा ही थी। उसने खिड़की के बगल में सिर छिपाकर गौर से देखा। बेशक जालपा थी, पर कितनी दुर्बल! मानो कोई वृद्ध ा, अनाथ हो न वह कांति थी, न वह लावण्य, न वह चंचलता, न वह गर्व, रमा हृदयहीन न था। उसकी आंखें सजल हो गई। जालपा इस दशा में और मेरे जीते जी! अवश्य देवीदीन ने उसे निकाल दिया होगा और वह टहलनी बनकर अपना निर्वाह कर रही होगी। नहीं, देवीदीन इतना बेमुरौवत नहीं है। जालपा ने खुद उसके आश्रय में रहना स्वीकार न किया होगा। मानिनी तो है ही। कैसे मालूम हो, क्या बात है? मोटर दूर निकल आई थी। रमा की सारी चंचलता, सारी भोगलिप्सा गायब हो गई थी। मलिन वसना, दुखिनी जालपा की वह मूर्ति आंखों के सामने खड़ी थी।किससे कहे? क्या कहे? यहां कौन अपना है?

जालपा का नाम जबान पर आ जाय, तो सब–के–सब चौंक पड़ें और फिर घर से निकलना बंद कर दें। ओह! जालपा के मुख पर शोक की कितनी गहरी छाया थी, आंखों में कितनी निराशा! आह, उन सिमटी हुई आंखों में जले हुए हृदय से निकलने वाली कितनी आहें सिर पीटती हुई मालूम होती थीं, मानो उन पर हंसी कभी आई ही नहीं, मानो वह कली बिना खिले ही मुरझा गई। कुछ देर के बाद जोहरा आई, इठलाती, मुस्कराती, लचकती, पर रमा आज उससे भी कटा–कटा रहा।

जोहरा ने पूछा, 'आज किसी की याद आ रही है क्या? श्यह कहते हुए उसने अपनी गोल नर्म मक्खन–सी बांह उसकी गरदन में डालकर उसे अपनी ओर खींचा। रमा ने अपनी तरफ जरा भी जोर न किया।

उसके हृदय पर अपना मस्तक रख दिया, मानो अब यही उसका आश्रय है। जोहरा ने कोमलता में डूबे हुए स्वर में पूछा, 'सच बताओ, आज इतने उदास क्यों हो? क्या मुझसे किसी बात पर नाराज हो?'

रमा ने आवेश से कांपते हुए स्वर में कहा, 'नहीं जोहरा –'तुमने मुझ अभागे पर जितनी दया की है, उसके लिए मैं हमेशा तुम्हारा एहसानमंद रहूंगा। तुमने उस वक्त मुझे संभाला, जब मेरे जीवन की टूटी हुई किश्ती गोते खा रही थी, वे दिन मेरी जिंदगी के सबसे मुबारक दिन हैं और उनकी स्मृति को मैं अपने दिल में बराबर पूजता रहूंगा। मगर अभागों को मुसीबत बार–बार अपनी तरफ खींचती है! प्रेम का बंधन भी उन्हें उस तरफ खिंच जाने से नहीं रोक सकता द्य मैंने जालपा को जिस सूरत में देखा है, वह मेरे दिल को भालों की तरह छेद रहा है। वह आज फटे–मैले कपड़े पहने, सिर पर गंगा–जल का कलसा लिये जा रही थी। उसे इस हालत में देखकर मेरा दिल टुकडे।–टुकडे। हो गया। मुझे अपनी जिंदगी में कभी इतना रंज न हुआ था। जोहरा–'कुछ नहीं कह सकता, उस पर क्या बीत रही है।'

जोहरा ने पूछा, 'वह तो उस बुडढे मालदार खटिक के घर पर थी?'

रमानाथ–'हां थी तो, पर नहीं कह सकता, क्यों वहां से चली गई। इंस्पेक्टर साहब मेरे साथ थे। उनके सामने मैं उससे कुछ पूछ तक न सका। मैं जानता हूं, वह मुझे देखकर मुंह उधर लेती और शायद मुझे जलील समझती, मगर कम–से–कम मुझे इतना तो मालूम हो जाता कि वह इस वक्त इस दशा में क्यों है। हरा, तुम मुझे चाहे दिल में जो कुछ समझ रही हो, लेकिन मैं इस खयाल में मगन हूं कि तुम्हें मुझसे प्रेम है। और प्रेम करने वालों से हम कम–से–कम हमदर्दी की आशा करते हैं ब यहां एक भी ऐसा आदमी नहीं, जिससे मैं अपने दिल का कुछ हाल कह सयं ब तुम भी मुझे रास्ते पर लाने ही के लिए भेजी गई थीं, मगर तुम्हें मुझ पर दया आई। शायद तुमने गिरे हुए आदमी पर ठोकर मारना मुनासिब न समझा, अगर आज हम और तुम किसी वजह से रूठ जायं, तो क्या कल तुम मुझे मुसीबत में देखकर मेरे साथ जरा भी हमदर्दी न करोगी? क्या मुझे

भूखों मरते देखकर मेरे साथ उससे कुछ भी ज्यादा सलूक न करोगी, जो आदमी कुत्तों के साथ करता है? मुझे तो ऐसी आशा नहीं। जहां एक बार प्रेम ने वास किया हो, वहां उदासीनता और विराग चाहे पैदा हो जाय, हिंसा का भाव नहीं पैदा हो सकता क्या तुम मेरे साथ जरा भी हमदर्दी न करोगी जोहरा? तुम अगर चाहो, तो जालपा का पूरा पता लगा सकती हो, वह कहां है, क्या करती है, मेरी तरफ से उसके दिल में क्या खयाल है, घर क्यों नहीं जाती, यहां कब तक रहना चाहती है? अगर तुम किसी तरह जालपा को प्रयाग जाने पर राजी कर सको जोहरा–'तो मैं उम्र–भर तुम्हारी गुलामी करूंगा। इस हालत में मैं उसे नहीं देख सकता शायद आज ही रात को मैं यहां से भाग जाऊं। मुझ पर क्या गुजरेगी, इसका मुझे जरा भी भय नहीं हैं। मैं बहादुर नहीं हूं, बहुत ही कमजोर आदमी हूं। हमेशा खतरे के सामने मेरा हौसला पस्त हो जाता है, लेकिन मेरी बेगैरती भी यह चोट नहीं सह सकती।'

जोहरा वेश्या थी, उसको अच्छे–बुरे सभी तरह के आदमियों से साबिका पड़ चुका था। उसकी आंखों में आदमियों की परख थी। उसको इस परदेशी युवक में और अन्य व्यक्तियों में एक बडा फर्क दिखाई देता था ।पहले वह यहां भी पैसे की गुलाम बनकर आई थी, लेकिन दो–चार दिन के बाद ही उसका मन रमा की ओर आकर्षित होने लगा। प्रौढ़ा स्त्रियां अनुराग की अवहेलना नहीं कर सकतीं। रमा में और सब दोष हों, पर अनुराग था। इस जीवन में जोहरा को यह पहला आदमी ऐसा मिला था जिसने उसके सामने अपना हृदय खोलकर रख दिया, जिसने उससे कोई परदा न रक्खा। ऐसे अनुराग रत्न को वह खोना नहीं चाहती थी। उसकी बात सुनकर उसे जरा भी ईर्ष्या न हुई, बल्कि उसके मन में एक स्वार्थमय सहानुभूति उत्पन्न हुई। इस युवक को, जो प्रेम के विषय में इतना सरल था, वह प्रसन्न करके हमेशा के लिए अपना गुलाम बना सकती थी। उसे जालपा से कोई शंका न थी। जालपा कितनी ही रूपवती क्यों न हो,

जोहरा अपने कला–कौशल से, अपने हाव–भाव से उसका रंग फीका कर सकती थी। इसके पहले उसने कई महान सुंदरी खत्रानियों को रूलाकर छोड़ दिया था, फिर जालपा किस गिनती में थी। जोहरा ने उसका हौसला बढ़ाते हुए कहा, 'तो इसके लिए तुम क्यों इतनारंज करते हो, प्यारे! जोहरा तुम्हारे लिए सब कुछ करने को तैयार है। मैं कल ही जालपा का पता लगाऊंगी और वह यहां रहना चाहेगी, तो उसके आराम के सब सामान कर दूंगी । जाना चाहेगी, तो रेल पर भेज दूंगी।'

रमा ने बडी दीनता से कहा, 'एक बार मैं उससे मिल लेता, तो मेरे दिल का बोझ उतर जाता।'

जोहरा चिंतित होकर बोली, 'यह तो मुश्किल है प्यारे! तुम्हें यहां से कौन जाने देगा?'

रमानाथ–'कोई तदबीर बताओ।'

जोहरा–'मैं उसे पार्क में खड़ी कर आऊंगी। तुम डिप्टी साहब के साथ वहां जाना और किसी बहाने से उससे मिल लेना। इसके सिवा तो मुझे और कुछ नहीं सूझता।

रमा अभी कुछ कहना ही चाहता था कि दारोगाजी ने पुकारा, 'मुझे भी खिलवत में आने की इजाजत है?'

दोनों संभल बैठे और द्वार खोल दिया। दारोगाजी मुस्कराते हुए आए और जोहरा की बगल में बैठकर बोले, 'यहां आज सन्नाटा कैसा! क्या आज खजाना खाली है? जोहरा–'आज अपने दस्ते–हिनाई से एक जाम भर कर दो।'

रमानाथ–'भाईजान नाराज न होना।' रमा ने कुछ तुर्श होकर कहा, 'इस वक्त तो रहने दीजिए, दारोगाजी, आप तो पिए हुए नजर आते हैं।'

दारोगा ने जोहरा का हाथ पकड़कर कहा, 'बस, एक जाम जोहरा–'और एक बात और, आज मेरी मेहमानी कबूल करो!'

रमा ने तेवर बदलकर कहा, 'दारोगाजी, आप इस वक्त यहां से जायं। मैं यह गवारा नहीं कर सकता दारोगा ने नशीली आंखों से देखकर कहा, 'क्या आपने पट्टा लिखा लिया है?'

रमा ने कड़ककर कहा, 'जी हां, मैंने पट्टा लिखा लिया है!'

दारोगा –'तो आपका पट्टा खारिज!'

रमानाथ–'मैं कहता हूं, यहां से चले जाइए।'

दारोगा–'अच्छा! अब तो मेंढकी को भी जुकाम पैदा हुआ! क्यों न हो, चलो जोहरा–'इन्हें यहां बकने दो।'

यह कहते हुए उन्होंने जोहरा का हाथ पकड़कर उठाया। रमा ने उनके हाथ को झटका देकर कहा, 'मैं कह चुका, आप यहां से चले जाएं। जोहरा इस वक्त नहीं जा सकती। अगर वह गई, तो मैं उसका और आपका–दोनों का खून पी जाऊंगा। जोहरा मेरी है, और जब तक मैं हूं, कोई उसकी तरफ आंख नहीं उठा सकता।'

यह कहते हुए उसने दारोगा साहब का हाथ पकड़कर दरवाजे के बाहर निकाल दिया और दरवाजा जोर से बंद करके सिटकनी लगा दी।

दारोगाजीबलिष्ठ आदमी थे, लेकिन इस वक्त नशे ने उन्हें दुर्बल बना दिया था। बाहर बरामदे में खड़े होकर वह गालियां बकने और द्वार पर ठोकर मारने लगे।

रमा ने कहा, 'कहो तो जाकर बचा को बरामदे के नीचे ढकेल दूं। शैतान का बच्चा! '

जोहरा –'श्बकने दो, आप ही चला जायगा।'

रमानाथ–'चला गया।'

जोहरा ने मगन होकर कहा, 'तुमने बहुत अच्छा किया, सुअर को निकाल बाहर किया। मुझे ले जाकर दिक करता। क्या तुम सचमुच उसे मारते?'

रमानाथ–'मैं उसकी जान लेकर छोड़ता। मैं उस वक्त अपने आपे में न था। न जाने मुझमें उस वक्त कहां से इतनी ताकत आ गई थी।'

जोहरा –'और जो वह कल से मुझे न आने दे तो?'

रमानाथ–'कौन, अगर इस बीच में उसने जरा भी भांजी मारी, तो गोली मार दूंगा। वह देखो, ताक पर पिस्तौल रक्खा हुआ है। तुम अब मेरी हो, जोहरा! मैंने अपना सब कुछ तुम्हारे कदमों पर निसार कर दिया और तुम्हारा सब कुछ पाकर ही मैं संतुष्ट हो सकता हूं। तुम मेरी हो, मैं तुम्हारा हूं। किसी तीसरी औरत या मर्द को हमारे बीच में आने का मजाज नहीं है, जब तक मैं मर न जाऊं।'

जोहरा की आंखें चमक रही थीं, उसने रमा की गरदन में हाथ डालकर कहा, 'ऐसी बात मुंह से न निकालो, प्यारे!'

तैंतालीसवाँ

सारे दिन रमा उद्वेग के जंगलों में भटकता रहा। कभी निराशा की अंधाकारमय घाटियां सामने आ जातीं, कभी आशा की लहराती हुई हरियाली। जोहरा गई भी होगी? यहां से तो बडे। लंबे–चौड़े वादे करके गई थी। उसे क्या गरज है? आकर कह देगी, मुलाकात ही नहीं हुई। कहीं धोखा तो न देगी? जाकर डिप्टी साहब से सारी कथा कह सुनाए। बेचारी जालपा पर बैठे–बिठाए आफत आ जाय। क्या जोहरा इतनी नीच प्रकृति की हो सकती है? कभी नहीं, अगर जोहरा इतनी बेवफा, इतनी दगाबाज है, तो यह दुनिया रहने के लायक ही नहीं। जितनी जल्द आदमी मुंह में कालिख लगाकर डूब मरे, उतना ही अच्छा। नहीं, जोहरा मुझसे दगा न करेगी। उसे वह दिन याद आए, जब उसके दफ्तर से आते ही जालपा लपककर उसकी जेब टटोलती थी और रूपये निकाल लेती थी। वही जालपा आज इतनी सत्यवादिनी हो गई। तब वह प्यार करने की वस्तु थी,

अब वह उपासना की वस्तु है। जालपा मैं तुम्हारे योग्य नहीं हूं। जिस ऊंचाई पर तुम मुझे ले जाना चाहती हो, वहां तक पहुंचने की शक्ति मुझमें नहीं है। वहां पहुंचकर शायद चक्कर खाकर फिर पड़ूंब मैं अब भी तुम्हारे चरणों में सिर झुकाता हूं। मैं जानता हूं, तुमने मुझे अपने हृदय से निकाल दिया है, तुम मुझसे विरक्त हो गई हो, तुम्हें अब मेरे डूबने का दुःख है न तैरने की खुशी, पर शायद अब भी मेरे मरने या किसी घोर संकट में फंस जाने की खबर पाकर तुम्हारी आंखों से आंसू निकल आएंगे। शायद तुम मेरी लाश देखने आओ। हा! प्राण ही क्यों नहीं निकल जाते कि तुम्हारी निगाह में इतना नीच तो न रहूं। रमा को अब अपनी उस गलती पर घोर पश्चाताप हो रहा था, जो उसने जालपा की बात न मानकर की थी। अगर उसने उसके आदेशानुसार जज के इजलास में अपना बयान बदल दिया होता, धामकियों में न आता, हिम्मत मजबूत रखता, तो उसकी यह दशा क्यों होती? उसे विश्वास था, जालपा के साथ वह सारी कठिनाइयां झेल जाता। उसकी श्रद्धा और प्रेम का कवच पहनकर वह अजेय हो जाता। अगर उसे फांसी भी हो जाती, तो वह हंसते–खेलते उस पर चढ़जाता। मगर पहले उससे चाहे जो भूल हुई, इस वक्त तो वह भूल से नहीं, जालपा की खातिर ही यह कष्ट भोग रहा था। कैद जब भोगना ही है, तो उसे रो–रोकर भोगने से तो यह कहीं अच्छा है कि हंस–हंसकर भोगा जाय। आख़िर पुलिस अधिकारियों के दिल में अपना विश्वास जमाने के लिए वह और क्या करता! यह दुष्ट जालपा को सताते, उसका अपमान करते, उस पर झूठे मुकदमे चलाकर उसे सजा दिलाते। वह दशा तो और भी असह्य होती। वह दुर्बल था, सब अपमान सह सकता था, जालपा तो शायद प्राण ही दे देती।

उसे आज ज्ञात हुआ कि वह जालपा को छोड़ नहीं सकता, और जोहरा को त्याग देना भी उसके लिए असंभव–सा जान पड़ता था। क्या वह दोनों रमणियों को प्रसन्न रख सकता था? क्या इस

दशा में जालपा उसके साथ रहना स्वीकार करेगी? कभी नहीं। वह शायद उसे कभी क्षमा न करेगी! अगर उसे यह मालूम भी हो जाये कि उसी के लिए वह यह यातना भोग रहा है, तो वह उसे क्षमा न करेगी। वह कहेगी, मेरे लिए तुमने अपनी आत्मा को क्यों कलंकित किया—मैं अपनी रक्षा आप कर सकती थी। वह दिनभर इसी उधोड़—बुन में पडारहा। आंखें सड़क की ओर लगी हुई थीं। नहाने का समय टल गया, भोजन का समय टल गया ब किसी बात की परवा न थी। अखबार से दिल बहलाना चाहा, उपन्यास लेकर बैठा, मगर किसी काम में भी चित्त न लगा। आज दारोगाजी भी नहीं आए। या तो रात की घटना से रूष्ट या लज्जित थे। या कहीं बाहर चले गए। रमा ने किसी से इस विषय में कुछ पूछा भी नहीं।

सभी दुर्बल मनुष्यों की भांति रमा भी अपने पतन से लज्जित था। वह जब एकांत में बैठता, तो उसे अपनी दशा पर दुःख होता, क्यों उसकी विलासवृत्ति इतनी प्रबल है? वह इतना विवेक—शून्य न था कि अधोगति में भी प्रसन्न रहता, लेकिन ज्योंही और लोग आ जाते, शराब की बोतल आ जाती, जोहरा सामने आकर बैठ जाती, उसका सारा विवेक और धर्म—ज्ञान भ्रष्ट हो जाता। रात के दस बज गए, पर जोहरा का कहीं पता नहीं। फाटक बंद हो गया। रमा को अब उसके आने की आशा न रही, लेकिन फिर भी उसके कान लगे हुए थे। क्या बात हुई—क्या जालपा उसे मिली ही नहीं या वह गई ही नहीं?

उसने इरादा किया अगर कल जोहरा न आई, तो उसके घर पर किसी को भेजूंगा। उसे दो—एक झपकियां आइ और सबेरा हो गया। फिर वही विकलता शुरू हुई।

किसी को उसके घर भेजकर बुलवाना चाहिए। कम—से—कम यह तो मालूम हो जाय कि वह घर पर है या नहीं।

दारोगा के पास जाकर बोला, 'रात तो आप आपे में न थे।'

दारोगा ने ईर्ष्याको छिपाते हुए कहा, 'यह बात न थी। मैं महज आपको छेड़ रहा था।'

रमानाथ–'जोहरा रात आई नहीं , जरा किसी को भेजकर पता तो लगवाइए, बात क्या है। कहीं नाराज तो नहीं हो गई?'

दारोगा ने बेदिली से कहा, 'उसे गरज होगा खुद आएगी। किसी को भेजने की जरूरत नहीं है।'

रमा ने फिर आग्रह न किया। समझ गया, यह हजरत रात बिगड़ गए। चुपके से चला आया। अब किससे कहे, सबसे यह बात कहना लज्जास्पद मालूम होता था। लोग समझेंगे, यह महाशय एक ही रसिया निकले। दारोगा से तो थोड़ीसी घनिष्ठता हो गई थी।

एक हफ्ते तक उसे जोहरा के दर्शन न हुए। अब उसके आने की कोई आशा न थी। रमा ने सोचा, आख़िर बेवफा निकली। उससे कुछ आशा करना मेरी भूल थी। या मुमकिन है, पुलिस–अधिकारियों ने उसके आने की मनाही कर दी हो कम–से–कम मुझे एक पत्र तो लिख सकती थी। मुझे कितना धोखा हुआ। व्यर्थ उससे अपने दिल की बात कही। कहीं इन लोगों से न कह दे, तो उल्टी आंतें गले पड़ जायं, मगर जोहरा बेवफाई नहीं कर सकती। रमा की अंतरात्मा इसकी गवाही देती थी।इस बात को किसी तरह स्वीकार न करती थी। शुरू के दस–पांच दिन तो जरूर जोहरा ने उसे लुब्ध करने की चेष्टा की थी। फिर अनायास ही उसके व्यवहार में परिवर्तन होने लगा था। वह क्यों बार–बार सजल–नो होकर कहती थी, देखो बाबूजी, मुझे भूल न जाना। उसकी वह हसरत भरी बातें याद आ–आकर कपट की शंका को दिल से निकाल देतीं। जरूर कोई न कोई नई बात हो गई है। वह अक्सर एकांत में बैठकर जोहरा की याद करके बच्चों की तरह रोता। शराब से उसे घृणा हो गई। दारोगाजी आते, इंस्पेक्टर साहब आते पर, रमा को उनके साथ दस–पांच मिनट बैठना भी अखरता। वह चाहता था, मुझे कोई न छेडे।, कोई न बोले। रसोइया खाने को बुलाने आता, तो उसे

घुड़क देता। कहीं घूमने या सैर करने की उसकी इच्छा ही न होती। यहां कोई उसका हमदर्द न था, कोई उसका मित्र न था, एकांत में मन–मारे बैठे रहने में ही उसके चित्त को शांति होती थी। उसकी स्मृतियों में भी अब कोई आनंद न था। नहीं, वह स्मृतियां भी मानो उसके हृदय से मिट गई थीं। एक प्रकार का विराग उसके दिल पर छाया रहता था।

सातवां दिन था। आठ बज गए थे। आज एक बहुत अच्छा फिल्म होने वाला था। एक प्रेम–कथा थी। दारोगाजी ने आकर रमा से कहा, तो वह चलने को तैयार हो गया। कपड़े पहन रहा था कि जोहरा आ पहुंची। रमा ने उसकी तरफ एक बार आंख उठाकर देखा, फिर आईने में अपने बाल संवारने लगा। न कुछ बोला, न कुछ कहा। हां, जोहरा का वह सादा, आभरणहीन स्वरूप देखकर उसे कुछ आश्चर्य अवश्य हुआ। वह केवल एक सफेद साड़ी पहने हुए थी। आभूषण का एक तार भी उसकी देह पर न था। होंठ मुरझाए हुए और चेहरे पर क्रीडामय चंचलता की जगह तेजमय गंभीरता झलक रही थी। वह एक मिनट खड़ी रही, तब रमा के पास जाकर बोली, 'क्या मुझसे

नाराज हो? बेकसूर, बिना कुछ पूछे–गछे?'

रमा ने फिर भी कुछ जवाब न दिया। जूते पहनने लगा। जोहरा ने उसका हाथ पकड़कर कहा, 'क्या यह खफगी इसलिए है कि मैं इतने दिनों आई क्यों नहीं!'

रमा ने रूखाई से जवाब दिया, 'अगर तुम अब भी न आतीं, तो मेरा क्या अख्तियार था। तुम्हारी दया थी कि चली आई!श यह कहने के साथ उसे खयाल आया कि मैं इसके साथ अन्याय कर रहा हूं। लज्जित नजरों से उसकी ओर ताकने लगा। जोहरा ने मुस्कराकर कहा, 'यह अच्छी दिल्लगी है। आपने ही तो एक काम सौंपा और जब वह काम करके लौटी तो आप बिगड़ रहे हैं। क्या तुमने वह काम इतना आसान समझा था कि चुटकी बजाने में पूरा हो जाएगा।

तुमने मुझे उस देवी से वरदान लेने भेजा था, जो ऊपर से फल है, पर भीतर से पत्थर, जो इतनी नाजुक होकर भी इतनी मजबूत है।'

रमा ने बेदिली से पूछा, 'है कहां? क्या करती है?'

जोहरा–'उसी दिनेश के घर हैं, जिसको फांसी की सजा हो गई है। उसके दो बच्चे हैं, औरत है और मां है। दिनभर उन्हीं बच्चों को खिलाती है, बुढिया के लिए नदी से पानी लाती है। घर का सारा काम–काज करती है और उनके लिए बडे।–बडे आदमियों से चंदा मांग लाती है। दिनेश के घर में न कोई जायदाद थी, न रूपये थे। लोग बडी तकलीफ में थे। कोई मददगार तक न था, जो जाकर उन्हें ढाढ़स तो देता। जितने साथी–सोहबती थे, सब–के–सब मुंह छिपा बैठे।दो–तीन फाके तक हो चुके थे। जालपा ने जाकर उनको जिला लिया।'

रमा की सारी बेदिली काफूर हो गई। जूता छोड़ दिया और कुर्सी पर बैठकर बोले, 'तुम खड़ी क्यों हो, शुरू से बताओ, तुमने तो बीच में से कहना शुरू किया। एक बात भी मत छोड़ना। तुम पहले उसके पास कैसे पहुंची– पता कैसे लगा?'

जोहरा–'कुछ नहीं, पहले उसी देवीदीन खटिक के पास गई। उसने दिनेश के घर का पता बता दिया। चटपट जा पहुंची।'

रमानाथ–'तुमने जाकर उसे पुकारा–तुम्हें देखकर कुछ चौंकी नहीं? कुछ झिझकी तो जरूर होगी!

जोहरा मुस्कराकर बोली, मैं इस रूप में न थी। देवीदीन के घर से मैं अपने घर गई और ब्रह्मा–समाजी लेडी का स्वांग भरा। न जाने मुझमें ऐसी कौन–सी बात है, जिससे दूसरों को फौरन पता चल जाता है कि मैं कौन हूं, या क्या हूं। और ब्रह्माणों–लेडियों को देखती हूं, कोई उनकी तरफ आंखें तक नहीं उठाता। मेरा पहनावा–ओढ़ावा वही है, मैं भड़कीले कपड़े या फजूल के गहने बिलकुल नहीं पहनती। फिर भी सब मेरी तरफ आंखें फाड़–फाड़कर देखते हैं। मेरी

असलियत नहीं छिपती। यही खौफ मुझे था कि कहीं जालपा भांप न जाय, लेकिन मैंने दांत खूब साफ कर लिए थे। पान का निशान तक न था। मालूम होता था किसी कालेज की लेडी टीचर होगी। इस शक्ल में मैं वहां पहुंची। ऐसी सूरत बना ली कि वह क्या, कोई भी न भांप सकता था। परदा ढंका रह गया। मैंने दिनेश की मां से कहा, 'मैं यहां यूनिवर्सिटी में पढ़ती हूं। अपना घर मुंगेर बतलाया। बच्चों के लिए मिठाई ले गई थी। हमदर्द का पार्ट खेलने गई थी, और मेरा खयाल है कि मैंने खूब खेला, दोनों औरतें बेचारी रोने लगीं। मैं भी जब्त न कर सकी। उनसे कभी–कभी मिलते रहने का वादा किया। जालपा इसी बीच में गंगाजल लिये पहुंची। मैंने दिनेश की मां से बंगला में पूछा, 'क्या यह कहारिन हैं? उसने कहा, नहीं, यह भी तुम्हारी ही तरह हम लोगों के दुःख में शरीक होने आ गई है। यहां इनका शौहर किसी दफ्तर में नौकर है। और तो कुछ नहीं मालूम, रोज सबेरे आ जाती हैं और बच्चों को खेलाने ले जाती हैं। मैं अपने हाथ से गंगाजल लाया करती थी। मुझे रोक दिया और खुद लाती हैं। हमें तो इन्होंने जीवन–दान दिया। कोई आगे–पीछे न था। बच्चे दाने–दाने को तरसते थे। जब से यह आ गई हैं, हमें कोई कष्ट नहीं है। न जाने किस शुभ कर्म का यह वरदान हमें मिला है।

उस घर के सामने ही एक छोटा–सा पार्क है। महल्ले–भर के बच्चे वहीं खेला करते हैं। शाम हो गई थी, जालपा देवी ने दोनों बच्चों को साथ लिया और पार्क की तरफ चलीं। मैं जो मिठाई ले गई थी, उसमें से बूढ़ी ने एक–एक मिठाई दोनों बच्चों को दी थी। दोनों कूद–कूदकर नाचने लगे। बच्चों की इस खुशी पर मुझे रोना आ गया।

दोनों मिठाइयां खाते हुए जालपा के साथ हो लिए। जब पार्क में दोनों बच्चे खेलने लगे, तब जालपा से मेरी बातें होने लगीं! रमा ने कुर्सी और करीब खींच ली, और आगे को झुक गया। बोला, तुमने किस तरह बातचीत शुरू की।

जोहरा –'कह तो रही हूं। मैंने पूछा, 'जालपा देवी, तुम कहां रहती हो? घर की दोनों औरतों से तुम्हारी बड़ाई सुनकर तुम्हारे ऊपर आशिक हो गई हूं।'

रमानाथ–'यही लफ्ज कहा था तुमने?'

जोहरा–'हां, जरा मजाक करने की सूझी। मेरी तरफ ताज्जुब से देखकर बोली, तुम तो बंगालिन नहीं मालूम होतीं। इतनी साफ हिंदी कोई बंगालिन नहीं बोलती। मैंने कहा, 'मैं मुंगेर की रहने वाली हूं और वहां मुसलमानी औरतों के साथ बहुत मिलती–जुलती रही हूं। आपसे कभी–कभी मिलने का जी चाहता है। आप कहां रहती हैं। कभी–कभी दो घड़ी के लिए चली आऊंगी। आपके साथ घड़ी भर बैठकर मैं भी आदमीयत सीख जाऊंगी। जालपा ने शरमाकर कहा, 'तुम तो मुझे बनाने लगीं, कहां तुम कालेजकी पढ़ने वाली, कहां मैं अपढ़गंवार औरत। तुमसे मिलकर मैं अलबत्ता आदमी बन जाऊंगी। जब जी चाहे, यहीं चले आना। यही मेरा घर समझो।

मैंने कहा, 'तुम्हारे स्वामीजी ने तुम्हें इतनी आजादी दे रक्खी है। बडे। अच्छे खयालों के आदमी होंगे। किस दफ्तर में नौकर हैं?'

जालपा ने अपने नाखूनों को देखते हुए कहा, 'पुलिस में उम्मेदवार हैं।'

मैंने ताज्जुब से पूछा, 'पुलिस के आदमी होकर वह तुम्हें यहां आने की आजादी देते हैं?'

जालपा इस प्रश्न के लिए तैयार न मालूम होती थी। कुछ चौंककर बोली, 'वह मुझसे कुछ नहीं कहते–मैंने उनसे यहां आने की बात नहीं कही–वह घर बहुत कम आते हैं। वहीं पुलिस वालों के साथ रहते हैं।'

उन्होंने एक साथ तीन जवाब दिए। फिर भी उन्हें शक हो रहा था कि इनमें से कोई जवाब इत्मीनान के लायक नहीं है। वह कुछ खिसियानी–सी होकर दूसरी तरफ ताकने लगी। मैंने पूछा,

'तुम अपने स्वामी से कहकर किसी तरह मेरी मुलाकात उस मुखबिर से करा सकती हो, जिसने इन कैदियों के ख़िलाफ गवाही दी है? रमानाथ की आंखें फैल गई और छाती धक–धक करने लगी। जोहरा बोली, 'यह सुनकर जालपा ने मुझे चुभती हुई आंखों से देखकर पूछा, तुम उनसे मिलकर क्या करोगी?'

मैंने कहा, 'तुम मुलाकात करा सकती हो या नहीं, मैं उनसे यही पूछना चाहती हूं कि तुमने इतने आदमियों को फंसाकर क्या पाया? देखूंगी वह क्या जवाब देते हैं?'

जालपा का चेहरा सख्त पड़ गया। बोली, 'वह यह कह सकता है, मैंने अपने फायदे के लिए किया! सभी आदमी अपना फायदा सोचते हैं। मैंने भी सोचा।श जब पुलिस के सैकड़ों आदमियों से कोई यह प्रश्न नहीं करता, तो उससे यह प्रश्न क्यों किया जाय? इससे कोई फायदा नहीं।

मैंने कहा, 'अच्छा, मान लो तुम्हारा पति ऐसी मुखबिरी करता, तो तुम क्या करतीं?

जालपा ने मेरी तरफ सहमी हुई आंखों से देखकर कहा, 'तुम मुझसे यह सवाल क्यों करती हो, तुम खुद अपने दिल में इसका जवाब क्यों नहीं ढूंढ़तीं?'

मैंने कहा, 'मैं तो उनसे कभी न बोलती, न कभी उनकी सूरत देखती।'

जालपा ने गंभीर चिंता के भाव से कहा, 'शायद मैं भी ऐसा ही समझती, या न समझती, कुछ कह नहीं सकती। आख़िर पुलिस के अफसरों के घर में भी तो औरतें हैं, वे क्यों नहीं अपने आदमियों को कुछ कहतीं, जिस तरह उनके हृदय अपने मरदों के–से हो गए हैं, संभव है, मेरा हृदय भी वैसा ही हो जाता।' इतने में अंधेरा हो गया। जालपादेवी ने कहा, 'मुझे देर हो रही है। बच्चे साथ हैं। कल हो सके तो फिर मिलिएगा। आपकी बातों में बडा आनंद आता है।'

मैं चलने लगी, तो उन्होंने चलते–चलते मुझसे कहा, श्जरूर आइएगा। वहीं मैं मिलूंगी। आपका इंतजार करती रहूंगी। 'लेकिन दस ही कदम के बाद फिर रूककर बोलीं, 'मैंने आपका नाम तोपूछा ही नहीं। अभी तुमसे बातें करने से जी नहीं भरा। देर न हो रही हो तो आओ, कुछ देर गप–शप करें।'

मैं तो यह चाहती ही थी। अपना नाम जोहरा बतला दिया। रमा ने पूछा, 'सच!'

जोहरा–'हां, हरज क्या था। पहले तो जालपा भी जरा चौंकी, पर कोई बात न थी। समझ गई, बंगाली मुसलमान होगी। हम दोनों उसके घर गई। उस जरासे कठघरे में न जाने वह कैसे बैठती हैं। एक तिल भी जगह नहीं। कहीं मटके हैं, कहीं पानी, कहीं खाट, कहीं बिछावनब सील और बदबू से नाक फटी जाती थी। खाना तैयार हो गया था। दिनेश की बहू बरतन धो रही थी। जालपा ने उसे उठा दिया, जाकर बच्चों को खिलाकर सुला दो, मैं बरतन धोए देती हूं। और खुद बरतन मांजने लगीं। उनकी यह खिदमत देखकर मेरे दिल पर इतना असर हुआ कि मैं भी वहीं बैठ गई और मांजे हुए बरतनों को धोने लगी। जालपा ने मुझे वहां से हट जाने के लिए कहा, पर मैं न हटीब, बराबर बरतन धोती रही। जालपा ने तब पानी का मटका अलग हटाकर कहा, 'मैं पानी न दूंगी, तुम उठ जाओ, मुझे बडी शर्म आती है, तुम्हें मेरी कसम, हट जाओ, यहां आना तो तुम्हारी सजा हो गई, तुमने ऐसा काम अपनी जिंदगी में क्यों किया होगा! मैंने कहा, 'तुमने भी तो कभी नहीं किया होगा, जब तुम करती हो, तो मेरे लिए क्या हरज है।'

जालपा ने कहा, 'मेरी और बात है।'

मैंने पूछा, 'क्यों? जो बात तुम्हारे लिए है, वही मेरे लिए भी है। कोई महरी क्यों नहीं रख लेती हो?'

जालपा ने कहा, 'महरियां आठ–आठ रूपये मांगती हैं।'

मैं बोली, 'मैं आठ रूपये महीना दे दिया करूंगी।'

जालपा ने ऐसी निगाहों से मेरी तरफ देखा, जिसमें सच्चे प्रेम के साथ सच्चा उल्लास, सच्चा आशीर्वाद भरा हुआ था। वह चितवन! आह! कितनी पाकीजा थी, कितनी पाक करने वाली। उनकी इस बेगरज खिदमत के सामने मुझे अपनी जिंदगी कितनी जलील, कितनी काबिले नगरत मालूम हो रही थी। उन बरतनों के धोने में मुझे जो आनंद मिला, उसे मैं बयान नहीं कर सकती।

बरतन धोकर उठीं, तो बुढिया के पांव दबाने बैठ गई। मैं चुपचाप खड़ी थी। मुझसे बोलीं, 'तुम्हें देर हो रही हो तो जाओ, कल फिर आना। मैंने कहा, 'नहीं, मैं तुम्हें तुम्हारे घर पहुंचाकर उधर ही से निकल जाऊंगी। गरज नौ बजे के बाद वह वहां से चलीं। रास्ते में मैंने कहा, 'जालपा–'तुम सचमुच देवी हो।'

जालपा ने छूटते ही कहा, 'जोहरा–'ऐसा मत कहो मैं ख़िदमत नहीं कर रही हूं, अपने पापों का प्रायश्चित्ता कर रही हूं। मैं बहुत दुद्यखी हूं। मुझसे बडी अभागिनी संसार में न होगी।'

मैंने अनजान बनकर कहा, 'इसका मतलब मैं नहीं समझी।'

जालपा ने सामने ताकते हुए कहा, 'कभी समझ जाओगी। मेरा प्रायश्चित्त इस जन्म में न पूरा होगा। इसके लिए मुझे कई जन्म लेने पड़ेंगे।'

'मैंने कहा, तुम तो मुझे चक्कर में डाले देती हो, बहन! मेरी समझ में कुछ नहीं आ रहा है। जब तक तुम इसे समझा न दोगी, मैं तुम्हारा गला न छोडूंगी।' जालपा ने एक लंबी सांस लेकर कहा, 'जोहरा–'किसी बात को खुद छिपाए रहना इससे ज्यादा आसान है कि दूसरों पर वह बोझ रक्खूं। 'मैंने आर्त कंठ से कहा, 'हां, पहली मुलाकात में अगर आपको मुझ पर इतना एतबार न हो, तो मैं आपको इलजाम न दूंगी, मगर कभी न कभी आपको मुझ पर एतबार करना पड़ेगा। मैं आपको छोडूंगी नहीं।'

कुछ दूर तक हम दोनों चुपचाप चलती रहीं, एकाएक जालपा ने कांपती हुई आवाज में कहा, 'जोहरा–'अगर इस वक्त तुम्हें मालूम हो जाय कि मैं कौन हूं, तो शायद तुम नफरत से मुंह उधर लोगी और मेरे साए से भी दूर भागोगी।'

इन लर्जिशों में न मालूम क्या जादू था कि मेरे सारे रोएं खड़े हो गए। यह एक रंज और शर्म से भरे हुए दिल की आवाज थी और इसने मेरी स्याह जिंदगी की सूरत मेरे सामने खड़ी कर दी। मेरी आंखों में आंसू भर आए। ऐसा जी में आया कि अपना सारा स्वांग खोल दूं। न जाने उनके सामने मेरा दिल क्यों ऐसा हो गया था। मैंने बड़े–बडे काइएं और छंटे हुए शोहदों और पुलिस–अफसरों को चपर–गट्टू बनाया है, पर उनके सामने मैं जैसे भीगी बिल्ली बनी हुई थी। फिर मैंने जाने कैसे अपने को संभाल लिया। मैं बोली तो मेरा गला भी भरा हुआ था, 'यह तुम्हारा खयाल फलत है देवी!'

'शायद तब मैं तुम्हारे पैरों पर फिर पड़ूंगी। अपनी या अपनों की बुराइयों पर शर्मिन्दा होना सच्चे दिलों का काम है।'

जालपा ने कहा, 'लेकिन तुम मेरा हाल जानकर करोगी क्या बस, इतना ही समझ लो कि एक गरीब अभागिन औरत हूं, जिसे अपने ही जैसे अभागे और गरीब आदमियों के साथ मिलने–जुलने में आनंद आता है।'

'इसी तरह वह बार–बार टालती रही, लेकिन मैंने पीछा न छोडा, आख़िर उसके मुंह से बात निकाल ही ली।'

रमा ने कहा, 'यह नहीं, सब कुछ कहना पड़ेगा।'

जोहरा–'अब आधी रात तक की कथा कहां तक सुनाऊं। घंटों लग जाएंगे। जब मैं बहुत पीछे पड़ी, तो उन्होंने आख़िर में कहा, मैं उसी मुखबिर की बदनसीब औरत हूं, जिसने इन कैदियों पर यह आगत ढाई है। यह कहते–कहते वह रो पड़ीं। फिर जरा आवाज को संभालकर बोलीं, हम लोग इलाहाबाद के रहने वाले हैं। एक ऐसी

बात हुई कि इन्हें वहां से भागना पड़ा। किसी से कुछ कहा न सुना, भाग आए। कई महीनों में पता चला कि वह यहां हैं।'

रमा ने कहा, 'इसका भी किस्सा है। तुमसे बताऊंगा कभी, जालपा के सिवा और किसी को यह न सूझती।

जोहरा बोली, 'यह सब मैंने दूसरे दिन जान लिया। अब मैं तुम्हारे रगरग से वाकिफ हो गई। जालपा मेरी सहेली है। शायद ही अपनी कोई बात उन्होंने मुझसे छिपाई हो कहने लगीं, जोहरा–'मैं बडी मुसीबत में फंसी हुई हूं। एक तरफ तो एक आदमी की जान और कई खानदानों की तबाही है, दूसरी तरफ अपनी तबाही है। मैं चाहूं, तो आज इन सबों की जान बचा सकती हूं। मैं अदालत को ऐसा सबूत दे सकती हूं कि फिर मुखबिर की शहादत की कोई हैसियत ही न रह जायगी, पर मुखबिर को सजा से नहीं बचा सकती। बहन, इस दुविधा में मैं पड़ी नरक का कष्ट झेल रही हूं। न यही होता है कि इन लोगों को मरने दूं, और न यही हो सकता है कि रमा को आग में झोंक दूं। यह कहकर वह रो पड़ीं और बोलीं, बहन, मैं खुद मर जाऊंगी, पर उनका अनिष्ट मुझसे न होगा। न्याय पर उन्हें भेंट नहीं कर सकती। अभी देखती हूं, क्या फैसला होता है। नहीं कह सकती, उस वक्त मैं क्या कर बैठूं। शायद वहीं हाईकोर्ट में सारा किस्सा कह सुनाऊं, शायद उसी दिन जहर खाकर सो रहूं।'

इतने में देवीदीन का घर आ गया। हम दोनों विदा हुईं। जालपा ने मुझसे बहुत इसरार किया कि कल इसी वक्त फ़िर आना। दिन? भर तो उन्हें बात करने की फुरसत नहीं रहती। बस वही शाम को मौका मिलता था। वह इतने रूपये जमा कर देना चाहती हैं कि कम–से–कम दिनेश के घर वालों को कोई तकलीफ न हो दो सौ रूपये से ज्यादा जमा कर चुकी हैं। मैंने भी पांच रूपये दिए। मैंने दो–एक बार जिक्र किया कि आप इन झगड़ों में न पडिए, अपने घर चली जाइए, लेकिन मैं साफ–साफ कहती हूं, मैंने कभी जोर देकर यह बात न कही। जबजब मैंने इसका इशारा किया, उन्होंने ऐसा मुंह

बनाया, गोया वह यह बात सुनना भी नहीं चाहतीं। मेरे मुंह से पूरी बात कभी न निकलने पाई। एक बात है, 'कहो तो कहूं?'

रमा ने मानो ऊपरी मन से कहा, 'क्या बात है?'

जोहरा–'डिप्टी साहब से कह दूं, वह जालपा को इलाहाबाद पहुंचा दें। उन्हें कोई तकलीफ न होगी। बस दो औरतें उन्हें स्टेशन तक बातों में लगा ले जाएंगी। वहां गाड़ी तैयार मिलेगी, वह उसमें बैठा दी जाएंगी, या कोई और तदबीर सोचो।'

रमा ने जोहरा की आंखों से आंख मिलाकर कहा, 'क्या यह मुनासिब होगा?'

जोहरा ने शरमाकर कहा, 'मुनासिब तो न होगा।'

रमा ने चटपट जूते पहन लिए और जोहरा से पूछा, 'देवीदीन के ही घर पर रहती है न?'

जोहरा उठ खड़ी हुई और उसके सामने आकर बोली, 'तो क्या इस वक्त जाओगे?'

रमानाथ–'हां जोहरा–'इसी वक्त चला जाऊंगा। बस, उनसे दो बातें करके उस तरफ चला जाऊंगा जहां मुझे अब से बहुत पहले चला जाना चाहिए था।'

जोहरा–'मगर कुछ सोच तो लो, नतीजा क्या होगा।'

रमानाथ–'सब सोच चुका, ज्यादा–से ज्यादा तीन? चार साल की कैद दरोगबयानी के जुर्म में, बस अब रूखसत, भूल मत जाना जोहरा–'शायद फिर कभी मुलाकात हो!'

रमा बरामदे से उतरकर सहन में आया और एक क्षण में फाटक के बाहर था। दरबान ने कहा, 'हुजूर ने दारोगाजी को इत्तला कर दी है?'

रमनाथ–'इसकी कोई जरूरत नहीं।'

चौकीदार–'मैं जरा उनसे पूछ लूं। मेरी रोजी क्यों ले रहे हैं, हुजूर?'

रमा ने कोई जवाब न दिया। तेजी से सड़क पर चल खडा हुआ। जोहरा निस्पंद खड़ी उसे हसरत–भरी आंखों से देख रही थी। रमा के प्रति ऐसा प्यार, ऐसा विकल करने वाला प्यार उसे कभी न हुआ था। जैसे कोई वीरबाला अपने प्रियतम को समरभूमि की ओर जाते देखकर गर्व से फली न समाती हो चौकीदार ने लपककर दारोगा से कहा। वह बेचारे खाना खाकर लेटे ही थे। घबराकर निकले, रमा के पीछे दौड़े और पुकारा, 'बाबू साहब, जरा सुनिए तो, एक मिनट रूक जाइए, इससे क्या फायदा, कुछ मालूम तो हो, आप कहां जा रहे हैं? आख़िर बेचारे एक बार ठोकर खाकर गिर पड़े। रमा ने लौटकर उन्हें उठाया और पूछा, 'कहीं चोट तो नहीं आई?'

दारोगा –'कोई बात न थी, जरा ठोकर खा गया था। आख़िर आप इस वक्त कहां जा रहे हैं? सोचिए तो इसका नतीजा क्या होगा?'

रमानाथ–'मैं एक घंटे में लौट आऊंगा। जालपा को शायद मुखालिफों ने बहकाया है कि हाईकोर्ट में एक अर्जी दे दे। जरा उसे जाकर समझाऊंगा।'

दारोगा –'यह आपको कैसे मालूम हुआ?'

रमानाथ–'जोहरा कहीं सुन आई है।'

दारोगा –'बडी बेवफा औरत है। ऐसी औरत का तो सिर काट लेना चाहिए।'

रमानाथ–'इसीलिए तो जा रहा हूं। या तो इसी वक्त उसे स्टेशन पर भेजकर आऊंगा, या इस बुरी तरह पेश आऊंगा कि वह भी याद करेगी। ज्यादा बातचीत का मौका नहीं है। रात–भर के लिए मुझे इस कैद से आजाद कर दीजिए। '

दारोगा –'मैं भी चलता हूं, जरा ठहर जाइए।'

रमानाथ–'जी नहीं, बिलकुल मामला बिगड़ जाएगा। मैं अभी आता हूं।'

दारोगा लाजवाब हो गए। एक मिनट तक खड़े सोचते रहे, फिर लौट पड़े और जोहरा से बातें करते हुए पुलिस स्टेशन की तरफ चले गए। उधर रमा ने आगे बढ़कर एक तांगा किया और देवीदीन के घर जा पहुंचा। जालपा दिनेश के घर से लौटी थी और बैठी जग्गो और देवीदीन से बातें कर रही थी। वह इन दिनों एक ही वक्त खाना खाया करती थी। इतने में रमा ने नीचे से आवाज दी। देवीदीन उसकी आवाज पहचान गया। बोला, 'भैया हैं सायत।'

जालपा–'कह दो, यहां क्या करने आए हैं। वहीं जायं।'

देवीदीन–'नहीं बेटी, जरा पूछ तो लूं, क्या कहते हैं। इस बखत कैसे उन्हें छुटटी मिली?'

जालपा–'मुझे समझाने आए होंगे और क्या! मगर मुंह धो रक्खें।'

देवीदीन ने द्वार खोल दिया। रमा ने अंदर आकर कहा, 'दादा, तुम मुझे यहां देखकर इस वक्त ताज्जुब कर रहे होगे। एक घंटे की छुटटी लेकर आया हूं। तुम लोगों से अपने बहुत से अपराधों को क्षमा कराना था। जालपा ऊपर हैं?'

देवीदीन बोला, 'हां, हैं तो। अभी आई हैं, बैठो, कुछ खाने को लाऊं!'

रमानाथ–'नहीं, मैं खाना खा चुका हूं। बस, जालपा से दो बातें करना चाहता हूं।'

देवीदीन–'वह मानेंगी नहीं, नाहक शमिऊदा होना पड़ेगा। मानने वाली औरत नहीं है।'

रमानाथ–'मुझसे दो–दो बातें करेंगी या मेरी सूरत ही नहीं देखना चाहतीं? जरा जाकर पूछ लो।'

देवीदीन–'इसमें पूछना क्या है, दोनों बैठी तो हैं, जाओ। तुम्हारा घर जैसे तब था वैसे अब भी है।'

रमानाथ–'नहीं दादा, उनसे पूछ लो। मैं यों न जाऊंगा।'

देवीदीन ने ऊपर जाकर कहा, श्तुमसे कुछ कहना चाहते हैं, बहू!'

जालपा मुंह लटकाकर बोली, 'तो कहते क्यों नहीं, मैंने कुछ जबान बंद कर दी है? जालपा ने यह बात इतने जोर से कही थी कि नीचे रमा ने भी सुन ली। कितनी निर्ममता थी! उसकी सारी मिलन–लालसा मानो उड़ गई। नीचे ही से खड़े–खड़े बोला, 'वह अगर मुझसे नहीं बोलना चाहतीं, तो कोई जबरदस्ती नहीं। मैंने जज साहब से सारा कच्चा चिटठा कह सुनाने का निश्चय कर लिया है। इसी इरादे से इस वक्त चला हूं। मेरी वजह से इनको इतने कष्ट हुए, इसका मुझे खेद है। मेरी अक्ल पर परदा पडा हुआ था। स्वार्थ ने मुझे अंधा कर रक्खा था। प्राणों के मोह ने, कष्टों के भय ने बुद्धि हर ली थी। कोई ग्रह सिर पर सवार था। इनके अनुष्ठानों ने उस ग्रह को शांत कर दिया। शायद दो–चार साल के लिए सरकार की मेहमानी खानी पड़े। इसका भय नहीं। जीता रहा तो फिर भेंट होगी। नहीं मेरी बुराइयों को माफ करना और मुझे भूल जाना। तुम भी देवी दादा और दादी, मेरे अपराध क्षमा करना। तुम लोगों ने मेरे ऊपर जो दया की है, वह मरते दम तक न भूलूंगा। अगर जीता लौटा, तो शायद तुम लोगों की कुछ सेवा कर सकूं। मेरी तो ज़िदंगी सत्यानाश हो गई। न दीन का हुआ न दुनिया का। यह भी कह देना कि उनके गहने मैंने ही चुराए थे। सर्राफ को देने के लिए रूपये न थे। गहने लौटाना जरूरी था, इसीलिए वह कुकर्म करना पड़ा। उसी का फल आज तक भोग रहा हूं और शायद जब तक प्राण न निकल जाएंगे, भोगता रहूंगा। अगर उसी वक्त सगाई से सारी कथा कह दी होती, तो चाहे उस वक्त इन्हें बुरा लगता, लेकिन यह विपत्ति सिर पर न आती। तुम्हें भी मैंने धोखा दिया था। दादा, मैं ब्राह्मण नहीं

हूं, कायस्थ हूं, तुम जैसे देवता से मैंने कपट किया। न जाने इसका क्या दंड मिलेगा। सब कुछ क्षमा करना। बस, यही कहने आया था।'

रमा बरामदे के नीचे उतर पडा और तेजी से कदम उठाता हुआ चल दिया। जालपा भी कोठे से उतरी, लेकिन नीचे आई तो रमा का पता न था। बरामदे के नीचे उतरकर देवीदीन से बोली, 'किधर गए हैं दादा?'

देवीदीन ने कहा, 'मैंने कुछ नहीं देखा, बहू! मेरी आंखें आंसू से भरी हुई थीं। वह अब न मिलेंगे। दौड़ते हुए गए थे। '

जालपा कई मिनट तक सड़क पर निस्पंद–सी खड़ी रही। उन्हें कैसे रोक लूं! इस वक्त वह कितने दुखी हैं, कितने निराश हैं! मेरे सिर पर न जाने क्या शैतान सवार था कि उन्हें बुला न लिया। भविष्य का हाल कौन जानता है। न जाने कब भेंट होगी। विवाहित जीवन के इन दो–ढाई सालों में कभी उसका ह्रदय अनुराग से इतना प्रकंपित न हुआ था। विलासिनी रूप में वह केवल प्रेम आवरण के दर्शन कर सकती थी। आज त्यागिनी बनकर उसने उसका असली रूप देखा, कितना मनोहर, कितना विशु, कितना विशाल, कितना तेजोमय। विलासिनी ने प्रेमोद्यान की दीवारों को देखा था, वह उसी में खुश थी। त्यागिनी बनकर वह उस उद्यान के भीतर पहुंच गई थी, कितना रम्य दृश्य था, कितनी सुगंध, कितना वैचित्र्य, कितना विकास, इसकी सुगंध में, इसकी रम्यता का देवत्व भरा हुआ था। प्रेम अपने उच्चतर स्थान पर पहुंचकर देवत्व से मिल जाता है। जालपा को अब कोई शंका नहीं है, इस प्रेम को पाकर वह जन्म–जन्मांतरों तक सौभाग्यवती बनी रहेगी। इस प्रेम ने उसे वियोग, परिस्थिति और मृत्यु के भय से मुक्त कर दिया, उसे अभय प्रदान कर दिया। इस प्रेम के सामने अब सारा संसार और उसका अखंड वैभव तुच्छ है।

इतने में जोहरा आ गई। जालपा को पटरी पर खड़े देखकर बोली, श्वहां कैसे खड़ी हो, बहन, आज तो मैं न आ सकी। चलो, आज मुझे तुमसे बहुत–सी बातें करनी हैं।'

दोनों ऊपर चली गई।

चवालीसवाँ

दारोगा को भला कहां चौन? रमा के जाने के बाद एक घंटे तक उसका इंतजार करते रहे, फिर घोड़े पर सवार हुए और देवीदीन के घर जा पहुंचेब वहां मालूम हुआ कि रमा को यहां से गए आधा घंटे से ऊपर हो गया। फिर थाने लौटे। वहां रमा का अब तक पता न था। समझे देवीदीन ने धोखा दिया। कहीं उन्हें छिपा रक्खा होगा। सरपट साइकिल दौडाते हुए फिर देवीदीन के घर पहुंचे और धमकाना शुरू किया। देवीदीन ने कहा, विश्वास न हो, घर की खाना–तलाशी ले लीजिए और क्या कीजिएगा। कोई बहुत बडा घर भी तो नहीं है। एक कोठरी नीचे है, एक ऊपर।

दारोगा ने साइकिल से उतरकर कहा, तुम बतलाते क्यों नहीं, 'वह कहांगए?'

देवीदीन–'मुझे कुछ मालूम हो तब तो बताऊं साहब! यहां आए, अपनी घरवाली से तकरार की और चले गए।'

दारोगा–'वह कब इलाहाबाद जा रही हैं?'

देवीदीन–'इलाहाबाद जाने की तो बाबूजी ने कोई बातचीत नहीं की। जब तक हाईकोर्ट का फैसला न हो जायगा, वह यहां से न जाएंगी।'

दारोगा–'मुझे तुम्हारी बातों का यकीन नहीं आता।श्यह कहते हुए दारोगा नीचे की कोठरी में घुस गए और हर एक चीज को गौर से देखा। फिर ऊपर चढ़गए। वहां तीन औरतों को देखकर चौंके, जोहरा को शरारत सूझी, तो उसने लंबा–सा घूंघट निकाल लिया और अपने हाथ साड़ी में छिपा लिए। दारोगाजी को शक हुआ। शायद हजरत यह भेस बदले तो नहीं बैठे हैं!

देवीदीन से पूछा, 'यह तीसरी औरत कौन है?'

देवीदीन ने कहा, 'मैं नहीं जानता। कभी–कभी बहू से मिलने आ जाती है।'

दारोगा –'मुझी से उड़ते हो बचा! साड़ी पहनाकर मुलज़िम को छिपाना चाहते हो! इनमें कौन जालपा देवी हैं। उनसे कह दो, नीचे चली जायं। दूसरी औरत को यहीं रहने दो।'

जालपा हट गई, तो दारोगाजी ने जोहरा के पास जाकर कहा, 'क्यों हजरत, मुझसे यह चालें! क्या कहकर वहां से आए थे और यहां आकर मजे में आ गए। सारा गुस्सा हवा हो गया। अब यह भेस उतारिए और मेरे साथ चलिए, देर हो रही है।'

यह कहकर उन्होंने जोहरा का घूंघट उठा दिया। जोहरा ने ठहाका मारा। दारोगाजी मानो फिसलकर विस्मय–सागर में पड़े। बोले–अरे, तुम हो जोहरा! तुम यहां कहां ?'

जोहरा–'अपनी डयूटी बजा रही हूं।'

'और रमानाथ कहां गए? तुम्हें तो मालूम ही होगा?'

'वह तो मेरे यहां आने के पहले ही चले गए थे। फिर मैं यहीं बैठ गई और जालपा देवी से बात करने लगी।'

'अच्छा, जरा मेरे साथ आओ। उनका पता लगाना है।'

जोहरा ने बनावटी कौतूहल से कहा, 'क्या अभी तक बंगले पर नहीं पहुंचे?'

'ना! न जाने कहां रह गए।'

रास्ते में दारोगा ने पूछा, 'जालपा कब तक यहां से जाएगी?'

जोहरा–'मैंने खूब पट्टी पढ़ाई है। उसके जाने की अब जरूरत नहीं है। शायद रास्ते पर आ जाय। रमानाथ ने बुरी तरह डांटा है। उनकी धमकियों से डर गई है। '

दारोगा–'तुम्हें यकीन है कि अब यह कोई शरारत न करेगी?'

जोहरा–'हां, मेरा तो यही खयाल है। '

दारोगा–'तो फिर यह कहां गया?'

जोहरा–'कह नहीं सकती।'

दारोगा–'मुझे इसकी रिपोर्ट करनी होगी। इंस्पेक्टर साहब और डिप्टी साहब को इत्तला देना जरूरी है। ज्यादा पी तो नहीं गया था?'

जोहरा–'पिए हुए तो थे। '

दारोगा–'तो कहीं फिर–गिरा पडाहोगा। इसने बहुत दिक किया! तो मैं जरा उधर जाता हूं। तुम्हें पहुंचा दूं, तुम्हारे घर तक।'

जोहरा–'बडी इनायत होगी।'

दारोगा ने जोहरा को मोटर साइकिल पर बिठा लिया और उसको जरा देर में घर के दरवाजे पर उतार दिया, मगर इतनी देर में मन चंचल हो गया। बोले, 'अब तो जाने का जी नहीं चाहता, जोहरा! चलो, आज कुछ गप–शप हो । बहुत दिन हुए, तुम्हारी करम की निगाह नहीं हुई।'

जोहरा ने जीने के ऊपर एक कदम रखकर कहा, 'जाकर पहले इंस्पेक्टर साहब से इत्तला तो कीजिए। यह गप–शप का मौका नहीं है।'

दारोगा ने मोटर साइकिल से उतरकर कहा, 'नहीं, अब न जाऊंगा, जोहरा! सुबह देखी जायगी। मैं भी आता हूं।'

जोहरा–'आप मानते नहीं हैं। शायद डिप्टी साहिब आते हों। आज उन्होंने कहला भेजा था।'

दारोगा–'मुझे चकमा दे रही हो जोहरा, देखो, इतनी बेवफाई अच्छी नहीं।'

जोहरा ने ऊपर चढ़कर द्वार बंद कर लिया और ऊपर जाकर खिड़की से सिर निकालकर बोली, 'आदाब अर्ज।'

पैंतालीसवाँ

दारोगा घर जाकर लेट रहे। ग्यारह बज रहे थे। नींद खुली, तो आठ बज गए थे। उठकर बैठे ही थे कि टेलीगषेन पर पुकार हुई। जाकर सुनने लगे। डिप्टी साहब बोल रहे थे, इस रमानाथ ने बडा गोलमाल कर दिया है। उसे किसी दूसरी जगह ठहराया जायगा। उसका सब सामान कमिश्नर साहब के पास भेज देना होगा।

'रात को वह बंगले पर था या नहीं ?'

दारोगा ने कहा, 'जी नहीं, रात मुझसे बहाना करके अपनी बीवी के पास चला गया था।'

टेलीफोन– श्तुमने उसको क्यों जाने दिया? हमको ऐसा डर लगता है, कि उसने जज से सब हाल कह दिया है। मुकदमा का जांच फिर से होगा। आपसे बडा भारी ब्लंडर हुआ है। सारा मेहनत पानी में फिर गया। उसको जबरदस्ती रोक लेना चाहिए था।'

दारोगा–'तो क्या वह जज साहब के पास गया था?'

डिप्टी, 'हां साहब, वहीं गया था, और जज भी कायदा को तोड़ दिया। वह फिर से मुकदमा का पेशी करेगा। रमा अपना बयान बदलेगा। अब इसमें कोई डाउट नहीं है और यह सब आपका बंगलिंग है। हम सब उस बाढ़ में बह जायगा। जोहरा भी दगा दिया।'

दारोगा उसी वक्त रमानाथ का सब सामान लेकर पुलिस–कमिश्नर के बंगले की तरफ चले। रमा पर ऐसा गुस्सा आ रहा था कि पावें तो समूचा ही निगल जाएं । कमबख्त को कितना समझाया, कैसी–कैसी खातिर की, पर दगा कर ही गया। इसमें जोहरा की भी सांठ–गांठ है। बीवी को डांट–फटकार करने का महज बहाना था। जोहरा बेगम की तो आज ही खबर लेता हूं। कहां जाती है। देवीदीन से भी समझूंगा। एक हफ्ते तक पुलिस–कर्मचारियों में जो हलचल रही उसका ज़िक्र करने की कोई जरूरत नहीं। रात की रात और दिन

के दिन इसी फिक्र में चक्कर खाते रहते थे। अब मुकदमे से कहीं ज्यादा अपनी फिक्र थी। सबसे ज्यादा घबराहट दारोगा को थी। बचने की कोई उम्मीद नहीं नजर आती थी। इंस्पेक्टर और डिप्टी, दोनों ने सारी जिम्मेदारी उन्हीं के सिर डाल दी और खुद बिलकुल अलग हो गए।

इस मुकदमे की फिर पेशी होगी, इसकी सारे शहर में चर्चा होने लगी। अंगरेजी न्याय के इतिहास में यह घटना सर्वथा अभूतपूर्व थी। कभी ऐसा नहीं हुआ। वकीलों में इस पर कानूनी बहसें होतीं। जज साहब ऐसा कर भी सकते हैं? मगर जज दृढ़था। पुलिसवालों ने बड़े–बडे। जोर लगाए, पुलिस कमिश्नर ने यहां तक कहा कि इससे सारा पुलिस–विभाग बदनाम हो जायगा, लेकिन जज ने किसी की न सुनी। झूठे सबूतों पर पंद्रह आदमियों की जिंदगी बरबाद करने की जिम्मेदारी सिर पर लेना उसकी आत्मा के लिए असह्य था। उसने हाईकोर्ट को सूचना दी और गवर्नमेंट को भी।

इधर पुलिस वाले रात–दिन रमा की तलाश में दौड़–धूप करते रहते थे, लेकिन रमा न जाने कहां जा छिपा था कि उसका कुछ पता ही न चलता था। हफ्तों सरकारी कर्मचारियों में लिखा–पढ़ी होती रही। मनों कागज स्याह कर दिए गए। उधार समाचार–पत्रों में इस मामले पर नित्य आलोचना होती रहती थी। एक पत्रकार ने जालपा से मुलाकात की और उसका बयान छाप दिया। दूसरे ने जोहरा का बयान छाप दिया। इन दोनों बयानों ने पुलिस की बखिया उधेड़ दी। जोहरा ने तो लिखा था कि मुझे पचास रूपये रोज इसलिए दिए जाते थे कि रमानाथ को बहलाती रहूं और उसे कुछ सोचने या विचार करने का अवसर न मिले। पुलिस ने इन बयानों को पढ़ा, तो दांत पीस लिए। जोहरा और जालपा दोनों कहीं और जा छिपीं, नहीं तो पुलिस ने जरूर उनकी शरारत का मजा चखाया होता।

आख़िर दो महीने के बाद फैसला हुआ। इस मुकदमे पर विचार करने के लिए एक सिविलियन नियुक्त किया गया। शहर के

बाहर एक बंगले में विचार हुआ, जिसमें ज्यादा भीड़–भाड़ न हो फिर भी रोज दस–बारह हजार आदमी जमा हो जाते थे। पुलिस ने एड़ी–चोटी का जोर लगाया कि मुलज़िमों में कोई मुखबिर बन जाए, पर उसका उद्योग न सफल हुआ। दारोगाजी चाहते तो नई शहादतें बना सकते थे, पर अपने अफसरों की स्वार्थपरता पर वह इतने खिन्न हुए कि दूर से तमाशा देखने के सिवा और कुछ न किया। जब सारा यश अफसरों को मिलता और सारा अपयश मातहतों को, तो दारोगाजी को क्या गरज पड़ी थी कि नई शहादतों की फिक्र में सिर खपाते। इस मुआमले में अफसरों ने सारा दोष दारोगा ही के सिर मढ़ाब उन्हीं की बेपरवाही से रमानाथ हाथ से निकला। अगर ज्यादा सख्ती से निगरानी की जाती, तो जालपा कैसे उसे खत लिख सकती, और वह कैसे रात को उससे मिल सकता था। ऐसी दशा में मुकदमा उठा लेने के सिवा और क्या किया जा सकता था। तबेले की बला बदंर के सिर गई। दारागा तनज्जुल हो गए और नायब दारागा का तराई में तबादला कर दिया गया।

जिस दिन मुलज़िमों को छोडा गया, आधा शहर उनका स्वागत करने को जमा था। पुलिस ने दस बजे रात को उन्हें छोडा, पर दर्शक जमा हो ही गए। लोग जालपा को भी खींच ले गए। पीछे–पीछे देवीदीन भी पहुंचा। जालपा पर फलों की वर्षा हो रही थी और 'जालपादेवी की जय!' से आकाश गूंज रहा था। मगर रमानाथ की परीक्षा अभी समाप्त न हुई थी। उस पर दरोग–बयानी का अभियोग चलाने का निश्चय हो गया।

छयालीसवाँ

उसी बंगले में ठीक दस बजे मुकदमा पेश हुआ। सावन की झड़ी लगी हुई थी। कलकत्ता दलदल हो रहा था, लेकिन दर्शकों का एक अपार समूह सामने मैदान में खडाथा। महिलाओं में दिनेश की पत्नी और माता भी आई हुई थीं। पेशी से दस–पंद्रह मिनट पहले

जालपा और जोहरा भी बंद गाडियों में आ पहुंचीं। महिलाओं को अदालत के कमरे में जाने की आज्ञा मिल गई। पुलिस की शहादतें शुरू हुई। डिप्टी सुपरिंटेंडेंट, इंस्पेक्टर, दारोगा, नायब दारोगा–'सभी के बयान हुए। दोनों तरफ के वकीलों ने जिरहें भी कीं, पर इन कार्रवाइयों में उल्लेखनीय कोई बात न थी। जाब्ते की पाबंदी की जा रही थी। रमानाथ का बयान हुआ, पर उसमें भी कोई नई बात न थी। उसने अपने जीवन के गत एक वर्ष का पूरा वृत्तांत कह सुनाया। कोई बात न छिपाई, वकील के पूछने पर उसने कहा, जालपा के त्याग, निष्ठा और सत्य–प्रेम ने मेरी आंखें खोलीं और उससे भी ज्यादा जोहरा के सौजन्य और निष्कपट व्यवहार ने, मैं इसे अपना सौभाग्य समझता हूं कि मुझे उस तरफ से प्रकाश मिला जिधर औरों को अंधकार मिलता है। विष में मुझे सुधा प्राप्त हो गई।

इसके बाद सफाई की तरफ से देवीदीन–'जालपा और जोहरा के बयान हुए। वकीलों ने इनसे भी सवाल किया, पर सच्चे गवाह क्या उखड़ते। जोहरा का बयान बहुत ही प्रभावोत्पादक था। उसने देखा, जिस प्राणी को जष्जीरों से जकड़ने के लिए वह भेजी गई है, वह खुद दर्द से तड़प रहा है, उसे मरहम की जईरत है, जंजीरों की नहीं। वह सहारे का हाथ चाहता है, धक्के का झोंका नहीं। जालपा देवी के प्रति उसकी श्रद्धा, उसका अटल विश्वास देखकर मैं अपने को भूल गई। मुझे अपनी नीचता, अपनी स्वाथाऊधाता पर लज्जा आई। मेरा जीवन कितना अधाम, कितना पतित है, यह मुझ पर उस वक्त खुला, और जब मैं जालपा से मिली, तो उसकी निष्काम सेवा, उसका उज्ज्वल तप देखकर मेरे मन के रहेसहे संस्कार भी मिट गए। विलास–युक्त जीवन से मुझे घृणा हो गई। मैंने निश्चय कर लिया, इसी अंचल में मैं भी आश्रय लूंगी। मगर उससे भी ज्यादा मार्के का बयान जालपा का था। उसे सुनकर दर्शकों की आंखों में आंसू आ गए। उसके अंतिम शब्द ये थे, 'मेरे पति निर्दोष हैं! ईश्वर की दृष्टि में ही नहीं, नीति की दृष्टि में भी वह निर्दोष हैं। उनके

भाग्य में मेरी विलासासक्ति का प्रायश्चित्त करना लिखा था, वह उन्होंने किया। वह बाजार से मुंह छुपाकर भागे। उन्होंने मुझ पर अगर कोई अत्याचार किया, तो वह यही कि मेरी इच्छाओं को पूरा करने में उन्होंने सदैव कल्पना से काम लिया। मुझे प्रसन्न करने के लिए, मुझे सुखी रखने के लिए उन्होंने अपने ऊपर बडे से बडाभार लेने में कभी संकोच नहीं किया। वह यह भूल गए कि विलास–वृत्ति संतोष करना नहीं जानती। जहां मुझे रोकना उचित था, वहां उन्होंने मुझे प्रोत्साहित किया, और इस अवसर पर भी मुझे पूरा विश्वास है, मुझ पर अत्याचार करने की धमकी देकर ही उनकी जबान बंद की गई थी। अगर अपराधिनी हूं, तो मैं हूं, जिसके कारण उन्हें इतने कष्ट झेलने पडे। मैं मानती हूं कि मैंने उन्हें अपना बयान बदलने के लिए मजबूर किया। अगर मुझे विश्वास होता कि वह डाकों में शरीक हुए, तो सबसे पहले मैं उनका तिरस्कार करती। मैं यह नहीं सह सकती थी कि वह निरपराधियों की लाश पर अपना भवन खडा करें। जिन दिनों यहां डाके पड़े, उन तारीखों में मेरे स्वामी प्रयाग में थे। अदालत चाहे तो टेलीफोन द्वारा इसकी जांच कर सकती है। अगर जरूरत हो, तो म्युनिसिपल बोर्ड के अधिकारियों का बयान लिया जा सकता है। ऐसी दशा में मेरा कर्तव्य इसके सिवा कुछ और हो ही नहीं सकता था, जो मैंने किया। अदालत ने सरकारी वकील से पूछा, क्या प्रयाग से इस मुआमले की कोई रिपोर्ट मांगी गई थी?

वकील ने कहा, जी हां, मगर हमारा उस विषय पर कोई विवाद नहीं है। सफाई के वकील ने कहा, इससे यह तो सिद्ध हो जाता है कि मुलज़िम डाके में शरीक नहीं था। अब केवल यह बात रह जाती है कि वह मुखबिर क्यों बना– वादी वकील, स्वार्थ–सिद्धि के सिवा और क्या हो सकता है!

सफाई का वकील, मेरा कथन है, उसे धोखा दिया गया और जब उसे मालूम हो गया कि जिस भय से उसने पुलिस के हाथों की कठपुतली बनना स्वीकार किया था। वह उसका भ्रम था, तो

उसे धामकियां दी गई। अब सफाई का कोई गवाह न था। सरकारी वकील ने बहस शुरू की, योर आरुनर, आज आपके सम्मुख एक ऐसा अभियोग उपस्थित हुआ है जैसा सौभाग्य से बहुत कम हुआ करता है। आपको जनकपुर की डकैती का हाल मालूम है। जनकपुर के आसपास कई गांवों में लगातार डाके पड़े और पुलिस डकैतों की खोज करने लगी। महीनों पुलिस कर्मचारी अपनी जान हथेलियों पर लिए, डकैतों को ढूंढ़ निकालने की कोशिश करते रहे। आखिर उनकी मेहनत सफल हुई और डाकुओं की खबर मिली। यह लोग एक घर के अंदर बैठे पाए गए। पुलिस ने एकबारगी सबों को पकड़ लिया, लेकिन आप जानते हैं, ऐसे मामलों में अदालतों के लिए सबूत पहुंचाना कितना मुश्किल होता है। जनता इन लोगों से कितना डरती है। प्राणों के भय से शहादत देने पर तैयार नहीं होती। यहां तक कि जिनके घरों में डाके पड़े थे, वे भी शहादत देने का अवसर आया तो साफ निकल गए। महानुभावो, पुलिस इसी उलझन में पड़ी हुई थी कि एक युवक आता है और इन डाकुओं का सरगना होने का दावा करता है। वह उन डकैतियों का ऐसा सजीव, ऐसा प्रमाणपूर्ण वर्णन करता है कि पुलिस धोखे में आ जाती है। सपुलिस ऐसे अवसर पर ऐसा आदमी पाकर गैबी मदद समझती है। यह युवक इलाहाबाद से भाग आया था और यहां भूखों मरता था। अपने भाग्य–निर्माण का ऐसा सुअवसर पाकर उसने अपना स्वार्थ–सिद्ध करने का निश्चय कर लिया। मुखबिर बनकर सजा का तो उसे कोई भय था ही नहीं, पुलिस की सिफारिश से कोई अच्छी नौकरी पा जाने का विश्वास था। पुलिस ने उसका खूब आदरसत्कार किया और उसे अपना मुखबिर बना लिया। बहुत संभव था कि कोई शहादत न पाकर पुलिस इन मुलजिमों को छोड़ देती और उन पर कोई मुकदमा न चलाती, पर इस युवक के चकमे में आकर उसने अभियोग चलाने का निश्चय कर लिया। उसमें चाहे और कोई गुण हो या न हो, उसकी रचना–शक्ति की प्रखरता से इनकार नहीं किया

जा सकता उसने डकैतियों का ऐसा यथार्थ वर्णन किया कि जंजीर की एक कड़ी भी कहीं से गायब न थी।

अंकुर से फल निकलने तक की सारी बातों की उसने कल्पना कर ली थी। पुलिस ने मुकदमा चला दिया। पर ऐसा मालूम होता है कि इस बीच में उसे स्वभाग्य–निर्माण का इससे भी अच्छा अवसर मिल गया। बहुत संभव है, सरकार की विरोधिनी संस्थाओं ने उसे प्रलोभन दिए हों और उन प्रलोभनों ने उसे स्वार्थ–सिद्धिका यह नया रास्ता सुझा दिया हो, जहां धन के साथ यश भी था, वाहवाही भी थी, देश–भक्ति का गौरव भी था। वह अपने स्वार्थ के लिए सब कुछ कर सकता है। वह स्वार्थ के लिए किसी के गले पर छुरी भी चला सकता है और साधु–वेश भी धारण कर सकता है, यही उसके जीवन का लक्ष्य है। हम खुश हैं कि उसकी सदबुद्धिने अंत में उस पर विजय पाई, चाहे उनका हेतु कुछ भी क्यों न हो निरपराधियों को दंड देना पुलिस के लिए उतना ही आपत्तिजनक है, जितना अपराधियों को छोड़ देना।

वह अपनी कारगुजारी दिखाने के लिए ही ऐसे मुकदमे नहीं चलाती। न गवर्नमेंट इतनी न्याय–शून्य है कि वह पुलिस के बहकावे में आकर सारहीन मुकदमे चलाती गिरे! लेकिन इस युवक की चकमेबाज़ियों से पुलिस की जो बदनामी हुई और सरकार के हजारों रूपये खर्च हो गए, इसका जिम्मेदार कौन है? ऐसे आदमी को आदर्श दंड मिलना चाहिए, ताकि फिर किसी को ऐसी चकमेबाजी का साहस न हो ऐसे मिथ्या का संसार रचने वाले प्राणी के लिए मुक्त रहकर समाज को ठगने का मार्ग बंद कर देना चाहिए। उसके लिए इस समय सबसे उपयुक्त स्थान वह है, जहां उसे कुछ दिन आत्म–चिंतन का अवसर मिले। शायद वहां के एकांतवास में उसको आंतरिक जागृति प्राप्त हो जाय। आपको केवल यह विचार करना है कि उसने पुलिस को धोखा दिया या नहीं। इस विषय में अब कोई संदेह नहीं रह जाता कि उसने धोखा दिया। अगर धमकियां दी गई थीं, तो

वह पहली अदालत के बाद जज की अदालत में अपना बयान वापस ले सकता था, पर उस वक्त भी उसने ऐसा नहीं किया। इससे यह स्पष्ट है कि धामकियों का आक्षेप मिथ्या है। उसने जो कुछ किया, स्वेच्छा से किया। ऐसे आदमी को यदि दंड न दिया गया, तो उसे अपनी कुटिल नीति से काम लेने का फिर साहस होगा और उसकी हिंसक मनोवृत्तियां और भी बलवान हो जाएंगी।

फिर सफाई के वकील ने जवाब दिया, 'यह मुकदमा अंगरेजी इतिहास ही में नहीं, शायद सर्वदेशीय न्याय के इतिहास में एक अदभुत घटना है। रमानाथ एक साधरण युवक है। उसकी शिक्षा भी बहुत मामूली हुई है। वह ऊंचे विचारों का आदमी नहीं है। वह इलाहाबाद के म्युनिसिपल आफिस में नौकर है। वहां उसका काम चुंगी के रूपये वसूल करना है। वह व्यापारियों से प्रथानुसार रिश्वत लेता है और अपनी आमदनी की परवा न करता हुआ अनाप–शनाप खर्च करता है। आख़िर एक दिन मीजान में गलती हो जाने से उसे शक होता है कि उससे कुछ रूपये उठ गए। वह इतना घबडा जाता है कि किसी से कुछ नहीं कहता, बस घर से भाग खडा होता है। वहां दफ्तर में उस पर शुबहा होता है और उसके हिसाब की जांच होती है। तब मालूम होता है कि उसने कुछ गबन नहीं किया, सिर्फ हिसाब की भूल थी।

फिर रमानाथ के पुलिस के पंजे में फंसने, गरजी मुखबिर बनने और शहादत देने का ज़िक्र करते हुए उसने कहा, अब रमानाथ के जीवन में एक नया परिवर्तन होता है, ऐसा परिवर्तन जो एक विलास–प्रिय, पद–लोलुप युवक को धर्मनिष्ठ और कर्तव्यशील बना देता है। उसकी पत्नी जालपा, जिसे देवी कहा जाए तो अतिशयोक्ति न होगी, उसकी तलाश में प्रयाग से यहां आती है और यहां जब उसे मालूम होता है कि रमा एक मुकदमे में पुलिस का मुखबिर हो गया है, तो वह उससे छिपकर मिलने आती है। रमा अपने बंगले में आराम से पडा हुआ है। फाटक पर संतरी पहरा दे रहा है। जालपा को पति

से मिलने में सफलता नहीं होती। तब वह एक पत्र लिखकर उसके सामने फेंक देती है और देवीदीन के घर चली जाती है। रमा यह पत्र पढ़ता है और उसकी आंखों के सामने से परदा हट जाता है। वह छिपकर जालपा के पास जाता है। जालपा उससे सारा वृत्तांत कह सुनाती है और उससे अपना बयान वापस लेने पर जोर देती है। रमा पहले शंकाएं करता है, पर बाद को राजी हो जाता है और अपने बंगले पर लौट जाता है।

वहां वह पुलिस–अफसरों से साफ कह देता है, कि मैं अपना बयान बदल दूंगा। अधिकारी उसे तरह–तरह के प्रलोभन देते हैं, पर जब इसका रमा पर कोई असर नहीं होता और उन्हें मालूम हो गया है कि उस पर गबन का कोई मुकदमा नहीं है, तो वे उसे जालपा को गिरफ्तार करने की धमकी देते हैं। रमा की हिम्मत टूट जाती है। वह जानता है, पुलिस जो चाहे कर सकती है, इसलिए वह अपना इरादा तबदील कर देता है और वह जज के इजलास में अपने बयान का समर्थन कर देता है। अदालत में रमा से सफाई ने कोई जिरह नहीं की थी। यहां उससे जिरहें की गई, लेकिन इस मुकदमे से कोई सरोकार न रखने पर भी उसने जिरहों के ऐसे जवाब दिए कि जज को भी कोई शक न हो सका और मुलज़िमों को सजा हो गई। रमानाथ की और भी खातिरदारियां होने लगीं। उसे एक सिफारिशी खत दिया गया और शायद उसकी यू.पी. गवर्नमेंट से सिफारिश भी की गई। फिर जालपादेवी ने फांसी की सजा पाने वाले मुलिजम दिनेश के बाल– बच्चों का पालन–पोषण करने का निश्चय किया। इधर–उधर से चंदे मांग–मांगकर वह उनके लिए जिंदगी की जरूरतें पूरी करती थीं। उसके घर का कामकाज अपने हाथों करती थीं। उसके बच्चों को खिलाने को ले जाती थीं।

एक दिन रमानाथ मोटर पर सैर करता हुआ जालपा को सिर पर एक पानी का मटका रक्खे देख लेता है। उसकी आत्म–मर्यादा जाग उठती है। जोहरा को पुलिस–कर्मचारियों ने रमानाथ के

मनोरंजन के लिए नियुक्त कर दिया है। जोहरा युवक की मानसिक वेदना देखकर द्रवित हो जाती है और वह जालपा का पूरा समाचार लाने के इरादे से चली जाती है। दिनेश के घर उसकी जालपा से भेंट होती है। जालपा का त्याग, सेवा और साधना देखकर इस वेश्या का हृदय इतना प्रभावित हो जाता है कि वह अपने जीवन पर लज्जित हो जाती है और दोनों में बहनापा हो जाता है।

वह एक सप्ताह के बाद जाकर रमा से सारा वृत्तांत कह सुनाती है। रमा उसी वक्त वहां से चल पड़ता है और जालपा से दो–चार बातें करके जज के बंगले पर चला जाता है। उसके बाद जो कुछ हुआ, वह हमारे सामने है। मैं यह नहीं कहता कि उसने झूठी गवाही नहीं दी, लेकिन उस परिस्थिति और उन प्रलोभनों पर ध्यान दीजिए, तो इस अपराध की गहनता बहुत कुछ घट जाती है। उस झूठी गवाही का परिणाम अगर यह होता, कि किसी निरपराध को सजा मिल जाती तो दूसरी बात थी।

इस अवसर पर तो पंद्रह युवकों की जान बच गई। क्या अब भी वह झूठी गवाही का अपराधी है? उसने खुद ही तो अपनी झूठी गवाही का इकबाल किया है। क्या इसका उसे दंड मिलना चाहिए? उसकी सरलता और सज्जनता ने एक वेश्या तक को मुग्ध कर दिया और वह उसे बहकाने और बहलाने के बदले उसके मार्ग का दीपक बन गई। जालपादेवी की कर्तव्यपरायणता क्या दंड के योग्य है? जालपा ही इस ड्रामा की नायिका है। उसके सदनुराग, उसके सरल प्रेम, उसकी धर्मपरायणता, उसकी पतिभक्ति, उसके स्वार्थ–त्याग, उसकी सेवा–निष्ठा, किस–किस गुण की प्रशंसा की जाय! आज वह रंगमंच पर न आती, तो पंद्रह परिवारों के चिराग गुल हो जाते। उसने पंद्रह परिवारों को अभयदान दिया है। उसे मालूम था कि पुलिस का साथ देने से सांसारिक भविष्य कितना उज्ज्वल हो जाएगा, वह जीवन की कितनी ही चिंताओं से मुक्त हो जायगी। संभव है, उसके पास भी मोटरकार हो जायगी, नौकर–चाकर हो

जायंगे, अच्छा–सा घर हो जायगा, बहुमूल्य आभूषण होंगे। क्या एक युवती रमणी के हृदय में इन सुखों का कुछ भी मूल्य नहीं है? लेकिन वह यह यातना सहने के लिए तैयार हो जाती है। क्या यही उसके धर्मानुराग का उपहार होगा कि वह पति–वंचित होकर जीवन? पथ पर भटकती गिरे–एक साधरण स्त्री में, जिसने उच्चकोटि की शिक्षा नहीं पाई, क्या इतनी निष्ठा, इतना त्याग, इतना विमर्श किसी दैवी प्रेरणा का परिचायक नहीं है? क्या एक पतिता का ऐसे कार्य में सहायक हो जाना कोई महत्व नहीं रखता–मैं तो समझता हूं, रखता है। ऐसे अभियोग रोज नहीं पेश होते। शायद आप लोगों को अपने जीवन में फिर ऐसा अभियोग सुनने का अवसर न मिले। यहां आप एक अभियोग का फैसला करने बैठे हुए हैं, मगर इस कोर्ट के बाहर एक और बहुत बडा न्यायालय है, जहां आप लोगों के न्याय पर विचार होगा। जालपा का वही फैसला न्यायानुयल होगा जिसे बाहर का विशाल न्यायालय स्वीकार करे।

वह न्यायालय कानूनों की बारीकियों में नहीं पड़ता जिनमें उलझकर, जिनकी पेचीदगियों में फंसकर, हम अकसर पथ–भ्रष्ट हो जाया करते हैं, अकसर दूध का पानी और पानी का दूध कर बैठते हैं। अगर आप झूठ पर पश्चाताप करके सच्ची बात कह देने के लिए, भोग–विलासयुक्त जीवन को ठुकराकर फटेहालों जीवन व्यतीत करने के लिए किसी को अपराधी ठहराते हैं, तो आप संसार के सामने न्याय का काई ऊंचा आदर्श नहीं उपस्थित कर रहे हैं। सरकारी वकील ने इसका प्रत्युत्तर देते हुए कहा, मार्म और आदर्श अपने स्थान पर बहुत ही आदर की चीजें हैं, लेकिन जिस आदमी ने जान–बूझकर झूठी गवाही दी, उसने अपराध अवश्य किया और इसका उसे दंड मिलना चाहिए।

यह सत्य है कि उसने प्रयाग में कोई गबन नहीं किया था और उसे इसका भ्रम–मात्र था, लेकिन ऐसी दशा में एक सच्चे आदमी का यह कर्तव्य था कि वह गिरफ्तार हो जाने पर अपनी सफाई देता।

उसने सजा के भय से झूठी गवाही देकर पुलिस को क्यों धोखा दिया—यह विचार करने की बात है।

अगर आप समझते हैं कि उसने अनुचित काम किया, तो आप उसे अवश्य दंड देंगे। अब अदालत के फैसला सुनाने की बारी आई। सभी को रमा से सहानुभूति हो गई था, पर इसके साथ ही यह भी मानी हुई बात थी कि उसे सजा होगी। क्या सजा होगी, यही देखना था। लोग बडी उत्सुकता से फैसला सुनने के लिए और सिमट आए, कुर्सियां और आगे खींच ली गई, और कनबतियां भी बंद हो गई।

'मुआमला केवल यह है कि एक युवक ने अपनी प्राण–रक्षा के लिए पुलिस का आश्रय लिया और जब उसे मालूम हो गया कि जिस भय से वह पुलिस का आश्रय ले रहा है, वह सर्वथा निर्मूल है, तो उसने अपना बयान वापस ले लिया। रमानाथ में अगर सत्यनिष्ठा होती, तो वह पुलिस का आश्रय ही क्यों लेता, लेकिन इसमें कोई संदेह नहीं कि पुलिस ने उसे रक्षा का यह उपाय सुझाया और इस तरह उसे झूठी गवाही देने का प्रलोभन दिया।

मैं यह नहीं मान सकता कि इस मुआमले में गवाही देने का प्रस्ताव स्वप्तः उसके मन में पैदा हो गया। उसे प्रलोभन दिया गया, जिसे उसने दंड–भय से स्वीकार कर लिया। उसे यह भी अवश्य विश्वास दिलाया गया होगा कि जिन लोगों के विरुद्ध उसे गवाही देने के लिए तैयार किया जा रहा था, वे वास्तव में अपराधी थे। क्योंकि रमानाथ में जहां दंड का भय है, वहां न्यायभक्ति भी है। वह उन पेशेवर गवाहों में नहीं है, जो स्वार्थ के लिए निरपराधियों को फंसाने से भी नहीं हिचकते।

अगर ऐसी बात न होती, तो वह अपनी पत्नी के आग्रह से बयान बदलने पर कभी राजी न होता। यह ठीक है कि पहली अदालत के बाद ही उसे मालूम हो गया था कि उस पर गबन का कोई मुकदमा नहीं है और जज की अदालत में वह अपने बयान को वापस न ले सकता था। उस वक्त उसने यह इच्छा प्रकट भी अवश्य

की, पर पुलिस की धामकियों ने फिर उस पर विजय पाई। पुलिस को बदनामी से बचने के लिए इस अवसर पर उसे धामकियां देना स्वाभाविक है, क्योंकि पुलिस को मुलज़िमों के अपराधी होने के विषय में कोई संदेह न था। रमानाथ धामकियों में आ गया, यह उसकी दुर्बलता अवश्य है, पर परिस्थिति को देखते हुए क्षम्य है। इसलिए मैं रमानाथ को बरी करता हूं।'

सैंतालीसवाँ

चौ की शीतल, सुहावनी, स्फूर्तिमयी संध्या, गंगा का तट, टेसुओं से लहलहाता हुआ ढाक का मैदान, बरगद का छायादार वृक्ष, उसके नीचे बंधी हुई गाएं, भैंसें, कद्दू और लौकी की बेलों से लहराती हुई झोंपडियां, न कहीं गर्द न गुबार, न शोर न गुल, सुख और शांति के लिए क्या इससे भी अच्छी जगह हो सकती है? नीचे स्वर्णमयी गंगा लाल, काले, नीले आवरण से चमकती हुई, मंद स्वरों में गाती, कहीं लपकती, कहीं झिझकती, कहीं चपल, कहीं गंभीर, अनंत अंधकारकी ओर चली जा रही है, मानो बहुरंजित बालस्मृति क्रीडा और विनोद की गोद में खेलती हुई, चिंतामय, संघर्षमय, अंधाकारमय भविष्य की ओर चली जा रही हो देवी और रमा ने यहीं, प्रयाग के समीप आकर आश्रय लिया है।

तीन साल गुजर गए हैं, देवीदीन ने जमीन ली, बाग लगाया, खेती जमाई, गाय–भैंसें खरीदीं और कर्मयोग में, अविरत उद्योग में सुख, संतोष और शांति का अनुभव कर रहा है। उसके मुख पर अब वह जर्दी, झुर्रियां नहीं हैं, एक नई स्फूर्ति, एक नई कांति झलक रही है।

शाम हो गई है, गाएं–भैंसें हार से लौटींब जग्गो ने उन्हें खूंटे से बांधा और थोडा–थोडा भूसा लाकर उनके सामने डाल दिया। इतने में देवी और गोपी भी बैलगाड़ी पर डांठें लादे हुए आ पहुंचेब दयानाथ ने बरगद के नीचे जमीन साफ कर रखी है। वहीं डांठें उतारी गई। यही इस छोटी–सी बस्ती का खलिहान है।

दयानाथ नौकरी से बरखास्त हो गए थे और अब देवी के असिस्टेंट हैं। उनको समाचार–पत्रों से अब भी वही प्रेम है, रोज कई पत्र आते हैं, और शाम को फुर्सत पाने के बाद मुंशीजी पत्रों को पढ़कर सुनाते और समझाते हैं। श्रोताओं में बहुधा आसपास के गांवों के दस–पांच आदमी भी आ जाते हैं और रोज एक छोटीमोटी सभा हो जाती है।

रमा को तो इस जीवन से इतना अनुराग हो गया है कि अब शायद उसे थानेदारी ही नहीं, चुंगी की इंस्पेक्टरी भी मिल जाय, तो शहर का नाम न ले। प्रातःकाल उठकर गंगा–स्नान करता है, फिर कुछ कसरत करके दूध पीता है और दिन निकलते–निकलते अपनी दवाओं का संदूक लेकर आ बैठता है। उसने वैद्य की कई किताबें पढ़ली हैं और छोटी–मोटी बीमारियों की दवा दे देता है। दस–पांच मरीज रोज आ जाते हैं और उसकी कीर्ति दिन–दिन बढ़ती जाती है। इस काम से छुट्टी पाते ही वह अपने बगीचे में चला जाता है। वहां कुछ साफ–भाजी भी लगी हुई है, कुछ फल–फलों के वृक्ष हैं और कुछ जड़ी–बूटियां हैं। अभी तो बाग से केवल तरकारी मिलती है, पर आशा है कि तीन–चार साल में नींबू, अमरूद, बेर, नारंगी, आम, केले, आंवले, कटहल, बेल आदि फलों की अच्छी आमदनी होने लगेगी।

देवी ने बैलों को गाड़ी से खोलकर खूंटे से बांधा दिया और दयानाथ से बोला, 'अभी भैया नहीं लौटे?'

दयानाथ ने डांठों को समेटते हुए कहा, 'अभी तो नहीं लौटे। मुझे तो अब इनके अच्छे होने की आशा नहीं है। जमाने का उधार है। कितने सुख से रहती थीं, गाड़ी थी, बंगला था, दरजनों नौकर थे। अब यह हाल है। सामान सब मौजूद है, वकील साहब ने अच्छी संपत्ति छोड़ी था, मगर भाई–भतीजों ने हड़प ली। देवीदीन–'भैया कहते थे, अदालत करतीं तो सब मिल जाता, पर कहती हैं, मैं अदालत में झूठ न बोलूंगी। औरत बडे ऊंचे विचार की है।'

सहसा जागेश्वरी एक छोटे–से शिशु को गोद में लिये हुए एक झोंपड़े से निकली और बच्चे को दयानाथ की गोद में देती हुई देवीदीन से बोली, 'भैया, जरा चलकर रतन को देखो, जाने कैसी हुई जाती है। जोहरा और बहू, दोनों रो रही हैं! बच्चा न जाने कहां रह गए!

देवीदीन ने दयानाथ से कहा, 'चलो लाला, देखें।'

जागेश्वरी बोली, 'यह जाकर क्या करेंगे, बीमार को देखकर तो इनकी नानी पहले ही मर जाती है।'

देवीदीन ने रतन की कोठरी में जाकर देखा। रतन बांस की एक खाट पर पड़ी थी। देह सूख गई थी। वह सूर्यमुखी का–सा खिला हुआ चेहरा मुरझाकर पीला हो गया था। वह रंग जिन्होंने चित्र को जीवन और स्पंदन प्रदान कर रक्खा था, उड़ गए थे, केवल आकार शेष रह गया था। वह श्रवण–प्रिय, प्राणप्रद, विकास और आह्लाद में डूबा हुआ संगीत मानो आकाश में विलीन हो गया था, केवल उसकी क्षीण उदास प्रतिध्वनि रह गई थी। जोहरा उसके ऊपर झुकी उसे करूण, विवश, कातर, निराश तथा तृष्णामय नजरों से देख रही थी।

आज साल–भर से उसने रतन की सेवा–शुश्रूषा में दिन को दिन और रात को रात न समझा था। रतन ने उसके साथ जो स्नेह किया था, उस अविश्वास और बहिष्कार के वातावरण में जिस खुले निःसंकोच भाव से उसके साथ बहनापा निभाया था, उसका एहसान वह और किस तरह मानती। जो सहानुभूति उसे जालपा से भी न मिली, वह रतन ने प्रदान की। दुःख और परिश्रम ने दोनों को मिला दिया, दोनों की आत्माएं संयुक्त हो गईं। यह घनिष्ठ स्नेह उसके लिए एक नया ही अनुभव था, जिसकी उसने कभी कल्पना भी न की थी। इस मौके में उसके वंचित हृदय ने पति–प्रेम और पुत्र–स्नेह दोनों ही पा लिया। देवीदीन ने रतन के चेहरे की ओर सचिंत नजरों से देखा, तब उसकी नाड़ी हाथ में लेकर पूछा, 'कितनी देर से नहीं बोलीं?'

जालपा ने आंखें पोंछकर कहा, 'अभी तो बोलती थीं। एकाएक आंखें ऊपर चढ़गई और बेहोश हो गई। वैद्य जी को लेकर अभी तक नहीं आए?'

देवीदीन ने कहा, 'इनकी दवा वैद्य के पास नहीं है। श्यह कहकर उसने थोड़ी–सी राख ली, रतन के सिर पर हाथ फेरा, कुछ मुंह में बुदबुदाया और एक चुटकी राख उसके माथे पर लगा दी। तब पुकारा, 'रतन बेटी, आंखें खोलो।'

रतन ने आंखें खोल दीं और इधर–उधर सकपकाई हुई आंखों से देखकर बोली, श्मेरी मोटर आई थी न? कहां गया वह आदमी? उससे कह दो, थोड़ी देर के बाद लाए। जोहरा–'आज मैं तुम्हें अपने बगीचे की सैर कराऊंगी। हम दोनों झूले पर बैठेंगी।'

जोहरा फिर रोने लगी। जालपा भी आंसुओं के वेग को न रोक सकी। रतन एक क्षण तक छत की ओर देखती रही। फिर एकाएक जैसे उसकी स्मृति जाग उठी हो, वह लज्जित होकर एक उदास मुस्कराहट के साथ बोली, 'मैं सपना देख रही थी, दादा!'

लोहित आकाश पर कालिमा का परदा पड़ गया था। उसी वक्त रतन के जीवन पर मृत्यु ने परदा डाल दिया।

रमानाथ वैद्यजी को लेकर पहर रात को लौटे, तो यहां मौत का सन्नाटा छाया हुआ था। रतन की मृत्यु का शोक वह शोक न था, जिसमें आदमी हाय–हाय करता है, बल्कि वह शोक था जिसमें हम मूक रूदन करते हैं, जिसकी याद कभी नहीं भूलती, जिसका बोझ कभी दिल से नहीं उतरता।

रतन के बाद जोहरा अकेली हो गई। दोनों साथ सोती थीं, साथ बैठती थीं, साथ काम करती थीं। अकेले जोहरा का जी किसी काम में न लगता। कभी नदी–तट पर जाकर रतन को याद करती और रोती, कभी उस आम के पौधों के पास जाकर घंटों खड़ी रहती, जिसे उन दोनों ने लगाया था। मानो उसका सुहाग लुट गया हो

जालपा को बच्चे के पालन और भोजन बनाने से इतना अवकाश न मिलता था कि उसके साथ बहुत उठती–बैठती, और बैठती भी तो रतन की चर्चा होने लगती और दोनों रोने लगतीं।

भादों का महीना था। पृथ्वी और जल में रण छिड़ा हुआ था। जल की सेनाएं वायुयान पर चढ़कर आकाश से जल–शरों की वर्षा कर रही थीं। उसकी थल–सेनाओं ने पृथ्वी पर उत्पात मचा रक्खा था। गंगा गांवों और कस्बों को निफल रही थी। गांव के गांव बहते चले जाते थे। जोहरा नदी के तट पर बाढ़ का तमाशा देखने लगी। वह कृशांगी गंगा इतनी विशाल हो सकती है, इसका वह अनुमान भी न कर सकती थी। लहरें उन्मभा होकर गरजतीं, मुंह से फन निकालतीं, हाथों उछल रही थीं। चतुर डकैतों की तरह पैंतरे बदल रही थीं। कभी एक कदम आतीं, फिर पीछे लौट पड़तीं और चक्कर खाकर फिर आगे को लपकतीं। कहीं कोई झोंपडा डगमगाता तेजी से बहा जा रहा था, मानो कोई शराबी दौडा जाता हो कहीं कोई वृक्ष डाल–पत्तों समेत डूबता–उतराता किसी पाषाणयुग के जंतु की भांति तैरता चला जाता था। गाएं और भैंसें, खाट और तख्ते मानो तिलस्मी चित्रों की भांति आंखों के सामने से निकले जाते थे। सहसा एक किश्ती नजर आई। उस पर कई स्त्री–पुरूष बैठे थे। बैठे क्या थे, चिमटे हुए थे। किश्ती कभी ऊपर जाती, कभी नीचे आती। बस यही मालूम होता था कि अब उलटी, अब उलटी। पर वाह रे साहस सब अब भी 'गंगा माता की जय' पुकारते जाते थे। स्त्रियां अब भी गंगा के यश के गीत गाती थीं जीवन और मृत्यु का ऐसा संघर्ष किसने देखा होगा।

दोनों तरफ के आदमी किनारे पर, एक तनाव की दशा में हृदय को दबाए खड़े थे। जब किश्ती करवट लेती, तो लोगों के दिल उछल–उछलकर ओठों तक आ जाते। रस्सियां फेंकने की कोशिश की जाती, पर रस्सी बीच ही में फिर पड़ती थी। एकाएक एक बार किश्ती उलट ही गई। सभी प्राणी लहरों में समा गए। एक क्षण कई

स्त्री–पुरूष, डूबते–उतराते दिखाई दिए, फिर निगाहों से ओझल हो गए। केवल एक उजली–सी चीज किनारे की ओर चली आ रही थी। वह एक रेले में तट से कोई बीस गज तक आ गई। समीप से मालूम हुआ, स्त्री है। जोहरा–'जालपा और रमा, तीनों खड़े थे। स्त्री की गोद में एक बच्चा भी नजर आता था। दोनों को निकाल लाने के लिए तीनों विकल हो उठे, पर बीस गज तक तैरकर उस तरफ जाना आसान न था। फिर रमा तैरने में बहुत कुशल न था। कहीं लहरों के जोर में पांव उखड़ जाएं, तो फिर बंगाल की खाड़ी के सिवा और कहीं ठिकाना न लगे।

जोहरा ने कहा, 'मैं जाती हूं!'

रमा ने लजाते हुए कहा, 'जाने को तो मैं तैयार हूं, लेकिन वहां तक पहुंच भी सकूंगा, इसमें संदेह है। कितना तोड़ है!'

जोहरा ने एक कदम पानी में रखकर कहा, 'नहीं, मैं अभी निकाल लाती हूं।'

वह कमर तक पानी में चली गई। रमा ने सशंक होकर कहा, 'क्यों नाहक जान देने जाती हो वहां शायद एक गड्ढा है। मैं तो जा ही रहा था।'

जोहरा ने हाथों से मना करते हुए कहा, 'नहीं–नहीं, तुम्हें मेरी कसम, तुम न आना। मैं अभी लिये आती हूं। मुझे तैरना आता है।'

जालपा ने कहा, 'लाश होगी और क्या! '

रमानाथ–'शायद अभी जान हो'

जालपा–'अच्छा, तो जोहरा तो तैर भी लेती है। जभी हिम्मत हुई। '

रमा ने जोहरा की ओर चिंतित आंखों से देखते हुए कहा, हां, कुछ–कुछ जानती तो हैं। ईश्वर करे लौट आएं। मुझे अपनी कायरता पर लज्जा आ रही है।

जालपा ने बेहयाई से कहा, श्इसमें लज्जा की कौन? सी बात है। मरी लाश के लिए जान को जोखिम में डालने से फायदा, जीती होती, तो मैं खुद तुमसे कहती, जाकर निकाल लाओ।'

रमा ने आत्म–धिक्कार के भाव से कहा, 'यहां से कौन जान सकता है, जान है या नहीं। सचमुच बाल–बच्चों वाला आदमी नामर्द हो जाता है। मैं खडा रहा और जोहरा चली गई।'

सहसा एक जोर की लहर आई और लाश को फिर धारा में बहा ले गई। जोहरा लाश के पास पहुंच चुकी थी। उसे पकड़कर खींचना ही चाहती थी कि इस लहर ने उसे दूर कर दिया। जोहरा खुद उसके जोर में आ गई और प्रवाह की ओर कई हाथ बह गई। वह फिर संभली पर एक दूसरी लहर ने उसे फिर ढकेल दिया। रमा व्यग्र होकर पानी में यद पडा और जोर–जोर से पुकारने लगा, 'जोहरा जोहरा! मैं आता हूं।'

मगर जोहरा में अब लहरों से लड़ने की शक्ति न थी। वह वेग से लाश के साथ ही धारे में बही जा रही थी। उसके हाथ–पांव हिलना बंद हो गए थे। एकाएक एक ऐसा रेला आया कि दोनों ही उसमें समा गई। एक मिनट के बाद जोहरा के काले बाल नजर आए। केवल एक क्षण तक यही अंतिम झलक थी। फिर वह नजर न आई।

रमा कोई सौ गज तक जोरों के साथ हाथ–पांव मारता हुआ गया, लेकिन इतनी ही दूर में लहरों के वेग के कारण उसका दम फूल गया। अब आगे जाय कहां? जोहरा का तो कहीं पता भी न था। वही आख़िरी झलक आंखों के सामने थी। किनारे पर जालपा खड़ी हाय–हाय कर रही थी। यहां तक कि वह भी पानी में कूद पड़ी। रमा अब आगे न बढ़सका। एक शक्ति आगे खींचती थी, एक पीछे। आगे की शक्ति में अनुराग था, निराशा थी, बलिदान था। पीछे की शक्ति में कर्तव्य था, स्नेह था, बंधन था। बंधन ने रोक लिया। वह लौट पड़ा। कई मिनट तक जालपा और रमा घुटनों तक पानी

में खड़े उसी तरफ ताकते रहे। रमा की जबान आत्म–धिक्कार ने बंद कर रक्खी थी, जालपा की, शोक और लज्जा ने। आख़िर रमा ने कहा, 'पानी में क्यों खड़ी हो? सर्दी हो जाएगी।

जालपा पानी से निकलकर तट पर खड़ी हो गई, पर मुंह से कुछ न बोली, मृत्युके इस आघात ने उसे पराभूत कर दिया था। जीवन कितना अस्थिर है, यह घटना आज दूसरी बार उसकी आंखों के सामने चरितार्थ हुई। रतन के मरने की पहले से आशंका थी। मालूम था कि वह थोड़े दिनों की मेहमान है, मगर जोहरा की मौत तो वज्राघात के समान थी। अभी आधा घड़ी पहले तीनों आदमी प्रसन्नचित्त, जल–क्रीडा देखने चले थे। किसे शंका थी कि मृत्यु की ऐसी भीषण पीडा उनको देखनी पड़ेगी। इन चार सालों में जोहरा ने अपनी सेवा, आत्मत्याग और सरल स्वभाव से सभी को मुग्ध कर लिया था। उसके अतीत को मिटाने के लिए, अपने पिछले दागों को धो डालने के लिए, उसके पास इसके सिवा और क्या उपाय था। उसकी सारी कामनाएं, सारी वासनाएं सेवा में लीन हो गई। कलकत्ता में वह विलास और मनोरंजन की वस्तु थी। शायद कोई भला आदमी उसे अपने घर में न घुसने देता। यहां सभी उसके साथ घर के प्राणी का–सा व्यवहार करते थे। दयानाथ और जागेश्वरी को यह कहकर शांत कर दिया गया था कि वह देवीदीन की विधवा बहू है।

जोहरा ने कलकत्ता में जालपा से केवल उसके साथ रहने की भिक्षा मांगी थी। अपने जीवन से उसे घृणा हो गई थी। जालपा की विश्वासमय उदारता ने उसे आत्मशुद्धि के पथ पर डाल दिया। रतन का पवित्र, निष्काम जीवन उसे प्रोत्साहित किया करता था। थोड़ी देर के बाद रमा भी पानी से निकला और शोक में डूबा हुआ घर की ओर चला। मगर अकसर वह और जालपा नदी के किनारे आ बैठते और जहां जोहरा डूबी थी उस तरफ घंटों देखा करते। कई दिनों तक उन्हें यह आशा बनी रही कि शायद जोहरा बच गई हो

और किसी तरफ से चली आए। लेकिन धीरे–धीरे यह क्षीण आशा भी शोक के अंधकार में खो गई।

मगर अभी तक जोहरा की सूरत उनकी आंखों के सामने गिरा करती है। उसके लगाए हुए पौधे, उसकी पाली हुई बिल्ली, उसके हाथों के सिले हुए कपड़े, उसका कमरा, यह सब उसकी स्मृति के चिन्ह उनके पास जाकर रमा की आंखों के सामने जोहरा की तस्वीर खड़ी हो जाती है।